# 呂祖謙
# 《古文關鍵》文章論研究

仇小屏 著

# 自 序

　　在寫作本論文《呂祖謙「古文關鍵」文章論研究》的過程中，心中充滿了「因緣前訂」的驚喜感。

　　我的碩士論文為《中國辭章章法析論》（後改名為《文章章法論》出版），其中所探討的文本多為古典散文，而且引用了許多評點書的看法，作為章法理論之佐證，而呂祖謙《古文關鍵》正是其中的一本參考著作。其後的博士論文《古典詩詞時空設計之研究》、升副教授論文《篇章意象論──以古典詩詞為考察範圍》，所探討的文本改為古典詩詞，而所探究的理論，則除了延續之外，還力求另闢新徑，但是與評點卻幾乎無涉了。除此之外，這些年所寫作的期刊論文、研討會論文，則多是以新詩為考察範圍，理論探究也拓廣到意象學、修辭學、文法學領域。而我在本系所開設的課程，也相應地擴增為四門：「章法學」、「漢語語法」、「修辭學」、「意象學」（每學期輪開）。

　　在寫作本論文之前，曾經考慮過其他與近期研究對象更為相關的論題，但是最終選定呂祖謙《古文關鍵》評點中之章法論，作為探究主題。不過，實際在進行研究時發現：雖然「章法」確乎是呂祖謙《古文關鍵》評點中非常重要的一環，但是，書中評點還涉及了「詞彙」、「修辭」、「文法」，甚至「風格」，這些也是非常珍貴的資料；除此之外，關於「主題」的評點也相當多，而且，這一點發現是相當有意義的，因為自來認為評點重「法」，這種看法固然不錯，可是卻忽略了評點也重視「內容」的事實；非僅如此，呂祖謙《古文關鍵》是第一

部融合「選本」與「評點」的專著，而且此形式廣為後代所繼承、影響甚大，因此實有必要標舉此創舉，而不宜只探究其部分的評點。所以，為了更全面地凸顯呂祖謙《古文關鍵》在文章理論上的成就，因此，本論文之題目就改為《呂祖謙「古文關鍵」文章論研究》。

在寫作本論文時，儘管也不時感覺到研究的辛苦，但是更多的是驚歎，因為呂祖謙《古文關鍵》文章論內涵之廣博深厚，實在遠超出我的預期；而且，之前自身不同角度的研究、教學工作的累積，相當有助於深入挖掘呂祖謙含藏於《古文關鍵》中之文章論；不但這樣，對評點理論的探究，也讓我有回到研究原點的感覺——我時時感覺到與十多年前、初初踏上學術研究之路的我又一次照面，真是相看儼然啊！

本論文字數約三十二萬字，比預期為多，但是非如此無法完整呈現呂祖謙《古文關鍵》之文章論。本論文之所以能順利完成，首先要感謝家人的支持與鼓勵；其次，要感謝陳滿銘教授十多年來的提攜、指導；此外，特別感謝南京師範大學曹辛華教授，曹教授將全本冠山堂刻本的《古文關鍵》，用拍照的方式存檔寄來，讓研究工作得以順利展開；還有，要感謝研究生黃榆惠、尤詩涵、劉家幸，她們為我承擔了許多繁複的打字、校對工作；最後，要感謝的是本系提供了一個學期的副教授休假，讓本論文的寫作時間可以更為充裕。感謝充盈心頭之餘，也衷心期望閱讀本書的博雅君子，能對本書的疏漏之處，不吝指教。

仇小屏

2010 年 6 月序於成功大學中文系 21217 研究室

# 目 次

## 第陸章 《古文關鍵》單篇文本評點中之文章論（二） 265

第捌章 《古文關鍵》評點中文章論之綜合探討　　479

# 第壹章

## 緒　論

　　本論文所欲探討者為呂祖謙《古文關鍵》中的文章論，因此本章先對「古文」之義界作一探討；其後針對文學批評的形式來考察，指出《古文關鍵》乃融合「選本」與「評點」的一種創新的文學批評的方式；而且，因為「選本」、「評點」分別是「選本中心」、「文本中心」的批評方式，與本論文所採用的「論點中心」的論文形式，是頗有差異、各有特色的，因此須加以說明；並且，因為《古文關鍵》中，對「意」與「法」的發現相當值得注意，所以特別提出加以探討；還有，因為以往對於「評點」這一批評形式，有著貶多於褒的看法，所以本論文即梳理這些看法，試圖追索出原因，並回饋至評點特質上；接著，說明評點學研究現況，並導出《古文關鍵》評點之研究價值；最後，則結合「選本」與「評點」，總結出本論文之研究工作重點。

## 一、古文義界

　　本論文研究呂祖謙《古文關鍵》，而《古文關鍵》所謂之「古文」，是指唐宋文人所提倡的古文運動的革新文體，乃相對於駢文而言[1]。而欲探究「古文」觀念之發展，就必須追溯至

---

1　鍾志偉《明清「唐宋八大家」選本研究》稱：「古文」指涉有三個範疇：其一、乃指文字形體上的「古文字」，即上古的文字。其二、則屬經學詞彙，用於載籍方面，以先秦古文所書稱之者，如古文《尚書》。其三、則是指唐宋文人所提倡古文運動的革

「文」涵義之轉變，以及「文筆」、「詩筆」、「詩文」說之演變。

在我國文學發展史上，「文」是一個內涵豐富且變動不居的概念，在不同的歷史階段具有特定的含義。在上古時期，「文」並不具有現在常言的「文學」之意，《說文解字》云：

> 文，錯畫也，象交文。[2]

其本意是指物象的交錯。後來，「文」進而指禮樂等文化現象，如孔子稱頌堯、舜，云：

> 煥乎其有文章。[3]

稱頌周代，云：

> 周監於二代，鬱鬱乎文哉。[4]

都是指其禮樂文化而言。

到了南朝時期，「文」的意義也有了轉變。當時韻文盛行，而筆劄公文等體制也日臻成熟，因而有「文」、「筆」對舉之說，范文瀾說道：

> 今之常言，有文有筆，以為無韻者筆也，有韻者文也。[5]

這種區分是和當時的文學發展情況相適應的，即「文」略近於所謂的「純文學」，「筆」則略近於「雜文學」，「韻」也僅

---

新文體，乃相對於駢文而言，頁4。張高評《左傳之文學價值》亦持此說，頁49。本論文所採用的是第三個定義。

2 見《說文解字》（現代版）卷九，頁488。

3 見《論語·泰伯》。

4 見《論語·八佾》。

5 見劉勰著、范文瀾注《文心雕龍》卷九，頁655。

限於腳韻。隨著騈體的壯大和時人對文學形式的熱衷，「文筆」說又有進一步的發展，蕭繹總結為：

> 至如文者，惟須綺縠紛披，宮徵靡曼，唇吻適會，情靈搖盪。而古之文筆，今之文筆，其源又異。[6]

這種見解超越了單從腳韻的形式區分文、筆的侷限，對文學的情感特質有了深入的認識[7]。總括來說，「文」在六朝時期是與「筆」對舉的一個概念，包含有兩層含義：首先，「有韻者為文」，這種認識的著眼點在於文章的體裁；第二層則以「綺縠紛披，宮徵靡曼，唇吻適會，情靈搖盪」的文字為「文」，這顯然是突出了「文」的藝術特徵。

　　「文筆」之說後，又有「詩筆」、「詩文」之說。因為到了唐代，韓柳力倡古文，上法六經，下取秦漢，創造出一種以單行散句為主的新文體「古文」，而與六朝的觀念相比較，唐代的「古文」其實正對應於其時的「筆」，既不押腳韻，也不強調聲律偶對，而且題材的選擇上多偏於子史，可是，這樣一來，原本的「文」、「筆」對舉就顯得不符合實際情況了，於是唐人選擇了另一個出現於六朝時期的名稱——「詩筆」，來回應這一變化。譬如于頔編定皎然作品，即稱：

> 得詩筆五百四十六首。[8]

次如白居易〈與元九書〉稱：

> 今且各纂詩筆，粗為卷第。[9]

---

6　見蕭繹《金樓子‧立言》，頁 6930。
7　關於蕭繹之說的闡釋與評價，可參見陳良運《中國歷代文章學論著選‧前言》，頁 12。
8　見于頔〈吳興晝上人集序〉，《皎然集》卷首，《四部叢刊本》，頁 1。
9　見白居易〈與元九書〉，《白居易集》卷二，《四部刊要》，頁 966。

都反映出當時人們對「文」內涵的變動所作出的相應調整。與此同時，為了和本朝文壇的實際相符，唐人開始使用「詩文」這一概念，「詩筆」之說逐漸淡出，譬如權德輿〈送三從弟赴義興尉序〉云：

> 類其詩文。[10]

又如張籍〈祭退之〉稱：

> 書劄與詩文，重疊我笥盈。[11]

可見「筆」的概念漸漸消失，「文」開始取得與詩並稱的地位，但是這時候的「文」並不單指古文，駢文也是包括在內的，而且很多情況下還佔據著主要地位。然而，「古文」概念就是在此「文筆」、「詩筆」、「詩文」的辨別中漸漸浮現出來，降至唐代，遂產生文體意義的「古文」。

至於「古文」，一開始也並不具備文體的意義。「古文」一詞，在唐以前的文章中屢見不鮮，但是一指上古文字，譬如許慎《說文解字·序》：「古文」、「奇字」[12]；一指古代典籍，譬如司馬遷〈太史公自序〉說道：「年十歲，則誦古文。」[13]次如王充《論衡·自紀》說道：「淫讀古文。」[14]此二義皆與文體無涉。

古文作為一種文體的概念，乃是始於中唐時期。當時韓愈、柳宗元等人力矯駢文之弊，復以振興古道自任，所謂「學

---

10 見權德輿〈送三從弟赴義興尉序〉，《權載之文集》（二），頁 217。

11 見張籍〈祭退之〉，《全唐詩》卷三百八十三，頁 4302。

12 見許慎《說文解字·序》：「時有六書：一曰古文，孔子壁中書也；二曰奇字，即古文而異者也」，《說文解字》（現代版）卷九，頁 843。

13 見司馬遷著，張元濟校，〈太史公自序〉，《百衲本二十四史校勘記·史記校勘記》，頁 1200。

14 見王充《論衡·自紀》，《四部叢刊本》，頁 279。

古道則欲兼通其辭」[15]，同時以古時典籍為學習的對象，非三代兩漢之書不敢觀，廣泛吸納，含英咀華，從而形成一種以單行散句為主的新文體，也就是他們所大力宣導的「古文」。文體意義的「古文」，可見於韓愈〈題歐陽生哀辭後〉：

> 愈之為古文，豈獨取其句讀不類於今者耶！[16]

又如韓愈〈與馮宿論文書〉：

> 不知古文直何用於今世也。[17]

可見「古文」作為一種文體的名稱，發明權應該歸給韓愈。所以吳敏樹稱：「蓋文體壞而後古文興。唐之韓、柳，承八代之衰而挽之於世，始有此名。」[18]而之所以稱為「古文」，原因當如劉師培所言：

> 古人不立文名，偶有撰者，皆出入六經、諸子之中；非經、子之外，別有「古文」一體。唐人以筆為文，始於韓、柳。二人之文，希踪子史而氣盛言宜，復能務去陳言，辭必己出，因異於韻偶文之「今文」（唐代重詩賦，故以韻語偶文為今文），遂群然目之為古文。[19]

但是當時他們的影響並不廣泛，所以韓愈自己也有「公不見信於人，私不見助於友，跋前躓後，動輒得咎」[20]的感慨，可見出「古文」這一名稱在當時流行的範圍很有限，多限於韓柳及

---

15 此語見韓愈〈題歐陽生哀辭後〉，《韓昌黎集》，頁178。
16 見韓愈〈題歐陽生哀辭後〉，《韓昌黎集》，頁178。
17 見韓愈〈與馮宿論文書〉，《韓昌黎集》，頁115。
18 見吳敏樹〈與篠岑論文派書〉，清・王先謙輯、王文濡校注，《續古文辭類纂評注》（一），頁15。
19 見劉師培《中古文學論集・論文雜記》，頁230。
20 見韓愈〈進學解〉，《韓昌黎集》，頁26。

其門人，而李商隱後來則轉學四六。同樣地，唐人對於討論古文的熱情也不高，裴度就認為「文之異，在氣格之高下，思致之深淺，不在其碨裂章句，隳廢聲韻也。」[21]對韓愈等人反對駢文、「以文字為意」的態度有些不以為然，此外，韓柳文集至宋初已多歸散佚，由此亦可見出當時人們的閱讀取向。

古文的真正風行殆在於宋代，經柳開、王禹偁、穆修、尹洙等人的大力提倡，與宋六家的繼起振興，古文的觀念開始得到普遍的認同，包式臣說道：

> 古文之名，以北宋而盛。[22]

劉師培認為興盛之因，約有三端：「一以六朝以來，文體益卑，以聲色詞華相矜尚，欲矯其弊，不得不用韓文；一以兩宋鴻儒，喜言道學，而昌黎所言，適與相符，遂目為文以載道，既宗其道，復法其文；一以宋代以降，學者習於空疏，枵腹之徒，以韓、歐之文便於蹈虛也，遂群相效法。」[23]當時情況為：「唐時為古文者主於矯俗體，故成家者蔚為鉅製，不成家者則流於僻澀。宋時為古文者主于宗先正，故歐、蘇、王、曾而後，沿及於元，成家者不能盡闢門戶，不成家者亦具有典型。」[24]雖然與唐代相比，宋代文章矯俗的銳氣稍有不及，但是繁盛的局面顯然有所過之。所以李覯感歎：「今之學者誰不為古文，大抵摹勒孟子，劫掠昌黎。」[25]這說明以韓柳為宗的古文在當時已成為文壇的主流，「古文」這一概念在理論層次與創作方面均得到了真正的確立，而柳開之言：

---

21 見裴度〈寄李翱書〉，《文苑英華》卷六百八十，頁1599。
22 見包式臣《藝舟雙楫・序》，《包世臣全集》，頁243。
23 見劉師培《中古文學論集・論文雜記》，頁238。
24 此二段引文見《鳧藻集》提要，《欽定四庫全書總目》卷一百六十九，頁2273。
25 見李覯〈答黃著作書〉，《直講李先生文集》（二），《四庫叢刊本》，頁216-217。

古文者，非在詞澀言苦，使人難讀誦之；在於古其理，
高其意，隨言短長，應變作制，同古人之行事，是謂古
文也。[26]

基本上說明了古文一詞的含意[27]。

　　呂祖謙《古文關鍵》選了八位作家（韓愈、柳宗元、歐陽
修、蘇洵、蘇軾、蘇轍、曾鞏、張耒）的六十二篇文章，這六
十二篇皆為「古文」，因此本書題名為《古文關鍵》，可謂名實
相符。不過，有一點也值得提出說明，那就是其他名為選錄
「古文」的文評著作，也可能收入駢文、時文和辭賦，王水照
即指出：「文評著作以論析古文為重點，但也涉及駢文、時文
和辭賦。」[28]涉及時文，那是因為評點之作多用於指導時文寫
作，但是之所以涉及駢文、辭賦，呂軒瑜作了說明：「古文運
動由唐代至宋代，方興未艾，因此古文選本受其影響，選錄文
章首重內容，尤其必須載道。」「唐宋以後的人對古文的定義
多半是由內容去評判的……不過，古文選本大多不選賦及駢
文，偶有選錄，也只是少數，如《楚辭》、〈北山移文〉、〈蘭亭
集序〉等，並沒有自亂體例。」[29]參考前引柳開對於「古文」
之看法，即可見出此種處理方式之所本。

---

26 見柳開〈應責〉，《河東先生集》卷一，《四庫叢刊本》，頁 10。

27 此節關於「文」、「文筆」、「詩筆」、「詩文」、「古文」之論述，主要參見王水照、慈波
　　〈宋代：中國文章學的成立〉，《復旦學報》（社會科學版）、王水照〈文話：古代文學
　　批評的重要學術資源〉，《四川大學學報》（哲學社會科學版）、李道英《唐宋古文研
　　究》、陳良運《中國歷代文章論著選・前言》。其他相關概念：「辭」、「章」、「文
　　辭」、「文章」之論述，可參見張志公〈漢語辭章學與漢語語法〉，《漢語辭章學論
　　集》，頁 21-22、陳良運《中國歷代文章論著選・前言》，頁 1-16、張壽康《文章學
　　導論・序》，頁 2、《文章學導論》，頁 9-10、張會恩、曾祥芹主編《文章學教程》，頁
　　1-6、鄭頤壽《辭章學導論》，頁 405-406。

28 見王水照〈文話：古代文學批評的重要學術資源〉，《四川大學學報》（哲學社會科學
　　版），頁 65。

29 此二段引文分見呂軒瑜博士論文《通代古文評點選本研究》，頁 123、3。

# 二、《古文關鍵》融合「選本」與「評點」

呂祖謙《古文關鍵》以「古文」為對象，所採取的文學批評形式深富中國文化意蘊。張伯偉指出：

> 中國古代文學批評的方式，就其最有民族特點、同時又使用得最為廣泛而持久者言之，有選本、摘句、論詩詩、詩格、詩話和評點[30]。

這六種文學批評方式是西方鮮見、但是中國古代常見的。而且這些批評方式常常彼此滲透，張伯偉認為：「中國古代文學批評的形式，往往既有獨立性，又彼此滲透。而在選本中，諸種形式更是融為一體，不見扞格，從一個側面體現了中國文化的包容性。」[31]呂祖謙《古文關鍵》就是第一本融合了「選本」與「評點」這兩種文學批評方式的專著。

關於這種融合，張智華說道：「選本與評論結合，在南宋以前已零星出現，如梁蕭統《文選序》、唐殷璠《河岳英靈集》序論等。但總的來說，南宋以前詩文選本大多數僅選作品，而無評論。南宋的詩文選本不僅有序論，而且有圈點、評點。……形成一種新的選本形式，且在後代成為傳統。」[32]而這種新形式之所以會在南宋出現，主要是因為「評點」這種文

---

30 見張伯偉《中國古代文學批評方法研究》，頁 590。張伯偉《中國古代文學批評方法研究》分內外二篇，內篇探討古代文學批評方法的內在精神，外篇探討古代文學批評方法的外在形式，前引文字乃針對外篇而言。

31 見張伯偉《中國古代文學批評方法研究》，頁 305。鄔雲湖《中國選本批評》也說：「此後它（註：指選本）就與其他後來出現的各種詩話、筆記、評點、序跋等極富民族特色的批評方式一起，一直在中國古典文學批評中承擔著十分重要的批評職能。」，頁 3。

32 見張智華《南宋的詩文選本研究》，頁 8。

學批評方式在南宋出現，而一般認為第一部運用評點形式的作品是《古文關鍵》[33]，因此，在這種發展趨勢中，《古文關鍵》是居於先發的位置，杜海軍說道：《古文關鍵》的評點體例將文選、評和點結合在一起，形成一種新的批評形式，這是呂祖謙對文學批評的一大貢獻[34]。吳承學並進一步指出：「《古文關鍵》的編選評點對於其後的南宋文學選本產生了直接的影響。」[35]

　　「選本」與「評點」各有其特性與批評功能。關於「選本」，鄒雲湖指出：「顧名思義就是經過選擇的（或被選擇過的）文本。」[36]選本可說是最為古老的中國文學批評形式[37]，關於「選本」的批評功能，張伯偉從「總集」與「選本」的比較切入，說道：總集的功能有二，一是網羅眾作，一是薈萃菁華，而選本的功能更偏於區別優劣，也就是文學批評[38]。張氏

---

33 譬如吳承學〈現存評點第一書〉即說：「宋代呂祖謙所評點的《古文關鍵》是現存最早的古文評點選本。」《中國文學評點研究論集》頁 215，其他持此說者尚多，茲不一一列舉。但也有研究者認為「傳中夾評」就是評點，因此認為最早的評點本是殷璠《河岳英靈集》，見胡建次〈古代文學評點體例與方式的承傳〉，《咸陽師範學院學報》，頁 36，不過本論文不認為「傳中夾評」即為評點，因此不採此說。

34 參見杜海軍《呂祖謙文學研究》，頁 162。其他持此說法者尚有諸家，譬如吳承學：「最早合選本與評點方式為一的書是南宋呂祖謙的《古文關鍵》。……在文學批評史上，呂祖謙《古文關鍵》最突出的成就在於運用了文學選本的評點方式。」見〈評點之興──文學評點的形成和南宋的詩文評點〉，《文學評論》，頁 27。次如胡建次：「南宋時呂祖謙《古文關鍵》是最早出現的選評結合的文學選本。」見〈古代文學評點體例與方式的承傳〉，《咸陽師範學院學報》，頁 37。又如羅瑩：「人們普遍認為最早合選本與評點方式為一體的書就是呂祖謙的《古文關鍵》，他所創立的評點體例得到了世人的廣泛關注，成為南宋後期評點熱的源頭。」見〈《古文關鍵》：經典的確立與文章學上的意義〉，《瀋陽師範大學學報（社會科學版）》，頁 89。

35 見吳承學〈現存評點第一書〉，《中國文學評點研究論集》，頁 228。

36 見鄒雲湖《中國選本批評》，頁 1。

37 參見張伯偉《中國古代文學批評方法研究》，頁 278，而且，張氏考察選本的形成時，是從《詩經》開始。

38 參見張伯偉《中國古代文學批評方法研究》，頁 277。張伯偉也指出：摯虞《文章流別論》和李充《翰林論》皆列於《隋書·經籍志》的總集類，而《隋志》也將《文心雕龍》和《詩品》等「解釋評論」之作列於總集類，這說明古人早已認識到選本的批

之言的意義是：「選擇」作為一種價值判斷行為的本質特徵，決定了文學選本的「選」本身就是一種重要的批評實踐，選者根據某種文學批評觀制定相應的取捨標準，然後按這這一標準，通過「選」這一具體行為對作家作品進行排列，以此達到闡明、張揚某種文學觀念的目的[39]。而且這種批評方式是非常有效的，魯迅即說：

> 凡選本，往往能比各家的全集或選家自己的文集更流行，更有作用。冊數不多，而包羅眾作，固然也是一個原因，但還在近則由選者的名位，遠則憑古人之威靈，讀者想從一個有名的選家，窺見許多有名作家的作品。……凡是對於文術，自有主張的作家，他所賴以發表和流布自己的主張的手段，倒並不在文心，文則，詩品，詩話，而在出選本。[40]

發展到後來，出現融合「選本」與「評點」的新的文學批評形式，更是大為加強了批評的功能[41]。

而「評點」自南宋興起，經元代，到明、清時期鼎盛，一

---

評作用，參見《中國古代文學批評方法研究》，頁 278。龔炳孫也說：「古人選本，雖不乏趨時之作，然大都各有所主，初非率爾操觚。」見龔氏為孫琴安《唐詩選本提要》所作之序，頁 2。

39 參見鄒雲湖《中國選本批評》，頁 1。王曉靖也說：選家通過古文的文章，寓予自己的文學觀點，讀者在選家引導下，閱讀前人的作品，參見王曉靖〈呂祖謙《古文關鍵》中散文理論探析〉，《連雲港師範高等專科學校學報》，頁 32。

40 魯迅《集外集・選本》，《魯迅全集》第七卷，頁 138。張伯偉《中國古代文學批評方法研究》也舉了一些例證，說明選本的影響力，見頁 310-312。

41 謝旻琪《明代評點詞集研究》比較三種評點詞集，第一種是對於既有詞集評點者，主要是為了傳播詞選集，第二種是文人在編選詞集時，引導讀者理解詞集編選的目的，並以評點加強自己的論點和立場，這一類比較偏向個人理念的宣揚，第三種是朋友之間的詞作互評，帶有文人自賞性的評點，標示著評點文人性的增廣。參見頁 55-60，其中第二種特別值得注意。謝旻琪此說雖然是針對評點詞集而發，但是道理也可通於古文評點集。

直延續到今，可說是一種源遠流長、影響深遠的傳統文學批評形式。林崗指出：「如果純從形式區分中國古典文論，體大思精的《文心雕龍》以及《原詩》、《藝概》等可為一類，而與文本解讀、鑑賞、品評聯繫緊密的詩話、小說批點可歸入另一類。」[42]不過，「體大思精」類的文學批評後繼乏人，反而是詩話、評點等大為昌盛，所以譚帆說道：

> 在宋以來的文學批評中，「評點」與「話」實際已成為兩種運用最普遍、影響最深廣的批評形式。[43]

由此可見「評點」與「話」這兩種批評形式的生命力與重要性。而「評點」之所以如此繁盛，當與其「全面性」、「多向性」、「細微性」[44]的批評特色有關。

　　既然「選本」與「評點」各有其特性與批評功能，則《古文關鍵》創新、自由地融合了這兩種文批形式，等於是將它們的優點複合在一起，成為一種功能強大的文批新形式。關於此點，李建中所提的「漢語批評的文體自由」相當值得參考，他指出：

> 文體自由對於文學批評者有著重要的價值，這種價值體現在批評家的理論構建、學術創新和風格形成等諸多方面。……漢語批評的文體自由，說到底是批評家思想表達和人格訴求的自由。因此，從批評主體的角度論，文

---

42 見林崗《明清之際小說評點學之研究》，頁 52。吳承學引用章學誠《校讎通義·宗劉》中的一段話，並指出章氏認為評點與《詩品》、《文心雕龍》為代表的傳統文學批評方式之不同，為「一是傳統文學批評形式『有評無點』，其次，傳統文學批評形式『離詩與文而別出為書』，而評點則是與本文緊密結合一起的。」見〈現存評點第一書〉，《中國文學評點研究論集》，頁 220。

43 見譚帆《中國小說評點研究》，頁 2。

44 此三種特性詳見第參章第二節。

體自由的獲取和擁有,有利於批評風格的形成。[45]

準此而觀,呂祖謙《古文關鍵》自由、創新地融合了「選本」與「評點」,並因其傑出的表現,使得這種新樣式成為後世文學批評的主流之一,其貢獻是非常值得標舉的。吳承學針對此點,說道:

> 在此之前,文集、選本首要功能是鑑賞,是文人提高藝術修養的必要手段,故往往只注釋字句,標明典故,疏通文意,從來不詳論文章的作法。而《古文關鍵》則實用性很強,使讀者通過「四看」,既領會名著的精華,也學習了實際的寫作技巧;指導寫作,成為最直接的目的。這可以說是一種創舉,也是文學批評向實用目的、功利目的發展的一個重要轉折。[46]

因此,《古文關鍵》雖然被後人尊崇為「現存評點第一書」,但是《古文關鍵》在文學批評上的價值,不只顯現在「評點」上,還顯現在「選本」上,必須合觀此二者,才能比較準確地評價《古文關鍵》一書的價值。

因此,本論文擬從「選本」與「評點」兩個角度切入,探究呂祖謙《古文關鍵》的價值。其中,關於「選本」的探討,主要置於第貳章;關於「評點」的探討,主要置於第參章,且於第肆至柒章針對《古文關鍵》的「總論」、「評」、「點」,作地毯式的分析,並於第捌章進行綜合探討;然後,結合「選本」與「評點」,在第玖章加以總結,最後,於第拾章提出結論。

---

45 見李建中〈漢語批評的文體自由〉,《江漢論壇》,頁 85-86。李建中在文中舉劉勰用駢文寫《文心雕龍》、鍾嶸用詩話寫《詩品》、曹丕曹植的書信中頗多文學理論……等例證,說明古代文學批評擁有文體自由,但是他感嘆:「在西學東漸的百年進程中,漢語批評逐漸丟棄了自己的文體自由。」,頁 86。

46 見吳承學〈評點之興——文學評點的形成和南宋的詩文評點〉,《文學評論》,頁 27。

# 三、以「論點」為中心的現代解讀

如前所述,「選本」與「評點」都是傳統、重要、行之有效的批評形式,但是這種批評形式與目前通行的「論文」形式,有著很大的不同。

針對「選本」如何發揮批評功能,張伯偉指出:

> 從《文選》和《玉臺新詠》來看,早期選集表達文學批評的意見,主要還是通過選集的序文、選目的多寡或以何種作品入選來體現的。[47]

而且「選本」之所以具有頗強的文學批評功能,那是因為:選本既有選擇標準,又有具體的文章以供觀摩仿效[48]。因此,這樣的批評方式可以說是以「選文」為中心的。

至於「評點」,則是隨文而生的,林崗說道:

> 批評者的批評依據文本的脈絡進行,批評者在文本的任意地方只要發現值得言說之處,即可停下來在此發表見解,問題點可大可小,視文本與批評者的識見為轉移,完全不受邏輯框架的限制。評點形式體現批評對文學文本的全面接觸、感受、領悟與評價。[49]

林崗接著又闡述:因為評點不用像現代論文那樣,將批評對象劃分成幾個方面,必須選擇有限的角度切入文本,所以可以對文本有全面的認識,因此林崗又說:「評點作為一種批評的形

---

47 見張伯偉《中國古代文學批評方法研究》,頁 286。
48 見張伯偉《中國古代文學批評方法研究》,頁 290。張氏並舉《文選》為例,說道:「《文選》的影響遠遠超過詩文評著作。」,頁 290。
49 見林崗《明清之際小說評點學之研究》,頁 205-206。

式，它表現了『文本中心』的傾向。」[50]

　　而「論文」則是近百年來的文學批評的主要形式，劉玉學指出：「它是對自然或社會現象等科學領域的問題，進行系統研究、專門探討之後，為表述有關科學研究成果而寫的議論文。它既是科學研究的手段，又是記錄研究成果、進行學術交流的工具。」[51]而林崗則概括出論文的特性：

> 論文首重邏輯框架，論據圍繞論點，論點著意集中清楚。它採用脫離直觀感覺的完備的知識形式，深入地討論批評者提出的某一方面的問題。[52]

因此，林崗稱論文為「批評者中心」[53]。但是，因為評點與論文都表現出批評者的看法，所以稱評點為「文本中心」，論文為「批評者中心」，似乎不甚合理。而考量到論文是以「論點」為中心來進行論述的，所以論文宜改稱為「論點中心」。

　　「選本」、「評點」、「論文」作為文學批評形式，各有其傳統，也各有其特色。但是，李建中指出：20 世紀中國文化（包括文學理論和批評）大勢，雖然有「西方化」與「中國化」之爭，但基本趨向是前者而非後者，並據此說道：

> 就漢語批評而言，不僅「說什麼」（言說思想）層面的命題、概念和範疇以西學為準的，而且「怎麼說」（言說方式）層面的體制、語體和體貌同樣是以西學為圭臬。……西學百年，漢語批評對強勢話語的順應和對自身傳統的中斷，在形成學術製作和傳播之現代化的同

---

50 見林崗《明清之際小說評點學之研究》，頁 205。
51 見劉玉學主編《寫作學教程》，頁 170-171。
52 見林崗《明清之際小說評點學之研究》，頁 205。
53 林崗《明清之際小說評點學之研究》稱評點為「文本中心」，論文為「批評者中心」，頁 205。

時，也導致了文學批評書寫的格式化。[54]

　　李氏指出了百年來「論文」獨大，其他批評形式相對而言急速
萎縮，使得漢語批評失去了以往具有的「文體自由」[55]。而文
體自由對於文學批評有著重要的價值，這種價值體現在批評家
的理論建構、學術創新和風格形成等多方面，說到底，漢語批
評的文體自由，是批評家思想表達和人格訴求的自由[56]。李氏
之說是相當有見地的。

　　但是筆者仍採用論文形式，來闡發《古文關鍵》之文章
論。原因在於：「選文中心」的「選本」，和「文本中心」的
「評點」，雖然各有與作品印證、全面性、多向性、細微性等優
點，可是「選本」可能有須讀者意會、不夠清晰明確的缺點，
而「評點」則有零碎、缺乏系統性的弊病[57]，這是因為評點的
形式使得評點不便於直接提出原理原則，而是將此將原理原則
隱藏在細部的分析之內，正如龔鵬程所言：「偏重實際批評及
較屬於技術性的問題。善於識小──雖然由小亦可見大。」[58]

---

54 見李建中〈漢語批評的文體自由〉，《江漢論壇》，頁 86。李氏並比較古典和現代批
　評，說道：「就文體樣式（體制）而言，古典批評是『文備眾體』，現代批評是『一體
　獨尊』；就漢語修辭（語體）而言，古典批評是『文學性』瀰漫，現代批評是『哲學
　化』統馭；就批評風格（體貌）而言，古典批評是『其異如面』，現代批評是『眾體
　同貌』。」，頁 86。

55 李建中〈漢語批評的文體自由〉，《江漢論壇》：「『文體自由』即批評家可以選擇任何
　一種文體來書寫自己的文學理論和批評。」，頁 84。林崗也說：「在近代，王國維第
　一個採取西方的論文形式批評《紅樓夢》，這標誌著評點形式的終結。」見林崗《明
　清之際小說評點學之研究》，頁 205。

56 參見李建中〈漢語批評的文體自由〉，《江漢論壇》，頁 85-86

57 朱萬曙《明代戲曲評點研究》認為：「評點批評的零碎、缺乏系統性。」「它缺乏的是
　理論上的概括力。」分見頁 5、49。孫琴安《中國評點文學史》認為：「（評點）與那
　些純粹的文學理論文章和專論比較起來，也有一些較為明顯的缺陷和侷限。首先，它
　終究停留在感性認識的階段。……其次，太瑣碎。」，頁 10。張智華《南宋的詩文選
　本研究》也指出：「與單篇論文、理論著作相比，詩文評點思辨色彩不濃，理論性不
　強，但其形象性與具體性較強……情感傾向與審美傾向比較明顯。」，頁 11。

58 見龔鵬程《文學批評的視野》頁 409。筆者並不認為「評點」停留在「感性認識」、

因此固然不應該以「論文」為標準，去否定「選本」、「評點」的價值，但是對於「選本」、「評點」的侷限，也應該有客觀的體認。

因此，本文擬以「論點中心」的論文形式，研究「選文中心」、「文本中心」的《古文關鍵》，希望能在邏輯推論的形式下，探求出《古文關鍵》潛藏的觀點或理論。王希杰針對「評點」，曾經說道：

> 評點家是評點，不是寫作修辭學或者閱讀學、闡釋學的著作，他沒有全面展開自己的理論體系，他是就具體文章，針對他心目中的讀者有所為而發的，他所說的只是他理論中的一個部份，他沒有說的不等於是他所沒有的。[59]

不僅「評點」如此，「選本」也應作如是觀。所以，本文希望能夠回到「選本」、「評點」中，還它的本來面目，在這個基礎上再發掘、推究古人未曾明言的觀念前提和美學原則[60]。所以，在解讀「選本」、「評點」的基礎上，將進行以「論點」為中心的探索與研究，並以「論文」形式，作清晰、準確的闡述

---

「瑣碎」的層次（見前註），而比較贊成龔鵬程《文學批評的視野》所說的：「（評點）詳論文章的各種優缺點……它便很難注意大的原理原則問題……而偏重實際批評及較屬於技術性的問題。善於識小——雖然由小亦可見大。」，頁408-409。但是龔氏所言：「它便很難注意大的原理原則問題」，筆者認為可以調整成：「評點的形式不便於提出原理原則，因此評點將原理原則隱藏在細部的分析之內。」龔氏也說道：「並不空談原則，而常常是藉實例以帶引出一些寫作和閱讀的原則。」，頁397。

59 見王希杰為張秋娥《宋元評點修辭研究》所寫之序，頁 8。林崗《明清之際小說評點學之研究》也說：「古人評點和我們今人作文學評論一樣，總是根據某些觀念或美學原則進行的。這些觀念或美學原則可能有充分的說明，但也可能作為不言而喻的前提隱於批評文字的字裡行間。」，頁 10。呂軒瑜博士論文《通代古文評點選本研究》也說：「評點……可能不具條理，但是同一作者的評點，仍具有一定的客觀推論標準，有自己的一套評價，因此評點可謂評點者部份思想的具體呈現。」，頁90。

60 參考林崗《明清之際小說評點學之研究》，頁10。

與傳達。

不過，畢竟《古文關鍵》在「評點」方面的表現，比起「選本」，有更多可以探討者，所以，本論文以更多的篇幅去探究「評點」中體現的文章論，希望能彰顯呂氏所未曾明言、但是確實存在的文章論。然而，「論點中心」的論文與「文本中心」的評點畢竟是兩種各有特點的批評形式，如何取得彼此的溝通與理解，關鍵仍在對「文本」的掌握。因為「論點中心」的論文，重點在本身的邏輯自洽，有相對的獨立性，但是「文本中心」的評點，卻是「寄生」[61]在文本裡面，並不具備獨立性，所以其批評必須參照文本才能獲得完整的理解，若將評點與文本剝離開來，多數評點文字會讓人不知所云。因此原本是借助評點理解文本，但是現在反過來，就可以借助文本來理解評點，並將理解所得，以「論點中心」的方式予以邏輯的呈現。具體工作當如林崗所言：「一個批評文本的完整讀解起碼應當包含總結歸納批評文本的架構和推究其隱含的批評前提這樣兩個方面。其中，第一方面是比較經驗性的歸納工夫，第二方面是分析發揮。但分析發揮必須建立在合理的歸納的基礎之上。」[62]本論文希望將這兩方面的成果都能呈現出來，以期能做到林崗所言：「所謂現代的解讀有三方面的含義：盡量客觀地重構評點學即古人的批評體系；進而推究古人的應用的美學思想和原則；並在此基礎上闡釋評點學可能具有的現代意義。」[63]

---

61 參考林崗《明清之際小說評點學之研究》，頁10。

62 見林崗《明清之際小說評點學之研究》，頁10。

63 此詞取自林崗《明清之際小說評點學之研究》，林氏說：「寄生一詞並不僅指形式上評點附著小說文本，它離不得小說文本，而且更重要的是批評文本的釋義往往需要結合、參照小說文本才能語義完整，並獲得理解。」，頁9。

# 四、對「意」、「法」的注重與文章學理論之突破

　　承前所言，《古文關鍵》在「評點」方面有許多可以探討者，其中，對「意」、「法」的注重與發現，最為人所重視。

　　重視「意」，是《古文關鍵》中相當重要的觀點，關於此點，已有多位學者指出，譬如呂軒瑜認為《古文關鍵》中的文學思想「首重立意」[64]，又如羅瑩認為「總論」與「評論文字」展現出呂祖謙的散文理論，其中之一是「強調立意」[65]。而《古文關鍵》重視「意」，具有很大的意義，因為這顯示出「文」不再依附於「道」，「文」取得一定的獨立地位。

　　而且，因為《古文關鍵》的作意是指導寫作，因此重視「認題立意」之「意」，且以不同於其他文論家之角度去探究「意」，並發揮「評點」的「與文本結合」，以及「多向性」、「細微性」的優勢，具體地探究文章之「意」的內涵及其表出，因此得出不同之成果，這在文章鑑賞、文章寫作上是一大貢獻。祝尚書指出：

> 「意」是詩文的靈魂。如果說唐人已相當重視對詩歌立意法的探討的話，那麼宋代（特別是南宋以後）對文章立意的重要性和規律性的認識與研究已趨成熟。[66]

由此可見出，《古文關鍵》對「意」的探究，是文章學中值得注意的成果。

---

64　見呂軒瑜博士論文《通代古文評點選本研究》，頁124。

65　見羅瑩〈《古文關鍵》：經典的確立與文章學上的意義〉，《瀋陽師範大學學報（社會科學版）》，頁86。

66　見祝尚書〈論宋元文章學的「認題」與「立意」〉，《文學遺產》，頁84。

此外，許多研究者認為，《古文關鍵》「評點」的重心是「法」。譬如吳承學即說道：

> 《古文關鍵》書名即標明其旨趣在於「關鍵」。所謂「關
> 鍵」大致只關乎章法與結構等藝術形式因素。《四庫全
> 書總目提要》該書提要謂：「祖謙此書實為論文而作，
> 不關講學。」所論甚是，呂祖謙是理學家，但其評點不
> 但毫無理學味，也不甚關心文章的內容，其注重點是文
> 章的技法。[67]

其實，不只《古文關鍵》，其他評點專書也多表現出此種傾向。這樣的批評態度，與以往的文學批評形式相比，確乎有著很大的不同。吳承學將傳統的文學批評和評點加以比較，指出：

> 傳統的文學批評講究對於批評對象知人論世，追源溯
> 流，其批評則重在對批評對象做總體審美把握的品第，
> 而很少是對文本具體入微的批評。而評點之學恰是轉向
> 對文本的語言分析和形式的批評，其特點在於為人指點
> 創作的具體途徑，從「作文之用心」的角度來進行批
> 評，對於作品的用詞、造句、修辭、構思和結構上的抑
> 揚、開闔、奇正、起伏等方面的藝術技巧進行評點。[68]

可見評點重「法」的特色十分特出、鮮明。龔鵬程將這種注重作品詳細分析的評點，稱為「細部批評」[69]，並對於評點重

---

67 見吳承學〈現存評點第一書〉，《中國文學評點研究論集》，頁226。

68 見吳承學〈評點之興——文學評點的形成和南宋的詩文評點〉，《文學評論》，頁32。

69 龔鵬程《文學批評的視野》認為：「評點，不能視為一個批評方法的『類』，因為評點一詞，只指出了它的批評形式，但同樣運用這種形式的批評流派很多，其方法與批評理念互不相同。……因此，我在後面會建議採取『細部批評』一詞，把評點中屬於細部批評的包括進去，也把不用評點方式，但卻是細部批評的包括在內，而將評點中不

「法」的事實，提出總結性的看法：

> 蓋整個細部批評，事實上就是集中於文章之繩墨法度的
> 評論，「詳訓文義，累幅不止」（古文筆法百篇凡例）。
> 名為義法，實只是法，因為言有序即是言有物，由法見
> 義，因文明道，所以法不可不講。……但這就是它的批
> 評理則與重點：藉著對文章修辭技法的檢討，發抉文學
> 美。[70]

所以，就如龔鵬程指出的：「此一用心於文學之語言美的態
度，跟一般詩文評話強調的得意忘言審美品味，似乎也有些差
距。」[71]

而且，從「文章學」發展的觀點看，對「法」的注重是非
常重要、非常有意義的。祝尚書針對南宋以前的文章學，指
出：

> 縱觀南宋以前的文章學，廣義的「文章」且不論，就狹
> 義的「文」即古文而言，有一個共同的缺陷，即論文章
> 內容（道）的多，而研究文章寫法、技法的既少又零
> 碎。[72]

---

　　詳釋文義者排除在外。」見頁 395 之註 8。

70 見龔鵬程《文學批評的視野》，頁 412-413。

71 見龔鵬程《文學批評的視野》，頁 409-410。

72 見祝尚書〈南宋古文評點緣起發覆——兼論古文評點的文章學意義〉，《四川大學學報
　　（哲學社會科學版）》第四期，頁 81。但是王水照、慈波〈宋代：中國文章學的成
　　立〉卻說：「宋代文章學在理論上也頗有建樹。……在此之前，對文章學的探討多侷
　　限於格法的討論，詳於各類文體的特徵、淵源、風格等方面的分析，多有評判盛行的
　　各類文體的熱情，卻少有對文章作全面審視的眼光，因此對技法的熱衷超過了對文章
　　之學的興趣。」《復旦學報》（社會科學版），頁 26。祝尚書與王水照、慈波的看法頗
　　有差異，值得深究。而王水照、慈波此篇文章也回顧了秦漢、六朝、唐代的文章批評
　　（頁 25），可是，從回顧中，看不出這些文章批評有「多侷限於格法的討論」的現
　　象。因此本論文採取祝尚書的說法。

但是，在宋朝，這種情況有了突破。早在北宋末，唐庚（1071-1121）就已經意識到古文也有「法度」，並主張場屋時文「以古文為法」[73]，南宋人的認識更明確了，從《止齋論訣》、《古文關鑑》等的「總論」看，學者們探究文章學已臻高度自覺[74]。因此，祝尚書說道：

> 他們汲收詩、賦、四六的研究成果，用以分析和解構古文，故雖曰「古文評點」，實際上是用「時文」（時下流行的、專用於科舉的文體）的程式和方法去反觀古文大師們的代表作，試圖讓時文向古文看齊，並從古文名作中找出時文的寫作規律，實踐著唐庚的主張，以提高時文的寫作水平，並使時文寫法由但憑朦朧的「感覺」或手授心傳進入到有「章」可循、有「法」可依的新階段。[75]

這段話指出了評點重「法」的重要意義。不過，祝氏也指出：「由於南宋古文評點是科舉考試程式化的產物，必須迎合考官口味，故不少流於繁瑣，太過講究形式。……故評點派的文章學，又有很大的侷限和流弊。」[76]這一點與前面所談的評點因

---

73 見唐庚〈上蔡司空（京）書〉，《唐先生文集》卷十五。其原文為：「自頃以來，此道（指文章法）幾廢，場屋之間，人自為體，立意造語，無復法度。宜詔有司，以古文為法。所謂古文，雖不用偶儷，而散語之中，暗有聲調，其步驟馳騁，亦皆有節奏，非但如今日苟然而已。」

74 此段論述參見祝尚書〈南宋古文評點緣起發覆——兼論古文評點的文章學意義〉，《四川大學學報（哲學社會科學版）》第四期，頁81。

75 見祝尚書〈南宋古文評點緣起發覆——兼論古文評點的文章學意義〉，《四川大學學報（哲學社會科學版）》第四期，頁81。王水照、慈波〈宋代：中國文章學的成立〉也說：「可以說正是時文的興起與士人對時文的熱情，促進了對文章法度的講求與歸納。……科舉的影響是廣泛的，它既促進了人們對文章創作技法的深入探求，又影響了士人分析、評議文章的思考方式。」《復旦學報》（社會科學版），頁30。

76 見祝尚書〈南宋古文評點緣起發覆——兼論古文評點的文章學意義〉，《四川大學學報（哲學社會科學版）》第四期，頁81。

「文本中心」而產生的缺點，有若合符節之處，而因為迎合科舉，又更大程度地加強了這種傾向。

綜合前面對《古文關鍵》重視「意」、「法」的探討，則探究《古文關鍵》在「意」、「法」以及其他方面的發現，以得出《古文關鍵》在文章學上的貢獻，是本論文所欲致力達成的目標。

# 五、對於「評點」的評價

本論文研究呂祖謙《古文關鍵》的文章論，而《古文關鍵》號稱「評點第一書」[77]，但是關於「評點」這一文學批評形式，向來卻存在著有褒有貶，甚至貶多於褒的評價。因此，其下即略述讚美的意見，而對於反對的意見，因為其量大且負面，因此特別需要廓清，而且從廓清的過程中，更可見出評點之特質，所以在這部份花費了較多的筆墨。

評點頗有人讚賞。侯美珍指出贊成評點者，通常有兩種看法：一是取其能抉發作者之意，可作為讀者了解作者與文本的津筏，二是便於初學[78]，而這兩者又是密切相關的。茲略舉二例如下：譬如張雲章序《古文關鍵》，曰：

> 觀其標抹評釋，亦偶以是教學者，乃舉一反三之意。[79]

又如姚鼐認為評點本對於學文的啟發很大，云：

> 震川有《史記》閱本，於學文者最有益，圈點啟發人

---

77 此語見吳承學〈現存評點第一書〉，《中國文學評點研究論集》之篇名，頁215。

78 參見侯美珍《晚明「詩經」評點之學研究》，頁 247 。關於評點在教育上的功能，可參見同書，頁264、265。

79 見廣文書局印行《古文關鍵·序》，頁1-2。

意，有愈於解說者矣。[80]

而便於教學、啟發人意這些優點，其實主要導源於評點重
「意」、「法」的特色。

　　不過，對於評點持負面看法的學者相當多，舉其犖犖大
者，如與呂祖謙同時的朱熹即說道：

> 因說伯恭所批文曰：「文章流轉變化無窮，豈可限以如
> 此。」某因說：「陸教授謂伯恭有個文字腔子，才作文
> 字時，便將來入個腔子做。文字氣脈不長。」先生曰：
> 「他便是眼高，見得破。」[81]

清代曾國藩《經史百家簡編·序》也說：

> 圈點者，科場時文之陋習也，而今反施之古書。[82]

時至五四，輕視評點的情況更為嚴重，譬如胡適評價金聖嘆評
點《水滸傳》，說道：

> 這種機械的文評正是八股選家的流毒，讀了不但沒有益
> 處，並且養成一種八股式的文學觀。[83]

諸如此類的言論非常多。侯美珍將反對評點的意見作了分類整
理，認為主要有下列十一種看法：「一、評點為時文陋習」、
「二、評點非古制」、「三、評點未能得作者之意」、「四、評點
使作者無限之書，拘於評者有限之心手」、「五、文無定法，反

---

80　姚永樸《文學研究法》卷四，頁37，引述姚鼐〈答徐季雅書〉。

81　見朱熹《朱子語類·論文上》卷一百三十九。「伯恭」為呂祖謙之字，朱熹與呂祖謙
　　同時代，時相往來。不過，從「眼高」、「見得破」來看，朱熹並非對評點全然否定，
　　說詳祝尚書《宋代科舉與文學考論》，頁300。

82　見曾國藩〈經史百家簡編序〉，《曾文正公全集》第八冊，頁19。

83　見胡適〈水滸傳考證〉，《中國章回小說考證》，頁3。

對評點將法揭以示人」、「六、評點好論字句等末節」、「七、評點常是標榜的手段」、「八、評點者批書常流於率意、主觀」、「九、評點本常有改易、刪節之舉」、「十、評點將導致文本改變」、「十一、評者自居高明,蔑視作者」[84]。到底這些批判有沒有道理?其下即一一加以辨析。

　　第一點影響很大,但是不甚公平。就如祝尚書所言:「南宋至元代的文章學著作,以科舉用書為多,所討論的也多是場屋時文文法,故在科舉考試科目早已改變或科舉制度成為歷史陳蹟之後,便長期不為研究者重視,乾隆四庫館臣對其中許多書甚至不屑著之於錄。」[85]但是評點與時文相關而又不限於時文,它所研究的其實是文章作法,因此祝尚書又說:「學者們不僅研究時文程式,同時又用時文程式反觀古文,將兩者打通形成互動,方才全面認識了古文文法,然後再將古文豐富的寫作經驗引入時文,從而提高時文的水準。據此,宋、元學者研討時文程式多舉古文名篇為例,並創造出『古文評點』這種嶄新的文章研究和批評方法,其原因就不難理解和明白了。」[86]當然,確實有許多時文評點選本庸陋不堪,但是因此而「一竿子打翻一船人」,否定了所有的評點批評,甚至評點批評形

---

84 參見侯美珍《晚明「詩經」評點之學研究》,頁 250-263。候著在各條之下均舉各家之說為證。

85 見祝尚書〈論宋元時期的文章學〉,《四川大學學報》(哲學社會科學版),頁 103。

86 見祝尚書〈論宋元時期的文章學〉,《四川大學學報》(哲學社會科學版),頁 103。祝尚書又引用元人劉將孫〈題曾同父文後〉的說法為證:「文字無二法。自韓退之創為『古文』之名,而後之談文者必以經、賦、策、論為時文,碑、銘、敘、題、贊、箴、頌為古文。不知辭達而已矣,時文之精,即古文之理也。……若終極而論,亦本無所謂古文,雖退之之政未免時文耳。」《養吾齋集》卷二五。邱江寧則舉《古文關鍵》與他書做比較:「《古文關鍵》之後的古文選本推崇曾鞏,這種推崇的背後所體現的選文識見與《古文關鍵》相比有什麼差異?從四庫館臣的評價可以看出二書的差別。對於前者,四庫館臣們認為『此書實為論文而作』,對於後者,則認為『為舉業而設』。為論文而作,重的是文章創作本身;而為舉業而設,重的是科舉之試。」見〈呂祖謙與《古文關鍵》〉,《浙江社會科學》,頁 146。

式，是不理智的。

第二、十點持論未當。因為凡事遵古，就可能泥於古，限制了突破與發展，所以，如果說加上評論文字、符號，就是「非古制」，應該否棄，那麼正如方東樹所言：「吾以為宇宙亦日新之物也，後起之義，為古人所無而不可蔑棄者，亦多矣。」[87]更何況評點這種批評形式並非「拔地而出」，也有有本有源的，張伯偉即說道：「評點方式的形成時間最晚，因此它所吸收的因素也最為複雜……如果要勉強作一概括性說明的話，也許可以這樣說：章句提供了符號和格式的借鑑，前人論文的演變決定了評點的重心，科舉激發了評點的產生，評唱樹立了寫作的樣板。」[88]從前述兩項「章句」、「前人論文」，可見得評點形式是「法古」而來的，因此說「評點非古制」，並因而否定評點，這種說法實在站不住腳[89]。此外，若說評點「導致文本改變」[90]，其實更指出了文學批評本身就是一種「再創造」，所以理應如此，根本不成為缺點。

至於第三、四、七、八、九、十一點，實關乎批評者水平或態度，如果批評者水平不高或態度不佳，就算是採用其他批評方式，也可能會出現類似情況。張秀惠也指出了這一點：「其實凡涉及批評者，莫不出於主觀，『拘於一時有限之心手』，亦非評點獨有之弊，高明之評點者確可為學文之人指引實際而直接的學習途徑，故實有其存在價值。」[91]不過，其中第九點「評點本常有改易、刪節之舉」，這一點跟評點的特

---

87 見方東樹〈書歸震川史記圈點評例後〉，《方植之全集》（清光緒中刊本）。

88 見張伯偉《中國古代文學批評方法研究》，頁 590。

89 侯美珍《晚明「詩經」評點之學研究》亦引用楊倫、廖燕、方東樹等人的說法，反駁此點。

90 此所謂「導致文本改變」，是指書籍讓評點寄生後，已與原著不同，猶如評點者之自著。參見侯美珍《晚明「詩經」評點之學研究》，頁 260。

91 見張秀惠《南宋古文評點研究》，頁 160。

質——與文本緊密結合有關聯[92]，因為與其他批評形式比較起來，如果評點者觀念有誤，則在評點本中確實更容易出現「改易、刪節之舉」，但是是否會出現這種情況，如前所言，乃是繫之於評點者，與評點形式無涉。

最後，第五、六點主要是針對評點重「法」來批評，而重「法」正是評點的特色，但是這個特色在許多人眼中，有如「原罪」，讓評點背負了僵化淺陋的污名。吳承學認為學者之所以會詬病重「法」這個特色，原因在於：「歷來論者對於評點之學的評價偏低，這可能與中國古人認為藝術的精妙只可妙悟而難以言傳的觀念有關。」但是吳承學又說：「評點傳授技巧作法，予人以方便法門，不免落了言筌。但是評點作為一種批評方式，引導人們從創作的角度去欣賞揣摩藝術，並從具體作品入手進行評析，有時雖不免瑣碎細雜，但比起玄之又玄的空談，自有其合理性。」[93]因此，與其一味批評評點重「法」失之僵固，還不如進一步探究「有法」與「無法」、「死法」與「活法」等觀念，並進而對評點重「法」有更為公允的評價。

綜觀評點的正、負面評價後，茲引述兩位當代學者的看法，此二家皆指出評點的特質或特色。首為康來新：

> 評點可以說是一種極為徹底的研讀。……比脫離作品的某些先驗性空洞理論批評來得具體切實得多。[94]

次為張伯偉：

> 人們聽慣了「載道」、「言志」、「美刺」、「褒貶」的「大

---

92 本論文第參章第二節為「評點」所下的定義為：「『評點』是與文本結合，兼用『評論文字』與『評論符號』來進行的批評方式。」

93 此二段引文見吳承學〈評點之興——文學評點的形成和南宋的詩文評點〉，《文學評論》，頁32。

94 見康來新《晚清小說理論研究》，頁36。

判斷」，再來看這些純粹以作品優劣為重心的「小結
裹」，也未嘗沒有親切實在乃至耳目一新之感。[95]

所以，「評點」不僅是流傳久遠、廣泛的文學批評形式，而且
相對於其他文批形式來說，它是一種非常徹底、具體的批評形
式。因此，循此角度進行探討、評價，或許才是一種較為公
允、真正能「沿波討源」的作法。

## 六、評點學研究現況與《古文關鍵》評點之研究價值

也許是因為以往對評點的評價不高，所以評點學的開發尚
屬晚近之事。關於評點的研究，以前多散見在修辭學史或批評
史之類的著作中，如郭紹虞《中國文學批評史》、鄭子瑜《中
國修辭學史稿》、易蒲、李金苓等《漢語修辭學史綱》、顧易
生、蔣凡、劉明今《宋金元文學批評史》、鄭子瑜、宗廷虎主
編《中國修辭學通史》等書皆涉及評點學；不然就是列為文學
批評方法中的一種加以介紹，譬如方孝岳《中國文學批評》、
龔鵬程《文學批評的視野》[96]、張伯偉《中國古代文學批評方
法研究》皆是如此；甚至是出現在論標點符號的著作中，譬如
管錫華《中國古代標點符號發展史》；再不然就是在論述其他
主題時，將評點作為其中的一個部份，譬如康來新《晚清小說
理論研究》、朱世英、方遒、劉國華《中國散文學通論》。可
是，這樣的處理是不夠充分的，因為上述諸書雖然時有卓見，
但有時也如林明昌所言：「偶有書中專節研究古文評點的，也

---

95 見張伯偉《中國古代文學批評方法研究》，頁 543。張伯偉並註云「小結裹」一詞出
自方回《瀛奎律髓》卷十，姚合〈遊春〉評語。
96 龔鵬程《文學批評的視野》立一新說──「細部批評」，依其定義，可納入大部份的
評點著作，書中舉例說明時，也多根據評點著作。

只簡述評點的歷史或方法。」[97]對於評點的其他重大課題著墨不多。不過，近來針對「文章學」與「考試文體」[98]（特別是時文、八股文）之研究，有觸及到評點者，雖非直接研究評點學，但是成就斐然可觀，對評點學之研究貢獻甚大，王水照、吳承學、祝尚書、鄺健行諸學者之論文是其中之尤著者。

　　針對評點本身來研究，是評點學成立的重要指標，孫琴安說道：過去往往都是為了研究文學作品，才開始注意到研究與這部作品相關的評點。但是希望能換個視角，以評點為主體來進行研究[99]。可喜的是，近年來，針對評點的研究已經在展開中，單篇論文姑且不論，相關學位論文、專著已有多部，張秀惠碩士論文《南宋古文評點研究》是目前所見較早的，其他孫琴安《中國評點文學史》、林崗《明清之際小說評點學之研究》、譚帆《中國小說評點研究》、朱萬曙《明代戲曲評點研究》、林明昌博士論文《古文細部批評研究》、張秋娥《宋元評點修辭研究》、呂軒瑜博士論文《通代古文評點選本研究》、侯美珍《晚明「詩經」評點之學研究》……等，都是近來此領域的力作[100]。此外，復旦大學中國古代文學研究中心注意到評點學的重要，所以和美國斯坦福大學中國語言文化研究中心，首次在 2002 年召開「『中國文學評點研究』國際學術研討會」，發表論文的學者來自兩岸，以及美、日、韓等國，會後並出版論文集──《中國文學評點研究論集》，其後又召開一次，對

---

97　見林明昌博士論文《古文細部批評研究》，頁 2-3。

98　鄺健行：「所謂考試文體，指歷代朝廷為了甄選人才，通過以文字作為測試手段，要求應試者寫出來的文體。」見鄺健行《科舉考試文體論稿：律賦與八股文》「前言」，頁 1。

99　參見孫琴安《中國評點文學史·緒論》，頁 12-13。

100　本論文之參考文獻列有更詳細的專著、單篇論文、學位論文書目，可參看。此外，張秋娥《宋元評點修辭研究》分為「相關研究」（含「從文獻考證、人物生平等方面進行的研究」、「從文學批評史、文學理論等角度進行的相關研究」）、「從修辭學角度的研究」，呈現了大量的資料，頁 10-15，也頗值得參考。

於推動評點學研究而言，功不可沒。

　　然而，在目前的評點研究中，如以文類區分，其情況如呂軒瑜所言：「歷來學界討論評點，多注重小說、戲曲，其次是詩，最後才是古文。」[101]之所以如此，可能是因為以往小說、戲曲不受正統文人重視，所以現存的小說、戲曲批評多只有評點，因此容易成為研究對象[102]。但是若就「古文」來說，呂軒瑜指出：「整體而言，目前的古文評點研究方向有二：一為整體古文評點的演變，二為南宋古文評點選本的研究。這兩個研究方向，一則欲使人明白古文評點的整體面貌，一則欲使人了解古文評點為何肇興於南宋以及當時選本的特殊之處。」[103]這兩個研究方向都很重要，而且，呂祖謙《古文關鍵》正位於這兩個方向的輻輳點上，可見其重要性。

　　一語以蔽之，《古文關鍵》因為「年代早」、「品質高」、「影響大」，所以在評點學上受到高度肯定，號稱評點第一書。高津孝談到《古文關鍵》時，說道：

> 現在能夠確認的最早的評點文本，是南宋呂祖謙的《古文關鍵》。

可見《古文關鍵》的創立之功，孫琴安也指出《古文關鍵》乃是：「第一次從文學的角度來評點散文」、「第一次對文學作品本身來進行評議」[104]。而《古文關鍵》之所以能夠扮演著引領腳色，與其品質高有著莫大關係，張秋娥即說道：「評點者自身的高超的文學水平、評點水平是評點得以傳播的重要因素。」[105]而關於《古文關鍵》的高水平，徐樹屏認為：

---

101　見呂軒瑜博士論文《通代古文評點選本研究》，頁5。
102　參考譚帆《中國小說評點研究》，頁2。
103　見呂軒瑜博士論文《通代古文評點選本研究》，頁9。
104　見孫琴安《中國評點文學史》，頁32、33。
105　見張秋娥《宋元評點修辭研究》，頁25。

> 其所評閱抉摘心髓，開始來學，與世眼迥別。[106]

而吳承學說明了南宋古文評點、《古文集成》、《文章指南》、子部筆記等書中，引用《古文關鍵》之說法的情形，最後下一結語：

> 《古文關鍵》以後，東萊的評論已經成為研究韓、柳、歐、蘇的權威說法，屢被人們引用。[107]

可見其說法普受世人肯定。也因為如此，《古文關鍵》的影響甚大，在《古文關鍵·看文字法》末尾，有一段話：

> 以上評韓、柳、歐、蘇等文字，說齋先生唐仲友亦常以此說誨人。[108]

可見其說法對當時人的影響。而劉昭仁更指出：

> 《文章正宗》、《文章軌範》、《崇古文訣》三書……皆東萊開其宗者，而元明以後，批註古書風氣大盛，遍及群經子史，蓋亦受東萊之影響也。[109]

可見得對後世影響之大。但是，儘管如此，目前尚未見到針對呂祖謙《古文關鍵》文章論加以研究的專著，因此，非常需要研究者投入。

# 七、本論文之研究工作重點

本論文研究呂祖謙《古文關鍵》之文章論，而如同本章第

---

106 見廣文書局印行《古文關鍵》，頁 321。
107 見吳承學〈現存評點第一書〉，《中國文學評點研究論集》，頁 230。
108 見廣文書局印行《古文關鍵》，頁 21。
109 見劉昭仁《呂東萊之文學與史學》，頁 218。

二節所述，《古文關鍵》融合了「選本」和「評點」兩種批評形式於一書，所以，必須兼顧此二者來研究，方能掌握其全貌。

首先，關於「選本」之探討，乃針對其「卷數」、「版本」、「選評」、「選文特色」、「重要性」，一一加以論述，以期見出《古文關鍵》在選本方面的表現以及影響。

其次，關於「評點」之探討，先針對「評點」此一批評形式，來處理其產生、特質……等重要課題，接著才針對《古文關鍵》在評點方面的表現來探究。而且，在《古文關鍵》評點表現的部份，因為評點原本就是「文本中心」，因此評點文字、評點符號必與文本結合，方有生命，研究者也才能掌握其實際內涵，所以，「與文本結合」這一點，是非常重要的，誠如張秋娥談到《古文關鍵》所言：「古文文論不像今人對所用術語的內涵、外延有明確界定，而是讓人在具體語境中推測，意會。」[110]所謂「具體語境」，就是「與文本結合」。而評點「與文本結合」的形式要素有三：「總論」、「評論文字」、「評論符號」[111]，因此，必須運用文章學相關成果，就《古文關鍵》之評點一一進行實際分析，所以主要的研究工作如下：

一是針對「評點」之「產生」、「定義」、「形式要素之特色」、「批評重點」、「侷限」、「與文章學之呼應」等重要課題，一一加以論述，以期見出「評點」此一批評形式之特質與價值。

二是運用文章學相關研究成果，全面處理《古文關鍵》之「總論」。《古文關鍵》卷首有「總論看文字法」、「論作文法」，較為抽象、系統地論述了《古文關鍵》之文章學思想，除研究「總論」所體現之文章學思想外，特別注重與其後具體、細微

---

110 見張秋娥《宋元評點修辭研究》，頁74。

111 關於此形式要素，詳見本論文第參章第二節之論述。

的評點相互呼應、深化之處。

三是運用文章學相關研究成果，地毯式地處理《古文關鍵》之「評論符號」。關於「評論符號」，正如吳承學所言：「多數評點研究者也只研究『評』而不暇顧及『點』，這是目前評點學研究的通病。」[112]因此更需要加以研究。《古文關鍵》之評論符號有三種：「｜」、「、」、「∟」，各有其功能。

四是運用文章學相關研究成果，地毯式地處理《古文關鍵》之「評論文字」。《古文關鍵》之「評論文字」有二：「題下批」和「旁批」，對於此的研究工作，有兩個重點：區分評論文字的所歸屬的學術領域（或學門）；闡述批評語言的涵義。關於前者，因為評點文字豐富而混雜，所以運用文章學相關研究成果（譬如現代詞彙學、修辭學、章法學……等），以區分出各個評點文字所歸屬的學術領域（或學門），並歸納整理，這是進行以論點為中心的探討的基礎；關於後者，則批評語言的闡述向來是一個重點、難點，譬如劉若愚就認為研究中國文學批評的困難是：「首先，在中文的批評著作中，同一個詞，即使由同一作者所用，經常表示不同的概念；而不同的詞，可能事實上表示同一概念。」[113]此外，張秋娥談到《古文關鍵》的侷限時，也指出一點：「所用術語無明確界定。」[114]因此，在歸納的基礎上，運用文章學相關研究成果來加以研究，或可較為明確地得出各個批評語言的涵義。

五是統合關於總論、評論文字、評論符號的研究，總結出《古文關鍵》在「評點」上的成果。

最後，在前述工作的基礎上，總結「選本」與「評點」的成果，並因此得出《古文關鍵》的地位及其影響。

---

112 見吳承學〈現存評點第一書〉，《中國文學評點研究論集》，頁221。

113 見劉若愚著，杜國清譯，《中國文學理論》，頁8。

114 見張秋娥《宋元評點修辭研究》，頁74。

在進行前述工作時，主要運用「分析」法，以文章學專業知識為基礎，進行評論文字、評論符號與文本結合的實際分析，期能闡釋《古文關鍵》評點中所隱含的文章學思想。其後，並運用「歸納」法，將此個別的分析所得，分門別類予以歸納綜合，以期提煉出較為系統性、原則性的文章學思想。此外，本論文運用結構分析法，進行每篇選文的結構分析，並進而繪出每篇選文的結構分析表，且作簡要的說明（「結構表及說明」置於附錄二），希望能以這樣的方式，清晰地呈現出每篇選文的章法特色，以便於與《古文關鍵》的評點進行對照，以進一步地探究出其章法論。

本論文以「論點」中心的論文形式，研究並評價《古文關鍵》之文章論，並期待能與現代文章學研究成果相互啟發、促進，以使本論文的研究工作更富意義。

# 第貳章

# 呂祖謙其人與《古文關鍵》選本相關問題之探討

　　本章所欲處理的，是關於呂祖謙與《古文關鍵》的一些基礎資料，以及《古文關鍵》作為一種「選本」，所必須釐清的相關問題。因此本章先介紹呂祖謙，其次說明《古文關鍵》之卷數、版本與選評，接著闡明《古文關鍵》的選文特色，最後說明《古文關鍵》在「選本」中的重要性。

## 一、呂祖謙其人

　　呂祖謙（1137-1181），字伯恭，婺州金華（今屬浙江）人。孝宗隆興元年（1163）進士，歷太學博士、著作郎、國史院編修官。曾主講於金華麗澤書院，創建了浙東「婺學」，或稱「呂學」，因為呂姓郡望東萊（萊州），世稱東萊先生。

　　呂祖謙家世甚隆。其八世祖呂蒙正相太宗、真宗，諡文穆；蒙正侄夷簡，三相仁宗，諡文靖；夷簡子公弼，事英宗、神宗，為樞密使，諡惠穆；公弼弟公著，相哲宗，諡正獻；正獻子希哲，以經入侍哲宗，封滎陽子；希哲子好問，諡欽宗、高宗，封東萊郡侯；好問子本中、弸中、用中，皆官於朝；弸中子大器，即伯恭父。以上乃呂氏家族中之犖犖大者，可謂衣冠相繼、族望顯赫。

　　呂祖謙生於桂林，十二歲承蔭補將士郎，十九歲隨侍其父

於福建，因得以從三山林之奇問學。弱冠應福建轉運司進士舉，中首選。少時性卞急，一日誦孔子曰「躬自厚而薄責於人」，忽覺平時忿懥渙然冰釋，遂終生無暴怒。二十一歲應禮部銓試，列下等第三人，二十四歲再赴銓試，列上等第二人，並從胡憲、汪應辰遊，次年授嚴州桐廬縣尉。二十七歲登隆興元年進士第，又中博學宏詞科，特授左從政郎，改差南外敦宗院宗學教授。三十歲丁內艱，居明招山，四方之士爭趨之。三十二歲自明招歸金華，授業曹家巷，作《左氏博議》。次年除太學博士，改添差嚴州州學教授，編《春秋講義》。翌年編次《閫範》，會諸生於麗澤，約於乾道初年（1165-1166）設立「麗澤堂」，後稱「麗澤書院」[1]；是歲復召為博士兼國史院編修官、實錄院檢討官，輪對，勉孝宗留意聖學。三十六歲丁父憂歸婺，諸生復集，講《尚書》，有《癸巳手筆》。三十八歲，遣散諸生，編《讀詩記》、《入越錄》、《左氏手記》。次年訪朱熹於武夷，同輯《近思錄》，並安排朱陸鵝湖之會。四十歲除祕書省秘書郎，兼國史院編修官、實錄院檢討官，以重修徽宗皇帝實錄。翌年書成，又被旨校正《聖宋文海》，淳熙六年四十三歲編成，賜名《皇朝文鑑》，是歲還居婺州養病，復修《讀詩記》、《尚書講義》。淳熙七年作《大事記》，淳熙八年定《古周易》，編《歐公本末》、《坐右錄》、《臥遊錄》，是歲卒，葬明招，享年四十五，諡曰成。

　　呂祖謙學派被稱為中原文獻學派，《宋史‧本傳》載：「祖謙之學，本之家庭」[2]，呂氏入《宋元學案》者，總共七世二

---

1　張秋娥《宋元評點修辭研究》：「書堂因屋前臨二湖，故取堂名為『麗澤』。『麗澤』之名取於《周易》『兌封』象義：『麗澤，兌。君子以朋友講習。』『麗澤』意為兩澤相連，君子朋友通過講會而交流知識、學說猶如兩澤之水交流。」，頁59。杜海軍《呂祖謙文學研究》並說：「麗澤書院，與岳麓書院、白鹿洞書院、象山書院一起，並稱為南宋四大書院，成為天下學者嚮往之地。」，頁3。

2　見《宋史‧列傳》，《二十五史》，頁5273。

十二人，且四為學宗，即《範呂諸儒學案》之呂公著、《榮陽學案》之呂希哲、《紫微學案》之呂本中、《東萊學案》之呂祖謙，呂氏家學之盛，於此可見。在呂氏家學的薰陶之下，呂祖謙的學術作風主要表現為兩個方面：一是以廣大為心，摒除門戶之見，做到泛觀博接，多與異道相處；一是以踐履為實，因為這是聖人之本，直接與道相關，踐履內容即儒家所言的修身、齊家、治國、平天下，概括而言就是「成己」、「成物」。因此，呂祖謙的學術也產生獨特的風貌，「廣博」則是其最為明顯的特徵[3]，呂祖謙一生從師多人，治學泛觀博接，學術思想不主一說，具有濃烈的調和色彩，《宋元學案》稱其：「文學術業，本于天資，習于家庭，稽諸中原文獻之所傳，博諸四方師友之所講，融洽無所偏滯。」[4]從現存的資料看，呂祖謙的學術思想之廣博遠遠超過其先人。而對文獻研究的注重，是呂氏家學的又一明顯特徵，全祖望《宋元學案・紫微學案》說：「自正獻（註：呂公著）以來所傳如此。原明（註：呂希哲）再傳而為先生（註：呂本中），雖歷登楊、游、尹之門，而所守者世傳也。先生再傳為伯恭焉，其所守者亦世傳也。顧中原文獻之傳，獨歸呂氏，其餘大儒弗及也。」[5]於此可見呂氏家學裡，中原文獻之傳備受肯定。

　　呂學影響深遠，全祖望說道：「明招學者，自成公下世，忠公繼之，由是遞傳不替。其與嶽麓之澤，並稱克世。……歷

---

3 一般常用「博雜」形容呂氏學風，此名詞出自朱熹之語：「博雜極害事。伯恭日前只向雜博處用功，卻於要約處不曾子細研究。」《宋元學案》卷五，《東萊學案》附錄，《黃宗羲全集》第五冊，頁 7。「博雜」是朱熹對呂之學術的論斷，其中貶意甚明。但是方同義指出：「呂的學問表現出泛觀博接、兼取其長，具有渾厚、包容、雜博、開放的氣象。」見方同義〈論呂祖謙的人格氣度和學術特色〉，《江南文化研究》（呂祖謙及浙東學術研究專輯）第 3 輯，頁77。因此本論文用「廣博」一詞稱之。
4 見全祖望《宋元學案・東萊學案》卷五十一，《續修四庫全書》，頁3。
5 見全祖望《宋元學案・紫微學案》卷三十六，《續修四庫全書》，頁581。

元至明未絕，四百年文獻之所寄也。」[6]王梓才也說：「東萊學派二支最盛，一自徐文清（徐僑），再傳而至黃文獻（黃潛）、王忠文（王禕）；一自王文憲（柏）再傳而至柳文蕭（柳貫）、宋文憲（宋濂）。……為有明開一代學緒之盛。」[7]從兩家說法中，可窺知呂學影響直迄明末。

呂祖謙於史學、經學、文學無所不窺，一生著述宏富，在呂祖謙的諸多著作中，《古文關鍵》是唯一的古文評點專著[8]。關於本書之著作年代，張秀惠認為：《古文關鍵》與《東萊左氏博議》作意相同，而呂祖謙序《東萊左氏博議》，此序題曰乾道五年，由年譜知是年祖謙母喪，居喪期間，祖謙曾授業於明招及曹家巷，次年則會諸生於麗澤；乾道八年祖謙丁父喪歸婺，諸生復集，《東萊左氏博議》序於乾道五年，則《古文關鍵》大約亦成於乾道年間[9]。此外，羅瑩引用朱熹寫給呂祖謙的信，斷定《古文關鍵》在淳熙元年已經刊行，因此此書應該成於乾道、淳熙年間（1173-1174）[10]。兩家看法大體上是相合的。

---

6 見全祖望《宋元學案‧麗澤諸儒學案》卷七十三，《續修四庫全書》，頁 363。

7 見全祖望《宋元學案‧麗澤諸儒學案》卷七十三，《續修四庫全書》，頁 363。

8 張秀惠碩士論文《南宋古文評點研究》指出，相傳《三蘇文選》為呂祖謙評點：「《宋史藝文志》著錄呂祖謙《三蘇文選》五十九卷，《天祿琳琅書目》續目卷十一載：『東萊標註三蘇文集，宋呂祖謙編，三蘇人各為編，凡蘇洵十一卷、蘇軾二十六卷、蘇轍二十二卷，編各分體加以點抹，於題下標注本意。』」，頁 13。但是張秀惠又說：王文進《文祿堂訪書志》卷四，著錄《東萊標注老泉先生文集》十二卷，人謂此乃後人取得其手鈔者再加以釐定標注，而潘宗周《寶禮堂送本書錄》則認為是託名之作，但是今未得見，無由深考，頁 13-14。因此張秀惠認為：「故論呂祖謙之古文評點，則惟《古文關鍵》一書。」，頁 14。另外，呂軒瑜稱：又有一呂祖謙書，名為《評點八大名家古文鈔》，察其內容，除字體不同之外，其他全與《古文關鍵》相同，當為一書二名。參見呂軒瑜輔仁大學中文研究所博士論文《通代古文評點選本研究》附錄一「通代古文評點選本綜合比較表」。

9 參見張秀惠碩士論文《南宋古文評點研究》，頁 13。

10 見羅瑩〈《古文關鍵》：經典的確立與文章學上的意義〉，《瀋陽師範大學學報（社會科學版）》，頁 85。

　　而呂祖謙之所以會評點《古文關鍵》，與其投身科舉有很大關聯，杜海軍說道：「科舉是呂祖謙走上文學之路的最終動力，也是最大的、持續最久的動力。在呂祖謙四十五年生涯之中，主要時間是從事與科舉有關的活動。」「雖然從主觀上講是為科舉而學，似乎與文學無關，但是，由於所學古文多具文學性，客觀效果卻培養了呂祖謙對文學的興趣，形成了呂祖謙文學家的氣質和文學思想，豐富了呂祖謙的文學修養。」[11]杜氏並據此將呂祖謙的人生劃分為兩期：二十七歲之前參與科舉，二十七歲之後創辦麗澤書院，擔任省試考官、殿試考官，從事有關科舉的教育活動。而邱江寧指出呂祖謙重視科舉還有其他更為深遠的用意：「還意在通過講論文章以選擇好的讀書苗子。」[12]馬東瑤也說：「呂祖謙認為士子不僅應當關注心性義理這些哲學問題，同時也應當通過科舉進入仕途，關注政治、歷史和經世之學，以承擔對於『道』和文化傳統的責任。因此，呂祖謙對於學生的教育還包括了應對科舉考試的訓練，而文學教育也成為其中的一個組成部份。」[13]因為呂祖謙具有良好的社會政治地位，中過博學鴻辭科，不但擔任過太學博士、主持過乾道八年（1172）的進士試，這使他具有崇高的聲望，因而從學者眾多，影響力相當大。

　　所以，關於《古文關鍵》選評之用意，張雲章《古文關鍵‧序》即指出：「觀其標抹評釋，亦偶以是教學者，乃舉一反三之意，且後卷論策為多，又取便於科舉，原非有意採輯成

---

11 此兩段引文以及其後敘述，分見杜海軍《呂祖謙文學研究》，頁 37、38-39。

12 見邱江寧〈呂祖謙與《古文關鍵》〉，《浙江社會科學》，頁 146。邱氏並引用呂祖謙寫與朱熹的信件，證明這點看法，譬如：「科舉之習，于成己成物，誠無益。但往在金華，兀然獨學，無與講論切磋者。閭巷士子，舍舉業則望風自絕，彼此無緣相接，故開舉業一路，以致其來。卻就其間擇質美者，告語之，近亦多向此者矣。」原註指出此見《東萊集》別集卷七〈與朱侍講〉元晦。

13 見馬東瑤〈呂祖謙的文學教育〉，《河南教育學院學報》（哲學社會科學版），頁 82。

書，以傳久遠也。」[14]而因呂祖謙門下生徒往來極眾，幾番謝遣，又幾番集合，張栻曾再三致書以議其非，謂其為舉業而來，先懷利心，但是祖謙則不以舉業為諱，其序《東萊左氏博議》即曰：「左氏博議者，為諸生課試之作也。」[15]而《古文關鍵》之作意，當與《東萊左氏博議》相同[16]。

# 二、《古文關鍵》之卷數、版本與選評

《古文關鍵》是相當早的古文選本，其卷數、版本與選評，皆有需要廓清與說明之處，因此其下即一一加以辨析。

## (一)《古文關鍵》之卷數

《古文關鍵》有「二卷」本和「二十卷」本兩種。關於「二卷」本，宋‧陳振孫《直齋書錄解題》卷十五曰：

> 《古文關鍵》二卷。[17]

馬端臨《文獻通考‧經籍考》卷七十六的記載與此相同[18]。而明

---

14 見廣文書局印行呂祖謙《古文關鍵》，頁 1-2。

15 見呂祖謙《足本東萊左氏博議‧序》，頁 1。

16 本節之資料，主要參考張秀惠碩士論文《南宋古文評點研究》，頁 6-14、劉昭仁《呂東萊之文學與史學》、潘富恩、徐餘慶《呂祖謙評傳》、張秋娥《宋元評點修辭研究》，頁 58-60、杜海軍《呂祖謙文學研究》，頁 1-5、蔡方鹿〈呂祖謙學術之特點及其歷史地位〉，《江南文化研究》（呂祖謙及浙東學術研究專輯）第 3 輯，頁 17-27、杜海軍〈論呂祖謙中原文獻之傳——以踐履為實廣大之心〉，《江南文化研究》（呂祖謙及浙東學術研究專輯）第 3 輯，頁 59-67、方同義〈論呂祖謙的人格氣度和學術特色〉，《江南文化研究》（呂祖謙及浙東學術研究專輯）第 3 輯，頁 68-80、羅瑩〈《古文關鍵》：經典的確立與文章學上的意義〉，《瀋陽師範大學學報（社會科學版）》，頁 85。此外，錢茂偉〈呂祖謙史學研究的學術史考察〉，《江南文化研究》（呂祖謙及浙東學術研究專輯）第 3 輯，頁 7-16，整理了海峽兩岸關於呂祖謙的研究成果，非常周備、詳盡，頗具參考價值。

17 見陳振孫《直齋書錄解題二十二卷》卷十五，《中華漢語工具書庫》書目部第八十三冊，頁 176。

清諸家書目，所錄《古文關鍵》亦率多作「二卷」[19]。關於「二十卷」本，源自《宋史藝文志》集部文史類載：

> 呂祖謙《古文關鍵》二十卷。[20]

而且也有數家書目，所錄《古文關鍵》為「二十卷」[21]。

　　針對此「二」與「二十」之別，《四庫全書總目提要》認為「二十卷本」說法其中有合理處：「考《宋史藝文志》載，是書作二十卷，今卷首所載看諸家文法，凡王安石、蘇轍、李廌、秦觀、晁補之諸人，具在論列，而其文無一篇錄入，似此本非其全書。」[22]但是參考其他資料，又說：「然《書錄解題》所載亦祇二卷，與今本卷數相合，所稱韓、柳、歐、蘇、曾諸家，亦與今本家數相合，知全書實止於此，《宋志》荒繆誤增一十字也。」[23]認為「二卷」本之說才符合真實的情況。而今

---

18 見馬端臨《文獻通考‧經籍考》卷七十六，頁1962。

19 如明‧高儒《百川書志》卷十九；明‧張萱《內閣藏書目錄》卷四；清‧莫友芝《邵亭知見傳本書目》卷十五；清‧陸心源《皕宋樓藏書志》卷一一三；清‧陳揆《稽瑞樓書目》；清‧王聞遠《孝慈堂書目》；清‧錢謙益《絳雲樓書目》卷四；沈德壽《抱經樓藏書志》卷六十三；瞿鏞《鐵琴銅劍樓藏書目錄》卷二；謬荃孫《藝風藏書續記》卷六；甘鵬雲《崇雅堂書錄》卷十四；丁仁《八千卷樓書目》卷十九。前述資料參考張秀惠碩士論文《南宋古文評點研究》，頁15，張智華《南宋的詩文選本研究》，頁34。

20 見《宋史藝文志廣編》（上）集部文史類，頁233。

21 如清‧季振宜《季滄葦書目》，頁140；清‧莫友芝撰、傅增湘訂補、傅熹年整理《藏園訂補邵亭知見傳本書目》卷十六上集部八，頁1527；傅增湘《藏園群書經眼錄》（五）卷十七集部六，頁1494；《北京圖書館古籍善本書目》（五），頁2769。前述資料參考張智華《南宋的詩文選本研究》，頁34。

22 此段及下段引文，見清‧紀昀總纂《四庫全書總目提要》卷一百八十七集部四十，頁5116。

23 張智華《南宋的詩文選本研究》稱：「《四庫全書總目提要》卷一八七云：『考《宋史藝文志》載是書作十二卷』。」並據此認為：「《古文關鍵》有二卷本、二十卷本、十二卷本，筆者進行了認真考索，認為《古文關鍵》只有二卷本和二十卷本，所謂十二卷本是不存在的。」，頁56、53。因為張氏此說與其他學者不同，而筆者至圖書館查考《四庫全書總目提要》，發現記載為「二十卷本」，並非「十二卷本」，因此張氏所云應為誤記。

人張智華則遍訪北京圖書館與南京圖書館，所見之蔡文子注本數種，只有宋刻本為二十卷，其他版本如明、清刻本皆為二卷，並指出：「二十卷本與二卷本內容一樣，皆為六十二篇……只是卷數分法不同。」[24]既然內容並無不同，則二十卷本與二卷本之差別，其實並無關宏旨，而因為目前所見本多為二卷，因此本論文採取二卷本之說。

## (二)《古文關鍵》之版本

關於《古文關鍵》的版本，張秀惠針對台灣所能見到的，作了詳細的考察和說明[25]。共有七種版本，皆為二卷，其中四庫全書本乃根據明嘉靖中刊本，其餘六種均根據徐樹屏刊本而來[26]，所以實為兩種。依次說明如下：

### 1. 四庫全書本

《四庫全書總目提要》曰：

> 《古文關鍵》二卷，宋呂祖謙編，取韓愈、柳宗元、歐陽修、曾鞏、蘇洵、蘇軾、張耒之文，凡六十餘篇，各

---

24 見張智華《南宋的詩文選本研究》，頁 54。

25 其下關於七種版本的說明，皆參見張秀惠碩士論文《南宋古文評點研究》，頁 15-20。此外，呂軒瑜博士論文《通代古文評點選本研究》附錄一製有第一、六、七種版本的比較表格，亦可參看。

26 吳承學說明了徐樹屏刊本的由來：「徐樹屏為清代徐乾學之子，徐乾學是顧炎武的外甥，清初官至大學士、刑部尚書。徐乾學酷愛圖書，建有著名的藏書樓傳是樓。徐樹屏本所據的就是徐乾學所藏的宋版書。該書有張雲章的序，雲章字漢瞻，號補村，曾入李煦幕，後與曹寅訂交，詩酒賡和，考訂典籍。徐樹屏與張雲章同為康熙年代的人，故徐樹屏本刊印於康熙年間。該書的〈凡例〉稱以其家藏兩宋刻本參酌互證而成的，兩本前後不同，標注內容也有所不同。而且後有宋人蔡文子的注，徐樹屏刊本補入蔡文子的注，在注中還加上整理者的校訂記。此本原有點抹，《叢書集成初編》排印本沒有印入。」見〈現存評點第一書〉，《中國文學評點研究論集》，頁 216。江枰則考訂：「可以大致推測徐氏冠山堂本《古文關鍵》刊刻於康熙中後期。」見〈呂祖謙編選《古文關鍵》質疑〉，《貴州文史叢刊》，頁 28。

> 標舉其命意布局之處，示學者以門徑，故謂之關鍵。卷
> 首冠以總論看文作文之法。[27]

此言其命名之由，甚為扼要。至於篇數，則韓文十三、柳文
八、歐文十一、老蘇文六、東坡文十四、潁濱文二、南豐文
四、宛丘文二，凡六十篇。所謂「總論看文作文之法」，包括
「看文字法」、「論作文法」、「論文字病」，以下所述諸本亦皆有
之。

《四庫全書總目提要》又曰：

> 此本為明嘉靖中所刊，前有鄭鳳翔序。又別一本所刻，
> 旁有鉤抹之處，而評論則同。考陳振孫謂其標抹注釋以
> 教初學，則原本實有標抹，此本蓋刊版之時，不知宋人
> 讀書於要處多以筆抹，不似今人之圈點，以為無用而刪
> 之矣。[28]

可知四庫館臣所見有二本，一則為明嘉靖刊本，有鄭鳳翔序，
一則有鉤抹，兩本批語相同。今則取前者，故無鉤抹，而鄭序
亦刪之矣。半葉八行，行二十一字，四周雙邊，白口，單魚
尾。總評低題目一格置於文前，文末偶另有總評；有小字旁
批。

今臺北商務印書館出版《景印文淵閣四庫全書》第一三五
一冊。

## 2. 清乾隆十八年浙西顧氏讀畫齋刊本（西元 1753 年）

卷前有張雲章〈重刊東萊先生古文關鍵序〉，及凡例六
條，卷末有徐樹屏跋，及未署名舊跋。目錄前註明：「東萊呂

---

27　見清·紀昀總纂《四庫全書總目提要》卷一百八十七集部四十，頁 5116。
28　見清·紀昀總纂《四庫全書總目提要》卷一百八十七集部四十，頁 5116。

祖謙伯恭評　建安蔡文子行之註　崑山後學徐樹屏敬思考
異」。據徐樹屏跋曰：

> 右東萊呂子《古文關鍵》上下二卷，久乏雕本，余家自
> 先公司寇藏有宋槧，其所評閱，抉摘心髓，開示來學，
> 與世眼迥別。顧其間棗木失真，誤謬頗多，張君漢瞻，
> 寢食於古，向為先公所亟賞，因請細加勘定。……余之
> 無似，亦曾奉庭訓於先公，遍考宋元以來善本，較其同
> 異，庶幾佐張君商榷。

又其「凡例」一曰：

> 東萊先生此編，家藏兩宋刻，刻有先後，評語悉同；皆
> 以抹筆為主，而疎密則殊。……今將兩本參酌互用。

可知此本乃徐樹屏取其家藏兩種宋刻本，參酌互用而重刊，並
曾據宋元善本加以考異，張雲章（漢瞻）亦參與勘定。至於評
點符號、蔡文子註的處理原則，在「凡例」中有詳細的說明。
　　其卷末題曰「錫山華綺天和氏重刊」，可知此本先出於崑
山徐氏，再重刊於錫山華氏，浙西顧氏又據之翻刻也。文凡六
十二篇，較「四庫全書本」多蘇軾〈留侯論〉、〈王者不治夷狄
論〉兩篇。半葉九行，行二十一字，左右雙邊，白口，單角
尾。總評小字雙行置於題目下，或小字雙行置於文末，另有小
字旁批，二者皆出於呂祖謙。蔡文子之註及徐樹屏之考異，則
小字雙行，隨文夾注。圈點記號有：「｜」、「、」和「∟」。
　　臺北故宮博物院圖書館藏一部。

## 3. 清嘉慶九年刊本（西元 1804 年）

　　與前本大抵相同，但闕「失姓氏舊跋」，圈點記號中無

「、」。半葉八行，行二十一字，左右雙邊，白口，單魚尾。

東海大學圖書館藏一部。

## 4. 日本文化元年刊本（西元 1804 年）

除版式外，與顧氏讀畫齋刊本相同。半葉九行，行二十一字，左右雙邊，白口，無魚尾。

東海大學圖書館藏一部。

## 5. 清同治九年張氏勵志書屋刊本（西元 1870 年）

扉頁方框內大字書曰：「同治九年仲秋古閩晏湖張氏勵志書屋開雕」。內容、版式、字體皆與顧氏讀畫齋刊本相同，疑為其覆刊本。

## 6. 政治大學圖書館藏一部

清同治十年胡鳳丹輯刊金華叢書本（西元 1871 年）。卷首有胡鳳丹〈重刻古文關鍵序〉，曰：

> 是書原出於崑山徐氏，重刊於錫山華氏，蓋宋槧也。余家藏其本，檢授梓人，願與海內文章家共寶之。

所以此本亦出於徐樹屏之考異本。半葉九行，行二十字，四周雙邊，白口，單魚尾，無圈點，卷末附四庫提要，其餘序跋及批語注釋與顧氏讀畫齋刊本相同。

藝文印書館出版，《百部叢書集成初編》之九十五，《金華叢書》第三十二函。商務印書館出版，《叢書集成初編》第一八二一冊，排印本。新文豐公司出版，《叢書集成新編》第五八冊，排印本。

## 7. 清光緒年間江蘇書局刊本

卷末有俞樾跋曰：

> 是書舊有崑山徐氏刊本，今竹石觀察又畀江蘇書局重刻
> 以行世，余喜其便於初學而足以副□功令之所求也，謹
> 書數語於後。

所以此本亦出於徐樹屏之考異本。半葉九行，行二十一字，白
口，單魚尾，無圈點；其餘序跋及批語注釋與顧氏讀畫齋刊本
相同。

台灣師範大學圖書館原藏一部，已佚。臺北廣文書局民國
五十九年（1970）年初版，民國七十年再版。

此外，大陸學者張智華《南宋的詩文選本研究》亦對《古
文關鍵》的版本作了詳細的考述：「《古文關鍵》現流傳下來有
宋刊本、明刊本、明嘉靖十一年李成刻本、清乾隆間文淵閣四
庫全書本、清乾隆十八年浙西顧氏讀畫齋刊本、清光緒二十四
年（1898 年）江蘇書局刻本、金華叢書本、覆金華叢書本、
崑山徐氏冠山堂刻本、日本文化元年（1804 年）刻本。」[29]剔
除與台灣版本重複者，還有其下幾種版本，其下略作介紹[30]：

1. 宋刊本：根據資料，可分為「二卷」本和「二十卷」
   本，但是北京圖書館和南京圖書館的蔡文子注本數種，
   只有宋刻本為二十卷，其他版本如明、清刻本皆為二
   卷。「二卷」本和「二十卷」本內容一樣，皆為六十二
   篇，只是卷數分法不同。

2. 明刊本：有點抹，但頗為模糊。此本選文六十二篇。中

---

29 見張智華《南宋的詩文選本研究》，頁 53。
30 參見張智華《南宋的詩文選本研究》，頁 53-58。第二種版本之說明亦參考吳承學
   〈現存評點第一書〉，《中國文學評點研究論集》，頁 216-217。第四種版本之說明也
   根據筆者考察所得。

山大學館藏。

3. 明嘉靖十一年李成刻本：據《北京圖書館古籍善本書目》集部總集類載：「東萊先生《古文關鍵》二卷，宋呂祖謙輯，明嘉靖十一年李成刻本。四冊，八行二十字，白口，四周雙邊。」所選篇數為六十二，篇目與明刻本相同。此乃「四庫全書本」所據。

4. 崑山徐氏冠山堂刻本：開頭有嘉定張雲章序以及重刊東萊先生《古文關鍵》凡例。正文旁有評點，正文下有小字批註，皆用墨筆。後有失姓氏《古文關鍵》舊跋。每半頁九行，行二十一字。版框高 29.2 釐米，寬 18.6 釐米。共四冊二卷，一、二冊為上卷，三、四冊為下卷。南京圖書館藏一部。

綜合前面所述，則諸種版本的差別，首先在於篇目，「四庫全書本」所收古文只有六十篇，其他皆收六十二篇[31]，所異者為蘇軾〈留侯論〉、〈王者不治夷狄論〉兩篇。其次為評論符號，「四庫全書本」、「叢書集成初編本」皆無評論符號[32]，而「清光緒年間江蘇書局刊本」（即廣文書局出版，目前台灣的《古文關鍵》通行本）則只有字下右折短直線：「ㄴ」，但是南京圖書館藏的「崑山徐氏冠山堂刻本」則有字右旁小斜點「、」、字右旁長直線「｜」和字下右折短直線「ㄴ」（且「冠山堂刻本」的「ㄴ」，比「清光緒年間江蘇書局刊本」出現得多一點）。又次為「題下批」，「崑山徐氏冠山堂刻本」的則數比「四庫全書本」多，文字有時略有差異，而且兩種版本之間還有著同一題下批、卻繫於不同文本的差別，但是「四庫全書

---

31 〈雜說〉包括兩篇〈雜說一〉、〈雜說四〉，但統計時只計為一篇。

32 吳承學和張秋娥皆指出此點，分見〈現存評點第一書〉，《中國文學評點研究論集》，頁 216、《宋元評點修辭研究》，頁 60，張秋娥並引用《四庫全書總目提要》的說法，說明為何沒有評點符號：「此本蓋刊板之時，不知宋人讀書於要處多以筆抹，不似今人之圈點，以為無用而刪之矣。」

本」乃是刪落其他評點，只保留「題下批」者。

所以，「崑山徐氏冠山堂刻本」的「篇目」、「評論符號」都較為齊全，而「四庫全書本」的「題下批」則經過處理，至於「看古文要法」、「旁批」，則各種版本大致相同。因此，本論文在分析《古文關鍵》時，「篇目」、「看古文要法」、「評論符號」、「旁批」都根據「崑山徐氏冠山堂刻本」，而「題下批」則根據「四庫全書本」，至於「張雲章序」、「凡例」[33]、「目錄」、「俞樾跋」、「失姓氏舊跋」之頁碼，則根據廣文書局印行之「清光緒年間江蘇書局刊本」。因為「冠山堂」版不存於台灣，因此，筆者託請南京師範大學曹辛華教授，將全本冠山堂刻本的《古文關鍵》，用拍照的方式存檔寄來，筆者再影印裝訂成書。

## (三)《古文關鍵》之選評

因為《古文關鍵》融合「選本」與「評點」兩種文學批評形式，所以，欲探究《古文關鍵》之成書，就必須同時處理編選者和評點者的身分的問題。

首先，《古文關鍵》的編者究竟是否為呂祖謙，其實是有爭議的。《古文關鍵》是相當早的古文選本[34]，而關於《古文關鍵》的編者，陳振孫《直齋書錄解題》卷十五云：

> 《古文關鍵》二卷，呂祖謙所取韓、柳、歐、蘇、曾諸家文，標抹注釋以教初學。[35]

---

33 廣文書局本之凡例，非原書之凡例，乃後人重刊本之凡例。參見呂軒瑜博士論文《通代古文評點選本研究》附錄一。

34 張智華《南宋的詩文選本研究》認為：「南宋詩文選本出現了新的品種，表現出多樣性的特徵，分類區於精細。古文選本的出現，是選本類別創新的第一種表現。……因而出現了呂祖謙《古文關鍵》、樓昉《崇古文訣》、王霆震《古文集成》、湯漢《妙絕古今文選》等一系列古文選本。」，頁4。

35 見陳振孫《直齋書錄解題二十二卷》卷十五，《中華漢語工具書庫》書目部第八十三

馬端臨《文獻通考・經籍考》卷七十六所載與此相同[36]。《四庫全書總目提要》亦言該書為「宋呂祖謙編」[37]，都明白指出此書是呂祖謙所選的。

但是，《古文關鍵》未署名之〈舊跋〉卻寫道：

> 余家舊藏《古文關鍵》一冊，乃前賢所集古今文字之可為人法者，東萊先生批註詳明。[38]

因此，張雲章《古文關鍵・序》據此說道：「審此則非東萊所選可知。」[39]不只如此，吳承學還舉出一個質疑編者的例證，就是日本官板《古文關鍵》目錄下也明確注明為「東萊呂祖謙伯恭評」，而不標明「評選」[40]。除此之外，吳承學又指出《古文關鍵》的編選確實有些不易理解的地方，譬如呂祖謙所選的《古文鑑》和《古文關鍵》的篇目差距很大；次如前面「論作文法」中所出現的術語，很少出現在後面的評語中；又如前面「總論」所評論的篇目，和後面所選的篇目的呼應不夠……等等[41]，而且後兩點又是更為重要的，因為正如鄒雲湖所言：「對於選本自身而言，選本的序跋部份某種意義上可算得上是入選作品部份的總指揮，它的理論表述制約著後者一系列具體的選擇行為。」[42]因此，總論與後面選文之扞格，是很難理解的。所以，《古文關鍵》的編者是否確為呂祖謙？就成為一個疑問了。

因為確有一些可疑之處，因此一些研究者如張秀惠、江

---

冊，頁 176。

36 見馬端臨《文獻通考・經籍考》卷七十六，頁 1962。

37 見清・紀昀總纂《四庫全書總目提要》卷一百八十七集部四十，頁 5116。

38 見廣文書局印行《古文關鍵》，頁 319。

39 見廣文書局印行《古文關鍵》，頁 2。

40 參見吳承學〈現存評點第一書〉，《中國文學評點研究論集》，頁 217。

41 參考吳承學〈現存評點第一書〉，《中國文學評點研究論集》，頁 217-219。

42 見鄒雲湖《中國選本批評》，頁 312。

枰、呂軒瑜等，皆傾向於認定《古文關鍵》的選者並非呂祖
謙[43]。不過，如果因此而遽下結論，認為《古文關鍵》的選者
並非呂祖謙，又似乎稍嫌武斷，因為最早提出編者非呂祖謙之
說法的《古文關鍵·舊跋》，究竟是何時何人所作？其說法的
根據是什麼？其實都不清楚，而引用此說而斷定編者非呂祖謙
的張雲章，也未對此提出進一步的證據[44]。因此吳承學認為：

> 關於編者問題，我仍持慎重闕疑的態度，不敢妄測。因
> 為該書確實存在一些疑問，但也沒有直接的證據足以證
> 明呂祖謙並非《古文關鍵》的編選者。如果本書確為呂
> 祖謙所選的話，也存在另一種可能性：編選、評點和寫
> 作「總論」非一時之作。不過，即使該書不是呂祖謙所
> 選，至少也已得到呂祖謙的認可，與其標準比較一
> 致。[45]

因此，本論文仍視呂祖謙為《古文關鍵》之評選者。而張秀惠
雖然認為《古文關鍵》並非呂祖謙所選，但是她說：「《古文關
鍵》原非呂祖謙所選輯，但既加以批註又以是教學，對其去取

---

43 譬如張秀惠碩士論文《南宋古文評點研究》同樣根據《古文關鍵·舊跋》，認為：
「《古文關鍵》原非呂祖謙所選輯。」，頁 21。江枰認為：「《古文關鍵》一書選錄的
作家作品和其評論之間存在著較為明顯的矛盾，這些矛盾不是自選自評的古文選本應
該出現的，後來的選本也似乎沒有出現過類似的情況。」、「第一步是『前賢』選錄八
家文章……其次是呂祖謙……加以評論和評點……最後是蔡文子……又對該書加以注
釋。」分見〈呂祖謙編選《古文關鍵》質疑〉，《貴州文史叢刊》，頁 28、30。呂軒瑜
博士論文《通代古文評點選本研究》也認為：「《古文關鍵》的編選者不知何人。」，
頁 32。

44 參見吳承學〈現存評點第一書〉，《中國文學評點研究論集》，頁 217。

45 見吳承學〈現存評點第一書〉，《中國文學評點研究論集》，頁 219。又如杜海軍《呂
祖謙文學研究》：「《古文關鍵》還當認定是呂祖謙所選所評。」，頁 155。羅瑩〈《古
文關鍵》：經典的確立與文章學上的意義〉也說：「在沒有新材料的情況下，我們仍認
為呂祖謙編選了《古文關鍵》，即使該書不是呂祖謙所選，至少也已得到了呂祖謙的認
可，這是我們分析《古文關鍵》的出發點。」《瀋陽師範大學學報（社會科學版）》，頁
86。

之精當與否，實已默然肯定。且東萊『總論看文字法』曰：
『學文須熟看韓柳歐蘇』，是集所選正以此四家為主。故《古文
關鍵》即使非東萊所輯，但其選文精神當與東萊相去不
遠。」[46]這樣的看法也是很合理的。

其次，《古文關鍵》的評點者的身分，則似乎向來沒有太
多疑問，呂軒瑜指出：

> 《古文關鍵》的編選者不知何人，但由呂祖謙所點評，
> 應無疑義。[47]

而杜海軍參考宋人讀書筆記，認為此書是呂祖謙自選自評的作
品[48]。總之，學者多主《古文關鍵》的評點者是呂祖謙。

# 三、《古文關鍵》之選文特色

鄒雲湖認為「選本」是指選者按照一定的選擇意圖和選擇
標準，在一定範圍內的作品中選擇相應的作品編排而成的作品
集，因此，他說：「選本的界定必須具備目的性（有一定的選
擇意圖和標準）、限定性（在一定範圍的作品中）、選擇性（根
據一定的選擇意圖和標準進行選擇）、群體性（最後以作品集
的形式出現）。」[49]職是之故，本論文關於《古文關鍵》之選文
特色，就分四點來探究：「時代及文類」、「作家及文章篇數」、
「文體」和「選文標準」。

而且，鄒雲湖又說：「選本不但反映出選者（批評家）對
文學理論的獨特探討，反映出特定時期的文學思潮，同時選本

---

46 見張秀惠碩士論文《南宋古文評點研究》，頁 21-22。
47 見呂軒瑜博士論文《通代古文評點選本研究》，頁 32。
48 見杜海軍《呂祖謙文學研究》，頁 154-155。
49 此段引文及前段說明，見鄒雲湖《中國選本批評》，頁 1。

對作家作品的獨特取捨排列也反映出該作家及其作品在文學史的不同歷史時期地位與聲望的盛衰起伏。」[50]這些觀點，在其後的探究中也可得到印證。

## （一）時代及文類

《古文關鍵》書名中標出「古文」，指出了文類，不過，值得注意的是，因為所選的都是唐宋古文運動的倡導人物的文章，因此可知此「古文」指的是唐宋文人所提倡古文運動的革新文體，乃相對於「駢文」而言。而呂軒瑜談到諸多以時代為次的古文選本時，說道：「這些選本所選錄的時代範圍，通常跨度較大，一般由先秦開始，以下至宋、明、清不等。」[51]由此可見，《古文關鍵》只選唐宋八位作家的作品，是較為少見的作法，針對此點，呂軒瑜指出：

> 《古文關鍵》是第一本以唐宋文為主的選本。[52]

吳承學甚至說：嚴格地說，《古文關鍵》是一部「名不符實」的「古文」選本，它沒有選唐以前的古文[53]。

《古文關鍵》是目前可考的第一本古文評點選本，其眼光獨獨關注唐宋古文運動中產出的古文，這確乎是值得玩味的一個現象。唐宋古文是秦漢古文的繼承和發展，唐宋古文運動的領導者和中心人物，共同反對駢體文末流，不滿綺麗浮華的形式主義文風，提倡恢復和發展秦漢體散文的優良傳統，不同程度地堅持了文道結合的方向，把散文從駢儷的束縛中解放出來，確立了這種散句單行，自由書寫，接近口語的新型散

---

50　見鄒雲湖《中國選本批評》，頁4。

51　見呂軒瑜博士論文《通代古文評點選本研究》，頁180。

52　見呂軒瑜博士論文《通代古文評點選本研究》，頁193。

53　參見吳承學〈現存評點第一書〉，《中國文學評點研究論集》，頁219。

文——「古文」[54]。而《古文關鍵》這種獨特的斷代選文的現象，給讀者一種很鮮明的印象：標舉出唐宋古文運動的成果。

也因為如此，唐宋古文運動最重要的訴求——文以載道，也反映在《古文關鍵》的選文中，呂軒瑜說道：

> 古文運動由唐代至宋代，方興未艾，因此古文選本受其影響，選錄文章首重內容，尤其必須載道。[55]

而這一點，甚至影響到了後代，呂軒瑜又指出：「唐宋以後的人對古文的定義多半是由內容去評判的……不過，古文選本大多不選賦及駢文，偶有選錄，也只是少數，如《楚辭》、〈北山移文〉、〈蘭亭集序〉等，並沒有自亂體例。」[56]《古文關鍵》開風氣之先，選錄唐宋古文，並且呈現出「內容必須載道」的選文標準。

## （二）作家及文章篇數

《古文關鍵》共選了八位作家。呂軒瑜指出：「《古文關鍵》雖以時代做為基本依據，但其目錄所呈現的，卻是以作家為主的編排方式，這樣的方式對於只選錄唐宋兩代八家之文的選本來說，亦可謂清楚明白。」[57]因為在排次時主要是依據作家為序的，所以「作家」的重要性就藉此標舉出來。這八位作家為：韓愈、柳宗元、歐陽修、蘇洵、蘇軾、蘇轍、曾鞏、張耒，八家之排列，大致以年代先後為準，而曾鞏本應在蘇軾之前，但為使三蘇並列，所以將曾鞏移後。卷上首列韓文十三篇，次則柳文八、歐文十一，卷下依次為老蘇文六、東坡文十

---

54 參見吳小林《唐宋八大家》，頁5。
55 見見呂軒瑜博士論文《通代古文評點選本研究》，頁123。
56 見呂軒瑜博士論文《通代古文評點選本研究》，頁3。
57 見呂軒瑜博士論文《通代古文評點選本研究》，頁180。此論文又指出古文評點選本有三種編排方式：以時代為次、以文體為次、以特定章法技巧為次，參見頁180-183。

六、潁濱文二、南豐文四、宛丘文二,兩卷總共收文六十二篇。由上可知,《古文關鍵》所選以韓、柳、歐、蘇(軾)四家為多,合計佔全書近十分之八。

正如鄒雲湖所指出的:「作家在選本中的排名往往直接影響到他們在文學史上的定位。」[58]從這份作家與所選文章篇數的名單中,可以看出值得注意的幾點。首先是選者眼光獨到。《古文關鍵》所選的八家中,有七家得到後世肯定,成為「唐宋八大家」的成員。張智華即針對此點說道:

> 呂祖謙是一位很有眼光的選家,他所選的唐宋八大家中,有七家即韓愈、柳宗元、歐陽修、蘇洵、蘇軾、蘇轍、曾鞏,得到了人們的公認。明代唐順之編《唐宋八大家文讀本》、茅坤編《唐宋八大家文鈔》,把張耒換成王安石,再增加一些篇目,便成為權威的古文選本。因此可以說,在文學史上「唐宋八大家」這一重要名詞的雛型,是呂祖謙奠定的。[59]

張智華並認為此與創作經驗有關:「呂祖謙的古文在當時相當著名……他們自己有古文創作經驗,因而選評非常內行,如《四庫全書總目》卷一五九《東萊集》評呂祖謙『所撰《文章關鍵》,於體格源流,具有心解』。」[60]文中之「他們」指的是呂祖謙、樓昉、謝枋得等人,《文章關鍵》即為《古文關鍵》。[61]

其次是未選王安石。以《古文關鍵》選者眼光之精審,居

---

58 見鄒雲湖《中國選本批評》,頁8。

59 見張智華《南宋的詩文選本研究》,頁 121。吳承學〈現存評點第一書〉,《中國文學評點研究論集》也說:「從選本學的角度來看,《古文關鍵》所選多為藝術精品,為後來選家與讀者所廣泛接受,對於唐宋古文經典的形成產生了巨大的影響,仍是一部非常有價值的選本。」,頁219。

60 見張智華《南宋的詩文選本研究》,頁 116-117。

61 關於《古文關鍵》在這方面的貢獻,詳見本章第四節。

然獨漏王安石,原本就是可怪的,特別是書首「看諸家文法」
中,提到王安石文乃「純潔,學王不成遂無氣焰。」又可見對
王安石之肯定,杜海軍即說:「在『總論』部份呂祖謙已經給
他們排出了順序,那就是韓、柳、歐、蘇、曾、子由、王、
李、秦、張、晁,並對蘇轍、李廌、秦觀、張耒、晁補之等人
文章頗有微詞……然而卻稱讚王文『純潔』。從此可看出呂祖
謙對王安石的文章評價遠在蘇轍、李廌、秦觀、張耒、晁補之
之上。」[62]關於此種矛盾的現象,顧易生、蔣凡、劉明今等認
為:

> 呂祖謙不選王安石與南宋初批評新法的風氣有關。……
> 以後隨著對王安石偏見的淡化,進王安石而退張耒,八
> 家之名便形成了。[63]

但是呂軒瑜指出一點:「此書選者有可能並非呂祖謙本人,因
此選不選王安石,或許與政治立場無關。」[64]不過,就算《古
文關鍵》的編者不是呂祖謙,也應該是與呂祖謙時代相近的文
人(因為該選者要總結唐宋古文表現,所以時代不可能推前太
多),因此受政治評價的影響,是可能的[65]。但是,為何「看諸

---

62 見杜海軍〈呂祖謙與唐宋八大家〉,《廣西師範大學學報:哲學社會科學版》,頁 146。

63 見顧易生、蔣凡、劉明今《宋金元文學批評史》,頁 790。張智華《南宋的詩文選本
   研究》說得更為詳細:「第一,受政治的影響。呂祖謙為呂公著後代,呂公著為舊黨
   領袖、地位僅次於司馬光。呂公著與王安石及其新黨進行過激烈的鬥爭、結下了很深
   的怨恨,因而呂祖謙不會喜歡王安石。由於宋徽宗時打著新黨旗號的蔡京等人導致了
   北宋的覆滅,所以南宋前期的人們普遍對王安時期即新法和新黨持批評的態度……在
   這種普遍譴責王安石的政治氣候下,呂祖謙當然不會在選本中選王安石文。」「第
   二,受當時文壇風氣的影響。南宋政壇上貶王揚蘇,與之相應文壇上抑王揚蘇。」分
   見頁 121、122。不過,羅瑩針對張智華的第一種意見,提出不同看法,她引用資
   料,據此認為呂公著與王安石私下有著不錯的交情。見〈《古文關鍵》:經典的確立與
   文章學上的意義〉,《瀋陽師範大學學報(社會科學版)》,頁 86。

64 見呂軒瑜博士論文《通代古文評點選本研究》,頁 189。

65 林美君《張耒及其詩文研究》指出:王安石身後所受的榮紲,在南北宋有著顯著的不

家文法」又特列出王安石並加以肯定呢？如果《古文關鍵》的編選者並非呂祖謙，這個問題似乎比較容易解決，因為呂祖謙對於王安石的評價，並不像當時許多文人一樣偏激[66]，而編選者和評註者呂祖謙的看法不必然一定要相同；但是如果編選者和評註者都是呂祖謙，那麼這其中確實存在著矛盾，以目前所發現的資料來推斷，只能說也許是當時對王安石的嫌惡實在是太深了，張智華即指出：「他評了王安石而未選其文，可能是由於前者表示個人的意見而後者卻必須顧及文壇風氣，這正是當時貶王揚蘇的政治氣候和抑王揚蘇的文壇風氣在古文選本中的一種曲折反映。」[67]

再其次是特別重視韓、柳、歐、蘇。以後代的評價來說，韓、柳、歐、蘇的地位確實又在他家之上[68]，關於此點，顧易生、蔣凡、劉明今等認為，這表現出選者的眼光獨到：

> 王十朋云：「唐宋之文可法者四：法古於韓，法奇於柳，法純粹於歐陽，法汗漫於東坡。餘文可以博觀，而無事乎取法也。」（《雜說》）朱熹云：「東坡文字明快，老蘇文雄渾，盡有好處。如歐公、曾南豐、韓昌黎之文豈可不看？柳文雖不全好，亦當擇。」然他們同時又泛

---

同，大體說來，北宋時王安石備受榮寵，但是欽宗皇帝停止王安石配享孔廟，改列從祀之後，其待遇每下愈況，理宗淳祐元年，正式下詔指責王安石為「萬世罪人」，並削去從祀，南宋人對王安石的不滿情緒，由此可知。詳見頁 128。

66 方同義認為：「呂祖謙對北宋時期歐陽修、王安石、蘇東坡等人的學術思想亦持異求同、吸取其合理因素的態度。他很不贊成朱熹對王安石的敵視、詆毀態度，對朱熹所編次的《三朝名臣言行錄》幾次提出批評。」見〈論呂祖謙的人格氣度和學術特色〉，《江南文化研究》（呂祖謙及浙東學術研究專輯）第 3 輯，頁 76。而且呂祖謙編選的《皇朝文鑑》中也大量收入王安石的詩文。

67 見張智華《南宋的詩文選本研究》，頁 123。

68 吳小林《唐宋八大家》引用袁枚的一段話之後，說道：「其中韓、柳、歐、蘇（軾）四家地位比較高，王、老蘇和小蘇次之，曾鞏又次之。把曾鞏這樣的古文作者稱為『大家』確是比較勉強的。」，頁 4。

稱司馬光、范仲淹、李覯及蘇門六君子等。相比之下呂
祖謙的認識似更明確了。[69]

而在此四家中，蘇軾文最多，有十六篇，張智華認為推崇蘇軾
與文壇風尚有關：「南渡以後……人們對三蘇尤其是蘇軾及其
門人之古文的評價越來越高。」[70]但是，邱江寧則指出這種看
法不夠充分，而認為：「與選家呂祖謙審美情趣相關。」[71]不論
是出於何種原因，《古文關鍵》對韓、柳、歐、蘇的特別推
重，確實是一個突出的特點。

又其次是選曾鞏文甚少。《古文關鍵》只選四篇曾鞏文，
而元代朱右《新編六先生文集》、明代茅坤《唐宋八大家文
鈔》所選曾鞏文卻遠遠超出他家，反差十分巨大。針對此種現
象，邱江寧指出：這是因為呂祖謙喜歡並擅長文采斐然的文
章，曾鞏的文章簡嚴純正，並非呂祖謙所尚；反而是朱熹重視
曾鞏文，而朱熹在元代受到極大的推崇，明代政府更規定舉試
以朱子之學為依歸，因此人們愛屋及烏，對於曾鞏的推重幾乎
到達了前所未有的地步[72]。不過，邱江寧更指出其中核心的因
素：

> 《古文關鍵》之後的古文選本推崇曾鞏，這種推崇的背
> 後所體現的選文識見與《古文關鍵》相比有什麼差異？
> 從四庫館臣的評價可以看出二書的差別。對於前者，四
> 庫館臣們認為「此書實為論文而作」，對於後者，則認

---

69 見顧易生、蔣凡、劉明今《宋金元文學批評史》，頁790。

70 見張智華《南宋的詩文選本研究》，頁122。

71 見邱江寧〈呂祖謙與《古文關鍵》〉，《浙江社會科學》，頁144。

72 參見邱江寧〈呂祖謙與《古文關鍵》〉，《浙江社會科學》，頁145。鄭健行《科舉考試
   文體論稿：律賦與八股文》也談到明代唐宋派對曾鞏的推崇：「唐宋派顧名思義，重
   視對唐宋八家的學習。八家之中，尤傾向於歐陽修和曾鞏。……然則收縮範圍，把唐
   宋派看成是宋派甚或歐曾派，似乎也未嘗不可。」，頁203。

為「為舉業而設」。為論文而作，重的是文章創作本
身；而為舉業而設，重的是科舉之試。[73]

從中即可見出《古文關鍵》選家的懷抱與見識。

又其次是選張耒之文。《古文關鍵》與「唐宋八大家」所
選作者的差異，在於退王安石而進張耒，因此張耒入選是頗值
得注意的。馬東瑤認為之所以會有這樣的選擇結果，首先，是
因為張耒是最晚去世的蘇門弟子，是北宋末期的文壇泰斗和北
宋古文最後一個發展階段的代表；其次，張耒雖然是蜀學傳
人，但他對古文的看法與理學家頗為相合，而他的不險怪、不
誇飾、汪洋淡泊的文風也頗得時人好評；再次，張耒擅長史
論，而《古文關鍵》選了多篇史論，可看出選者原本就偏好史
論[74]。林美君則又指出張耒之文便於入手，也是原因之一[75]。
因此，有這樣的結果也就不足為奇了。

## （三）文體

《古文關鍵》所選各家之文的「文體」，也是一個值得關注
的地方。《古文關鍵》排次各家之文時，皆以「論辯」為首，
如韓文先錄「論辯」八篇，次為「書說」四篇、「贈序」兩
篇；東坡文依次為「論辯」十二、「序跋」三、「碑誌」一，可
見諸家之下，都就文體以類相從，有條不紊。而且所收文章以
論辯類為多，共四十篇，其他書說類八篇，贈序類六篇，序跋
類四篇，而雜記類、傳狀類、碑誌類各一至二篇，光是就文體
來說，論辯類佔了全書近三分之二[76]，更何況所收的「書」、

---

73 見邱江寧〈呂祖謙與《古文關鍵》〉，《浙江社會科學》，頁146。

74 參見馬東瑤〈呂祖謙的文學教育〉，《河南教育學院學報》（哲學社會科學版），頁85。

75 見林美君《張耒及其詩文研究》，頁130。

76 參考張秀惠碩士論文《南宋古文評點研究》，頁21，文體分類根據姚鼐《古文辭類
纂》。

「序」多數其實也是議論文[77]。因此吳承學也指出：「所選差不多只限於『論』體文」[78]。而且，不可忽視的是，《古文關鍵》總論的「論作文法」中有一段話：

> 有用文字，議論文字是也。

因此，總論之說與選文結果是相符的。不過，為什麼特別重視議論文呢？

吳承學說明了箇中原因：「所謂『有用』，也有實用之意。『論』體在當時科舉考試中相當重要。『當時每試必有一論，較諸他文應用之處為多』，既然《古文關鍵》乃為科舉考試之助，所選文章以論體為主也就是非常自然的事了。」[79]而張秀惠針對《古文關鍵》所選之韓、柳、歐、蘇文章，作了信而有徵的探究工作：「《古文關鍵》既以韓、柳、歐、蘇為主，並以論辯為多，然此四家之論辯文字均極豐富，如何去彼取此，亦值得探討。此由東萊之『看諸家文法』與各篇之總評，似可略見端倪。」[80]因此張氏蒐集此四家所選文章之總評（即「題下批」），綜合分析之後，與「看諸家文法」中的說法加以印證，因此得到結論：「綜言之，《古文關鍵》選韓文取其鋪敘嚴謹，選柳文重其關鍵巧妙，歐文取其議論反覆，東坡文重其章法布局。」而且，更統合此四家特色，說道：

---

77 此點參見吳承學〈現存評點第一書〉，《中國文學評點研究論集》，頁 219。議論文又稱論說文，劉勰《文心雕龍‧論說》概括說道：「論也者，彌綸群言，而研精一理者也。」並認為這類文章的體制和寫作特點，是：「原夫論之為體，所以辨正然否。窮于有數，究于無形，鑽堅求通，鉤深取極；乃百慮之筌蹄，萬事之權衡也。」因此，褚斌杰《中國古代文體學》認為：「論說文，也就是說理的文章。」，頁 341。

78 參見吳承學〈現存評點第一書〉，《中國文學評點研究論集》，頁 219。

79 見吳承學〈現存評點第一書〉，《中國文學評點研究論集》，頁 220。此外文中所引「當時每試必有一論，較諸他文應用之處為多」下，作者原註為「見《四庫全書總目》卷一八七《論學繩尺》提要。」

80 見張秀惠碩士論文《南宋古文評點研究》，頁 22。

> 若合四家選文而言，其共同精神為結構嚴謹有法度，
> 《古文關鍵》之選文特色即在此。[81]

因此，張氏與吳氏之說可以相互印證，並據此進而推斷：《古文關鍵》中多選結構嚴謹有法度的議論文，與該書用作科舉考試教本應有很大的關聯[82]。

不過，張秋娥也指出：「《古文關鍵》所評點的古文以論說文為主……這雖說是時代使然，但也不能不說是呂祖謙認識的不足。」[83]這點也值得參考。

## (四) 選文標準

在前面對於《古文關鍵》的「時代及文類」、「作家及文章篇數」和「文體」進行探究的基礎上，可以總結出《古文關鍵》的「選文標準」。關於「時代及文類」的探討，可以得出一個標準——「內容必須載道」，關於「文體」的探討，可以得出一個標準——「技巧須有助於時文」，而關於「作家及文章篇數」的探討，則可以同時回應這兩個標準。因此，綜合前面的討論，可以發現《古文關鍵》的選文標準有二：「內容必須載道」、「技巧須有助於時文」。

呂軒瑜將《古文關鍵》與受《古文關鍵》影響的選本，與

---

81 前段及此段引文見張秀惠碩士論文《南宋古文評點研究》，頁 25。

82 王水照、慈波：「宋代文章主於議論，『宋人見識端正，文在議論中』，這種風格的形成與科舉重策、論有密切聯繫。……從宋人的文集中我們也可以看到，論辯性質的文字佔據了很大的比重，而這在唐代是不多見的。這其實可以說是科舉對文章所產生的間接影響，由於科舉對於士人前途的重要意義，他們將更多的精力投入到對論、策等文體的揣摩與研習上。這些文體在應試時都有頒定的程式，對於體制、文辭、事理、雜犯等有具體的規定，因此士人必須悉心體察，以免因這些原因被黜落。而科場成功的文卷更成為他們學習、模仿的範本，像蘇軾等人善於論辯的文字尤其受到歡迎。」見〈宋代：中國文章學的成立〉，《復旦學報》（社會科學版），頁 29。此說法可作為旁證。

83 見張秋娥《宋元評點修辭研究》，頁 74。

真德秀《文章正宗》作一比較，認為：

> 在宋代的古文選家中，依其所重，略分為二：一者如真
> 德秀所編的《文章正宗》，雖然選錄的是古文，但較重
> 視文章內容與理學思想相合，理學氣味極濃。一者如呂
> 祖謙等人，重視文章的思想內容與藝術技巧，文、道並
> 重。這類選本，尚講究文章的字句章法，並重視無形的
> 筆力，務求文氣流暢，字句有法，這一類選家，即為古
> 文家。[84]

呂軒瑜關於《古文關鍵》的看法，與本論文的考察結果若合符
節。而且，「內容必須載道」、「技巧須有助於時文」二者，彼
此之間又是相輔相成的，姚瑤《崇古文訣‧序》針對此點有非
常精闢的看法：

> 文者載道之器。古之君子非有意於為文，而不能不盡心
> 於明道。故曰辭達而已矣。能達其辭於道，非深切著
> 名，則道不見也。此文之有關鍵，非深於文者安能發其
> 蘊奧而探古人之用心哉！[85]

姚氏用了「關鍵」一詞，用來指辭達之道，並認為能循此而探
古人之用心。

《古文關鍵》的編選者以其精準的眼光，進行編選，就一
位學者來說，是用選本的方式標舉出內容合宜、技巧超群的優
秀作品，而就教導時文寫作的教師、或是有志於科舉的考生來
說，這些技巧有助於時文的載道之文，可說兼顧了內容與形式

---

84 見呂軒瑜博士論文《通代古文評點選本研究》，頁 123-124。杜海軍《呂祖謙文學研
　究》也指出：「他（呂祖謙）主張文道並重。」，頁4。
85 見姚瑤為樓昉《崇古文訣》所寫之序，頁2。

的需要[86]。

# 四、《古文關鍵》所體現的「選本」價值

　　鍾志偉說道:「選本是文學論戰的利器,也是宣揚選者文學觀的工具,能與當時的文學思潮相呼應,進而傳播開來。」[87]準此而觀,《古文關鍵》的編選者,也是藉著《古文關鍵》來宣揚其文學觀。因此,本節就「選本」的角度來評價《古文關鍵》,可以看出《古文關鍵》編選者的觀點如何反映在選本中,並從中顯示出其價值。

## (一) 第一本古文評點選本

　　「選本」是最古老的文學批評方式,「古文選本」當以西晉摯虞《文章流別集》為始,但是此書已佚,《文選》與《古文苑》是目前現存較早的通代古文選本,宋代以後,隨著科舉與古文運動等因素的影響,貫通各朝代的古文選本,越來越多,譬如宋太宗太平興國年間,李昉等人奉敕編纂《文苑英華》,南宋初,林之奇、呂祖謙二人合編《觀瀾集注》等。但是,呂軒瑜指出:

> 宋代在古文選本的發展上,是一大轉折,因為此時出現
> 了帶有圈點符號與批評文字的通代古文選本,現存可見
> 最早的評點選本就是呂祖謙《古文關鍵》。[88]

---

86 兩個選文標準匯合起來,就是「以古文為時文」,關於此點,詳見第叁章第一節。

87 見鍾志偉《明清「唐宋八大家」選本研究》,頁186。

88 見呂軒瑜博士論文《通代古文評點選本研究》,頁27。張智華《南宋的詩文選本研究》則認為《古文關鑑》是第一本古文選本,他說:「南宋詩文選本出現了新的品種,表現出多樣性的特徵,分類趨於精細。古文選本的出現,是選本類別創新的第一種表現。……因而出現了呂祖謙《古文關鑑》、樓昉《崇古文訣》、王霆震《古文集成》、湯漢《妙絕古今文選》等一系列古文選本。」,頁4。唯本論文採用呂軒瑜的說

所以,從目前可考的資料中看來,《古文關鑑》是第一本古文評點選本,產生了相當大的影響。

吳承學談到《古文關鍵》在「編選」方面的影響時,說道:「從選文方面看,《古文關鍵》所選的許多文章也被《崇古文訣》、《文章軌範》、《古文集成》等文集選入,而且所佔比例相當大。」[89]不只如此,張智華將時代延伸到明、清,說道:「南宋人所編古文選本對明、清乃至近代古文選本的編纂產生了很大的影響,如茅坤《唐宋八大家文鈔》、吳楚材等《古文觀止》、禦選《唐宋文醇》、姚鼐《古文辭類纂》、高步瀛《唐宋文舉要》等,可以說是與南宋古文選本一脈相承的。」[90]由此一斑,可以窺見《古文關鍵》的重要性。

## (二) 寫作教學的重要選本

《古文關鍵》的作意即是指導寫作,杜海軍即說道:「科舉教育促使呂祖謙加強了對文學的研究,選評了《古文關鍵》,闡述作文方法和文學思想。」[91]但時文畢竟是一種藉以獲取利祿的工具,可能有趨時跟風、陳辭濫調的問題,要提升時文寫作水準,就必須有更好的範本才行,因此,《古文關鍵》即以唐宋古文為仿效對象。

針對「選本」在寫作指導上的功用,鄒雲湖指出:

> 中國古典文論又十分強調選本對創作的示範作用,選本既是選者以之為自己的文學理論確立經典,其必然就有

---

法。

89 見吳承學〈現存評點第一書〉,《中國文學評點研究論集》,頁 228。吳氏選著詳細說明:「《崇古文訣》與《古文關鍵》相同 15 篇,重複率佔《古文關鍵》原選總數的百分之二十四,《文章軌範》29 篇,重複率佔《古文關鍵》原選總數的百分之四十六,《古文集成》25 篇,重複率佔《古文關鍵》原選總數的百分之四十。」,頁 228。

90 見張智華《南宋的詩文選本研究》,頁 5。

91 見杜海軍《呂祖謙文學研究》,頁 40。

著提供創作範本的意味。中國古代大量的文學選本都把
指導初學者作為一個重要的編選目的。[92]

而《古文關鍵》更勝一籌，它是「評點選本」，其「選本」與
「評點」的功能相輔相成，對寫作學的影響十分深遠。而其價
值正如杜海軍所言：「《古文關鍵》……普及了作文方法，是古
代影響最大最持久的作文指導書之一。」[93]由此可見《古文關
鍵》在寫作學上的重要性。

## （三）影響唐宋八大家的確立

「唐宋八大家」是指唐宋時期的八個散文代表作家，即唐
代的韓愈、柳宗元，宋代的歐陽修、蘇洵、蘇軾、蘇轍、曾
鞏、王安石，這一稱號出自明代散文家茅坤所編的《唐宋八大
家文鈔》一書[94]。而《古文關鍵》所選的八家中，有七家得到
後世肯定，成為「唐宋八大家」的成員（後來退張耒、進王安
石，「唐宋八大家」的名單就此確立）。關於此點，高步瀛說
道：

> 明清之世，言唐、宋文者，必歸宿於八家。考八家之
> 選，始於宋呂東萊《古文關鍵》。[95]

---

92 見鄒雲湖《中國選本批評》，頁 8。

93 見杜海軍《呂祖謙文學研究》，頁 5-6。

94 吳小林《唐宋八大家》說道：「茅坤的這個提法並不是自己獨創，而是有淵源的。遠
在明初，朱右已採錄韓、柳、歐、曾、王、三蘇的作品編為《八先生文集》，這是把
唐宋八個散文家合稱的最早說法。以後到了明代中葉，散文家唐順之他所纂的《文
編》中，除收錄《左傳》、《國語》、《史記》等古文外，唐宋兩代也只選取韓、柳、
歐、三蘇、曾、王的文章，進一步肯定了唐宋八家的地位。」，頁 1。

95 見高步瀛《唐宋文舉要·序》，頁 9。鍾志偉《明清「唐宋八大家」選本研究》也
說：「『唐宋八大家』的美名，是在茅坤《唐宋八大家文鈔》確立下來，但概念的產
生，卻早在南宋·呂祖謙《古文關鍵》就開始醞釀。」，頁 5。其進程可參見高洪
岩，〈論唐宋八大家散文選本經典化與文論的演進〉，《瀋陽師範大學學報（社會科學
版）》，頁 4-7。

吳承學還以統計方法，說明《古文關鍵》對唐宋八大家的形成以及唐宋古文經典化進程的影響[96]，並說：

> 這實際上是在選本上最早對唐宋古文藝術價值的總結和肯定。[97]

此論甚是。

而「唐宋八大家」一經確立，此一名稱所蘊含的意義，正如吳小林《唐宋八大家》所言：「『唐宋八大家』的名稱一經提出，就為人們所接受，並經得起時間的考驗，一直流行到今天，從主要方面看自有它合理的內核，是能夠成立的。因為它以極其簡鍊的五個字概括了唐宋時期八位互有聯繫而又獨樹一幟的著名散文作家，基本上反映了我國散文史上一個重要時期的面貌。」[98]因此這其中還含藏著對唐宋古文運動的總結與評價，鄭振鐸即說：「南宋的散文壇，殆為古文家們所獨占。……這時，古文選集的刊行，盛極一時；種種皆為士子學習的讀本。最著名者，像呂祖謙的《古文關鍵》、真德秀的《文章正宗》，最後尚有謝枋得的《文章軌範》，皆傳誦到千百年而未衰。」[99]鄭氏將《古文關鍵》與古文運動相聯繫。張智華也說：

> 唐宋古文運動在中唐和北宋……取得了輝煌成就。北宋人似乎還來不及進行總結，南宋人已對唐宋古文運動有了明確的認識，以選本和評點的方式對唐宋古文運動進

---

96 吳承學指出：唐順之《文編》與《古文關鍵》相同文章共 49 篇，重複率佔《古文關鍵》原選總數的百分之七十八，而在茅坤《唐宋八大家文鈔》中，與《古文關鍵》相同文章共 60 篇，重複率佔《古文關鍵》原選總數的百分之九十五，並製表說明，參見吳承學〈現存評點第一書〉，《中國文學評點研究論集》，頁 232。
97 見吳承學〈評點之興——文學評點的形成和南宋的詩文評點〉，《文學評論》，頁 27。
98 見吳小林《唐宋八大家》，頁 4-5。
99 見鄭振鐸《插圖本中國文學史》（二），《鄭振鐸全集》（九），頁 137。

> 行總結和傳播，因而出現了呂祖謙《古文關鍵》、樓昉
> 《崇古文訣》、王霆震《古文集成》、湯漢《妙絕古今文
> 選》等一系列古文選本。……南宋人所編古文選本對
> 明、清乃至近代古文選本的編纂產生了很大的影響，如
> 茅坤《唐宋八大家文鈔》、吳楚材等《古文觀止》、禦選
> 《唐宋文醇》、姚鼐《古文辭類纂》、高步瀛《唐宋文舉
> 要》等，可以說是與南宋古文選本一脈相承的。[100]

《古文關鍵》發其端倪，其看法為後代繼承、修正、發揚光
大，其對唐宋古文運動的發現與闡揚之功，是非常巨大的。

此外，江枰假設《古文關鍵》的選者和評者並非同一人，
並據此推斷道：「這些影響和作用是選、評兩人共同的功勞，
是由該書綜合產生和體現的，不能只肯定呂祖謙一人的影響。
實際上對八大家形成起奠基作用的應是那位無名選者，呂氏的
作用是在原選本的基礎上增評並肯定了王安石，認識到王安石
的重要，影響到後來者的取王捨張，導致八大家的最終定
型。」[101]江氏的說法亦值得參考。

## （四）編者選文理念的體現與傳播

就接受美學的角度說[102]，選本的編選者其實是第一位接受
者，而其接受傾向自然而然地會體現在選本中，尚學鋒、過常

---

100 見張智華《南宋的詩文選本研究》，頁 5。呂軒瑜博士論文《通代古文評點選本研
　　究》說道：「在《古文關鍵》等書至《唐宋八大家文鈔》的推波助瀾之下，唐宋兩代
　　的代表作家，幾乎已定型，成為代代相傳的典範佳作。」，頁 187。
101 見江枰〈呂祖謙編選《古文關鍵》質疑〉，《貴州文史叢刊》，頁 30。
102 尚學鋒、過常寶、郭英德《中國古典文學接受史》：「文學接受理論把本文看做一個
　　生生不息的對象化產物，認為接受活動是讀者對作品主動選擇、具體再創造並重新
　　發現其意義的過程。」、「文學史是一個審美生產和審美接受的過程，它不僅是作家
　　和作品不斷產生的歷史，也是讀者的閱讀史，是文學本文的效應史。」分見頁 2、
　　頁1。

寶、郭英德等即說：「文學選本的編著一般都帶著相當普遍的文學傾向。」[103] 還說道：宋人在接受活動中，主體意識較為強烈[104]。《古文關鍵》的編選者創新地以「唐宋古文」為對象，其接受傾向之鮮明，可以想見。

　　《古文關鍵》的編選者，選錄了唐宋古文運動八位名家的六十二篇文章，其中大多為論體文，選文標準有二：「內容必須載道」、「技巧須有助於時文」，因此其肯定唐宋古文運動、並正面看待時文寫作的立場，可說是表露無遺。而且此標準一出，廣受其他接受者的肯定與繼承。首先，就其他選家來說，呂軒瑜研究通代古文評點選本，指出：

> 整體來說，各家選本大多是標榜有助於時文、切合世用兩大方向。[105]

可見《古文關鍵》的選文標準可說是非常獨到，因此為後代所繼承，歷久而彌新。

　　其次，就廣大讀者來說，《古文關鍵》流傳非常廣遠，讀者群非常龐大，此顯示出這些接受者接受第一位接受者（即編選者）的選擇傾向[106]，尚學鋒、過常寶、郭英德等針對此種效應，說道：

> 在商業傳播中，文學選本在實現其市場價值的同時，也獲得了文化價值，甚至獲得了意識形態的價值，它可以把佔主流地位的文化觀念或文學觀念「傳染」到全社

---

103　見尚學鋒、過常寶、郭英德《中國古典文學接受史》，頁 360。

104　參見尚學鋒、過常寶、郭英德《中國古典文學接受史》，頁 318。

105　見呂軒瑜博士論文《通代古文評點選本研究》，頁 193。

106　尚學鋒、過常寶、郭英德《中國古典文學接受史》：「古典文學接受者不外王公貴族、文人和大眾這三大群體。前兩個群體的成員往往集接受者、作家和批評家於一身，後一群體發育較晚，其成員大都為單純的接受者。」，頁 5。

會，成為一種社會的流行病。[107]

《古文關鍵》在這方面，是非常具有影響力的。

---

107 見尚學鋒、過常寶、郭英德《中國古典文學接受史》，頁 361。

# 第參章

評點、古文評點與文章學

　　本章主要處理與「評點」、「古文評點」、「文章學」、「現代文章學」、「辭章學」等相關重要問題。因此其下即分成四節進行論述:「南宋古文評點產生的核心因素」、「評點的定義與形式要素之特色」、「古文評點之批評重點與侷限」、「文章學與古文評點之呼應」。

## 一、南宋古文評點產生的核心因素

　　「評點」或稱「批點」、「丹黃」、「標注」、「評注」、「圈評」[1],現在統一稱為「評點」。

　　「評點」的緣起不只一端,多位學者探討過這個問題。大體上認為古代經學的箋注、論文論詩的研究成果是「評」的源頭[2],而古人讀書時標註句讀的作法,以及鑑賞文章、修改文

---

1　關於「評」、「批」、「點」的字義流變,可參見羅根澤《中國文學批評史》,頁 8-10、915,以及呂軒瑜博士論文《通代古文評點選本研究》,頁 73-74。關於「丹黃」,孫琴安《中國評點文學史》指出:「以顏色而論,古人評點除墨色外,通常以紅、黃二種為多,以示醒目,故古人又有把評點稱之為『丹黃』的。」,頁 6-7。關於「標注」,吳承學談到樓昉的《崇古文訣》,說道:「此書本名《迂齋古文標注》,所謂『標注』,就是宋人對評點的一種稱呼。」見〈評點之興——文學評點的形成和南宋的詩文評點〉,《文學評論》,頁 27-28。關於「評注」,徐克文指出:「人們管這種形式叫評點,也叫評注。」見〈試談中國傳統的文學批評形式〉,《遼寧大學學報》,頁 77。關於「圈評」,見侯美珍《晚明「詩經」評點之學研究》,頁 17。

2　譬如張伯偉《中國古代文學批評方法研究》即說道:「章句提供了符號和格式的借鑑,前人論文的演變決定了評點的重心,科舉激發了評點的產生,評唱樹立了寫作的

章的符號，則是「點」的始端[3]。

　　至於「評點」為何在南宋出現、成立，則是一個更觸及到評點內核的重要問題。南宋古文評點的成就輝煌，呂軒瑜評價南宋的四本古文評點選本，說道：

> 《古文關鍵》首開以評點分析文章的形式……呂祖謙所提出的看文方法與作文方法，對後學助益實大。《崇古文訣》繼承前路，並將選錄範圍擴充到先秦與宋代當代作品，是第一本選錄先秦文章的選本。《文章正宗》則首創以文體分門別類，並首選《左傳》，使後代幾乎每一本選本都遵循此一觀點。……《文章軌範》則以新方法，即放膽或小心二類……雖是文體，也可以說開後代以章法技巧排序之先。[4]

然而，為什麼可以有如此的成就？關於此問題，也有多位學者進行探究[5]，總的說來，主要就是政府偃武重文，印刷術發

---

樣板。」，頁 590。次如吳承學認為：「這主要有古代的經學、訓詁句讀之學、詩文選本注本、詩話等形式的綜合影響。」見〈評點之興——文學評點的形成和南宋的詩文評點〉，《文學評論》，頁 24。又如孫琴安《中國評點文學史》認為評點文學的來源是訓詁學、歷史學，頁 1-12。又如張秋娥《宋元評點修辭研究》：「古代經學箋注是『評』的源頭。」，頁18

3 王水照、慈波指出：「在文章鑑賞過程中，有會心之處或有所疑問，都難免有隨手批抹的舉動。……這種方法和文章選本結合到一起，以各種符號對文章的主旨、章法、句法、字法等作出簡短扼要的提示，有直觀鮮明的效果，非常便於初學，因而甫一問世就大受歡迎。」見〈宋代：中國文章學的成立〉，《復旦學報》（社會科學版），頁30。祝尚書特別指出修改文章也是評點的源頭之一：「也與修改文章有關。……這種塗抹點竄詩文的例子，在古代文獻中甚多，且源遠流長……塗抹『不當』與點抹『精華』，實是問題的兩端，相反而相成。」見〈南宋古文評點緣起發覆——兼論古文評點的文章學意義〉，《四川大學學報》（哲學社會科學版）第四期，頁 80。又如張秋娥《宋元評點修辭研究》：「古人的句讀等讀書方式是『點』的始端。」，頁18

4 見呂軒瑜博士論文《通代古文評點選本研究》，頁 211-212。

5 譬如吳承學：「它之所以興盛於宋，除了宋代文學批評發達的原因外，與宋人讀書認真的風氣有關。……宋代書籍的大普及也為讀書人提供了更多評點的文獻和材料。」見〈評點之興——文學評點的形成和南宋的詩文評點〉，《文學評論》，頁 26。次如張

達、書籍普及，宋人讀書認真，書院講學風氣甚濃，科舉考試的需求……等因素。在這種種因素中，最為核心的因素，就是科舉考試的需求，為了因應科舉考試的需求，所以使得寫作有程式化的必要，而要達成寫作的程式化，在理論上就主要取資於詩賦格法，以及重法的江西詩派的成果，對象上則主要鎖定唐宋古文。祝尚書針對古文評點之緣起，指出三點：「科舉時文的全面程式化：評點興起的歷史契機」、「詩賦格法：古文評點的參照模式」、「『江西派』詩文論：就輕駕熟的評論方法」[6]，大體上已經理清此脈絡了，十分具有見地。

所以，以下即根據三個重點：「因應科舉考試的需求」、「借鑑詩賦格法與江西詩派的成果」、「仿效唐宋古文的作法」，依次加以論述。

## （一）因應科舉考試的需求

自秦漢至明清，封建社會的選舉制度，主要經歷了察舉制、九品中正制、科舉制三個發展階段。在科舉制中，其基本特點是以進士科為主，定期考試，平等競爭，擇優錄取。因為

---

秋娥《宋元評點修辭研究》：「主要有：國家優武重文政策的影響，宋人讀書認真風氣的促發，南宋編選詩文、品評求『法』風氣的促成，科舉考試激發名人雅士重視古文、經義教育風尚的促進，評點形式自身特點的促動，宋代印刷術、刻書業的推動等。」，頁 21。又如王水照、慈波：「宋代書院講學之風甚濃，這些評點之作作為授徒用書頗為便利，既利於個人參閱，亦易於窺測掌握文章作法，再加上坊間射利驅動，評點風氣在南宋極為盛行。」見〈宋代：中國文章學的成立〉，《復旦學報》（社會科學版），頁 30。張智華探究南宋出現詩文選本的高潮的原因，也可參考：「首先，唐宋詩文輝煌燦爛，為南宋人編選詩文提供了極其豐富的材料。……其次，科舉考試對南宋人編選詩文選產生了強大的動力。……再次，宋代刻書業發達，為南宋詩文選本大量出現提供了技術上的保證。……最後，南宋書院異常興盛，對南宋人編選、評點詩文起了促進作用。」見〈南宋所編詩文選在中國學術史上的地位〉，《北京師範大學學報》（人文社會科學版），頁 62。

6 見祝尚書〈南宋古文評點緣起發覆——兼論古文評點的文章學意義〉，《四川大學學報（哲學社會科學版）》第四期，頁 74、76、78。

科舉制以進士科為主要科目，所以就以進士科的首次出現為科舉制的創建標誌，而關於其首次出現的時間，主要有兩種看法：始於隋煬帝時期、始於唐高祖時期[7]。

而且，為了因應科舉考試的需求，就產生了「考試文體」。鄺健行說明道：「所謂考試文體，指歷代朝廷為了甄選人才，通過以文字作為測試手段，要求應試者寫出來的文體。」[8]鄺健行並指出，考試文體具有以下特點：

> 第一是有很強的寫作目的性。……第二是寫作時要遵循較多的規律和限制。……第三是文體類別繁多。[9]

關於「有很強的寫作目的性」這一點，是理所當然的，而且原本也無可厚非，但是如果士子們只往追求功名利祿的方向發展，誠然是所見者小，對於為人為文妨礙極大，也因此，這一點成了眾所撻伐的焦點[10]，不過此點並非本節的重心。本節所關注的是「寫作時要遵循較多的規律和限制」、「文體類別繁多」兩點，因為這兩點與評點的產生有著密切的關聯。

關於「寫作時要遵循較多的規律和限制」，可以從閱卷者和應考者兩方面來談。就閱卷者來說，種種規律的制訂，目的之一是為了容易建立客觀的審閱標準，使考試公平[11]；就應考

---

7　參見李新達《中國科舉制度史》，頁 106-107。

8　見鄺健行《科舉考試文體論稿：律賦與八股文》「前言」，頁 1。

9　參見鄺健行《科舉考試文體論稿：律賦與八股文》「前言」，頁 1。

10　鄺健行《科舉考試文體論稿：律賦與八股文》指出：許多士子只背熟百數十篇作好的文章，或者揣摩考官的品文口味，便可中的，因此學問空疏，識力有限，再加上滿腔子功名利祿思想，就更是卑陋庸腐，方苞即曾批評科舉，說是「害教化，敗人材」，劉大櫆更直斥：「科舉之制，比之秦火，抑又甚焉。」參見頁 226。侯美珍《晚明「詩經」評點之學研究》也指出：「由於出題的範圍有限，許多讀書人棄經書不讀，多由擬題下手，只背誦範文以應考，往往僥倖中式。」並引用顧炎武之說法以證明，參見頁 245-246。

11　參見鄺健行《科舉考試文體論稿：律賦與八股文》「前言」，頁 1。關於考試文體的種種規定，如以律賦為例，可參見同書頁 2、7、10-12。至於宋代科舉文體的規定，可

者來說，熟悉考試文體的種種規律，自然是必須的基礎工夫，而且，在此之上，還需熟悉更多的寫作法則，以便在規定之內的空間多作變化，使得所寫辭章經緯錯綜、起伏呼應，進而勝過他人，所以，考試文體（包括詩、賦、散文等）因此就產生了「程式化」的需求和傾向，祝尚書即指出：「北宋末至南宋初，出現了前所未有的情況：不僅詩賦，連策、論、經義也先後程式化了。」[12]就是這種需求之下所產生的結果。

至於「文體類別繁多」，則是科舉制度一再演變而產生的結果[13]。科舉制度在文體上的演變大致如下：漢人對策雖然還不是應試文章，但是由魏到隋，對策始終是選賢的方法之一，唐代以後，散體的策論仍舊在科舉考試中保留下來。唐高宗調露二年，朝廷對考試文體和考試辦法作出改動：考進士者先要帖經和試雜文，通過以後，再試策，帖經不是作文章，姑且不論，雜文則指多種文體，最初是箴、銘、論、表之類，後來加入詩和賦，盛唐以後，詩和賦且成中舉與否的決定性文體。宋初考試文體沿用唐制，直到宋神宗時，王安石提議罷詩賦，考經義、論和策；但後來又恢復詩賦，和經義並行。到了明代，太祖和劉基規定制藝為科舉考試的主要文體，也就是稍後被稱為八股文的文體，此制一直延續到清末[14]。雖然文體類別繁多，但是在評點興起的南宋，「策論」考試特別重要，祝尚書

---

參見祝尚書《宋代科舉與文學考論》中「論宋代科舉時文的程式化」一章，頁 210-232。

12 見祝尚書〈南宋古文評點緣起發覆——兼論古文評點的文章學意義〉，《四川大學學報（哲學社會科學版）》，頁 74。此外，王水照、慈波，〈宋代：中國文章學的成立〉，《復旦學報》（社會科學版）也持類似看法，頁 30。

13 關於考試文體為何一再演變，鄺健行《科舉考試文體論稿：律賦與八股文》提出說明：「考試方式始於漢代，終於清末，歷史時段長；其間文學潮流不斷演變。作為考試文體，不可能不受到客觀文學潮流變化而有所改變的。另一方面，由於主持考試的政府當局對什麼文體才能顯示真才的看法不同，也會不時改變考試的文體……再說考試性質如果不同，考試文體也會因應有別。」，見「前言」頁 1-2。

14 參見鄺健行《科舉考試文體論稿：律賦與八股文》，「前言」頁 4-6。

說道：

> 科舉試策、論始於唐，而策、論在北宋中期以後的科舉
> 考試中，佔有越來越重要的位置。[15]

王水照、慈波也說：「從考試內容的變動來看，在宋代詩賦的
地位有所下降，而經義、策、論得到前所未有的重視。」[16]所
以，「論」對於舉子的科場成敗至為關鍵，有著決定命運的意
義[17]。

因此，「寫作時要遵循較多的規律和限制」、「文體類別繁
多」兩點結合起來，就造成了以下情形：唐主要以詩賦取士，
所以詩賦較早程式化，因此產生了大量的「詩賦格法」；到了
宋代，策論的重要性越來越高，散文也因此產生了程式化的需
求，所以促成了「評點」這種批評方式的興起。呂軒瑜即說：

> 唐代科舉考試，除了明經之外，還考詩賦，因此除了光
> 考記憶的帖經、墨義之外，士子們莫不用心於詩賦的鑽
> 研與創作，因此當時討論賦格與詩格的作品很多。至宋
> 代，不考詩賦而改以古文論說經義之後，士子又轉向研

---

15 見祝尚書〈南宋古文評點緣起發覆——兼論古文評點的文章學意義〉，《四川大學學報
　　（哲學社會科學版）》第四期，頁 74。祝氏並說明道：「試策雖有經、史、子策之
　　分，但以時務（即『措置於今之世』）為主，故『策』又稱『實務策』。策又分兩類：
　　針對策題所提出的問題——作答，叫試策，又叫『對策』；著策上進，叫進策。對策
　　的形式是問答體、段落式，故難以程式化……進策則類似於論，故往往『策論』並
　　提。」見同文頁 74-75。

16 見王水照、慈波，〈宋代：中國文章學的成立〉，《復旦學報》（社會科學版），頁 28。
　　文中並指出這種變動主要導因於王安石執政時，於熙寧四年確立了貢舉新制，強調經
　　義、策、論的重要性，徹底廢止了詩賦。不過其後隨著政治的波動，應試的科目也不
　　斷調整，紹興三十一年（1161 年）又決定依舊分科取士，此後逐漸穩定下來，參見
　　頁 28。

17 宋·吳琮即說：「省闈多在後兩場取人。諺云：『三平不如一冠。若三場皆平平，未必
　　得；若論、策中得一場冠，萬無一失。』」引自魏天應《論學繩尺》之「論訣：諸先
　　輩論行文法」。

習古文，配合宋代印刷術的發達，古文選本在宋代大量
產生，《古文關鑑》、《崇古文訣》、《文章正宗》、《文章
軌範》皆為其中佼佼者。[18]

或許有人會問：為何散文不用與「詩賦格法」相似的形式，來
促成散文的程式化？箇中原因，林崗說得很清楚：「詩可以有
詩話的形式，文卻不可以有文話形式，這是因為詩的體制規模
有限，無論品評聲律、對偶、用典、意象、遣詞都可以透過引
用，匯為小段而鑄成一說，但散文篇幅較長，無法透過引用而
清楚品評散文的細部問題，必須依附文本才可以表達出論者的
論文宗旨。」[19]所以，祝尚書說道：

> 科舉程文的程式化是南宋古文評點的催生婆，而評點本
> 的出現，則是為科舉應試服務的一種科舉文化現象。[20]

因此，祝尚書總結地說道：「古文評點在南宋孝宗這個特定時
期產生，有一個重要的歷史契機，那就是科舉考試的現實需
要。」[21]此言可謂得之[22]。

---

18 見呂軒瑜博士論文《通代古文評點選本研究》，頁 43。

19 見林崗《明清之際小說評點學之研究》，頁 52-53。侯美珍《晚明「詩經」評點之學
研究》也針對此點加以說明，頁 25-26。林明昌博士論文《古文細部批評研究》將
「古文細部批評」分為三類：「評點」、「文話」、「文格或體則」，也認為「最普遍的為
選文評點」，頁 7。不過，王水照、吳鴻春編《日本學者中國文章學論著選．前言》
則指出：「中國文章學是日本漢學研究的一個重要分支，尤自江戶時代（1603-1867）
以來，成果頗多。江戶時代的有關論著大都採取『文話』的形式。……比起詩話、詞
話來，我國的文話數量稍遜。但日本江戶時代卻有多種關於中國散文的文話流傳於
世，我所聞見的約有二十多種。其中《拙堂文化》、《漁村文話》兩種尤為著名，頗足
重視。」頁 1。此種現象是頗值得注意的。

20 見祝尚書〈南宋古文評點緣起發覆──兼論古文評點的文章學意義〉，《四川大學學報
（哲學社會科學版）》第四期，頁 76。

21 見祝尚書〈南宋古文評點緣起發覆──兼論古文評點的文章學意義〉，《四川大學學報
（哲學社會科學版）》第四期，頁 74。張伯偉《中國古代文學批評方法研究》亦說：
「評點在宋代出現，與科舉考試科目轉變的背景是分不開的。」，頁 570。

22 祝尚書《宋代科舉與文學》指出宋代科舉用書，可分為「時文評點類」、「古文評點

## (二) 借鑑詩賦格法與江西詩派的成果

「詩格」是唐代以來極為流行的一種批評樣式，它常常作為中國古代文學批評中某一類書的名稱。作為某一類書的專有名詞，其範圍包括以「詩格」、「詩式」、「詩法」等命名的著作，而作為書名的「詩格」、「詩式」或「詩法」，其含義也不外是指詩的法式、標準。其後由詩擴展到其他文類，而有「文格」、「賦格」、「四六格」等書，其性質是一致的[23]。

之所以會有詩格類的專著出現，那是因為在科舉需要的促發下，詩、賦先程式化，唐、五代出現了許多探討詩、賦格法的專著，而隨著格法研究的深入，又反過來將場屋詩賦推向更高程度的格式化，越來越細密精緻。因此，張伯偉說道：

> 唐人詩格的寫作，或以便科舉，或以訓初學，而賦格的寫作，幾乎都與科舉有關。[24]

所以，科舉制度形成後，對文學批評產生了很大的影響，其中之一就是詩格、文格和賦格類著作的出現[25]。

並且，隨著散文在科舉中愈形重要，散文格式化的需求就產生了。因此在理論上借鑑詩賦格法，就成了一條途徑，祝尚書即說道：

---

類」、「文法專著類」，並進而探究宋代科舉用書的利弊，說道：「在宋代弊大於利，在後代利大於弊──蓋宋人牽於利祿，它們主要被當作應試工具，而後代則純以文獻視之。」分見頁 417-422、頁 425。

23 參見張伯偉《中國古代文學批評方法研究》，頁 346。而且另有一種文學批評方式為「詩話」，張氏並對「詩格」和「詩話」的不同作了辨別，見同書頁 348-349。

24 見張伯偉《中國古代文學批評方法研究》，頁 568。

25 參考張伯偉《中國古代文學批評方法研究》，頁 568。張伯偉指出：「宋以後的詩格以『格』、『法』為中心，大致有兩方面的原因，其一，唐詩創作中的豐富遺產，為後人提供了理論概括與總結的原料；其二，將前人創作的格式加以總結，也便於後人學詩。」見〈古代文論中的詩格論〉，《文藝理論研究》，頁 69。由此可見出「詩格」理論的源頭。

> 場屋詩賦格法，為南宋人的古文評點提供了既便利又成
> 熟的參照模式。[26]

並舉出三種借鑑的途徑：「首先，它為古文評點者提供了現成
的術語群，如『認題』、『破題』、『立意』、『布置』、『造語』、
『用字』等等。」、「其次，詩、賦的篇法、格法、句法成為解
構文章的方法。……陳傅良《論訣》所立『認題』、『立意』、
『造語』、『破題』、『原題』、『講題』、『使證』、『結尾』八項，
除『講題』、『使證』為『論』體獨具外，其餘皆詩賦所共有，
要求也大同小異。」、「再次，詩賦格著作，對詩賦的立意、造
語、字法、病犯，以及格、體等等進行條分縷析，精確入微。
這實際上是細讀、精讀，而古文點抹的實質，也正是隨文細讀
和精讀。」[27]由此看來，借鑑的痕跡十分顯然。

而且，祝尚書還特別標舉出江西詩派的影響。祝氏認為江
西詩派對「詩法」的看法，直接啟發了文章評點，因為在黃庭
堅的文章學理論建構中，有兩個極為重要的原則：

> 一是「專論句法，不論義理」。……古文評點大多不管
> 內容，專論技法，進行所謂純形式的批評，其源當出於
> 此。
> 二是打通詩法與文法的界限。……因此，古文家參照唐
> 五代以還的詩賦程式，就順理成章了。[28]

---

26 見祝尚書〈南宋古文評點緣起發覆——兼論古文評點的文章學意義〉，《四川大學學報
（哲學社會科學版）》第四期，頁78。

27 此三段引文見祝尚書〈南宋古文評點緣起發覆——兼論古文評點的文章學意義〉，《四
川大學學報（哲學社會科學版）》第四期，頁78。

28 此二段引文見祝尚書〈南宋古文評點緣起發覆——兼論古文評點的文章學意義〉，《四
川大學學報》（哲學社會科學版）第四期，頁79。張伯偉《中國古代文學批評方法研
究》則將江西詩派也置於詩賦格法重「句法」的脈絡中，認為：「黃庭堅及其江西詩
派瓣香杜甫，實以『句法』為中心。黃庭堅在其詩文中多次使用『句法』一詞。……
從此以後，『句法』成為宋代詩學的中心觀念之一。……從理論本身的發展看，『句

而因為江西詩派籠罩著南宋前期詩壇，評點家也多是詩人，因此沒有不受「江西詩法」影響的，最明顯的證據是：「黃庭堅將他倡導的『詩法』移植為文章作法，首次揭出了文章『脈絡』、『關鍵』、『開闔』等概念，認為作文章也有『斧斤』即方法。這些都是評點家常用的詞彙，特別是『關鍵』一語，雖並不起源於山谷，但用以評文，卻以他為早，後來呂祖謙著《古文關鍵》，蓋即受此啟發。」[29]這樣的論證是相當具有說服力的。

由此可見，詩賦格法與江西詩派的成果，是古文評點重要的借鑑對象。

## （三）仿效唐宋古文的作法

如前所言，論體文在北宋中期以後的科舉考試中，佔有越來越重要的位置。因此，想要有所取資，士子們的目光自然會放在古文上，所以呂軒瑜說道：「在唐代已有許多討論詩賦章法的著作，但第一本真正的評點書卻是古文選本，這正與科舉息息相關。」[30]呂軒瑜指出古文評點產生的原因在於科舉的需求，這固然是正確的，但是還可以梳理出更為核心的因素，而此因素可以一語以蔽之——「以古文為法」（晚明以後流行廣泛的說法為「以古文為時文」），也就是通過古文評點的方式，來指導「時文」的寫作。而此種作法之所以可以成立，可以分成兩個層次來加以論述，即「以技法之學習為核心」、「唐宋古

---

法』是沿著唐五代詩格中所討論的問題演變而來。」，頁 556-557。而「句法」也確乎成為評點學的重要術語，《古文關鍵》即多次使用。

29 見祝尚書〈南宋古文評點緣起發覆——兼論古文評點的文章學意義〉，《四川大學學報（哲學社會科學版）》第四期，頁 79。王德明《中國古代詩歌句法理論的發展》提及：呂祖謙從小就跟隨呂本中，對其伯祖之學耳濡目染，受其影響很深，而呂本中的詩學句法理論，基本上可以說是以「活法」說為中心來展開的。參見頁 109。

30 見呂軒瑜博士論文《通代古文評點選本研究》，頁 43。

文有『法』」。

## 1. 以技法之學習為核心

關於「時文」此一專有名詞，鄺健行認為：「所謂時文，本泛指某一時期流行的文體。宋元以來，專指科舉考試的文字。」[31]張毅認為：「時文是古代專供貢舉和學校考試使用的一種特定的文體。」[32]祝尚書則認為：「『時文』的意思，即時下科場流行的格式寫作、專用於『舉業』的文章。」三人的說法是相通的。鄺健行並針對「時文」這一名稱，說道：「題目用『時文』，取其有與古文相對之意，那是『制藝』等名稱顯示不出的。」[33]祝尚書並總結出「時文」的兩個特點：「一是流行於一時；二是在流行的時期內，又有著基本固定的程式。」[34]前者是由於各個時代有不同的考試文體，後者是由於考試文體在寫作時要遵循較多的規律和限制。

時文要「以古文為法」的觀念早在北宋末就出現了，祝尚書指出唐庚（1071-1121）就當時重視義理而忽略文章的傾向提出批評，主張場屋時文「以古文為法」，也就是以韓、柳、歐文為法：

> 自頃以來，此道幾廢，場屋之間，人自為體，立意造語，無復法度。宜詔有司，以古文為法。所謂古文，雖不用偶儷，而散語之中，暗有聲調，其步驟馳騁，亦皆

---

31 見鄺健行《科舉考試文體論稿：律賦與八股文》，頁 223。此外，鄺健行又補充道：「各朝科舉考試的文體不盡相同，『時文』一詞的具體內涵也隨之而異。宋代考試作賦，當時便稱賦為時文。……明清兩朝，士人口中的時文，則指用以考試的制藝（或稱制舉文、舉業、經義、八股文）。」，頁 223。

32 見張毅主編《宋代文學研究》（上），頁 340。

33 參見鄺健行《科舉考試文體論稿：律賦與八股文》，頁 223。

34 此段與前段引文，見祝尚書〈論宋代時文的「以古文為法」〉，《四川大學學報》，頁 18。

有節奏，非但如今日苟然而已。[35]

此外，王守仁為《文章軌範》所寫之序也說道：「取古文有資於場屋者」[36]。這樣的觀念持續發展，到了明代後期，就出現了影響很大的「以古文為時文」的說法，關於此語，鄺健行曾作過溯源的工作：八股文大約在明憲宗成化以後定型，「八股文」一詞也在成化以後才出現，稍後正德嘉靖間，作者如唐順之、歸有光等開始「以古文為時文」，不過「以古文為時文」這句話是後人對唐順之、歸有光等人的論定，並非二人親口說出，大概到了晚明，才見於一些人的作品之中，艾南英說道：

> 學者之患，患不能以古文為時文。[37]

這句話深為方苞等人所肯定，戴名世和方苞文集中往往直接申明[38]。

針對「以古文為法」，從陳傅良《止齋論祖》到呂祖謙《古文關鍵》的演變，可以為這個論點作印證。祝尚書認為宋代最早系統總結「論」寫作方法的，是陳傅良（1137-1203）所著《止齋論祖》中的《論訣》：「《論訣》立『認題』、『立意』、『造語』、『破題』、『原題』、『講題』、『使證』、『結尾』八項，前三項是做題時的準備，包括審題，對全文的總體構思和對語言修養的要求。後五項則是『論』體程式。《論訣》為評

35 唐庚之文見〈上蔡司空書〉，《眉山唐先生文集》卷二十三，頁 5。之前的說明見祝尚書〈南宋古文評點緣起發覆——兼論古文評點的文章學意義〉，《四川大學學報（哲學社會科學版）》，頁 81，以及〈論宋代時文的「以古文為法」〉，《四川大學學報》，頁 18-19，祝尚書並認為此書當作於大觀元年（1107），當時唐庚為鳳州教授。而且，祝尚書並且認為早在唐庚寫此文之前，黃庭堅（1045-1105）就注意到古文自有「法度」，參見〈論宋代時文的「以古文為法」〉，《四川大學學報》，頁 19-20。

36 見謝枋得《文章軌範》中王守仁〈序〉，頁1。

37 見艾南英《天傭子集·金正希稿序》卷三。

38 參見鄺健行《科舉考試文體論稿：律賦與八股文》，頁 193、234-235。

文確立了範式，也固化了『論』體文的程式。」[39]而此書完全
是「場屋相師」的產物。接著，祝氏又說：

> 稍後，呂祖謙（1137-1181）編《古文關鍵》，是評、點
> 雙全的第一部「評點本」……這實際上也是研究「論」
> 體程式，只是範文不取於場屋，而取之古文大家。[40]

範文從「時文」改為「古文」，是相當值得注意的現象，而且
所謂的「古文」，主要還是唐宋古文運動所產生的古文。

至於時文為何能夠「以古文為法」？劉將孫認為：

> 文字無二法。自韓退之創為「古文」之名，而後之談文
> 者必以經、賦、論、策為時文，碑、銘、敘、題、贊、
> 箴、頌為古文。不知辭達而已矣，時文之精，即古文之
> 理也。[41]

祝尚書據此說明道：「就本質論，時文、古文並無根本區
別……因為古文、時文在文法、文理層面具有同一性，這就決
定了二者可以相互取法。」[42]而後來這種仿效的重心是在「文
法」（即文章作法）上，而非「文理」上，其原因也如祝尚書
所言：

> 因為科場時文是高度功利化了的文體，內容必須絕對符

---

39 見祝尚書〈南宋古文評點緣起發覆——兼論古文評點的文章學意義〉，《四川大學學報
（哲學社會科學版）》第四期，頁 76。祝氏並說道：《止齋論祖》是陳傅良的少作，
陳傅良登進士第之後研治經制之學和道學，悔其少作，因此書叔遠遵遺命不將此書編
入陳氏之文集。參見頁 76。

40 見祝尚書〈南宋古文評點緣起發覆——兼論古文評點的文章學意義〉，《四川大學學報
（哲學社會科學版）》第四期，頁 76。

41 見劉將孫〈題曾同父文後〉，《養吾齋集》卷二五，文淵閣四庫全書本，頁 644。

42 見祝尚書〈論宋代時文的「以古文為法」〉，《四川大學學報》，頁 19。祝氏並接著說
明道：「宋代的主要時文如策、論、經義等，北宋前期本來就是用古文寫作，只是後
來逐漸程式化，成了所謂『時文』，與古文拉開了距離。」，頁 19。

> 合官方意識形態，這是社會不容置疑的價值和法律基
> 準，不需要學者們再特別去「教」的。
> 南宋古文評點家也講「立意」，但他們的「立意」是指
> 如何體貼時文題目的題意，而傾全力研究的是字法、句
> 法、章法、篇法，所強調的是技法。[43]

所以，「文理」不須講，「文法」則因時文之程式化，因此格外
須要講求。而且只有掌握「法」，才能保證時文寫作的萬無一
失，評點的開創者呂祖謙曾言：「夫人之作文既工矣，必知其
所以工。……苟不知其所以然，則雖一時之偶中，安知他時不
失哉。」[44]這就說明了「法」的功能。基於前述的這些原因，
「以古文為法」不僅是一種可以落實的想法，還是一種必須的
作法，這也可以回應前面所闡述的「借鑑詩賦格法與江西詩派
的成果」。

## 2. 唐宋古文有「法」

但是，為什麼仿效的對象主要是唐宋古文呢？這可以從兩
個方面來說明。首先，呂祖謙創造古文評點之法，是在歐、蘇
古文成為文壇典範的大背景之下，因此取唐宋古文為評點對象
就沒有阻礙[45]。其次，唐宋古文運動的成功，產出大量傑出的
古文，剛好適合了當時的需要，而且，最為重要的是，唐宋古
文是有「法」的，是可以學習的。關於唐宋古文有「法」這個
問題，如同鄭健行所言：「周漢人為文旨在達意，心中未必有
這樣那樣用『法』的打算。唐宋人則不然，他們是有意講求
『起伏呼應虛實開闔』的，結果是唐宋人的行文規矩遠比周漢

---

43 此二段引文皆見於祝尚書〈論宋代時文的「以古文為法」〉，《四川大學學報》，頁
　24。

44 見呂祖謙《東萊外集》卷六，《雜說》。

45 詳見祝尚書〈論宋代時文的「以古文為法」〉，《四川大學學報》，頁 20-21。

人清晰明白。」[46]唐順之〈董中峰侍郎文集序〉中一段著名的闡述可為此說註腳：

> 漢以前之文未嘗無法而未嘗有法。法寓於無法之中，故其為法也密而不可窺。唐與近代之文不能無法，而能毫釐不失乎法。以有法為法，故其為法也嚴而不可犯。密則疑於無所謂法，嚴則疑於有法而可窺。[47]

所以，模仿唐宋古文的關鍵就在於「法」。

因此，「時文」向「古文」（特別是「唐宋古文」）取法，就成了創製評點形式的南宋的普遍現象[48]，祝尚書指出具體的工作如下：「他們汲收詩、賦、四六的研究成果，用以分析和解構古文，故雖曰『古文評點』，實際上是用『時文』（時下流行的、專用於科舉的文體）的程式和方法去反觀古文大師們的代表作，試圖讓時文向古文看齊，並從古文名作中找出時文的寫作規律，實踐著唐庚的主張，以提高時文的寫作水平，並使時文寫法由但憑朦朧的『感覺』或手授心傳進入到有『章』可循、有『法』可依的新階段。」[49]不只如此，祝尚書並認為此二者是互動的：

---

46 見鄺健行《科舉考試文體論稿：律賦與八股文》，頁 204。

47 見唐順之〈董中峰侍郎文集序〉，《荊川先生文集》卷十，《四部叢刊正編》，頁 208。「唐與近代之文」數字，艾南英《天傭子集·答陳人中論文書》卷五引此作「唐與宋之文」。

48 呂軒瑜博士論文《通代古文評點選本研究》即指出：宋代編選的古文評點選本，因受到古文運動影響，所選文章大半以唐宋古文為主，如呂祖謙《古文關鍵》，專選唐宋二朝之文；謝枋得《文章軌範》所選作家較多，但是唐宋之外只選諸葛亮〈前出師表〉和陶淵明〈歸去來辭〉。見頁 22。

49 見祝尚書〈南宋古文評點緣起發覆——兼論古文評點的文章學意義〉，《四川大學學報（哲學社會科學版）》第四期，頁 81。鄺健行《科舉考試文體論稿：律賦與八股文》也認為：「『以古文為時文』只表示在維持原有格式的基礎上運以古文的作法和融入古文的氣格。」，頁 195。雖然鄺氏所謂之「時文」指的是八股文，但是這道理也可以相通於南宋的時文。

學者們不僅研究時文程式，同時又用時文程式反觀古文，將兩者打通形成互動，方才全面認識了古文文法，然後再將古文豐富的寫作經驗引入時文，從而提高時文的水準。據此，宋、元學者研討時文程式多舉古文名篇為例，並創造出「古文評點」這種嶄新的文章研究和批評方法，其原因就不難理解和明白了。[50]

道理也是類似於此。並且，正如王水照、慈波所言：「而授人以法，必然要通過大量的文章實例進行條分縷析，這又推動了評點風氣的盛行。」[51]因此呂軒瑜所說的：「帶有評點的古文選本，卻遲至宋代才產生，主要是因為古文運動以及科舉的推波助瀾。」[52]不過，在這兩個因素中，科舉為主，古文運動為輔，可以說古文運動的成果，為科舉考試文體提供了養分[53]。

祝尚書並指出，「以古文為法」在當時起了巨大的作用：「不僅糾正了王安石時代以一家之說（《三經新義》、《字說》）指導科舉考試的弊病，更掃除了徽宗、高宗時代奸相專政颳起

---

50 見祝尚書〈論宋元時期的文章學〉，《四川大學學報》（哲學社會科學版），頁103。

51 見王水照、慈波〈宋代：中國文章學的成立〉，《復旦學報》（社會科學版），頁30。

52 見呂軒瑜博士論文《通代古文評點選本研究》，頁19。

53 鄺健行《科舉考試文體論稿：律賦與八股文》針對明代唐宋派古文四大家「以古文為時文」的研究，十分精闢，也可做為參考。其撮要如下：「『以古文為時文』只表示在維持原有格式的基礎上運以古文的作法和融入古文的氣格。」（頁195）「就作法言，舉凡用字遣詞、謀篇布局，都包括在內。時文作為一種有特殊作用和特殊形式的文體，自有若干配合此作用和形式的獨特寫作規矩。……不過另一方面，時文又是文章的一體，許多一般性的行文法則以及變化按理也是對時文適用的。再說時文寫作儘管注重規矩，但是仍有相當大的空間容許作者自由活動。……唐宋派古文家看法有所不同，他們主張講求作法上的變化，在一定程度上向唐宋文（有時兼及周漢文）學習；其中謀篇布局一點，便是他們極力講求的所在。」（頁196-197）「然而要使時文接近古文，最重要的還是要融入古文的氣格，所謂『以韓歐之氣達程朱之理』。」（頁198）「比較之下，唐宋派作者在時文上的地位和成就就好像高於秦漢派作者。……我們可以從學習古文的方法進行分析。……明人學宋人不必像秦漢派那樣首先要琢磨出像周漢人的字句，求其相肖。……唐宋派學古，在於極力總結和運用前代文章行文之法，進而體會前代篇章的氣格，而不重文字形式的生吞活剝。」（頁202-203）。

的文壇詖佞之風，而當用古文長期積累的法度將時文『包裝』起來後，科舉時文便不至於簡陋，容易得到社會的認同……『以古文為法』雖然消除不了場屋時文固有的弊病，卻消弭了自神宗熙寧初到高宗紹興末長達一個世紀中學界對科舉文體的批評、爭議甚至對立，使南宋的科舉考試科目保持穩定，時文水平也顯著提高，其影響是巨大而深遠的。」[54]可見得這種作法是有效的。

## 二、評點的定義與形式要素之特色

根據前一節的探究成果，可以進一步探討評點的定義，並根據定義，考察相應而來的形式要素及其特色。

### (一) 定義

關於「評點」的性質，孫琴安特別指出：一切脫離文學作品而單獨存在或獨立成篇的任何意義上的文學批評，如論文、評論、詩話、詞話、文話、筆記、隨札、書信之類，都不屬於評點研究的範疇[55]，準此而觀，則所謂「傳中夾評」就不能稱為評點[56]，因此，「與文本緊密結合」是評點的第一個特質。除此之外，「評」指評論文字，「點」指評論符號，這兩者也是「評點」必須具備的。所以，綜合前面的論述，評點必須符合以下條件：

---

54 見祝尚書〈論宋代時文的「以古文為法」〉，《四川大學學報》，頁 23。

55 參見孫琴安《中國評點文學史》，頁 2。林明昌博士論文《古文細部批評研究》也說：「評點之書，其批評意見記載於所批評文章之前後、行間或書眉……文話則是離文章而批評，然而為精確說明所批評之文句，往往引述原文……體則文格之批評，是歸納文章作法，分為體格數類。」，頁 10。

56 也有研究者認為「傳中夾評」就是評點，因此認為最早的評點本是殷璠《河岳英靈集》。見胡建次〈古代文學評點體例與方式的承傳〉，《咸陽師範學院學報》，頁 36。不過本論文不採此說。

1. 與文本緊密結合。

2. 有評論文字與評論符號。

這兩個條件標誌出「評點」的不同於其他文學批評形式的特點。

　　目前所見的幾位學者為評點所下的定義，也都符合上述的兩個條件。譬如張秀惠認為：「今所謂『評點』或『批點』，是一方面在詩文關鍵處或警策之句施以圈點抹畫，使讀者能對詩文緊要處一目瞭然，一方面又加上各式批語，如眉批（施於欄上）、旁批（施於行間）、夾批（施於句下）、總批（文前或文末），以對詩文緊要處進一步分析品評。」[57]次如朱世英、方遒、劉國華等認為：「評點學是指用評與點的方式對文學作品進行鑑賞的學問。」「狹義的評點專指批點結合的形式，離開作品的評論不包括在內。」[58]又如張秋娥認為：「指既用批評語言（『評』）又用圈點符號（『點』）隨文本評價。」[59]其中張秋娥之說能一語涵蓋重點，頗為簡鍊，因此根據此說法稍加修改之後，本論文為評點所下的定義是：

　　　　「評點」是與文本結合，兼用「評論文字」與「評論符號」來進行的批評方式。

這種批評方式極富生命力，在後代持續發展，成為一種非常具有民族特色與影響力的文學批評方式[60]。

　　因為評點結合了文本與評論文字、評論符號，所以評點就

---

57 見張秀惠碩士論文《南宋古文評點研究》，頁 2-3。

58 見朱世英、方遒、劉國華《中國散文學通論》，頁 907、908。該書又言：「廣義的評點是開放的概念，凡是對作家和作品的評論都可以納入評點學範疇。」，頁 908。但此說法不合乎本論文前面所定下的條件，因此不取。

59 見張秋娥《宋元評點修辭研究》，頁 3。

60 關於評點之流變與分期，可以參見朱世英、方遒、劉國華《中國散文學通論》，頁 909-987、孫琴安《中國評點文學史》、朱萬曙《明代戲曲評點研究》，頁 8-10、呂軒瑜博士論文《通代古文評點選本研究》，頁 63-68。

具有其他文批形式所沒有的優點。就閱讀體驗來說，一般文學
批評是在閱讀與理解本文之後，評價作家作品的優劣，並不展
示批評家的閱讀過程，而評點則始終離不開本文的閱讀過程，
因此，打個比方說，讀一般文學批評如讀山水遊記，而讀評點
這種隨文批評的文字，就像在導遊的引導下徜徉於山水之
間[61]。而這樣不脫離文本的閱讀，就文學批評來說，有其特殊
的價值，康來新指出：

> 所有的評點者無不正視文學作品本身的權威性，他們最
> 關心的是作品本身，全力以赴的是怎樣對作品本身作最
> 精確的分析與闡釋，評點可以說是一種極為徹底的研
> 讀。……理論與批評的結合，自然要比脫離作品的某些
> 先驗性空洞理論批評來得具體切實許多。[62]

這段話切中了評點的特色與價值。

而且，不只如此，評點隨文本而生的特質，特別適合於長
篇作品的批評，其原因正如林崗所言：

> 詩可以有詩話的形式，文卻不可以有文話形式，這是因
> 為詩的體制規模有限，無論品評聲律、對偶、用典、意
> 象、遣詞都可以透過引用，匯為小段而鑄成一說，但散
> 文篇幅較長，無法透過引用而清楚品評散文的細部問
> 題，必須依附文本才可以表達出論者的論文宗旨。[63]

---

61 參見吳承學〈現存評點第一書〉，《中國文學評點研究論集》，頁 223。
62 見康來新《晚清小說理論研究》，頁 36。張秋娥《宋元評點修辭研究》也持類似看
　法：「它既提供了作家的作品，又提供了批評者的評論，這種形式既能使人可以閱讀
　原文而不像詩話等只有著者的評論或法式；又能使人可以借助批評者的指點提高識別
　水平。」，頁 27。謝旻琪《明代評點詞集研究》也說評點：「有個最大的優勢，是
　『話』所做不到的，那就是立即的實例教學。」，頁 53。
63 見林崗《明清之際小說評點學之研究》，頁 52-53。侯美珍《晚明「詩經」評點之學
　研究》也針對此點加以說明，頁 25-26。林明昌博士論文《古文細部批評研究》將

所以，不只古文評點發展得如火如荼，其後還擴及到詩、小說、戲曲等，特別是小說、戲曲評點更成為小說、戲曲批評中非常重要的一部份，祝尚書即說道：「南宋的古文評點開創了一種嶄新的文學研究和批評方法，下啟明清的八股文評點，又發展為小說、戲曲評點，形成所謂的『評點派』。」[64]之所以能夠如此，與評點將文本、評論結合在一起的特質有非常密切的關係。

## （二）形式要素之特色

本節所處理者為評點之「形式要素之特色」，茲就其「內涵」與「功能」進行探究。

### 1. 形式要素之內涵

朱萬曙認為評點的形式要素，包括了以下三者：「序跋與總評」、「批語」、「評點符號」[65]，這種說法將評點的重要組成部份都納入了，但是有兩點須要商榷，其一是「序跋」或「總評」不見得同時兼具，只要具備其中之一即可，因此可改為「序跋或總評」；其二是「評論文字」可分為好幾種[66]，彼此間的重要性不見得相同，譬如「題下批」、「尾批」往往針對全篇而發、作整體性的評論，而「旁批」、「夾批」、「眉批」[67]往往

---

「古文細部批評」分為三類：「評點」、「文話」、「文格或體則」，也認為「最普遍的為選文評點」，頁7。

64 見祝尚書〈南宋古文評點緣起發覆──兼論古文評點的文章學意義〉，《四川大學學報（哲學社會科學版）》第四期，頁74。

65 參見朱萬曙《明代戲曲評點研究》，頁72-77。

66 呂軒瑜博士論文《通代古文評點選本研究》：「宋代以後，通代古文選本的評論文字與文本緊密結合，視其所擺放的位置，而有不同的名稱，其中包括眉批、旁批（行批）、夾批、題下批（文前總評）、尾批（文末總評）等。」，頁69。

67 關於「眉批」多就全篇或是局部進行評論，有不同的看法。朱世英、方遒、劉國華《中國散文學通論》認為：「首批、尾批、眉批都是針對整篇文章而發的。」「旁批、

只針對節段、字句而評論，因此，這兩種評論文字就不適合等量齊觀。

關於評點的形式要素，林崗也提出他的看法：「總括宋人的評點，約由三部份組成：卷前看文作文法；每篇前的總評；伴隨行文的隨處批語和重點句子的圈點。」[68]林崗可能是鑑於一般認為評點有「瑣碎」之弊，因此特別重視「總論」的部份，所以將「每篇前的總評」（即「題下批」）從評論文字中獨立出來，與其他兩項等量齊觀。不過，林崗之說可商榷處有二：一是常就全文進行評論的評論文字，除了「題下批」之外，還有「尾批」；二是未將「伴隨行文的隨處批語」（即「題下批」之外的「評論文字」）和「重點句子的圈點」（即「評論符號」）予以區分、獨立，較無法彰顯評點的特色。

統合前面的論述，可得出以下結論：因為「評論符號」、「評論文字」是評點的重要組成成分，在定義中即加以強調，因此宜加以區分、獨立；但是評論文字中的「題下批」、「尾批」往往針對全篇而發、作整體性的評論，與觀照全書之「序跋或總評」，有著涵蓋面大的共同特質，因此可歸為一類。而這樣的結論可以表述如下：

> 「序跋或總評」多觀照全書，評論文字中之「題下批」、「尾批」多觀照全文，因此，皆屬於宏觀之「總論」；而「評論符號」，與評論文字中之「旁批」、「夾批」、「眉批」，多就局部之文本來分析，因此，皆屬於微觀之

---

夾批的內容是針對具體章節文字的，分析當時結合原作進行。」分見頁 990、 993。但呂軒瑜博士論文《通代古文評點選本研究》則認為：「《古文關鍵》、《崇古文訣》、《文章軌範》、《文章指南》，以旁批、夾批或眉批，簡單說明細部字句法，而整體章法則交由題下批總論，有時揭出一篇本意。」，頁 195。《古文關鍵》並無「眉批」，但是筆者翻閱此書，依據搜檢所及，「眉批」多針對節段、字句進行評論。

68 見林崗《明清之際小說評點學之研究》，頁 55。

「分論」。

因此，可以得出以下看法：

> 評點的形式要素有三：用作總論之「總評或序跋」以及
> 「評論文字」；用作分論之「評論符號」；用作分論之
> 「評論文字」。

其中「評論符號」、「評論文字」是根據評點的特質而產生的，
但是用作分論之「評論符號」、「評論文字」雖然有精細的優
點，可是相對的也有瑣碎的缺點，因此除了某些「評論文字」
也發展出總評的功能外，還產生了「總評或序跋」，以作為補
救之道[69]。所以，這三個形式要素，是根據評點的特質而產
生，且彼此之間相呼相應，產生了強大的批評功能。

## 2. 形式要素之功能

而且，根據這三個形式要素，就會產生相應而來的批評功
能上的特點，形成了它不同於其他批評型態的優勢特色，而朱
萬曙認為此優勢特色是：「全面性」、「多向性」、「細微性」[70]。

關於「全面性」，是存在於「總評或序跋」或用作總論之
「評論文字」中的，籠罩全書（文）的較具有系統性、概括性
的觀點，此觀點往往因關乎全書，所以具有全面性[71]；至於
「多向性」與「細微性」，則是藉著「評論符號」與用作分論之
「評論文字」來體現，兩者緊密結合、互相呼應。

---

69 吳承學以《古文關鍵》為例，說道：「一般說來，評點型態的毛病在於比較零碎，缺
乏系統，而《總論看文字法》比較明確系統提出評點的原則和方法，一定程度上彌補
了這一缺陷。」見〈現存評點第一書〉，《中國文學評點研究論集》，頁226。

70 參見朱萬曙《明代戲曲評點研究》，頁44。

71 朱萬曙《明代戲曲評點研究》並說：評點批評的全面性，體現在它的首尾貫穿、從宏
觀到微觀的批評流程上。它既有概括性的評論（總論、總評），也有具體的批評（評
點文字、評點符號）。參見頁44。本論文之看法與此不同。

首先，就「全面性」來說，用「總評或序跋」提出看文之法的方式，可能是受到宋代儒學讀書法的影響，吳承學認為：「宋代的儒學對於評點的影響甚大。……宋儒非常重視讀書之法，朱熹的《四書集注》中即有《讀〈論語〉〈孟子〉法》，而東萊此書卷首，亦有《總論看文字法》，可見宋代儒學與文章之學有相通之處。後來的評點著作，雖然讀法千差萬別，但萬變不離其宗。」[72] 就以呂祖謙來說，呂氏本為大儒，將研讀儒學之法應用在文章賞析上，是相當合理的。而且，吳承學又指出：

> 東萊《總論看文字法》提出評點的總原則，與該書中隨文的評點相比，是比較有系統的閱讀理論。[73]

其中「有系統」一語，說出了「總評或序跋」的價值。而「總評或序跋」乃就全書而言，就全文提出較為全面的觀點的，就是用作總論的「評論文字」了。

其次，就「多向性」來說，朱萬曙說道：「評點批評的多向性，體現在對作品細緻的評點中，從不同的視角、運用不同的形式展開批評。」[74] 這是因為評點是「文本中心」的，正如林崗所言：

> 批評者的批評依據文本的脈絡進行，批評者在文本的任意地方只要發現值得言說之處，即可停下來在此發表見解，問題點可大可小，視文本與批評者的識見為轉移，完全不受邏輯框架的限制。評點形式體現批評對文學文本的全面接觸、感受、領悟與評價。[75]

---

72 見吳承學〈現存評點第一書〉，《中國文學評點研究論集》，頁 223。
73 見吳承學〈現存評點第一書〉，《中國文學評點研究論集》，頁 226。
74 見朱萬曙《明代戲曲評點研究》，頁 47。
75 見林崗《明清之際小說評點學之研究》，頁 205-206。

所以可以對文本有全面的認識，這個特色特別能凸顯評點「文本中心」的特質。

又次，就「細微性」來說，龔鵬程認為評點：「用圈、點、批、注、劃線等方法，詳論文章的各種優缺點。」[76]評點具有此種形式上之優勢，因此可將「細微性」發揮得淋漓盡致。朱萬曙也說：

> 評點批評的細微性較之上述兩個特點更為明顯。由於評點有眉批、夾批、尾批以及各種評點符號等形式要素，它就可以對作品的細微的局部展開批評，一個細節、一句話乃至一個字都能夠成為批評對象。[77]

可見得評論文字與符號的配合，功能非常強大。

整體說來，朱萬曙認為「評點」的形式三要素的組合，構成了一個從微觀到宏觀、從抽象到具體的全景式的批評[78]。因此，評點會成為廣為後代所接受的批評方式，也就不令人意外了。

## （三）評論符號與評論文字

因為「評論符號」與「評論文字」是評點特有的形式要素，張秋娥指出：「『點』為宋元評點中的不評之『評』，直觀、形象地體現修辭思想，是其評點修辭思想體系的有機組成部份。『評』是宋元評點中的語言評說，是評點者修辭思想的直接體現，亦是評點修辭思想體系的有機組成部份。」[79]可見兩者之間相輔相成的關係。因此其下即就此兩者加以說明。

---

76 見龔鵬程《文學批評的視野》，頁 408-409。
77 見朱萬曙《明代戲曲評點研究》，頁 49。
78 參見朱萬曙《明代戲曲評點研究》，頁 84。
79 見張秋娥《宋元評點修辭研究》，頁 28。

## 1. 評論符號

　　「評點」之「點」[80]即為「評論符號」，也就是用符號標誌出文本中值得注意之處[81]。至於評論符號的起源，吳承學認為：「評點的符號，則是在古代讀書句讀標誌的基礎上進一步發展起來的。……當句讀方式由語法意義擴大至鑑賞意義時，文學性質的圈點也就產生了。」[82]他並指出從出土材料中，可以看到在東周、秦、漢時期，一些章句、句讀的標點符號已經出現，而在西涼到北宋的敦煌遺書中，使用較多的標點符號就有十七種[83]。而且，除此之外，吳承學又指出：「古人很早就有其他讀書的特殊標標誌，它反映了閱讀者對於作品意義特殊的理解，是富有個性的閱讀符號。」[84]所以，評論符號就在這些因素的綜合影響下，逐步地形成了。

　　而且，評論符號的種類也有演變的過程，孫琴安指出：「在唐以前，凡點勘之類，都習慣於用『點』，而到了宋元，卻不大用『點』，常習慣於用『抹』。……然而，宋元人在文學評點中不僅創造了『筆抹』，而且還發明了其他各種評點符號和標示方式。……而且，宋元人在發展各種抹劃標示的同時，並

---

80 關於「點」意義之轉變，可參考張秀惠碩士論文《南宋古文評點研究》，頁 2、孫琴安《中國評點文學史》，頁 24-27、呂軒瑜博士論文《通代古文評點選本研究》，頁 73-74。

81 朱世英、方遒、劉國華認為：「所謂『點』，就是在文句側面用圈點的形式標出文章中精彩的或值得留意的部份。」見朱世英、方遒、劉國華《中國散文學通論》，頁 907。不過，此說其實不夠全面，因為評論符號的形狀不只「圈點」，位置也不只在「文句側面」。

82 見吳承學〈評點之興──文學評點的形成和南宋的詩文評點〉，《文學評論》，頁 24。

83 參見吳承學〈評點之興──文學評點的形成和南宋的詩文評點〉，《文學評論》，頁 25。管錫華《中國古代標點符號發展史》也將評點納入研究範圍中：「評點……也是標點符號史上的一個重要內容。」，頁 27。更可見出兩者之間的密切關聯。張伯偉《中國古代文學批評方法研究》也說：「『標點』一詞，或起於南宋。……我甚至懷疑，『評點』一詞的最初義也就是標點。」，頁 545。

84 見吳承學〈評點之興──文學評點的形成和南宋的詩文評點〉，《文學評論》，頁 25。

沒有廢棄『點』的標示符號，相反，他們在『點』的基礎上又
發展出了『圈』，成為後人評點文學中所習慣連稱的『點圈』
或『圈點』。」[85] 發展到後來，評論文字在形狀、位置、顏色、
功能上都有著許多不同的變化，堪稱洋洋大觀[86]。不過，張秋
娥指出：

> 儘管各評點家所用點抹符號不盡相同，但是卻大多都用
> 了「、」和「。」兩種符號：「、」是每個評點家都用
> 的符號，是最普遍的符號；「。」是僅次於「、」的較
> 多使用的符號。[87]

此說指出了評點家運用評論符號的普遍現象。

而評論符號之如此廣泛地被運用，當有其不容忽視的優
點，林明昌認為：

> 圈點記號有文字無法取代之優點，即立象以盡其意。
> 另一項優勢是不干擾正文。[88]

林氏所言甚是，而且，有些文章思想不易用文字闡述，譬如要
說明何處到何處分段，用評論符號顯然比評論文字更為清晰簡
便。不過，相對的，評論符號亦有缺點，林明昌認為：「最大
的缺點是未能統一。」「單用圈點記號不足以完整表達繁複意

---

85 見孫琴安《中國評點文學史》，頁 82-83。

86 見張秋娥《宋元評點修辭研究》針對宋元評點家所用的圈點符號，說道：「歸納起來
看，主要有七種點抹符號：『、（字旁小斜點）』、『。（字旁小圓圈）』、『｜（字旁長直
線、短直線）』、『○（字上大圓圈）』、『ㄴ（右折短直線、右折長直線）』、『⟩（字旁月
牙形點）』等。」，頁 28。張秀惠碩士論文《南宋古文評點研究》則列出十種，見頁
4。而林明昌針對歷代所發展出來的各種評論符號以及用途，作了頗為詳盡的介紹，
可參見其博士論文《古文細部批評研究》，頁 52-65。

87 見張秋娥《宋元評點修辭研究》，頁 20-21。

88 分見林明昌博士論文《古文細部批評研究》，頁 66、70。

見。」[89]這兩項缺點也屬事實，關於第一點，光是評論符號的名稱，就已經相當混亂，更何況是形狀、功能等；而關於第二點，則可以說明為何「評點」不能只有「點」，而必要「評」來解釋、說明。

但是，「評論符號」作為評點重要的形式要素，其受重視的程度，卻遠不及「評論文字」，吳承學即指出：

> 多數評點研究者也只研究「評」而不暇顧及「點」，這是目前評點學研究的通病。[90]

之所以如此，吳承學認為：「研究宋人點抹標誌頗為困難：由於時代久遠，現存宋人評點的選本大都是後人傳刻的。傳刻者往往只留下『評』，而刪略去圈點標抹之處，使我們難以看到宋人評點的真面目。」[91]此為研究上先天的困難，唯有仰賴優良版本，才能解決此問題。不過，除此之外，研究者對於文字的熟悉，以及「評論文字」量大、可探討空間更大，都是使得研究者偏愛探究「評論文字」的原因。但是，也就是因為「評論符號」長期被忽略，所以更需要研究者投注心力，以彰顯其功能與價值。

而關於評論符號的功能或意義，吳承學認為：

> 是由其標注符號的形狀、位置、顏色三種來表示的。[92]

---

89 分見林明昌博士論文《古文細部批評研究》，頁 70、71。不過，針對第二個缺點，吳承學認為：「圈點與評語不同，評語所論，十分顯豁，而諸家的圈點方式『義例』各不相同，帶有『密傳』性質，更likely人去揣摩，弄通各種符號的象徵意義及彼此之間的微妙區別。」見〈評點之興——文學評點的形成和南宋的詩文評點〉，《文學評論》，頁 31。其態度顯然不十分否定。

90 見吳承學〈現存評點第一書〉，《中國文學評點研究論集》，頁 221。

91 見吳承學〈現存評點第一書〉，《中國文學評點研究論集》，頁 221。

92 見吳承學〈評點之興——文學評點的形成和南宋的詩文評點〉，《文學評論》，頁 32。張伯偉《中國古代文學批評方法研究》針對評點之「顏色」，亦多舉實例加以說明，見頁 547-548。

就《古文關鍵》來說，其評論符號都是墨色，因此只有形狀、位置的差異。關於其形狀，俞樾就認為《古文關鍵》：「論文極細，凡文中精神命脈，悉用筆抹出。其用字得力處，則以點識之。而段落所在，則勾乙其旁，以醒讀者之目。」[93]俞氏所指的「悉用筆抹出」應該是「｜」（長直線），「以點識之」應該是「、」（小斜點），「勾乙其旁」應該是「∟」（右折短直線）。而關於評點符號之位置，「｜」、「、」均在字之右側，而「∟」則在字之左下角。

《古文關鍵》確實只用了「｜」、「、」、「∟」這三種評論符號。吳承學指出：「宋代的圈點，可分為詳略兩種。」[94]《古文關鍵》當屬「簡式」。

## 2. 評論文字

「評點」之「評」[95]即為「評論文字」。關於評論文字，最常見的分類方式，乃是依據評論文字出現之位置而區分，譬如呂軒瑜即指出：

> 宋代以後，通代古文注選本的評論文字與文本緊密結合，視其所擺放的位置，而有不同的名稱，其中包括眉批、旁批（行批）、夾批、題下批（文前總評）、尾批（文末總評）等。[96]

而這些不同種類的評點文字，各有其作用。

「題下批」又名「首評」。關於此種評論文字，張秋娥指出：「首評是出現在文章題目之後的評價語言。這是南宋評點

---

93 見俞樾《古文關鍵・跋》。
94 見吳承學〈評點之興——文學評點的形成和南宋的詩文評點〉，《文學評論》，頁31。
95 關於「評」、「批」意義之轉變，可參考張秀惠碩士論文《南宋古文評點研究》，頁1。
96 見呂軒瑜博士論文《通代古文評點選本研究》，頁69。

中用的較多的形式。它是對全文的評價，其中有大量的修辭現
象評點。」[97]張氏所指之「有大量的修辭現象評點」，其中有很
多屬於「篇章修辭」，亦即「章法」範疇。

「旁批」又名「行批」。關於此種評論文字，張秋娥指出：
「旁批是出現在正文的文字旁邊的批評語言，是對巧字、妙句
或佳段的評價。這是南宋評點中用的最多的形式。」[98]呂軒瑜
則認為：「旁批是讀者將閱讀過程的想法，寫在兩行正文的中
間，又可稱為行批。一般多用於細部份析，所呈現的並非大段
落的解讀成果，而是細部的字句法。」[99]兩人都指出了「旁
批」乃用於細部批評。

關於「夾批」，張秋娥認為：「此是南宋評點中出現較少的
一種形式。夾批是夾在正文字句之間的批評語言，一般字形較
小。」[100]呂軒瑜則認為：「夾批，是讀者將相關的想法、注釋
或是解讀出來的章法技巧等，以雙行小字寫於相關的正文之
後。夾批的方便之處在於閱讀者讀完正文，可以馬上看到關於
此句或此段的相關要點或注釋，但也正因為如此，它會割裂正
文，阻礙正文的閱讀。但儘管如此，夾批卻是評點選本最常見
的形式之一……部份書籍的夾批多是注釋。」[101]兩人都指出了
「夾批」出現的位置，呂氏並針對其優缺點與常用功能作出說
明。

關於「眉批」，張秋娥指出：「眉批是指在書眉或文稿上方

---

97 見張秋娥《宋元評點修辭研究》，頁 37。呂軒瑜博士論文《通代古文評點選本研究》
　　則指出：「題下批，又可稱為文前總評，讀者將想法與評論，寫在文章的題目之下稱
　　之，一般而言，此處的評論都較為簡短且原始，……但後來部份選本題下批無評論，
　　只有解題功能。」，頁 71。其中，呂氏認為「此處的評論都較為簡短且原始」，此說
　　可能不符合實際狀況。
98 見張秋娥《宋元評點修辭研究》，頁 37。
99 　見呂軒瑜博士論文《通代古文評點選本研究》，頁 70。
100 見張秋娥《宋元評點修辭研究》，頁 38。
101 見呂軒瑜博士論文《通代古文評點選本研究》，頁 70-71。

空白處所寫的批注。南宋評點中此種形式用的最少。」[102]呂軒瑜則說道：「眉批是讀者將閱讀過程中與文章相關的想法，寫於書眉，即書頁的上方空白處者稱之，可以說是最方便記錄心得的方式，然使用者卻不多。」[103]兩人都提到「眉批」較少出現。

關於「尾批」，張秋娥指出：「此是南宋評點中出現較多的一種形式。尾批是在文章結尾出現的批評語言。它或是對好的結尾評說；或是對全文佳妙之處總結評價；或是二者皆有。」[104]呂軒瑜也說道：「尾批即將相關評論、想法，總結於文章之末尾，又可稱為文末總評，呈現的是評點者閱讀完整篇作品的結論。」[105]兩人都指出了「尾批」的總論性質。

除了出現的位置之外，胡建次還依據評論之精簡或是精細，將評點方式分為兩種：「言簡意賅的精評」和「淺易周遍的細評」，並說：「精評方式在我國古代詩文評點中運用較多，這與我國古代視詩文為莊重之體的文體觀念是分不開的。」[106]而孫琴安也有類似的見解：「通常說來，詩歌、散文的評點以精練見稱，而小說、戲劇中的評語篇幅稍長，較重文采和口語。」[107]此點發現也可作為分析「評論文字」時的參考。

而關於「評論文字」的優缺點，林明昌則將「評論文字」與「評論符號」相比，認為「評論文字」的優點為：

> 首先，文字評點之彙集諸家評點，並排羅列，這是圈點記號所難以表現的。……各家意見不同、看法各異的評

---

102 見張秋娥《宋元評點修辭研究》，頁 38-39。

103 見呂軒瑜博士論文《通代古文評點選本研究》，頁 69。

104 見張秋娥《宋元評點修辭研究》，頁 38。

105 見呂軒瑜博士論文《通代古文評點選本研究》，頁 71。

106 見胡建次〈古代文學評點體例與方式的承傳〉，《咸陽師範學院學報》，頁 39。

107 見孫琴安《中國評點文學史》，頁 6。

語，可以撐開成為網狀詮釋結構。換言之，不同評語之
排列並陳，不僅不是缺點，更可解除「單一本意」、「單
一作法」、「單一讀法」的侷限，展開詮釋路數的更多可
能性。[108]

其次，⋯⋯是可以詳細解說，如章法、句法、體則文
格、典故出處、大意要旨，或筆法較複雜曲折、含意幽
微，如敘述策略、筆法高妙處等等。[109]

不過，第一個優點應是只有諸家評點的彙集本才具有，第二個
優點才是「評論文字」具有的普遍性優點。但是，「評論文
字」也有缺點，其缺點為：「其一是評點文字若穿插於正文之
間，切割文氣，造成閱讀之不連貫，是很大的缺點。」「再者
當文字用作標語使用時，難以精確表明所欲標示正文之起訖
點。」[110]這些也是確實指出了評點文字的缺陷。

在《古文關鍵》中，只運用了兩種：「題下批」和「旁
批」，而其行文方式，乃是屬於「言簡意賅的精評」。

## 三、古文評點之批評重點與侷限

在前面兩節：「南宋古文評點產生的核心因素」、「評點的
定義與形式要素之特色」的研究基礎上，可進而探討一個問
題：南宋的古文評點對文章學理論的發展來說，具有什麼意
義？要回答這個問題，可以先從評點與其他文批形式的比較談
起；隨後並論及「古文評點」的形式特色與「意」、「法」之講
求，並且因此可以得出「古文評點」對文章學的貢獻；但是，

---

108　見林明昌博士論文《古文細部批評研究》，頁 91-92。

109　見林明昌博士論文《古文細部批評研究》，頁 91。

110　均見於林明昌博士論文《古文細部批評研究》，頁 92。

有所長也就相對有所短，所以，與此相聯繫的就是「古文評點」的侷限。

因此其下即分為三節：「『古文評點』與其他文學批評形式的比較」、「『古文評點』的形式特色與『意』、『法』之講求」、「『古文評點』的侷限」，來進行討論。

## （一）「古文評點」與其他文學批評形式的比較

林崗認為：「如果純從形式區分中國古典文論，體大思精的《文心雕龍》以及《原詩》、《藝概》等可為一類，而與文本解讀、鑑賞、品評聯繫緊密的詩話、小說批點可歸入另一類。」[111]吳承學更進一步指出：

> 傳統的文學批評講究對於批評對象知人論世，追源溯流，其批評則重在對批評對象做總體審美把握的品第，而很少是對文本具體入微的批評。而評點之學恰是轉向對文本的語言分析和形式的批評。[112]

因為以往的文論形式，比較適合發揮「全面性」，所以評點與其他批評形式之不同，又特別表現在「多向性」和「細微性」上。

而且，林崗認為「評點」與「話」都與文本鑑賞關聯緊密，所以可另為一類，但是即使如此，「評點」與「話」的重心還是不同的。首先，「評點」與「話」的風格大異其趣，林崗認為：

> 讀宋詩話，一股閑雅之氣撲面而來……而讀宋代的文章

---

111 見林崗《明清之際小說評點學之研究》，頁 52。
112 見吳承學〈評點之興──文學評點的形成和南宋的詩文評點〉，《文學評論》，頁 32。

評點……更多的是書匠教訓之氣。[113]

而之所以會造成這種風格上的差異，主要原因在於文人在運用
這兩種文批形式的時候心態是不同的，因此使得「話」與「評
點」的重點也不同。錢仲聯認為詩話別集的內容可分為三類：
「記事為主」、「評論為主」、「考證性」[114]，張伯偉說道：「典型
的詩話，其文體如同筆記，風格輕鬆隨意，歐陽修說是『以資
閑談』，實際上便是開創了一種近似於爐邊談話的親切的說詩
方式（清人吳喬就有《圍爐詩話》）。談的內容固然以詩為主，
但又不限於詩，實可以『駁雜』二字括之。」[115]龔鵬程稱評點
為「細部批評」，並將它與「詩文評話」作比較：

> 它最關切的是「法」的問題……所以它致力於分析文章
> 用字造句及分段之法的討論……此一用心於文學之語言
> 美的態度，跟一般詩文評話強調的得意忘言審美品味，
> 似乎也有些差距。[116]

不只如此，龔鵬程又進一步指出詩詞話作者不太討論「法」，
而且對於這種批評法頗有微詞：

> 或目之為庸陋，只會注意細節，無當大體，無高情遠
> 韻；或謂其過於注重「法」的機械性；或詆之為兔園冊
> 子、時文講章。[117]

由此可見，「評點」專注在文本分析（特別是「法」的分析）
的特性，與「話」大相逕庭。而且，古文評點的「多向性」和

---

113 見林崗《明清之際小說評點學之研究》，頁 53。
114 參見錢仲聯〈宋代詩話鳥瞰〉，《古代文學理論研究叢刊》第三輯，頁 229-239。
115 張伯偉《中國古代文學批評方法研究》，頁 466-467。
116 見龔鵬程《文學批評的視野》，頁 409-410。
117 見龔鵬程《文學批評的視野》，頁 409。

「細微性」，使得這樣的差異更是發揮得淋漓盡致。

總之，「古文評點」與文本結合，並極力發揮其「多向性」和「細微性」，產生了其他文批形式所沒有的特色與成果，雖然也常為不喜者詬病，但是不可否認的，這已成為文章學的重要資產。

## （二）「古文評點」的形式特色與「意」、「法」之講求

因為古文評點旨在指導科舉文體之寫作，所以相當重視「認題立意」；不只如此，基於科舉文體程式化的需要，所以，古文評點對於寫作之「法」的講求，也成了重心；而且，在很多時候，評點家是結合「意」與「法」加以分析的。在這些情況下，「評點」的「多向性」和「細微性」，就「有用武之地」，成了大有用處的特性。所以，當南宋出現評點，並以此形式對古文進行批評時，其在古文理論的發現是很值得關注的。

首先，「細微性」加強了對「意」、「法」的探求。古文評點重「法」幾乎是古、今評論者共同的看法，譬如《四庫全書總目提要》說道：「各標舉其命意、布局之處，示學者以門徑，故謂之『關鍵』。」[118]又如孫琴安認為呂祖謙：「注意力多集中在文章作法、開合抑揚、起結照應、句法字法、轉換變化等方面，而對於其中的內容和觀點卻很少關注。」[119]。其他類似的說法很多，茲不一一列舉。針對這一點，評點的「細微性」起了很大的作用，因為在各種文批形式中，評點實是最能針對文本的任何可堪注意的「亮點」，提出其分析。而這一點，在文章學理論的發展上，產生了很重要的影響、作出了很

---

118 見清·紀昀總纂《四庫全書總目提要》卷一百八十七集部四十，頁5116。
119 見孫琴安《中國評點文學史》，頁32。

重要的貢獻，因為，正如祝尚書所指出的：

> 縱觀南宋以前的文章學，廣義的「文章」且不論，就狹
> 義的「文」即古文而言，有一個共同的缺陷，即論文章
> 內容（道）的多，而研究文章寫法、技法的既少又零
> 碎。[120]

但是，這種情況在古文評點出現後，有了大幅度的改變，對
「法」講求變得非常重要。而且，此種對「法」的講求往往還
結合著「意」，這等於是對「內容」與「形式」的互動，提出
了深刻的看法[121]。

其次，「多向性」拓展了探求「意」、「法」的廣度。古文
評點的「細微性」配合「多向性」之後，就產生了一個結果：
不只講求「意」、「法」，而且所講求的「意」、「法」是多方
面、甚至全面的。關於「意」，羅螢指出：「在具體的文章評點
中，對『意』的強調更是無處不在。」並舉實例道：

> 《師說》題下評曰：「此篇最是結得段段有力。中間三
> 段，自有三意說起，然大槩意思相承，都不失本意。」
> 此處的三個意，第一個是段意，第二個意是指意脈、線
> 索而言，第三個意是指文章的中心思想而言。[122]

可見其細密與全面。而關於「法」，王希杰即說：

---

120 見祝尚書〈南宋古文評點緣起發覆——兼論古文評點的文章學意義〉，《四川大學學
報（哲學社會科學版）》第四期，頁81。

121 以《古文關鍵》來說，就常常出現「意在後」、「解前意」、「幹前後意」、「生意」、
「結上意」、「結不盡意」、「入正意」、「意盡方說起」、「又生新意」等旁批，而這些
旁批都是結合「意」與「法」來進行分析的。此點在第捌章第三節會做更詳盡的論
述。

122 前段及此段引文分見羅螢〈《古文關鍵》：經典的確立與文章學上的意義〉，《瀋陽師
範大學學報（社會科學版）》，頁86、87。

> 評點的內容是多方面的，豐富而複雜的。[123]

確實如此，不管是用詞之法、構句之法、修辭之法、布局之法……，統統都受到關注，而這個部份很能體現古文評點「文本中心」的特點。

不過，古文評點對「法」的關注儘管全面，但是仍有偏輕、偏重的情形。龔鵬程認為「細部批評」：

> 對文學最基本的看法是「文者，名號雖殊，而其積字為句，積句而為段、而為篇，則天下之凡名為文者一也」（曾國藩‧答許屏仙書），所以它致力於分析文章用字造句及分段之法的討論。[124]

所以，古文評點特別重視句法、章法，而關於這一點，如果溯及產生古文評點的核心因素──時文之程式化，就會發現這是理所當然的。也因此，在「意」與「法」的結合中，「法」集中在「章法」上[125]，也就毫不奇怪了。

## (三)「古文評點」的侷限

關於古文評點的侷限，可以就以下三個方面來談：

首先，古文評點的「法」是混雜的。古文評點的特性之一──「多向性」，使得古文評點在各種「法」上都有發現，

---

123 見王希杰為張秋娥《宋元評點修辭研究》所寫之序，頁7。
124 見龔鵬程《文學批評的視野》，頁 409-410。其他學者亦有指出此語者，譬如王水照、慈波說：「評點之作多根據具體篇章展開分析評議，在文章理論方面以章法、句法分析為主，對於風格淵源、創作經驗也多有把握。」見〈宋代：中國文章學的成立〉，《復旦學報》（社會科學版），頁 30。張秋娥《宋元評點修辭研究》也指出：「南宋評點家們有一顯著特點，就是都重視篇章修辭，具有豐富而全面的篇章修辭思想。他們於評點中大多重視『起、承、轉、結、應』等組成篇章的因素，又重視篇章總體的組織、安排方法。」，頁41。張秋娥所說的「篇章修辭」就是章法。
125 詳見本論文第捌章第二節。

而「多向」，雖然會造成「豐富」的結果，但是「豐富」的另
一面就是「混雜」。因此，構句法、修辭法、章法……等等，
均視文本分析之需求，自由地在評點中交錯出現，所以如欲以
「論點中心」的論文來闡述時，就需要研究者一一加以清理。

　　其次，古文評點未提升至原理原則的歸納、概括。此與前
一點也是聯繫在一起的，因為各種法「混雜」地出現，所以往
往未提升到原理原則的歸納、概括；而且古文評點的另一特
性——「細微性」，更是加強了這個傾向，因為精細的另一
面，就是「瑣碎」[126]；而且古文評點常用於指導寫作，用心太
過就容易更流於瑣碎[127]。因此，古文評點只停留在微觀層次，
並未提升到宏觀的層次，進而提出原理原則。關於這一點，有
多位學者提出看法，首如朱萬曙說道：

> 評點批評一般侷限於一部作品、一篇作品的批評，它缺
> 乏的是理論上的概括力。[128]

次如王水照、慈波也說道：「不以精深系統的理論見長，這在
《古文關鍵》、《崇古文訣》等選集當中都有體現。」[129]他們
都指出了評點的同一個缺陷。

　　又次，古文評點一般不關注人生體驗、審美趣味等課題。
因為古文評點之所以產生的核心因素是科舉的需求，所以與科
舉需求無關者，就不是古文評點所關心的，因此前面的論述也
提到：古文評點仿效唐宋古文，其重心是在「文法」上，而非

---

126 孫琴安《中國評點文學史》緒論：「太瑣碎。」，頁10

127 王水照提到：「為指導初學者入門，加強操作性、實踐性，因而其性質偏重於寫作
　　學，而非古文理論與批評之系統化，於是毛舉細末，纖悉無遺，強立名目，稗販蹈
　　襲，不一而足。」見〈文話：古代文學批評的重要學術資源〉，《四川大學學報》（哲
　　學社會科學版），頁65。

128 見朱萬曙《明代戲曲評點研究》，頁49。

129 見王水照、慈波〈宋代：中國文章學的成立〉，《復旦學報》（社會科學版），頁30。

「文理」上[130]，就算是講「立意」，也是談如何體貼時文題目的題意，幾乎不涉及人生體驗、審美趣味等課題。林崗認為評點基本上是寫作學，並說：

> 文學欣賞亦需要有文本的細緻品評做基礎，但文學欣賞不停止於文本的細緻品評，由此還涉及人生體驗、審美趣味等更深層次的問題。寫作學則不同，它的根本使命是示後學以門徑。所以它對文本的追尋，到章法即止。[131]

龔鵬程也說：「只管文字表面的表現，不太涉及形上理論、表現理論、或社會功能理論等問題。所以姚鼐說它精神不能包括大處遠處、包世臣也說它論道僅成門面語。」[132]這一點常常是評點為人所詬病之處，而評點在以往地位低下，與此點也有很大的關係。

此三個侷限中的前兩點：「混雜」、「未提出原理原則」，主要導因於評點「文本中心」的「多向性」和「細微性」的特質，而這兩項特質雖然與「論點中心」的論文的邏輯論述不同，但是嚴格說來，並不能算是缺點，應該算是特色，充其量只能說：有所長就有所短。而第兩點「不關注人生體驗、審美趣味」則是導因於科舉，此點也確乎使得評點的人文色彩淡薄許多，結果正如林崗所言：「讀宋代的文章評點……更多的是書匠教訓之氣。」[133]

不過，特別值得注意的是，前面兩點侷限，主要是根據「評論符號」與用作分論之「評論文字」而來，但是古文評點

---

130 其原因如祝尚書所言：「因為科場時文是高度功利化了的文體，內容必須絕對符合官方意識形態，這是社會不容置疑的價值和法律基準，不需要學者們再特別去『教』的。」見〈論宋代時文的「以古文為法」〉，《四川大學學報》，頁24。

131 見林崗《明清之際小說評點學之研究》，頁56。

132 見龔鵬程《文學批評的視野》，頁413。

133 見林崗《明清之際小說評點學之研究》，頁53。

的一個形式要素——「序跋或總評」以及用作總論之「評論文字」，其功能則未被討論。儘管「序跋或總評」、用作總論之「評論文字」，和「評論符號」與用作分論之「評論文字」，在份量上往往差距很大，一般談到評點，第一個想到的也是「評論符號」與用作分論之「評論文字」，但是畢竟「序跋或總評」以及用作總論之「評論文字」也是形式要素之一，而且因為具有「全面性」，所以是否能相當程度地補救「評論符號」與用作分論之「評論文字」，所導致的「混雜」、「未提出原理原則」，是相當值得觀察的。

# 四、文章學與古文評點的呼應

本節之重心在「文章學」上，並希望因此可以得出「文章學」與古文評點之呼應。因此前兩節處理古代「文章學」之萌芽、發展與成立，第三節則汲取當代的研究成果，將古代「文章學」與「現代文章學」、「辭章學」作一比較，並在此基礎上，總結出「文章學」應具備之內涵。

## （一）「文章學」的萌芽與發展

祝尚書列舉《論語》中關於文與質的探討，《孟子》「養氣論」，以及揚雄《法言》、王充《論衡‧藝增》中的一些觀點，認為是文章學之濫觴。接著，魏晉六朝時代，文章學更為發展，曹丕《典論‧論文》、陸機《文賦》、《文章流別論》、劉勰《文心雕龍》都是其中的重要著作。不過，從先秦到魏晉六朝，所謂之文章乃廣義，泛指文、筆諸體[134]。王水照也說：就

---

134 參見祝尚書〈南宋古文評點緣起發覆——兼論古文評點的文章學意義〉，《四川大學學報（哲學社會科學版）》，頁 80。王水照、慈波〈宋代：中國文章學的成立〉，《復旦學報》（社會科學版）也回顧了秦漢、六朝文章批評的發展，見頁 25。鄭娟榕、

古文研究而言，自先秦至魏晉，評論、研究文章之風日盛，但是散見於學術論述和各自文集之中，縱有專著，也是融合詩文而論[135]。

而到了中唐時代，韓愈有關「文」、「道」以及「古文」作法的論述，是文章學的重要發展，「文章學」一詞，最早產生於這個時期，譬如柳宗元〈先君石表陰先友記〉曰：

> 唐次，北海人，有文章學，行義甚高。[136]

又如張籍〈祭退之〉：

> 獨得雄直氣，發為古文章學，無不該貫。[137]

王水照指出：降至唐代，「古文」概念在「駢散之辨」中始得確立，但其時論文之作，現存者均為單篇序跋書簡[138]，而這時的「文章學」，包括了古文理論和創作兩層意思，不含駢文（四六）[139]。

不過，在這萌芽與發展的過程中，有一點非常值得提出來討論，那就是對於文章結構、層次的發現與分析。此種觀點上

---

林大礎〈先秦辭章論〉認為先秦時期辭章活動的主要成就與特點是「建立了『辭』（即辭章）的概念」、「提出了『修辭立其誠』的命題」、「強調辭章的『致用』效果」、「提倡『慎言』、『善言』，強調」辭章技巧的運用」、「重視對立統一規律」、「提出『質』（內容）與『文』（形式）完美結合的命題」、「建立了部份『體式』」、「在鑑賞、審美方面，提出『知言』說、『養氣』說」。《福建財會管理幹部學院學報》，頁44-46。亦可參看。至於「文章學」與「辭章學」之異同，說詳後。

135 參見王水照〈文話：古代文學批評的重要學術資源〉，《四川大學學報》（哲學社會科學版），頁63。

136 見《柳宗元集》卷十二，頁305。

137 見張籍《張司業集》卷一，景印文淵閣四庫全書本，頁8。這兩筆資料乃祝尚書，〈南宋古文評點緣起發覆——兼論古文評點的文章學意義〉，《四川大學學報（哲學社會科學版）》首先著錄，見頁80。而前此之論述也參見同文同頁。

138 參見王水照〈文話：古代文學批評的重要學術資源〉，《四川大學學報》（哲學社會科學版），頁63。

139 參見祝尚書〈論宋元時期的文章學〉，《四川大學學報》（哲學社會科學版），頁100。

承《周易》，表現為句讀的使用，並為漢代章句之學繼承、發展，進而對文章之學有啟發作用，其成果在劉勰《文心雕龍》有總結的體現。而且此點與古文評點的理論發展特別相關，因此其下即略作論述。

吳承學、何詩海認為：

> 古人關於語言文字表達需要技巧與法度的觀念可謂由來已久。《周易》謂「言有物」、「言有序」。「言有序」可視為中國文章學潛在的觀念，它正是中國文章形式理論的中心。「序」指條理、次序。「言有序」的前提就是言語本身是有層次結構的。[140]

而最初的語言結構觀念，正反映在古人的句讀標誌符號中[141]，吳承學、何詩海研究出土文物的標點符號，得出一個結論：

> 先秦已有比較明確的篇章、段落、句讀等文章層次意識，並用各種符號越來越細緻地表達這種意識。……漢人對語言意義層次已有深刻的認識和細緻的把握，自覺應用句讀符號來幫助人們理解古書，並在此基礎上產生了句讀理論。[142]

句讀理論的發展，反映的其實是對語言結構層次理解的發展。

而漢人對句讀的看法，也應用在章句之學上。漢代的章句之學，實際上是一種以分章析句為基礎的經學闡釋體系，其內容包括分析篇章結構、解釋字詞名物、疏通串講文句、闡發經文義理等[143]。吳承學、何詩海指出：「章句學的基本特徵是分

---

140 見吳承學、何詩海〈從章句之學到文章之學〉，《文學評論》，頁21。
141 見吳承學、何詩海〈從章句之學到文章之學〉，《文學評論》，頁21。
142 見吳承學、何詩海〈從章句之學到文章之學〉，《文學評論》，頁22。
143 見吳承學、何詩海〈從章句之學到文章之學〉，《文學評論》，頁23。

章析句，其本質是對文章組織結構的理解與分析，在此基礎上
把握經典的內容與思想。……漢儒對經典結構層次的分析，自
然就轉化為文學批評及文章習作者對文章內在結構的自覺探
討。」並說：

> 章句之學對於文本結構與層次的發現與分析為文章學的
> 發展奠定了形式基礎。[144]

而章句之學對文章之學的影響的具體表現，如吳承學、何詩海
所言：「漢代以前，文學批評的主要內容是探討文與德、文與
質等關係以及比較籠統的修辭觀，如『修辭立其誠』、『辭達而
已』、『言而無文，行之不遠』等。儘管早在先秦時期，人們已
經用各種標誌符號來表示對文本內容和結構的理解，理論上卻
未涉及文章的內部結構。到了漢代，隨著經典闡釋興起，尤其
是章句之學的發展和探索，人們對儒家經典的外在形式、體制
特徵、組織結構等的研究越來越深入，並由章句之學逐漸發展
出六朝的文章之學，文學批評出現了從原先的外部批評擴展至
內部批評的趨勢。」[145]其中所指出的「從原先的外部批評擴展
至內部批評」，這一點相當重要。

在六朝的文章之學中，吳承學、何詩海特別標舉出劉勰
《文心雕龍》的成就：「王充、陸機的文章結構論還比較簡略、
抽象，到了南朝，劉勰在《文心雕龍》中專立《章句》、《鎔
裁》、《附會》等篇，全面總結漢代以來章句研究的成果，吸收
前人關於文章結構理論的精華，構築了一個完整、嚴密的文章
結構論體系，《章句》篇成為經學的章句之學向文章之學轉變
的標誌。」[146]並且又說：

---

144 此二段引文皆見於吳承學、何詩海〈從章句之學到文章之學〉，《文學評論》，頁26。
145 見吳承學、何詩海〈從章句之學到文章之學〉，《文學評論》，頁26。
146 見吳承學、何詩海〈從章句之學到文章之學〉，《文學評論》，頁28。

> 漢人發現文章的結構層次，劉勰的創造性是在此基礎
> 上，明確提出文章結構是一個有生命的有機整體。[147]

而且，吳承學、何詩海認為劉勰關於文章結構層次理論，是其
文章學的主要內容，對後世影響深遠，並論證顏之推《顏氏家
訓・文章》、《文鏡祕府論》、宋代的古文評點、明清批評家研
究結構等等，皆可溯源自劉勰《文心雕龍》[148]。「文章結構層
次理論」確實影響深遠，宋代的古文評點不僅繼承，而且大幅
度地發展了這個觀點，此點在後面會有更深入的論述。

## (二)「文章學」的成立與探討重心

本節之探究分成兩個層次：「『文章學』的成立」、「『文章
學』的探討重心」。

### 1.「文章學」的成立

「文章學」之正式成立，應該在宋代。之所以如此，其中
的文化動因相當複雜[149]，但是特別值得提出的，是科舉的推進
作用，張秀惠即說道：「就編纂目的而言，《古文關鍵》、《崇古
文訣》、《文章軌範》，皆『取便於科舉，又以是教學』。」[150]所

---

147 見吳承學、何詩海〈從章句之學到文章之學〉，《文學評論》，頁 29。

148 見吳承學、何詩海〈從章句之學到文章之學〉，《文學評論》，頁 29。

149 王水照、慈波指出文章之學成立於宋代，其中的文化動因是非常複雜的：「像當時印
刷業的發達、書院的興盛、詩話詞話的出現，都對之有一定的促進作用。而宋代崇
文的文化氛圍則為它的發展提供了良好的外部環境，文章的繁榮對之提出了強烈的
籲求，並為其產生提供了豐厚的基礎；宋代科舉社會性大為增強，則為它提供了強
有力的推動力量；評點的興起，不但促進了一種獨特文話體制的形成，更以鮮明簡
捷的方式促進了文章理論的傳播。而時文講習作為推動士人講求文章法度的重要契
機，其作用尤其不應忽視。」見〈宋代：中國文章學的成立〉，《復旦學報》（社會科
學版），頁 31。

150 見張秀惠《南宋古文評點研究》，頁 158。王水照、慈波也指出：「時文講習作為推
動士人講求文章法度的重要契機，其作用尤其不應忽視。儘管從文章學的實際情況
而言，對古文的研討屬於主流，但是如果缺失了時文的誘導作用，其在宋代的發展

以，王水照、慈波說道：

> 以時文法則的總結與推行為契機，宋代文章之學開始興
> 起。[151]

文章學之所以在南宋至元代蓬勃發展，背景正是南宋初科舉考
試的全面程式化。

　　而且，與此相關的是「文章」觀念的進展，王水照、慈波
認為：「從詩文互融到文筆之分再到古文崛起，迨至宋代，『文
章』的內涵與概念都已經趨於穩定，為文章學的成立奠定了理
論基礎。」又說：

> 「文章」以古文為主體，又包含了賦、駢文以及銘、
> 贊、偈、頌等詩歌以外的韻文作品，而文章學則是以此
> 為中心所進行的理論探討。[152]

不過，王水照也指出其中有不能截然劃分的情況：「文評著作
以論析古文為重點，但也涉及駢文、時文與辭賦。」[153]同樣
地，呂軒瑜也指出：「唐宋以後的人對古文的定義多半是由內
容去評判的⋯⋯不過，古文選本大多不選賦及駢文，偶有選
錄，也只是少數，如《楚辭》、〈北山移文〉、〈蘭亭集序〉等，
並沒有自亂體例。」[154]可與王水照之說法相呼應。此外，祝尚
書則特別指出「文章」之內容還包括了時文：

---

　　恐未必有如此興盛之勢。」見〈宋代：中國文章學的成立〉，《復旦學報》（社會科學
　　版），頁31。

151 見王水照、慈波〈宋代：中國文章學的成立〉，《復旦學報》（社會科學版），頁30。

152 此二段引文均見王水照、慈波〈宋代：中國文章學的成立〉，《復旦學報》（社會科學
　　版），頁23。又說：到了宋代，「文」的單稱內涵已經確指為古文，見同頁頁25。

153 見王水照〈文話：古代文學批評的重要學術資源〉，《四川大學學報》（哲學社會科學
　　版），頁65。

154 見呂軒瑜博士論文《通代古文評點選本研究》，頁3。

> 從狹義論,「文章學」則專指古文文法研究,因科舉時
> 文以古文為法,故也包括在內,而駢文則另立為「四六
> 學」。<sup>155</sup>

所以,「文章」主要指的是古文與時文。

　　在這些因素的推進下,文章學正式成立。文章學成立的主
要標誌,是專論文章的獨立著作的出現,針對此點,王水照說
道:

> 古文研究真正成為一門學科,即文章學之成立,殆在宋
> 代。其主要標誌在於專論文章的獨立著作開始湧現,且
> 著作體裁完備,幾已囊括後世文論著作的各種類型。<sup>156</sup>

接著並詳細說明道:「一是頗見系統性與原則性之理論專
著。……二是具有說部性質、隨筆式的著作,即狹義之『文
話』。……三為『輯』而不述之資料匯編式著作。……四為有
評有點之文章選集。」<sup>157</sup>祝尚書也同意此種說法,並說:「文
章學當創立于南宋孝宗朝,標誌是陳騤《文則》、陳傅良《止
齋論訣》、呂祖謙《古文關鍵》的相繼問世。直至元末,是它
蓬勃發展的時期。」<sup>158</sup>

---

155 見祝尚書〈論宋元時期的文章學〉,《四川大學學報》(哲學社會科學版),頁 100。

156 見王水照〈文話:古代文學批評的重要學術資源〉,《四川大學學報》(哲學社會科學
　　版),頁 64。另外,也說:「作為文章批評的最重要載體,文話在宋代的興起標誌著
　　中國文章學的成立。」見王水照、慈波〈宋代:中國文章學的成立〉,《復旦學報》
　　(社會科學版),頁 21。文中並解釋了何謂「文話」:「文話是中國古代文學批評的
　　重要著作體裁,它以話『文』為主要性質,分析品評作家作品,記錄本事叢談,闡
　　釋文章演進軌跡,敘述文章流派遞嬗,並結合具體作品而雜以考訂、辨偽、輯佚等
　　多方面內容,形式多樣,內涵豐富,是以專集形式出現的文章學著作。」,頁 22。
　　「文話」也包括了評點專書。

157 見王水照〈文話:古代文學批評的重要學術資源〉,《四川大學學報》(哲學社會科學
　　版),頁 64。

158 見祝尚書〈論宋元時期的文章學〉,《四川大學學報》(哲學社會科學版),頁 100。
　　祝氏又說:「我國文章學源遠流長,早在魏晉六朝時代,相關論著已有不少,只是一

　　王水照、慈波總結了宋代文章論的成果：「宋代文章學在
理論上也頗有建樹。首先，初步建構了文章批評的理論統
系。……可以說，諸如文道論、文氣論、文體論、文境論、文
法論、鑑賞論等文章學領域，都已納入宋人的研究視野。……
其次，奠定了文章學論著的體制基礎。……另外，宋代文章學
形成了一套具有適應於文章特點的批評話語。」[159]凡此種種，
均是宋代文章學的貢獻。

## 2.「文章學」的探討重心

　　宋代文章學的探討重心在文章作法上。汪涌豪從文學發展
的觀點，指出：「南宋時，人們已沒有了以古文反對時文或
『太學體』的任務，一代文章的基礎也已確立，故討論『文』
與『道』關係的少了，從行文角度探討古文體制的多了起
來。」[160]所以，鄒雲湖說道：

> 宋人對「文」的理解也日漸趨向非文學的文章之學。開
> 始關注詞法、句法、章法結構、語言修辭、文體風格等
> 有關文章寫作的內容。[161]

祝尚書也說道：

> 南宋以後，文章學研究以古文文法論著為多，實際上是
> 向狹義的方向發展。

　　般並非專論『文章』，且大多數殘佚已久。」見〈論宋元時期的文章學〉，《四川大學
　　學報》(哲學社會科學版)，頁100。

159 見王水照、慈波〈宋代：中國文章學的成立〉，《復旦學報》(社會科學版)，頁 26-
　　27。

160 見汪涌豪《中國文學批評範疇及體系》，頁240。

161 見鄒雲湖《中國選本批評》，頁 93。鄒雲湖又說：「南宋以後，隨著理學家『窮理致
　　用』文學觀念的日益盛行，散文創作也越來越被實用性的文章所代替，特別是到了
　　南宋中後期以後這種情況就更加明顯。」見同書頁93。

> 尤其喜歡用古文評點的形式，評點即研究文法，文法即
> 見於評點。[162]

此處所謂之「文法」，指的是「文章作法」[163]，王水照、慈波
即說道：「宋代卻興起了以文章作法為中心的文話著作。」[164]
因此，祝尚書總結宋元時期文章學的探討重心是「作家修養
論」、「認題立意論」、「文體論」、「篇章結構論」、「行文方法
論」、「修辭論」、「句法論」、「字法論」、「風格審美論」[165]，這
些項目也多與文章作法有關。而之所以會發展出這樣的文章
觀，與科舉文體「程式化之需求」，以及前面所論關於「文章
結構層次」的發現，有著非常密切的關聯。

　　文章學在其後歷代均有發展。王水照指出：「自宋以後，
明清兩代是我國文評之大繁榮時期。現存之文評著作，絕大部
份產生於此時。……繁榮之局乃由多種因素促成，其中有二因
更可強調：一是受時文（八股）興盛之刺激與驅動。……二是
流派紛呈，作家群體鵲起。」[166]因此，祝尚書總結地說道：

> 南宋以降，直至清代桐城派，研究時文、古文文法成為
> 潮流，範圍和意義也由科舉而後超越科舉，文章學於是

---

162 此二段引文均見祝尚書〈論宋元時期的文章學〉，《四川大學學報》（哲學社會科學
　　版），頁 100、100-101。

163 詹福瑞《中古文學理論範疇》指出：「在《文心雕龍・總術》中，『術』，是指正確的
　　文章體製和規格要求，以及文章的寫作規律、原則和方法。……大概相當於當代文
　　藝理論的創作論。」，頁 100，本書列有「文術」章，並說道：「『術』，是借用了
　　《文心雕龍》的術語。劉勰認為：『文場筆苑，有術有門。』」見同書頁 100。所
　　以，為了避免誤會起見，或可將「文法」改稱為「文術」。

164 見王水照、慈波〈宋代：中國文章學的成立〉，《復旦學報》（社會科學版），頁 27。

165 參見祝尚書〈論宋元時期的文章學〉，《四川大學學報》（哲學社會科學版），頁 104-
　　106。

166 見王水照〈文話：古代文學批評的重要學術資源〉，《四川大學學報》（哲學社會科學
　　版），頁 64。

與詩學、詞學鼎足而三。[167]

而文中所謂的「文章學」，就純指古文、時文的作法的研究，其重要性足與詩學、詞學相埒。

但是，文章學的研究成果，從某個角度看，是被低估的，王水照指出其原因：「傳統古文理論的價值判斷與『五四』前後新舊文化的衝突關係至巨。文言、白話之爭，實質上是新舊兩種文化之爭。……幾經較量過招，林紓等人終於敗下陣來。……林紓等人的文評著作卻隨之遭到不應有的貶低，甚至整個中國古代文章學的地位也受到了影響。」王水照進一步說明其中的不合理處：「然而文化上的守先待後者與開風氣之先者，實不能截然分開。如林紓本人的兩大文化工作，即大量引進西洋小說和『力延古文之一線』（《送大學文科畢業諸學士序》）之間，果然新舊劃然、彼此絕無潛通暗接之處嗎？為中國近現代文學打開面向世界窗口的『林譯小說』，實際是林紓為了表明西洋小說『處處均得古文文法』的產物（參看錢鍾書《林紓的翻譯》，見《七綴集》），新與舊，有時候是相反相成的。」[168]王氏之說可謂卓見。因此，「文章學」與「現代文章學」、「辭章學」的「潛通暗接之處」是相當值得注意的，而此即為下節之論述重點。

## （三）「文章學」與「現代文章學」、「辭章學」

「文章學」與「現代文章學」、「辭章學」有著許多繼承、互通的可能，因此專節論述如下：

---

167 見祝尚書〈南宋古文評點緣起發覆——兼論古文評點的文章學意義〉，《四川大學學報（哲學社會科學版）》，頁81。

168 此二段引文均見王水照〈文話：古代文學批評的重要學術資源〉，《四川大學學報》（哲學社會科學版），頁66。

## 1.「文章學」與「現代文章學」

「文章學」發展到現代，出現一門特別標榜「現代」的文章學。張壽康提出：「我們今天要首先建立的是現代文章學，然後再逐漸研究文章學史，研究古代、近代的文章學。」[169]因此本論文為區別起見，將持此主張的學派稱為「現代文章學」。

張壽康所謂之「文章」，並非古文、時文，而是在現代社會中湧生的各種實用文（譬如說明文、論說文、新聞通訊、長篇報告……等等）。張壽康將「文學」與「文章」分開，認為：「文章……是直接反映客觀事物的。……不允許任何虛構。」[170]張會恩、曾祥芹承襲這樣的看法，認為現代「文章」的概念可以分為兩個階段：「前一階段從 20 世紀 20 年代至 70 年代，仍然是個一統的廣義文章的時代，但其間已漸有文章文學概念之區分。」至於後一階段，則是指本世紀 70 年代末 80 年代初：

> 這一階段的重要標誌是：除了繼續有廣義「文章」概念之外，正式提出了狹義文章的概念。……一切審美的「美文」、「文藝文」稱「文學」，而切實致用的「實用文」、「普通文」稱「文章」。[171]

之所以會作這樣的區分，那是因為現實需要：現代社會中必須

---

169 見張壽康《文章學導論・序》，頁 2。

170 見張壽康《文章學導論》，頁 21。

171 此二段引文分見張會恩、曾祥芹主編《文章學教程》，頁 8、9-10。裴顯生並說明「現代文章學」發展歷程與現況：「現代文章學肇始於 20 世紀 20 年代，經過幾十年的緩慢發展，到 80 年代出現了新的局面：……組建了文章學研究會……部份高等院校開設了文章學課程，招收了文章學方向研究生……語言學、文章學、文學學三足鼎立的態勢已日趨明顯。……進入 90 年代後……作為信息載體的文章已名副其實地成為『社會雷達』。文章學適應了時代的需要，發展更為迅猛。」見張會恩、曾祥芹主編《文章學教程・序》，頁 1。

讀、寫大量實用文，所以語文訓練必須切合這種需求，因此就
特別強調語文的工具性，甚至排除了文學性。

　　而「現代文章學」的主要工作，如張壽康所言：「文章學
以文章為研究對象，可分為三個內容：（1）把文章作為客觀存
在，去研究文章本身的構成規律，研究文章的要素，研究它的
內部發展規律。……（2）文章的閱讀，即閱讀、分析和鑑
賞，這要研究讀文章的規律。……（3）文章寫作，這是有規
律可循的。」並總結地說道：

> 以上內容：文章本身，文章的閱讀和寫作（包括文章評
> 改）構成了文章學的系統。[172]

這樣的要求，其實也是環繞著讀、寫實用文的需要而產生的。

　　「現代文章學」也繼承「文章學」的成果[173]，但是將「文
章學」與「現代文章學」作一比較，則因為研究對象不同（一
為古文、時文，一為現代實用文），所運用的術語不同，所採
用的表述方式不同（一為傳統文話，一為論點中心之現代專
著），所牽涉到的學門也有差異[174]，因此在外貌上呈現出頗大

---

172 見張壽康《文章學導論》，頁 18-20。張壽康《文章學導論‧序》又說：「要建立一
　　門『文章學』，科學地研究文章和寫文章的規律性，使它成為語文教學中讀寫教學的
　　科學基礎，以有效提高作文教學的質量。」，頁 1-2。

173 譬如「現代文章學」回顧發展歷史或重要典籍時，均上溯至六朝、宋，參見張壽康
　　《文章學導論‧序》頁 3、張會恩、曾祥芹主編《文章學教程》，頁 10-13。又如張
　　壽康《文章學導論》認為研究漢語文章學的目的之一是：「為了繼承文章學傳統的需
　　要」，見頁 8。不過，張壽康談到「文章學」之名稱，只上溯至 1907 年（清光緒三
　　十三年）出版的《國粹學報》丁未年第二冊，其中刊載了《國粹學堂學科預算表》，
　　有「文章學」一科，參見《文章學導論‧序》，頁 4。

174 其中有重疊者，也有不重疊者。張壽康《文章學導論》並規劃文章學的品級、與其
　　他學門的關聯：「文章學是語言學的一個部門，是一個獨立的學科。……它和語音
　　學、文字學、詞彙學、語法學、修辭學並立，排在修辭學之後。」「文章學和文學、
　　心理學、邏輯學都有關係，這是從語言學外部看；在內部當然和語音、詞彙、語
　　法、修辭都有聯繫。」，頁 11。這些學門中，大部份古代文章學即有，只是系統性
　　不如現代，如詞彙、語法等，但是也有古代文章學所沒有的，如心理學。

的差別。

但是，有趣的是，細究起來，「文章學」與「現代文章學」卻有許多重要的共通之處。首先，目的性都很強：「文章學」發展的重要因素就是因應科舉考試之需求，而「現代文章學」的成立，是為了回應現代社會讀、寫實用文的需要[175]。其次，都重視讀寫互動，特別是寫作教學：宋代「文章學」成立的一個重要動因，就是經由閱讀古文、時文，進而指導時文寫作，而「現代文章學」開宗明義的重要工作即是指導文章的閱讀和寫作，而指導寫作的部份甚至包括文章評改。又次，「法」都是重要內容：「文章學」重視「法」不待贅言，「現代文章學」中，閱讀、寫作之「技巧」也是必備的內容。

而且，不只如此，前面提到兩者的研究對象不同，一為古文、時文，一為現代實用文，但是如果拋開古今之別，會發現古文、時文其實也是實用文，因為正如鄒雲湖所言：「宋代社會以文官政治為主，從中央到地方的各級公事都離不開各類應用文字。會作文章是對官吏的起碼要求，因此就文章寫作而言，實用是最重要的。」[176]所以，追索至此，發現「文章學」與「現代文章學」為何有這些重要的貫通處，那是因為不論古今，「散文」都是最重要的實用文體（詩歌、駢文等也有實用的成分，但是份量與散文相比較為不如），因此，「文章學」與「現代文章學」的發展就自然會回應這樣的需求，因此呈現了一些重要的共通處。

---

175 譬如張壽康《文章學導論》認為研究漢語文章學的目的是：「漢語文章學是為社會服務的，研究它是為了全社會的需要」、「是大專學校漢語和寫作課的教學需要」、「為了提高中小學語文教學質量」、「為了繼承文章學傳統的需要」。見頁 1-8。

176 見鄒雲湖《中國選本批評》，頁 93。

## 2. 「文章學」與「辭章學」

「文章學」與「辭章學」也有互通之處。「辭章學」有兩個發基地:大陸(北京、福州)以及台灣[177],兩地學者的發展雖然有很多共同的趨向,但也有各自的特色,因此其下即分別稱為「大陸辭章學」、「台灣辭章學」。

就「大陸辭章學」來說,首先是呂叔湘、張志公倡議成立辭章學[178],其後主要是王本華、鄭頤壽等加以發揚光大。張志公說道:

> 文,辭,章,文辭,文章,辭章,可以統稱為文,或者,用比較後起的概念,統稱為辭章。和文或辭章相對待的,歷來有三組概念。一組是「道、德、義、理」等,可總稱為「道」;一組是「意、志、才、情」等,可總稱為「情」;一組是「學,學問,考證」等,可總稱為「學」。這三組合起來可統稱為「實」或「質」。文(辭章)與質(實)相對待,用現在的話來說,前者是語言形式,後者是思想內容,二者是對立統一的,兩千多年來一直是這樣看法。[179]

---

177 參考鄭韶風〈漢語辭章學四十年述評〉,《國文天地》,頁93-97。

178 呂叔湘《呂叔湘全集第七卷·呂叔湘語文論集》中,〈把我國語言科學推向前進〉、〈漢語研究工作者的當前任務〉二文,即表出此觀點,分見頁7-21、22-37。張志公《漢語辭章學論集》中有一篇文章的篇名即為〈要建立和漢語語法相對待的學科——漢語辭章學〉,頁35。

179 見張志公〈漢語辭章學與漢語語法〉,《漢語辭章學論集》,頁22。張志公〈談「辭章之學」〉又說:「從孔子起直到清末,歷代重要學者和作家大致有一個出入不大的看法,那就是:『道』或『義理』是根本的,主要的,然而『道』或『義理』必須借『文』或『辭章』表達出來,因此,『文』和『道』不可分割,『文』或『辭章』十分重要,不容忽視。這種看法,我們認為是正確的。」見《漢語辭章學論集》,頁13。張志公〈談「辭章之學」〉又說:古人大都用「文」、「辭」、「文辭」、「文章」、「辭章」這些字眼指作品的語言和語言的運用,也就是指作品的形式方面,而用「道」、「理」、「義理」、「情」、「志」等等指作品的內容方面,並且常把這兩個方面互相對待著講,探討形式與內容的相互關係。參見《漢語辭章學論集》,頁12。

基於這樣的看法，因此，張志公對辭章學所下的定義是：

> 辭章學是研究詩文寫作中運用語言的藝術之學。[180]

鄭頤壽又補充道：「辭章是有效、高效地表達、承載並藉以適切、深入地理解話語資訊的藝術形式。」[181]而此種藝術之學的內涵是非常廣泛的，因此，張志公說道：「凡是寫作（作詩和作文）中的語言運用問題，無論是關乎語法修辭的，關乎語音聲律的，還是關乎體裁風格的，都屬於辭章之學。」[182]張志公在此初步規劃了辭章學的內涵，其後並有發展[183]，而且與前述之「現代文章學」也有匯通之處[184]。

---

180 見張志公〈漢語辭章學與漢語語法〉，《漢語辭章學論集》，頁 20。

181 見鄭頤壽《辭章學導論》，頁 18。

182 見張志公〈漢語辭章學與漢語語法〉，《漢語辭章學論集》，頁 13。

183 鄭頤壽：「辭章學是『大修辭學』或『廣義修辭學』。……為區別於以往的修辭學，也為了突出辭章學之『廣』、『大』，我們選用漢語固有的、呂叔湘和張志公倡議的『辭章學』這一術語作為這一新學科的名稱。」「它除了運用修辭學的基礎理論、基礎知識外，還運用藝術方法、表達方式等原本屬於文藝學、文章學的部份內容；它轉化語言運用中『零點以下』的現象，這又得運用文字學、語音學、詞彙學、語法學、邏輯學、心理學和美學等相關學科的基礎理論、基礎知識。」分見鄭頤壽主編《大學辭章學》「前言」頁 2、1。

184 張志公說道：「古人說的『辭章』或者『詞章』，就是文章；『辭章之學』，就是文章之學。」見〈談「辭章之學」〉，《漢語辭章學論集》，頁 12。鄭頤壽《辭章學導論》詳細說明「大陸辭章學」與「現代文章學」之異同，相同點是：「一、辭章學和文章學都屬於語言運用的學科。……二、辭章學和文章學的學科目的、任務相近。在實際運用方面，都是為了提高學習者寫作和閱讀的水平。……三、辭章學和文章學的研究對象都重視對『言語單位』的運用，作為建構學科體系的主要內容。……四、辭章學和文章學都不單純追求『藝術技巧』，都注意處理好內容和形式的辨證關係。……五、辭章學和文章學有關理論在我國都有悠久的歷史，文化積澱深厚。」，頁 412-414。相異點是：一、辭章學要研究口頭表達和書面寫作兩方面，而文章學只研究組成篇章的書面語言。二、文章學較側重內容，辭章學較側重藝術形式。三、文章學談「結構」，側重在內容的安排上，辭章學談「結構」，側重在語言藝術上。四、文章學談風格重在內蘊情志的風格要素和外在形態的風格要素的統一，但更強調前者，辭章學主要著眼點在外現形態風格要素上。五、文章學在鑑賞和寫作中，更重視寫作，而辭章學則將此二者雙向結合起來。六、文章學重在分析「篇」，辭章學則包含篇、段、組、句等單位。頁 414-417。

就「台灣辭章學」來說，則是從對「章法」的探究開始，後來逐步擴展至辭章學其他內涵。關於章法的研究，自古已有，但是多語焉不詳，誠如黎運漢所言：

> 漢語辭章章法學研究早在三千多年前就已開始，梁朝劉勰《文心雕龍・章句》裡就有了關於章法與篇法的論述。自此之後，許多詩話、詞話、曲話、文論、史論之中都有論及這一深題，但大都屬於一鱗半爪，既不深入，更不成系統。現代學者如夏丏尊、葉聖陶《文心》、周振甫《文章例話》、吳應天《文章結構學》、鄭文貞《篇章修辭學》、徐炳昌《篇章的修辭》、鄭頤壽《辭章學概論》，乃至張壽康《文章學概論》第六章《章法和技法》也未能對辭章章法學的對象、範圍、原則和內容等作出明確的論述，更不用說形成章法學理論體系了。[185]

陳滿銘從教學的需要出發[186]，探究謀篇布局之「所以然」，並為此下定義：

> 所謂的「章法」，探討的是篇章內容的邏輯結構，也就是聯句成節（句群）、聯節成段、聯段成篇的關於內容材料的一種組織。[187]

---

185 見黎運漢〈陳滿銘對辭章章法學的貢獻〉，《陳滿銘與辭章章法學——陳滿銘辭章章法學術思想論集》，頁53-54。

186 陳滿銘及其門下弟子撰寫過多本閱讀、寫作教學相關書籍，如陳滿銘《作文教學指導》、《文章結構分析——以中國國文課文為例》……等，以及仇小屏《限制式寫作之理論與應用》，仇小屏、黃淑貞《國中國文章法教學》，仇小屏、李靜雯、張春榮、陳佳君、黃淑貞、楊如雪、蒲基維、謝奇懿、簡慧宜、顏智英《新式寫作教學導論》……等，其中均運用或體現了章法學、辭章學理論。

187 見陳滿銘《篇章結構學》（2005），頁14。章法的定義並非固定不變的，隨著對章法認識的逐漸深入，章法的定義也一再調整，其調整情況大略如下：陳滿銘〈章法教學〉，《國文教學論叢》（1991）：「所謂的章法，是指文章構成的型態而言，也就是將

而關於章法的探究，其主要貢獻為「充實個別章法」、「繪製結構分析表」、「結合內容與形式」、「確定四大律」、「建立章法哲學、章法心理學、章法美學」、「致力於『讀』與『寫』的結合」[188]。

在廓清章法的性質與內涵之後，陳滿銘並在此基礎上進一步探討形象思維、邏輯思維、綜合思維彼此的區別與關聯，確定辭章之內部結構與意象系統，將章法學擴充至辭章學（文章學）。陳滿銘說道：

> 辭章是結合「形象思維」、「邏輯思維」與「綜合思維」而形成的，這三種思維，各有所主，也各有所對應的學科領域，而以此整體或個別為對象加以研究的，則統稱為辭章學或文章學。[189]

陳滿銘並說道：辭章的內涵，對應於學科領域而言，主要含意象學（狹義）、詞彙學、修辭學、文法學、章法學、主題學、文體學、風格學等[190]。此可謂從源頭處處理了辭章學（文章

---

句子組合成節段，由節段組合成整篇的一種方式。」，頁 27。陳滿銘為仇小屏《文章章法論》（1998）所作之序：「所謂『章法』，講的就是篇章之修飾。」，頁 1。陳滿銘《章法學綜論》（2003）：「章法學是研究篇章邏輯結構的一門學問。」，頁 1。本論文所採取的是最新的定義。

188 參見仇小屏《陳滿銘與辭章章法學──陳滿銘辭章章法學術思想論集・前言》，頁 35-43。

189 參見陳滿銘〈論篇章辭章學〉，《辭章學十論》，頁 170-171。

190 陳滿銘針對「形象思維」、「邏輯思維」、「綜合思維」的特性，以及所對應學科領域作一說明：一般說來，如果是將一篇辭章所要表達之「情」或「理」，訴諸各種偏於主觀之聯想、想像，和所選取之「景（物）」或「事」接合在一起，或者是專就個別之「情」、「理」、「景」（物）、「事」等材料本身設計其表現技巧的，皆屬「形象思維」；這涉及了「立意」、「取材」與「措詞」等問題，而主要以此為研究對象的，就是詞彙學、意象學與修辭學等。如果是專就「景（物）」或「事」等各種材料，對應於自然規律，結合「情」與「理」，訴諸偏於客觀之聯想、想像，按秩序、變化、聯貫與統一之原則，前後加以安排、佈置，以成條理的，皆屬「邏輯思維」；這涉及了「運材」、「布局」與「構詞」等問題，而主要以此為研究對象的，就字句言，即文

學）的內涵的問題。

「文章學」的研究對象鎖定古文、時文，兩岸「辭章學」的研究對象則特別強調為各體辭章[191]。但是，雖然有此種不同，可是「文章學」與兩岸「辭章學」仍有許多重要的匯通處：一是都與教學有關，但不限於教學：文章學與時文寫作教學密切相關，但是其成果成為中國文學理論的寶藏之一[192]；兩岸辭章學研究者也都寫作教學論文與純學術論文，理論與應用可謂齊頭並進，形成良性互動。二是都重視讀寫互動：文章學重視讀寫互動，已見前述；兩岸辭章學所見略同，並作出更為清楚的表述。三是都重視寫作教學：文章學重視寫作教學，已見前述；而大陸辭章學相當重視寫作，甚至在將此明列在定義中[193]，台灣辭章學則是有許多論文與專著，探討如何運用辭章學理論指導寫作。四是都注重「法」：文章學重視「法」，已見前述；而大陸辭章學很重要的特點是注重藝術手法，台灣辭章學則重視辭章學下所涵蓋各個學科領域，特別是章法，而這些也常常被理解為各種「法」。

---

（語）法學；就篇章言，就是章法學。至於合「形象思維」與「邏輯思維」而為一，探討其整個體性的，為「綜合思維」，這涉及了「立意」、「確立體性」等問題，而主要以此為研究對象的，則為主題學、文體學、風格學等。參見〈論篇章辭章學〉，《辭章學十論》，頁 170-171。

191 在大陸辭章學部份，張志公〈漢語辭章學與漢語語法〉：「凡是寫作（作詩和作文）中的語言運用問題……都屬於辭章之學。」《漢語辭章學論集》，頁 13。而台灣辭章學的研究對象更是跨越古今各體辭章（古典詩詞散文、現代詩歌散文小說等），此點可從該學門研究者的著作中窺知。

192 祝尚書〈南宋古文評點緣起發覆——兼論古文評點的文章學意義〉即說道：「南宋以降，直至清代桐城派，研究時文、古文文法成為潮流，範圍和意義也由科舉而後超越科舉，文章學於是與詩學、詞學鼎足而三。」《四川大學學報（哲學社會科學版）》，頁 81。

193 譬如張志公〈漢語辭章學與漢語語法〉：「凡是寫作（作詩和作文）中的語言運用問題，無論是關乎語法修辭的，關乎語音聲律的，還是關乎體裁風格的，都屬於辭章之學。」《漢語辭章學論集》，頁 13。

## （四）「文章學」應具備之內涵

前引祝尚書之說法道：「南宋以後，文章學研究以古文文法論著為多。」[194]此「文法」指的是「文章作法」。但是，祝氏所述的是文章學的發展狀況，並非文章學原本就應該只是研究文法而已。然而，如果文章學並不只是研究文法而已，那麼，文章學應具備哪些內涵呢？要回答這個問題，除了參考「文章學」的研究成果外，還可以參考「現代文章學」、兩岸「辭章學」的研究成果。

1907 年（清光緒三十三年）出版的《國粹學報》丁未年第二冊中刊載了《國粹學堂學科預算表》，其中設有「文章學」一科，內容為「文學源流考・作文」、「文章派別考・作文」、「文章各體・作文」、「著書法」，張壽康並推斷此一命名和輪廓，是劉師培所擬[195]，因為劉師培在「五四」前後新舊文化衝突時，主要代表舊文化，因此劉師培的意見可代表古代文章學的看法[196]。

汪馥泉《文章概論》一書，先立五大章，談文章的「要素」、「特質」、「構成」、「體製」、「材料」，並在每章之下又列小節細論，如要素章下有「意思底構成」、「表達意思的工具」，特質章下有「文章底歷史性」、「文章底社會性」、「文章底個性」，構成章下有「詞兒及其選擇」、「句子及其整理」、「段落及其剪裁」、「篇章及其經營」，體製章下有「描寫文」、「記敘文」、「發抒文」、「議論文」、「說明文」、「五種文體底糅雜」，材料章下有「材料底源頭」、「選擇材料的態度」。本書汲

---

194 見祝尚書〈論宋元時期的文章學〉，《四川大學學報》（哲學社會科學版），頁 100。

195 此資料及推斷見張壽康《文章學導論・序》，頁 4。

196 參見王水照〈文話：古代文學批評的重要學術資源〉，《四川大學學報》（哲學社會科學版），頁 66。

取現代文法、文體等研究成果,架構甚佳,不再是平列式羅列一些作法了[197]。

蔣祖怡《文章學纂要》一書,除第一章「緒說」外,其他各章為「字底形態與意義」、「字音底變化」、「複詞的組織」、「詞性及其活用」、「實數與虛數」、「遣詞的方法」、「句底構成式」、「句子底變化」、「明諭暗諭和寓言」、「誇飾」、「大名與小名」、「造句上應注意的事項」、「章篇底安排」、「開端與作結」、「動作底描寫和感情底抒發」、「題目底研究」、「寫作底準備」、「文章流變」[198]。大體上注意到了詞彙學、文法學、修辭學、章法學等,以及寫作準備和文章流變,內涵已經相當豐富。

此外,當代學者王水照指出:以文評著作為載體之我國古代文章學,內涵豐富複雜,卻自成體系,最具民族文化之特點。舉其犖犖大端,則有:(一)文道論,即論文之根本與功能,屬本體論範疇。(二)文氣論,關涉作家之涵養、寫作準備及「氣」在作品中之表現。(三)文境論,包括境界、神、味等諸多文化範疇,探求作品的藝術靈魂與審美核心之構成。(四)文體論,論析文章各體之發生、規範與特點,文體流變過程中之正、變之辨。(五)文術論,有關寫作技巧、手法之多方面探討,以及「有法」與「無法」關係的研究。(六)品評論,評析作家作品之優劣得失及其各自特色。(七)文運論,研究文章之歷史演變、流派發展等[199]。王氏總結古代文章學的研究成果,涵蓋週遍而又言簡意賅。

至於「現代文章學」、兩岸「辭章學」,對於文章學之內

---

197 本書之例證不只取自古文,還有古代小說、現代散文、外國文學譯文等。

198 蔣祖怡《文章學纂要》所舉之例兼及古今散文,但不取現代實用文。此外,蔣祖怡於「緒說」說明了安排章節的用心,見頁10-11。

199 參見王水照〈文話:古代文學批評的重要學術資源〉,《四川大學學報》(哲學社會科學版),頁64。

涵，也提出各自的看法。

　　張壽康規劃文章學的品級、與其他學門的關聯，說道：「文章學和文學、心理學、邏輯學都有關係，這是從語言學外部看；在內部當然和語音、詞匯、語法、修辭都有聯繫。」[200]

　　張志公於 1981 年春，應邀在北京大學中國語言文學系為三年級學生開設了一門選修課《漢語辭章學講話》。張志公的全部教程包括六部份：緒論、章法論、句法論、比興論、風格論、文體論。句法論之後有一題「字法論」（這是用的傳統的術語，實際上就是詞法論）[201]。從所教內容來看，確乎是比較偏重在藝術手法上。

　　鄭頤壽主編《大學辭章學》之架構如下：「辭章學的理論體系」、「調音與聽音」、「用字與解字」、「遣詞與釋詞」、「組句與析句」、「詞格的運用與解讀」、「構篇與析篇」、「擇體與觀體」、「風格的形成與賞析」[202]。這個架構應該可以代表鄭頤壽對辭章學內涵的看法。

　　陳滿銘認為辭章是結合「形象思維」、「邏輯思維」與「綜合思維」而形成的，因此規劃出如下的辭章學體系：[203]

---

200　見張壽康《文章學導論》，頁 11。
201　參見張志公〈漢語辭章學與漢語語法〉，《漢語辭章學論集》，頁 20。張志公〈漢語辭章學與漢語語法〉又說：「辭章學既然是語言藝術之學，必然和語言特點，包括語音的，語匯的，語法的特點有密切的關係。」《漢語辭章學論集》，頁 23。
202　參見鄭頤壽主編《大學辭章學》。
203　此表乃陳滿銘根據所著〈論篇章辭章學〉，《篇章結構學》，頁 171 之表格，予以修改而成。

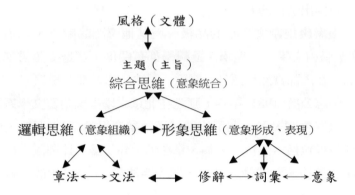

綜合上述的研究成果，可以發現諸家說法最大的共通處是：涵蓋學科領域廣泛[204]，這也彰顯了文章學的綜合性。但是，儘管涵蓋領域廣泛，諸家說法多有相同、重疊處，可是也並非所有領域都適合納入文章學中，所以，哪些學科領域屬於文章學範疇，彼此之間的關聯若何？都是必須考慮的。

關於此點，可以先將文章學內涵大分為「外律」和「內律」[205]。「外律」指的是文本分析之外的相關學科領域，「內律」指的是著眼於文本分析的學科領域。關於「外律」，因為考慮到古代文章的民族特色與研究傳統，因此主要採用王水照的分析所得，亦即內涵大約為文道論、文氣論、品評論、文境論、文運論；而關於「內律」，考慮到就文本的思維源頭來加以掌握，應是比較合理的作法，因此主要採用陳滿銘的說法，

---

204 之所以如此，應該是理所當然的，可以參考前引陳滿銘之說法，以及其後所引之張志公之看法。張志公認為漢語辭章學是一門綜合性、橋樑性的學科：「漢語辭章學是一門綜合性的學科。所謂綜合性包括三個方面：其一是指把有關語言、語文方面的基礎知識，包括我們常常講的語音知識、文字知識、語匯知識、語法知識，乃至邏輯知識等，融合起來；其二是指把運用語言的各種能力，包括口頭上的聽、說和書面上的讀、寫，融合起來；同時，還涉及到其他一些問題，如心理因素、社會因素、民族特點等。漢語辭章學就是要把這些有關的因素融合起來，而不是孤立地一樣一樣地去研究，所以說它是一門綜合性的學科。」見張志公《漢語辭章學論集·第一講 漢語辭章學概說》，頁59。

205 這兩個術語取自鄭頤壽主編《大學辭章學》，頁55。但筆者將定義作了修改。

亦即內涵大約為意象學（狹義）、詞彙學、修辭學、文法學、章法學、主題學、文體學、風格學。

因此，本論文即根據上述的研究所得，進行呂祖謙《古文關鍵》文章論的探究。《古文關鍵》之古文評點是「文本」中心，具有「全面」、「豐富」、「細微」的特色，本論文執「外律」、「內律」所涵各個學科領域的專業知識，以論文方式闡述《古文關鍵》古文評點之成果，希望能梳理出潛藏在其中的「論點」，並評價其在文章學上的價值與貢獻。

# 第肆章

# 《古文關鍵》「看古文要法」中之文章論

　　本論文在第參章第二節中提及：「評點的形式要素有三：用作總論之『總評或序跋』以及『評論文字』；用作分論之『評論文字』；用作分論之『評論符號』。」其中，「序跋或總評」以及「評論文字」中之「題下批」、「眉批」，皆屬於總論，但是「題下批」、「眉批」多是針對單篇文本作總體性評論，只有「序跋或總評」才是觀照全書、進行評論。因此「序跋或總評」具有提挈全書之不可取代之地位。

提提提提提

　　《古文關鍵》在篇首即有「看古文要法」[1]，此為呂祖謙之一大創舉、一大特色。吳承學溯其源流，指出：「宋儒讀書非常重視讀書之法，朱熹的《四書集注》中即有《讀〈論語〉〈孟子〉法》，而東萊此書卷首，亦有《總論看文字法》，可見宋代儒學與文章之學有相通之處。」[2]而且這種作法如同吳承學所言：「一般說來，評點型態的毛病在於比較零碎，缺乏系統，而《總論看文字法》比較明確系統提出評點的原則和方法，一定程度上彌補了這一缺陷。」[3]因此可挽救評點「瑣

---

1　「冠山堂」版《古文關鍵》，以及廣文書局所據之「清光緒年間江蘇書局刊本」《古文關鍵》，其「目錄」均將此部份冠名為「看古文要法」。
2　見吳承學〈現存評點第一書〉，《中國文學評點研究論集》，頁 223。
3　見吳承學〈現存評點第一書〉，《中國文學評點研究論集》，頁 226。

碎」之弊，是相當聰明的。因為如此，此種作法在後代也起了
頗大的影響，呂軒瑜指出：「讀文方法在《古文關鍵》中曾經
被提出，但是後來就此中斷，《文章指南》雖有類似總論，但
是卻幾乎與《古文關鍵》相同。直到清代《古文析義》開始，
讀書方法再度受到重視……就連現代最通行的古文評點選本
《古文觀止》，同樣也有。」[4]由此可見，「序跋或總評」已經成
為評點重要的組成成分[5]。

　　而《古文關鍵》之「看古文要法」，依據呂祖謙的原本分
類方式，可分成兩部分：「總論看文字法」、「總論作文法」[6]，
其下即依序加以論述。而且為了方便對照起見，都附上原文，
儘量保留原本之格式，但是加上新式標點符號，以便於閱讀。
此外，在論述時，引用到「看古文要法」之內容，均以標楷體
標誌出來。

# 一、「總論看文字法」之探討

　　《古文關鍵》「看古文要法」的第一部份是「總論看文字
法」。其原文如下：

### 總論看文字法

　　學文須熟看韓、柳、歐、蘇，先見文字體式，然後徧考

---

4　見呂軒瑜博士論文《通代古文評點選本研究》，頁 67-68。

5　不過，吳承學也指出「總論」（亦即「看古文要法」）存在著一些讓人起疑的地方，因
　此他說：「並不排除『總論』與選本不是出於一人之手的可能性。如果出於一人之
　手，則可能不是作於一時，故前後未能統一。」見〈現存評點第一書〉，《中國文學評
　點研究論集》，頁 218。但是，目前沒有更積極的證據可證明「看古文要法」的作者
　並非呂祖謙，因此本論文仍視呂祖謙為「看古文要法」之作者。詳見本論文第貳章第
　二節。

6　「總論看文字法」為《古文關鍵》「看古文要法」原有之標目，「總論作文法」則為筆
　者根據內容而訂定。

古人用意下句處。蘇文當用其意，若用其文，恐易厭人，蓋近世多讀故也。

第一看大槩主張。

第二看文勢規模。

第三看綱目關鍵。

如何是主意首尾相應，如何是一篇鋪敘次第，如何是抑揚開合處。

第四看警策句法。

如何是一篇警策，如何是下句下字有力處，如何是起頭換頭佳處，如何是繳結有力處，如何是融化屈折、剪截有力處，如何是實體貼題目處。

## 看韓文法

簡古    一本於經    亦學孟子

學韓簡古，不可不學他法度，徒簡古而乏法度，則朴而不文。

## 看柳文法

關鍵    出於國語

當學他好處    當戒他雄辯    議論文字亦反覆。

## 看歐文法

平淡    祖述韓子    議論文字最反覆。

學歐平淡，不可不學他淵源，徒平淡而無淵源，則委靡不振。

## 看蘇文法

波瀾    出於戰國策史記    亦得關鍵法。

當學他好處    當戒他不純處。

## 看諸家文法

| 曾文 | 專學歐，比歐文露筋骨。 |

| 子由文 | 太拘執。 |

| 王文 | 純潔，學王不成，遂無氣焰。 |

| 李文 | 太煩，亦麄。 |

| 秦文 | 知常而不知變。 |

| 張文 | 知變而不知常。 |

| 晁文 | 麄率　自秦而下三人皆學蘇者。 |

以上評韓、柳、歐、蘇等文字，說齋先生唐仲友人亦常以此說誨人。

此部份又可分為二：「總論」、「論各家體格源流」[7]，在其中，特別要注意的是，貫串此兩部份的核心——「看」字。呂祖謙將此部份稱之為「總論看文字法」，而且首先強調：「學文須熟看韓、柳、歐、蘇」，其後又列出「四看」，這其中都出現重要的動詞——「看」字；不只如此，「論各家體格源流」中，關於各家文法，也是冠以「看」字，由此可見其重要性。而關於「看」字，熊禮匯認為：「呂祖謙講『看文字法』的『看』，相當於朱熹、陸九淵、王十朋等人講的『讀、觀韓、柳、歐、蘇之文』的『讀』和『觀』，都有鑑賞、領略、探究之意。」[8]祝尚書也說道：「《古文關鍵》的『總論看文法』……就是指導閱讀諸大家古文的綱領。」[9]並因此將之歸入「讀書積學修養」類中。兩家都指出了此「看」字，乃是就

---

7　此二標目：「總論」、「論各家體格源流」，為筆者根據內容而訂定。「論各家體格源流」從「看韓文法」開始。

8　熊禮匯〈從選本看南宋古文家接受韓文的期待視野——兼論南宋古文選本評點內容的理論意義〉，《周口師範學院學報》，頁4。

9　見祝尚書〈論宋元時期的文章學〉，《四川大學學報》（哲學社會科學版），頁104。其所謂「總論看文法」，當是「總論看文字法」之誤。

「讀者接受」角度而言。並且,不只如此,此為指導作文的準備功夫,呂祖謙真正的理想是:由讀入手、讀寫結合,因此其最終目的在指導寫作,呂軒瑜針對此點說道:「閱讀方法正式被提出。……呂祖謙《古文關鍵》首開先例,提出了『看古文法』……其次有『看諸家文法』……閱讀是為了要加強自己的寫作能力,因此,針對作者文章,務必探求源始。」[10]因此「看」字充分彰顯了《古文關鍵》由閱讀入手、以指導作文的用心。

其下即針對「總論」、「論各家體格源流」,一一進行討論。

## (一) 總論

在「總論」中,呂氏首先提出:

> 學文須熟看韓、柳、歐、蘇。

呂氏特別標舉出此四大家,張秋娥認為:「這表明他的思想:要表達,先接受,而且是要接受名家、優秀者之文。從接受角度看,即是選擇優秀的接受對象。這種思想在古代很普遍。」[11]並且,最重要的是,此舉充分顯示出呂祖謙的慧眼獨具,因為此四家後來全列入唐宋八大家之中,而且是唐宋八大家中相當受肯定者。而且,此種主張並反映在選文上:韓文共選十三篇,柳文共選八篇,歐文共選十一篇,蘇文共選十六篇,總共四十八篇,佔了全部選文的近七成。

接著,呂氏又提出:

---

10 見呂軒瑜博士論文《通代古文評點選本研究》,頁 173 。

11 見張秋娥〈修辭接受與修辭表達——從《古文關鍵》評點看呂祖謙的修辭思想〉,《河南師範大學學報(哲學社會科學版)》,頁 72。

　　先見文字體式，然後徧考古人用意下句處。

此段文字甚受學者重視。關於「體式」，有學者認為乃作者性
情體氣之體現[12]，有學者認為「體式」為「文體」[13]，也有學
者認為「體式」當為法式、格式之意[14]。關於作者性情體氣之
體現，在《古文關鍵》全書中著墨不多，因此似乎不確，至於
「文體」與「法式、格式」，則並非截然分開的，因為，誠如司
春艷所言：「自兩漢以來不變的是文章的本體或本質，而流變
的則是具體的文章體裁，而『體』除了體裁或文體類別的含義
之外，又可兼指特定的表現手法或修辭方式。因此中國古代文
體學的綜合性極強，涵蓋了文類學、風格學與符號學的理
論。」[15]吳承學甚且說道：「宋以後的文體論，比較集中在對
詩、文、詞、曲的藝術特徵的研究上。」[16]所以，或可說「文
字體式」兼指「文體」與「法式、格式」。關於此點，林明昌
對「文字體式」的看法可作為佐證：「何謂文字體式，並未詳
細說明。然見〈諫臣論〉一文之題下，評曰：『此篇是箴規攻

---

12 劉昭仁《呂東萊之文學與史學》：「其所謂句法體式云者，乃作者性情體氣之具現於作
　　品者，故句法體式，言人人殊，要皆緣心氣之體現，心有昏明，氣有厚薄，句法亦遂
　　有高下之異，所謂格高格卑，出非自言語構造處立論也。必先得體式，再究語言與意
　　思。」，頁137。

13 汪涌豪《中國文學批評範疇及體系》指出：「南宋時，人們已沒有了以古文反對時文
　　或『太學體』的任務，一代文章的基礎也已確立，故討論『文』與『道』關係的少
　　了，從行文角度探討古文體制的多了起來。」，頁242，並指出當時從「文體」角度
　　論說古文創作者，其中即有呂祖謙，所舉之例即「先見文字體式，然後徧考古人用意
　　下句處」，頁242-243。

14 熊禮匯〈從選本看南宋古文家接受韓文的期待視野──兼論南宋古文選本評點內容的
　　理論意義〉：「所謂『先見文字體式』，是講先了解作品寫法的基本特點。『體式』即法
　　式、格式之意。」《周口師範學院學報》，頁4。

15 見司春艷〈論中國古代文體的規定性及符號學特徵〉，《遼寧工程技術大學學報（社會
　　科學版）》頁300。又說：「文體研究包括對語言形式如字法、句法、章法與格律等方
　　面的分析，不同文類有不同的語言體式。語體是適應不同交際功能、不同題材情境而
　　形成的語言運用體系，包括詞語、語法、句法、語調等方面的理論。」，頁301。

16 見吳承學〈辨體與破體〉，《古代文學理論研究》，頁532。

擊體，是反題難文字之祖。』又如〈答陳商書〉題下曰：『設
譬格。』〈封建論〉題下曰：『此是鋪敍間架法。』所謂體式當
指此類整篇文章的文格體則而言。」[17]因為「某某體」通常逕
被歸入「文體」中，但是林氏將之歸入「文格體則」，其想法
顯然與司春艷的看法是相呼應的。

　　而對於此二句，吳承學指出：「『先看文字體式，然後徧考
古人用意下字處』，這是從總體上提出評點的方法。前者在於
獲得篇章整體印象的讀法，後者則是『細讀法』，兩者之間是
相輔相承、互為循環的。」[18]吳氏認為此中蘊藏著「先整體後
局部」的觀點，而且指出兩者之間是互動的。此外，張秋娥則
認為：「『先見文字體式』，即先看文章整體的命意布局；『然後
徧考古人用意下句處』，即後看局部的語句表意方面。這裡已
首先表現出了他的先整體後局部的接受思想。」[19]張氏之看法
相當精闢，可與吳氏之說相呼應，而且與其後之「四看」可以
互為印證。

　　又次，呂氏特別提出蘇軾之文加以評價：

> 蘇文當用其意，若用其文，恐易厭人，蓋近世多讀故
> 也。

關於此點，呂軒瑜認為：「揭示蘇文以意勝，也再次證明當時
古人多讀蘇文的現象。」[20]關於當時古人多讀蘇文的現象，陸
游《老學庵筆記》有段記載可為佐證：「建炎以來，尚蘇軾文
章，學者翕然宗之，而蜀士尤盛，亦有語曰：『蘇文熟，吃羊
肉；蘇文生，吃菜羹。』」[21]而且，此部份也較為明顯地指出了

---

17 見林明昌博士論文《古文細部批評研究》，頁16。
18 見吳承學〈現存評點第一書〉，《中國文學評點研究論集》，頁223。
19 見張秋娥《宋元評點修辭研究》，頁67。
20 見呂軒瑜博士論文《通代古文評點選本研究》，頁189。
21 見陸游《老學庵筆記》卷八，，頁71。

閱讀與寫作的關聯。而呂氏在其後「看蘇文法」中，也提出看法，可為印證。

又次，呂氏則提出著名的「四看」。張秋娥指出：「呂氏這裡的排序絕非是不分先後的並列式，而是有先後次序的。」[22]熊禮匯則說得更為詳細：「呂氏講的四看，每一『看』都離不開對文章結構美的探索，前二『看』是從整體入手作總體把握，後二『看』是從局部入手，通過分析細節探索結構美。」[23]熊氏指出了其中蘊藏的重要觀點──「先整體後局部」。其下即就此「四看」一一加以闡述。

關於「第一看」，「大槩主張」之涵義為何呢？呂軒瑜認為：「所謂大概主張，指的是文章的主題思想，也就是命意之所在。」[24]張秋娥、張秀惠、祝尚書也持類似看法，張秋娥說道：「『大概主張』指文章命意。」[25]張秀惠說道：「所謂看『大概主張』，即看全篇主旨。」[26]祝尚書也說道：「不僅作文第一要講立意，就是讀書也是先看立意，故呂祖謙《古文關鍵》卷首中說：『第一看大概主張。』」[27]。不過，吳承學認為《古文關鍵》並未出現「大概主張」一詞，因此將「大概」、「主張」斷為二詞[28]，並說：「大概」意為文章的整體，也就是「文字體式」；而《古文關鍵》評點中未出現「主張」詞，但多次出現

---

22 見張秋娥《宋元評點修辭研究》，頁 67。

23 熊禮匯〈從選本看南宋古文家接受韓文的期待視野──兼論南宋古文選本評點內容的理論意義〉，《周口師範學院學報》，頁 4。熊禮匯特別指出「所說『規模』……不單是『講篇幅之大小』。」乃是因為周振甫《周振甫講怎樣學習古文》中說道：「什麼叫規模呢？規模是講篇幅大小。」

24 見呂軒瑜博士論文《通代古文評點選本研究》，頁 124。

25 張秋娥《宋元評點修辭研究》，頁 67。

26 張秀惠碩士論文《南宋古文評點研究》，頁 29。

27 見祝尚書〈論宋元文章學的「認題」與「立意」〉，《文學遺產》，頁 81。

28 其餘「文勢規模」、「綱目關鍵」、「警策句法」，吳氏也都將之斷為兩詞來處理。見吳承學〈現存評點第一書〉，《中國文學評點研究論集》，頁 223-224。

「主意」、「大意」，疑即「主張」之意[29]。但是吳氏將「大概」解釋為「文字體式」，雖然呼應前言：「先見文字體式」，但是卻與其後的第二看內容重複，因此並不甚妥切；而將「主張」解釋為「主意」、「大意」，則與其他學者看法類似。因此，將「大綮主張」解釋為「文章主旨」，應該是比較合宜的。

關於「第二看」，「文勢規模」之涵義為何呢？「文勢」一詞之由來，可追溯至《文心雕龍‧定勢》：「夫情致異區，文變殊術，莫不因情立體，即體成勢也。勢者，乘利而為制也。如機發矢直，澗曲湍回，自然之趣也。圓者規體，其勢也自轉；方者矩形，其勢也自安：文章體勢，如斯而已。」[30]張秀惠引用此說法，並闡述道：「此言因情趣不同，寫作手法亦因而變化，莫不依情思而定體製，就體製而成文勢，文勢乃自然形成。」[31]張伯偉則說：「在作品中，由作者之生命力所驅遣全篇的『氣』就是『勢』。氣有剛柔強弱、徐疾短長之異，則由此而決定的『勢』也因之而異。……就『勢』的表現來看，又是『循體而成勢』、『形生勢成』(《文心雕龍‧定勢》)的，所以在書法上，稱之為『形勢』，而在文學中，便稱之為『體勢』。這是形成『勢』的客觀方面的因素。」[32]兩家對於「勢」之源頭的說法略有差異，但是對於「勢」的表現，則看法相同。

至於「文勢規模」的涵義，吳承學說道：「『文勢』指文章體勢，或指有氣勢。……『規模』大概指文章的布局。」[33]熊禮匯則說道：「呂氏講『看文勢、規模』，主要是講文章顯現的勢態，文章勢態和風格相關，但未必涉及體裁。……所說『規模』是指文章結構的規制、格局，不單是『講篇幅之大

29 參見吳承學〈現存評點第一書〉，《中國文學評點研究論集》，頁 223。
30 見劉勰《元刊本文心雕龍‧定勢》，頁 136-137。
31 見張秀惠碩士論文《南宋古文評點研究》，頁 29。
32 見張伯偉《中國古代文學批評方法研究》，頁 374。
33 見吳承學〈現存評點第一書〉，《中國文學評點研究論集》，頁 224-225。

小』。」[34]此兩家說法大體上是匯通的，亦即「文勢」指文章體勢[35]，「規模」指布局。而張秀惠又闡述道：「所謂看文勢規模，當即觀其『體』、『勢』之配合是否恰當。」[36]特別指出了兩者之間的配合。

關於「第三看」，「綱目關鍵」之涵義為何呢？熊禮匯認為：「綱目是指文章『構局、造意』（胡月樵語）即結構、立意的骨架。呂氏『論作文法』，即言作文應『常使經緯相通，有一脈過接乎其間然後可，蓋有形者綱目，無形者血脈也』。顯然，文章『綱目』存在於『經緯相通』之中，其間有一貫通全文如同血脈貫穿全身的內在線索，所以『看綱目』主要是看文章各章各段各句在構局、造意方面的內在聯繫，找出貫通全文的線索。有些語句在構局、造意方面起有關鍵作用，故呂氏有『看綱目、關鍵』之說。」[37]吳承學認為：「『綱目』是指文章展開的主要線索。……『關鍵』是指文章在『鋪敘次第、抑揚開合』等章法的緊要之處，包括內容就比較廣泛了。」[38]兩家說法是相通的。綜合來說，「綱目」即指文章展開的主要線索，而「關鍵」即指與此相關的重要節段、句字。

而且呂祖謙本身即為「綱目關鍵」下了註腳：「如何是主意首尾相應，如何是一篇鋪敘次第，如何是抑揚開合處。」結合前面的討論，可作如是觀：「綱目」即指出「如何主意首尾

---

34 見熊禮匯〈從選本看南宋古文家接受韓文的期待視野──兼論南宋古文選本評點內容的理論意義〉，《周口師範學院學報》，頁 4。熊禮匯特別指出「所說『規模』……不單是『講篇幅之大小』。」，乃是因為周振甫《周振甫講怎樣學習古文》中說道：「什麼叫規模呢？規模是講篇幅大小。」

35 張伯偉《全唐五代詩格彙考》：「初、盛唐的詩格，在內容上大多是討論詩的聲韻、病犯、對偶及體勢。」，頁 7，而對於「體勢」、「勢」的探討，詳見頁 11、23-33。因為古文評點與詩賦格法關聯頗深，因此這方面的研究成果頗值得參考。

36 見張秀惠碩士論文《南宋古文評點研究》，頁 29。

37 見熊禮匯〈從選本看南宋古文家接受韓文的期待視野──兼論南宋古文選本評點內容的理論意義〉，《周口師範學院學報》，頁 4。

38 見吳承學〈現存評點第一書〉，《中國文學評點研究論集》，頁 225。

相應？如何一篇鋪敘次第？如何抑揚開合？」而「關鍵」即指
出「主意首尾相應處，一篇鋪敘次第處，抑揚開合處處。」揆
諸《古文關鍵》之旁批，確實也對此三點多所著墨，而且有時
會用「首尾相應」、「鋪敘」、「抑揚」、「開合」（或「抑揚開
合」）等旁批來特別指出，有時則用「綱目」、「關鍵」來概
括。

　　關於「第四看」，「警策句法」之涵義為何呢？「警策」一
詞之由來，可追溯至陸機《文賦》：「立片言而居要，乃一篇之
警策。」[39]張秀惠即引用此二句，指出：「第四看警策句法，陸
機《文賦》曰：『立片言而居要，乃一篇之警策。』是警策乃
文中之強調處，雖數語片言，而為全篇精神所注。」[40]吳承學
也持相同看法：「東萊之『警策』正是指篇中『片言而居要』
之處，也常作『警策精神』。」[41]至於相應而來的「句法」一
詞，其內涵也相當豐富，龔鵬程曾針對此術語加以闡釋：最早
提出此術語者為黃庭堅，黃氏認為句法不是一個單純語言表現
形式的概念，而是具有連貫了文體文氣的風格論意涵，之所以
如此，乃是因為語文形式即作者全幅人格、整體生命的朗現，
而每個人的性情體氣不同，句法即呈現出各自殊異的面貌；不
過，雖說如此，但可考見的，畢竟只在文字，故後人論句法
時，關於涵養省悟的問題，均很少著墨，而僅針對語言構造形
式立論了[42]。因此，「句法」當如吳承學所言：「『句法』是指遣
詞造句、起結、剪裁、轉折等文字功夫。」[43]因此，結合關於

---

39 見陸機《文賦》，《中國歷代文論選》上冊，頁 139。

40 見張秀惠碩士論文《南宋古文評點研究》，頁 30。

41 見吳承學〈現存評點第一書〉，《中國文學評點研究論集》，頁 225。

42 參見龔鵬程《文學批評的視野》，頁 459-461。

43 見吳承學〈現存評點第一書〉，《中國文學評點研究論集》，頁 225。而且呂祖謙之伯
祖呂本中也重視「句法」，因此或也得自家學淵源，參見劉昭仁《呂東萊之文學與史
學》，頁 136。

「警策」與「句法」的討論,對於「警策句法」或可如此理解:在全篇精神所注的重要處,所表現出的遣詞造句、起結、剪裁、轉折等文字功夫。

而呂祖謙本身即為「警策句法」所下的註腳如下:「如何是一篇警策,如何是下句下字有力處,如何是起頭換頭佳處,如何是繳結有力處,如何是融化屈折、剪截有力處,如何是實體貼題目處。」也可印證前面的探討。呂氏一開始即提出「如何是一篇警策」,此為總冒,其後所言之「下句下字有力處」、「起頭換頭佳處」、「繳結有力處」、「融化屈折、剪截有力處」、「實體貼題目處」,此即「句法」佳處。

因此,綜合此「四看」,第一看「大槩主張」指文章的主題思想,也就是命意之所在;第二看「文勢規模」,「文勢」指文章體勢,「規模」指布局,兩者之間是配合的;第三看「綱目關鍵」,「綱目」即指文章展開的主要線索,而「關鍵」即指與此相關的重要節段、句字;第四看「警策句法」指在全篇精神所注的重要處,所表現出的遣詞造句、起結、剪裁、轉折等文字功夫。張智華指出:「這四個方面的核心是大概主張,文勢規模、綱目關鍵、警策句法皆是圍繞這一核心的。」[44]由此可見,呂祖謙安排此四看,不僅是從「內容」(第一看)貫通至「形式」(第二至四看),並且以「內容」(第一看)為核心,然後「形式」(第二至四看)才據此開展。

而且,第二至四看的安排,也是相當合邏輯的,張秋娥即指出:「呂祖謙的『文勢規模』、『綱目關鍵』皆指的是文章的整體篇章,『警策句法』則是文章的局部方面,即字句。……呂氏主張先宏觀再微觀,把文章當作由首尾、鋪敘次第、警策、字法、句法、章法等組成的一個有機整體。」[45]張氏所指

---

44 見張智華《南宋的詩文選本研究》,頁118。

45 見張秋娥《宋元評點修辭研究》,頁67。

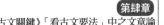

出的「先宏觀再微觀」、「把文章當作一個有機整體」，都是呂
祖謙相當重要的看法。除此之外，此部份也回應的一開始的
「先見文字體式，然後偏考古人用意下句處」，可說是呼應得相
當嚴密，思想首尾貫通。

## (二) 論各家體格源流

　　至於第二部份「論各家體格源流」，首先需要注意的，是
「家」的觀念。在「看諸家文法」一詞中，明確提出「家」
字，而「看韓文法」、「看柳文法」、「看歐文法」、「看蘇文法」
雖未明確提出「家」字，但也已經蘊含「家」之觀念。因此，
欲對此部份有深入的理解，首先必須理解「家」之觀念的涵
義。針對此術語，龔鵬程指出：「家」，用在詩文評方面，非常
普遍。以家論詩文藝術，起於宋朝，是把家族觀念運用到風格
判斷上的語詞，凡創作能顯示出某種特殊成熟的風格，就好像
一個人已有能力自立門戶一樣，可以自成一家了。因此，
「家」是一個獨立的風格單位，凡風格相同、自成一類者，即
為一家，而這樣的風格分類，可大可小，可以人、時代、文類
為單位，但後世使用這一批評術語，多單指人而言，較少運用
到文類和時代的風格判斷上去。也因為「家」不僅是風格分
類，也是價值判斷的語詞，因此創作者宜先分辨各家風格之異
同，然後選定大家數，立定腳跟去學習，才不會墮入旁門左道
或小家仄徑。而且，若是將風格先予劃分成若干家，而學習者
又通過價值選擇去學習，那麼前輩作家與後來者之間，自然會
形成一套傳統，也具有規範和指導性，這就稱為「家法」[46]。
而從「論各家體格源流」中，可看出呂祖謙已經是相當純熟地
運用此一術語，與《古文關鍵》由閱讀入手、以指導作文之用

---

46 參見龔鵬程《文學批評的視野》，頁 447-449。汪湧豪《中國文學批評範疇及體系》
　　關於「家數」之探討，亦可參看，見頁287-295。

心，作了相當好的結合。以下即針對各家一一加以分析。

在各家中，呂祖謙先針對「韓、柳、歐、蘇」四家特別提出：「看韓文法」、「看柳文法」、「看歐文法」、「看蘇文法」，此與篇首「學文須熟看韓、柳、歐、蘇」之說法呼應。接著，則提出「看諸家文法」，對「曾、子由、王、李、秦、張、晁」諸家文章提出批評。

關於「韓、柳、歐、蘇」四家，呂祖謙特別重視，皆用兩行的篇幅加以闡述，在第一行中，皆先以一語概括其風格，接著追溯其源流，並指出相應而來的寫作上的特點（韓文、柳文無）；然後，另提一行，從「指導寫作」的觀點，指出該「學」、該「戒」（韓文、歐文無）處。針對第一行的內容，《四庫全書總目》指出：「所撰《文章關鍵》，於體格源流，具有心解。」[47]《文章關鍵》即為《古文關鍵》，可見呂氏對各「家」之體格源流有著相當精闢的見解。而關於第二行的內容，呂氏屢屢言及：「學」某家優點，「戒」某家缺點，此點可特別彰顯出呂氏示學者以門徑的苦心，而且，與此聯繫的是，顯示了優劣的評價。

首先被論述的是「看韓文法」。呂祖謙認為韓文「簡古」，熊禮匯指出：「他講韓文文風特點及其由來，用『簡古（簡約、質樸）』概括其文風，而不顧及其奇詭的一面，與選篇一樣，都反映出他接受韓文風格取向方面的特點，即以簡約、質樸為美。」[48]熊氏之說甚具見地。接著，呂祖謙又指出韓文之源頭，針對此點，熊禮匯認為：「標明其『簡古』『一本於經，亦學孟子』，說明他對韓文承繼儒家傳統文風是贊同的。」[49]此

---

47 見《欽定四庫全書總目·東萊集提要》卷一五九，頁 1370。
48 熊禮匯〈從選本看南宋古文家接受韓文的期待視野——兼論南宋古文選本評點內容的理論意義〉，《周口師範學院學報》，頁 4。
49 熊禮匯〈從選本看南宋古文家接受韓文的期待視野——兼論南宋古文選本評點內容的理論意義〉，《周口師範學院學報》，頁 4。

種看法與呂祖謙理學家的身分是相合的。至於第二行指導寫作
的部份:「學韓簡古,不可不學他法度,徒簡古而乏法度,則
朴而不文」,此數句形成了因果關係,亦即「學韓簡古,不可
不學他法度」為「果」,其「因」為:「徒簡古而乏法度,則朴
而不文」。關於此點,熊禮匯認為:「顯出他對韓文『法度』的
重視。」[50]張秀惠則連繫呂氏之選文,認為:「所謂『簡古』,
大約是指韓愈在修辭上趨向於簡潔、古樸。但若只學得文字簡
古,未學其謀篇裁章的法度,則朴而不文,因此選錄韓文特重
法度。……《古文關鍵》所選韓文大抵以鋪敘嚴謹見長。」[51]
張氏並舉呂祖謙關於韓文的數則「題下批」為例,以印證自己
的看法。而「重法」確乎是呂祖謙《古文關鍵》的一個最大的
關注重點,因此此種闡釋是合理的。

其次是「看柳文法」。呂祖謙評價柳文,以一語概括——
「關鍵」。前此探討「四看」時,得出「綱目」與「關鍵」的關
聯:「綱目」即指文章展開的主要線索,而「關鍵」即指與此
相關的重要節段、句字。而呂氏以此評價柳文,其原因張秀惠
說明得非常清楚:「所謂『關鍵』,指篇中承上啟下之機要處;
以『關鍵』二字評柳文,蓋指柳宗元善於處理文意轉換過接。
柳文既有此好處,當學他好處,故《古文關鍵》所選柳文多著
重於此。」[52]並舉呂祖謙關於柳文的數則「題下批」為例,以
印證自己的看法。接著,呂氏認為柳文源出於「國語」,此點
柳宗元自身亦已提及,譬如〈答韋中立論師道書〉即指出:
「參之《國語》以博其趣」[53]。至於第二行:「當學他好處 當
戒他雄辯 議論文字亦反覆」,首先值得注意的是:因指導作

---

50 熊禮匯〈從選本看南宋古文家接受韓文的期待視野——兼論南宋古文選本評點內容的
理論意義〉,《周口師範學院學報》,頁4。
51 見張秀惠碩士論文《南宋古文評點研究》,頁22。
52 見張秀惠碩士論文《南宋古文評點研究》,頁23。
53 見柳宗元〈答韋中立論師道書〉,《柳河東集》,頁543。

文而特別強調出「學」某優點（「好處」當指前面所言之「關鍵」）、「戒」某缺點，可說是大有益於學者，而且就此也帶出呂氏對柳文寫作上的優缺點的評價；但是，「議論文字亦反覆」並非延續前面的缺點而來，相反地，呂祖謙乃是在此又特別提出柳文之優點，關於此，可以舉呂氏對柳宗元〈送薛存義之任序〉的題下批為例：「雖句少，極有反覆」，此題下批純為讚美，「反覆」當指此文反覆闡述，因此具有說服力。

又次是「看歐文法」。呂祖謙認為歐文之風格為「平淡」，揆諸其後之評價，「平淡」一詞當為褒義，張秀惠認為：「所謂『平淡』，意指歐文從容不迫、深入淺出。」[54]而呂氏又認為歐文「祖述韓子」，關於此點，蘇東坡〈六一居士集敘〉即稱：「歐陽子論大道似韓愈。」[55]歐陽修《六一題跋》亦言：「予為兒童時……得唐《昌黎先生文集》六卷……讀之，見其言深厚而雄博。」[56]劉昭仁綜合前人說法，認為：「東萊謂歐文『祖述韓子』，信而有徵矣！」[57]至於「議論文字最反覆」亦為褒義，指反覆闡述之意（此可與「看柳文法」互相參看），並且呂祖謙在歐陽修〈縱囚論〉之題下批亦言：「此篇反覆有血脈」，可為印證。而第二行「學歐平淡，不可不學他淵源，徒平淡而無淵源，則委靡不振」，此數句指導學子如何學歐，此中亦為因果關係，即「學歐平淡，不可不學他淵源」為「果」，「徒平淡而無淵源，則委靡不振」為「因」，而張智華指出：「這裡的『淵源』主要指深刻的思想內容和文化根源。」[58]張秀惠也認為：「既能深入，則必有『淵源』，淵源則得自於深厚的學

---

54 見張秀惠碩士論文《南宋古文評點研究》，頁 24。

55 蘇東坡〈六一居士集敘〉，《蘇軾全集》卷十，頁 853。

56 見歐陽修〈讀舊本韓文後〉，《六一題跋》（二）卷十一，頁 513-514。

57 見劉昭仁《呂東萊之文學與史學》，頁 140。

58 見張智華《南宋的詩文選本研究》，頁 124。

力。」[59]所以呂祖謙此語強調了學力的重要，也是「積學儲寶」說的繼承。不過，張秀惠舉呂祖謙關於韓文的數則「題下批」為例，得出以下看法：「但《古文關鍵》選錄歐文，非著重其『淵源』，而重在議論反覆。」[60]此點確實是相當有趣的，而之所以如此，大概只能說是《古文關鍵》用意在指導時文寫作，重心畢竟在「法」。

又次是「看蘇文法」。呂祖謙概括蘇文的風格是「波瀾」，張秀惠認為：「所謂『波瀾』，當指東波才氣縱橫，為文浩瀚壯闊。」[61]而龔鵬程則對「波瀾頓挫」進行探討，並認為「波瀾」乃是藉著轉的力道形成的[62]，龔氏的說法可能指出了核心的因素。而呂祖謙認為蘇文「出於戰國策史記　亦得關鍵法」，關於此點，劉昭仁指出：太史公作《史記》，多得力於《戰國策》，而東萊先祖希哲，與蘇軾情誼亦篤，因此此言自非信口雌黃[63]，而在呂氏看來，蘇文受益於《戰國策》、《史記》者，厥為「亦得關鍵法」，「關鍵」一詞在「看柳文法」即已出現，指篇中承上啟下之機要處，因此「關鍵法」當指處理文意轉換過接的方法，此可與龔鵬程對「波瀾」的定義相印證。至於第二行論指導作文處，則為「當學他好處　當戒他不純處」，張秀惠認為：「學他好處，應包括關鍵法；戒他不純處，或即指東坡為文不拘章法，意之所向，筆亦隨之，往往脫出戒律，常人才氣不如東坡，若學其不純，則難免雜亂無章。」[64]

---

59 見張秀惠碩士論文《南宋古文評點研究》，頁 24。

60 見張秀惠碩士論文《南宋古文評點研究》，頁 24。

61 見張秀惠碩士論文《南宋古文評點研究》，頁 24-25。

62 「波瀾頓挫」是常見的批評術語，龔鵬程對此的闡述為：「這即是要求文章內部須構成一往復回環的關係……整個文勢，藉著轉的力道，形成波瀾。但轉而復合，合而已轉，這就有了頓挫。整體的結構，要有往復回環之波瀾頓挫，局部的文理亦然。」見龔鵬程《文學批評的視野》，頁 418。

63 見劉昭仁《呂東萊之文學與史學》，頁 141。

64 見張秀惠碩士論文《南宋古文評點研究》，頁 24-25。

張秀惠並以《古文關鍵》選文加以印證:「《古文關鍵》選東坡文十六篇,為諸家之冠,其中十四篇為論辯,蓋因作論較有法度可尋也。……東萊評此數篇……大抵皆屬章法布局,此則《古文關鍵》對東坡文之著眼處。」[65]此處再一次強調了《古文關鍵》關注「法」的批評態度。

總的說來,在此「看四家法」中,張智華認為:「呂祖謙指出韓愈、歐陽修、蘇軾古文的不同風格,與其不同的取法對象及文化淵源密切相關,這比那種籠統地把韓、歐、蘇的古文看成一脈相承的觀點要深刻得多。」[66]可見呂祖謙看法超出前人之處。

而在看「韓、柳、歐、蘇」四家文之後,則為「看諸家文法」,此諸家為「曾、子由、王、李、秦、張、晁」,亦即「曾鞏、蘇轍、王安石、李廌、秦觀、張耒、晁補之」七家。關於此七家之名單,張智華指出:「隨著蘇軾在政界和文壇地位的提高,蘇門六君子即黃庭堅、秦觀、張耒、晁補之、李廌、陳師道的地位也相應提高,日益受到文壇的重視。蘇門六君子中,張耒、陳師道、秦觀、李廌古文寫得較好。因此呂祖謙在『看諸家文法』中,把張耒、秦觀、李廌與王安石、曾鞏、蘇轍同等看待而放在一起論述,並在《古文關鍵》中選了張耒兩篇古文。」[67]張氏漏列了「晁補之」。因此,此七家即後代唐宋八大家中之王安石、曾鞏、蘇轍,再加上蘇門四學士中之李廌、秦觀、張耒、晁補之。

呂祖謙對此七家的評價,比起「韓、柳、歐、蘇」四家,要簡略得多。在此七家中,呂祖謙指出了曾鞏、秦觀、張耒、晁補之文的淵源(曾鞏為「專學歐」,另三家為「自秦而下三

---

65 見張秀惠碩士論文《南宋古文評點研究》,頁 24-25。

66 見張智華《南宋的詩文選本研究》,頁 124。

67 見張智華《南宋的詩文選本研究》,頁 123。

人皆學蘇者」），其他皆舉出缺點，譬如蘇轍文「太拘執」、李廌文「太煩，亦蘼」……等。

不過，唯一的例外是王安石文。對於王文，呂祖謙評為「純潔，學王不成，遂無氣焰」，「純潔」顯然是讚美，而「學王不成，遂無氣焰」則是指出後學者的缺失，並不是指出王文的缺點，因此呂氏對於王文只有讚美、沒有指責，此點相當特殊，因此杜海軍說道：「在『總論』部份呂祖謙已經給他們排出了順序，那就是韓、柳、歐、蘇、曾、子由、王、李、秦、張、晁，並對蘇轍、李廌、秦觀、張耒、晁補之等人文章頗有微詞……然而卻稱讚王文『純潔』。從此可看出呂祖謙對王安石的文章評價遠在蘇轍、李廌、秦觀、張耒、晁補之之上。」[68]尤其是就算「韓、柳、歐、蘇」四家，呂氏也會提出其寫作缺失（譬如柳文「當戒他雄辯」、蘇文「當戒他不純處」），可是，呂祖謙肯定王安石，卻只將之列入七家中，而且《古文關鍵》未選王安石文，相比之下，呂氏對王安石的處理，頗堪玩味。而之所以會有此矛盾，大約如張智華所言：「他評了王安石而未選其文，可能是由於前者表示個人的意見而後者卻必須顧及文壇風氣，這正是當時貶王揚蘇的政治氣候和抑王揚蘇的文壇風氣在古文選本中的一種曲折反應。」[69]不過，杜海軍則從另一個角度提出思考：「呂祖謙認為王文『純潔，學王不成，遂無氣焰』難學，對士子學文不利的緣故。」[70]這也是值得參考的觀點。

此外，還有一點值得探究，那就是與《古文關鍵》之選文名單對照[71]，列入此十二家、但是沒有選文者，是王安石、李

---

68 見杜海軍〈呂祖謙與唐宋八大家〉，《廣西師範大學學報：哲學社會科學版》，頁 146。
69 見張智華《南宋的詩文選本研究》，頁 123。
70 見杜海軍《呂祖謙文學研究》，頁 181。
71 選文名單為：韓愈、柳宗元、歐陽修、蘇洵、蘇軾、蘇轍、曾鞏、張耒。

廌、秦觀、晁補之，相反的，有選文、卻未列入此十二家的，只有一位，那就是蘇洵。關於王安石，已經在前面討論過，而李廌、秦觀、晁補之在「論各家體格源流」中的評價較低，因此沒有選文，比較不令人質疑。但是蘇洵為何有選文、卻未列入十二家之中呢？關於此點，是比較難解釋的，若是編選者與評點者並非同一人（即編選者非呂祖謙），則此問題較容易解決，因為編選者與評點者的看法未必要全然吻合；可是，因為沒有積極證據證明編選者與評點者並非同一人，因此，在此情況下所出現的編選與評點上的出入，就實在不明所以，也只能付諸闕疑了。

總結呂祖謙「論各家體格源流」的看法，其價值不僅在指出指出各家的風格、淵源、優缺而已，而是誠如杜海軍所指出的：「《古文關鍵‧總論》中論列了唐宋古文十二家，甚至揭示了他們之間的傳承關係，並指出各人在古文運動發展中的地位、作用和成就，首次清理了唐宋古文運動。」[72]而且，呂祖謙的看法頗受肯定，就如吳承學所指出的：「《古文關鍵》以後，東萊的評論已經成為研究韓、柳、歐、蘇的權威說法，屢被人們引用。」[73]

不過，還有一個部份需要處理，那就是呂祖謙最後綴上：「以上評韓、柳、歐、蘇等文字，說齋先生唐仲友人亦常以此說誨人」。其中提到唐仲友，唐仲友因為與朱熹有過節，因此《宋史》無傳，但是周必大《文忠集》卷五四《帝王經世圖譜題辭》則稱他：「於書無不觀，於理無不究，凡天文、地志、禮樂、刑政、陰陽、度數、兵農、王伯，皆本之經典，兼採傳註，類聚群分，旁通午貫」[74]，乃一飽學之士，不過，唐仲友

---

72 見杜海軍〈呂祖謙與唐宋八大家〉，《廣西師範大學學報：哲學社會科學版》，頁146。

73 見吳承學〈現存評點第一書〉，《中國文學評點研究論集》，頁230。

74 周必大《文忠集》卷五四《帝王經世圖譜題辭》，《四庫全書》本，頁9，1971年。

最為後人所知者，大約為「朱唐交惡」此段公案[75]；而當代學者何忠禮則將唐仲友與呂祖謙、陳亮並列，認為是南宋孝宗乾道、淳熙年間，在婺州（浙江金華）同時出現的三位著名思想家和儒家學者[76]。不過，儘管唐仲友與呂祖謙是同時、同地的學問家，但是呂祖謙在此唯一一處提到當時文人的批評，仍是顯得突兀，如果聯繫到前述之「朱唐交惡」的公案，是否有所關聯？則仍不得而知。因此，針對此問題，大約也只能如吳承學一般：「令人懷疑此書的編選與唐仲友之間的某種關係。」[77]

# 二、「總論作文法」之探討

《古文關鍵》「看古文要法」的第二部份是「總論作文法」。呂祖謙對創作的看法，總體地呈現在「總論作文法」中。其原文如下：

### 論作文法

文字一篇之中，須有數行齊整處，須有數行不齊整處，或緩或急，或顯或晦，緩急顯晦相間，使人不知其為緩急顯晦。常使經緯相通，有一脈過接乎其間然後可，蓋有形者綱目，無形者血脈也。

---

75 何忠禮〈略論『朱唐交惡』及其對後人的啟示〉，《江南文化研究》（呂祖謙及浙東學術研究專輯）在「摘要」中指出：「參與其事的不僅有朱熹和唐仲友，還有陳亮、高文虎等人。宋元時期的儒家學者，大多為朱學信徒，因而祖護朱熹的傾向十分明顯。但是據周密的記載，此事屈在朱熹，經過筆者多方考證，其說可以服人。」，頁101，並在論文中詳細說明。吳承學〈現存評點第一書〉，《中國文學評點研究論集》對此亦有說明，參見頁219。

76 參見何忠禮〈略論『朱唐交惡』及其對後人的啟示〉，《江南文化研究》（呂祖謙及浙東學術研究專輯），頁101。

77 見吳承學〈現存評點第一書〉，《中國文學評點研究論集》，頁218-219。

有用之文，議論文字是也　　為文之妙，在敘事狀情

筆健而不麄　　意深而不晦　　句新而不怪　　語新而不狂

常中有變　　正中有奇　　題常則意新　　意常則語新

辭源浩渺而不失之冗　　意思新轉處多則不緩　　結前生後

曲折幹旋　　轉換有力　　反覆操縱

| 上下 | 離合 | 聚散 | 前後 | 遲速 | 左右 |
|---|---|---|---|---|---|
| 遠近 | 彼我 | 一二 | 次第 | 本末 | 明白 |
| 整齊 | 緊切 | 的當 | 流轉 | 豐潤 | 精妙 |
| 端潔 | 清新 | 簡肅 | 清快 | 雅健 | 立意 |
| 簡短 | 閎大 | 雄壯 | 清勁 | 華麗 | 縝密 |
| 典嚴 | | | | | |

## 以上格製詳具於下卷篇中

### 論文字病

| 深 | 晦 | 怪 | 冗 | 弱 | 澀 |
|---|---|---|---|---|---|
| 虛 | 直 | 疏 | 碎 | 緩 | 暗 |
| 塵俗 | 熟爛 | 輕易 | 排事 | 說不透 | |
| 意未盡 | | 泛而不切 | | | |

　　此部份又可分為二：「論作文法」、「論文字病」。張秋娥認為：「呂祖謙的『論作文法』『論文字病』主要講的就是文章的語言表達問題。」「他既在『論作文法』中指出正確的作法，又在『論文字病』中指出應該避免的錯誤。」[78]此種安排顯示出呂祖謙認為兩者之間是互為印證的，此看法相當具有見地。

　　其下即分為二節，針對「論作文法」、「論文字病」，一一進行討論。

---

78 張秋娥〈修辭接受與修辭表達──從《古文關鍵》評點看呂祖謙的修辭思想〉，《河南師範大學學報（哲學社會科學版）》，頁72。

## （一）論作文法

在此部份中，最值得注意的是，充滿了各種各樣的對舉詞，如「整齊－不整齊」、「緩－急」、「顯－晦」、「常－變」、「常－新」……等，這些都是文章中兩兩對待的元素。這充分顯示了呂祖謙對文章的觀點是「圓形結構觀」[79]，此種對文章的體認是非常深入的。

一開始，呂祖謙提出：「文字一篇之中，須有數行齊整處，須有數行不齊整處，或緩或急，或顯或晦，緩急顯晦相間，使人不知其為緩急顯晦。」其中，呂氏認為文句的「齊整」與「不齊整」必須參差互出，此種觀點相當合理，與「駢散並用」觀可以互通，而且在實際批評中，呂氏也常常針對此加以評點，譬如張秋娥舉例道：韓愈〈獲麟解〉即有此旁批：「作文大抵兩句短，須一句長者承。」而且不只如此，還擴展到段落，如韓愈〈答陳生書〉之旁批云：「大抵作文，三段短，則以一段長者承，主意多在末一段。」[80]接著，呂氏順勢帶出其後的「緩」與「急」、「顯」與「晦」等相對待的元素，並且指出「緩急顯晦相間」之後的效果，乃是「使人不知其為緩急顯晦」，也就是自然圓通，因此在不知不覺間，讓文章充滿了節奏感。張智華引用此段文句，並闡釋道：「句子長短相間，節奏時快時慢，給人以抑揚頓挫之感，有利於行程語調、語氣的變化。」[81]

其次，呂祖謙指出：「常使經緯相通，有一脈過接乎其間

---

79 龔鵬程解釋何謂「圓形結構觀」：「這即是要求文章內部須構成一往復回環的關係……整個文勢，藉著轉的力道，形成波瀾。但轉而復合，合而已轉，這就有了頓挫。整體的結構，要有往復回環之波瀾頓挫，局部的文理亦然。」見龔鵬程《文學批評的視野》，頁418。關於此點，第捌章第三節有詳盡之論述。

80 見張秋娥《宋元評點修辭研究》，頁73。

81 見張智華《南宋的詩文選本研究》，頁125。

然後可。蓋有形者綱目，無形者血脈也。」此幅文字之前半，
所闡明的是文章意脈須貫通全文的道理。而此幅文字之後半，
出現了「綱目」一詞，此術語在前面「四看」中的「第三看綱
目關鍵」中即已出現，而「綱目」即指文章展開的主要線索，
「關鍵」即指與此相關的重要節段、句字。因此，結合「第三
看綱目關鍵」來解讀，則可知此處所言之「綱目」、「血脈」，
一屬有形、一屬無形，是一而二、二而一的，亦即「綱目」乃
意脈顯現於文字者，「血脈」乃意脈潛藏於文字之中者[82]。

又次，呂祖謙認為：「有用之文，議論文字是也。」吳承
學闡述這段話，說道：「所謂『有用』，也有實用之意。『論』
體在當時科舉考試中相當重要。『當時每試必有一論，較諸他
文應用之處為多』，既然《古文關鍵》乃為科舉考試之助，所
選文章以論體為主也就是非常自然的事了。」[83]呂祖謙原本就
不以舉業為諱，其序《東萊左氏博議》曰：「左氏博議者，為
諸生課試之作也。」[84]因此這段話明確地標舉了他的想法。

又次，呂祖謙又說：「為文之妙，在敘事狀情。」張秋娥
認為：「認識到敘述、描寫在議論文中的作用。」[85]其實應該不

---

82 劉昭仁認為：「『綱目』指章法之變化，以文字之長短、齊整，表現緩急顯晦；『血
脈』指文意之貫串呼應。」見劉昭仁《呂東萊之文學與史學》，頁 217。劉氏對「綱
目」之看法略有不同，而因為劉氏所指出之章法變化也是「無形」的，所以與呂祖謙
之說法：「有形者綱目」有所出入，因此不採此說。汪涌豪《中國文學批評範疇及體
系》說道：「『脈』本指血管……後衍指事物如血管連貫有條理者……具體地說，這
『脈』分『語脈』和『意脈』。未發之前，上下連貫之旨為『意脈』；已發之後，前後
統屬之詞為『語脈』。由於語詞是用來傳達意旨的，故這兩者在宋人實際論述過程中
並未被分為兩橛。……『血脈』同『氣脈』都是語脈和意脈貫通後作品所呈現的整體
性貫通之象。」，頁 260-261。汪氏之說較為接近。

83 見吳承學〈現存評點第一書〉，《中國文學評點研究論集》，頁 220。此外文中所引
「當時每試必有一論，較諸他文應用之處為多」下，作者原註為「見《四庫全書總
目》卷一八七《論學繩尺》提要。」

84 見呂祖謙《足本東萊左氏博議‧序》，頁 1。

85 見張秋娥〈修辭接受與修辭表達──從《古文關鍵》評點看呂祖謙的修辭思想〉，《河
南師範大學學報（哲學社會科學版）》，頁 75。

止於此，呂氏體認到「敘事狀情」是文章重要組成成分，而且隱隱然之間，也指出了「敘事」、「狀情」的呼應，讓文章充滿奧妙。

又次，呂祖謙認為：「筆健而不麄　意深而不晦　句新而不怪　語新而不狂　常中有變　正中有奇　題常則意新　意常則語新　辭源浩渺而不失之冗　意思新轉處多則不緩　結前生後　曲折斡旋　轉換有力　反覆操縱」，此段文字當看作相連繫的兩個部份，亦即前面談到兩兩對待的元素，是「因」，其後談到「結前生後　曲折斡旋轉換有力　反覆操縱」，則是「果」，也就是說，妥善地處理此兩兩對待的元素，會使得文章聯繫緊密又充滿變化，因此張秋娥指出：「呂氏在這裡明確提出作文時要正確處理這類看似矛盾實是統一的現象。」[86]

又次，聯繫前面的看法，呂祖謙又提出更多文章中兩兩對待的元素：「上下　離合　聚散　前後　遲速　左右　遠近彼我　一二　次第　本末」，張智華針對從「上下」以迄於「本末」的相對關係，說道：「他注重散文的藝術構思。……這十一組範疇，每組之間有一正一反的關係，相反相成，涵蓋了文章藝術構思的各種情況。」[87]而且，這樣的表述顯現出呂氏對於文章的掌握十分充分、精到，因為唯有對文章現象辨析入微，且有其背後蘊藏之文理有深刻的體會，才能舉出這許多相反而相成的文章現象（原理）。

又次，呂祖謙又提出文章風格：「明白　整齊　緊切　的當　流轉　豐潤　精妙　端潔　清新　簡肅　清快　雅健立意　簡短　闊大　雄壯　清勁　華麗　縝密　典嚴」，張智華為呂祖謙的風格思想作了溯源的工作：「劉勰《文心雕龍‧體

---

86 張秋娥《宋元評點修辭研究》，頁72。
87 見張智華《南宋的詩文選本研究》，頁125。

性》篇是區分文章風格最早的文獻之一，篇中把各種不同的文章，概括成八體，……八體之中，有的是就修辭方法而言的，有的是就表現方法而言的，但絕大部份談的是文章風格。呂祖謙系統而詳細地論述了二十多種古文風格，可以說是繼劉勰之後在中國古代散文批評史上又一位重要的文章風格批評家。」[88]又說：「呂祖謙散文風格論受蘇軾的影響。……蘇軾反對古文風格單一化，提倡多樣化，但對此沒有作具體的論述，呂祖謙列舉出二十多種風格，正式對蘇軾風格多樣化觀點的繼承與發展。」[89]總之，呂祖謙提出這許多風格，擴展了對風格的探究。

最後，值得一提的是，呂祖謙強調：「以上格製詳具於下卷篇中。」[90]但是，吳承學以及林明昌都指出「論作文法」中提到的格制、術語很少出現在《古文關鍵》的批語中[91]，舉例來說，「論作文法」中出現大量的對舉詞，可是旁批中常提到「抑揚開合」，卻在「論作文法」中付諸闕如；又以風格為例，呂祖謙雖然提出了從「明白」迄於「典嚴」等二十幾種風格，但是在實際的旁批中，真正提到的風格只有「壯」、「健」、

---

88 見張智華《南宋的詩文選本研究》，頁 124。

89 見張智華《南宋的詩文選本研究》，頁 124。張氏並在書中舉蘇軾〈答張文潛書〉之說法為例證。

90 林明昌將「論作文法」中「為文之妙，在敘事狀情，筆健而不麤，意深而不晦，句新而不怪，語新而不狂，常中有變，正中有奇，題常則意新，意常則語新……」等說法，看作是「格製」，並說：「體則文格的出現是受詩格之啟發，及受宋朝制義論學格製之影響而成形。」「最早如呂祖謙《古文關鍵》有〈論作文法〉……共四十六格，並謂『以上格製詳具於下卷篇中』。是為最早論格製者，可惜各格之意義並不清楚。」分見林明昌博士論文《古文細部批評研究》，頁 10、11。林明昌前此即指出：「古文細部批評之著作，主要分為『評點』、『文話』及『體則文格』三種。……然而這三類只是形式不同，其中所用之批評方法則為互通。」，頁 10。此說可為參考。

91 參見吳承學〈現存評點第一書〉，《中國文學評點研究論集》，頁 218，以及林明昌博士論文《古文細部批評研究》，頁 77。

「清」、「婉」等[92]。對於此種矛盾，大概也只能如吳承學所言：「並不排除『總論』與選本不是出於一人之手的可能性。如果出於一人之手，則可能不是作於一時，故前後未能統一。」[93]

## （二）論文字病

承繼前面的「論作文法」，呂祖謙又提出「論文字病」：「深　晦　怪　冗　弱　澀」、「虛　直　疏　碎　緩　暗」、「塵俗　熟爛　輕易　排事　說不透」、「意未盡　泛而不切」。關於此點，可與前面「論各家體格源流」相印證，因為「論各家體格源流」除了論各家優點外，也論各家缺點，各家缺點為「當戒他雄辯」（柳文）、「當戒他不純處」（蘇文）、「比歐文露筋骨」（曾文）、「太拘執」（子由文）、「太煩，亦麄」（李文）、「知常而不知變」（秦文）、「知變而不知常」（張文）、「麄率」（晁文）。由此可見出呂氏觀點之前後一貫，不僅從積極面指出優點，亦從消極面指出缺點，而此種作法可說是相當進步的。

不過，因為「論各家體格源流」乃針對各家立論，因此所提出的各家缺點顯得明確、清楚，而此處之「論文字病」乃就全面而言，雖不如「論各家體格源流」明確，但涵蓋面又相對廣大得多。

---

92 詳細情形可參看第捌章第二節。而張智華《南宋的詩文選本研究》說道：「這些不同風格的散文在《古文關鍵》中均有典型的例子。他所論述的每種風格，既有抽象的概括，又有恰當的實例分析，是令人信服的。」，頁123。揆諸原書，似乎不確。

93 見吳承學〈現存評點第一書〉，《中國文學評點研究論集》，頁218。

# 第伍章

# 《古文關鍵》單篇文本評點中之文章論（一）

　　《古文關鍵》中，根據單篇文本而產生的評點，包括三大部分：「題下批」[1]、「旁批」、「評論符號」，而評論符號有三種，即字旁長直線「｜」、字旁小斜點「、」、字下右折短直線「∟」[2]。就出現頻繁與否而論，旁批幾乎每篇都有[3]，題下批共有四十五則，而評論符號中，「｜」、「∟」幾乎每篇都有[4]，「、」出現篇數較少，共二十六篇。

　　關於此部份之研究工作，有以下幾點需要加以說明：

　　一是次序之安排：因為「題下批」屬於全面照應的、宏觀的「總論」，「評論符號」、「旁批」屬於細部分析的、微觀的「分論」，所以，單篇文本評點的研究工作，就先處理「評論符號」、「旁批」，最後在此探討的基礎上，再進一步研究「題下批」，並時時注意「題下批」、「旁批」、「評論符號」之間的呼

---

1　題下批中，有的是呂祖謙的批點，有的是他人的註或考異。因為《四庫全書》乃是將他人的註或考異全數刪落，僅存呂祖謙評論文字之版本，因此筆者根據《四庫全書》本加以比對，確定題下批之內容。詳見第貳章第二節。因此其後所引之題下批，主要根據《四庫全書》本，有特別需要加以說明者，則見於注釋。

2　「清光緒年間江蘇書局刊本」（即廣文書局出版，目前台灣的《古文關鍵》通行本）只有字下右折短直線：「∟」，但是南京圖書館藏的「崑山徐氏冠山堂刻本」則三種評論符號皆具，且「冠山堂刻本」的「∟」，比「清光緒年間江蘇書局刊本」出現得多一點，因此評論符號根據「崑山徐氏冠山堂刻本」。詳見第貳章第二節。

3　在《古文關鍵》所評點的六十二篇文章中，只有蘇軾〈孫武論〉無旁批，蘇軾〈孔子墮三都〉只有兩個旁批，其他篇章均有多個旁批。

4　在《古文關鍵》所評點的六十二篇文章中，只有韓愈〈雜說四〉未出現「∟」。

應。

　　二是內容之分類：因為「題下批」、「旁批」涵蓋之內容多不只一類，因此主要依據第參章第四節之研究成果，將之分為「詞彙學」、「意象學」（狹義）、「修辭學」、「文法學」、「章法學」、「主題學」、「文體學」、「風格學」、「作文指導」數類，分別歸入[5]。此外，有些「旁批」會同時跨兩個至多個類別，此時只能擇一歸入[6]。

　　三是意義之探究：本論文意欲以「論點中心」的論文形式，探究「文本中心」的評點形式，期望能將其中結合文本而發之論點，一一抉發出來。因此本論文立基在文章學的相關研究成果上，進而探究呂氏之文章論，等於是以文章學相關研究成果為量尺，以期更能丈量出呂氏之整體成果。但是在此過程中，務必避免強作解人，「據呂論呂」是最要守住的，因此在探究「評論符號」、「題下批」、「旁批」之涵義時，務求儘量貼近、還原呂氏看法。此外，還有一點需要說明：因為《古文關鍵》有時會出現批語有所指不明確的情況[7]，因此只能用推

5　第參章第四節之研究成果，認為文章學內涵可大分為「外律」和「內律」，「外律」指的是文本分析之外的相關學科領域（含文道論、文氣論、品評論、文境論、文運論），「內律」指的是著眼於文本分析的學科領域（含意象學（狹義）、詞彙學、修辭學、文法學、章法學、主題學、文體學、風格學）。不過因為《古文關鍵》除了「看古文要法」外，幾乎都著眼於「內律」，所以對於「題下批」、「旁批」，就只依據「內律」分類，並且根據需求，多增一類「作文指導」。

6　譬如「意在後」、「解前意」、「幹前後意」、「生意」、「血脈相應」、「綱目相應」、「應綱目」……等旁批，與「章法」、「主題」皆有關聯，本論文皆歸入「章法」。次如「眼目」指關鍵處或與此相關之重要字眼，與「主題」、「詞彙」皆有關聯，本論文皆歸入「主題」。又如「句」之風格可歸入「文法」或「風格」，本論文皆歸入「文法」，其他「段」、「篇」之風格，方歸入「風格」。又如「句意」可歸入「文法」或「主題」，但是因為旁批所涵蓋者是句還是節，往往無法確定，因此凡是句意、節意、段意、篇意，皆歸入「主題」。

7　譬如歐陽修〈朋黨論〉有旁批「下得好」（9、11、20），呂氏並未劃分範圍，是指字、句還是節？次如蘇軾〈王仲義真贊敘〉有「有力」（3）、蘇轍〈三國論〉亦有「有力」（8），是指文字表現有力？還是指文意深入有力？實在無法確定。詳見第捌章第二節。

論、推斷的方式進行探究，關於此類批語，在詮釋其意義時，就冠以「應指」、「當指」、「或指」，其他較能準確掌握其意者，則是冠以「指出」。

四是按語之使用：依據文章學研究成果所得出的分析，其中有助於釐清、評價呂氏之看法者，為了跟前述「意義之探究」有所區隔，因此就用「按語」的方式附於其後，並且在排版時用黑體字，讓兩者之不同更能凸顯。希望這樣的處理方式，一方面可以避免強作解人，以「據呂論呂」，還原呂氏文章論，一方面又能以文章學研究成果為背景，觀察、評價呂氏之文章論。

五是文本之對照：基於便於對照的考量，附上每篇文本之原文，還加上呂祖謙之「題下批」、「評論符號」、「旁批」，分段的部份，則根據呂氏之評論符號「ㄥ」來分段，以便於與其後「評論符號」、「題下批」、「旁批」的分析配合。但有六點改動：其一為原書為直排，本論文則為了適應本書版式，所以改為橫排，因此，原本旁批和「｜」位於文句右側，本書改置於文句之下；而且，「、」原本也在右側，現移至上方，且改以小圓點「·」呈現；其二「題下批」原本位於題目之下，本書改於從題目之下一行開始；其三為文本用新細明體，「題下批」用標楷體，「旁批」用仿宋字體，其後分析時引用，皆以標楷體呈現（但在「按語」中出現，則用仿宋體）；其四為每段之後，均在括號內註明此為第幾段；其五為出現在文本中的「題下批」、「旁批」皆不加標點符號[8]，但是為了增加閱讀之便利性，其後分析時所引用之「題下批」、「旁批」，如有需要，皆以現代標點符號來標點；其六為旁批數量龐大，為了便於參

---

8 附在文本之旁「旁批」不加標點，乃是避免加上標點之後，讓「旁批」拉長、位置移動，與文本之對應不佳，但是其後詮釋時，為了便於閱讀起見，加上標點符號。而為了取得一致性，因此「題下批」也不加標點。

照起見，皆標上流水碼。

六是註腳之出現：有些專有名詞或觀念會在第伍、陸、柒章中重複出現，本論文只在第一次出現時加上註腳。不過，第捌章第二節總結地呈現「重要內容」時，若牽涉到這些專有名詞或觀念，則會再出現一次註腳。

因為文本篇數頗多，因此依據《古文關鍵》所列作家、篇目為序，將此六十二篇分置於第伍、陸、柒三章中，以進行研討。本章所探討者為韓文十三篇和柳文八篇，共計二十一篇。

# 一、韓文

## （一）獲麟解

字少意多文字立節所以甚佳其抑揚開合只主祥字反覆作五段說

<u>麟之為靈昭昭也</u>。詠於《詩》，書於《春秋》，雜出於傳記
起得好 (1)　先立此一句 (2)　承得上好 (3)
百家之書，雖婦人小子，皆知其為<u>祥也</u>。」（第一段）
　　　　　此見昭昭處 (4)
<u>然麟</u>之為物，不畜於家，不恆有於天下。其為形也不類，
難 (5)
非若馬牛犬豕豺狼麋鹿然。<u>然則雖有麟，不可知其為麟也</u>。」
（第二段）
<u>角者</u>吾知其為牛，<u>鬣者</u>吾知其為馬，犬豕豺狼麋鹿，吾知
造語健蘇文樂論 (6)　　　　　　　　作文大抵兩句短須
其為犬豕豺狼麋鹿，惟麟也不可知。<u>不可知，則其謂之不祥也</u>
一句長者承 (7)　　　序前意盡 (8)　　　　　　說不祥 (9)

亦宜。」（第三段）

　　雖然，麟之出，必有聖人在乎位。麟為聖人出也。聖人
　　　　　　　　　　　　　　　　　　　　　　說祥 (10)
者，必知麟，麟之果不為不祥也。」（第四段）

　　又曰：「麟之所以為麟者，以德不以形。」若麟之出不待
　　意高 (11)　　　百尺竿頭進一步 (12)
聖人，則謂之不祥也亦宜哉。（第五段）


## 1. 評論符號

（1）└：呂氏用此符號將本文分作五段。按：若根據「祥」
　　　與「不祥」的呼應、轉換來分段，應為四段[9]。但是呂氏將本
　　　文分做五段，這是因為第二至三段（「然麟……亦宜」）是用
　　　「正、反、正」的方式來寫，呂氏乃就「由正轉反」（即「麟
　　　也」、「角者」之間）處，又分一段，因此成為五段。

（2）｜：第二、五段與「└」搭配，在開頭兩字，都標上
　　　「｜」。又，在第一段首句，以及第一、二、四段尾
　　　句，都標上「｜」，應是標誌出重要首句、結句[10]。

（3）、：全篇中的「知」與「祥」字旁，皆標註「、」，表
　　　示出重要性。按：「祥」為本文綱領[11]，而麟之「祥」或

---

9　詳見附錄一之「結構表及說明」。

10　因為《古文關鍵》評論符號「｜」之功能大體相同，因此其後文本之「｜」的分析，
　　將不再一一贅述各段之情況，而是統一作說明。

11　陳滿銘《章法學綜論》談到「統一律」時說：「所謂的『統一』，是就材料情意的通貫
　　來說的。一般而言，辭章要達成『統一』，非訴諸主旨（情意）與綱領（大都是材
　　料）不可。」，頁 50。仇小屏將綱領與主旨作一比較：「綱領與主旨的相同點，在於
　　兩者都統貫全篇；而其相異處則在於統貫全篇的方式不同，因為主旨是作者藉著材料
　　所欲表達的中心思想或情意，綱領則是貫串起材料的意脈；因此若以珠鍊為譬，則大
　　大小小的珍珠是材料，將之串聯起來的絲線如同綱領，但是珠鍊的最終目的是作為裝
　　飾，這最終目的就有如文章中的主旨。」又說：「綱領就是統貫材料的意脈，而且材
　　料必有呈現的過程，因此貫串材料的意脈，也就會留下延展的痕跡，這痕跡稱之為
　　『軌』。所以如果材料原本就分成屬幾類，由不同的意脈來貫串、延展，那麼就會形

「不祥」,乃繫於人之「知」或「不知」,因此「知」也是關鍵詞[12]。

總結:「∟」標誌著文章的分段,但本文之分段尚可商榷;「∣」之作用有二:標誌出分段,以及標誌出重要首句、尾句;「、」則標誌著綱領與關鍵詞。

## 2. 旁批

### （1）修辭類

作文大抵兩句短須一句長者承（7）:指出文句長短之搭配[13]。按:此為錯綜修辭[14]。

### （2）文法類

造語健,蘇文樂論,學此下句（6）:「健」指出本句之風格,而且呂氏特別要求學子學習。按:從中顯示出呂氏具有「讀寫結合」的觀點。而且在此「語」與「句」並提,可見「語」偏向「句」。

### （3）章法類

起得好（1）:指出第一句具有開啟的作用。按:本文第一句是泛論,其後四句承此開展,是具論,形成了「先泛後具」的邏輯[15],

---

成不止一軌的綱領。」均見仇小屏〈論雙軌式綱領〉,《第六屆中國修辭學國際學術研討論文集——修辭論叢》（第六輯）,頁 679。

12 胡楚生編著《韓文選析》中胡楚生之案語曰:「此文以麟自喻,而以知與不知,出與不出,祥與不祥,喻其與聖君賢相之能否遇合。」,頁 86。

13 王基倫《韓柳古文新論》探究「韓文陽剛風格之寫作特色」,其中即有「長短句靈活運用」一點,並說:「古文有長句之奔瀉而下,自然亦需有短句之調節文氣。」,頁 209。

14 黃慶萱《修辭學》說道:「凡把形式整齊的辭格,如類疊、對偶、排比、層遞等,故意抽換詞彙、交蹉語次、伸縮文句、變化句式,使其形式參差,詞彙別異,叫作『錯綜』。」,頁 753。本例屬於「伸縮文句」,黃慶萱《修辭學》說道:「把原本型態相同、字數相等的句子,故意伸縮變化字數,使長短不齊,叫作伸縮文身。」,頁 763。

15 「泛寫」指泛泛地、概略地敘寫,「具寫」為具體地、詳細地描寫,「先泛寫後具寫」就是「先泛後具」邏輯。參見陳滿銘〈談詞章的兩種作法——泛寫與具寫〉,《國文教學論叢續編》,頁 445,以及仇小屏《篇章結構類型論》（增修版）,頁 227-228。

本批語指的是「泛論」的部份。

先立此一句（2）：指出「昭昭」句在其後會再發展。

承得上好（3）：與「起得好」（1）配合。按：前為「泛論」，此後為「具論」，本批語指的是「具論」的部份。

此見「昭昭」處（4）：與「先立此一句」（2）配合。

難（5）：指出此段開始有反激之意。按：第一、二段形成了「先縱後收」[16]之關係，而此為第二段之開始，「收」第一段。

序前意盡（8）：承前，意思到此盡。按：前面就「知」（反面）來寫，接著轉就「不知」（正面）來寫，因此實為「正反」法[17]之運用。本旁批標誌出由「知」轉「不知」的「知」的結尾。

說不祥（9）：指出此段之重點。按：本旁批和後面之批語「說祥」必須合看，因為此二批語分別標誌出「收」、「縱」，兩者合看，可見出呂氏之用意乃是希望讀者注意其轉換。

說祥（10）：指出此段之重點，呼應「說不祥」（9）。

（4）主題類

意高（11）：指出此意比前又高一層。按：前面轉至「祥」，原本是可以結束的，但是又再開一意，聯繫上「德」，更高，而且畢竟是「不祥」，更顯出韓愈之無奈與牢騷。其後之批語「百尺竿頭進一步」亦指出此點。

百尺竿頭進一步（12）：承接「意高」，再強調。

總結：旁批涵蓋了「修辭」、「文法」、「章法」、「主題」。

---

16 仇小屏《篇章結構類型論》（增修版）：「縱收法是將『縱離主軸』、『拍回主軸』的手段交錯為用的一種章法。」，頁 396。所以「先縱後收」就是先「縱離主軸」，接著再「拍回主軸」的作法。

17 陳滿銘認為：「一般說來，作者尋覓材料加以運用，既可全著眼於『正』的一面，也可專著眼於『反』的一面。……除此之外，作者當然也可以部份用『正』、部份用『反』，使一正一反，兩兩對照，以充分的將詞章的義旨顯現出來。」見〈談運用詞章材料的幾種基本手段〉，《國文教學論叢》，頁 372-373。仇小屏《篇章結構類型論》（增修版）：「所謂的正反法，就是將極度不同的兩種材料並列起來，作成強烈的對比，藉反面的材料襯托出正面的意思，以增強主旨的說服力與感染力。」，頁 349。

在「文法」類中，注意到句子風格的問題；在「修辭」類中，注意到長短搭配的問題；在「章法」類中，批語大體上是兩兩呼應的，可見出呂氏相當重視章法的呼應、轉換，並且有的用術語「起」、「承」、「難」來指稱，從中也可看出呂氏已經注意到章法有不同的種類；在「主題」類中，注意到文章的立意高下，特別是結尾的部份。

## 3. 題下批

（1）字少意多，文字立節，所以甚佳：本文共 231 字，可謂甚少，但是意思層層轉換、遞深（旁批中即有幾處針對此來說），而且因為意思轉換、遞深，而所形成了文章的層次，因此呂氏認為「文字立節」，並且評價道「所以甚佳」。

（2）其抑揚開合：呂氏之旁批注意到章法的兩兩呼應，而在題下批中，將此種文勢稱為「抑揚開合」[18]。按：在《古文關鍵》中，「開合」多指縱收之間所形成的文勢，不過，「抑揚」跟「開合」在文勢上有相近處，因此常並稱為「抑揚開合」。在本文中，「祥」與「不祥」形成「縱」與「收」的關係，反覆了兩次，呂氏將此章法稱為「抑揚開合」。

（3）只主祥字，反覆作五段說：呂氏認為「祥」是關鍵字，此批語與評論符號「、」呼應，但是「、」所標註的是「祥」與「知」，而此批語則只強調「祥」，然而「祥」確實比「知」更為關鍵。而所謂「反覆作五段說」，亦呼應評論符號「∟」。按：本文之綱領為「祥」，呂氏雖未提出專門術語，但是看出「祥」之重要，實

---

18 仇小屏《篇章結構類型論》（增修版）：「『抑』就是貶抑，『揚』就是頌揚。當我們針對一個人物或一件事情，有所貶抑或頌揚時，就是運用了抑揚法。」，頁 382。而關於「開合」，自來有許多說法，可參見仇小屏《文章章法論》，頁 372-375。

為卓見。

總結：此題下批涉及了「主題」（含「立意」與「綱領」）、「章法」，頗有卓見，而且與旁批、評論符號相輔相成。

## （二）師說

此篇最是結得段段有力中間三段自有三意說起然大槩意思相承都不失本意

古之學者必有師。師者，所以傳道、受業、解惑也。」

大意說兩句起 (1)　　人不可無師 (2)　　　　　　關鎖好 (3)

（第一段）

人非生而知之者，孰能無惑？惑而不從師，其為惑也終不

人不可無師處應上是第二段 (4)

解矣。」（第二段）

生乎吾前，其聞道也，固先乎吾，吾從而師之；生乎吾

承接緊有精神 (5) 平說 (6)　　　　　　無此說不精神 (7)

後，其聞道也，亦先乎吾，吾從而師之。吾師道也，夫庸知其

結句處繳 (8)

年之先後生於吾乎？是故無貴、無賤、無長、無少，道之所

本意 (9)　　　　承接得好處 (10)　　　　　　綱目 (11)

存，師之所存也。」（第三段）

嗟乎！師道之不傳也久矣！欲人之無惑也難矣！」

上說了至此卻立意起 (12)

（第四段）

古之聖人，其出人也遠矣，猶且從師而問焉；今之眾人，

應前聖人且從師此高一等說翻前人非生而知之之意 (13) 轉換好 (14)

其下聖人也亦遠矣，而恥學於師；是故聖益聖，愚益愚，聖人

結上意盡 (15)　　　　關鎖 (16)

<u>之所以為聖，愚人之所以為愚，其皆出於此乎？</u>」（第五段）

使袁益傳意換骨法 (17)

　　<u>愛其子</u>，擇師而教之，於其身也則恥師焉，惑矣！彼童子

　　體貼親切 (18)　　　　　　抑揚 (19)　　　　　　　　說輕重處 (20)

之師，授之書而習其句讀者也，非吾所謂傳其道，解其惑者

也。句讀之不知，惑之不解，或師焉，或不焉，<u>小學而大遺，</u>

　　　　　　　　　　　　　結三句有力 (21)　　　　　有關鎖 (22)

<u>吾未見其明也。</u>」（第六段）

　　<u>巫</u>、<u>醫</u>、樂師、百工之人，不恥相師；士大夫之族，曰

　　就鄙淺處說喻得切 (23)

師、曰弟子云者，則群聚而笑之，問之，則曰：「彼與彼年相

　　　　　　　　　　　　　　　　　　　　　　應前 (24)

若也，道相似也。」位卑則足羞，官盛則近諛。嗚呼！師道之

　　　　　　生意說此二句佳 (25)

不復可知矣。巫、醫、樂師、百工之人，君子不齒，<u>今其智乃</u>

<u>反不能及，其可怪也歟</u>！」（第七段）

　　　　　　　結此段意 (26)

　　聖人無常師，孔子師郯子、萇弘、師襄、老聃。郯子之

　　轉換起得佳 (27)

徒，其賢不及孔子。孔子曰：「三人行，則必有我師。」是故

<u>弟子不必不如師，師不必賢於弟子，聞道有先後，術業有專</u>

說得最好又應前吾師道處意綱目不亂 (28)

<u>攻，如是而已。</u>」（第八段）

　　結有力 (29)

　　<u>李氏子蟠</u>，年十七，好古文，六藝經傳，皆通習之；不拘

於時，請學於余，余嘉其能行古道，作〈師說〉以貽之。（第

九段）

## 1. 評論符號

（1）ㄴ：呂氏用此符號將本文分作九段。按：呂氏之分段雖多，但是皆在文意的轉折處分段，可見出呂氏之分段合乎邏輯[19]。

（2）｜：在開頭兩字標上「｜」，乃是與「ㄴ」搭配，標誌出分段。全句或數句標上「｜」，乃是標誌出重要結句與句子。

（3）、：本文未出現此符號。

總結：「ㄴ」標誌著文章的分段，且分段頗合宜；「｜」之用法有二：標誌出分段、標誌出重要結句與句子。

## 2. 旁批

### （1）章法類

大意說兩句起（1）：本文開始兩句概括全文重點，因此為「大意」，而且開啟其後文章，因此批語稱「起」[20]。

關鎖好（3）：「關鎖」指與前文相關而收結，「關鎖好」即收得好。按：本段前、後兩句形成「由淺而深」之邏輯，此「關鎖」句即遞深一句。

「人不可無師」處應上，是第二段（4）：指出與「人不可無師」（2）配合，並分段。按：此為「平提」轉「側注」之處[21]，嚴格說來，此段應是呼應前之「解惑」。

承接緊，有精神（5）：指承前緊密，很有精神。按：一般說來，「起」、「承」為一組相呼應的術語，因此此「承接」應是呼應一

---

19 可參見附錄一之「結構表及說明」。

20 何寄澎《唐宋古文新探》指出：「韓愈論辨有基本作法：往往發端即揭主意，其下乃反覆論辯證成之。」並認為韓愈〈師說〉起筆即揭一篇之主意，還有：「原道之首舉仁、義、道、德；……原人之首舉天、地、人等，亦皆於起筆即立一篇論旨之基礎。」均參見頁81、82。

21 可參見附錄一之「結構表及說明」。

開始之「大意說兩句起」(1)。因此嚴格說來,此處之「承接」應承前之「傳道」。

平說(6):平平說來。

無此說不精神(7):指此說醒目,與「平說」(6)配合。按:兩者接近「平」與「奇」的關係。

結句處繳(8):「繳」為「小範圍之收結」之意,本批語意謂此句為結句,收前面。按:「生乎……師之」一節,分就年長、年少來寫,並用「吾師道也,夫庸知其年之先後生於吾乎」來收,形成了「先目後凡」邏輯[22]。因此「吾師道也」兩句,是承前兩「目」而收的「凡」。

承接得好處(10):指出此為承接處。按:「生乎……吾乎」一節,與「是故無貴無賤無長無少」句,形成了「先因後果」邏輯[23]。因此,「是故無貴無賤無長無少」句,是承前「因」,而收結的「果」。

上說了至此,卻立意起(12):「上說了至此」指此段結前,「卻立意起」指此段又立一意,生後文。按:此段為由前面的「理想(正)」,轉至「現況(反)」。

應前,「聖人且從師」,此高一等說,翻前「人非生而知之」之意(13):指出意思越來越高,且呼應第二段。

轉換好(14):指出此為轉換處。按:此段重點為古今對照,而此為「由古轉今」之處。

結上意盡(15):指出此結上意。按:此處收前面之古今對

---

22 「凡目」法為陳滿銘所提出,「凡」是指「總括」,「目」是指「條分」。仇小屏《篇章結構類型論》(增修版)據此說道:「凡目法是在敘述同一類事、景、情、理時,運用了『總括』與『條分』來組織篇章的一種方式。」,頁274。因為「凡目」法即「總分」法,而「總分」法之名稱較為常見,因此本論文有時亦用「總分」法之名稱,以便於指稱。

23 此即「因果」法之運用。仇小屏《篇章結構類型論》(增修版):「『因為……所以……』的構句方式是十分常見的;相反地,由『所以』至『因為』的情形也有;甚至『因為』與『所以』多次交互出現的情況也屢見不鮮。因此,這樣的思維方式,其應用範圍擴大到篇章時,那就形成一種章法——因果法了。」,頁168。

照。

關鎖（16）：指與前文相關而收結。與「結上意盡」（15）
配合。

使袁盎傳意，換骨法（17）：「袁盎傳」當指《史記・袁盎
傳》中太史公曰：「晁錯為家令時，數言事不用。後擅權，多
所變更。諸侯發難，不急匡救，欲報私讎，反以亡軀。語曰：
『變古亂常，不死則亡』，豈錯等謂邪！」一節，「換骨法」意
思是活用古人之意，推陳出新，呂氏指出此處造句之妙。按：
可見得受江西詩派影響。

抑揚（19）：指出己、子之比較，其中有抑有揚。

結三句有力（21）：指出「句讀……不焉」三句為結句，
而此三個結句相當有力。按：此段形成了「果、因、果」邏輯，即
「愛其……惑矣」為第一個「果」，「彼童……者也」為「因」，「句讀……
明也」為第二個「果」。此處為第二個「果」，用作收結。

有關鎖（22）：指與前文相關而收結。指出此收前面，與
「結三句有力」（21）配合。

就鄙淺處，說喻得切（23）：指舉淺近切當的事件為例
證。按：雖然批語中出現了「喻」字，但並非現代「以喻體說明、形容
本體」之譬喻格，而是「舉例」。

應前（24）：與「就鄙淺處，說喻得切」（23）配合。

結此段意（26）：指出此句結此段。按：前面敘述百工
（正）、士大夫（反），最後加以論斷，「其可怪也歟」一句，正是論斷之
語，以此作結。

轉換，起得佳（27）：指出此處換一段，開頭寫得好。按：
前面三段敘述「現況」，是「反」，這段開始敘述「理想」，是「正」。呂
氏指出其轉換。

結有力（29）：指出收結有力。

（2）主題類

人不可無師（2）：第一段之大意。

本意（9）：指出前面鋪墊，至此說出本意。

綱目（11）：為文章展開的主要線索。

體貼親切（18）：指出對於此之體認相當親切、貼近生活。

說輕重處（20）：指出此處說明事理輕重。

生意說，此二句佳（25）：指出此二句意思好。

說得最好，又應前「吾師道」處意，綱目不亂（28）：前面「綱目」（11）所批文句為「道之所存，師之所存」，本旁批呼應，呂氏指出「綱目不亂」，意謂主要線索呼應。

總結：旁批涵蓋了「章法」、「主題」。在「章法」類中，主要注意到承接、收結、轉換的問題。在「主題」類中，主要注意到重要意旨、線索，以及節（段）之用意。

## 3. 題下批

（1）此篇最是結得段段有力：第三、五、六、七、八段之結尾，全部標上「｜」，並分別有旁批：「綱目」（11）、「使衰盛傳意，換骨法」（17）、「有關鎖」（22）、「結此段意」（26）、「結有力」（29），此應為呂氏認為結得有力處，可見得評論符號、旁批與題下批呼應得很緊密。按：此五段分別形成了「先因後果」、「先因後果」、「先因後果」、「先敘後論」、「先因後果」邏輯，所以結句為收束之「果」或「論」。

（2）中間三段，自有三意說起，然大緊意思相承，都不失本意：全文共分九段，在第五、六、七、八段之開頭二字，以及結尾二、三句，都標上「｜」，但是旁批中並未明確指出是哪三段，不過，題下批指明為「中間三段」，所以應為第五、六、七段。而且「自有三

意說起，然大槩意思相承，都不失本意」，應指此三段分別形成了古今對照、己子對照、士工對照[24]，而且都呼籲要重視師道。

總結：此文之題下批涵蓋了章法、主題，與評論符號「｜」、旁批相輔相成。

## （三）諫臣論

○意勝反題格○此篇是箴規攻擊體是反題難文字之祖

或問諫議大夫陽城於愈：「可以為有道之士乎哉？學廣而聞多，不求聞於人也，行古人之道。居於晉之鄙，晉之鄙人，
敘得句句佳 (1)
薰其德而善良者幾千人。大臣聞而薦之，天子以為諫議大夫。人皆以為華，陽子不色喜。居於位五年矣，視其德，如在草
雖說他好自開難
野，彼豈以富貴移易其心哉？」」（第一段）
他一端 (2)

愈應之曰：「是易所謂『恆其德貞，而夫子凶』者也，惡
取易斷 (3)　　　有力 (4)
得為有道之士乎哉？在易蠱之上九云：『不事王侯，高尚其
陽城不出時如此 (5)
事。』蹇之六二則曰：『王臣蹇蹇，匪躬之故。』夫不所以所
陽城既出時如此 (6)
居之時不一，而所蹈之德不同也。若蠱之上九，居無用之地，而致匪躬之節。蹇之六二，在王臣之位，而高不事之心，則冒
雖分兩段此幾句亦自應前面 (7)

---

24 可參見附錄一之「結構表及說明」。

進之患生，曠官之刺興，志不可則，而尤之不終無也。」（第
二段）

今陽子實一匹夫，在位不為不久矣。聞天下之得失，不為
此句最有力以匹夫為諫官天下所望為何 (8)

不熟矣。天子待之，不為不加矣，而未嘗一言及於政。視政之
　　　　　　　　　　　　含蓄下意 (9)　　　　　　綱目露

得失，若越人視秦人之肥瘠，忽焉不加喜戚於其心。問其官，
於此 (10)

則曰：『諫議也。』問其祿，則曰：『下大夫之秩也。』問其
　　　　　　　　　　　　　　　　　　　責得他

政，則曰：『我不知也。』有道之士，固如是乎哉？」（第三段）
最深引證陽城不可諫直說倒 (11)

且吾聞之：『有官守者，不得其職則去。有言責者，不得
　　　　　兩端說 (12)

其言則去。』今陽子以為得其言乎哉？得其言而不言，與不得
　　　　　　　　　　　　一段關鎖大抵難文字須教

其言而不去，無一可者也。」（第四段）

他不可逃避自前難到此都無辭了 (13)

陽子將為祿仕乎？古之人有云：『仕不為貧，而有時乎為
　　　　　又設兩段說 (14)

貧。』謂祿仕者也，宜乎辭尊而居卑，辭富而居貧，若抱關擊
　　　　　　　　　　　　　　　　意收於此

柝者可也。蓋孔子嘗為委吏矣，嘗為乘田矣，亦不敢曠其職，
又就此轉生意 (15)　舉小形大 (16)　　　　　　　都避不得 (17)

必曰：『會計當而已矣。』必曰：『牛羊遂而已矣。』若陽子之
秩祿，不為卑且貧，章章明矣，而如此，其可乎哉？」」

　　　　不可逃避 (18)

（第五段）

或曰：「否，非若此也。夫陽子惡訕上者，惡為人臣招其
　　　　　　　　　　　　解 (19)
君之過而以為名者，<u>故雖諫且議，使人不得而知焉</u>。書曰：
『爾有嘉謨嘉猷，則入告爾后於內；爾乃順之於外，曰：斯謨
斯猷，惟我后之德。』夫陽子之用心，亦若此者。」」（第六
段）

　　愈應之曰：「若陽子之用心如此，滋所謂惑者矣！入則諫
　　　　　　　　又難 (20)
其君，出不使人之知者，<u>大臣宰相者之事，非陽子之所宜行
也</u>。夫陽子本以布衣，隱於蓬蒿之下。主上嘉其行誼，擢在此
段段重說起 (21)
位。<u>官以諫為名，誠宜有以奉其職</u>。使四方後代，知朝廷有直
　　　說陽子職在此而非宰相之職 (22)　　　　　　枝葉相生 (23)
言骨鯁之臣，天子有不僭賞從諫如流之美。庶巖穴之士，聞而
有經緯 (24)
慕之。束帶結髮，願進於闕下而伸其辭說，致吾君於堯舜，熙
鴻號於無窮也。<u>若書所謂，則大臣宰相之事，非陽子之所宜行
也</u>。且陽子之心，將使君人者惡聞其過乎？<u>是啟之也</u>。」」
　　　　　　　　又生一意 (25)
（第七段）

　　或曰：「陽子之不求聞，而人聞之。不求用，而君用之。
　　解 (26)
不得已而起，守其道而不變，何子過之深也？」」（第八段）

　　愈曰：「自古聖人賢士，皆非有心求於聞用也。閔其時之
　　　　又難 (27)　　　　　意新 (28)　　　　一段意起於此 (29)
不平，人之不義。得其道，<u>不敢獨善其身</u>，而必以兼濟天下
也。孜孜矻矻，死而後已。故禹過家門不入，孔席不暇暖，而
　　　　　　　　　　　證一段之意 (30)

墨突不得黔。彼二聖一賢者，豈不知自安佚之為樂哉？<u>誠畏天命而悲人窮也</u>。夫天授人以賢聖才能，豈使自有餘而已，誠欲

最警策切當之尤者 (31)　　　　　　　　　　意有

以補其不足者也。耳目之於身也，耳司聞而目司見。聽其是

餘 (32)　　　　　詞意俱到 (33)

非，視其險易，然後身得安焉。聖賢者，時人之耳目也。時人者，聖賢之身也。且陽子之不賢，則將役於賢以奉其上矣。<u>若果賢，則固畏天命而閔人窮也，惡得以自暇逸乎哉？」」</u>

愈擊愈緊 (34)

（第九段）

<u>或曰</u>：「吾聞君子不欲加諸人，而惡訐以為直者。若吾子之論，直則直矣，吾乃傷於德而費於辭乎？<u>好盡言以招人過</u>，國武子之所以見殺於齊也，吾子其亦聞乎？」」（第十段）

<u>愈曰</u>：「君子居其位，則思死其官。未得位，則思修其辭

引前說後 (35)

以明其道。<u>我將以明道也，非以為直而加人也</u>。且國武子不能得善人，而好盡言於亂國，是以見殺。傳曰：『惟善人，能受

此意尤好 (36)

盡言。』<u>謂其聞而能改之也</u>。子告我曰：陽子可以為有道之士

放他一著 (37)

也。今雖不能及已，陽子將不得為善人乎哉？」（第十一段）

應結 (38)

## 1. 評論符號

（1）└：呂氏用此符號將本文分作十一段。按：本文用四問四答連貫而成，每一組問答都形成了「先立後破」的邏輯，

且各有重點（駁有道、駁訕上、駁深責、駁傷德）[25]。若是根據此四問四答來分段，應該分為八段，但是第一答篇幅較長，所以又析為四段，因此加起來成為十一段。所以，據此推估呂氏分段之依據有二：一為此四問四答；二為字數之多寡。

（2）｜：在開頭兩字標上「｜」，乃是與「└」搭配，標誌出分段。全句或數句標上「｜」，乃是標誌出重要結句與句子。按：呂氏特別注意彼此呼應的句子，譬如第七段之「大臣宰相者之事，非陽子之所宜行也」、「官以諫為名，誠宜有以奉其職」、「若《書》所謂，則大臣宰相之事，非陽子之所宜行也」，出現「宜」字的句子悉加標註；又如第九段「誠畏天命而悲人窮也」、「若果賢，則固畏天命而閔人窮也，惡得以自暇逸乎哉」，也是將出現類似詞彙的句子標註出來。

（3）、：本文未出現此符號。

總結：「└」標誌著文章的分段，並顯示出其分段之依據為意義邏輯與段落字數；「｜」之用法有二：標誌出分段、標誌出重要結句與句子，以及呼應句。

## 2. 旁批

### （1）修辭類

取易斷（3）：用《易經》之語論斷。按：此為引用格[26]中之「語典」[27]。

---

25 可參見附錄一之「結構表及說明」。

26 黃慶萱《修辭學》：「語文中引用別人的話或詩詞、成語、俗語等等，來印證、補充、對照作者的本意，藉以增強文章或話語的說服力和感染力的，叫作『引用』。」，頁125。

27 劉勰《文心雕龍·事類》：「明理引乎成辭，徵義舉乎人事。」前者指「語典」、後者指「事典」。

有力（4）：應指前面「取易斷」（3）的作法很有效果。

陽城不出時如此（5）：指出此處用《易經》之語的意義。
按：此指出引用格之作用。

陽城既出時如此（6）：指出此處用《易經》之語的意義。
按：此指出引用格之作用。

都避不得（17）：指出用孔子為例證的作用。按：此指出引
用格之作用。

證一段之意（30）：指其後用大禹、孔子、墨子之事為
證。按：此為引用格中之「事典」。

（2）章法類

敘得句句佳（1）：此段敘述佳。

雖說他好，自開難他一端（2）：意指前面稱讚陽城，但是
開啟後面駁難的開端。按：此「或問」一段，與其下「愈應之曰」
一段，為「立」與「破」的關係[28]，即「或問」一段認為陽城為有道之
士，「愈應之曰」一段反駁此說，因此前面的「立」先埋下後面的「破」
的端倪[29]。其中呂氏稱「破」為「難」。

雖分兩段，此幾句亦自應前面（7）：指出分為一、二兩
段，但此數句呼應前文。按：意指「若蠱之上九……匪躬之節」為
一段，「塞之六二……不終無也」為一段，但都呼應前面。

兩端說（12）：此指「有官守者不得其職則去」和「有言
責者不得其言則去」為兩端。按：此為並列兩種情況，運用了章法
中之「並列法」[30]。

一段關鎖，大抵難文字須教他不可逃避，自前難到此，都

28 「立」是「立案」，「破」是「駁此案」，因此「立破」法指的是文章中有「立」的部
　份，也有「破」的部份，「立」與「破」之間在論點上針鋒相對，使得所欲探討的主
　題更加是非分明。參見仇小屏《篇章結構類型論》（增修版），頁368。

29 可參見附錄一之「結構表及說明」。

30 仇小屏《篇章結構類型論》（增修版）：「並列結構成分都是圍繞著主旨，從各個方
　面、角度來闡發主旨；而且彼此之間的關係未形成其他層次。」，頁160。

無辭（13）：「關鎖」指與前文相關而收結。本旁批指此段文字駁得陽城無話可說，而且所謂「自前難到此」，呼應「雖說他好自開難他一端」（2），所以「一段關鎖」應是從「愈應之曰」（第二段）開始。按：「愈應之曰」一段，作用乃是反駁前面「或問」一段，「或問」一段與「愈應之曰」一段，兩者之間是「先立後破」的關係，而呂氏稱「破」為「難」。

又設兩段說（14）：此應指韓愈其下針對「祿仕」所發揮之語：「仕不為貧，而有時乎為貧」。按：「仕不為貧，而有時乎為貧」兩句，形成了「全」與「偏」的關係[31]，呂氏統稱為「兩段」。

意收於此又就此轉生意（15）：指「若抱關擊柝者可也」一句，收前面「陽子……居貧」一段，而且轉出其下引證孔子之文。按：「陽子……居貧」一段，和「若抱關擊柝者可也」一句，形成了先「泛寫」後「具寫」的關係。

舉小形大（16）：此處用孔子之事反諷陽城，而「小吏」為小，「諫臣」為大，所以呂氏稱「舉小形大」。按：此處實以孔子為「賓」，反襯陽城（主），運用了賓主法[32]。因此準確說來，應為「以賓形主」。

解（19）：指此「解」前面之「難」。按：承前面第一組「立、破」，此為第二組「立、破」的開始，因此呂氏批為「解」，其實是看出了兩組「立、破」之間一層遞一層的連貫性。

又難（20）：指出又是一段反駁文字。按：此為第二組「立、破」之「破」。

---

31 陳滿銘認為：「這裡所謂的『偏』，是指局部或特例；而『全』，是指整體或通則。作者在創作詩文時，往往會用『局部』與『整體』、『特例』與『通則』的相應條理來組合情意材料。」見〈論幾種特殊的章法〉，《章法學論粹》，頁69。

32 陳滿銘認為：「作者想要具體的表出詞章的義旨，除了要直接運用主要材料之外，往往也需要間接的藉著輔助的材料來使義旨凸顯，以增強它的感染或說服力量。直接運用主要材料的，即所謂『主』，而間接運用輔助材料的，則是『賓』。」〈談運用詞章材料的幾種基本手段〉，《國文教學論叢》，頁352。

　　段段重說起（21）：韓愈在此處又言陽城本為布衣，呼應首段，因此呂氏批云：「段段重說起」。按：此即為「前呼後應」。

　　枝葉相生（23）：應指詳細地描寫，有添枝加葉之感。按：此即為「詳略」法[33]中之「詳寫」。

　　有經緯（24）：應指「有直言骨骾之臣」呼應「諫臣」。

　　又生一意（25）：指「將使人君惡聞其過乎」一句，比前文又多一意。按：前面批評陽城不應行宰相之事，此處又批評陽城使人君惡聞其過，此為「由淺入深」，一層遞一層寫來，運用了「淺深法」。

　　解（26）：指此「解」前面之「難」。按：承前面第二組「立、破」，此為第三組「立、破」的開始，因此呂氏批為「解」，其實是看出了兩組「立、破」之間一層遞一層的連貫性。

　　又難（27）：指出又是一段反駁文字。按：此為第三組「立、破」之「破」。

　　一段意起於此（29）：指「非有心求於聞用也」，開啟其後之意。按：「非有心求於聞用也」為泛寫，接著「閔其……後已」一段承接來具寫，形成了「先泛後具」的邏輯。

　　愈擊愈緊（34）：前面先就陽城「不賢」來說，此處又就陽城「賢」來說，文勢一層深入一層，不肯放過。按：此為「淺深法」[34]之運用。

　　引前說後（35）：指出此為後文之鋪墊。按：此處平提君子之「居其位」與「未得位」，其後韓愈說明其選擇，此部份是側注在「未得位」上，因此準確地說，應是應用了「平提側注法」[35]。

---

33 仇小屏《篇章結構類型論》（增修版）：「詳略法就是將詳寫、略寫的筆法在文章中交互為用，以凸出主旨的章法。」，頁308。

34 仇小屏《篇章結構類型論》（增修版）：「淺深法就是因文意（境）有淺有深，而在文章中形成層次的章法。」，頁196。

35 仇小屏《篇章結構類型論》（增修版）：「所謂的平側法，就是必須有平提數項的部份，也必有側注其中一、二項的部份，兩者結合起來，便形成了平側法。」，頁

放他一著（37）：此承「傳」之言加以發揮，替陽城留一退路。按：前面韓愈稱自己「明道」，後面稱陽城可為「善人」，運用了前呼後應法。

應結（38）：以「善人」回應前面，作為收結。按：此即為「前呼後應」。

**（3）主題類**

此句最有力，以匹夫為諫官，天下所望如何（8）：指出「今陽子實一匹夫」句的意義與作用。

含蓄下意（9）：此處所言者，下言更詳，因此呂批為「含蓄下意」（9）。

綱目露於此（10）：「綱目」為文章展開的主要線索，指此為關鍵句，與「含蓄下意」（9）配合。

責得他最深，引證陽城不可不諫，直說倒（11）：指出「問其政則曰吾不知也，有道之士固如是乎哉」句的意義與作用。

不可逃避（18）：指駁得讓陽城無可逃避。

說陽子職在此，而非宰相之職（22）：指出「官以諫為名」數句的意義與作用。

意新（28）：指此意思新穎。按：指「自古聖人賢士，皆非有心求於聞用也」一節，文意翻新出奇、超出常論。並與「一段意起於此」（29）配合。

最警策切當之尤者（31）：「警策」指此為本文重要意旨，本旁批指此句最為警策切當。

意有餘（32）：指前意之後，又補未足之意。

詞意俱到（33）：指詞意相生，十分精采。

此意尤好（36）：指此意甚佳。

總結：旁批涵蓋了「意象」、「章法」、「主題」，涵蓋面較

---

289。「平側法」即「平提側注」法。

廣，但是其中最為關注的還是「章法」。在「修辭」類中，注意到引用格的運用；在「章法」類中，主要注意到「難」與「解」（即立破法之「破」、兩組「先立後破」之連貫），以及基礎聯絡中之「前呼後應」，還有意思之遞深（即淺深法之運用）；在「主題」類中，則注意到句（段）意的闡發。

### 3. 題下批

（1）意勝反題格：此批語有兩個重點：「意勝」、「反題」。呂氏指出本文之特點在於題目為「諫臣論」，但是全文卻是論陽城未盡諫臣之責，此為「反題」，而且，因為如此，所以立論超出平常，此為「意勝」。按：此批語雖是針對主題來評論，但是本文用四問四答連貫而成，每一組問答都形成了「先立後破」的邏輯，且各有重點（駁有道、駁訕上、駁深責、駁傷德），因此，所謂之「反題」，其實指的是「立破」法的運用。

（2）此篇是箴規攻擊體，是反題難文字之祖：「箴規攻擊體」指的是文體，而「反題難文字」則是指從反面立論，稱之為「祖」，則是因為呂氏認為此種作法乃本文所首創。按：本文全篇運用「立破」法，而「立破」法中，「立」是手段，「破」才是目的，因此「箴規攻擊體」、「反題難文字」，都是著眼於「破」之作用而言。

總結：此題下批涉及了「主題」、「文體」，而且隱約指出了「立破」法的運用（此為「章法」），可說是注意到了本文最重要的特色。與「旁批」的配合比較明顯。

## （四）原道

博愛之謂仁，行而宜之之謂義；由是而之焉之謂道，足乎
散起（1）

已無待於外之謂德。仁與義為定名，道與德為虛位。故道有君
總結 (2)

子小人，而德有凶有吉。」（第一段）

　老子之小仁義，非毀之也，其見者小也。坐井而觀天，曰
老子病源 (3)

天小者，非天小也。彼以煦煦為仁，孑孑為義，其小之也則
綱目 (4)　　　　　　　　一篇之意 (5)

宜。其所謂道，道其所道，非吾所謂道也；其所謂德，德其所
德，非吾所謂德也。凡吾所謂道德云者，合仁與義言之也，天
下之公言也。老子之所謂道德云者，去仁與義言之也，一人之
私言也。」（第二段）

　周道衰，孔子沒。火於秦，黃老於漢，佛於晉宋齊梁魏隋
異端之行有所自 (6)　　　　　　　句長短有法度 (7)

之間。其言道德仁義者，不入於楊，則入於墨；不入於老，則
入於佛。入於彼，必出於此。入者主之，出者奴之；入者附
此處說人從異端 (8)

之，出者汙之。噫！後之人其欲聞仁義道德之說，孰從而聽
束 (9)

之？」（第三段）

　老者曰：「孔子，吾師之弟子也。」佛者曰：「孔子，吾師
之弟子也。」為孔子者，習聞其說，樂其誕而自小也，亦曰：
人從異端之病源也 (10)

「吾師亦嘗師之云爾。」不惟舉之於其口，而又筆之於其書。
噫！後之人，雖欲聞仁義道德之說，其孰從而求之？」
束 (11)

（第四段）

　甚矣！人之好怪也，不求其端，不訊其末，惟怪之欲聞。
接有力 (12)

古之為民者四，今之為民者六；古之教者處其一，今之教者處

用得新 (13)

其三。農之家一，而食粟之家六；工之家一，而用器之家六；

警策 (14)

賈之家一，而資焉之家六。奈之何民不窮且盜也！」（第五段）

好句法 (15)

古之時，人之害多矣。有聖人者立，然後教之以相生養之

一句生文 (16)　　　　　　　　眼目 (17)

道。為之君，為之師，驅其蟲蛇禽獸，而處之中土，寒，然後

聖人治天下有條理 (18)

為之衣；飢，然後為之食。木處而顛，土處而病也，然後為之
宮室。為之工，以贍其器用；為之賈，以通其有無；為之醫
藥，以濟其夭死；為之葬埋祭祀，以長其恩愛；為之禮，以次
其先後；為之樂，以宣其湮鬱；為之政，以率其怠勌；為之
刑，以鋤其強梗。相欺也，為之符璽斗斛權衡以信之。相奪

轉文好 (19)

也，為之城郭甲兵以守之。害至而為之備，患生而為之防。今

轉文好 (20)

其言曰：「聖人不死，大盜不止。剖斗折衡，而民不爭。」嗚

反覆論 (21)

呼！其亦不思而已矣！如古之無聖人，人之類滅久矣。何也？

一段有相應 (22)

無羽毛鱗介以居寒熱也，無爪牙以爭食也。」（第六段）

是故君者，出令者也；臣者，行君之令而致之民者也；民

說佛老不可行之意 (23)

者，出粟米麻絲，作器皿，通貨財，以事其上者也。君不出
令，則失其所以為君；臣不行君之令而致之民；民不出粟米麻

絲，作器皿，通貨財，以事其上，則誅。<u>今其法曰：「必棄而</u>
又說佛

君臣，去而父子，禁而相生養之道。」<u>以求其所謂清淨寂滅</u>
老所以不可行之意 (24)

<u>者</u>。嗚呼！其亦幸而出於三代之後，不見黜於禹、湯、文、
陡而有力 (25) 　意外意 (26)

武、周公、孔子也；其亦不幸而不出於三代之前，不見正於
關鍵 (27)

禹、湯、文、武、周公、孔子也。」（第七段）

　　<u>帝之</u>與王，其號名殊，其所以為聖一也。夏葛而冬裘，渴
飲而飢食，其事雖殊，所以為智一也。<u>今其言曰：「曷不為太</u>
<u>古之無事？」</u>是亦責冬之裘者曰：「曷不為葛之之易也？」責
飢之食者曰：「曷不為飲之之易也。」」（第八段）

　　<u>傳曰：</u>「古之欲明明德於天下者，先治其國；欲治其國
者，先齊其家。欲齊其家者，先修其身；欲修其身者，先正其
心；欲正其心者，先誠其意。」<u>然則古之所謂正心而誠意者，</u>
<u>將以有為也</u>。<u>今也</u>欲治其心，而外天下國家，滅其天常；子焉
而不父其父，臣焉而不君其君，民焉而不事其事。」（第九
段）

　　<u>孔子</u>之作春秋也，諸侯用夷禮，則夷之，夷而進於中國，
引證有力 (28)

則中國之。經曰：「夷狄之有君，不如諸夏之亡！」詩曰：「戎
狄是膺，荊舒是懲。」<u>今也舉夷狄之法。而加之先王之教之</u>
收歸 (29) 　　　　　　一段之關鎖 (30)

<u>上，幾何其不胥而為夷也！</u>」（第十段）

　　<u>夫所謂先王之教者，何也？博愛之謂仁，行而宜之之謂</u>
反覆再應前面說 (31)

<u>義，由是而之焉之謂道，足乎已無待於外之謂德</u>。其文，詩書

易春秋；其法，禮樂刑政；其民，士農工賈；其位，君臣父子
師友賓主昆弟夫婦；其服，麻絲；其居，宮室；其食，粟米果
蔬魚肉：其為道易明，而其為教易行也。是故以之為己，則順
而祥，以之為人，則愛而公，以之為心，則和而平；以之為天
下國家，無所處而不當。是故生則得其情，死則盡其常；郊焉
而天神假，廟焉而人鬼饗。曰：「斯道也，何道也？」曰：「斯

關鍵，鎖盡一篇之意 (32)

吾所謂道也，非向所謂老與佛之道也。」堯以是傳之舜，舜以
是傳之禹，禹以是傳之湯，湯以是傳之文武周公，文武周公傳
之孔子，孔子傳之孟軻；軻之死，不得其傳焉。荀與楊也，擇

流暢 (33)　　　　　　　　　承上幾句有力，一篇精神在此 (34)

焉而不精，語焉而不詳。由周公而上，上而為君，故其事行；
由周公而下，下而為臣，故其說長。」（第十一段）

　然則如之何其可也？曰：「不塞不流，不止不行。人其

言語下得好 (35)

人，火其書，廬其居，明先王之道以道之，鰥寡孤獨廢疾者有

主意又見於此 (36)

養也，其亦庶乎其可也。」（第十二段）

## 1. 評論符號

（1）└：呂氏用此符號將本文分作十二段。按：呂氏之分段
大體上合乎文意的延展、轉折，頗為理想，而且中間針對為
儒教辯護的「民窮」、「災害」、「君臣」、「帝王」、「教化」、
「夷狄」，分為六段（即第五至十段）分段相當精準[36]，並且與
「｜」搭配，更詳盡地指出其筆法上由「古」（正）轉為「今」
（反）的變化。

36 可參見附錄一「結構表及說明」。

（2）｜：在開頭兩字標上「｜」，乃是與「└」搭配，標
誌出分段。全句或數句標上「｜」，乃是標誌出重要
首句、結句、句子、段落。按：呂氏將前呼後應的句子特
別標誌出來，譬如第三段結尾：「後之人其欲聞仁義道德之
說，孰從而聽之」，和第四段結尾：「後之人雖欲聞仁義道德
之說，其孰從而求之」；又如第一段開頭：「博愛之謂仁，行
而宜之之謂義；由是而之焉之謂道，足乎己無待於外之謂
德」，和第十一段開頭：「夫所謂先王之教者，何也？博愛之
謂仁，行而宜之之謂義，由是而之焉之謂道，足乎己無待於
外之謂德」。而且還會標誌出「古、今」（正、反）對照中，
「今」（反）的部份[37]，即「今其言曰」（第六段）、「今其法曰」
（第七段）、「今其言曰：曷不為太古之無事」（第八段）、「今
也」（第九段）、「今也舉夷狄之法，而加之先王之教之上，幾
何其不胥而為夷也」（第十段）。此外，標誌出「今」（反）的
部份，與「└」配合，共同指陳出其筆法上由「古」（正）轉
為「今」（反）的變化。

（3）、：本文在「為之」、「幸」、「不幸」、「其」、「以之」
旁，皆標誌「、」。按：其中，「為之」、「其」、「以之」可
視為類字[38]，「幸」、「不幸」則彰顯出對舉的兩個面。

總結：「└」標誌著文章的分段，且分段頗為合理；並與
「｜」搭配，指出筆法上由「古」（正）轉為「今」（反）的變
化。「｜」之用法有二：標誌出分段、標誌出重要首句、結
句、句子、段落，特別值得注意的是，還標誌出前呼後應的句
子，以及第六至十段由「古」（正）轉為「今」（反）的變化。

---

37 可參見附錄一「結構表及說明」。

38 黃慶萱《修辭學》：「同一個字、詞、語、句，或連接，或隔離，重複地使用著，以加
強語氣，使講話行文具有節奏感的修辭法，叫作『類疊』。」「類字：字詞隔離的類
疊。」，頁 531、533。

「、」則標誌出類字，以及彰顯對照面的重要詞彙。

## 2. 旁批

### （1）修辭類

句長短有法度（7）：應指「周道……之間」數句，長短間雜，頗有法度。按：此注意到長短句的搭配，屬「錯綜」修辭格。

引證有力（28）：指出用此事件作為印證，十分有力。按：此注意到引用格的效果。

流暢（33）：指出此處流暢。按：此段文句運用了「頂真」[39]格，呂氏雖未明言此修辭格，但或許已經注意到其效果。

### （2）文法類

散起（1）：指出以散句開始。按：此注意到駢句、散句中的「散句」[40]。

用得新（13）：指此句新穎。

好句法（15）：應指此遣詞造句有法。

轉文好（19）：應指換用另一種句法，效果好。

轉文好（20）：應指換用另一種句法，效果好。

言語下得好（35）：指此處語言佳。按：因為呂氏若針對「字」而言，其批語為「下字」、「下字好」之類，因此此處稱「言語」，當非指「字」而言，而偏向「句」。

### （3）章法類

總結（2）：指出此處總結前面的論述。

束（9）：指出此句收束前文。按：此句以感嘆收前文。

束（11）：與「束」（9）呼應，說明見前。

---

39 黃慶萱《修辭學》：「用上一句結尾的辭彙，作下一句的起頭，使鄰接的句子頭尾藉同一辭彙的蟬聯而有上遞下接趣味的修辭法，稱為『頂真』。」，頁689。

40 王本華《實用現代漢語修辭》：「單個句子無所謂整散，許多句子組織在一起才有整散問題。整句就是把結構相同或相似的一組句子整齊地排列在一起；相反，散句就是把結構不一致的各種各樣的句子交錯地排列在一起。」，頁79。

接有力（12）：指承接有力。

一句生文（16）：指此句生下文。

反覆論（21）：指反覆論述，與「一段有相應」（22）搭
配，指出議論呼應處。

一段有相應（22）：與「反覆論」（21）搭配，指出議論呼
應處。

又說佛老以不可行之意（24）：與「說佛老不可行之意」
（23）搭配，指出議論呼應處。

陡而有力（25）：指出此承前句，轉折極大，非常有力。

收歸（29）：指出為收束，並作歸結。按：前面就「古」
（正）論，此處就「今」（反）論，直接關佛老，因此呂氏批云：「收
歸」。

一段之關鎖（30）：「關鎖」指與前文相關而收結，與「收
歸」（29）搭配，說明見前。

反覆再應前面說（31）：指出與篇首數句相應。按：此與
「｜」搭配。此處與第一段開頭：「博愛之謂仁，行而宜之之謂義；由是
而之焉之謂道，足乎己無待於外之謂德」呼應。

（4）主題類

老子病源（3）：指出此節文句之用意。

綱目（4）：指此為文章展開的主要線索。

一篇之意（5）：指出此為本篇之主意。按：「其小之也則宜」
中的「之」指「老子」，可見此處回應本文「原道」之主旨。並與「綱
目」（4）配合。

異端之行有所自（6）：指出此節文句之意義。

此處說人從異端（8）：指出此節文句之意義。

警策（14）：指此為本文重要意旨。

人從異端之病源也（10）：指出此節文句之意義。

眼目（17）：指關鍵處或與此相關之重要字眼，此處應指

「生養」一詞重要。按：第六、七段皆出現「相生養之道」。

聖人治天下有條理（18）：指出此節文句之意義。

說佛老不可行之意（23）：指出此處之深意。按：與「又說佛老以不可行之意」（24）搭配，此從「古」（正）論，其下轉為「今」（反）。

意外意（26）：指出此處有言外之意，與「關鍵」（27）搭配。按：此處表面言「幸而出於三代之後」，但是實指此處之深意為呼應昌黎本意——闢佛老，而且呂氏用「、」標誌出「幸」、「不幸」，讓此二句更凸顯，與此批語呼應。

關鍵（27）：指與文章展開的主要線索相關的重要節段、句字。與「意外意」（26）呼應。

關鍵，鎖盡一篇之意（32）：「關鍵」指與文章展開的主要線索相關的重要節段、句字，此與「｜」搭配，指出此為本篇之主意。

承上幾句有力，一篇精神在此（34）：「精神」為意脈貫穿之效果，本旁批指出此句承前道的傳承之意脈，而且灌注到此。並與「｜」搭配。

主意又見於此（36）：指出此為一篇主意。按：此處就昌明儒教言，而前面談到「一篇主意」，多就闢佛老言，而二者實具有密切的因果關聯。

總結：旁批涵蓋了「修辭」、「文法」、「章法」、「主題」，涵蓋面相當廣。在「修辭」類中，注意到引用格、頂針格的效果，以及長短句的搭配。在「文法」類中，注意到散句、句法的新穎與轉換。在「章法」類中，注意到承、結、束，以及前後的呼應、正反的呼應。在「主題」類中，注意到章節意旨、主旨，並與「｜」搭配。

### 3. 題下批

本文無題下批。

## （五）原人

形於上者謂之天，形於下者謂之地，命於其兩間者謂之

極好 (1)

人。形於上，日月星辰皆天也；形於下，草木山川皆地也；<u>命
於其兩間，夷狄禽獸皆人也。</u>」（第一段）

曰：「然則吾謂禽獸曰人，可乎？」曰：「非也。指山而問
焉，曰山乎？曰山，可也。山有草木禽獸，皆舉之矣。指山之
一草而問焉，曰山乎？曰山，則不可。」故天道亂，而日月星
辰不得其行；地道亂，而草木山川不得其平；<u>人道亂，而夷狄
禽獸不得其情</u>。天者，日月星辰之主也；地者，草木山川之主
也；<u>人者，夷狄禽獸之主也</u>。主而暴之，不得其為主之道矣，
是故<u>聖人一視而同仁，篤近而舉遠</u>。（第二段）

結得極好 (2)

### 1. 評論符號

（1）∟：呂氏用此符號將本文分作兩段。按：呂氏之所以如
此分段，當是因為看到第二段為問答，與第一段不同，因此
用分段標誌出來。但是，因為「形於……不可」闡述的是
「夷狄禽獸皆人」的道理，而「天道……舉遠」闡述的是
一視同仁的道理[41]，所以若根據此點，本文最合理的分段處應
是「則不可」和「故天道亂」之間。所以兩種分段方式的關
鍵不同點在於：回答之「曰」應該貫到「不可」還是最後。

（2）｜：在開頭兩字標上「｜」，乃是與「∟」搭配，標

---

41 可參見附錄一「結構表及說明」。

誌出分段。全句或數句標上「｜」，乃是標誌出重要結句與句子。按：對於論述夷狄禽獸與人的關係的句子，呂氏都標註出來，即「命於其兩間，夷狄禽獸皆人也」、「人道亂，而夷狄禽獸不得其情」、「人者，夷狄禽獸之主也」、「是故聖人一視而同仁，篤近而舉遠」諸句。

（3）、：未出現此評點符號。

總結：「└」標誌著文章的分段，但呂氏之分段還可商榷；「｜」之用法有二：標誌出分段、標誌出重要結句與句子，其中，特別注意論述夷狄禽獸與人的關係的句子。

## 2. 旁批

### （1）章法類

結得極好（2）：指出結尾極好。按：本文主旨在篇末表出，發揮了〈原道〉中「博愛之謂仁」的觀點，因此呂氏稱「結得極好」。

### （2）主題類

極好（1）：應指此意甚好。

總結：旁批涵蓋了「章法」、「主題」。在「章法」類中，指出結尾極好，可能是隱隱感受到主旨在篇末表出的效果；在「主題」類中，指出意思好。

## 3. 題下批

本文無題下批。

## （六）辯諱

愈與李賀書，勸賀舉進士。賀舉進士有名，與賀爭名者毀之，曰：「賀父名晉肅，賀不舉進士為是，勸之舉者為非。」聽者不察，和而倡之，同然一辭。皇甫湜曰：「若不明白，子與賀且得罪。」」（第一段）

　　愈曰：「然。」律曰：「二名不偏諱。」釋之者曰：「謂若言『徵』不稱『在』，言『在』不稱『徵』是也。」律曰：「不諱嫌名。」釋之者曰：「謂若『禹』與『雨』；『丘』與『蓲』之類是也。」今賀父名晉肅，賀舉進士，為犯二名律乎？為犯嫌名律乎？<u>父名晉，子不得舉進士，若父名仁，子不得為人</u>

議論 (1)

<u>乎？</u>」（第二段）

　　夫諱始於何時？<u>作法制以教天下者，非周公孔子歟？</u>周公

引古人證一篇之意 (2)

作詩不諱，孔子不偏諱二名，《春秋》不譏不諱嫌名，康王釗

此引事一段盡是不諱

之孫，實為昭王。曾參之父名晳，曾子不諱昔。周之時有騏

嫌名說 (3)

期，漢之時有杜度，此其子宜如何諱？<u>將諱其嫌，遂諱其姓乎？將不諱其嫌者乎？</u>漢諱武帝名『徹』為『通』，不聞又諱車轍之轍為某字也；諱呂后名「雉」為野雞，不聞又諱治天下之「治」為某字也。今上章及詔，不聞諱「滸」、「勢」、「秉」、「機」也。惟宦官宮妾，乃不敢言「諭」及「機」，以為觸犯。

承上一段有力 (4)　　抑彼揚此 (5)

<u>士君子立言行事，宜何所法守也？</u>」（第三段）

將要收歸周孔曾參事且問起何所法守句已含周孔曾參意 (6)

　　<u>今考之於經，質之於律，稽之以國家之典，賀舉進士為可？為不可邪？</u>」（第四段）

　　<u>凡事父母，得如曾參，可以無譏矣；作人得如周公孔子，</u>

收意不露 (7)

<u>亦可以止矣。</u>今世之士，<u>不務行曾參周公孔子之行，而諱親之</u>

亦以人情反說 (8)

<u>名，則務勝於曾參周公孔子，亦見其惑也。</u>夫周公孔子曾參，

卒不可勝，勝周公孔子曾參，乃比於宦官宮妾，則是宦官宮妾
　　　警策 (9)
之孝於其親，賢於周公孔子曾參者邪？（第五段）

## 1. 評論符號

(1) ∟：呂氏用此符號將本文分作五段。按：關於呂氏之分
段，值得注意者有二：一是見出「今考……可耶」一段
（第四段）之重要，因此用分段之方式加以凸顯；二是未見出
「夫諱……者乎」一段重點在「考之於經」，而「漢
諱……守也」一段重點在「稽之以國家之典」，因此未加
以分段[42]。

(2) ｜：在開頭兩字標上「｜」，乃是與「∟」搭配，標
誌出分段。全句或數句標上「｜」，乃是標誌出重要
結句與句子。

(3) 、：未出現此符號

總結：「∟」標誌著文章的分段，但呂氏之分段還可商
榷；「｜」之用法有二：標誌出分段、標誌出重要結句與句子。

## 2. 旁批

(1) 修辭類

引古人證一篇之意（2）：指出此舉周公孔子為證。按：此
為引用格之用「事典」。

此引事一段盡是不諱嫌名說（3）：指出此舉經傳實例為
證。按：此為引用格之用「事典」。

(2) 章法類

議論（1）：指出此為議論。按：前面舉李賀之例，為敘述，此

---

42 可參見附錄一「結構表及說明」。

處轉為議論，結合起來，就是論敘法的運用[43]。

承上一段有力（4）：前面引當世律法，就士君子而言，此處進一層，比之「宦官宮妾」。按：前面為「正」，此處轉為「反」，此為正反法之運用。

抑彼揚此（5）：指「宦者宮妾」數句為「揚」，而前面則為「抑」。按：此處似有誤，應該是「宦者宮妾」數句為「抑」，而前面則為「揚」。而且更準確地說，應為正反法之運用。

將要收歸周孔曾參事，且問起「何所法守」句，已含周孔曾參意（6）：指出此段之結尾呼應開頭。

收意不露（7）：指出收前面文意，十分含蓄。

亦以人情反說（8）：指出此為反面。按：前面論及曾參、周公、孔子，是「正面」，此處談到要勝於曾參、周公、孔子，則是「反面」。

### （3）主題類

警策（9）：指此為本文重要意旨。

總結：旁批涵蓋了「修辭」、「文法」、「章法」、「主題」。在「修辭」類中，注意到引用格的使用。在「章法」類中，使用「抑揚」、「反說」等術語，可見得注意到正反法的運用，而且也注意到前呼後應。在「主題」類中，注意到重要意旨。

## 3. 題下批

本文無題下批。

## （七）雜說

〈雜說一〉

龍，噓氣成雲，雲固弗靈於龍也。然龍乘是氣，茫洋窮乎

---

43 仇小屏《篇章結構類型論》（增修版）：「論敘法就是將抽象的道理（虛）和具體的事件（實）結合起來，使之相輔相成的一種章法。」，頁214。

玄間，薄日月，伏光景，感震電，神變化，水下土，汩陵谷，

實句(1)

雲亦靈怪矣哉。」（第一段）

雲，龍之所能使為靈也。若龍之靈，則非雲之所能使為靈
也。然龍弗得雲，無以神其靈矣。失其所憑依，信不可歟？異

抑(2)　　　　　　　　　　　　　　　　　若

哉！其所憑依，乃其所自為也。《易》曰：「雲從龍。」既曰

無而又有若絕而又生(3)

龍，雲從之矣。（第二段）

## 1. 評論符號

（1）└：呂氏用此符號將本文分作兩段。按：本文「龍
靈」、「雲靈」之間的轉折有五[44]，因此若依此來分段，應分成
五段，但是如此一來，每個段落都太短小，因此呂氏在第二
個轉折處分段，所以兩段之字數大體相當。

（2）｜：與「└」搭配，在第二段開頭兩字標上「｜」。

（3）、：未出現此評論符號。

總結：「└」標誌著文章的分段，並顯示出其分段之依據
為意義邏輯與段落字數；「｜」之作用有二：標誌出分段，以
及標誌出重要首句、尾句。

## 2. 旁批

### 章法類

實句（1）：應指此句為描寫「龍成是氣」的實際景象。
按：關於「實」字之意，可參考蘇洵〈高祖論〉。蘇洵〈高祖論〉有
「一篇意至此方艷，以虛為實」（41），以及題下批「將無作有，以

---

44 可參見附錄一之「結構表及說明」。

虛為實」，此指將「虛」（「無」）的揣測，當作「實」（「有」）的事材來運用，所以「實」為「有」之意。因此「實句」之「實」，應為「實有」之意，所以推測「實句」為描寫「龍成是氣」的實際景象。

抑（2）：抑「龍」一筆。按：此段敘「雲靈」，實為「縱」一筆。

若無而又有若絕而又生（3）：指布局巧妙，呈現出若斷若續之態。按：前面論「雲靈」，到此又埋下其後論「龍靈」之伏筆，因此呈現出若斷若續之態。

總結：旁批涵蓋了「章法」。在「章法」類中，注意到鋪敘的部份，以及章法之態與章法轉換時之銜接。

### 3. 題下批

本文無題下批。


〈雜說四〉

世有伯樂，然後有千里馬。千里馬常有，而伯樂不常有。故雖有名馬，祇辱於奴隸人之手，駢死於槽櫪之間，不以千里
有力
稱也。馬之千里者，一食或盡粟一石。今食馬者，不知其能千
(1)
有
里而食也。是馬，雖有千里之能，食不飽，力不足，才美不外
力 (2)
見，且欲與常馬等不可得，<u>安求其能千里也</u>！策之不以其道，食之不能盡材，鳴之不能通其意，執策而臨之曰：「天下無馬。」嗚呼！<u>其真無馬邪</u>？<u>其真不知馬邪</u>！（第一段）
結得好 (3)

## 1. 評論符號

（1）∟：未出現此評論符號。

（2）｜：在此篇之首、中、尾皆出現，標誌出重要句子。

（3）、：未出現此評論符號。

總結：此文甚短，因此呂氏未用「∟」分段，所以「｜」也只有一個作用：標誌出重要句子。

## 2. 旁批

（1）**文法類**

有力（1）：指出此句之作用。按：旁批為「有力」的句子：「不以千里稱也」、「不知其能千里而食也」，並未標上「｜」，反而是未加上旁批的句子：「安求其能千里也」，標上「｜」，此或為旁批與評論符號呼應不佳處。

有力（2）：指出此句之作用。

（2）**章法類**

結得好（3）：收結前文。按：此處以議論之筆，收結前面之敘述[45]。

總結：旁批涵蓋了「文法」、「章法」，前者主要指出重要句之作用，後者主要指出收結得好。

## 3. 題下批

本文無題下批。

## （八）重答張籍書

此篇結奏嚴緊鋪敘回互分明

---

[45] 胡楚生編著《韓文選析》中胡楚生之案語曰：「尤以末句『嗚呼』以下兩句，緊收作結，真有千鈞之勢在焉。」，頁75。

吾子不以愈無似，意欲推而納諸聖賢之域，拂其邪心，增

練語 (1) 此句便有意 (2)　　下得好　(3)

其所未高，謂愈之質有可至於道者，浚其源，導其所歸，溉其

重說 (4)　　　造語好 (5)

根，將食其實。此盛德者之所辭讓，況於愈者哉？抑其中有宜

即重明輕 (6)　重 (7)　　輕 (8)　　　轉換

復者，故不可遂已。」（第一段）

(9)

昔者聖人之作《春秋》也，既深其文辭矣，然猶不敢公傳

下得好 (10)　　　應 (11)

道之，口授弟子，至於後世，然後其書出焉。其所以慮患之道

微也。」（第二段）

今夫二氏之所宗而事之者，下乃公卿輔相，吾豈敢昌言排

避就回互融化藏人主意 (12)

之哉？擇其可語者誨之，猶時與吾悖，其聲嘵嘵。若遂成其

舉輕明重 (13)　　　輕 (14)

書，則見而怒之者必多矣，必且以我為狂為惑。其身之不能

重 (15)　　自抑其中有宜復者至此是即輕明重段數鋪敘不雜 (16)

恤，書於我何有？」（第三段）

結句佳 (17)

夫子，聖人也，且曰：「自吾得子路，而惡聲不入於耳。」

抑 (18)

其餘輔而相者周天下，猶且絕糧於陳，畏於匡，毀於叔孫，奔

文勢自然 (19)　作文佳 (20)　下字好 (21)　長短有力 (22)

走於齊、魯、宋、衛之郊。其道雖尊，其窮也亦甚矣！賴其徒

相與守之，卒有立於天下。向使獨言之而獨書之，其存也可冀

繳 (23)　　　應 (24)　　　　結好 (25)

乎？」（第四段）

　　<u>今夫</u>二氏行乎中土也，蓋六百有餘年矣。其植根固，其流
　　　　　　　　　　　　　　　　　　語健 (26)　　下字

波漫，非所以朝令而夕禁也。自文王沒，武王、周公、成康相
好 (27)

與守之，禮樂皆在。及乎夫子，未久也；自夫子而至乎孟子，
　　　　　　　　文勢 (28)　　　　　　　　鋪敘閒

未久也；自孟子而至乎揚雄，亦未久也。然猶其勤若此，其困
架 (29)

若此，而後能有所立，<u>吾其可易而為之哉！其為也易，則其傳</u>
　　　　　　　轉 (30)　　　　　　結中含警策意 (31)

<u>也不遠，故余所以不敢也。</u>」（第五段）
　　　　生下意 (32)

　　<u>然觀古人</u>，得其時行其道，則無所為書。為書者，皆所為
　　轉意不露而接 (33)　　　　　　　　言著書之意 (34)

不得行乎今而行乎後者也。今吾之得吾志、失吾志未可知，竢
五六十為之未失也。天不欲使茲人有知乎，則吾之命不可期；
　　　　　　　使孟子舍我其誰之意此點化好 (35)蘇文田丞相書

如使茲人有知乎，非我其誰哉？<u>其行道，其為書，其化今，其</u>
亦同 (36)　　　　承襲孟子 (37)　　應有力 (38)

<u>傳後，必有在矣。吾子其何遽戚戚於吾所為哉！</u>」（第六段）
　　一篇警策 (39)　　　　　　　　結有力 (40)

　　<u>前書謂吾與人商論</u>，不能下氣，若好勝者然。雖誠有之，
　　此是餘意 (41)

抑非好己勝也，好己之道勝也；非好己之道勝也，己之道乃
　　　　又重說見得承孟子以道自任 (42)

夫子、孟軻、揚雄所傳之道也。<u>若不勝，則無以為道。吾豈敢</u>
　　下得好處 (43)

避是名哉！夫子之言曰：「吾與回言終日，不違如愚。」則其

使事牽引以無為有因彼借此才使正事便不是此文字所以好 (44)

與眾人辯也有矣。」（第七段）

旁影甚佳 (45)

駁雜之譏，前書盡之，吾子其復之。昔者夫子猶有所戲，《詩》不云乎：「善戲謔兮，不為虐兮。」《記》曰：「張而不

用事中間架 (46)

弛，文武不能也」，豈害於道哉？吾子其未之思乎！」（第八段）

孟君將有適，思與吾子別，庶幾一來。愈再拜。（第九段）


## 1. 評論符號

（1）└：呂氏用此符號將本文分作九段。**按：本文之分段雖細，但是都合乎邏輯，頗為理想**[46]。

（2）｜：在開頭兩字標上「｜」，乃是與「└」搭配，標誌出分段。全句或數句標上「｜」，乃是標誌出重要結句。

（3）、：未出現此符號。

總結：「└」標誌著文章的分段，而且分段頗為合理；「｜」之作用有二：標誌出分段，以及標誌出重要結句。


## 2. 旁批

（1）詞彙類

下字好（21）：指出字下得好。**按：應指「畏於匡」之「畏」下得好。**

下字好（27）：指出字下得好。**按：應指「其流波漫」之「漫」下得好。**

---

46 可參見附錄一之「結構表及說明」。

### （2）修辭類

長短有力（22）：指「猶且……叔孫」一段句子長短配合得好。按：此指出了錯綜格。

使孟子「舍我其誰」之意，此點化好（35）：「點化」當指不直接承襲字面，但是取孟子「舍我其誰」之意。按：此接近引用格之「化用」[47]。

承襲孟子（37）：承襲孟子語意，與「使孟子『舍我其誰』之意，此點化好」（35）配合。按：此為引用格之用「語典」。

使事牽引，以無為有，因彼借此，才使正事便不是此文字所以好（44）：指出此引用孔子之語，但是又從中生出新意。按：此為引用格之用「語典」，但是屬於「出新」[48]類。

### （3）文法類

練語（1）：指此句精鍊。按：因為呂氏若針對「字」而言，其批語為「下字」、「下字好」之類，因此此處稱「語」，當非指「字」而言，而偏向「句」。

下得好（3）：指此句有力。

造語好（5）：指此句造得漂亮。

下得好（10）：指此句有力。

語健（26）：指此句雄健有力。

下得好處（43）：指此句下得好。

### （4）章法類

重說（4）：指重複說明，亦為呼應之一種。按：與「又重說，見得承孟子以道自任」（42）配合。

---

47 黃麗貞《實用修辭學》：「意引：只引取對自己言文有用部份的『意思』，不引取原文，也不使用引號。意引從形式來看，也就是『化引』。」，頁 364。「意引」又稱化用、活用。

48 黃麗貞《實用修辭學》說道：「出新：使用別人語文或故事時，在文字結構上和意義上，加以改動；但不同於改成意義相反的『反引』，而是推陳出新，深化言文、事件的意義，是一種創造性的引用。」，頁367。

即重明輕（6）：指用「盛德者」（重）來比擬、說明「韓愈」（輕）。按：「此盛德者之所辭讓，況於愈者哉」兩句，形成了「先縱後收」的關係。但是之所以能縱一筆，是因為用「盛德者」（重）來比擬，之所以能收回來，那是因為落回到「韓愈」（輕）上。因此舉出「輕」、「重」是很有意義的。

重（7）：與「即重明輕」（6）配合，說明見上。

輕（8）：與「即重明輕」（6）配合，說明見上。

轉換（9）：指出此句造成文章的轉折。按：此句用轉折連詞「抑」，造成文章的轉折。

應（11）：指此造成呼應。按：與「應」（24）配合，指出其後因應孔子之事。

舉輕明重（13）：指用「可語者」（輕）來比擬、說明「事二氏者」（重）。按：「擇期……必多矣」數句，由「可語者」（輕）遞進到「事二氏者」（重），形成了遞進一層的關係，此為淺深法的運用。但是之所以能形成這樣的邏輯，那是因為用「可語者」（輕）遞進到「事二氏者」（重），因此舉出「輕」、「重」是很有意義的。

輕（14）：與「即重明輕」（6）配合，說明見上。

重（15）：與「即重明輕」（6）配合，說明見上。

自「抑其中有宜復者」至此，是即輕明重，段數鋪敘不雜（16）：指出自「抑其中有宜復者」開始，至此句為止，是「即輕明重」（即「舉輕明重」，說明見前），而且鋪敘有條理。

結句佳（17）：指此句結得好。

文勢自然（19）：「文勢」指文章體勢，此指文章體勢十分自然。

抑（18）：指出其下皆選擇孔子負面之遭遇加以呈現。

作文佳（20）：指此處文句好。與「下字好」（21）、「長短有力」（22）配合。

繳（23）：指此為小範圍之收束，乃「卒有立於天下」

句，收前面關於孔子的部份。

應（24）：回應前面孔子之事。按：與「應」（11）配合。

結好（25）：指此句結得好。

文勢（28）：指文章體勢。

鋪敘間架（29）：「間架」指布局之呼應，此指以鋪敘的方式造成呼應。

轉（30）：指出此句造成文章的轉折。

結中含警策意（31）：「警策」指此為本文重要意旨，本旁批指此結句暗含警惕之意。

生下意（32）：指此句蘊藏了下文的開展。按：第二至五段為「縱」，第六段「收」[49]，此句即在此轉折點上。

轉意不露而接（33）：指出此處以「轉意」承接前文，含蓄不露。按：與「生下意」（32）呼應，說明見前。

應有力（38）：指此回應前面關於古代聖人的論述，十分有力。

結有力（40）：指此句結得有力。

又重說，見得承孟子以道自任（42）：指出重複說明，以及此處之深意。按：與「重說」（4）配合。

旁影甚佳（45）：指以孔子為「旁影」，陪襯自己。按：引孔子為「賓」，襯托自己，顯得自己並非好勝。

用事中間架（46）：「間架」指布局之呼應，此指引用事證造成呼應。按：此亦為用典。

（5）主題類

此句便有意（2）：指此句有深意。按：其後第六段，便回應此意。

避就回互，融化藏人主意（12）：「回互」指表意曲折婉

---

轉，本旁批之意為此句含蓄隱蔽，將主意藏在其中。按：唐憲宗崇尚佛老，但是韓愈不宜指斥今上，所以稱「下乃公卿輔相」。

言著書之意（34）：此句指出著書之用意。

蘇文田丞相書亦同（36）：「蘇文田丞相書」應指蘇洵〈上田樞密書〉，本旁批指此處之作意與蘇洵〈上田樞密書〉相同。按：《古文關鍵》亦收錄蘇洵〈上田樞密書〉，此為寫給田況的自薦信，作者先從聖賢講起，論述天之「與」，以及因此產生的「棄天」、「褻天」、「逆天」三種情況，接著，從聖賢落實到作者自身，也是運用「與」跟「棄天」、「褻天」、「逆天」之間的關聯來開展，作者先論自身受天之「與」，接著談及自身之努力，以見並未「棄天」、「褻天」，最後則論述任賢為田況之職責，此乃呼應「逆天」作結。本旁批所指為蘇文談及自身之努力，以見並未「棄天」、「褻天」，與此處之作意相似。

一篇警策（39）：「警策」為本文重要意旨，本旁批指出「傳後」為一篇重要意思。

此是餘意（41）：「餘意」指此意承前而來，又出一意。前面針對「著書」，對於「有宜復者」加以回應，是重心，而此句開始是餘意。按：本文針對張籍信中的指教一一回應，即「著書」、「好勝」、「駁雜」三點，「著書」費了最多筆墨，因此是重心所在，其他相較起來，是餘意。

總結：旁批涵蓋了「詞彙」、「修辭」、「文法」、「章法」、「主題」，涵蓋面相當廣。在「詞彙」類中，注意到詞彙的運用。在「修辭」類中，注意到錯綜格、引用格，而且還注意到引用中之「化用」、「出新」的現象。在「文法」類中，主要注意到句子的漂亮有力，以及其中的深意。在「章法」類中，注意到文章層次的開展與轉換（前者如「生下意」，後者如「轉」），以及意法與藝術的呼應[50]（前者如「重」、「輕」、「旁

---

[50] 陳滿銘〈談詞章聯絡照應的幾種技巧〉指出：「詞章的各種材料，除了要排定它們的先後次序外，是須進一步的用有形或無形的銜接手段，把它們聯成一氣的。……這種

影」，後者如「繳」、「應」等）。在「主題」類中，注意到句（節、篇）之意，以及「餘意」。

### 3. 題下批

（1）此篇結奏嚴緊：「結奏嚴緊」，應指章法轉折甚快。按：呂氏用「乚」，將本文分作九段，每段均短小精悍，可呼應此題下批。

（2）鋪敘回互分明：本文大量敘述史事，並且有所回互（特別指崇尚佛老事），但是條理分明。按：所謂「鋪敘」，應是指大量引用史事。

總結：此題下批涉及了「章法」、「修辭」，並與評論符號「乚」配合。

## （九）與孟簡尚書書

一篇須看大開合

愈白：行官自南迴，過吉州，得吾兄二十四日手書數番，忻悚兼至，未審入秋來眠食何似，伏惟萬福！來示云：有人傳愈近少信奉釋氏，此傳之者妄也。潮州時，有一老僧號大顛，頗聰明，識道理，遠地無可與語者，故自山召至州郭，留十數日，實能外形骸，以理自勝，不為事物侵亂。與之語，雖不盡解，要自胸中無滯礙；以為難得，因與來往。及祭神至海上，遂造其廬，及來袁州，留衣服為別，<u>乃人之情，非崇信其法，求福田利益也</u>。」（第一段）

---

銜接的手段，大致說來，可分為兩種：一是有形的，稱基本聯絡；一是無形的，稱藝術聯絡。」並認為基本的聯絡：「有聯詞、聯語、關聯句子與關聯節段等四種方式。」而藝術的聯絡則：「茲概括為局部性的前呼後應與整體性的一路照應兩類。」分見《國文教學論叢》，頁 409、409、427。

孔子曰：「丘之禱久矣。」凡君子行己立身，自有法度，
　　自此是作文 (1)　　　　　　　　承上警策 (2)　　　立兩句

聖賢事業，具在方冊，可效可師；仰不愧天，俯不愧人，內不
(3)　　　　　解上意 (4)　　　語健 (5)　　　　　　　　兩句

愧心，積善積惡，殃慶自各以其類至。何有去聖人之道，舍先
熟有此一句上兩句新 (6)

王之法，而從夷狄之教，以求福利也？《詩》不云乎：「豈弟
君子，求福不回。」《傳》又曰：「不為威惕，不為利疚。」假
　　　　　　　　　　　　　　　　　　　　　　　　　難

如釋氏能與人為禍祟，非守道君子之所懼也。況萬萬無此
起好 (7)　　　　　　　　　　　　　　　　脫洒　(8)

理。」（第二段）

　　且彼佛者，果何人哉？其行事類君子邪？小人邪？若君子
　　再喚起 (9)　　　　　　　　設兩端 (10)

也，必不妄加禍於守道之人；如小人也，其身已死，其鬼不
靈。天地神祇，昭布森列，非可誣也。又肯令其鬼行胸臆，作
　　辭語壯 (11)

威福於其間哉？進退無所據，而信奉之，亦且惑矣。」
　　　　　　關鎖上兩意 (12)

（第三段）

　　且愈不助釋氏而排之者，其亦有說。孟子云：「今天下不
　　平鋪兩意 (13)

之楊，則之墨。」楊墨交亂，而聖賢之道不明，則三綱淪而九
法斁，禮樂崩而夷狄橫，幾何而不為禽獸也！故曰：『能言距
楊墨者，皆聖人之徒也。』」楊子雲曰：「古者楊墨塞路，孟子
辭而闢之，廓如也。」夫楊墨行，正道廢，且將數百年，以至
　　反難孟子 (14)

於秦，卒滅先王之法，燒除經書，坑殺學士，天下遂大亂。及
見楊墨害道 (15)

秦滅，漢興且百年，尚未知修明先王之道。其後始除挾書之
下得不重說 (16)　　　　　　　　　　　輕說過 (17)

律，稍求亡書，招學士，經雖少得，尚皆殘缺，十亡二三。故
學士多老死，新者不見全經，不能盡知先王之事，各以所見為
守，分離乖隔，不合不公，二帝三王群聖人之道，於是大壞。
　　　　　　下得好 (18)　　說楊墨如此害道 (19)

後之學者無所尋逐，以至於今，泯泯也。<u>其禍出於楊墨肆行而</u>
下字

<u>莫之禁故也</u>。孟子雖賢聖，不得位，空言無施，雖切何補？然
(20)　　　　　　　　此生一段難孟子然其中乃意與辭不與 (21)

賴其言，而今學者尚知宗孔氏，崇仁義，貴王賤霸而已。其大
經大法，皆亡滅而不救，壞爛而不收，所謂存十一於千百，安
反說孟子無功處 (22)

在其能廓如也？<u>然向無孟氏，則皆服左衽而言侏離矣</u>。<u>故愈嘗</u>
難一百來字只作兩三句救起最警策處此一句破前頭數

<u>推尊孟氏，以為功不在禹下者，為此也</u>。」（**第四段**）
百句 (23)　　　　　　救起孟子 (24)

　　<u>漢氏已來</u>，群儒區區修補，百孔千瘡，隨亂隨失，其危如
下得好 (25)　　　　　　　見不勝

一發引千鈞，綿綿延延，浸以微滅，於是時也，而唱釋老於其
得佛老之害警策 (26)

間，鼓天下之眾而從之。嗚呼，其亦不仁甚矣！<u>釋老之害，過</u>
不仁字最下得好 (27) 此下卻見韓愈

<u>於楊墨；韓愈之賢，不及孟子</u>。<u>孟子不能救之於未亡之前，而</u>
自論責佛老抑揚高下處 (28)

<u>韓愈乃欲全之於已壞之後</u>。嗚呼！其亦不量其力，且見其身之

危，莫之救以死也。雖然，使其道由愈而粗傳，雖滅死萬萬無恨！天地鬼神，臨之在上，質之在傍，<u>又安得因一摧折，自毀</u>

語壯有氣骨 (29)

<u>其道，以從於邪也</u>？」（第五段）

　　籍、湜輩雖屢指教，不知果能不叛去否？辱吾兄眷厚，而不獲承命，惟增慚懼，死罪死罪！愈再拜。（第六段）

## 1. 評論符號

　　（1）└：呂氏用此符號將本文分作六段。按：呂氏之分段大體上顧及到意義的轉折或延展，譬如第四、五段和第二、三段，也會注意到字數的均衡，譬如第一段就不再分段。

　　（2）｜：在開頭兩字標上「｜」，乃是與「└」搭配，標誌出分段。全句或數句標上「｜」，乃是標誌出重要首句與結句。按：在第四、五段中，特別將指出楊墨、孟子、韓愈關聯的重要句子，悉加標註，即「其禍出於楊墨肆行而莫之禁故也」、「然向無孟氏，則皆服左衽而言侏離矣。故愈嘗推尊孟氏，以為功不在禹下者，為此也」、「釋老之害，過於楊墨；韓愈之賢，不及孟子。孟子不能救之於未亡之前，而韓愈乃欲全之於已壞之後」、「又安得因一摧折，自毀其道，以從於邪也」諸句。

　　（3）、：未出現此符號。

　　總結：「└」標誌著文章的分段，並顯示出其分段之依據為意義邏輯與段落字數；；「｜」之作用有二：標誌出分段，以及標誌出重要首句與結句，並特別注意指出楊墨、孟子、韓愈關聯的重要句子。

## 2. 旁批

　　（1）詞彙類

下字（20）：特別指出，應是讚美。按：應指「肆行」一詞好。

「不仁」字最下得好（27）：指出「不仁」一詞下得好。

**（2）文法類**

語健（5）：指此句有力。按：因為呂氏若針對「字」而言，其批語為「下字」、「下字好」之類，因此此處稱「語」，當非指「字」而言，而偏向「句」。

兩句熟，有此一句，上兩句新（6）：此指「仰不愧天，俯不愧人」是熟語，但是因為「內不愧心」一句，所以此熟語也有新意。按：呂氏指出熟語和創新語相得益彰的效果。

脫洒（8）：指此句風格灑脫。

辭語壯（11）：指出風格雄壯。

下得好（18）：指此句用得好。

下得好（25）：指此句用得好。

語壯有氣骨（29）：指此句風格雄壯有氣骨。

**（3）章法類**

自此是作文（1）：指出前面乃針對來信所提之事回覆，其後才申述自己想法。按：前面言孟尚書之來信的內容，後面據此回應，因此為「先點後染」邏輯[51]。

承上警策（2）：「警策」為本文重要意旨，本旁批指此重要意旨乃承前而來。按：與「立兩句」（3）配合。

立兩句（3）：指先立「君子行己立身，自有法度」兩句。

解上意（4）：指出此處呼應前意。按：與「承上警策」（2）、「立兩句」（3）配合，因為後兩個旁批乃針對「君子行己立身，自有法

---

51 陳滿銘認為：「其中『點』，指時、空的一個落足點，僅僅用作敘事、寫景、抒情或說理的引子、橋樑或收尾；而『染』，則指真正用來敘事、寫景、抒情或說理的主體。也就是說，『點』只是一個切入或固定點，而『染』則是各種內容本身。」見〈論幾種特殊的章法〉，《章法學論粹》，頁75-76。

度」兩句而發，而「解上意」（4）所指之「聖賢事業，具在方冊，可效可師」，則是根據「君子行己立身，自有法度」兩句而來，並更為發展，因此稱「解上意」。

難起好（7）：指出此為駁難句的起頭，而且起得好。

再喚起（9）：再喚起一意。按：韓愈用「且」字，帶領文意更深一層，呂氏雖未指出，但已經注意到其作用。

設兩端（10）：指用「君子」、「小人」開兩個發端。按：其後數句皆根據「君子」、「小人」的特質加以開展。

關鎖上兩意（12）：「關鎖」指與前文相關而收結，本旁批指此收前面「君子」、「小人」兩意。按：前面為「分說」，此處為「總說」。

平鋪兩意（13）：鋪陳兩層意思。按：呂氏未言明此兩意為何，若根據文本，應為「孟闢楊墨」、「韓闢佛老」兩意[52]。

反難孟子（14）：韓愈前引揚子雲之語來讚美孔子，但此處以下卻說楊墨盛行，因此呂氏稱此為「反難孟子」。

不得不重說（16）：「重說」指重複再說聖人之道不明之事，「不得不」指乃因應文章需要。

輕說過（17）：指此段敘述輕描淡寫地帶過。

此生一段難孟子，然其中乃意語辭不語（21）：此段表面駁難孟子，但是實際上是肯定孟子，此即「意語辭不語」。按：此段貶抑孟子，但是其後從「然向無孟氏」開始，褒揚孟子，接近「婉曲」格中「曲折」類之概念[53]。

反說孟子無功處（22）：此承前貶抑孟子，呼應「此生一段難孟子，然其中乃意語辭不語」（21）。

---

52 可參見附錄一「結構表及說明」。

53 黃慶萱《修辭學》：「說話或作文時，不直講本意，只用委婉閃爍的言詞，曲折地烘托或暗示出本意來，叫作『婉曲』。」頁 269。「婉曲」格又可分為三類，本例屬於「曲折」類，即「使用轉折、因果、假設、選擇、比較、擒縱等句法，曲折地說明或暗示心中的意思。」，頁 271。

難，一百來字只作兩三句救起，最警策處，此上一句破前頭數百句（23）：「警策」指此為本文重要意旨，「難」指與前文相反，亦即前面雖貶抑，但是此段褒揚，呂氏強調此處之褒揚完全救起前面之貶抑，所以效果為「此上一句破前頭數百句」。按：此為「欲揚先抑」法的運用。

救起孟子（24）：承前，與「難，一百來字只作兩三句救起，最警策處，此上一句破前頭數百句」（23）配合。

此下卻見韓愈自論責佛老，抑揚高下處（28）：指出此段為韓愈責佛老，而且與孟子闢楊墨之事比較，抑韓愈，揚孟子。按：「韓闢佛老」是「主」，「孟闢楊墨」是「賓」，韓愈在此將兩者拿來比較，表面上是抑自己，揚孟子，但是實際上是要顯示自己的決心。

（4）**主題類**

見楊墨害道（15）：指出此節的意義。

說楊墨如此害道（19）：指出此節的意義。

見不勝得佛老之害，警策（26）：「警策」為本文重要意旨，本旁批指此句道出「不勝得佛老之害」之意，而此為重要意旨。

總結：旁批涵蓋了「詞彙」、「文法」、「章法」、「主題」。在「詞彙」類中，注意到用詞。在「文法」類中，注意到句子的風格、作用等問題。在「章法」類中，注意到文章的兩軌脈絡的開展、前呼後應，以及相反性的呼應（呂氏稱為「難」、「抑揚」等）。在「主題」類中，注意到句和節的旨意。

## 3. 題下批

此篇需看其大處的開合呼應。按：呂氏在旁批中多次注意到「前呼後應」以及「相反性的呼應」（呂氏稱為「難」、「抑揚」等），而所謂「大開合」，應該指的是涵蓋面較大的「相反性的呼應」。可見旁批與題下批是兩兩配合的。

# （十）答陳生書

中間四段鋪敘齊整極好

　　愈白：陳生足下：今之負名譽享顯榮者，在上位幾人？足
下求速化之術，不於其人，乃以訪愈，是所謂借聽於聾，求道
　　　　應後 (1)
於盲，雖其請之勤勤，教之云云，未有見其得者也。」（第一
段）

　　愈之志在古道，又甚好其言辭，觀足下之書及十四篇之
詩，亦云有志於是矣，而其所問則名，所慕則科，故愈疑於其
　　　　　　　　　　　說出陳生本意 (2)
對焉。雖然，厚意不可虛辱，聊為足下誦其所聞。」（第二段）
　　蓋君子病乎在己而順乎在天，待己以信而事親以誠。」
　　　　　　　立間架 (3)
（第三段）

　　所謂病乎在己者，仁義存乎內，彼聖賢者能推而廣之，而
　　　分作四段 (4)
我蠢然為眾人。」（第四段）

　　所謂順乎在天者，貴賤窮通之來，平我心而隨順之，不以
累於其初。」（第五段）

　　所謂待己以信者，己果能之，人曰不能，勿信也；己果不
　　大抵作文三段作以一段長者承主意多在末一段 (5)
能，人曰能之，勿信也，孰信哉？信乎己而已矣。」（第六段）
　　所謂事親以誠者，盡其心，不夸於外，先乎其質而後乎其
　文者也。盡其心不夸於外者，不以己之得於外者為父母榮也，
　　　　　　　　　　　　　　　三意 (6)
名與位之謂也。先乎其質者，行也；後乎其文者，飲食甘旨，

以其外物供養之道也。誠者，不欺之名也。<u>待於外而後為養，</u>
總結一段 (7)

<u>薄於質而厚於文，斯其不類於欺歟？果若是，子之汲汲於科</u>
<u>名，以不得進為親之羞者，惑也</u>。速化之術，如是而已。」
羞自應榮字 (8)　　　　應前 (9)

（第七段）

　　古之學者惟義之問，誠將學於太學，愈獨守是說而俟見
焉。愈白。（第八段）

## 1. 評論符號

　　（1）┘：呂氏用此符號將本文分作八段。按：從呂氏之分
　　　　　段，可見出呂氏特別著重中間鋪敘君子所行的部份，所以，
　　　　　將此四者的總說與分說都予以分段（即第三至七段），而且，
　　　　　這也跟題下批、旁批配合，更可見出呂氏重視之程度。不
　　　　　過，前面「愈白……對焉」是說明韓愈不應回答，「雖
　　　　　然……所聞」則是說明韓愈「誦其所聞」，因此中間的轉折
　　　　　頗大，理應在此分段，但是呂氏可能考慮到字數的均衡，所
　　　　　以選擇在「愈白……者也」和「愈之……所聞」之間分段
　　　　　（即分為第一、二段）[54]。因此，據此兩者推估，呂氏分段之
　　　　　考慮為意義之邏輯與字數之均衡。

　　（2）｜：在開頭兩字標上「｜」，乃是與「┘」搭配，標
　　　　　誌出分段。全句或數句標上「｜」，乃是標誌出重要
　　　　　句子。按：第三段全段，和第四、五、六、七段之「所
　　　　　謂……者」都標上「｜」，用意應是凸顯出君子所行。

　　（3）、：本文未出現此符號。

　　總結：「┘」標誌著文章的分段，並顯示出其分段之依據

---

54 可參見附錄一「結構表及說明」。

為意義邏輯與段落字數；「｜」之用法有三：標誌出分段、標誌出重要內容（君子所行）、標誌出句子。

## 2. 旁批

### （1）詞彙類

「羞」字應「榮」字（8）：指出重要詞彙之呼應。按：「榮」字出現在同段之「不以己之得於外者為父母榮也」。

### （2）章法類

應後（1）：與「應前」（9）配合，指出「速化之術」的呼應。按：呂氏指出藉由「速化之術」達成首尾呼應。

應前（9）：與「應後」（1）配合，指出「速化之術」的呼應。按：呂氏指出藉由「速化之術」達成首尾呼應。

立間架（3）：「間架」指布局之呼應，本旁批指此部份提出君子「病乎在己」、「順乎在天」、「待己以信」、「事親以誠」四者，立下其後呼應之布局。按：「蓋君……以誠」一段，與其後四段，形成了「先總說、後分說」（先凡後目）的邏輯[55]。此為「先總說（凡）」的部份。

分作四段（4）：與「立間架」（3）配合，指其後承前分為四段（即第四至七段）。按：見前，此為之「後分說（目）」的部份。

總結一段（7）：指出此總結第七段之論述。

### （3）主題類

說出陳生本意（2）：指出此句之用意。

大抵作文三段短作以一段長者承，主意多在末一段（5）：指出前三段短（第四至六段），此一段長（第七段），而此段為主意所在。按：呂氏相當重視此「病乎在己」、「順乎在天」、「待己以

---

信」、「事親以誠」四段，並注意到長短之搭配，且判斷第七段為主要
段。而第七段提到的事親之道不在得到名位，確實最為貼近本文主旨，
這也顯示出呂氏的眼力。

三意（6）：指出此有三意。按：呂氏未明說此「三意」為何，
但根據文本推斷，應為「盡其心不夸於外」、「先乎其質」、「後乎其
文」三意。

總結：旁批不多，但涵蓋了「詞彙」、「章法」、「主題」，
涵蓋面頗廣。在「詞彙」類中，注意到重要詞彙之呼應；在
「章法」類中，注意到首尾呼應、總說與分說的呼應；在「主
題」類中，注意到主旨的呈現與段落之大意。

## 3.題下批

從呂氏之分段以及旁批中，可見出呂氏特別著重中間鋪敘
君子所行的部份，此處又再次指出，更可見出呂氏重視之程
度，亦可見出題下批、旁批與評論符號「｜」之配合。

## （十一）答陳商書

設譬格

愈白：辱惠書，語高而旨深，三四讀尚不能通曉，茫然增
　　　　　藏意(1)　　　　　　　揚中之抑(2)
愧赧。又不以其淺鄙，無過人智識，且論以所守，幸甚！愈敢
不吐情實？然自識其不足補吾子所須也。」（第一段）

齊王好竽，有求仕於齊者，操瑟而往，立王之門，三年不
　　　主求字(3)
得入，叱曰：「吾瑟鼓之，能使鬼神上下，吾鼓瑟，合軒轅氏
之律呂。」客罵之曰：「王好竽而子鼓瑟，瑟雖工，如王不好
何？」是所謂工於瑟而不工於求齊也。今舉進士於此世，求祿

利行道於此世，而為文必使一世人不好，<u>得無與操瑟立齊門者
比歟？文誠工，不利於求</u>，求不得，則怒且怨，不知君子必爾

文婉曲有味 (4)

為不也。」（第二段）

　　故區區之心，每有來訪者，皆有意於不肖者也。略不辭
讓，遂盡言之，惟吾子諒察。（第三段）

## 1. 評論符號

（1）┗：呂氏用此符號將本文分作三段。按：值得注意的
　　　是，在「今舉」兩字旁，呂氏標上「｜」，一般而言，此種
　　　標誌法是與「┗」搭配，表示又分一段，但是本文在「今
　　　舉」之前、「齊也」之後，卻未出現「┗」符號，所以，根
　　　據本書之評論符號的慣例推斷，呂氏原本應該在此有一
　　　「┗」，但是後來傳鈔、刻印時漏掉了。若此推斷為真，則呂
　　　氏原本是分為四段，而且此分段是相當合理、準確的[56]。

（2）｜：在開頭兩字標上「｜」，乃是與「┗」搭配，標
　　　誌出分段。全句或數句標上「｜」，乃是標誌出重要
　　　句子。按：其中有兩點值得注意：一是有兩處只標誌出兩個
　　　字，即「齊王」、「今舉」，因此，推斷「今舉」之前缺一
　　　「┗」，乃是用來標誌出分段（詳見前之「按語」）。二是「瑟
　　　雖工，如王不好何？是所謂工於瑟而不工於求齊也」是針對
　　　「賓」來寫，「得毋與操瑟立齊門者比歟？文雖工不利於求」
　　　是針對「主」來寫，因此呂氏標註出了「賓」、「主」的呼
　　　應。

（3）、：本文出現五次「、」，皆標誌出「求」，表示出重
　　　要性。按：本文中間先論述鼓瑟者求齊之事，次論述陳商為

---

56 可參見附錄一「結構表及說明」。

文求祿之事，其關鍵皆為「求」，也因此前者才能用來陪襯後者（亦即「以賓顯主」）[57]，因此「求」為關鍵詞。

總結：「└」標誌著文章的分段，但本文之「└」疑似漏掉一個，若推斷為真，則顯示出呂氏分段之依據為意義邏輯。「｜」之用法有二：標誌出分段、標誌出呼應的重要句子。「、」則用來標誌出關鍵詞。

## 2. 旁批

### （1）修辭類

文婉曲有味（4）：意謂韓愈此語並未直言，而是婉轉出之。按：本旁批雖出現「婉曲」詞面，但是修辭手法之運用，比較接近「設問」格，此為因疑詞設問而造成婉轉的效果。

### （2）主題類

藏意（1）：指出此句藏有深意。

揚中之抑（2）：與「藏意」（1）搭配，指出此句為「揚中之抑」，因此其「藏意」（1）為貶抑之意。按：陳商書信中用詞晦澀，為韓愈所不喜，因此韓愈稱「語高而旨深」、「三四讀尚不能通曉」，表面上是贊揚，其實是貶抑。此與章法之抑揚不同。

主「求」字（3）：指出「求」為關鍵詞。按：因為「求」與主旨密切相關，所以此旁批與評論符號「、」搭配，共同標誌出「求」的重要性。

總結：此文之旁批只有四個，涵蓋了「修辭」、「主題」。在「修辭」類中，注意到「設問格」的運用所造成的效果；在「主題」類中，注意到與主旨密切相關的關鍵詞、句子。

---

57 可參見附錄一「結構表及說明」。

### 3. 題下批

呂氏應是指出韓愈用「鼓瑟者求齊」，來陪襯「陳商求祿」，與「｜」標誌出重要句段的功能相輔相成，而且本文之旁批未有針對「章法」者，題下批可補旁批之不足。按：在現代，「設譬格」歸入修辭學中，但是本文應為「賓主法」之運用，宜歸入章法學範疇。「譬喻格」和「賓主法」有其相似處：「譬喻格」是用「喻體」來說明、比擬「本體」，「賓主法」是用「賓」來襯托「主」，所以，「本體」、「主」都是目的，「喻體」、「賓」都是手段，也因為如此，古代文評家常將此二者混為一談[58]。但是「譬喻格」和「賓主法」畢竟是不同的，前者主要運用形象思維，屬於修辭學範疇，後者主要運用邏輯思維，屬章法學範疇[59]。

## （十二）送王含秀才序

有感慨不足意

吾少時讀〈醉鄉記〉，私怪隱居者無所累於世，而猶有是言，豈誠旨於味耶？」（第一段）

及讀阮籍、陶潛詩，乃知彼雖偃蹇，不欲與世接，然猶未能平其心，或為事物是非相感發，於是有託而逃焉者也。」
反覆議論 (1)

---

58 仇小屏《篇章結構類型論》（增修版）在「賓主法與譬喻格的異同」中，列出數個評點家將「賓主」等同於「譬喻」的例子，並舉例證分析說明。頁 322-324。

59 陳滿銘《篇章結構學》有所闡述：一般說來，辭章是結合「形象思維」與「邏輯思維」與「綜合思維」而形成的，這三種思維，各有所主。「形象思維」，這涉及了「立意」、「取材」與「措詞」等問題，而主要以此為研究對象的，就是意象學、詞彙學與修辭學等。「邏輯思維」，這涉及了「運材」、「布局」與「構詞」等問題，而主要以此為研究對象的，就字句言，即文（語）法學；就篇章言，就是章法學。至於合「形象思維」與「邏輯思維」而為一，探討其整個體性的，為「綜合思維」，這涉及了「立意」、「確立體性」等問題，而主要以此為研究對象的，則為主題學與風格學等。頁11-13。

（第二段）

　　若顏氏之操瓢與簞，曾參歌聲若出金石，彼得聖人而師之，汲汲每若不可及，其於外也固不暇，<u>尚何麴蘖之託而昏冥</u>

　　　　即彼形此，隱然有不足於醉鄉意(2)

<u>之逃邪？</u>」（第三段）

　　<u>吾又以為悲醉鄉之徒不遇也。</u>」（第四段）

　　　　救收歸(3)

　　建中初，天子嗣位，有意貞觀、開元之丕績，在朝廷之臣爭言事。當此時，醉鄉之後世又以直廢。<u>吾既悲〈醉鄉〉之文</u>

　　　　　　　　　　　　　　　　　　應(4)

<u>辭，而又嘉良臣之烈</u>，思識其子孫。今子之來見我也，無所挾，吾猶將張之；況文與行不失其世守，渾然端且厚。惜乎吾力不能振之，而其言不見信於世也。於其行，姑與之飲酒。

（第五段）

## 1. 評論符號

　　（1）└：呂氏用此符號將本文分作五段。按：呂氏之分段將本文前幅文意之延展、轉折都標誌出來，亦即「王績」（醉鄉）、「阮陶」、「顏曾」、「悲感」四個層次[60]，但是卻未同等處理本文後幅的文意轉折，因此還可商榷。

　　（2）｜：在開頭兩字標上「｜」，乃是與「└」搭配，標誌出分段。全句或數句標上「｜」，乃是標誌出重要首句、結句、句子、段落。

　　（3）、：本文未出現此符號。

　　總結：「└」標誌著文章的分段，對本文前幅文意的延展、轉折，掌握得相當精細、準確，但是對後幅的掌握相對不

---

60 可參見附錄一「結構表及說明」。

足；「｜」之用法有二：標誌出分段、標誌出重要首句、結句、句子、段落。

## 2. 旁批

### 章法類

反覆議論（1）：指出反覆議論處。按：應是指第一段述「王績」（醉鄉），與第二段述「阮陶」，重點皆在此輩為嗜酒之隱者，但是都「未能平其心」。

即彼形此，隱然有不足於醉鄉意（2）：「彼」應指「王績」（醉鄉），「此」應指「顏曾」，並指出這種比較，隱然透出不滿「王績」（醉鄉）之意。按：此用「顏曾」陪襯「王績」（醉鄉），乃「賓主」法之運用。

救收歸（3）：指出此收前面之論述，並歸結在「王績」（醉鄉）上。

應（4）：指出此處呼應前面。按：應是指呼應前面「吾又以為悲醉鄉之徒不遇也」。

總結：旁批集中在「章法」上。主要注意到賓主法的運用，以及前後呼應。

## 3. 題下批

指出此篇之意為「感慨不足」[61]。按：呂氏之分段與旁批，都關注前面「悲醉鄉」的部份，因此，題下批的「感慨不足意」，或者也是據此而言。

---

61 胡楚生編著《韓文選析》中胡楚生之案語曰：「『姑與之飲酒』，既以惜王含，亦以諷當道，賦與醉鄉之記，遙相應合，以見醉鄉之數奇，先世子孫，異代相類，誠可哀矣。」，頁211。

## （十三）送文暢序

體格好就他身上說極好處

　　人固有儒名而墨行者，問其名則是，較其行則非，可以與
　頭兩段起 (1)語新 (2)文便見意 (3)　　　作兩段說來 (4)
之遊乎？如有墨名而儒行者，問其名則非，較其行則是，可以
與之遊乎？楊子雲稱：「<u>在門牆則麾之，在夷狄則進之。</u>」吾
　　　便以古人之言引證大段自在 (5)上段 (6)　　下段 (7)
<u>取以為法焉。</u>」（第一段）
鎖前一段有力 (8)

　　<u>浮屠</u>師文暢喜文章，其周遊天下，凡有行，必請於縉紳先
生，以求咏歌其所志。貞元十九年春，將行東南，柳君宗元為
之請。解其裝，得所得敘詩累百餘篇，非至篤好，其何能致多
如是邪？<u>惜其無以聖人之道告者，而徒舉浮屠之說贈焉。</u>」
　　　　　　此見昌黎本意 (9)
（第二段）

　　<u>夫文暢</u>，浮屠也，如欲聞浮屠之說，當自就其師而問之，
　　起好 (10)　　　　　　　　　　　　　　　　　　　警策
何故謁吾徒而來請也？彼見吾君臣父子之懿，文物禮樂之盛，
精髓處 (11)　　　　　承接好 (12)
其心必有慕焉，拘其法而未能入，故樂聞其說而請之。如吾徒
大抵古人許子不肯直致言拘，又見得文暢是浮屠也 (13)
者，宜當告之以二帝三王之道，日月星辰之所以行，天地之所
　　　應後 (14)
以著，鬼神之所以幽，人物之所以蕃，江河之所以流而語之，
<u>不當又為浮屠之說而瀆告之也</u>。」（第三段）
應前 (15)　　　　　結好 (16)

民之初生，固若禽獸彝狄然。聖人者立，然後知宮居而粒
<small>說起(17)善惡相形(18) 應後(19) 先說不好事，然後形容聖人好處</small>
食，親親而尊尊，生者養而死者藏。是故道莫大乎仁義，教莫
<small>(20)</small>
正乎禮樂。刑政施之於天下，萬物得其宜；措之於其躬，體安
<small>承接上文有力(21)</small>
而氣平。堯以是傳之舜，舜以是傳之禹，禹以是傳之湯，湯以
<small>此說聖人之道本原，見儒者有來歷(22)</small>
是傳之文、武，文、武以是傳之周公、孔子，書之於冊，中國
之人世守之。今浮屠者，孰為而孰傳之邪？」（第四段）
<small>見浮屠無根柢，此句結簡有力(23)</small>

夫鳥俛而啄，仰而四顧；夫獸深居而簡出，懼物之為己害
<small>最警策處(24) 應(25)</small>
也，猶且不脫焉。弱之肉，彊之食。今吾與文暢安居而暇食，
<small>應前(26) 結好(27)</small>
優游以生死，與禽獸異者，寧可不知其所自邪？」（第五段）
<small>結得有意(28) 說破有不盡之意(29)</small>

夫不知者，非其人之罪也；知而不為者，惑也；悅乎故不
<small>餘意(30)此三句說浮屠(31) 此段結得</small>
能即乎新者，弱也；知而不以告人者，不仁也；告而不以實
<small>如破的(32) 此二句昌黎本意(33)兩句說儒者(34) 連下五箇</small>
者，不信也。余既重柳請，又嘉浮屠能喜文辭，於是乎言。
<small>也字如破竹一段工夫極大(35) 此二句見得昌黎不是有意予文暢(36)</small>
（第六段）


## 1. 評論符號

（1） └：呂氏用此符號將本文分作六段。按：呂氏之分段合
乎文意之轉折或延展，因此是合乎邏輯的；而且每段字數相

差不大，因此也考慮到了字數的均衡。

（2）｜：在開頭兩字標上「｜」，乃是與「∟」搭配，標
誌出分段。全句或數句標上「｜」，乃是標誌出重要
結句與句子。按：呂氏特別標誌出第二、三段的呼應句，
即「惜其無以聖人之道告之者，而徒舉浮屠之說贈焉」、「不
當又為浮屠之說而瀆告之也」。

（3）、：本文未出現此符號。

總結：「∟」標誌著文章的分段，並顯示出其分段之依據
為意義邏輯與段落字數；「｜」之用法有二：標誌出分段、標
誌出重要結句與句子，以及呼應的句子。

## 2. 旁批

### （1）修辭類

便以古人之言引證大段自在（5）：指引用楊子雲之言。
按：此為引用格之用「語典」。

連下五箇「也」字，如破竹，一段工夫極大（35）：指出
類字的作用。按：此處之類字較為特別，因為「也」是虛字。

### （2）文法類

語新（2）：指此句頗為新穎。按：因為呂氏若針對「字」而
言，其批語為「下字」、「下字好」之類，因此此處稱「語」，當非指
「字」而言，而偏向「句」。

### （3）章法類

頭兩段起（1）：指用兩段起頭。按：應是指本文一開始就用
「墨行」、「儒行」兩軌加以鋪陳[62]。

作兩段說來（4）：與「頭兩段起」（1）搭配，說明見前。

---

[62] 何寄澎《唐宋古文新探》指出韓愈之贈序的特色之一，是「嚴立間架」：「開章舉二
事，立起二大支柱，而後適度鋪陳，鋪陳完畢，輕輕一結，文章便成，特具簡要之
體。此吾所謂嚴立間架也。」，頁63。

上段（6）：指「在門牆則揮之」一語，與「下段」（7）搭配。按：「在門牆則揮之，在夷狄則進之」兩句，前者回應「墨行」者，後者回應「儒行」者。

下段（7）：指「在夷狄則進之」一語，與「上段」（6）搭配。

鎖前一段有力（8）：指此句收束前面「墨行」、「儒行」兩軌，十分有力。

起好（10）：指起得好。

承接好（12）：指承接得好。

應後（14）：此句意為應當告知以先王之道，此批語與「應前」（15）搭配。按：指出前呼後應。

應前（15）：此句意為應當告知以先王之道，此批語與「應後」（14）搭配。說明見前。

結好（16）：指以此作結，結得好。

說起（17）：以此說又起一段。

善惡相形（18）：此「善」應指聖人教化，此「惡」應指人本禽獸，「相形」指此二者相比較。可與「先說不好事，然後形容聖人好處」（20）參看。按：此為「先反面、後正面」，運用了「正反」法。

應後（19）：指出人本禽獸，與「應」（25）、「應前」（26）搭配。按：指出前呼後應。

先說不好事，然後形容聖人好處（20）：「先說不好事」指「民之……狄然」一段，「然後形容聖人好處」指「聖人……氣平」一段。按：此為「先反面、後正面」，運用了「正反」法。

承接上文有力（21）：此指承接「然後形容聖人好處」之文意，十分有力。

見浮屠無根柢，此句結簡有力（23）：指出此句的深意，並認為以此意結，相當精簡有力。

應（25）：與「應後」（19）搭配，說明見前。

應前（26）：與「應後」（19）搭配，說明見前。

結好（27）：以此作結，結得好。

結得有意（28）：與「結好」（27）搭配，不過更指出此結含有深意[63]。按：此結回應昌黎本意——告以「聖人之道」。

此三句說浮屠（31）：與「兩句說儒者」（34）搭配，指出前面說浮屠，後面說儒者。按：此段文句以兩軌——「浮屠」、「儒者」，進行鋪陳。

此段結得如破的（32）：結得簡捷有力。

兩句說儒者（34）：與「此三句說浮屠」（31）搭配，說明見前。

**（4）主題類**

文便見意（3）：指此文能達意，與「語新」（2）搭配。

此見昌黎本意（9）：指出昌黎本意在告以「聖人之道」。

警策精髓處（11）：「警策」指此為本文重要意旨，本旁批與「此見昌黎本意」（9）搭配，指此句為本文重要意旨。

大抵古人許子不肯直致言拘，又見得文暢是浮屠也（13）：指出此句的深意。

此說聖人之道本原，見儒者有來歷（22）：指出此段敘述的意義。

最警策處（24）：指此為本文最重要的意旨。

說破有不盡之意（29）：與「結得有意」（28）搭配，說明見前。

餘意（30）：指本可結束，此另起一意。按：此為先正論、

---

63 胡楚生編著《韓文選析》中胡楚生之案語曰：「『『聖人之道』四字，最是全篇關鍵所在，且將聖人與浮屠，加以對勘，以見聖人之道，有本有源，以見聖人之道，為不可無不可忘也。」，頁201-202。

後餘論之邏輯[64]。

此二句昌黎本意（33）：指出此句為「昌黎本意」。

此二句見得昌黎不是有意予文暢（36）：指出昌黎深意。

總結：旁批涵蓋了「修辭」、「文法」、「章法」、「主題」，涵蓋面相當廣，但是其中最為關注的還是「章法」。在「修辭」類中，注意到引用格和類字的運用。在「文法」類中，注意到句子的新穎。在「章法」類中，注意到兩軌式鋪陳、正反法的運用，以及起、承、結、應。在「主題」類中，注意到主旨的表出。

## 3. 題下批

（1）體格好：因為旁批相當注意本文首、尾以兩軌進行鋪陳的作法，所以「體格好」或就此而言。

（2）就他身上說，極好處：「他」應指文暢，而「就他身上說」乃是指取用有關文暢的材料，而且此種作法極好。按：此題下批注意到意象的選擇。

總結：此題下批涉及了「意象」、「章法」，與「旁批」的配合比較明顯。

# 二、柳文

## （一）晉文問守原議

看回互轉換貫珠相似辭簡意多大抵文字使事須下有力言語

---

64 祝尚書引用曹涇之語，指出：「所謂餘意，乃是本題主意外，尚有未盡之意，則於此發之。須是意新又不背主意，仍於主意有情乃可。」見祝尚書《宋代科舉與文學考論》，頁 226。因此前面之「本題主意」為「正論」，其他為後出之「餘論」，兩者結合，即為先正論、後餘論。

晉文公既受原於王，難其守。問寺人勃鞮，以畀趙衰。」

先說事因 (1)

（第一段）

余謂守原，政之大者也，所以承天子，樹霸功，致命諸

使事起頭要接有力 (2)立意 (3)接有力分開鋪敘 (4)見得大處 (5)

侯，不宜謀及媟近，以忝王命。而晉君擇大任，不公議於朝，

應後 (6)　　文勢見意已著寺人 (7)　　　　上說朝與宮下說卿相寺人下

而私議於宮；不博謀於卿相，而獨謀於寺人。雖或衰之賢足以

四句不合掌所謂異樣不俗 (8)　　　下字 (9)　承上說雙關 (10)回互 (11)

守，國之政不為敗，而賊賢失政之端，由是滋矣。況當其時不

輕過 (12)予 (13)　　　正文公罪 (14)　　　　　　此一句生下句

乏謀議之臣乎？狐偃為謀臣，先軫將中軍，晉君疏而不咨，外

先埋一句亦應卿相大抵如貫珠前既說不謀於卿相到此說疏外 (15)　下字

而不求，乃卒定於內豎，其可以為法乎？」（第二段）

(16)　　　　與媟近相應 (17)

且晉君將襲齊桓之業以翼天子，乃大志也。然而齊桓任管

換新意說 (18)　　　　　　　　與政之大者相應 (19)　　引事

仲以興，進豎刁以敗。則獲原啟疆，適其始政，所以觀視諸侯

證 (20)　　　　　　　　　　　　　　　文勢 (21)

也，而乃背其所以興，跡其所以敗。然而能霸諸諸侯者，以土

下字 (22) 文字好處 (23)　意到語壯 (24)　過好 (25)換好 (26) 下文

則大，以力則彊，以義則天子之冊也。誠畏之矣，烏能得其心

回互 (27)衰既是賢說到此正難解說故以土則大幾句見得有力回互好處

服哉。」（第三段）

(28)

其後景監得以相衛鞅，弘、石得以殺望之，誤之者，晉文

趁上說 (29)　　　　　　　　　　　緣他好誤 (30)

公也。」（第四段）

嗚呼！得賢臣以守大邑，則問非失舉也，蓋失問也。然猶
　　　　此一段餘意精神 (31)　　　　　又是一意舉趙衰不為不是問寺人
羞當時、陷後代如此，**況問與舉又兩失者，其何以救之哉？**」
則非 (32)　　　　　　　　精神 (33)

**（第五段）**

　　余故著晉君之罪，以附《春秋》許世子止晉趙盾之義。
　　　　　　　外事結切 (34)　　　　　　又是一箇意繳結好 (35)

**（第六段）**

## 1. 評論符號

（1）└：呂氏用此符號將本文分作六段。按：呂氏之分段頗
　　　能標誌出文意之延展、轉折，頗為合理。唯一可以商榷處
　　　為：既然「且晉……服哉」、「其後……公也」之間，和「嗚
　　　呼……之哉」、「余故……之義」之間，都予以分段，則「余
　　　謂……滋矣」、「況當……法乎」之間，文意也遞深一層（柳
　　　文用「且」表出文意遞深），而且字數亦多，所以也應當予以
　　　分段[65]。

（2）｜：在開頭兩字標上「｜」，乃是與「└」搭配，標
　　　誌出分段。全句或數句標上「｜」，乃是標誌出重要
　　　首句、尾句與句子。

（3）、：本文未出現此符號。

　　總結：「└」標誌著文章的分段，並顯示出其分段之依據
為意義邏輯，但有可以商榷處；「｜」之用法有二：標誌出分
段、標誌出重要首句、尾句與句子。

---

65 可參見附錄一「結構表及說明」。

## 2. 旁批

### （1）詞彙類

下字（9）：指下字好。按：應指「謀」用得好。

下字（16）：指下字好。按：與「前既說不謀於卿相，到此說疏外」（15）搭配，應指「晉君疏而不咨，外而不求」兩句中的「疏」、「外」二字。

下字（22）：指下字好。按：與「文字好處」（23）、「意到語壯」（24）配合，指出「背其所以興，跡其所以敗」兩句用詞好。

文字好處（23）：說明見前。

### （2）文法類

意到語壯（24）：乃指此二句意思全出且出語豪壯。按：因為呂氏若針對「字」而言，其批語為「下字」、「下字好」之類，因此此處稱「語」，當非指「字」而言，而偏向「句」。

### （3）修辭類

引事證（20）：引用齊桓公之事為證。按：此為引用格之用「事典」。

### （4）章法類

先說事因（1）：先說明事件原委。按：此先敘守原事，乃先「立」一案[66]。

使事起頭要接有力（2）：與「先說事因」（1）配合，指出前面先使事，此承接有力。按：此後為「破」。

接有力，分開鋪敘（4）：與「使事起頭要接有力」（2）配合，指出其後分開鋪敘。

應後（6）：其後有所呼應。按：第三段論述諸侯霸業，與此前後呼應。

文勢見意，已著寺人（7）：「文勢」指文章體勢，本旁批

---

指出已經埋下議論「寺人」之伏筆,與「承上說雙關」(10)
配合。

　　上說「朝」與「宮」,下說「卿相」、「寺人」,下四句不合
掌,所謂異樣不俗(8):本旁批所指為「不公議於朝,而私議
於宮;不博謀於卿相,而獨謀於寺人」四句,因此「上說
『朝』與『宮』,下說『卿相』、『寺人』」可見於詞面,而「下
四句不合掌」,則是指出此四句並非同樣意思重複,因此讚美
道:「異樣不俗」。按:對偶的兩句如果完全同義或基本同義,叫作合
掌對[67]。

　　承上說,雙關(10):與「文勢見意已著寺人」(7)配
合,說明見前。按:其中出現「雙關」,但是與今之「雙關」[68]意思
不同,此之「雙關」意指關涉前後兩處文句。

　　此一句生下句,先埋一句,亦應卿相,大抵如貫珠。前既
說不謀於卿相,到此說疏外(15):所謂「此一句生下句,先
埋一句」,應指「況當其時不乏謀議之臣乎」一句,而且呼應
前面「不博謀於卿相」一句,如此一來,文勢直貫而下。而所
謂「疏外」,應指「晉君疏而不咨,外而不求」兩句,亦呼應
「不博謀於卿相」一句。按:此詳細指出前呼後應處。

　　與媒近相應(17):指出與「不宜謀及媒近」一句相應。
按:此為前呼後應。

　　換新意說(18):換個新意來寫。按:前面針對所問之對象來
詰問,此處借鑑歷史教訓,因此是換新意[69]。

　　與政之大者相應(19):與「見得大處」(5)配合,指出

---

67 向宏業、唐仲揚、成偉鈞《修辭通鑒》:「有的對偶形式相對,但同說一個意思,內容
　　重複,猶如合掌,叫合掌對。」,頁599。

68 黃慶萱《修辭學》:「一語同時關顧到兩種事物的修辭方式,包括字義的兼指,字音的
　　諧聲,語意的暗示,都叫作『雙關』,常富有言在此而意在彼的趣味效果。」,頁
　　432。

69 可參見附錄一「結構表及說明」。

前呼後應。

文勢（21）：指文章體勢。

過好（25）：指此處過接好。

換好（26）：指此處換一意好。

趁上說（29）：即接續上文，再生新說。

外事結，切（34）：以此作結，十分切當。**按：呼應「失說事因」**（1）

又是一箇意繳結好（35）：「又是一箇意」指柳宗元附春秋之義，而「繳結好」是指用此意收結全文，甚好。

**（5）主題類**

立意（3）：先立一篇之意。

見得大處（5）：指出此句之意義，與「與政之大者相應」（19）配合。

回互（11）：指表意曲折婉轉。

輕過（12）：與「回互」（11）配合。

予（13）：與「回互」（11）配合。

正文公罪（14）：指出此句之用意。

下文回互（27）：「回互」指表意曲折婉轉，與「衰既是賢，說到此正難解說，故以土則大幾句，見得有力回互好處」（28）搭配，而「回互」的原因與效果，也從第 28 個批語中見出。

衰既是賢，說到此正難解說，故「以土則大」幾句，見得有力回互好處（28）：指出此段「回互」的原因與效果，與「下文回互」（27）搭配。

緣他好誤（30）：指出此句之用意。

此一段餘意精神（31）：「精神」為意脈貫穿之效果，指出大段論述結束後，又出餘意，讓全文意脈貫串到此。**按：本文**

形成了「立、破、立」結構[70]，此部份為最後又「立」新意處。

又是一意，舉趙衰不為不是，問寺人則非（32）：指出此段論述的意義。

精神（33）：為意脈貫穿之效果。

總結：旁批涵蓋了「詞彙」、「修辭」、「文法」、「章法」、「主題」，涵蓋面較廣，但是其中最為關注的還是「章法」。在「詞彙」類中，注意到用字的效果。在「修辭」類中，注意到引用格的運用。在「文法」類中，注意到句子風格。在「章法」類中，注意到啟、承、結、應、換等問題。在「主題」類中，則注意到句、節意的闡發。

## 3. 題下批

（1）看回互轉換，貫珠相似：「回互」主要指文意曲折委婉，「轉換」主要指章法，兩者原本就關聯密切，而且兩者結合，使得文章連貫而下，有如「貫珠」。按：呂氏注意到內容與章法的結合，而且也與旁批配合。

（2）辭簡意多：「辭簡」主要就文句而言，「意多」主要就意旨而言，呂氏認為本文詞句簡潔、涵義豐富。按：呂氏注意到內容與語言的配合。

（3）大抵文字使事，須下有力言語：「使事」大概即是旁批所謂的「引事證」（20）（即引用事典），「須下有力言語」指必須用有力的文字表出。按：呂氏注意到內容與語言的配合。

總結：題下批涵蓋了「章法」、「主題」等，而且特別注意到彼此的結合。同時也與旁批配合。

---

70 可參見附錄一「結構表及說明」。

## （二）桐葉封弟辯

此篇文字一段好如一段大抵作文字須留好意思在後令人讀一段好一段

古之傳者有言:「成王以桐葉與小弱弟,戲曰:『以封
此一段只是敘事(1)
汝。』周公入賀。王曰:『戲也。』周公曰:『天子不可戲。』
乃封小弱弟於唐。」」（第一段）

吾意不然:王之弟當封邪?周公宜以時言於王,不待其
難(2)　　　開二段說(3)
戲,而賀以成之也;不當封邪?周公乃成其不中之戲,以地以
人,與小弱者為之主,其得為聖乎?」（第二段）

且周公以王之言,不可苟焉而已,必從而成之邪?設有不
又難(4)　　　　　　　　自設有不幸止何
幸,王以桐葉戲婦寺,亦將舉而從之乎?凡王者之德,在行之
若難得倒處,大抵難文字須難得倒譬如爭訟須爭得倒前既難倒須說正
何若。設未得其當,雖十易之不為病;要於其當,不可使易
理(5)　　　此幾句卻是正理(6)
也,而況以其戲乎?若戲而必行之,是周公教王遂過也。吾意
破得好(7)
周公輔成王宜以道,從容優樂,要歸之大中而已。必不逢其失
而為之辭;又不當束縛之,馳驟之,使若牛馬然,急則敗
意思好(8)
矣。」（第三段）

且家人父子,尚不能以此自克,況號為君臣者邪!是直小
警策(9)
丈夫缺缺者之事,非周公所宜行,故不可信。」（第四段）

或曰：「封唐叔，史佚成之。」（第五段）

結束委蛇曲折有不盡意，不指定史佚，又設一難在此 (10)

## 1. 評論符號

（1）∟：呂氏用此符號將本文分作五段。按：呂氏之分段大致合乎文意之轉折，只有一處需要商榷：呂氏劃分第三、四段，當是著眼於「且家人父子」之「且」字，造成了文意的遞深，但是「且周……過也」和「吾意……可信」之間，是更大的文意轉折處[71]，所以在此分段應當是更為適宜的。

（2）｜：在開頭兩字標上「｜」，乃是與「∟」搭配，標誌出分段。全句或數句標上「｜」，乃是標誌出重要結句與句子。

（3）、：呂氏將「當」、「不當」標誌出來，顯示出其重要性。按：本文為翻案文章，「破」的部份環繞著「當」與「不當」來寫，首先，以「當封」、「不當封」為核心，來論辯周公不應「成其不中之戲」；接著以「要於其當」、「未得其當」為核心，來論辯重點在「行之何若」[72]。因此呂氏標誌出「當」、「不當」，是相當敏銳的。

總結：「∟」標誌著文章的分段，但此文之分段有可商榷之處；「｜」之作用有二：標誌出分段，以及標誌出重要結句、句子；「、」則標誌出關鍵詞。

## 2. 旁批

### （1）章法類

此一段只是敘事（1）：指出此段敘述小弱弟封唐事。按：

---

71 可參見附錄一「結構表及說明」。

72 可參見附錄一「結構表及說明」。

此段以敘事立案，亦即立破法之「立」[73]。

難（2）：指出此段「難」前面之敘事。按：「難」就是立破法之「破」，此段開始為「破」。

開二段說（3）：開展以下的二段。按：所謂「二段」，實為「二軌」，亦即「王之……之也」一節，為「當封」一軌，「不當……聖乎」一節，為「不當封」一軌。

又難（4）：其下又開展出一「難」。按：第二段為第一「難」，此處為第二「難」。

自「設有不幸」止「何若」難得倒處，大抵難文字須難得倒，譬如爭訟須爭得倒，前既難倒，須說正理（5）：指出「設有不幸……何若」一節，乃是「破」小弱弟封唐事，而且「破」得淋漓盡致。接著又提出後面「須說正理」，注意到承接的問題。

此幾句卻是正理（6）：與「前既難倒，須說正理」（5）配合，指出此幾句是正理。[74]

破得好（7）：指出此破得有力。按：此銜接前面，下一有力語句，而且提出了專有名詞「破」。

結束委蛇曲折有不盡意，不指定史佚，又設一難在此（10）：「結束委蛇曲折有不盡意」指以又「立」一案作結，意思深長。「不指定史佚，又設一難在此」指出「立」也是一種「破」。

（2）主題類

意思好（8）：指此處的道理好。

警策（9）：指此為本文重要意旨。

總結：旁批涵蓋了「章法」、「主題」。在「章法」類中，

73 參見附錄一「結構表及說明」。

74 胡楚生編著《柳文選析》中胡楚生之案語曰：「『凡王者之德，在行之何若。設未得其當，雖十易之不為病，要於其當，不可使易也』，斯則此篇之主旨也。」，頁46。

主要注意到立破法的運用，並用到專有名詞「難」、「破」。在
「主題」類中，注意到表出之理的精警與否。

### 3. 題下批

此篇文字文意層出，因此呂氏稱「一段好如一段」，而且
與評論符號「∟」和旁批（「難（2）」、「又難（4）」、「警策
（9）」）配合。最後又立一案作結，因此呂氏稱「須留好意思在
後」，此也與旁批配合（「結束委蛇曲折有不盡意（10）」）。

## （三）封建論

此是鋪敘間架法

天地果無初乎？吾不得而知之也。生人果有初乎？吾不得
　　　　　　　　　　　　　　　　婉 (1)
而知之也。然則孰為近？曰：有初為近。孰明之？由封建而明
之也。」（第一段）

彼封建者，更古聖王堯、舜、禹、湯、文、武而莫能去
之。蓋非不欲去之也，勢不可也。勢之來，其生人之初乎？不
　　　　　　　　　　　　　　　　　　　　起伏 (2)
初，無以有封建。封建，非聖人意也。」（第二段）

彼其初與萬物皆生，草木榛榛，鹿豕狉狉，人不能搏噬，
而且無毛羽，莫克自奉自衛，荀卿有言：必將假物以為用者
也。夫假物者必爭，爭而不已，必就其能斷曲直者而聽命焉。
其智而明者，所伏必眾；告之以直而不改，必痛之而後畏；由
是君長刑政生焉。故近者聚而為群。群之分，其爭必大，大而
後有兵有德。又有大者，眾群之長又就而聽命焉，以安其屬。
於是有諸侯之列，則其爭又有大者焉。德又有大者，諸侯之列
又就而聽命焉，以安其封，於是有方伯、連帥之類。則其爭又

有大者焉。德又大者,方伯、連帥之類,又就而聽命焉,以安
其人,<u>然後天下會於一</u>。是故有里胥而後有縣大夫,有縣大夫
　　　　結一段意 (3)

而後有諸侯,有諸侯而後有方伯、連帥,有方伯、連帥而後有
天子。自天子至於里胥,其德在人者,死必求其嗣而奉之。<u>故</u>
　　　　　　封建本意 (4)

<u>封建非聖人意也,勢也。</u>」(第三段)

　　<u>夫堯</u>、舜、禹、湯之事也遠矣,及周而甚詳。周有天下,
裂土地而瓜分之,設五等,邦群后,布履星羅,四周於天下,
輪運而輻集。合為朝覲會同,離為守臣捍城。然而降於夷王,
害禮傷尊,下堂而迎覲者。歷於宣王,挾中興復古之德,雄南
征北伐之威,卒不能定魯侯之嗣。陵夷迄於幽、平,王室東
徙,而自列為諸侯矣。厥後,問鼎之輕重者有之,射王中肩者
有之,伐凡伯、誅萇弘者有之,天下乖戾,無君君之心。余以
　　　　　　　　　　　　　　　　　　　　　　　　　　結

為周之喪久矣,徒建空名於公侯之上耳!得非諸侯之盛強,末
周 (5)　　　　　　　　　語好 (6)

大不掉之咎歟?遂判為十二,合為七國,威分於陪臣之邦,國
殄於後封之秦。則周之敗端,其在乎此矣。」(第四段)

　　<u>秦有</u>天下,裂都會而為之郡邑,廢侯衛而為之守宰,據天
下之雄圖,都六合之上游,攝制四海,運於掌握之內,此其所
以為得也。不數載而天下大壞,其有由矣。亟役萬人,暴其威
刑,竭其貨賄。負鋤梃謫戍之徒,圜視而合從,大呼而成群,
<u>時則有叛人而無叛吏</u>。人怨於下而吏畏於上,天下相合,殺守
劫令而並起。咎在人怨,非郡邑之制失也。」(第五段)

　　<u>漢有</u>天下,矯秦之枉,狥周之制,剖海內而立宗子,封功
臣。數年之間,犇命扶傷之不暇,困平城,病流矢,陵遲不救
者三代。後乃謀臣獻畫,而離削自守矣。然而封建之始,郡國

居半，<u>時則有叛國而無叛郡</u>。秦制之得，亦以明矣。繼漢而帝者，雖百代可知也。」（第六段）

<u>唐興</u>，制州邑，立守宰，此其所以為宜也。然猶桀猾時起，虐害方域者，失不在於州而在於兵，<u>時則有叛將而無叛州</u>。州縣之設，固不可革也。」（第七段）

<u>或者曰</u>：「封建者，必私其土，子其人，適其俗，修其

難 (7)

理，施化易也。守宰者，苟其心，思遷其秩而已，何能理乎？」余又非之。周之事跡，斷可見矣。列侯驕盈，黷貨事

應 (8)

戎。大凡亂國多，理國寡。侯伯不得變其政，天子不得變其君。私土子人者，百不有其一。<u>失在於制，不在於政，周事然</u>

間架

<u>也</u>。」（第八段）

(9)

秦之事跡，亦斷可見矣。有理人之制，而不委郡邑，是矣；有理人之臣，而不使守宰，是矣。郡邑不得正其制，守宰不得行其理，酷刑苦役，而萬人側目。<u>失在於政，不在於制，秦事然也</u>。」（第九段）

漢興，天子之政行於郡，不行於國；制其守宰，不制其侯王。侯王雖亂，不可變也；國人雖病，不可除也。及夫大逆不道，然後掩捕而遷之，勒兵而夷之耳。大逆未彰，姦利浚財，怙勢作威，大刻於民者，無如之何。及夫郡邑，可謂理且安矣。何以言之？且漢知孟舒於田叔，得魏尚於馮唐，聞黃霸之明審，觀汲黯之簡靜，拜之可也，復其位可也，臥而委之以輯

上四句下三句結得用事法 (10)

一方可也。有罪得以黜，有能得以賞。朝拜而不道，夕斥之矣；夕受而不法，朝斥之矣。設使漢室盡城邑而侯王之，縱其

令亂其人,戚之而已。孟舒、魏尚之術,莫得而施;黃霸、汲黯之化,莫得而行。明譴而導之,拜受而退已違矣。下令而削之,締交合從之謀,周於同列,則相顧裂眥,勃然四起。幸而不起,則削其半。削其半,民猶瘁矣,曷若舉而移之以全其人乎?<u>漢事然也</u>。」(第十段)

　　間架 (11)

　　今國家盡制郡邑,連置守宰,其不可變也固矣。善制兵,謹擇守,則理平矣。」(第十一段)

　　<u>或者又</u>曰:「夏、商、周、漢封建而延,秦郡邑而促。」

　　再難 (12)

尤非所謂知理者也。魏之承漢也,封爵猶建,晉之承魏也,因循不革。而二姓陵替,不聞延祚。今矯變之,垂二百祀,大業彌固,何繫於諸侯哉?」(第十二段)

　　<u>或者又</u>以為:「殷、周,聖王也,而不革其制,固不當復

　　又難 (13)

議也。」是大不然。<u>夫殷、周之不革者,是不得已也</u>。蓋以諸侯歸殷者三千焉,資以黜夏,湯不得而廢;歸周者八百焉,資

用事好,但理不如此 (14)

以勝殷,武王不得而易。狥之以為安,仍之以為俗,湯、武之所不得已也。<u>夫不得已,非公之大者也,私其力於己也,私其衛於子孫也</u>。秦之所以革之者,其為制,公之大者也;其情,

承得好 (15)

<u>私也,私其一己之威也,私其盡臣畜於我也</u>。」(第十三段)

　　然而公天下之端自秦始。」(第十四段)

　　夫天下之道,理安,斯得人者也。使賢者居上,不肖者居下,而後可以理安。今夫封建者,繼世而理。繼世而理者,上果賢乎?下果不肖乎?則生人之理亂未可知也。將欲利其社稷,以一其人之視聽,則又有世大夫世食祿邑,以盡其封略。

聖賢生於其時，亦無以立於天下，封建者為之也。豈聖人之制

罪封建 (16)

使至於是乎？<u>吾固曰：「非聖人之意也，勢也。」</u>（第十五段）

### 1. 評論符號

（1）﹂：呂氏用此符號將本文分作十五段。按：呂氏之分段
頗為精準，但是有兩處值得討論：一是第一、二段的劃分，
相較於其他段落的劃分，是較為詳細、而且字數較少的，似
乎有點不均衡，可以考慮合併；二是第十四段的劃分，只有
一句，也是詳細、字數少，也許可以直接與第十三段合併[75]。

（2）｜：在開頭兩字、三字標上「｜」，乃是與「﹂」搭
配，標誌出分段。全句或數句標上「｜」，乃是標誌
出重要尾句與句子。按：值得注意者有二：一是第八、十
二、十三段標誌出開頭三字[76]，與平常只標誌出兩字不同，但
是應該仍是表示分段；二是特別標誌出重要的呼應句，譬如
第五段之「時則有叛人而無叛吏」，第六段之「時則有叛國而
無叛郡」，第七段之「時則有叛將而無叛州」，次如第八段之
「失在於制，不在於政，周事然也」，第九段之「失在於政，
不在於制。秦事然也」，第十段之「漢事然也」，又如第十三
段之「是不得已也」、「夫不得已」。

（3）、：本文未出現此符號。

總結：「﹂」標誌著文章的分段，但此文之分段有不均衡
處；「｜」之作用有二：標誌出分段，以及標誌出重要尾句、
句子，並且本文特別重視句子之呼應。

---

75 可參見附錄一「結構表及說明」。

76 本文第八段標誌出段首「或者曰」三字，第十二、十三段標誌出段首「或者又」三
字，是《古文關鍵》中相當少見的情況。

## 2. 旁批

### （1）修辭類

用事好，但理不如此（14）：指出此句引用事證，但是道理並非如此。按：此為引用格之用「事典」。而且特別值得注意的是：呂氏注意到運用修辭之技巧，以及其中可能出現的謬誤。

### （2）文法類

婉（1）：指出此句風格委婉。按：此實為設問格[77]，呂氏雖未明言此種修辭格，但是已經意識到此種修辭格的效果。

語好（6）：應指此句好。按：因為呂氏若針對「字」而言，其批語為「下字」、「下字好」之類，因此此處稱「語」，當非指「字」而言，而偏向「句」。

### （3）章法類

起伏（2）：指起伏變化之文勢。

結一段意（3）：此句收結前面一段。按：「彼其……其人」一節敘述，到此收結。

結周（5）：此句收結前面有關「周」之敘述。按：「周有……之心」一節敘述，到此收結。

難（7）：指此為駁難處。按：前面鋪敘封建制之非，此設「或者曰」為封建制辯護，因此呂氏批為「難」。但是，此處針對封建制「愛民」來駁難，因此，與其後之「應」配合起來看，此「難」應為「立」，其後之「應」為「破」[78]。

應（8）：與「難」（7）配合，指此回應前面。

間架（9）：指布局之呼應。與「間架」（11）配合，指出「周事然也」為呼應句。

---

77 黃慶萱《修辭學》：「講話行文，不採通常直述方式，而刻意用詢問的語氣，藉以凸顯論點，引起注意，甚或啟發思考，而使話語、文章激起波瀾的修辭法，叫作『設問』。」，頁47。

78 可參見附錄一「結構表及說明」。

上四句下三句，結得用事法（10）：「上四句」指「且漢……簡靖」四句，「下三句」指「拜之……可也」三句，「結得用事法」指總結此為引用事證的方法。按：呂氏也指出了句子的長短配合。

間架（11）：與「間架」（9）配合，指出「漢事然也」為呼應句。

再難（12）：與「難」（7）配合，指此為駁難處。按：說明見「難」(7)。

又難（13）：與「難」（7）、「再難」（12）配合，指此為駁難處。按：說明見「難」(7)。

承得好（15）：指承接前面好。

**（4）主題類**

封建本意（4）：指出此為封建制產生之本意。按：本文作意在闡述封建之弊病，但是此處指出封建本意，更可見得其後反其道而行之弊病。

罪封建（16）：指出本文之主旨。

總結：旁批涵蓋了「修辭」、「文法」、「章法」、「主題」。在「修辭」類中，注意到引用格，並且意識到運用修辭格時可能會出現的謬誤。在「文法」類中，意識到句法的變化、句子的優美有力，以及「婉」的風格。在「章法」類中，注意到結、承、應，並意識到立破法的運用，用「難」、「應」來指稱。在「主題」類中，注意到主旨，以及與主旨關係緊密的段旨。


## 3. 題下批

（1）此是鋪敘：指出本文出現許多敘事文字。

（2）間架法：「間架」指布局之呼應，此處指出本文常運用類似的文句來造成呼應，而且此點可與評論符號

「｜」配合。

總結：題下批注意到本文多敘事，以及運用類似文句來造成呼應，而且與評論符號「｜」配合。

## (四) 種樹郭橐駝傳

郭橐駝，不知始何名。病僂，隆然伏行，有類橐駝者，故鄉人號之駝。駝聞之，曰：「甚善！名我固當。」因捨其名，亦自謂橐駝云。其鄉曰豐樂鄉，在長安西。駝業種樹，凡長安豪家富人為觀遊及賣果者，皆爭迎取養。視駝所種樹，或遷徒，無不活；且碩茂，蚤實以蕃。他植者雖窺伺傚慕，莫能如

應在後 (1)

也。」（第一段）

有問之，對曰：「橐駝非能使木壽且孳也，以能順木之

一

天，以致其性焉爾。凡植木之性，其本欲舒，其培欲平，其土

篇筋骨 (2)

欲故，其築欲密。既然已，勿動勿慮，去不復顧其蒔也若子，

下得好

其置也若棄，則其天者全，而其性得矣。故吾不害其長而已，

(3)　　　　　　　　　　　　　轉換 (4)

非有能碩茂之也。不抑耗其實而已，非有能蚤而蕃之也。」

應前 (5)

（第二段）

他植者則不然：根拳而土易，其培之也，若不過焉，則不

一段反 (6)　　　　　　應前 (7)

及焉。苟有能反是者，則又愛之太恩，憂之太勤。且視而暮撫，已去而復顧；甚者爪其膚以驗其生枯，搖其本以觀其疏

狀物之妙 (8)　　　　　　　　　練句 (9)

密，而木之性日以離矣。雖曰愛之，其實害之；雖曰憂之，其

警策 (10)

實讎之；故不我若也，吾又何能為矣哉？」（第三段）

問者曰：「以子之道，移之官理，可乎？」馳曰：「我知種

生一意，與梓人傳同意 (11)

樹而已，理，非吾業也。然吾居鄉，見長人者，好煩其令，若
甚憐焉，而卒以禍。且暮，吏來而呼曰：『官命促爾耕，勖爾

應他植者一段 (12)

植，督爾穫，蚤繅而緒，蚤織而縷，字而幼孩，遂而雞豚！』
鳴鼓而聚之，擊木而召之。吾小人輟飧饔以勞吏者，且不得
暇，又何以蕃吾生而安吾性邪？故病且怠。若是，則與吾業

一句收歸

者，其亦有類乎？」（第四段）

(13)

問者嘻曰：「不亦善夫！吾聞養樹，得養人術。」傳其事
以為官戒也。（第五段）


## 1. 評論符號

（1）└：呂氏用此符號將本文分作五段。按：呂氏之分段依
據文意之轉折及字數之多寡，相當合理[79]。

（2）｜：在開頭兩字標上「｜」，乃是與「└」搭配，標
誌出分段。全句或數句標上「｜」，乃是標誌出重要
尾句與句子。

（3）、：本文未出現此符號。

總結：「└」標誌著文章的分段，而且本文之分段非常準
確；「｜」之作用有二：標誌出分段，以及標誌出重要首句、

---

79 可參見附錄一「結構表及說明」。

尾句。

## 2. 旁批

### （1）修辭類

下得好（3）：在「若子」旁下此批語，應是指出此譬喻之妙。按：呂氏雖未明言譬喻格[80]，但是已經意識到譬喻格的效果。

### （2）文法類

練句（9）：指此句精鍊。按：呂氏雖未明言，但是當指上下兩句形式對應整齊的句子[81]。

### （3）章法類

應在後（1）：與「應前」（5）搭配，指出前呼後應[82]。

轉換（4）：轉換另一種說法。

應前（5）：與「應在後」（1）搭配，指出前呼後應。

一段反（6）：指出「他植」一段從反面陪襯。按：「橐駝」為「正」，「他植」為「反」，此處運用了正反法。

應前（7）：指出從反面呼應前段「凡植……欲密」一節。

狀物之妙（8）：指此處描寫得好。

生一意，與梓人傳同意（11）：指此處又生一意，加以發展，此種作法與〈梓人傳〉相同。按：此處之「生一意」，指的是用「問者曰：以子之道移之官理」，將「種樹」與「養人術」聯繫起來。

---

80 黃慶萱《修辭學》：「凡二件或二件以上的事物中有類似之點，說話、作文時運用『那』有類似點的事物來比方說明『這』件事物的，就叫『譬喻』。」，頁 321。劉蘭英、吳家珍、楊秀珍《漢語表達》說道：「構成比喻有四個條件：本體（被比喻的事物），喻體（用來作比喻的事物），比喻詞語（聯繫二者的詞語）以及相似點。相似點是聯繫本體、喻體的基礎，沒有它根本無法構成比喻。」，頁 213。黃永武《字句鍛鍊法》：「舉一件真有的或假設的例子，來譬喻要說明的事理，使讀者由一事之『已然』，而相信另一事『亦然』，這種修辭法，叫做『取譬』。」，頁 17。黃氏所謂之「取譬」即為「譬喻」，此說闡釋了譬喻之效果。

81 參考張秋娥〈論呂祖謙《古文關鍵》評點的修辭接受思想〉，《修辭學習》，頁 58。

82 胡楚生編著《柳文選析》中胡楚生之案語曰：「文中『碩茂蚤蕃』，為全文眼目，故下文又言『碩茂之』、『蚤而蕃之』，以相呼應。」，頁 81。

在〈梓人傳〉中也有類似作法，即用「是足為佐天子相天下法矣」，將「梓人」之道與「為相」之道聯繫起來。

應「他植者」一段（12）：指此呼應「他植者」一段。按：「他植者」乃是不順木之天的種樹者，而此處描寫的官吏也是不順民之天的養人者，因此呂氏認為兩者呼應。

一句收歸（13）：與「應他植者一段」（12）配合，將「養人者」與「他植者」綰合。

### （4）主題類

一篇筋骨（2）：指出此為一篇之主要架構，與主旨關係密切。

警策（10）：指此為本文重要意旨。

總結：旁批涵蓋了「修辭」、「文法」、「章法」、「主題」。在「修辭」類中，意識到譬喻格的效果。在「文法」類中，注意到句子的精鍊有力。在「章法」類中，注意到應、轉、收，以及正反法的運用，並使用專有名詞「反」。在「主題」類中，注意到關鍵句。


## 3. 題下批

本文無題下批。


## （五）梓人傳

抑揚好一節應一節〇嚴序事實


裴封叔之第，在光德里。有梓人款其門，願傭隙宇而處
　　　　　　　　　　　　　　　　　　　敘實
焉。所職，尋、引、規、矩、繩、墨，家不居礱斲之器。問其
事(1)下得好(2)　　　　　　　　　　　　下得好(3)

能，曰：「吾善度材，視棟宇之制，高深方圓短長之宜，吾指
揚 (4)

使而群工役焉。捨我，眾莫能就一宇。故食於官府，吾受祿三
下得好 (5)

倍；作於私家，吾收其直大半焉。」他日，入其室，其牀闕足
揚 (6) 　　　　　　　　抑 (7)

而不能理，曰：「將求他工。」余甚笑之，謂其無能而貪祿嗜
下得

貨者。」（第一段）
好 (8)

　　其後，京兆尹將飾官署，余往過焉。委群材，會眾工。或
抑而又揚 (9) 　　　　　　文勢 (10)

執斧斤，或執刀鋸，皆環立嚮之。梓人左執引，右執杖，而中
處焉。量棟宇之任，視木之能舉，揮其杖，曰：「斧！」彼執
斧者奔而右。顧而指曰：「鋸！」彼執鋸者趨而左。俄而，斤
如親見最狀物之妙處 (11)

者斲，刀者削，皆視其色，俟其言，莫敢自斷者。其不勝任
下得好 (12)

者，怒而退之，亦莫敢慍焉。畫宮於堵，盈尺而曲盡其制，計
文勢 (13) 　　　　　　造語好 (14)

其毫釐而構大廈，無進退焉。既成，書於上棟，曰：「某年、
某月、某日、某建」。則某姓字也，凡執用之工不在列。」（第
二段）

　　余圜視大駭，然後知其術之工大矣。繼而歎曰：「彼將捨
其手藝，專其心智，而能知體要者歟！」吾聞勞心者役人，勞
力者役於人；彼其勞心者歟！能者用而智者謀，彼其智者歟！
<u>是足為佐天子，相天下法矣。物莫近乎此也。</u>」（第三段）
入正意 (15)

<u>彼為</u>天下者，本於人。其執役者，為徒隸，為鄉師、里

應前聚眾工一段 (16)

胥。其上為下士，又其上為中士，為上士；又其上為大夫，為

卿，為公。離而為六職，判而為百役。外薄四海，有方伯、連

應前群材相等 (17)

率。郡有守，邑有宰，皆有佐政。其下有胥吏，又其下皆有嗇

夫、版尹以就役焉，<u>猶眾工之各有執技以食力也</u>。」（第四段）

間架 (18) 文勢 (19)

彼佐天子，相天下者，舉而加焉，指而使焉，條其綱紀而

盈縮焉，齊其法制而整頓焉；<u>猶梓人之有規、矩、繩、墨以定</u>

造語 (20)

<u>制也</u>。」（第五段）

擇天下之士，使稱其職；居天下之人，使安其業。視都知

應前趨而左一段 (21)

野，視野知國，視國知天下。其遠邇細大，可手據其圖而究

造語 (22)

焉。<u>猶梓人畫宮於堵，而績於成也</u>。」（第六段）

統應前 (23)

能者進而可之，使無所德；不能者退而休之，亦莫敢慍。

不衒能，不矜名；不親小勞，不侵眾官，日與天下之英才，討

論其大經，<u>猶梓人之善運眾工而不伐藝也</u>。」（第七段）

夫然後相道得，而萬國理矣。相道既得，萬國既理，天下

舉首而望曰：「吾相之功也！」後之人循跡而慕曰：「彼相之才

也！」士或談殷、周之理者，曰：「伊、傅、周、召。」其百

執事之勤勞，而不得紀焉。<u>猶梓人自名其功，而執用者不列</u>

<u>也</u>。」（第八段）

大哉相乎！通是道者，所謂相而已矣。」（第九段）

其不知體要者反此。以恪勤為公,以簿書為尊,衒能矜
　　此段反說 (24)
名,親小勞,侵眾官,竊取六職、百役之事,听听於府庭,而
　　　　　　　下語 (25)
遺其大者遠者焉,所謂不通是道者也。猶梓人而不知繩墨之曲
直,規矩之方圓,尋引之短長,姑奪眾工之斧斤刀鋸以佐其
藝,又不能備其工,以至敗績用而無所成也!不亦謬歟!」
(第十段)

　　或曰:「彼主為室者,儻或發其私智,牽制梓人之慮,奪
　　難 (26)此一段承得好結有精神 (27)
其世守,而道謀是用;雖不能成功,豈其罪邪?亦在任之而
已!」」(第十一段)

　　余曰:「不然!夫繩墨誠陳,規矩誠設,高者不可抑而下
也,狹者不可張而廣也。由我則固,不由我則圮。彼將樂去固
　　　　　　　造語有力 (28)
而就圮也,則卷其術,默其智,悠爾而去。不屈吾道,是誠良
　　　此段稱前間架大與反段應 (29)
梓人耳!」(第十二段)

　　其或嗜其貨利,忍而不能捨也,喪其制量,屈而不能守
　　反覆說 (30)
也,棟橈屋壞,則曰:『非我罪也』!可乎哉?可乎哉?」」
　　　　　　　　結得好 (31)前二段大難承後二段小有力 (32)
(第十三段)

　　余謂梓人之道類於相,故書而藏之。梓人,蓋古之審曲面
勢者,今謂之「都料匠」云。余所遇者,楊氏,潛其名。(第
十四段)

## 1. 評論符號

（1）└：呂氏用此符號將本文分作十四段。按：呂氏之分段
相當精準地掌握文章之層次，十分敏銳。不過第九段僅管重
要，但是因為字數過少，所以可以考慮與第八段合併為一
段。

（2）｜：在開頭兩字標上「｜」，乃是與「└」搭配，標
誌出分段。全句或數句標上「｜」，乃是標誌出重要
首句、尾句與句子。按：呂氏特別注意「梓人」與「相」
的呼應處，所以一一加以標誌，首先，「是足為佐天子相天下
法矣，物莫近乎此也」一語，將「梓人」與「相」聯繫起
來，其次，標誌出從正面描寫的呼應點：「猶眾工之各有執伎
以食力也」、「猶梓人之有規、矩、繩、墨以定制也」、「猶梓
人之畫宮於堵，而績於成也」、「猶梓人之善運眾工而不伐藝
也」、「猶梓人自名其功，而執用者不列也」，又其次，標誌出
從反面描寫的呼應點：「猶梓人而不知繩墨之曲直，規矩之方
圓，尋引之短長，姑奪眾工之斧斤刀鋸以佐其藝，又不能備
其工，以至敗績用而無所成也」，最後，還標誌出「余謂梓人
之道類於相」一語，點出「梓人」與「相」兩者之間的關
聯。

（3）、：本文未出現此符號。

總結：「└」標誌著文章的分段，而且相當精確；「｜」之
作用有二：標誌出分段，以及標誌出重要首句、尾句，而且呂
氏特別注意「梓人」與「相」的呼應處，一一加以標誌。

## 2. 旁批

### （1）文法類

下得好（2）：指出此句好。按：呂氏若針對「字」而言，其批
語為「下字」、「下字好」之類，因此本旁批當是針對「句」而言。

下得好（3）：指出此句好。

下得好（5）：指出此句好。

下得好（8）：指出此句好。

下得好（12）：指出此句好。

造語好（14）：指出用語好。按：因為呂氏若針對「字」而言，其批語會直接出現「字」，因此此處稱「語」，當非指「字」而言，而偏向「句」。

造語（20）：指出用語好。

造語（22）：指出用語好。

下語（25）：指出用語好。

造語有力（28）：指出用語有力。

**（2）章法類**

敘實事（1）：指出此為敘事。

揚（4）：指出此處為褒揚。

揚（6）：指出此處為褒揚。

抑（7）：指出此處為貶抑。

抑而又揚（9）：指出前面為貶抑，此處為褒揚。

文勢（10）：指文章體勢。

如親見最狀物之妙處（11）：指出此處敘事使人如親見，十分佳妙。

文勢（13）：指文章體勢。

入正意（15）：指出此處引入為相之道，是本篇正意。

應前聚眾工一段（16）：指出「為相之道」與「梓人之道」的呼應。按：此為「主」與「賓」之呼應[83]。

應前群材相等（17）：指出「為相之道」與「梓人之道」的呼應。按：此為「主」與「賓」之呼應。

---

83 可參見附錄一「結構表及說明」。

間架（18）：指布局之呼應。

文勢（19）：指文章體勢。

應前趨而左一段（21）：指出「為相之道」與「梓人之道」的呼應。按：此為「主」與「賓」之呼應。

統應前（23）：指出此呼應前面。按：此為「主」與「賓」之呼應。

此段反說（24）：指出此段從反面說。按：作者又描寫為相「不知體要」者的作法，與前面為相「知體要」者的作法相形，以作一反面的映襯[84]。

難（26）：指出此為駁難。按：作者用「或曰」一語提出假設，並在其後回應，形成了「先立後破」的結構[85]。

此一段承得好，結有精神（27）：指出此段承接得好，結得有精神。按：前此都是就「實」來寫，此處用「或曰」一語提出假設，是就「虛」來寫，此為以「虛」承接「實」[86]。

此段稱前，間架大，與反段應（29）：「間架」指布局之呼應，指出此段與前面反說之段呼應。按：呂氏之說似可商榷。因為此段為「破」，而且「破」中又可區分出正面、反面[87]，此種作法與前面論「為相之道」相應，而不是只與論「為相之道」的反面相應。

反覆說（30）：反覆說明。按：前面從正面說明，此處從反面說明[88]。

結得好（31）：指出此處結尾好。

前二段大難，承後二段小有力（32）：與「難」（26）呼應，指出前兩段乃是「難」，後面兩段承此，雖然篇幅短小，但是有力。

---

84 可參見附錄一「結構表及說明」。

85 可參見附錄一「結構表及說明」。

86 可參見附錄一「結構表及說明」。

87 可參見附錄一「結構表及說明」。

88 可參見附錄一「結構表及說明」。

總結：旁批涵蓋了「文法」、「章法」、「主題」。在「文法」類中，注意到造句之效果與氣勢，但是說明稍嫌籠統。在「章法」類中，注意到承與結、前呼後應、抑揚、反說、駁難等。

### 3.題下批

（1）抑揚好，一節應一節：此與第 4、6、7、9 個旁批配合，指出敘事抑揚之處，並且節與節之間相呼應。

（2）嚴序事實：此與第 1 個旁批配合，指出嚴謹地敘明事實。按：呂氏特別指出此點，當是看出敘梓人在本文中的重要性，因為梓人之言行為後來宰相言行之張本，因此此處敘述嚴謹使人信服，也為其後之開展打下良好的基礎。

總結：題下批主要注意到敘事的部份，除了抑揚呼應外，嚴謹詳明的敘述更是重要的基礎。

## （六）捕蛇者說

感慨譏諷體

永州之野產異蛇：黑質而白章，觸草木盡死；以齧人，無禦之者。然得而腊之以為餌，可以已大風、攣踠、瘻癘，去死肌，殺三蟲。其始太醫以王命聚之，歲賦其二。募有能捕之者，當其租入。永之人爭奔走焉。」（第一段）

有<u>蔣氏</u>者，專其利三世矣。問之，則曰：「吾祖死於是，吾父死於是，今吾嗣為之十二年，幾死者數矣。」言之貌若甚感者。余悲之，且曰：「若毒之乎？余將告於蒞事者，更若役，復若賦，則何如？」蔣氏大感，汪然出涕，曰：「君將哀而生之乎？<u>則吾斯役之不幸，未若復吾賦不幸之甚也</u>。」（第二段）

　　嚮吾不為斯役，則久已病矣。自吾氏三世居是鄉，積於今六十歲矣。而鄉鄰之生日蹙，殫其地之出，竭其廬之入。號呼而轉徙，饑渴而頓踣。觸風雨，犯寒暑，呼噓毒癘，往往而死

此段

者，相藉也。曩與吾祖居者，今其室十無一焉。與吾父居者，

輕重相形 (1)　　　　　　　　　　重 (2)

今其室十無二三焉。與吾居十二年者，今其室十無四五焉。非死而徙爾，<u>而吾以捕蛇獨存</u>。悍吏之來吾鄉，叫囂乎東西，隳

繳有力 (3)

突乎南北；譁然而駭者，雖雞狗不得寧焉。吾恂恂而起，視其缶，而吾蛇尚存，則弛然而臥。謹食之，時而獻焉。退而甘食

狀物之妙 (4)

其土之有，以盡吾齒。蓋一歲之犯死者二焉，其餘則熙熙而

輕 (5)

樂，豈若吾鄉鄰之旦旦有是哉。今雖死乎此，比吾鄉鄰之死則已後矣，又安敢毒邪？」（第三段）

　　余聞而愈悲，<u>孔子曰：「苛政猛於虎也！」</u>吾嘗疑乎是，

引證 (6)　　　柳子本意 (7)

今以蔣氏觀之，猶信。嗚呼！<u>孰知賦斂之毒，有甚是蛇者乎！</u>故為之說，以俟夫觀人風者得焉。（第四段）

## 1. 評論符號

　（1）└：呂氏用此符號將本文分作四段。**按：呂氏之分段相當能掌握文意之轉折，非常精準[89]。**

　（2）｜：在開頭兩字標上「｜」，乃是與「└」搭配，標誌出分段。全句或數句標上「｜」，乃是標誌出重要

---

89 可參見附錄一「結構表及說明」。

尾句與句子。按：第二、三段的呼應句子，也被特別標註出來，即「則吾斯役之不幸，未若復吾賦不幸之甚也」、「嚮吾不為斯役，則久已病矣」兩句。

（3）、：本文未出現此符號。

總結：「∟」標誌著文章的分段，本文之分段非常精準；「｜」之作用有二：標誌出分段，以及標誌出重要尾句、句子。

## 2. 旁批

### （1）修辭類

引證（6）：指出此為引證。按：此為引用格中之用「語典」。

### （2）章法類

此段輕重相形（1）：與「重」（2）、「輕」（5）配合，「重」指鄉鄰遭遇悲慘，「輕」指自身安然獨存，兩者相比較。按：第三段從蔣氏與鄉鄰的比較中，凸顯出賦斂之毒。

重（2）：與「此段輕重相形」（1）配合，說明見前。

繳有力（3）：「繳」指此為小範圍之收束，此指收束有力。

狀物之妙（4）：指此敘寫十分佳妙。

輕（5）：與「此段輕重相形」（1）配合，說明見前。

### （3）主題類

柳子本意（7）：指出此為柳宗元之本意。按：指出此為主旨。

總結：旁批涵蓋了「修辭」、「章法」、「主題」。在「修辭」類中，注意到引用格的運用。在「章法」類中，注意到兩者之比較，以及敘事、收結。在「主題」類中，注意到主旨。

### 3. 題下批

指出本文為含藏感慨譏諷之意的文體[90]。按：本文之結構為「先敘後論」，主旨出現在「論」的部份，並且引用孔子之語表出諷諫之意，最後以感慨作收。

## (七) 與韓愈書論史事

亦是攻擊辯詰體頗似退之諍臣論

　　正月二十一日，宗元頓首十八丈退之侍者：前獲書言史事，云具〈與劉秀才書〉，及今乃見書稟，私心甚不喜，與退之往年言史事甚大謬。若書中言，退之不宜一日在館下，安有探宰相意，以為苟以史榮一韓退之邪？若果爾，退之豈宜虛受宰相榮己，而冒居館下，近密地，食奉祿，役使掌固，利紙筆為私書，取以供子弟費？古之志於道者不若是。」（第一段）

　　且退之以為紀錄者有刑禍，避不肯就，尤非也。史以名為

　　　　　　　　　　　　生一意 (1)

褒貶，猶且恐思不敢為；設使退之為御史中丞大夫，其褒貶成

　　　　　　　　　　　　二段以重明輕 (2)

敗人愈益顯，其宜恐懼尤大也，則又將揚揚入臺府，美食安坐，行呼唱於朝廷而已邪？在御史猶爾，設使退之為宰相，生殺出入升黜天下士，其敵益眾，則又將揚揚入政事堂，美食安坐，行呼唱於內庭外衢而已邪？何以異不為史而榮其號，利其祿者也？」（第二段）

　　又言：「不有人禍，則有天刑。」若以罪夫前古之為史

　　　　　　　　　　　　又生一意 (3)

---

90 胡楚生編著《柳文選析》中胡楚生之案語曰：「寓意則可為天下庶民請命，以見當時各地賦歛之苛，百姓肆應之苦，若專局於永州一地言之，則恐非子厚當時之心意也。」，頁66。

者，然亦甚惑。<u>凡居其位，思直其道。道苟直，雖死不可回也；如回之，莫若亟去其位。</u>孔子之困於魯、衛、陳、宋、蔡、齊、楚者，其時暗，諸侯不能以也。其不遇而死，不以作《春秋》故也。當其時，雖不作《春秋》，孔子猶不遇而死也。若周公、史佚，雖紀言書事，猶遇且顯也。又不得以《春秋》為孔子累。范曄悖亂，雖不為史，其族亦誅。司馬遷觸天子喜怒，班固不撿下，崔浩沽其直以鬭暴虜，皆非中道。左丘明以疾盲，出於不幸。子夏不為史亦盲，不可以是為戒。其餘皆不

難得倒 (4)似韓文辨諱 (5)

出此。<u>是退之宜守中道，不忘其直，無以他事自恐。退之之恐，唯在不直，不得中道，刑禍非所恐也。</u>」（第三段）

　　<u>凡言二百年文武事，多有誠如此者。</u>今退之曰：我一人

又說責不可逃處 (6)

也，何能明？則同職者又所云若是，後來繼今者又所云若是，<u>人人皆曰我一人，則卒誰能紀傳之邪？</u>如退之但以所聞知孜孜

反覆 (7)

不敢怠，同職者、後來繼今者，亦各以所聞知孜孜不敢怠，則庶幾不墜，使卒有明也。不然，徒信人口語，每每異辭，日以滋久，則所云「磊磊軒天地者」決必沉沒，且亂雜無可考，<u>非有志者所忍恣也。果有志，豈當待人督責迫蹙，然後為官守邪？</u>」（第四段）

　　<u>又凡鬼神事，渺茫荒惑無可準，明者所不道，</u>退之之智，而猶懼於此。今學如退之，辭如退之，好言論如退之，慷慨自為正直行行焉如退之，猶所云若是，<u>則唐之史述其卒無可託乎？明天子賢宰相得史才如此，而又不果，甚可痛哉！</u>」（第五段）

　　退之宜更思，<u>可為速為</u>；果卒以為恐懼不敢，則一日可引

總繳前意 (8)

去，又何以云「行且謀」也？今當為而不為，又誘館中他人及

應前 (9)　　　　責之甚切 (10)

後生者，此大惑已。不勉已而欲勉人，難矣哉！（第六段）

警策 (11)

## 1. 評論符號

（1）└：呂氏用此符號將本文分作六段。按：呂氏之分段相
當能掌握文意之轉折，非常精準[91]。

（2）│：在開頭兩字標上「│」，乃是與「└」搭配，標
誌出分段。全句或數句標上「│」，乃是標誌出重要
尾句與句子。

（3）、：在第四段之「如」、「不然」旁邊，皆標註
「、」，表示出重要性。按：此段文意多有轉折，「凡
言……之耶」就反面寫，「如退……明也」就正面寫，而「不
然……守耶」又是就反面寫。呂氏用「、」，將轉折處標註出
來，使得此段文意更為顯豁。

總結：「└」標誌著文章的分段，且本文之分段相當精
準；「│」之作用有二：標誌出分段，以及標誌出重要尾句、
句子；「、」則標誌出第四段重要之轉折點。

## 2. 旁批

### （1）修辭類

似韓文辨諱（5）：指此種作法，類似於韓愈〈辯諱〉。按：
韓愈〈辯諱〉也引用事材作證，呂氏對此亦有旁批，如「引古人證一篇
之意」（2）、「此引事一段，盡是不諱嫌名說」（3）。可見得呂氏對此種作
法相當注意。

---

91 可參見附錄一「結構表及說明」。

（2）章法類

生一意（1）：指生出一意。按：此意開出第二段，且與評論符號「∟」配合。

二段以重明輕（2）：「重」指「御史中丞大夫」、「宰相」，「輕」指史官，此指第二段敘寫「御史中丞大夫」、「宰相」，目的是在凸顯史官。按：史官為「主」，「御史中丞大夫」、「宰相」為「賓」，以「賓」襯「主」，凸顯出韓愈不任史官之非。

又生一意（3）：指又生出一意。按：此意開出第三段，且與評論符號「∟」配合。

難得倒（4）：指此處引史事來駁難，能收到效果。

反覆（7）：指反覆說明。按：此段文意多有轉折，「凡言……之耶」就反面寫，「如退……明也」就正面寫，而「不然……守耶」又是就反面寫，所以有「反覆」之感。並與評論符號「、」配合。

總繳前意（8）：總收前面之意。按：前面分就「刑禍」、「天刑」、「職責」、「鬼神」四個方面，闡明韓愈應該堅持下去的道理，此段總收。

應前（9）：指出呼應前面。按：應是呼應第一段，此為首尾呼應。

（3）主題類

又說責不可逃處（6）：說明此段之大意。

責之甚切（10）：指出此段之用意。

警策（11）：指此為本文重要意旨。

總結：旁批涵蓋了「修辭」、「章法」、「主題」。在「修辭」類中，注意到引用格的運用。在「章法」類中，注意到應與收，以及段之開展、反覆說明、兩者的比較（實為「賓主」法的運用）等問題，與評論符號「∟」也兩兩搭配。在「主題」類中，注意到段意以及關鍵句。

### 3. 題下批

本文論韓愈不為史官之非，其中出現頗多辯駁韓愈想法之處，因此呂氏認為此為「攻擊辯詰體」，而且也指出「頗似退之諍臣論」。按：本文運用了「立破法」[92]，而韓愈〈諫臣論〉也是論辯陽城任諫官之非，並且運用了頗多次「立破法」[93]，而且呂氏也在題下批處云：「此篇是箴規攻擊體」。可見呂氏對此之分辨與重視。

## （八）送薛存義之任序

雖句少極有反覆

河東薛存義將行，柳子載肉於俎，崇酒於觴，追而送之江之滸，飲食之。且告曰：「凡吏於土者，若知其職乎？<u>蓋民之役，非以役民而已也</u>。凡民之食於土者，出其什一傭乎吏，使

一篇筋骨(1)　　　　　　　　　　　　　　　　下的當(2)

司平於我也。今我受其直怠其事者，天下皆然。豈惟怠之，又從而盜之。向使傭一夫於家，受若直，怠若事，又盜若貨器，

下的當(3)　譬得切(4)

則必甚怒而黜罰之矣。<u>以今天下多類此，而民莫敢肆其怒與黜罰者，何哉？勢不同也。勢不同而理同，如吾民何？有達於理</u>

斡旋(5)　　　　　一篇精神(6)　　　　　　　下得

<u>者，得不恐而畏乎</u>！」」（第一段）

好(7)

<u>存義</u>假令零陵二年矣。蚤作而夜思，勤力而勞心，訟者平，賦者均，老弱無懷詐暴憎，<u>其為不虛取直也的矣，其知恐</u>

應前(8)

<u>而畏也審矣</u>。」（第二段）

---

92 可參見附錄一「結構表及說明」。

93 可參見附錄一「結構表及說明」。

吾賤且辱，不得與考績幽明之說，於其往也，故賞以酒肉，而重之以辭。（第三段）

## 1. 評論符號

（1）└：呂氏用此符號將本文分作三段。按：呂氏之分段頗為合理，不過第一段篇幅較長，而且「河東……食之」和「且告……畏乎」之間有一個較大的轉折，因此也可以考慮在此分一段[94]。

（2）｜：在開頭兩字標上「｜」，乃是與「└」搭配，標誌出分段。全句或數句標上「｜」，乃是標誌出重要尾句與句子。

（3）、：本文未出現此符號。

總結：「└」標誌著文章的分段，但本文之分段還有可以商榷處；「｜」之作用有二：標誌出分段，以及標誌出重要尾句與句子。

## 2. 旁批

（1）修辭類

譬得切（4）：指出此譬切當。按：此實以傭僕為例，並非現代修辭學之譬喻。

（2）文法類

下的當（2）：應指此句準確有力。按：呂氏之批語稍嫌籠統，但根據推測，應為此意。

下的當（3）：同前。

下得好（7）：應指此句很有效果。按：呂氏之批語稍嫌籠統，但根據推測，應為此意。

---

94 可參見附錄一「結構表及說明」。

（3）章法類

斡旋（5）：指承接，多特就其聯句之作用而言，此處指出「勢不同」一語關鎖上下句。

應前（8）：指出呼應前面。按：應為呼應第一段之「受其直」。

（4）主題類

一篇筋骨（1）：指出此為一篇之關鍵句。按：此句與主旨密切相關。

一篇精神（6）：「精神」為意脈貫穿之效果，本旁批指出此為一篇之重要意脈。按：此句與主旨密切相關。

總結：旁批涵蓋了「修辭」、「文法」、「章法」、「主題」。在「修辭」類中，注意到譬喻格。在「文法」類中，注意到句子的效果。在「章法」類中，注意到前呼後應。在「主題」類中，注意到與一篇主旨密切相關的關鍵句。

## 3. 題下批

「雖句少」指本文篇幅短。「極有反覆」指本文反覆再三，具體說來就是頗有轉折、呼應。

# 第陸章

# 《古文關鍵》單篇文本評點中之文章論（二）

　　本章所探討者為歐文十一篇和老蘇文六篇，共計十七篇。探討之方式與前章相同。

## 一、歐文

### （一）朋黨論

在諫院進○議論出人意表大凡作文妙處須出意外

　　臣聞朋黨之說，自古有之，<u>惟幸人君辨其君子小人而已</u>。」
　　　　　　　　　　　　　　　平說 (1)
（第一段）
　　大凡君子與君子，以同道為朋；小人與小人，以同利為
　　　解上意 (2)
朋；此自然之理也。<u>然臣謂小人無朋，惟君子則有之，其故何</u>
　　　　　　　　　驚人句 (3)　　　應後句 (4)
<u>哉</u>？」（第二段）
　　小人所好者，祿利也；所貪者，財貨也。當其同利之時，
　　　解上意 (5)
暫相黨引以為朋者，偽也；及其見利而爭先，或利盡而交疏，

則反相賊害，雖其兄弟親戚，不能相保。<u>故臣謂小人無朋，其</u>
應前句 (6)
<u>暫為朋者，偽也。</u>」（第三段）

　　<u>君子</u>則不然。所守者道義，所行者忠信，所惜者名節。以
之修身，則同道而相益；以之事國，則同心而共濟，終始如
一：<u>此君子之朋也。</u>」（第四段）

　　<u>故為人君者，但當退小人之偽朋，用君子之真朋，則天下</u>
　一篇大意 (7)　　　　　　　　　　　　　警策有力處 (8)
<u>治矣。</u>」（第五段）

　　<u>堯之時</u>，小人共工、驩兜等四人為一朋；君子八元八愷十
下得好 (9)　　說少 (10)
六人為一朋。舜佐堯，退四凶小人之朋，而進元凱君子之朋，
下得好 (11)　　　　　　　　應前 (12)
堯之天下大治。及舜自為天子，而皋夔稷契等二十二人並列於
過接處 (13)
朝，更相稱美，更相推讓，凡二十二人為一朋；而舜皆用之，
說多 (14)　　　　　　　　文勢 (15)
天下亦大治。」（第六段）

　　書曰：「紂有臣億萬，惟億萬心。周有臣三千，惟一
警策有力處(16)
心。」紂之時，億萬人各異心，可謂不為朋矣，然紂以亡國。
周武王之臣，三千人為一大朋，而周用以興。」（第七段）

　　<u>後漢獻帝時</u>，盡取天下名士囚禁之，目為黨人。及黃巾賊
起，漢室大亂。後方悔悟，盡解黨人而釋之，然已無救矣。唐
之晚年，漸起朋黨之論。及昭宗時，盡殺朝之名士，或投之黃
河，曰：「此輩清流，可投濁流。」而唐遂亡矣。」（第八段）

　　<u>夫前世之主，能使人人異心不為朋，莫如紂；能禁絕善人</u>
此點字處皆提起說如人反說話 (17)

為朋，莫如漢獻帝；能誅戮清流之朋，莫如唐昭宗之世；然皆

五用「莫如」錯落可誦 (18)　　　　　　　　繳前紂與漢唐 (19)

亂亡其國。更相稱美推讓而不自疑，莫如舜之二十二臣。舜亦

不疑而皆用之，然而後世不誚舜為二十二人朋黨所欺，而稱舜

下得好 (20)繳前舜 (21)　上幾句說有力若無

為聰明之聖者，以能辨君子與小人也。周武之世，舉其國之臣

一句承得有力亦徒然譬之千鈞一秒木承之則腰折了下一句須有力 (22)

三千人，共為一朋。自古為朋之多且大，莫如周。然周用此以

有力 (23)　　　　　　　　　　　　　　　　　繳

興者，善人雖多而不厭也。嗟乎！治亂興亡之迹，為人君者，

前武王 (24)　　尤有力 (25)

可以鑒矣。（第九段）

## 1. 評論符號

（1）└：呂氏用此符號將本文分作九段。按：本文段落劃分
　　較細。呂氏將前面的議論，劃分為一到五段，把其中的文意
　　轉折掌握得十分精細、精確。而舉歷史事件為證的部份，呂
　　氏應是看到「堯舜」、「紂周」皆合併敘述，因此將「漢」、
　　「唐」也合為一段。第九段為議論，呂氏統而不分，但是若欲
　　比照篇首的議論，進行較精細的劃分，則「夫前……其國」、
　　「更相……厭也」、「夫興……鑑矣」，是三層較為明顯的轉
　　折[1]。

（2）｜：在開頭兩字標上「｜」，乃是與「└」搭配，標
　　誌出分段。全句、數句或段落標上「｜」，乃是標誌
　　出重要句子、結句、段落。按：第一至五段論述君子真
　　朋、小人偽朋的道理，因此其中的關鍵句：「惟幸人君辨其君

---

1　可參見附錄一「結構表及說明」。

子小人而已」、「然臣謂小人無朋，惟君子則有之。其故何哉」、「故臣謂小人無朋，其暫為朋者，偽也」、「此君子之朋也」、「故為人君者，但當退小人之偽朋，用君子之真朋，則天下治矣」，皆予以標誌，可見呂氏對此之重視，而且此也與「∟」之標誌相輔相成。

（3）、：在三個「能」字和五個「莫如」旁，皆標誌「、」，表示出重要性。按：三個「能」字表示出三位禁絕君子真朋的君王，其倒行逆失之荒謬，而五個「莫如」則表示出這五位君王的特別地位。而且，「能」與「莫如」的重複出現，也造成了「類字」的效果。還有，與旁批「此點字處皆提起說，如人反說話」（17）、「五用「莫如」，錯落可誦」（18）相輔相成。

總結：「∟」標誌著文章的分段，但本文分段之精粗與否，前後有別；「｜」之作用有二：標誌出分段，以及標誌出重要句子、結句、段落；「、」則標誌著起著特別效果的詞彙。

## 2. 旁批

### （1）文法類

下得好（9）：：應指此句很有效果。按：呂氏之批語稍嫌籠統，但根據推測，應為此意。

下得好（11）：同前。

下得好（20）：同前。

有力（23）：指出此精警有力。

尤有力（25）：與「有力」（23）配合，指出此更精警有力。

### （2）章法類

平說（1）：此指平平說來。按：此可與頓挫波瀾之文勢相比，則知「平說」為平緩地道來。

解上意（2）：指出此處承「上意」而「解」。按：因為「上意」提出一個論點，此處深入論述，因此呂氏批云：「解」。

應後句（4）：與「應前句」（6）配合，指出前呼後應處。按：此亦與評論符號「｜」配合。

解上意（5）：指出此處承「上意」而「解」。按：因為「上意」為問句，此處答「上意」，因此呂氏批云：「解」。

應前句（6）：與「應後句」（4）配合，指出前呼後應處。按：此亦與評論符號「｜」配合。

說少（10）：指「四人為一朋」為少。與第「說多」（14）配合。

應前（12）：指呼應前面。按：應指呼應本段「四人為一朋」句。

過接處（13）：指出此為轉換承接處。

說多（14）：指「二十二人為一朋」為多。與「說少」（10）配合。

文勢（15）：指文章體勢。

此點字處皆提起說，如人反說話（17）：「點字處」指用評論符號「、」標誌出來的字眼，此應指三個「能」字，而此三個「能」字具有提振文勢的作用，而且因為這些敘述皆為負面例證，所以還加以提振，就有如「人反說話」一般[2]。按：用評論符號「、」標誌出來的字眼共有三個「能」字和五個「莫如」，但是因為第 18 個批語就是針對五個「莫如」來分析，因此本批語所針對的應該是三個「能」字。

五用「莫如」，錯落可誦（18）：指五個「莫如」錯落出現，造成很好的誦讀效果。按：「莫如」的重複出現，造成了「類

---

[2] 「如人反說話」指運用負面例證，與「反語」、「倒反」不同。黃慶萱《修辭學》：「『倒反』主要指的是言辭表面的意義和作者內心真意相反的修辭法。表面讚賞，其實責罵；表面責罵，其實讚賞。」，頁 455。

字」的效果。

繳前紂與漢唐（19）：「繳」為小範圍之收束，意指此處收前面關於「紂與漢唐」的敘述。

繳前舜（21）：「繳」為小範圍之收束，意指此處收前面關於「舜」的敘述。

上幾句說有力，若無一句承得有力，亦徒然，譬之千鈞一杪木，承之則腰折了，下一句須有力（22）：「上幾句說有力」應指「更相稱美推讓而不自疑……而稱舜為聰明之聖者」一節，「下一句須有力」應指「以能辨君子與小人也。」而「千鈞一杪木」之譬，則是指出若開展好，但是承接得不好，則是徒然。按：所謂「上幾句」、「下一句」，呂氏並未指稱得十分明確，因此只能依據推測來分析。而且此段十分重要，呂氏亦用評論符號「｜」予以標誌。

繳前武王（24）：「繳」為小範圍之收束，意指此處收前面關於「武王」的敘述。

（3）主題類

驚人句（3）：此句之意與常人看法不同，因此「驚人」。

一篇大意（7）：指出此為一篇主旨。按：此亦與評論符號「└」、「｜」配合，共同凸顯出此段之重要。

警策有力處（8）：「警策」指此為本文重要意旨，因此「警策有力」當指此精警有力。並與第8個旁批配合。

警策有力處（16）：同前。

總結：本文之旁批與評論符號的呼應較為明顯，而內容涵蓋了「文法」、「章法」、「主題」。在「文法」類中，注意到句子的效果。在「章法」類中，除了注意到「應」之外，還細密地區分出「解」、「繳」（此為不同類型的「應」），而且，還注意到類字所造成的呼應效果。在「主題」類中，注意到主旨，以及與主旨密切相關的關鍵句。

### 3. 題下批

（1）在諫院進：指出歐陽修作此文之背景。

（2）議論出人意表，大凡作文妙處，須出意外：呂氏旁批云：「一篇大意」（7）者，為「故為人君者，但當退小人之偽朋，用君子之真朋，則天下治矣！」此應為「出人意表」之議論，而且呂氏強調「大凡作文妙處，須出意外」，指出了此種立論方式的效果。

總結：題下批涵蓋了作文之背景，以及主旨，而且與旁批、評論符號「｜」配合。

## （二）縱囚論

文最緊曲折辨論驚人險語精神聚處詞盡意未盡〇此篇反覆有血脈

信義行於君子，而刑戮施於小人。刑入於死者，乃罪大惡
　　立兩句柱發起 (1)　　　　　　　　　　接得佳有力 (2)　此二段
格
極，此又小人之尤甚者也。寧以義死，不苟幸生，而視死如
(3)　精神 (4)　眼目應得出重 (5)
歸，此又君子之尤難者也。」（第一段）
　　　　　　下兩尤字最精神 (6)
　方唐太宗之六年，錄大辟囚三百餘人，縱使還家，約其自
　　先藏此句不閑應在後 (7)
歸以就死，是以君子之難能，期小人之尤者以必能也。其囚及
　　　　　　　　　　　　　　結上二段 (8)十分說君子小
期，而卒自歸無後者，是君子之所難，而小人之所易也，此豈
人又收得緊 (9)　　　　　　　　　　　　　疑詞

近於人情哉？」（**第二段**）

設問 (10)

　　**或曰**：「罪大惡極，誠小人矣。及施恩德以臨之，可使變
　　　　　　　　　　　　　上既疑了此段為太宗解 (11)

而為君子；蓋恩德入人之深，而移人之速，有如是者矣。」」

下字法 (12)

（**第三段**）

　　**曰**：「**太宗之為此，所以求此名也**。然安知夫縱之去也，
　　　　　　　一篇本意 (13)　　　　　　此一段說太宗骨髓出

不意其必來以冀免，所以縱之乎？又安知夫被縱而去也，不意

(14) 警策 (15)

其自歸而必獲免，所以復來乎？」（**第四段**）

　　　　　　是此一篇根本 (16)

　　**夫意其必來而縱之，是上賊下之情也；意其必免而復來，**

　　緩緩說下方說上下相賊語 (17)是上賊下下賊上二句須自前引來若直

**是下賊上之心也。吾見上下交相賊，以成此名也，烏有所謂施**

說便不好要下此語亦如孟子言楊墨比禽獸必先說為我無君兼愛無父之類

**恩德，與夫知信義者哉？**不然，太宗施德於天下，於茲六年

(18) 驚人險語 (19)　　　　上既說太宗骨髓了下如無此段則文字單弱前

矣。不能使小人不為極惡大罪，而一日之恩，能使視死如歸

入太宗事已說六年了此又說六年亦有未盡意是重臺格 (20) 文愈壯愈緊

而存信義，此又不通之論也。」」（**第五段**）

(21)此文字豐厚處，若便接若便接何為而可覺單弱 (22)

　　「**然則，何為而可？**」曰：「縱而來歸，殺之無赦；而又縱

　　　　　　　　難 (23)

之，而又來，則可知為恩德之致爾；然此必無之事也。」

　　　　　　　　　　　　　　　　　　結盡 (24)

（**第六段**）

若夫縱而來歸而赦之，可偶一為之爾。若屢為之，則殺人
　　　　欲說不可為常先立此句 (25)此一句已藏常法意一句勝一句
者皆不死，是可為天下之常法乎？不可為常者，其聖人之法
(26)　　　　　　　　　　　　　　　此就一字上生意 (27)
乎？」（第七段）
先說聖人所以引入堯舜三王事 (28)

是以堯舜三王之治，必本於人情；不立異以為高，不逆情
　　　　　　　　　　　前不說堯舜三王留在後結詞盡
以干譽。」（第八段）
而意無窮 (29)


## 1. 評論符號

（1）└：呂氏用此符號將本文分作八段。按：呂氏之分段兼
　　　顧文意之邏輯與字數之均衡，頗為理想[3]。

（2）｜：在開頭兩字標上「｜」，乃是與「└」搭配，標
　　　誌出分段。全句、數句或段落標上「｜」，乃是標誌
　　　出重要首句、結句、句子與段落。

（3）、：本文在兩個「尤」字，兩個「安知」、「不意」，
　　　以及兩個「常」字旁皆標誌上「、」，表示出重要性。
　　　按：標誌出兩個「尤」字，應該是用來凸顯「小人尤甚」、
　　　「君子尤難」兩個相對反的事理[4]。標誌出兩個「安知」、「不
　　　意」，應該是用來凸顯太宗與死囚相互臆測的心理。標誌出兩
　　　個「常」字，應該是用來凸顯出與主旨密切相關的關鍵字。

　　　總結：「└」標誌著文章的分段；「｜」之作用有二：標誌

---

3 可參見附錄一「結構表及說明」。

4 王基倫：「『小人之尤甚』、『君子之尤難』兩句，加一『尤』字，語氣更為強烈，襯托
　出『君子之難能』卻要求『小人之尤者以必能』，其中顯然有不近『人情』處。」見
　〈歐陽修〈縱囚論〉的「言」與「意」〉，《唐宋古文論集》，頁 194。

出分段，以及標誌出重要首句、結句、句子與段落；「、」則標誌著對照面與關鍵詞。

## 2. 旁批

### （1）詞彙類

下兩「尤」字最精神（6）：指出兩個「尤」字非常有精神。按：兩個「尤」字應該是用來凸顯「小人尤甚」、「君子尤難」兩個相對反的事理，而且與「眼目應得出重」（5）和評論符號「、」配合。

下字法（12）：應指「變」字下得好。

### （2）修辭類

疑詞設問（10）：以疑詞設一問。按：此為設問格中之「激問」[5]。

### （3）章法類

立兩句柱發起（1）：指此開頭二句為二柱。按：本旁批注意到開頭兩句提出「君子」、「小人」兩軌[6]。

接得佳有力（2）：承前接續，有力。按：此處承「小人」一軌。

此二段格（3）：與「立兩句柱發起」（1）配合，指出兩軌。

先藏此句，不閑應在後（7）：指此句為伏筆，後有呼應。按：本旁批與第20個旁批配合。

結上二段（8）：此收結上面兩軌。

十分說君子小人，又收得緊（9）：與「結上二段」（8）配合，特別指出「君子」、「小人」兩軌，且強調收結得很緊密。

---

5 黃慶萱《修辭學》指出設問格中有一類為「激問」：「為激發本意而發問，叫作激問。」，頁50。

6 王基倫：「第一大段敘述事由，採用『雙句排比』的方式，將『君子』與『小人』鮮明地對比出來。」見〈歐陽修〈縱囚論〉的「言」與「意」〉，《唐宋古文論集》，頁193。

　　上既疑了，此段為太宗解（11）：指前面一問疑太宗，此處為太宗開解。按：此處為又立一案，以引出其下之「破」，讓作者的論述更為周延。

　　緩緩說，下方說「上下相賊」語（17）：指此句緩出，與後相應。

　　是「上賊下、下賊上」二句，須自前引來，若直說便不好要下此語，亦如孟子言楊墨比禽獸，必先說「為我無君、兼愛無父」之類（18）：指出此處之評斷相當嚴厲，因此必須前有所承，並引孟子評斷楊墨為例證。

　　上既說太宗骨髓了，下如無此段則文字單弱。前入太宗事已說六年了，此又說六年亦有未盡意，是重臺格（20）：指出兩重呼應，一是與前面剖析太宗心理處呼應，一是與前面稱「方唐太宗之六年」呼應。按：翻閱資料，始終無法找到與「重臺格」相關之資料，因此只好闕疑。

　　文愈壯愈緊（21）：指文勢雄壯、層層深入。

　　此文字豐厚處，若便接「何為而可」，覺單弱（22）：指出多一承接語，文勢豐厚許多。

　　難（23）：指出此為駁難。按：前面論述太宗死囚行為之不合理，此處用疑問反駁如何驗證作者的推論。

　　結盡（24）：以此語結，結得盡，幾無反駁餘地。

　　欲說「不可為常」，先立此句（25）：指出此為伏筆，與後呼應。按：本旁批與評論符號「、」配合。

　　此一句已藏「常法」意，一句勝一句（26）：指出此為伏筆，與後面「是可為天下之常法乎」呼應。按：本旁批與評論符號「、」配合。

　　此就一字上生意（27）：此字為「常」，生出議論。按：本旁批與主旨密切相關，並與評論符號「、」配合。

　　先說聖人，所以引入堯舜三王事（28）：指出前呼後應

處。按：本旁批與第 29 旁批配合。

前不說堯舜三王，留在後結，詞盡而意無窮（29）：指出結尾才出現重點，留下無限餘味。

**（4）主題類**

精神（4）：指意脈貫穿之效果。

眼目應得出重（5）：「眼目」指關鍵處或與此相關之重要字眼，「應得出重」則為其效果。按：呂氏未明言何為「眼目」，推斷應指「尤甚」一詞，此詞表現出程度之重。此旁批與「下兩尤字最精神」（6）和評論符號「、」配合。

一篇本意（13）：指出此為一篇之本意。按：此為太宗之心理，與主旨密切相關。

此一段說太宗骨髓出（14）：指出此處深刻剖析太宗心理。

警策（15）：指此為本文重要意旨。

是此一篇根本（16）：此處深刻剖析囚犯心理，為一篇之根本。按：囚犯心理與主旨密切相關。

驚人險語（19）：指出此旁批下語嚴厲、驚人。按：此與主旨密切相關。

總結：旁批涵蓋了「詞彙」、「修辭」、「章法」、「主題」。在「詞彙」類中，注意到用詞，且與評論符號「、」配合。在「修辭」類中，注意到設問格。在「章法」類中，注意到接、收、結，以及兩軌、前呼後應，並且還細密地區分出前呼後應中特別的一類——「疑」與「解」。在「主題」類中，注意到主旨，以及與主旨密切相關的文句與關鍵字。

## 3. 題下批

（1）文最緊，曲折辨論：指出本文議論層層疊出，下層之開展乃根據上層，彼此之間關聯緊密。按：與旁批配合頗密。

（2）驚人險語，精神聚處，詞盡意未盡：與旁批配合而觀，則所謂「驚人險語」，當指本文剖析太宗、死囚心理，十分深刻，出語驚人。而「精神聚處，詞盡意未盡」，意指精采處文意深長。

（3）此篇反覆有血脈：「血脈」指作品所呈現的整體性貫通之象[7]。與旁批、評論符號配合而觀，當指太宗「求名」，縱囚事不合「常情」。按：此事在篇中反覆論述，與主旨密切相關。

總結：本題下批涉及了「主題」、「章法」，而且與旁批、評論符號相輔相成。

## （三）為君難論下

子由君術論正是此意

嗚呼！用人之難難矣，<u>未若聽言之難也。</u>」（第一段）

夫人之言非一端也。巧辨縱橫而可喜，忠言質朴而多訥，此非聽言之難，在聽者之明暗也。諛言順意而易悅，直言逆耳

下字不苟明暗賢愚四字移易不得 (1)

而觸怒，此非聽言之難，在聽者之賢愚也。是皆未足為難也。<u>若聽其言則可用，然用之有輒敗人之事者；聽其言若不可用，</u>

一篇主意先說兩段後入主意是文字委曲 (2)

<u>然非如其言不能以成功者：此然後為聽言之難也。</u>請試舉其一二。」（第二段）

---

7 汪涌豪《中國文學批評範疇及體系》：「『脈』本指血管⋯⋯後衍指事物如血管連貫有條理者⋯⋯具體地說，這『脈』分『語脈』和『意脈』。未發之前，上下連貫之旨為『意脈』；已發之後，前後統屬之詞為『語脈』。由於語詞是用來傳達意旨的，故這兩者在宋人實際論述過程中並未被分為兩橛。⋯⋯『血脈』同『氣脈』都是語脈和意脈貫通後作品所呈現的整體性貫通之象。」，頁260-261。

戰國時，趙將有趙括者，善言兵，自謂天下莫能當。其父

實事 (3)

奢，趙之名將，老於用兵者也，每與括言，亦不能屈。然奢終不以括為能也，嘆曰：「趙若以括為將，必敗趙事。」其後奢死，趙遂以括為將。其母自見趙王，亦言括不可用，趙王不聽，使括將而攻秦。括為秦軍射死，趙兵大敗，降秦者四十萬人，坑於長平。蓋當時未有如括善言兵，亦未有如括大敗者

承接變化 (4)　　　　警策 (5)　　　　結精神 (6)

也。此聽其言可用，用之輒敗人事者，趙括是也。」（第三段）

秦始皇欲伐荊，問其將李信用兵幾何。信方年少而勇，對曰：「不過二十萬足矣。」始皇大喜。又以問老將王翦，翦曰：「非六十萬不可。」始皇不悅，曰：「將軍老矣！何其怯也？」因以信為可用，即與兵二十萬，使伐荊。王翦遂謝病，退老於頻陽。已而信大為荊人所敗，亡七都尉而還。始皇大慙，自駕如頻陽，謝翦因強起之。翦曰：「必欲用臣，非六十

規模一定 (7)

萬不可。」於是卒與六十而往，遂以滅荊。夫初聽其言若不可用，然非如其言不能以成功者，王翦是也。」（第四段）

繳 (8)　　　　意盡 (9)

且聽計於人者，宜何如？聽其言若可用，用之宜矣，輒敗

關鎖 (10) 此段承接好 (11)　宜字眼目 (12)

事；聽其言若不可用，捨之宜矣，然必如其說則成功；此所以

下三宜字精神 (13)

為難也。」（第五段）

予又以為秦、趙二主非徒失於聽言，亦緣樂用新進，忽棄

生意 (14)　　　　　說病源 (15)

老成，此其所以敗也。大抵新進之士喜勇銳，老成之人多持

含意 (16)　　　　生意 (17)　　警策 (18)

重，此所以人主之好立功名者，聽勇銳之語則易合，聞持重之

警策精神 (19)

言則難入也。」（第六段）

　解上 (20)

　若趙括者，則又有說焉。予略攷《史記》所書，是時趙方

　就上生意 (21)　　　　　　　趙括實事說 (22)

遣廉頗攻秦。頗，趙名將也。秦人畏頗，而知括虛言易與也，

因行反間於趙曰：「秦人所畏者，趙括也。若趙以為將，則秦

懼矣。」趙王不悟反間也，遂用括為將以代頗。藺相如力諫，

以為不可。趙王不聽，遂至於敗。繇是言之，括虛談無實而不

可用，其父知之，其母亦知之，趙之諸臣藺相如等亦知之，外

　快 (23)

至敵國亦知之，獨其主不悟耳！」（第七段）

　一篇意鍾在此 (24) 結有力 (25)

　夫用人之失，天下之人皆知其不可，而獨其主不知者，莫

　　　眼目 (26) 精神 (27)　　　　　　　　　眼目 (28)

大之患也。前世之禍亂敗亡繇此者，不可勝數也。（第八段）


## 1. 評論符號

（1）└：呂氏用此符號將本文分作八段。按：呂氏之分段可
　　掌握本文之三大重點：「聽言難」、「用新進」、「主不悟」，而
　　就佔較多篇幅的「聽言難」、「主不悟」，也做了較為細密的劃
　　分，可說是兼顧了文意的邏輯和字數的均衡，頗為理想。唯
　　一可商榷處，是第一段到第二段之間形成了「正、反、正」
　　的變化，目前的分段只區分出「由正而反」的轉化，卻忽略
　　「由反而正」的轉化，因此可以採用同一個標準，即此部份不

再劃分段落，如此亦可收簡明之效[8]。

(2) ｜：在開頭兩字標上「｜」，乃是與「└」搭配，標
誌出分段。全句、數句標上「｜」，乃是標誌出重要
首句、結句。按：呂氏將與「聽言難」總起之部份：「若聽
其言則可用，然用之有輒敗人之事者；聽其言若不可用，然
非如其言不能以成功者：此然後為聽言之難也」，以及分說之
兩軌的呼應部份：「若聽其言則可用，然用之有輒敗人之事
者」、「聽其言若不可用，然非如其言不能以成功者」，都標誌
出來，用意應是特別強調其總說與分應。

(3) 、：呂氏在第五段的「宜」字旁，皆標註上「、」，
表示出重要性。按：此段之重點為「聽言難」，而聽言之
難，就從想當然「宜」如何、但是實際施行時又不如所料的
矛盾中，凸顯出來。

總結：「└」標誌著文章的分段；「｜」之作用有二：標誌
出分段，以及標誌出重要首句、結句；「、」則標誌著重要詞
彙。

## 2. 旁批

### (1) 詞彙類

下字不苟，「明暗賢愚」四字移易不得（1）：指出「此非
聽言之難，在聽者之明暗也」、「此非聽言之難，在聽者之賢愚
也」中，「明暗賢愚」四字下得好。

### (2) 修辭類

實事（3）：指出此運用歷史事件。按：此為引用格之用「事
典」。

趙括實事說（22）：同上。

---

8 可參見附錄一「結構表及說明」。

（3）**文法類**

快（23）：指出此句風格快利。

（4）**章法類**

承接變化（4）：指此承接處有變化。

結精神（6）：指以此作結十分精神。

規模一定（7）：「規模」是指文章結構的規制、格局[9]，「一定」指有規律之法則。

繳（8）：此為「收」前文之意。

關鎖（10）：指與前文相關而收結。

此段承接好（11）：指此段承接前文，承得好。與「關鎖」（10）配合。

生意（14）：指此又生一意。**按**：此新意為「用新進」，因有新意，所以又生新段。

生意（17）：指此又生一意。**按**：此探索「用新進」之原因，因有新意，所以又生新句。

解上（20）：呼應前文而解。

就上生意（21）：指承上又生一意。**按**：此新意為「主不悟」。

結有力（25）：指此結前有力。

（5）**主題類**

一篇主意，先說兩段，後入主意，是文字委曲（2）：「委曲」是委婉有姿態之意。本旁批指出「若聽其言則可用，然用之有輒敗人之事者」為「一篇主意」，而「先說兩段」是指「巧辯……暗也」、「諛言……愚也」兩節，呂氏認為先出此兩節，後入主意，文字有迂迴之勢。**按**：第一段到第二段之間形成了

---

9　熊禮匯〈從選本看南宋古文家接受韓文的期待視野──兼論南宋古文選本評點內容的理論意義〉，《周口師範學院學報》：「所說『規模』是指文章結構的規制、格局，不單是『講篇幅之大小』。」，頁4。

「正、反、正」的變化，此處所言是「由反而正」的部份。

警策（5）：指此為本文重要意旨。

意盡（9）：到此意思完結。

「宜」字眼目（12）：「眼目」指關鍵處或與此相關之重要字眼，本旁批特別指出「宜」具有點醒的重要作用，十分明確。按：本旁批與評論符號「、」呼應。

說病源（15）：指出此處之含意。

含意（16）：本文所含之意。

警策（18）：指此為本文重要意旨。

警策精神（19）：「警策」指此為本文重要意旨，「精神」為意脈貫穿之效果，則「警策精神」乃指此處為表出重要意旨、氣脈貫穿之處。

一篇意鍾在此（24）：指出此為一篇之主意。

眼目（26）：指關鍵處或與此相關之重要字眼。按：呂氏之旁批並未明確指出「眼目」為何，但根據推斷，應指「失」具有點醒的重要作用。

精神（27）：為意脈貫穿之效果。

眼目（28）：指關鍵處或與此相關之重要字眼。按：呂氏之旁批並未明確指出「眼目」為何，但根據推斷，應指「不知」具有點醒的重要作用。

總結：旁批涵蓋了「詞彙」、「修辭」、「文法」、「章法」、「主題」，涵蓋面頗廣。在「詞彙」類中，注意到運用詞彙之效果。在「修辭」類中，注意到引用格。在「文法」類中，注意到句子風格。在「章法」類中，注意到承、繳、結，以及新意新段的產生。在「主題」類中，注意到與主旨關聯密切的重要句子、詞彙，以及一篇主意，特別值得一提的是，還注意到帶出主要意思的手法。

## 3. 題下批

《古文關鍵》也選了蘇轍〈君術〉，而蘇轍〈君術〉的作意是「臣欲天子明知君子之情，以養當世之賢公名卿，而深察小人之病，以絕其自進之漸」，與本文同一用心。因此呂氏評道：「正是此意」。

## (四) 本論上

佛法為中國患千餘歲，世之卓然不惑而有力者，莫不欲去之。已嘗去矣，而復大集：攻之暫破而愈堅，撲之未滅而愈

練句 (1)　　　　　下字 (2)

熾，遂至於無可奈何。是果不可去邪？蓋亦未知其方也。」（第一段）

夫醫者之於疾也，必推其病之所自來，而治其受病之處。病之中人，乘乎氣虛而入焉，則善醫者不攻其疾，而務養其

就譬喻立綱目 (3)

氣。氣實則病去，此自然之效也。故救天下之患者，亦必推其患之所自來，而治其受患之處。」（第二段）

佛為夷狄，去中國最遠，而有佛固已久矣。堯、舜三代之

有力 (4)

際，王政修明，禮義之教充於天下，於此之時，雖有佛，無繇

此說根源難以力爭 (5)　　　　　強此弱彼 (6)

而入。及三代衰，王政闕，禮義廢，後二百餘年，而佛至乎中國。繇是言之，佛所以為吾患者，乘其闕廢之時而來，此其受

應前意 (7)

患之本也。補其闕，修其廢，使王政明而禮義充，則雖有佛，

此亦應前道理 (8)

無所施於吾民矣。此亦自然之勢也。」（第三段）

　　堯、舜、三代之為政，設為井田之法，籍天下之人，計其
　　　　　此鋪敘事迹再整頓說堯舜三代起 (9)　　　　　　一段中有三節
口而皆授之田。凡人之力能勝耕者，莫不有田而耕之。斂以什
(10)
一，差其征賦，以督其不勤，使天下之人力，皆盡於南畝，而
　　　　　　　　　　　　　　　　　　　　　　　有力 (11)
不暇乎其他。」（第四段）

　　然又懼其勞且怠而入於邪僻也，於是為制牲牢、酒醴以養
　　　　　　　　　　　　　　　說自古以來自有維持天
其體，弦匏、俎豆以悅其耳目，於其不耕休力之時而教之以
下道精密如此 (12)
禮。故因其田獵而為蒐狩之禮，因其嫁娶而為婚姻之禮，因其
死葬而為喪祭之禮，因其飲食群聚而為鄉射之禮。非徒以防其
亂，又因而教之，使知尊卑長幼，凡人之大倫也。故凡養生送
死之道，皆因其欲而為之制。飾之物采而文焉，所以悅之使其
易趣也；順其情性而節焉，所以防之使其不過也。」（第五
段）

　　然猶懼其未也，又為立學以講明之。故上自天子之郊，下
至鄉黨，莫不有學，擇民之聰明者而習焉，使相告語而誘勸其
愚惰。嗚呼！何其備也！」（第六段）
結得有力勾上生下 (13)
　　蓋堯、舜、三代之為政如此，其慮民之意甚精，治民之具
甚備，防民之術甚周，誘民之道甚篤，行之以勤而被於物者
　　　　　　　　　　　　　　　　接有力 (14)　　　　　有
洽，浸之以漸而入於人者深。故民之生也，不用力乎南畝，則
骨 (15)　　　精神 (16)　　　　　　　　　　　　　　此
從事乎禮樂之際；不在其家，則在乎庠序之間。耳聞目見，無
四句繳盡前意 (17)

非仁義禮樂，而趨之不知其倦，終身不見異物，又奚暇夫外慕

與前相應 (18)

哉？故曰：雖有佛，無縫而入者，謂有此具也。」（第七段）

結得好 (19)

及周之衰，秦并天下，盡去三代之法，而王道中絕。後之
有天下者，不能勉強，其為治之具不備，防民之漸不周，佛於
此時乘間而出。千有餘歲之間，佛之來者日益眾，吾之所為者

相應 (20)

日益壞。井田最先廢，而兼併游惰之姦起。其後所為蒐狩、婚
姻、喪祭、鄉射之禮，凡所以教民之具，相次而盡廢，然後民
之姦者有暇而為他，其良者泯然不見禮義之及己。夫姦民有餘
力，則思為邪僻；良民不見禮義，則莫知所趣。佛於此時乘其
隙，方鼓其雄誕之說而牽之，則民不得不從而歸之矣。又況王
公大人往往倡而毆之，曰：「佛是真可歸依者。」然則吾民何
疑而不歸焉。幸而有一不惑者，方艴然而怒曰：「佛何為者？
吾將操戈而逐之！」又曰：「吾將有說以排之。」夫千載之患
徧於天下，豈一人一日之可為？民之沈酣入於骨髓，非口舌之
可勝。然則將奈何？曰：「莫若修其本以勝之。」」（第八段）

欲使下二事故先立此句 (21)

昔戰國之時，楊、墨交亂，孟子患之而專言仁義，故仁義
之說勝，則楊、墨之學廢。漢之時，百家並興，董生患之而退
修孔氏，故孔氏之道明而百家自息。此所謂修其本以勝之之效

此應上一句以結此篇意 (22)

也。今八尺之夫，被甲荷戟，勇蓋三軍，然而見佛則拜，聞佛
之說，則有畏慕之誠者，何也？彼誠壯佼，其中心茫然無所守
而然也。一介之士，渺然柔懦，進趨畏怯，然而聞有道佛者，
則義形於色，非徒不為之屈，又欲驅而絕之者，何也？彼無他
焉，學問明而禮義熟，中心有所守以勝之也。然則禮義者，勝

佛之本也。今一介之士，知禮義者，尚能不為之屈，使天下皆知禮義，則勝之矣。此自然之勢也。（第九段）

## 1. 評論符號

（1）乚：呂氏用此符號將本文分作九段。按：呂氏之分段頗為合理，只有兩處需要商榷：一是畫分之精粗未能統一，譬如第一至七段劃分頗細，但第八段卻稍嫌粗略；二是「然則將奈何？曰：莫若修其本以勝之」被劃入第八段，但是此處已經轉入「修禮義」，而且本文第 21、22 個旁批，也指出彼此間之呼應，因此或可劃歸第九段[10]。

（2）｜：在開頭兩字標上「｜」，乃是與「乚」搭配，標誌出分段。全句、數句或段落標上「｜」，乃是標誌出重要結句、句子。

（3）、：本文未出現此符號。

總結：「乚」標誌著文章的分段，但本文之分段還可商榷；「｜」之作用有二：標誌出分段，以及標誌出重要結句、句子。

## 2. 旁批

（1）詞彙類

下字（2）：注意到用字。按：呂氏並未明言注意到何字，若配合「練句」（1），則或指「攻之暫破而愈堅，撲之未滅而愈熾」兩句中之「破」、「堅」、「滅」、「熾」。

（2）文法類

練句（1）：指出此句精鍊。按：呂氏雖未明言，但是當指上下兩句形式對應整齊的句子[11]。

---

10 可參見附錄一「結構表及說明」。

11 參考張秋娥〈論呂祖謙《古文關鍵》評點的修辭接受思想〉，《修辭學習》，頁 58。

有力（4）：指出此句有力。按：本旁批意思較為籠統，推斷應為討論句子。

有力（11）：說明見前。

### （3）章法類

就譬喻立綱目（3）：「綱目」為文章展開的主要線索。本旁批指用「譬喻」的方式提出主要線索。按：呂氏稱此種作法為「譬喻」，但是呂氏之「譬喻」實為舉例。

應前意（7）：指出呼應前文。按：應為呼應「病之中人，乘乎氣虛而入焉」。

此亦應前道理（8）：指出呼應前文。按：應為呼應「故救天下患者，亦必推其患之所自來，而治其受患之處」。

此鋪敘事迹，再整頓說堯舜三代起（9）：指出此鋪敘「堯舜三代」事蹟，並以此起一段。

一段中有三節（10）：指出此段可分為三節。按：可分為「堯舜……耕之」、「斂以……不勤」、「使天……其他」三節。

結得有力，勾上生下（13）：指此結承上而下，並開啟後文。

接有力（14）：指此處承接有力。

此四句繳盡前意（17）：「繳」指此為小範圍之收束，「繳盡前意」為收盡前意，「此四句」應指「不用力乎南畝，則從事於禮樂之際；不在其家，則在乎庠序之間。」本旁批認為此四句收盡前意。按：前面分就「耕」、「禮」、「教」來論述，而此四句收前面三層意[12]。

與前相應（18）：指出呼應前文。按：應是呼應「補其闕，修其廢，使王政明而禮義充，則雖有佛，無所施於吾民矣。」

結得好（19）：指出此結得好。

---

12 可參見附錄一「結構表及說明」。

相應（20）：指出呼應前文。按：應為呼應「病之中人，乘乎氣虛而入焉」。

欲使下二事，故先立此句（21）：所謂「下二事」指孟子、董氏二事，因為此二事之作用為闡明「修其本以勝之」，因此稱「先立此句」。

此應上一句，以結此篇意（22）：此「上一句」應指「修其本以勝之」，並以此作結。

**（4）主題類**

此說根源難以力爭（5）：指出此處之用意。

強此弱彼（6）：指出此段之意，「此」為王道，「彼」為佛教。

說自古以來，自有維持天下道，精密如此（12）：指出此處之用意。

有骨（15）：應指具有支撐、貫穿之作用。

精神（16）：為意脈貫穿之效果。

總結：旁批涵蓋了「詞彙」、「文法」、「章法」、「主題」，十分廣泛。在「詞彙」類中，注意到下字的問題。在「文法」類中，注意到句子精練與否，以及效果。在「章法」類中，注意到接、應、繳、結，以及敘述的層次。在「主題」類中，注意到段（節）意，以及意脈。

## 3. 題下批

本文無題下批。

## （五）本論下

讀之易使人委靡然而筆力都藏在裡面了[13]

---

13 此題下批在冠山堂版和廣文書局印行之《古文關鍵》中，都置於〈本論上〉，但四庫全書置於〈本論下〉。今據四庫全書版。

　　昔荀卿子之說，以為人性本惡，著書一篇以持其論。予始愛之，及見世人之歸佛者，然後知荀卿之說謬焉。甚矣，人之性善也！」（第一段）

　　<u>彼為</u>佛者，棄其父子，絕其夫婦，於人之性甚戾，又有蠶食蟲蠹之病，然而民皆相率而歸焉者，以佛有為善之說故也。

說源流 (1)

嗚呼！<u>誠使吾民曉然知禮義之為善，則安知不相率而從哉</u>？奈

　　　　　　　　　　　　　　　　　　　　　　　　　婉

何教之諭之之不至也？佛之說，熟於人耳、入乎其心久矣，至

(2)

於禮義之事，則未嘗見聞。今將號於眾曰：禁汝之佛而為吾禮義！則民將駭而走矣。<u>莫若為之以漸，使其不知而趣焉可也</u>。

主意(3)

蓋鯀之治水也障之，故其害益暴，及禹之治水也導之，則其患息。<u>蓋患深勢盛則難與敵，莫若馴致而去之易也</u>。」（第二段）

　　<u>今堯</u>、舜、三代之政，其說尚傳，其具皆在，<u>誠能講而修之，行之以勤而浸之以漸，使民皆樂而趣焉，則充行乎天下，</u>

　　　　　　　　　血脈相應(4)

<u>而佛無所施矣</u>。《傳》曰「物莫能兩大」，自然之勢也，奚必曰「火其書」而「廬其居」哉！」（第三段）

語新(5)

　　<u>昔者</u>戎狄蠻夷雜居九州之間，所謂徐戎、白狄、荊蠻、淮夷之類是也。三代既衰，若此之類並侵於中國，故秦以西戎據宗周，吳、楚之國皆僭稱王。《春秋》書用鄫子，《傳》記被髮於伊川，而仲尼亦以不左衽為幸。當是之時，佛雖不來，中國幾何其不夷狄也！以是而言，王道不明而仁義廢，則夷狄之患至矣。及孔子作《春秋》，尊中國而賤夷狄，然後王道復明。

方今九州之民，莫不右袵而冠帶，其為患者，特佛耳。其所以

下得好 (6)

勝之之道，非有甚高難行之說也，患乎忽而不為耳。夫郊天、
祀地與乎宗廟、社稷、朝廷之儀，皆天子之大禮也，今皆舉而
行之。至於所謂蒐狩、婚姻、喪祭、鄉射之禮，此郡縣有司之
事也，在乎講明而頒布之爾。然非行之以勤，浸之以漸，則不

相應 (7)

能入於人而成化。自古王者之政，必世而後仁。今之議者將
曰：「佛來千餘歲，有力者尚無可奈何，何用此迂緩之說為？
是則以一日之功不速就，而棄必世之功不為也，可不惜哉！」
（第四段）

　孔子歎為俑者不仁，蓋歎乎啓其漸而至於用殉也。然則為
佛者，不猶甚於作俑乎！當其始來，未見其害，引而內之。今
之為害著矣，非待先覺之明而後見也，然而恬然不以為怪者何
哉！夫物極則返，數窮必變，此理之常也。今佛之盛久矣，

生救之一段意 (8)

乘其窮極之時，可以反而變之，不難也。」（第五段）

　昔三代之為政，皆聖人之事業；及其久也，必有弊。故三

以大形小 (9)

代之術，皆變其質文而相救。就使佛為聖人，及其弊也，猶將

警策

救之；況其非聖者乎。」（第六段）

精神 (10)

　夫姦邪之士見信於人者，彼雖小人，必有所長以取信。是
以古之人君惑之，至於亂亡而不悟。今佛之法，可謂姦且邪
矣。蓋其為說，亦有可以惑人者。使世之君子，雖見其弊而不
思救，豈又善惑者歟？抑亦不得其救之之術也。救之，莫若修
其本以勝之。捨是而將有為，雖賁、育之勇，孟軻之辯，太公

之陰謀，吾見其力未及施，言未及出，計未及行，而先已陷於
禍敗矣。何則？患深勢盛難與敵，非馴致而為之莫能也。故曰

綱目相應 (11)

修其本以勝之，作《本論》。（第七段）


## 1. 評論符號

（1）∟：呂氏用此符號將本文分作七段。按：呂氏之分段能
　　　掌握文意開展之邏輯，頗為精確[14]。

（2）｜：在開頭兩字標上「｜」，乃是與「∟」搭配，標
　　　誌出分段。全句、數句或段落標上「｜」，乃是標誌
　　　出重要結句、句子。

（3）、：本文未出現此符號。

總結：「∟」標誌著文章的分段，但本文之分段頗為精
確；「｜」之作用有二：標誌出分段，以及標誌出重要結句、
句子。


## 2. 旁批

（1）**文法類**

婉（2）：指出此句之風格委婉。按：此句運用了設問格中的
「懸問」[15]。

語新（5）：指出此語新穎。按：呂氏若是就「字」來探究，通
常批為「下字」、「下字好」，而本旁批為「語新」，應是指整句新穎。

下得好（6）：指此句好。

（2）**章法類**

---

14 可參見附錄一「結構表及說明」。

15 黃慶萱《修辭學》：「內心確有疑問的設問……說者或作者特地把問題懸示出來，希望
　　聽者或讀者共同思考，尋覓答案。董季棠《修辭析論》稱這類疑問為『懸問』。」，頁
　　48-49。

血脈相應（4）：「血脈」指作品所呈現的整體性貫通之象，而「相應」則指前呼後應，此旁批指出本篇重要脈絡前後呼應。按：與「主意」（3）配合而觀，則「血脈相應」應指「漸」之主張相應。

相應（7）：指出前呼後應。按：與「血脈相應」（4）配合而觀，則此前呼後應應指「行之以勤，浸之以漸」。

生「救之」一段意（8）：指出此為伏脈，其後「救之」一段根據此延伸。按：「『救之』一段」應指第六段。

以大形小（9）：「大」指三代之聖人，「小」指佛者，指出此處以三代之聖人陪襯佛者。按：此為賓主法之運用。

綱目相應（11）：「綱目」為文章展開的主要線索，「相應」為前呼後應，因此「綱目相應」為主要線索前呼後應。按：此當指第二段出現之「患深勢盛難與敵，非馴致而為之莫能也」，此處又出現，兩句遙相呼應。

（3）主題類

說源流（1）：指出此說明此節之涵義。

主意（3）：指出此為一篇主旨。

警策精神（10）：乃指此處為表出重要意旨、氣脈貫穿之處。

總結：旁批涵蓋了「文法」、「章法」、「主題」。在「文法」類中，注意到新句與佳句，以及委婉之風格。在「章法」類中，注意到賓主法的運用，且用「形」來指稱，而且注意到「應」，以及其中很重要的一類──「綱目相應」。在「主題」類中，注意到主旨與段（節）旨。


## 3. 題下批

前面係就讀者接受效果而言，認為「易使人委靡」。後面則就文本而言，認為「筆力都藏在裡面了」，有鋒芒不露之意。

## （六）春秋論中

此一篇是反題格與韓文諫臣論相類排斥之辭大抵要斥人須多方說教他無逃處此前數段可見[16]

孔子何為而修《春秋》？<u>正名以定分，求情而責實，別是</u>

問一句起 (1)　　　　　名分情實是非善惡是綱目處 (2)

<u>非，明善惡，此</u>《春秋》之所以作也。」（第一段）

<u>自</u>周衰以來，臣弒君，子弒父，諸侯之國相屠戮而爭為君者，天下皆是也。當是之時，有一人焉，能好廉而知讓，立乎爭國之亂世，而懷讓國之高節，孔子得之，於經宜如何而別白之？宜如何而褒顯之？<u>其肯沒其攝位之實，而雷同眾君，誣以</u>

綱目 (3)

<u>為公乎？</u>」（第二段）

<u>所謂</u>攝者，臣行君事之名也。伊尹、周公、共和之臣嘗攝

作兩段說攝字 (4)

矣，不聞商、周之人謂之王也。<u>使息姑實攝，而稱號無異於正</u><u>君，則名分不正，而是非不別。</u>」（第三段）

<u>夫攝</u>者，心不欲為君而身假行君事，雖行君事而其實非君也。<u>今書曰「公」，則是息姑心不欲之，實不為之，而孔子加</u>

警策 (5)

<u>之，失其本心，誣以虛名，而沒其實善。</u>夫不求其情，不責其實，而善惡不明如此，則孔子之意疏，而《春秋》繆矣。」

綱目相應 (6)

（第三段）

《春秋》辭有同異，尤謹嚴而簡約，所以別嫌明微，慎重

---

16 此題下批在冠山堂版和廣文書局印行之《古文關鍵》中，都置於〈春秋論下〉，但四庫全書版置於〈春秋論中〉。今據四庫全書版。

而取信，其於是非善惡難明之際，聖人所盡心也。息姑之攝

血脈 (7)

也，會盟、征伐、賞刑、祭祀，皆出於己，舉魯之人皆聽命於己，其不為正君者幾何？惟不有其名耳。使其名實皆在己，則何從而知其攝也。<u>故息姑之攝與不攝，惟在為公與不為公，別嫌明微，繫此而已</u>。且其有讓桓之志，未及行而見殺。其生也，志不克伸；其死也，被虛名而違本意。則息姑之恨，何申於後世乎！其甚高之節，難明之善，亦何望於《春秋》乎！」

結上意盡 (8)

**（第四段）**

　　<u>今說</u>《春秋》者，皆以名字、氏族、予奪為輕重，故曰

生意 (9)

「一字為褒貶」。且公之為字，豈不重於名字、氏族乎？孔子於名字、氏族，不妄以加人，其肯以公妄加於人而沒其實乎？」

名實字是眼目 (10)

**（第五段）**

　　<u>以此而言，隱實為攝，則孔子決不書曰公，孔子書為公，</u>

斷句 (11)

<u>則隱決非攝。</u>」**（第六段）**

　　<u>難者</u>曰：「然則何為不書即位？」曰：「惠公之終，不見其事，則隱之始立，亦不可知。孔子從二百年後，得其遺書而修

解 (12)

之，闕其所不知，所以傳信也。」」**（第七段）**

　　<u>難者</u>又曰：「謂之攝者，左氏耳。《公羊》、《穀梁》皆以為

意不窮 (13)

假立以待桓也，故得以假稱公。」<u>予曰</u>：「凡魯之事出於己，舉魯之人聽於己，生稱曰公，死書曰薨，何從而知其假？」

諱不得 (14)　警策 (15)　潔淨 (16)　有力 (17)

（第八段）

## 1. 評論符號

（1）└：呂氏用此符號將本文分作八段。按：呂氏之分段兼顧文意之邏輯以及字數之均衡，頗為理想。唯一需要商榷處，是第二至四段乃就「謬誤」論述，而第五段翻入「正理」[17]，但是此部份則統而未分，如果顧及到此部份之文意層次，且分段精粗與「謬誤」部份配合的話，則應在「春秋……而已」、「且其……秋乎」之間再分一段。

（2）｜：在開頭兩字標上「｜」，乃是與「└」搭配，標誌出分段。全句、數句或段落標上「｜」，乃是標誌出重要結句、句子。

（3）、：本文未出現此符號。

總結：「└」標誌著文章的分段，本文之分段頗為合理；「｜」之作用有二：標誌出分段，以及標誌出重要結句與句子。

## 2. 旁批

（1）修辭類

問一句起（1）：指以問句開篇。按：注意到以設問法開頭，此為「懸問」。

（2）文法類

潔淨（16）：指此句簡潔。按：此就句子風格而言。

有力（17）：指此句有力。

（3）章法類

作兩段說攝字（4）：與「綱目」（3）配合，指出其下兩段

---

17 可參見附錄一「結構表及說明」。

闡明「攝」字。按：指第三段、第四段。

綱目相應（6）：「綱目」為文章展開的主要線索。本旁批與「名分、情實、是非、善惡是綱目處」（2）搭配，指此呼應前文。

結上意盡（8）：指此處結上，而且收盡本段文意。

生意（9）：指出此又生一意，因而又開一段。

解（12）：指出此「解」前文。按：前面用「難者曰」提出疑問，此處來「解」此疑問。

（4）**主題類**

名分、情實、是非、善惡是綱目處（2）：「綱目」為文章展開的主要線索。此指「名分、情實、是非、善惡」是重要線索。按：其後第三段「不正名分」、第四段「不求情實」、第五段「別是非」、「明善德」，均根據此開展。

綱目（3）：指文章展開的主要線索。按：本旁批與「作兩段說攝字」（4）配合，指出「攝位」為主要線索。

警策（5）：指此為本文重要意旨。

血脈（7）：指作品所呈現的整體性貫通之象。按：本旁批與「名分、情實、是非、善惡是綱目處」（2）搭配，指出「是非、善惡」為重要脈絡。

「名實」字是眼目（10）：「眼目」指關鍵處或與此相關之重要字眼。本旁批指出「名實」為關鍵詞。

斷句（11）：指此處表出判斷、斷定。

意不窮（13）：指此又出一意。

諱不得（14）：指出此句之意。

警策（15）：指此為本文重要意旨。

總結：旁批涵蓋了「修辭」、「文法」、「章法」、「主題」。在「修辭」類中，注意到以設問開篇。在「文法」類中，注意到句子的風格。在「章法」類中，注意到應、結，以及「應」

當中特別的一類——「解」。在「主題」類中，注意到關鍵詞、句、節，以及文章的主要線索。

### 3. 題下批

（1）此一篇是反題格，與韓文諫臣論相類：「反題格」意指針對此題駁難，本文圍繞著「隱公非攝」問題展開論述，駁斥了「隱公攝政」的說法。而此種作法與韓愈〈諫臣論〉相似。按：〈諫臣論〉之題下批為「意勝反題格」，因為全文是論陽城未盡諫臣之責，此為「反題」，而且，因為如此，所以立論超出平常，此為「意勝」。

（2）排斥之辭，大抵要斥人須多方說，教他無逃處，此前數段可見：本文從多個角度著眼，駁斥「隱公攝政」的說法，使得此說被駁得「無逃處」。按：作者先就孔子修《春秋》的原則寫起，其下落到「隱公非攝」上來論述。而在論述「隱公」時，先從認為隱公攝政的謬誤談起，分就「誣」、「不正名分」、「不求情實」三個角度切入，此為「反」；接著翻回「正」面，分就「別是非」、「明善德」兩個角度切入，論述孔子絕非認為隱公攝政；最後，統攝前面「正」、「反」面的論述，提出看法：「孔子書曰公，則隱決非攝」。而且，前此為「正論」，其後就兩點（即「即位」、「假公」）再做申說，此為「餘論」，「正論」與「餘論」相輔相成，使得本文的論述更為周密深入[18]。

總結：本題下批統攝文體、章法、主題加以評論，將本文最重要的特色抉發出來。

---

18 可參見附錄一「結構表及說明」。

## （七）春秋論下

　　弒逆，大惡也！其為罪也莫贖，其於人也不容，其在法也無赦。法施於人，雖小必慎，況舉大法而加大惡乎。<u>既輒加之，又輒赦之，則自侮其法而人不畏。《春秋》用法，不如是</u>

三子之說不攻自破就中輒字侮字破的言語 (1)

<u>之輕易也。</u>」（第一段）

　　<u>三子</u>說《春秋》書趙盾以不討賊，故加之大惡，既而以盾非實弒，則又復見於經，以明盾之無罪。<u>是輒加之而輒赦之</u>

應前 (2)

<u>爾。</u>以盾為無弒心乎？其可輕以大惡加之？<u>以盾不討賊，情可</u>

此左右攔說了無逃處 (3)

責而宜加之乎？則其後頑然未嘗討賊，既不改過以自贖，何為遽赦，使同無罪之人？<u>其於進退皆不可，此非《春秋》意</u>

<u>也。</u>」（第二段）

　　趙穿弒君，大惡也。盾不討賊，不能為君復讎，而失刑於下。二者輕重，不較可知。就使盾為可責，然穿焉得免也？<u>今免首罪為善人，使無辜者受大惡，此決知其不然也。</u>」

警策 (4)

（第三段）

　　《春秋》之法，使為惡者不得幸免，疑似者有所辨明，此

此一段則將幸免疑似說左右攔說無逃處就中果有果無字是 (5)

所謂是非之公也。據三子之說：初，靈公欲殺盾，盾走而免。穿，盾族也，遂弒。而盾不討，其迹涉於與弒矣。<u>此疑似難明之事，聖人尤當求情責實而明白之。</u>使盾果有弒心乎？則自然罪在盾矣，不得曰為法受惡而稱其賢也。使果無弒心乎？則當為之辨明，必先正穿之惡，使罪有所歸，然後責盾縱賊，則穿之大惡不可幸而免，盾之疑似之迹獲弒辨，而不討之責亦不得

辭。如此，則是非善惡明矣。今為惡者獲免，而疑似之人陷於大惡，此決知其不然也。」（第四段）

若曰盾不討賊，有幸弒之心，與自弒同，故寧舍穿而罪盾。此乃逆詐用情之吏矯激之為爾，非孔子忠恕、《春秋》以王道治人之法也。孔子患舊史是非錯亂而善惡不明，所以修《春秋》，就令舊史如此，其肯從而不正之乎？其肯從而稱美，又教人以越境逃惡乎？此可知其繆傳也。」（第五段）

問者曰：「然則夷皋孰弒之？」曰：「孔子所書是矣，趙盾

壯有力 (6)　　　結前

弒其君也。」（第六段）

四五段 (7)

今有一人焉，父病，躬進藥而不嘗。又有一人焉，父病而

上四五段教他無逃處此方說正題 (8)

不躬進藥。而二父皆死。又有一人焉，操刃而弒其父。使吏治之，是三人者其罪同乎？曰：「雖庸吏猶知其不可同也。躬藥而不知嘗者，有愛父之孝心而不習於禮，是可哀也，無罪之人爾。不躬藥者，誠不孝矣，雖無愛親之心，然未有弒父之意，使善治獄者，猶當與操刃殊科。況以躬藥之孝，反與操刃同其罪乎？此庸吏之不為也。然則許世子止實不嘗藥，則孔子決不書曰弒君，孔子書為弒君，則止決非不嘗藥。」（第七段）

難者曰：「聖人借止以垂教爾。」對曰：「不然。夫所謂借止以垂教者，不過欲人之知嘗藥爾。聖人一言明以告人，則萬世法也，何必加孝子以大惡之名，而嘗藥之事卒不見於文，使後世但知止為弒君，而莫知藥之當嘗也。教未可垂而已陷人於

此段字字的切 (9)

大惡矣，聖人垂教，不如是之迂也。果曰責止，不如是之刻也。」（第八段）

難者曰：「然則盾曷為復見於經？許悼公曷為書葬？」

曰：「弒君之臣不見經，此自三子說耳，果聖人法乎？悼公之葬，且安知其不討賊而書葬也？自止以弒見經，後四年，吳敗許師，又十有八年，當定公之四年，許男始見於經而不名。許之書於經者略矣，止之事迹，不可得而知也。」（第九段）

　　難者曰：「三子之說，非其臆出也，其得於所傳如此。然則所傳者皆不可信乎？」曰：「傳聞何可盡信？《公羊》、《穀

尋常到此意盡 (10)

梁》以尹氏卒為正卿，左氏以尹氏卒為隱母，一以為男子，一

要難他人十分服須

以為婦人。得於所傳者蓋如是，是可盡信乎？」（第十段）

是舉十分顯處令他無可措辭 (11)


## 1. 評論符號

　　（1）　└：呂氏用此符號將本文分作十段。按：呂氏之分段頗
　　　　　能掌握文意之延展、轉折。不過，有一處需要商榷：「春
　　　　　秋……公也」乃是論述原則問題，與其後針對事件來辨明，
　　　　　有明顯之不同，因此宜從第四段中獨立出來，並可以與第一
　　　　　段相配合。[19]

　　（2）　｜：在開頭兩字標上「｜」，乃是與「└」搭配，標
　　　　　誌出分段。全句、數句標上「｜」，乃是標誌出重要
　　　　　結句、句子。

　　（3）　、：本文在「輒」、「侮」、「以」、「果有」、「果無」
　　　　　旁，皆標註「、」，表示出重要性。按：在「輒」、
　　　　　「侮」、「以」字旁標註「、」，主要是彰顯出認為三子說不
　　　　　「慎」，並與第 1 個旁批配合；而在「果有」、「果無」字旁標
　　　　　註「、」，主要是彰顯出認為三子說不「公」。

---

19 可參見附錄一「結構表及說明」。

總結：「∟」標誌著文章的分段；「｜」之作用有二：標誌出分段，以及標誌出重要結句、句子；「、」則標誌著重要詞彙。

## 2. 旁批

### （1）詞彙類

三子之說不攻自破，就中「輒」字「侮」字破的言語（1）：指出「輒」、「侮」的重要性。按：標誌出「輒」、「侮」，主要是彰顯出三子說不「慎」。並與評論符號「、」配合。

### （2）文法類

壯有力（6）：指出此句風格雄壯有力。

### （3）章法類

應前（2）：與前相應。按：此與前面「既輒加之，又輒赦之」呼應。

此左右攔說，了無逃處（3）：「左右」指從兩個方面切入加以申說，如此一來的效果是「了無逃處」。按：本旁批與評論符號「、」配合。

此一段則將「幸免疑似」說左右攔說，無逃處，就中「果有」、「果無」字是（5）：「果有」、「果無」乃是從兩個相對照的方面切入加以申說，其餘說明見前。按：本旁批與評論符號「、」配合。

結前四五段（7）：指出此段收結前面第四、五段。

上四五段教他無逃處，此方說正題（8）：「上四五段」究趙盾事辨明三子說不「公」，此轉為辨明許世子事。按：本文先辨明趙盾事、後辨明許世子止事，兩者以同等地位並列呈現[20]。不過，本旁批之說法，似乎認為辨明趙盾事是鋪墊，後辨明許世子止事才是正

---

20 可參見附錄一「結構表及說明」。

題。

要難他人十分服，須是舉十分顯處，令他無可措辭（11）：指出運用恰當例證的重大效果。按：此為舉例。

### （4）主題類

警策（4）：指此為本文重要意旨。

此段字字的切（9）：意指此段字字說得切。

尋常到此意盡（10）：指出平常人到此意盡。按：言下之意指本文超出尋常。

總結：旁批涵蓋了「文法」、「章法」、「主題」。在「詞彙」類中，注意到重要詞彙，並且與評論符號「、」配合。在「文法」類中，注意到句子的風格。在「章法」類中，注意到應、結，以及從兩個方面切入的寫法，並且與評論符號「、」配合。在「主題」類中，注意到重要意旨，以及作者立意之高。

## 3. 題下批

本文無題下批。

## （八）泰誓論

鋪敘不因解說分明

《書》稱：「商始咎周以乘黎。」乘黎者，西伯也。西伯以征伐諸侯為職事，其伐黎而勝也，商人已<u>疑其難制</u>而患之。使
　　藏意(1)
西伯赫然見其不臣之狀，與商並立而稱王，如此十年，<u>商人反</u>
文壯(2)
<u>晏然不以為怪</u>，其父師老臣如祖伊、微子之徒，<u>亦默然相與熟</u><u>視而無一言，此豈近於人情邪？由是言之，謂西伯受命稱王十</u>
　　　　　段中關鍵(3)

年者，妄說也。」（第一段）

以紂之雄猜暴虐，嘗醢九侯而脯鄂侯矣，西伯聞之竊歎，遂執而囚之，幾不免死。至其叛己不臣而自王，<u>乃反優容而不問者十年，此豈近於人情邪？由是言之，謂西伯受命稱王十年者，妄說也。</u>」（第二段）

孔子曰：「三分天下有其二，以服事商。」使西伯不稱臣而稱王，<u>安能服事於商乎？且謂西伯稱王者，起於何說？而孔</u>

抑揚俯仰 (4)

<u>子之言，萬世之信也。由是言之，謂西伯受命稱王十年者，妄說也。</u>」（第三段）

伯夷、叔齊，古之知義之士也，方其讓國而去，顧天下皆莫可歸，聞西伯之賢，共往歸之，當是時，紂雖無道，天子也。天子在上，諸侯不稱臣而稱王，是僭叛之國也。然二子不以為非，依之久而不去。至武王伐紂，始以為非而棄去。彼二子者，始顧天下莫可歸，卒依僭叛之國而不去，<u>不非其父而非其子，此豈近於人情邪？由是言之，謂西伯受命稱王十年者，妄說也。</u>」（第四段）

《書》之〈泰誓〉稱「十有一年」，說者因以謂自文王受命

綱目 (5)

九年，及武王居喪二年，並數之爾。是以西伯聽虞、芮之訟，謂之受命，以為元年。此又妄說也。古者人君即位，必稱元年，常事爾，不以為重也。後世曲學之士說《春秋》，始以改元為重事。然則果常事歟？固不足道也。果重事歟？西伯即位

句法 (6)

宜改元矣，中間<u>不宜改元而又改元</u>。至武王即位，<u>宜改元而反不改元</u>，乃上冒先君之元年，并其居喪稱十一年。及其滅商而得天下，其事大於聽訟遠矣，<u>又不改元。由是言之，謂西伯以</u>

警策 (7)

受命之年為元年者，妄說也。」（第五段）

後之學者，知西伯生不稱王，而中間不再改元，則《詩》、《書》所載文、武之事，粲然明白而不誣矣。」（第六段）

或曰：「然則武王畢喪伐紂，而〈泰誓〉曷為稱十有一年？」對曰：「畢喪伐紂，出於諸家之小說，而〈泰誓〉，六經之明文也。昔者孔子當衰周之際，患眾說紛紜以惑亂當世，於

壯(8)

是退而修六經，以為後世法。及孔子既歿，去聖稍遠，而眾說

壯(9)

復興，與六經相亂。自漢以來，莫能辨正。今有卓然之士，一取信乎六經，則〈泰誓〉者，武王之事也，十有一年者，武王即位之十有一年爾，復何疑哉？」（第七段）

結斷分析(10)

司馬遷作〈周本紀〉，雖曰武王即位九年，祭於文王之

引證辯論(11)

墓，然後治兵於盟津，至作〈伯夷列傳〉，則又載父死不葬之說，皆不可為信。是以吾無取焉，取信於《書》可矣。」（第八段）

## 1. 評論符號

（1）└：呂氏用此符號將本文分作八段。按：呂氏之分段對
於文意轉折、延展的掌握相當精準[21]。

（2）｜：在開頭兩字標上「｜」，乃是與「└」搭配，標
誌出分段。全句、數句標上「｜」，乃是標誌出重要結
句、句子。按：在第五段的「不宜改元而又改元」、「宜改元

---

而反不改元」、「又不改元」都予以標註，特別強調其呼應。

（3）、：本文未出現此符號。

總結：「∟」標誌著文章的分段，本文之分段十分精準；「｜」之作用有二：標誌出分段，以及標誌出重要結句、句子。

## 2. 旁批

### （1）修辭學

引證辯論（11）：指出此引用事證，進行論辯。按：此為引用格之用「事典」，並且說明其用途。

### （2）文法學

文壯（2）：應指此句風格雄壯。

句法（6）：應指遣詞造句有法[22]。

壯（8）：應指此句風格雄壯。

壯（9）：說明見前。

### （3）章法學

抑揚俯仰（4）：「抑揚」指按下與上舉，「俯仰」指高與低，「抑揚俯仰」指起伏有致之文勢。

結斷分析（10）：「結」指收結，「斷」指下斷語，「分析」指分析事理，因此「結斷分析」應為分析事理，並以此下斷語作為收結。

### （4）主題學

藏意（1）：此中藏以下之意。

段中關鍵（3）：「關鍵」指與文章展開的主要線索相關的重要節段、句字。本旁批指出此為段中的重要句。

綱目（5）：指此為文章展開的主要線索。

警策（7）：指此為本文重要意旨。

---

22 吳承學〈現存評點第一書〉，《中國文學評點研究論集》：「『句法』是指遣詞造句、起結、剪裁、轉折等文字功夫。」，頁225。

總結：旁批涵蓋了「修辭」、「文法」、「章法」、「主題」。在「修辭」類中，注意到引用格的運用以及用途。在「文法」類中，注意到句子風格。在「章法」類中，注意到文勢與「結」。在「主題」類中，注意到重要、關鍵句。

## 3. 題下批

指出本文鋪陳事理井井有條。

## (九) 上范司諫書

大率平正有眼目筋骨須看他前後貫穿錯綜抑揚處

月日具官，謹齋沐，拜書司諫學士執事前。月中得進奏吏報云，自陳州召至闕，拜司諫。即欲為一書以賀，多事匆卒，未能也。」（第一段）

司諫，七品官耳。於執事得之不為喜，而獨區區欲一賀
自小說起抑揚 (1)　　　所以待范文正有此語 (2)

者，誠以諫官者，天下之得失，一時之公議繫焉。」（第二段）
是一篇主義綱目亦頗說出大處 (3)

今世之官，自九卿、百執事，外至一郡縣吏，非無貴官大
自旁說來 (4)

職可以行其道也。然縣越其封，郡逾其境，雖賢守長不得行，
主一事關鎖處 (5)

以其有守也。吏部之官不得理兵部；鴻臚之卿不得理光祿，以
結上意 (6)　　　　　　　　　　　　　　二

其有司也。若天下之得失，生民之利害，社稷之大計，惟所見
句自外面說兩段來應得諫官大亦是鎖句 (7)

聞而不繫職司者，獨宰相可行之，諫官可言之耳。」（第三段）
此諫官比宰相抑揚眼目 (8)

故士學古懷道者，仕於時不得為宰相，必為諫官。諫官雖
此一段最是筋骨節目警策處 (9)

卑，與宰相等。天子曰不可，宰相曰可；天子曰然，宰相曰不
壯 (10)　　鋪敘 (11)

然；坐乎廟堂之上，與天子相可否者，宰相也。天子曰是，諫
語健精神 (12)

官曰非；天子曰必行，諫官曰必不可行；立乎殿陛之前，與天
子爭是非者，諫官也。宰相尊，行其道；諫官卑，行其言；言
總上二段並說怕偏故以一句轉結諫官上 (13)

行，道亦行也。」（第四段）
鎖不偏 (14)

九卿百司郡縣之吏，守一職者，任一職之責；宰相諫官，
再說前起 (15)

繫天下之事，亦任天下之責。然宰相九卿而下，失職者受責於
鎖前意說出 (16)

有司。諫官之失職也，取譏於君子，有司之法，行乎一時；君
此宰相不如諫官愈大 (17) 此

子之譏，著之簡冊而昭明，垂之百世而不泯，甚可懼也！」
一段意筆最高他人說大止於宰相今言不如極妙 (18)

（第五段）

夫七品之官，任天下之責，懼百世之譏，豈不重邪！非材
此二字應前 (19)任天下之責結上 (20)統關鎖束法 (21)　　勾鎖

且賢者不能為也。」（第六段）
下入文正公 (22)生下 (23)

近執事被召於陳州，洛之士大夫相與語曰：「我識范君，
知其材也。其來不為御史，必為諫官。」及命下，果然，則又
省文 (24) 有力 (25)

相與語曰：「我識范君，知其賢也。他日聞有立天子陛下，直

辭正色，面爭庭論者，非他人，必范君也。」拜命以來，翹首
企足，竚乎有聞，而卒未也，竊惑之。<u>豈洛之士大夫能料於</u>

總上 (26)

<u>前而不能料於後也？將執事有待而為也？</u>」（第七段）

勾鎖上 (27)　生下段 (28)

　　<u>昔韓退之作〈爭臣論〉，以譏陽城不能極諫，卒以諫顯，</u>

此段說破骨髓精神 (29)　　　　　　　　　　　　　　　應有

人皆謂城之不諫，蓋有待而然，退之不識其意而妄譏，修獨以

待 (30)　　　　　應在下 (31)

為不然。當退之作論時，城為諫議大夫已五年，後又二年，始

欲說下事先立此柱 (32)　　　　　　　　論陽城事最切

庭論陸贄，及沮裴延齡作相，欲裂其麻，纔兩事耳。當德宗

(33)　　　　　　　　　　　　　　　　　欲

時，可謂多事矣。授受失宜，叛將強臣羅列天下，又多猜忌，

說下先立此句有力 (34)

進任小人。於此之時，豈無一事可言，而須七年邪？當時之

時，豈無急於沮延齡、論陸贄兩事也？<u>謂宜朝拜官而夕奏疏</u>

鎖好 (35)

<u>也。幸而城為諫官七年，適遇延齡陸贄事，一諫而罷，以塞</u>

此一段說破骨髓精神盡在於此 (36)　警策 (37)

<u>其責。向使止五年六年，而遂遷司業，是終無一言而去也，何</u>

說破骨髓 (38)

<u>所取哉！</u>」（第八段）

　　<u>今之居官者，率三歲而一遷，或一二歲，甚則半歲而遷</u>

下語好 (39)

也。<u>此又非可以待乎七年也。</u>」（第九段）

　　<u>今天子躬親庶政，化理清明，雖為無事。然自千里詔執事</u>

餘意 (40)　　不傷時有含蓄 (41)　　　　回護 (42)　　有意味處 (43)

而拜是官者，豈不欲聞正議而樂讜言乎？今未聞有所言說，使

含意 (44)

天下知朝廷有正士，而彰吾君有納諫之明也。」（第十段）

　　<u>夫布衣</u>韋帶之士，窮居草茅，坐誦書史，常恨不見用；及

自此下皆餘意鎖得盡 (45)　　　　　　　猶可推 (46)

用也，又曰彼非我職，不敢言；或曰我位猶卑，不得言；<u>得言</u>
<u>矣，又曰我有待；是終無一人言也，可不惜哉！</u>」（第十一段）

結得好 (47)　　　　極有力 (48)

　　<u>伏惟</u>執事，思天子所以見用之意，懼君子百世之譏，一陳

繳前相應綱目 (49)

昌言，以塞重望，且解洛士大夫之惑！則幸甚！幸甚！（第十
二段）

## 1. 評論符號

　　（1）└：呂氏用此符號將本文分作十二段。按：呂氏之分段
　　　　　相當能掌握文意之轉折，但是有時是根據較小的文意轉折來
　　　　　分段，這樣會使得段落太多，而且有些段落的字數太少，容
　　　　　易產生零碎之感，不便閱讀。因此或可做適當整併，譬如第
　　　　　六段可併入第七段、第九段可併入第十段等[23]。
　　（2）｜：在開頭兩字標上「｜」，乃是與「└」搭配，標
　　　　　誌出分段。全句、數句標上「｜」，乃是標誌出重要
　　　　　結句、句子。
　　（3）、：本文未出現此符號。
　　總結：「└」標誌著文章的分段，但本文有些段落或可整
併；「｜」之作用有二：標誌出分段，以及標誌出重要結句、
句子。

---

23 可參見附錄一「結構表及說明」。

## 2. 旁批

### （1）文法類

壯（10）：指此句風格雄壯。

語健精神（12）：「精神」為意脈貫穿之效果，本旁批指此處文句雄健，具有貫穿之效果。按：呂氏若是就「字」來探究，通常批為「下字」、「下字好」，而本旁批為「下語好」，應是指句好。

省文（24）：指省略詞語[24]。按：應指文中「及命下果然」，原應為「及命下果然為諫官」，今省略「為諫官」。

有力（25）：指此句有力。

下語好（39）：指出用語之好。

極有力（48）：指此句有力。

### （2）章法類

自小說起，抑揚（1）：「抑揚」指按下與上舉，引申為褒貶或控馭自如，本旁批當用前意。「小」指司諫乃七品官，但是「自小說起」，其後便講到諫官之巨大價值，因此有「前抑後揚」之意味。

自旁說來（4）：「旁」指「九卿、百執事、一郡縣吏」，所謂「自旁說來」，是指就周邊的「九卿、百執事、一郡縣吏」說起。按：此旁批的言下之意，是指其後會寫到重心——司諫，亦即指出了「賓主」法的運用。

主一事關鎖處（5）：「關鎖」指與前文相關而收結，「主一事」指「九卿、百執事、一郡縣吏」都是各主其事，本旁批指

---

24 參見鄭頤壽主編，林大礎副主編，《詞章學辭典》對「省文」之解釋，頁 380。黃永武《字句鍛鍊法》：「凡有詞義重複的字句，連續使用，感到繁縟，於是或承上文而省筆，或探下文而省筆。」，頁 168-169。范曉主編《漢語的句子類型》則就文法的角度指出：「省略指的是句法結構上必不可少的成分在一定的語境中沒有出現。」「省略了的句法成分在語義結構中所擔當的角色是明確的，即使不把省略了的句法成分添補出來，聽者和讀者仍能正確理解句子的語義結構關係及其所表達的信息。」「省略現象……在大多數場合下，它是由語言的經濟原則決定的。」分見頁 276、278、278。呂冀平《漢語語法基礎》則稱為「簡略句」，頁 64。

此處收應前面之敘述。

結上意（6）：指此處收結前面文意。

二句自外面說兩段來，應得諫官大，亦是鎖句（9）：「二
句」指「吏部之官不得理兵部，鴻臚之卿不得理光祿」，「外
面」指「吏部之官」、「鴻臚之卿」，「自外面說兩段來」與「自
旁說來」（4）意思類似，指從周邊說起。「應得諫官大」指相
形之下，諫官顯得更為重要。「亦是鎖句」中，「鎖」有扣緊之
意，指此扣緊前面。按：此旁批的言下之意，是指其後會寫到重心——
——司諫，亦即指出了「賓主」法的運用。

此諫官比宰相，抑揚眼目（8）：「此諫官比宰相」指「獨
宰相可行之，諫官可言之耳」兩句，「抑揚」指此種兩句是
「揚」諫官，而「眼目」指關鍵處或與此相關之重要字眼。

鋪敘（11）：指此處鋪敘宰相。

總上二段並說，怕偏，故以一句轉結諫官上（13）：「總上
二段並說」，指此處總結前面鋪敘宰相、諫官兩段。「怕偏，故
以一句轉結諫官上」，是指本文重心在諫官，因此怕總結前面
宰相、諫官兩段，會偏失重心，因此用「言行，道亦行也」來
「轉結諫官上」。

鎖不偏（14）：「鎖」有扣緊之意，「不偏」呼應「怕偏，
故以一句轉結諫官上」（13），說明見前。

再說前起（15）：「前」指第三段寫及「九卿、百執事、一
郡縣吏」處，「再說前起」指再以此起一段。

鎖前意說出（16）：「鎖」有扣緊之意，「鎖前意說出」指
扣緊前意說出。

此二字應前（19）：「二字」指「七品」，呼應第二段。

任天下之責結上（20）：「任天下之責」見於第五段，以此
結上。

統關鎖束法（21）：「懼百世之譏」呼應第五段「垂之百世

而不泯」，而所謂「統關鎖束」當指此處——應前收束。

　　勾鎖下入文正公（22）：指「非材且賢者不能為也」暗暗埋下其後論及范仲淹的伏脈，因此用「勾鎖」一詞指出其串上生下。

　　生下（23）：與「勾鎖下入文正公」（22）搭配，說明見前。

　　總上（26）：指「豈洛之士大夫，能料於前，而不能料於後也」，總結前面洛之士大夫對范仲淹的期待。

　　勾鎖上（27）：與「生下段」（28）搭配，意指此處串上生下。

　　生下段（28）：與「勾鎖上」（27）搭配，說明見前。

　　應「有待」（30）：指此呼應第七段之「將執事有待而為也」。

　　應在下（31）：指出其後有呼應。按：此當是呼應第十一段之「又曰我有待」。

　　欲說下事，先立此柱（32）：應指第九段落到范仲淹上，呼應此處，因此此處乃先埋伏筆。

　　欲說下，先立此句有力（34）：指先立此句，則預留其後開展空間。

　　鎖好（35）：「鎖」有扣緊之意，本旁批指此處扣得好。

　　結得好（47）：指出此句收結得好。

　　繳前相應，綱目（49）：「繳」為小範圍之收束，「繳前相應」指收前面第六段相應之處，「綱目」為文章展開的主要線索。

　　（3）主題類

　　所以待范文正有此語（2）：指此句之意乃因范仲淹而生。

　　是一篇主義綱目，亦頗說出大處（3）：「綱目」為文章展開的主要線索，「一篇主義綱目」指出此為一篇主旨，而且此

主旨相當正大。

此一段最是筋骨節目警策處（9）：「筋骨節目警策」三個術語連用，當是強調第四段最是重要。

此宰相不如諫官愈大（17）：指「有司之法，行乎一時；君子之譏，著之簡冊而昭明」數句，顯得宰相不如諫官極多。

此一段意筆最高，他人說大止於宰相，今言不如，極妙（18）：與「此宰相不如諫官愈大」（17）呼應，並指出此種筆意極為高妙。

此段說破骨髓精神（29）：指此段說破此文之作意。

論陽城事最切（33）：指出此處之作意。

此一段說破骨髓精神盡在於此（36）：指出此一段剖析得淋漓盡致，本文的重要意思在此畢現。

警策（37）：指此為本文重要意旨。

說破骨髓（38）：與「此一段說破骨髓精神盡在於此」（36）搭配，說明見前。

餘意（40）：指本可結束，此另起一意。

不傷時，有含蓄（41）：指出此句之用意。

回護（42）：指表意曲折婉轉。

有意味處（43）：指出此處有深意。

含意（44）：指出此處含有深意。

自此下皆餘意，鎖得盡（45）：「自此下皆餘意」指本可結束，此另起一意。「鎖得盡」指扣得住前意。

猶可推（46）：指出此句之用意。

總結：旁批涵蓋了「文法」、「章法」、「主題」。在「文法」類中，注意到句子風格與省略的現象。在「章法」類中，注意到抑揚、賓主法的運用，並且特別注意文意的前伏後應。在「主題」類中，注意到主旨、句（節、段）意，並特別指出文句背後的深意。

## 3. 題下批

「眼目」、「筋骨」大體上指關鍵詞句,「須看他前後貫穿,錯綜抑揚處」則指此關鍵詞句前呼後應、抑揚互應、貫穿全文。按:本題下批與旁批所關注之重點雷同,彼此之間配合度相當高。

# (十) 送徐無黨南歸序

此篇文字象一箇階級自下說上一級進一級

草木鳥獸之為物,眾人之為人,其為生雖異,而為死則同,一歸於腐壞澌盡泯滅而已。而眾人之中,有聖賢者,固亦

過得佳有斡旋 (1)

生且死於其間,而獨異於草木、鳥獸、眾人者,雖死而不朽,

下字 (2)

愈遠而彌存也。」(第一段)

其所以為聖賢者,<u>修之於身,施之於事,見之於言,是三</u>

自下說上 (3)

<u>者所以能不朽而存也</u>。修於身者,無所不獲;施於事者,有得有不得焉;其見於言者,則又有能有不能也。」(第二段)

<u>施於事矣</u>,不見於言可也。自詩、書、史記所傳,其人豈必皆能言之士哉?<u>修於身矣</u>,而不施於事,不見於言,亦可也。孔子弟子,有能政事者矣,有能言語者矣。若顏回者,在

此一段歸在顏子上 (4)

陋巷曲肱飢臥而已,其群居則默然終日如愚人。然自當時群弟

先抑 (5)

子皆推尊之,以為不敢望而及。而後世更百千歲,亦未有能及

後揚 (6)

之者。<u>其不朽而存者,固不待施於事,況於言乎?</u>」(第三段)

予讀班固藝文志，唐四庫書目，見其所列，自三代秦漢以

自上說下 (7)

來，著書之士，多者至百餘篇，少者猶三、四十篇，其人不可

勝數；而散亡磨滅，百不一、二存焉。予竊悲其人，文章麗

造語工 (8)　　　　　　　句佳 (9)

矣，言語工矣，無異草木榮華之飄風，鳥獸好音之過耳也。方

其用心與力之勞，亦何異眾人之汲汲營營，而忽焉以死者，雖

警策 (10)

有遲有速，而卒與三者同歸於泯滅，夫言之不可恃也蓋如此。

　　　　　　　警策 (11)　　　　繳佳 (12)

今之學者，莫不慕古聖賢之不朽，而勤一世以盡心於文字間

者，皆可悲也！」（第四段）

下得好 (13)

　東陽徐生，少從予學為文章，稍稍見稱於人。既去，而與

群士試於禮部，得高第，繇是知名。其文辭日進，如水湧而山

句佳 (14)

出。予欲摧其盛氣而勉其思也，故於其歸，告以是言。然予固

歸自

亦喜為文辭者，亦因以自警焉。（第五段）

己 (15)


## 1. 評論符號

（1）└：呂氏用此符號將本文分作五段。按：呂氏之分段能
　　　精確掌握文章層次，相當理想[25]。

（2）｜：在開頭兩字標上「｜」，乃是與「└」搭配，標
　　　誌出分段。全句、數句標上「｜」，乃是標誌出重要

---

25 可參見附錄一「結構表及說明」。

首句、結句、句子。

（3）、：本文未出現此符號。

總結：「└」標誌著文章的分段，本文之分段相當理想；「│」之作用有二：標誌出分段，以及標誌出重要首句、尾句、句子。

## 2. 旁批

### （1）詞彙類

下字（2）：指此下字好。按：呂氏未明言何字下得好，但推斷應為「異」字。

### （2）修辭類

此一段歸在顏子上（4）：指此段舉顏子為證。按：呂氏未明言此為引用格之用事典，但是已經注意到此現象。

### （3）文法類

造語工（8）：指出用語工巧。按：呂氏若是就「字」來探究，通常批為「下字」、「下字好」，而本旁批為「語」，應是指整句。

句佳（9）：指出句子好。

下得好（13）：指此句下得好。

句佳（14）：指出句子好。

### （4）章法類

過得佳，有幹旋（1）：「幹旋」指承接，多特就其聯句之作用而言，本旁批應指此處用「而眾人之中有聖賢者」轉換得好。

自下說上（3）：應指從草木鳥獸、眾人開始，至此說到聖賢。可與「自上說下」（7）配合而觀。

先抑（5）：與「後揚」（6）配合，指對顏子之敘述乃先貶抑、後褒揚。

後揚（6）：與「先抑」（5）配合，說明見前。

自上說下（7）：應指前面承接聖賢，此開始落到三代秦漢

以來的文章。可與「自下說上」（3）配合而觀。

繳佳（12）：「繳」為小範圍之收束，此指收得好。

歸自己（15）：指出此處收歸己身上。

**（5）主題類**

警策（10）：指此為本文重要意旨。

警策（11）：說明見前。

總結：旁批涵蓋了「詞彙」、「修辭」、「文法」、「章法」、「主題」，涵蓋面頗廣。在「詞彙」類中，注意到用字。在「修辭」類中，注意到引用格的現象。在「文法」類中，注意到造句之好。在「章法」類中，注意到繳、過、歸、抑揚等現象，以及文意之承接。在「主題」類中，注意到重要意旨的指出。


### 3. 題下批

所謂「象一箇階級」，指出文意的承接、遞深，而「自下說上」，則指從草木鳥獸、眾人開始，至此說到聖賢，「一級進一級」呼應前面「象一箇階級」之批語，更強調出文意之遞深。按：「自下說上」可與第三、七個旁批配合而觀。此題下批與旁批之呼應頗為密切。


## （十一）送王陶序

凡文字用易象多失之陳此篇使得疏通不陳窒塞處能疏通[26]

六經皆載聖人之道，而《易》著聖人之用。吉凶、得失、動靜、進退，《易》之事也。其所以為之用者，剛與柔也。乾健坤順，<u>剛柔之大用也</u>。至於八卦之變，六爻之錯，剛與柔迭

精神 (1)　　　　　大體 (2)　　　　　變錯二字引下來 (3)

---

26 冠山堂版和廣文書局印行之《古文關鍵》中有「一作剛說送王先輩之洛陽」一句，但《四庫全書》版無此句，今據《四庫全書》版。

居其位，而吉、亨、利、無咎、凶、厲、悔吝之象生焉。」
（第一段）

　　蓋<u>剛</u>為陽、為德、為君子，柔為陰、為險、為小人。自乾
自此鋪敘間架去好看說剛柔體分析開便壯 (4)　　　　　　　點
之初九為姤，而上至於剝，其卦五，皆陰剝陽之卦也，小人之
化疏通 (5)
道長，君子靜以退之時也。自坤之初六為復而上，至於夬，其
卦五，皆剛決柔之卦也，小人之道消，君子動以進而用事之時
應後 (6)
也。」（第二段）

　　夫<u>剛</u>之為德，君子之常用也，庇民利物，功莫大焉。其為
主說不好且說剛好處 (7)
卦，過泰之三而四為大壯，五為夬。壯者，壯也；夬者，決
下字好 (8)　　語新 (9)
也。四陽雖盛而猶有二陰，然陽眾而陰寡，則可用壯以攻之，
故其卦為壯。五陽而一陰，陰不足為，直可決之而已，故其卦
為夬。<u>然則君子之用其剛也。審其力，視其時，知陰險小人之</u>
關上意一篇意結在此兩句上 (10)
<u>必可去，然後以壯而決之。</u>」（第三段）

　　夫<u>勇</u>者可犯也，強者可詘也，聖人於壯、決之用，必有戒
轉換好 (11)　　　　　　　不敢用剛 (12)
焉。故大壯之彖辭曰：「大壯利正。」其象辭曰：「君子非禮弗
引證 (13)
履。」夬之彖辭曰：「健而說，決而和。」其象辭曰：「居德則
忌。」<u>以明夫剛之不可獨任也。</u>故復始而亨，臨浸而長，泰交
繳應好 (14)　　　　　總結 (15)　　見剛有漸漸方得 (16)
而泰壯，以眾攻其寡，夬乘其衰而決之。<u>夫君子之用其剛也，</u>
此篇自頭來盡結在此數

有漸而不失其時，又不獨任，必以正、以禮、以說、以和而濟

句上簡而有力應前視其時一句 (17)　　　　　簡文法 (18)

之，則功可成，此君子動以進而用事之方也。」（第四段）

應前若不說一句在此前面都不相連 (19)

太原王陶，字樂道，好剛之士也。常嫉世陰險之小人多，

居京師，不妄與人遊。力學好古，以自信自守。今其初仕，於

應

《易》得君子動以進之象，故予為剛說以贈之。大壯之初九

入易一句為主 (20)　　　　　　　　使兩卦初事的

曰：「壯於趾，征凶。」夬之初九亦曰：「壯於趾，往不勝為

當為初時事說見親切處 (21)

咎。」以此見聖人之戒用剛也，不獨於其彖、象，而又常深戒

應前見文字緊處 (22)

於其初。」（第五段）

嗚呼！世之君子少而小人多。君之力學好剛以蓄其志，未

蓄字見不敢用

始施之於事也，今其往，尤宜慎乎其初！（第六段）

剛意 (23)　　　　　　　結最有力依前結歸初字 (24)

## 1. 評論符號

（1）└：呂氏用此符號將本文分作六段。按：呂氏之分段頗
為精準，唯一可商榷之處，是第五段中「太原……贈之」一
節，乃是敘述贈言之因，而「大壯……其初」一節，乃是論
述「慎其初」之理，所以「太原……贈之」一節，宜獨立為
一段，而「大壯……其初」一節，宜與第六段合併為一段，
如此一來，敘述、議論可以被劃分開來，文意之層次更為清

楚[27]。

（2）｜：在開頭兩字標上「｜」，乃是與「∟」搭配，標
誌出分段。全句、數句標上「｜」，乃是標誌出重要
首句、結句、句子。

（3）、：本文未出現此符號。

總結：「∟」標誌著文章的分段，但本文之分段有可商榷
之處；「｜」之作用有二：標誌出分段，以及標誌出重要首
句、尾句、句子。


## 2. 旁批

### （1）詞彙類

下字好（8）：指此下字好。按：呂氏未明言何字下得好，但推
斷應為「過」字。

### （2）修辭類

引證（13）：指出此引用《易》之彖辭為證。按：此為引用
格中之「用語典」。

使兩卦初事的當，為初時事說見親切處（21）：指出此引
用《易》之「大壯之初九」、「夬之初九」之爻辭，並指出其效
果。按：此為引用格中之「用語典」。

### （3）文法類

語新（9）：指此用語新。按：呂氏若是就「字」來探究，通常
批為「下字」、「下字好」，而本旁批為「語新」，應是指整句新穎。

簡文法（18）：意指此句簡省。按：應指「必以正、以禮、以
說、以和而濟之」，原本為「必以正而濟之，以禮而濟之，以說而濟之，
以和而濟之」，今省略三個「而濟之」。可與歐陽修〈上范司諫書〉旁批
「省文」（24）參看。

---

27 可參見附錄一「結構表及說明」。

**（4）章法類**

應後（6）：指出文意的前呼後應。按：應指埋下其後「然則君子之用其剛也，審其力，視其時，知陰險小人之必可去，然後以壯而決之」一節之伏脈。

轉換好（11）：指出此處文意之轉，且轉得好。

繳應好（14）：「繳」為小範圍之收束，「繳應好」指出此處收、應前意之妙。

總結（15）：指此總結前意。

此篇自頭來盡結在此數句上，簡而有力，應前「視其時」一句（17）：「此篇自頭來盡結在此數句上」乃指「夫君……可成」一節是本文之關鍵，從前面至此的論述，都是為了逼顯此數句。「簡而有力」乃其風格。「應前視其時一句」與「一篇意結在此兩句上」（10）配合，指出前呼後應。

關上意，一篇意結在此兩句上（10）：「關」為關涉之意，指出此處關涉前意作結，而且「審其力，視其時，知陰險小人之必可去，然後以壯而決之」為本篇之重要意旨。且本旁批與「應前視其時一句」（17）配合。

應前，若不說一句在此，前面都不相連（19）：指出與前呼應，並解加強說明與前呼應之重要。

應，入易一句為主（20）：指出與前呼應，並指出此句為重要句。

應前，見文字緊處（22）：指出與前呼應，並可見出文字緊湊。

結最有力，依前結，歸初字（24）：指出此結尾依據前文而結，十分有力，而且歸本於「初」字。按：當指呼應前面「而文常深戒於其初」。

**（5）主題類**

精神（1）：為意脈貫穿之效果。

大體（2）：指此為本文之重要意念。

「變」、「錯」二字引下來（3）：指出其後文意之延展，乃根據「八卦之變、六爻之錯」而開展。

自此鋪敘，間架去好看，說剛柔體分析開便壯（4）：本旁批與「『變』、『錯』二字引下來」（3）搭配，指出自此鋪敘「『變』、『錯』二字」，「間架」指布局之呼應，「說剛柔體分析開便壯」則是指出其後文意之開展乃是分析剛柔，而且風格雄壯。

點化疏通（5）：「點化」有化用之意，意指此說明分疏易理。

主說不好，且說剛好處（7）：指出本文之深意乃「主說不好」，但是作者並未直言，而是「且說剛好處」。按：呂氏指出了此處之言外之深意，甚具洞見。

不敢用剛（12）：指出此處之意。

見剛有漸漸方得（16）：指出此處之意。

蓄字見不敢用剛意（23）：指出此處之深意。

總結：旁批涵蓋了「詞彙」、「修辭」、「文法」、「章法」、「主題」。在「詞彙」類中，注意到用詞之好。在「修辭」類中，注意到引用格中的用語典。在「文法」類中，注意到句子的新穎，與省略的現象。在「章法」類中，注意到應、轉、收、結，並作較為詳細的說明。在「主題」類中，注意到關鍵詞句，以及節、段之深意。

### 3. 題下批

「凡文字用易象，多失之陳」指出一般文章使用易經語典，容易造成堆疊的弊病。「此篇使得疏通不陳，窒塞處能疏通」則指出本篇活用易經語典，文意疏通不塞。

## 二、老蘇文

### （一）春秋論

　　此篇須看首尾相應枝葉相生如引繩貫珠大抵一節未盡又生一節別人意多則雜惟此篇意多而不雜一起六句應接得緊切自此振發公私二字是一篇本意

　　賞罰者，天下之公也；是非者，一人之私也。位之所在，
　　　　　公私二字是主(1)　　　　　　　　　　此下應接得
則聖人以其權為天下之公，而天下以懲以勸。道之所在，則聖
緊(2)　　　　在上(3)　　　　　一段振發(4)
人以其權為一人之私，而天下以榮以辱。」（第一段）
在下(5)　　　　此一句接得緊(6)

　　周之衰也，位不在夫子，而道在焉；夫子以其權是非天下
　　　　　　關接妙(7)　　　　　　　　　　一句收上意(8)
可也。而春秋賞人之功，赦人之罪，去人之族，絕人之國，貶
　　自此說開(9)
人之爵；諸侯而或書其名，大夫而或書其字；不惟其法，惟其
　　　　　　　　　　　　　　　　　　此收得緊處(10)
意；不徒曰此是此非，而賞罰加焉；則夫子固曰，我可以賞罰
　　　　　　　　　　　　　結盡(11)　　　辭窮
人矣。」（第二段）
(12)

　　賞罰人者，天子諸侯事也。夫子病天下之諸侯大夫，僭天
此說賞罰中又生一意(13)　立柱(14)　　下字工(15)

子諸侯之事，而作春秋，而已則為之，其何以責天下？」

　　　　　　　　　警策 (16)　　　　難 (17)

（第三段）

　　位、公也；道、私也。私不勝公，則道不勝位；位之權得
　起得好 (18)

以賞罰，而道之權不過於是非。道在我矣，而不得為有位者之
事，則天下皆曰：位之不可僭也如此。不然，天下其誰不曰道
在我，則是道者，位之賊也。」（第四段）

　　　結得盡 (19)

　　曰：「夫子豈誠賞罰之耶？徒曰：「賞罰之耳，庸何
　此略解上意再難起 (20)

傷！」」（第五段）

　　曰：「我，非君也，非吏也，執塗之人而告之曰：「某為
　　　　　　　　　　此譬的此一段略說都未破自此處

善，某為惡，可也」。繼之曰：「某為善，吾賞之，某為惡，
看一似夫子理已窮 (21)

吾誅之，」則人有不笑我者乎？夫子之賞罰，何為異此？」
　　　　　　　　　　至此論難似已窮 (22)

（第六段）

　　然則何足以為夫子？何足以為春秋？」（第七段）
　　　有力兩句說不當先反後救 (23)

　　曰：「夫子之作春秋也。非曰：「孔氏之書也。」又非
　　　方入本意救轉 (24)

曰：「我作之也。」賞罰之權，不以自與也。」曰：「此魯之
　　　　　　　　　與後與字相應 (25)　　　　綱目 (26)

書也，魯作之也。」有善而賞之曰：「魯賞之也，」有惡而罰
　　說破到此方明說 (27)

之曰：「魯罰之也。」」（第八段）

何以知之？」（第九段）

<u>曰</u>夫子繫易，謂之繫辭；言孝，謂之孝經，皆自名之，則

　　　證切 (28)　此是先得之意 (29)　一篇根本在下面 (30)

夫子私之也。<u>而春秋者，魯之所以名史，而夫子託焉，則夫子</u>

　　　　　　　　　　大抵古人作文自有先得之意上面甚有力若

<u>公之也。公之以魯史之名，而賞罰之權，固在魯矣。</u>」

不如此承接如何稱得上面 (31)

（第十段）

<u>春秋</u>之賞罰，自魯而及於天下，天子之權也。魯之賞罰不

　　　　　　　　　　　　　　　　結好 (32)　語

出境，而以天子之權與之，何也？」（第十一段）

工抑揚 (33)　　　句法 (34)　應前 (35)

曰：「天子之權在周，夫子不得已而以與魯也。武王之崩

　　自此說周意 (36)

也，天子之位，當在成王。而成王幼，周公以為天下不可以無

　　自魯生周意 (37)　　　　　　　　　就魯使周公事妙 (38)

賞罰，故不得已而攝天子之位，以賞罰天下，以存周室。周之

　　　　說得意出 (39)　貫 (40)

東遷也，天子之權當在平王。平王昏亂，<u>故夫子亦曰：「天下</u>

<u>不可以無賞罰。」而魯周公之國也，居魯之地，宜如周公不得</u>

　　　　　　　　歸 (41)　　　　聖人意雖未必然在此篇中形

<u>已而假天子之權，以賞罰天下，以尊周室，故以天子之權與之</u>

容最出意最暢 (42)　　　　　　　　　　　　與字自

<u>也。</u>」（第十二段）

此說起到後 (43)

<u>然則</u>假天子之權宜如何？曰：「如齊桓晉文可也。」夫子

　　難起 (44)　　　　　　　　　　　　　此意

欲魯如齊桓晉文，而不遂以天子之權與齊晉何也？齊桓晉文，
外生意(45)

陽為尊周，而實欲富強其國，故夫子與其事，而不與其心。周
　　　　　　　　　　　　　　　　　　　說齊晉破處(46)

公心存王室，雖其子孫不能繼，而夫子思周公而許其假天子之
權，以賞罰天下。其意曰：「有周公之心，而後可以行桓文之
　　　　　　　　　　　　　　兩句鎖一段(47)

事。」此其所以不與齊、晉而與魯也。」（第十三段）
　　　　　　結前處(48)

　　夫子亦知魯君之才，不足以行周公之事矣，顧其心以為今
　　　　再難亦是意外意筆力勁健有餘味(49)　　　　　　此總鎖

之天下，無周公故至此。是故以天子之權，與其子孫，所以見
前二段(50)　　　　　　　　　　　　　　　　　　　一

思周公之意也。」（第十四段）
唱三歎(51)

　　吾觀春秋之法，皆周公之法，而又詳內而略外，此其意欲
　　　此引兩事說(52)　　是夫子無私意(53)

魯法周公之所為，且先自治而後治人也明矣。」（第十五段）
　　夫子歎禮樂征伐自諸侯出，而田恆弒其君，則沐浴而請
討。然則天子之權，夫子固明以與魯也。」（第十六段）
　　　說夫子以與魯証處(54)

　　子貢之徒，不達夫子之意，續經而書「孔丘卒」。夫子既
　　　　此一段最有精神(55)

告老矣；大夫告老而卒不書，而夫子獨書。夫子作春秋以公天
　　　　　　　　　　　　　　　　此見精神亦是先得之

下，而豈私一孔丘哉！嗚呼！夫子以為魯國之書，而子貢之
意公私字是眼目(56)　　　　承接有力(57)

徒，以為孔氏之書也歟！」（第十七段）

遷固之史，有是非而無賞罰，彼亦史臣之體宜爾也。後之

此引外事說三句說後人作史都盡 (58)　　此緊有力 (59)

效孔子作春秋者，吾惑焉！春秋有天子之權，天下有君，則春

說到後世春秋有君無君皆不當作夫子作

秋不當作；天下無君，則天子之權，吾不知其誰與？天下之

春秋所以為當 (60)　　　　　　就此生出三足意 (61)

人，烏有如周公之後之可與者，與之而不得其人，則亂；不與

人而自與，則僭；不與人，不自與而無所與，則散。嗚呼！後

意平文妙

之春秋，亂耶！僭耶！散耶！」（**第十八段**）

(62)　　　　　　結有力 (63)

## 1. 評論符號

（1）└：呂氏用此符號將本文分作十八段。按：呂氏之分段
頗能掌握文意之延展與轉折，但是因為有時所關顧的是較小
的文意轉折，據此劃分段落，會顯得較為零碎。譬如本文有
幾組問答，問與答之間可考慮不分段，因此第五和六段、第
七和八段、第九和十段、第十一和十二段其實可以整併為一
段[28]。

（2）｜：在開頭兩字標上「｜」，乃是與「└」搭配，標
誌出分段。全句、數句或段落標上「｜」，乃是標誌
出重要結句與段落。按：第一、四、八段全部標上「｜」，
表示這些都是重要段落，這是較為少見的。

（3）、：呂氏在「公」、「私」、「道」、「與」字旁，皆標註
「、」，表示出重要性。按：本文一開始就扣緊「公之賞
罰」、「私之是非」的分別，而之所以能疏通孔子作《春秋》，

---

28 可參見附錄一「結構表及說明」。

所造成的「公」、「私」之間的矛盾，那是因為「以天子之權
與魯」，所以「春秋為魯書」、孔子是「法周公之所為」，因
此，「與」字相當關鍵。所以，整體說來，標誌出「公」、
「私」、「道」、「與」字，就等於標誌出論述時的關鍵，呂氏甚
具眼力。

總結：「乚」標誌著文章的分段，但本文之分段稍嫌零
碎，可適度整併；「｜」之作用有二：標誌出分段，以及標誌
出重要結句與段落；「、」則標誌著關鍵詞。

## 2. 旁批

### （1）詞彙類

下字工（15）：指出下字工巧。按：呂氏並未明言何字工巧，
但是推斷應指「工」字。

### （2）修辭類

證切（28）：指此舉例切當。

### （3）文法類

句法（34）：指出此句遣詞造句有法。

### （4）章法類

此下應接得緊（2）：指出此處之後承接緊密。

一段振發（4）：指出此一段振發文勢。

此一句接得緊（6）：指出此一句承接緊密。

關接妙（7）：「關」指關涉，此指出此處關涉前文而承
接，十分巧妙。

一句收上意（8）：指出此句收前意。

自此說開（9）：指出自此另開一意。按：前面言夫子可「是
非天下」，此處作一轉折，指出《春秋》「賞罰人」，以引發其後的探討。

此收得緊處（10）：指出此處收結緊密。

結盡（11）：指出此結結盡前意。

難（17）：指出此句責難孔子，並與「此略解上意」（20）
配合，指出此二處是「難」、「解」呼應的。

起得好（18）：指出此另起一段好。

結得盡（19）：指出此結結盡前意。

此略解上意，再難起（20）：「此略解上意」與「難」
（17）配合，「再難起」指以責難孔子再起一段。

此譬的此一段略說都未破，自此處看一似夫子理已窮
（21）：所謂「此譬」指的是舉例，而「自此處看一似夫子理已
窮」則指出此例證之效果。

自此論難似已窮（22）：指出此「論難」似乎難倒孔子。

有力，兩句說不當，先反後救（23）：指出此兩句乃是
「說不當」，而且相當有力，但是此為「先反後救」之「先
反」，並與「方入本意救轉」（24）配合。

方入本意救轉（24）：指出此處入本文主意，因此「救
轉」。與「先反後救」（23）配合。

與後「與」字相應（25）：指出「與」字之前呼後應。

結好（32）：指出此結好。

應前（35）：指出此處呼應前面，與「與後『與』字相應」
（25）配合。

歸（41）：指出前面言周公事，指此歸到魯。

「與」字自此說起到後（43）：指出「與」字自此到後相
貫。按：此與評論符號「、」呼應。

難起（44）：指以責難另起一段。

兩句鎖一段（47）：指出此二具關鎖此段。

結前處（48）：指出此結前文。

此引兩事說（51）：所謂「兩事」指「《春秋》之法皆周公
之法」和「詳內而略外」，呂氏指出引此二事為證。按：此為舉
例。

此總鎖前二段（50）：「鎖」為「扣緊」之意，指出此扣緊前二段言周公事。

說夫子以與魯證處（54）：指出此舉例證明「天子之權，夫子固明以與魯也」。

承接有力（57）：指出此處承接前文有力，與「亦是先得之意」（56）配合。

此引外事說三句，說後人作史都盡（58）：指出此舉司馬遷、班固為例，將後人作史之心都說盡。

此緊有力（59）：指出承接緊密有力。

結有力（63）：指出此結有力。

### (5) 主題類

「公」、「私」二字是主（1）：指出「公」、「私」二字之重要性。按：此與評論符號「、」呼應。

在上（3）：指此處就「公」而言。

在下（5）：指此處就「私」而言。

辭窮（12）：應指此句將意思闡發無遺。

此說賞罰中又生一意（13）：文章一開始即稱：「賞罰者，天下之公也」，此處根據前文又生出「賞罰人者，天子諸侯事也」一意。

立柱（14）：指此立一重要意脈。

警策（16）：指此為本文重要意旨。

綱目（26）：為文章展開的主要線索。

說破到此方明說（27）：與「方入本意救轉」（24）配合，指出此處文意越明。

此是先得之意（29）：此處所埋之意，須與下文合看，與「大抵古人作文自有先得之意……如何稱得上面」（31）配合。

一篇根本在下面（30）：指出此為鋪墊，重要意思在後面。與「大抵古人作文自有先得之意……如何稱得上面」

（31）配合。

　　大抵古人作文自有先得之意，上面甚有力，若不如此承接，如何稱得上面（31）：「先得之意」指先前所埋之意，須與下文合看，本批語之「先得之意」，當指前面言及《春秋》之事，而此處承接上文而來，上文有力，而此處承接亦有力。與「此是先得之意」（29）、「一篇根本在下面」（30）配合。

　　語工抑揚（33）：「抑揚」指按下與上舉，引申為褒貶，本旁批指文意有褒貶深意。按：此與章法之「抑揚」不同。

　　自此說周意（36）：指出此處說周。按：與「自魯生周意」（37）配合，可知呂氏之所以下此批語，乃是要指出文意之前後銜接。

　　自魯生周意（37）：指出此處因魯而說周，與「自此說周意」（36）配合。

　　就魯使周公事妙（38）：與「自此說周意」（36）、「自魯生周意」（37）配合，說明見前。

　　說得意出（39）：指出此露出真意。

　　貫（40）：指出文意相貫。

　　聖人意雖未必然，在此篇中形容最出意、最暢（42）：指出此處揣摩聖人之意，洗發甚暢。

　　此意外生意（45）：指出前面言孔子尊周，但此處又出新意。

　　說齊晉破處（46）：指出此處說破齊晉之心。

　　再難，亦是意外意，筆力勁健有餘味（49）：指此處又出一責難，乃是意外又生意，筆力老練。

　　一唱三歎（51）：指出作者之用心。

　　是夫子無私意（53）：指出孔子之用心。

　　此一段最有精神（55）：「精神」為意脈貫穿之效果。指出此段議論有力、貫串文章。

　　此見精神，亦是先得之意，「公」、「私」字是眼目（56）：

「眼目」指關鍵處或與此相關之重要字眼,「先得之意」指先埋一意,而此意在後文才明說。本旁批指出此見明確,此處所埋之意,須與下文合看,與「承接有力」(57)配合,並再提及「公」、「私」為關鍵詞。按:本旁批與評論符號「、」呼應。

說到後世春秋有君無君皆不當作,夫子作春秋所以為當(60):指出此節之深意。

就此生出三足意(61):「三足意」應指其後「亂」、「僭」、「散」三意,而此三意乃就此生出。指出文意的銜接。

意平文妙(62):意思平正,文筆巧妙。

總結:旁批涵蓋了「詞彙」、「修辭」、「文法」、「章法」、「主題」。在「詞彙」類中,注意到下字的問題。在「修辭」類中,注意到引用格。在「文法」類中,注意到造句有法。在「章法」類中,注意到起、承、收、應、結,以及舉例,還有「難」與「解」、「反」與「救」,相當於立破法。在「主題」類中,注意到關鍵詞、句,以及文意之銜接,句(節)之深意。並且與評論符號「、」配合頗密。

## 3. 題下批

(1)此篇須看首尾相應,枝葉相生,如引繩貫珠,大抵一節未盡又生一節:主要指出本文呼應甚密,除首尾呼應外,還一路照應。

(2)別人意多則雜,惟此篇意多而不雜:指出本文意思多,但是層層而出,雖多而不雜。

(3)一起六句,應接得緊切,自此振發,公私二字是一篇本意:指出本文起六句定下本文大綱,此後根據此發展,而其中提出的「公」、「私」二字乃是本文本意。

總結:此題下批涉及了「章法」中之呼應,以及論述之層次,以及「主題」中之關鍵詞,頗有卓見,而且與旁批、評論

符號相輔相成。

## （二）管仲論

老蘇大率多是權書惟此文句句的當前文亦可學後不可到此篇義理的當抑揚反覆及警策處多

管仲相桓公，霸諸侯，攘夷狄，終其身，齊國富強，諸侯
此二段敘事說 (1) 此說功處 (2)
不敢叛。管仲死，豎刁、易牙、開方用。桓公薨於亂，五公子
此段說禍起 (3)
爭立，其禍蔓延。訖簡公，齊無寧歲。」（第一段）
夫功之成，非成於成之日，蓋必有所由起；禍之作，不作
承接得好 (4)
於作之日，亦必有所由兆。則齊之治也，吾不曰管仲，而曰鮑
有力 (5) 看他反覆處 (6)
叔；及其亂也，吾不曰豎刁、易牙、開方，而曰管仲。」（第
二段）
何則？豎刁、易牙、開方三子，彼固亂人國者，顧其用之
警策 (7)
者桓公也。夫有舜而後知放四凶，有仲尼而後知去少正卯。彼
桓公何人也！顧其使桓公得用三子者，管仲也。」（第三段）
含蓄得好不說破 (8)
仲之疾也，公問之相。當是時也，吾以仲且舉天下之賢者
起好 (9) 此是
以對，而其言乃不過曰：「豎刁、易牙、開方三子，非人情，
本 (10)
不可近而已」。嗚呼！仲以為桓公果能不用三子矣乎？仲與桓
難 (11) 十分

公處幾年矣，亦知桓公之為人矣乎？桓公聲不絕於耳，色不絕
　　警策處 (12)　　　　　　　　　　　　展轉相生 (13)

於目，而非三子者，則無以遂其欲。彼其初之所以不用者，徒
　　　　　　　　　　　　　　　　　　警策抑揚反覆在此數行 (14)

以有仲焉耳；一日無仲，則三子者，可以彈冠而相慶矣。仲以
　　　　　　　　警策須看有無二字意思抑揚無窮 (15)

為將死之言，可以縶桓公之手足耶？夫齊國不患有三子，而患
　　警策 (16)

無仲；有仲則三子者，三匹夫耳。不然，天下豈少三子之徒！
　　　　　　　　　　　　　　　　轉換警策 (17)

雖桓公幸而聽仲，誅此三人，而其餘者，仲能悉數而去之耶？
語新 (18)　　　　　　　　　承接眼目處 (19)　　　語新 (20)

嗚呼！仲可謂不知本者矣。因桓公之問，舉天下之賢者以自
　　　　關鎖好 (21)

代，則仲雖死，而齊國未為無仲也，夫何患三子者，不言可
也。」（第四段）

五伯莫盛於桓文。文公之才，不過桓公，其臣又皆不及
　　不困 (22)　　　　　　　　　使晉文外事妙 (23)　意新 (24)

仲。靈公之虐，不如孝公之寬厚。文公死，諸侯不敢叛晉，晉
襲文公之餘威，猶得為諸侯之盟主百餘年。何者？其君雖不
　　　　　　　　　　　　　　　　　　　鎖盡 (25)

肖，而尚有老成人焉。桓公之薨也，一亂塗地，無惑也。彼獨
　　　　過得佳 (26)

恃一管仲，而仲則死矣。」（第五段）
應 (27)

夫天下未嘗無賢者，蓋有，有臣而無君者矣。桓公在焉，
　　接新意起好 (28)　　　　　　又生新意 (29)

而曰天下不復有管仲者，吾不信也。」（第六段）

仲之書，有記其將死，論鮑叔賓須無之為人，且各疏其
　　<u>起 (30)</u>
短。是其心以為是數子者，皆不足以託國；而又逆知其將死，
　　　　　　　　　　　　　　　　　　　　　　埋意 (31)
則其書誕謾不足信也。」（第七段）
　　<u>吾觀</u>史鰌以不能進蘧伯玉而退彌子瑕，故有身後之諫。蕭
　　使此二事的當 (32)
何且死，舉曹參以自代。<u>大臣之用心，故宜如此也</u>。夫國以一
　　　　　　　繳得好有力 (33)　　　　　　　繳得好有
<u>人興，以一人亡，賢者不悲其身之死，而憂其國之衰，故必復</u>
力 (33)　　　　繳得精神甚有力如破竹勢一句緊一句 (35)
<u>有賢者，而後有以死</u>。<u>彼管仲者，何以死哉</u>！（第八段）


## 1. 評論符號

（1）┗：呂氏用此符號將本文分作八段。按：呂氏之分段大
　　　　體上可兼顧意義的轉折以及字數的均衡，唯一可商榷處，是
　　　　第二和三段、第五和六段應否合併，因為兩者之間的文意轉
　　　　折並不巨大，而且分段之後字數偏少、顯得零碎，所以合併
　　　　為一段較為理想[29]。

（2）│：在開頭兩字標上「│」，乃是與「┗」搭配，標
　　　　誌出分段。全句、數句標上「│」，乃是標誌出重要
　　　　首句、結句、句子。

（3）、：在第四段的「有」與「無」字旁，皆標註
　　　　「、」，表示出重要性。按：呂氏此舉當是要強調有無管仲
　　　　之差別，因此論述從「退小人」順利過渡至「進賢臣」。

　　總結：「┗」標誌著文章的分段，但本文之分段稍嫌零

---

29 可參見附錄一「結構表及說明」。

碎;「｜」之作用有二：標誌出分段，以及標誌出重要首句、結句、句子;「、」則標誌著關鍵詞。

## 2. 旁批

### （1）修辭類

使此二事的當（32）：「使此二事」指引用史鰍、蕭何兩件事，「的當」乃評價其效果。按：此為引用格中之用事典。

### （2）文法類

有力（5）：指出此句有力。

語新（18）：指用語新巧。按：呂氏若是就「字」來探究，通常批為「下字」、「下字好」，而本旁批為「語新」，應是指整句新穎。

語新（20）：同前。

### （3）章法類

此二段敘事說（1）：指出此二段為敘事，並與「此說功處」（2）、「此段說禍起」（3）配合。按：此二段敘事為下文論述之張本。

此說功處（2）：與「此二段敘事說」（1）配合，指出此段敘事之內容。

此段說禍起（3）：與「此二段敘事說」（1）配合，指出此段敘事之內容。

承接得好（4）：指出承接得好處。按：此處從敘述轉入論述，但是論述是承敘述而來。

看他反覆處（6）：指出此處反覆議論。

起好（9）：另起一段好。

難（11）：指出此為責難。

展轉相生（13）：與「十分警策處」（12）配合，乃是根據上文又再鋪敘。

轉換警策（17）：「轉換」指此為轉換處，「警策」指此為

本文重要意旨，此指轉換處，出現重要意旨。

承接眼目處（19）：「眼目」指關鍵處或與此相關之重要字眼，此處應指小人，而此處承接前面，再言小人。

關鎖好（21）：「關鎖」指與前文相關而收結，「關鎖好」即收得好。

使晉文外事，妙（23）：指此引用晉文公事為例，但特別指出為「外事」，當是看出此為反襯，並認為「妙」。

鎖盡（25）：指此扣緊前意。

過得佳（26）：指從晉文公過到齊桓公，十分佳妙。

應（27）：指呼應前文。按：應指呼應第四段。

接新意起好（28）：「接」、「起」乃指出此新意承接前文、另起下文，「好」乃是評價其效果。

起（30）：指另起一段。

繳得好有力（33）：「繳」為小範圍之收束，此指收得好、有力。

鎖好，意新又警策（34）：「鎖」有扣緊之意，此指扣緊前文，且意思新穎又重要。

繳得精神甚有力，如破竹勢一句緊一句（35）：指出收得有精神、有力，並用「破竹」為喻，譬擬其文意緊湊。

（4）主題類

警策（7）：指此為本文重要意旨。

含蓄得好不說破（8）：指出言外有深意。

此是本（10）：指出此為管仲當時所應為之根本之事。

十分警策處（12）：指出此為十分重要的部份。

警策抑揚反覆在此數行（14）：指出數行之內容反覆闡述、內蘊褒貶、十分精關。按：此旁批之「抑揚」當為褒貶之意，並非章法中之「抑揚」法。

警策須看「有」、「無」二字，意思抑揚無窮（15）：指出

此處為重要意旨，並且從「有」、「無」二字彰顯出來，褒貶意思無窮。按:「『有』、『無』二字」與評論符號「、」配合，且此旁批之「抑揚」當為褒貶之意，並非章法上之「抑揚」法。

警策（16）：指此為本文重要意旨。

不困（22）：意指又生一意，不受局限。

意新（24）：指此意新穎。

又生新意（29）：指又生出新意。

埋意（31）：埋下意脈。按:應指埋下其後引用史魷、蕭何二人的伏線，重點在於此二人身後皆有安排。

總結：旁批涵蓋了「修辭」、「文法」、「章法」、「主題」。在「修辭」類中，注意到引用格之用事典。在「文法」類中，注意到句子的作用與新穎。在「章法」類中，注意到起、承、應、繳、關鎖，並且注意到敘事與舉例等行文手法。在「主題」類中，注意到關鍵句（節），以及立意之新穎，還有伏脈。題下批亦與評論符號配合緊密。


## 3. 題下批

（1）老蘇大率多是權書，惟此文句句的當。前文亦可學，後不可到：蘇洵文大多是權書，內容大體為言兵之事，不過本文遣詞造句精準，前文可學，後文不可到。

（2）此篇義理的當，抑揚反覆及警策處多：指出本文論述得當，而「抑揚反覆及警策處多」則是指反覆闡述、內蘊褒貶、十分精闢。按:可與旁批配合而觀。

總結：本題下批相當重視本文義理之闡發，此屬於主題學範疇。

## (三) 高祖論

此篇須看抑揚反覆過接處將無作有以虛為實

漢高祖挾數用術，以制一時之利害，不如陳平；揣摩天下
　　　抑中之揚 (1)　　　　　　　　　　　　　　說小 (2)
之勢，舉指搖目，以劫制項羽，不如張良。微此二人，則天下
　　　　　起伏 (3)　　　　抑 (4)
不歸漢，而高帝乃木強之人而止耳。」（第一段）
　　　　　抑 (5)　　有力 (6)

　　然天下已定，後世子孫之計，陳平張良智之所不及，則高
　　揚 (7)
帝嘗先為之規畫處置，使中後世之所為，曉然如目見其事而為
　　　　　　　　下字切 (8)
之者。蓋高帝之智，明於大而暗於小，至於此而後見也。」
　　　鎖 (9)　　　　應前 (10)　　　　　警策 (11)
（第二段）

　　帝嘗語呂后曰：「周勃厚重少文，然安劉氏必勃也，可令
　　　入實事 (12)
為太尉。」方是時，劉氏安矣，勃又將誰安耶？故吾之意曰：
　　斡旋極好 (13)　　　　要說知有呂氏之禍故先斡此一句就
「高帝之以太尉屬勃也，知有呂氏之禍也。」」（第三段）
劉氏上斡 (14)

　　雖然，其不去呂后何也？勢不可也。昔者武王沒，成王
　　過接好 (15)　　　　應在後 (16)　　　　　說勢不可意 (17)
幼，而三監叛，帝意百歲後將相大臣及諸侯王，有如武庚、祿
　　　　　　　　句好見意 (18)　牽引 (19)

父，而無有以制之也。獨計以為家有主母，而豪奴悍婢不敢與
　　　　　　　　　見意(20)　　　　　　　　　　句法(21)　有筆
弱子抗。呂氏佐帝定天下，為諸侯大臣素所畏服，獨此可以鎮
力處(22)　　　　　　　　　　　　　　　　　　　　　　下字
壓其邪心，以待嗣子之壯。故不去呂后者，為惠帝計也。」
切(23)　　　　下字好(24)　　　　　　　與前相應(25)
（第四段）

　　呂后既不可去，故削其黨以損其權，使雖有變而天下不
　　　　換好(26)　　　三字便見噲死大有力，引下意(27)
搖。是故以樊噲之功，一旦遂欲斬之而無疑。」（第五段）
一篇意(28)


　　嗚呼！彼獨於噲不仁耶！且噲與帝偕起，拔城陷陣，功為
　　轉得佳(29)　難(30)　　　　　放開說(31)
不少。方亞父嗾項莊時，微噲譙羽，則漢之為漢，未可知也。
　　　　　　　　　噲之功(32)　　　　　　句法(33)
一旦人有惡噲欲滅戚氏者，時噲出代燕，立命平勃即軍中斬
之。夫噲之惡未形也，惡之者，誠偽未必也；且帝之不以一女
　　下句好(34)　　　　　　　　　　　出脫高帝(35)
子斬天下功臣亦明矣。彼其娶於呂氏，呂氏之族若產、祿輩，
　　　　　　　　　　接得緊亦說新意見斬噲之由(36)
皆庸才不足恤，獨噲豪傑，諸將所不能制，後世之患，無大於
　　　　　　下字(37)
此者矣。夫高帝之視呂后，猶醫者之視董也。使其毒可以治
　　　　　　　　句好(38)
病，而「無」至於殺人而已。樊噲死，則呂氏之毒將不至於殺
人。高帝以為是足以死而無憂矣。」（第六段）
　　　　下字(39)

彼平勃者，遺其憂者也。噲之死於惠帝之六年，天也。使
 下字 (40)　　一篇意至此方艷以虛為實 (41)　此數句則
之尚在，則呂祿不可紿，太尉不得入北軍矣。」（第七段）
乃先得之意者無此數句無力 (42)

　　或謂噲於高帝最親，使之尚在，未必與產祿叛。夫韓信、
 餘意 (43)
黥布、盧綰，皆南面稱孤，而綰又最為親幸。然及高祖之未亡
也，皆相繼以逆誅。誰謂百歲之後，椎埋屠狗之人，見其親戚
 警策 (44) 有力 (45)
得為帝王，而不欣然從之耶！故曰：「彼平勃者，遺其憂者
也。」」（第八段）


## 1. 評論符號

（1）└：呂氏用此符號將本文分作八段。按：呂氏之分段能
　　　準確掌握意義的轉折或延展，但是分作八段，稍嫌零碎，因
　　　此，第一和二段、第三和四段、第五和六段、第七和八段，
　　　似可合併為一段[30]。

（2）｜：在開頭兩字標上「｜」，乃是與「└」搭配，標
　　　誌出分段。全句、數句或段落標上「｜」，乃是標誌
　　　出重要結句、句子與段落。

（3）、：本文未出現此符號。

　　總結：「└」標誌著文章的分段，但本文之分段稍嫌零
碎；「｜」之作用有二：標誌出分段，以及標誌出重要結句、
句子與段落。

---

30 可參見附錄一「結構表及說明」。

## 2. 旁批

### (1) 詞彙類

下字切（8）：指出下字精當。按：呂氏未明言何字切，但推斷應為「中」字。

下字切（23）：指出下字精當。按：推斷應為「鎮壓」一詞。

下字好（24）：指出下字好。按：推斷應為「待」字。

下字（37）：指出下字好。按：推斷應為「豪健」一詞。

下字（39）：指出下字好。

下字（40）：指出下字好。

### (2) 文法類

有力（6）：指此句有力。

句法（21）：指出遣詞造句有法。

有筆力處（22）：與「句法」（21）配合，亦是此句好之意。

句法（33）：指出遣詞造句有法。

下句好（34）：指出下此句好。

句好（38）：指出運用了修辭格的句子。按：此句運用了譬喻格。

有力（45）：指此句有力。

### (3) 章法類

抑中之揚（1）：指此處對高祖先抑後揚，可與「抑」（4）（5）、「揚」（7）配合而觀。按：「抑中之揚」可以解釋為貶抑中蘊含褒揚之意，但是本段並非如此，而是存文章作法上「先抑後揚」。

說小（2）：本旁批與「抑」（4）（5）配合，皆指出此段抑高祖。

起伏（3）：此指文勢起伏。

抑（4）：與「說小」（2）配合，說明見前。

抑（5）：與「說小」（2）配合，說明見前。

揚（7）：指出此段揚高祖。

鎖（9）：指出此處「扣緊」前文。

應前（10）：指出呼應前文。按：應指呼應「後世子孫之計」。

入實事（12）：指出此為敘述實事。

幹旋極好（13）：「幹旋」指承接，多特就其聯句之作用而言。本旁批所指為「方是時，劉氏安矣」一句，此為「聯句」，與「要說知有呂氏之禍……就劉氏上幹」（14）合觀，可知此指由引用高祖之語，開展至下文，深究高祖之深意。按：本旁批注意到「聯句」[31]。

要說知有呂氏之禍，故先幹此一句，就劉氏上幹（14）：將「方是時，劉氏安矣」一句的作用闡述得更深入。

過接好（15）：指承接而過渡至下文。

應在後（16）：與「與前相應」（25）配合，指出前呼後應處。

牽引（19）：應指引出其他想像中的事件。

與前相應（25）：與「應在後」（16）配合，指出前呼後應處。

換好（26）：指出此處另換一意開展。

轉得佳（29）：指出此處另轉意開展。

放開說（31）：指出又出一意、放開來說。按：「且」為連詞，有推擴作用。

接得緊，亦說新意，見斬噲之由（36）：與「噲之功」（32）、「出脫高帝」（35）配合，乃承接此而來，並見新意，此新意即「見斬噲之由」。

**（4）主題類**

警策（11）：指此為本文重要意旨。

說勢不可意（17）：根據前文「勢不可也」深入論述。

---

31 陳滿銘在「基本的聯絡」下，有一類：「用關聯句子做上下文之接榫」，見〈談詞章連絡照應的幾種技巧〉，《國文教學論叢》，頁 420。

句好見意（18）：此句好，見出深意。

見意（20）：見出深意。

三字便見噲死大有力，引下意（27）：「三字」指「削其黨」，此三字埋下其下誅噲之意，十分有力。

一篇意（28）：指出此為一篇之意。

難（30）：指出此為責難。按：此責難用激問的方式表出。

噲之功（32）：指出此處之意。

出脫高帝（35）：指出此處之意。

一篇意至此方艷，以虛為實（41）：「一篇意至此方艷」乃是指前面之意至此更為發揚，而「以虛為實」則是指作者揣測高祖用心而成文，仿如此為事實一般。按：前面針對「誅噲」來論述，此處則針對可能的論述漏洞來補強，因此呂氏批云：「一篇意至此方艷」[32]；至於「以虛為實」則是指將「虛」的揣測，當作「實」的事材來運用，並非章法中的「虛實」法。

此數句乃先得之意，若無此數句則無力（42）：「先得之意」指先前所埋之意，須與下文合看，「若無此數句則無力」則意謂下文承此處句而有力。

餘意（43）：前有正論，此處則另出一從正論產生的相關之意。按：前面針對「誅噲」來論述，此處則針對可能的論述漏洞來補強[33]。

警策（44）：指此為本文重要意旨。

總結：旁批涵蓋了「詞彙」、「文法」、「章法」、「主題」。在「詞彙」類中，相當注意「下字」。在「文法」類中，注意到句子的作用與特色。在「章法」類中，注意到應、換、轉、接、鎖，以及抑揚法的運用，並直接提出專有名詞。在「主題」類中，注意到關鍵句，以及文意之承接與開展。

---

32 可參見附錄一「結構表及說明」。

33 可參見附錄一「結構表及說明」。

### 3. 題下批

（1）此篇須看抑揚反覆過接處：「抑揚」當指篇首對高祖
先抑後揚，而「反覆」當指針對一個論點反覆發出議
論，「過接」則指另換新意時之承轉問題。**按：與旁批
之呼應頗密。**

（2）將無作有，以虛為實：當指作者將「無」、「虛」的揣
測，當作「有」、「實」的事材來運用。**按：可與旁批
「一篇意至此方艷，以虛為實」（41）配合而觀。**

總結：此題下批主要涉及「章法」與「意象」，頗有卓
見，而且與旁批相輔相成。

## （四）審勢

<u>治天下者定所尚</u>，所尚一定，至於萬千年而不變，使民之
　　　　立一篇大意起 (1)
耳目純於一，而子孫有所守，易以為治。」（**第一段**）

故三代聖人其後世遠者至七八百年。夫豈惟其民之不忘其
功以至於是，蓋其子孫得其祖宗之法而為據依，可以永久。夏
之尚忠，商之尚質，周之尚文，視天下之所宜尚而固執之，以
此而始，以此而終，不朝文而暮質，以自潰亂。<u>故聖人者出，
必先定一代之所尚</u>。周之世，蓋有周公為之制禮，而天下遂尚
　　　　　　　　　　　　　　　　　　　　　　　　　應 (2)
文。後世有賈誼者說漢文帝，亦欲先定制度，而其說不果
用。」（**第二段**）

<u>今者</u>天下幸方治安，子孫萬世，帝王之計，不可不預定於
此時。<u>然萬世帝王之計，常先定所尚，使其子孫可以安坐而守
其舊。至於政弊，然後變其小節，而其大體卒不可革易</u>。故享
世長遠而民不苟簡。今也考之於朝野之間，以觀國家之所尚
者，而愚猶有惑也。」（**第三段**）

何則？天下之勢有強弱，聖人審其勢而應之以權。勢強

主意(3)

矣，強甚而不已則折；勢弱矣，弱甚而不已則屈。聖人權之，
而使其甚不至於折與屈者，威與惠也。夫強甚者威竭而不振，

綱目(4)

弱甚者惠褻而下不以為德。故處弱者利用威，而處強者利用
惠。乘強之威以行惠，則惠尊，乘弱之惠以養威，則威發而天

一篇筋骨在此數行(5)

下震慄。故威與惠者，所以節制天下強弱之勢也。」（第四
段）

然而不知強弱之勢者，有殺人之威而下不懼，有生人之惠

反說(6)

而下不喜。何者？威竭而惠褻故也。故有天下者，必先審知天
下之勢，而後可與言用威惠。不先審知其勢，而徒曰我能用
威，我能用惠者，未也。故有強而益之以威，弱而益之以惠，
以至於折與屈者，是可悼也。」（第五段）

譬之之身，將欲飲藥餌石以養其生，必先審觀其性之為
陰，其性之為陽，而投之以藥石。藥石之陽而投之以陰，藥石
之陰而投之以陽。故陰不至於涸，而陽不至於亢。苟不能先審
觀己之為陰與己之為陽，而以陰攻陰，以陽攻陽，則陰者固死
於陰，而陽者固死於陽，不可救也。是以善養身者，先審其陰

就喻結一段(7)

陽，而善制天下者，先審其強弱，以為之謀。」（第六段）

昔者周有天下，諸侯太盛。當其盛時，大者已有地五百
里，而畿內反不過千裏，其勢為弱。秦有天下，散為郡縣，聚
為京師，守令無大權柄，伸縮進退，無不在我，其勢為強。然
方其成、康在上，諸侯無大小，莫不臣伏，弱之勢未見於外。
及其後世失德，而諸侯禽奔獸遁，各固其國，以相侵攘，而其

上之人卒不悟，區區守姑息之道，而望其能以制服強國，是謂以弱政濟弱勢，故周之天下卒斃於弱。」（第七段）

語新 (8)

　秦自孝公，其勢固已駸駸焉，日趨於強大，及其子孫已并天下，而亦不悟，專任法制，以斬撻平民。是謂以強政濟強勢，故秦之天下卒斃於強。」（第八段）

　周拘於惠而不知權，秦勇於威而不知本，二者皆不審天下

統結二段 (9)

之勢也。」（第九段）

　我宋制治，有縣令，有郡守，有轉運使，以大系小，絲牽繩聯，總合於上。雖其地在萬里外，方數千里，擁兵百萬，而天子一呼于殿陛間，三尺豎子馳傳捧詔，召而歸之京師，則解印趨走，惟恐不及。如此之勢，秦之所恃以強之勢也。勢強

轉

矣，然天下之病，常病於弱。噫！有可強之勢如秦而反陷於弱

(10)

者，何也？習於惠而怯於威也，惠太甚而威不勝也。夫其所以

綱目 (11)

習於惠而惠太甚者，賞數而加於無功也；怯於威而威不勝者，刑弛而兵不振也。由賞與刑與兵之不得其道，是以有弱之實著於外焉。何謂弱之實？曰官吏曠惰，職廢不舉，而敗官之罰不

鋪敘 (12)

加嚴也；多贖數赦，不問有罪，而典刑之禁不能行也；冗兵驕狂，負力幸賞，而維持姑息之恩不敢節也；將帥覆軍，匹馬不返，而敗軍之責不加重也；戎翟強盛，凌壓中國，而邀金繒、增幣帛之恥不為怒也。若此類者，大弱之實也。久而不治，則又將有大於此，而遂浸微浸消，釋然而潰，以至於不可救止者乘之矣。」（第十段）

然愚以為弱在於政，不在於勢，是謂以弱政敗強勢。今夫

轉好 (13)

一與興薪之火，眾人之所憚而不敢犯者也，舉而投之河，則何熱之能為？是以負強秦之勢，而溺於弱周之弊，而天下不知其強焉者以此也。」（第十一段）

雖然，政之弱，非若勢弱之難治也。借如弱周之勢，必變

又轉 (14)　　　　回互 (15)

易其諸侯，而後強可能也。天下之諸侯固未易變易，此又非一日之故也。若夫弱政，則用威而已矣，可以朝改而夕定也。」

主意 (16)

（第十二段）

夫齊，古之強國也，而威王又齊之賢王也。當其即位，委政不治，諸侯並侵，而人不知其國之為強國也。一旦發怒，裂萬家，封即墨大夫，召烹阿大夫與常譽阿大夫者，而發兵擊趙、魏、衛，趙、魏、衛盡走請和，而齊國人人震懼，不敢飾非者，彼誠知其政之弱，而能用其威以濟其弱也。」（第十三段）

況今以天子之尊，藉郡縣之勢，言脫于口而四方響應，其所以用威之資固已完具。且有天下者患不為，焉有欲為而不可者？今誠能一留意於用威，一賞罰，一號令，一舉動，無不一切出於威，嚴用刑法而不赦有罪，力行果斷而不牽於眾人之是非，用不測之刑，用不測之賞，而使天下之人視之如風雨雷電，遽然而至，截然而下，不知其所從發而不可逃遁。朝廷如

文勢 (17)

此，然後平民益務檢慎，而奸民猾吏亦常恐恐然懼刑法之及其身而斂其手足，不敢輕犯法。此之謂強政。政強矣，為之數年，而天下之勢可以複強。愚故曰：乘弱之惠以養威，則威發

而天下震慄。然則以當今之勢，求所謂萬世為帝王而其大體卒

應前

不可革易者，其尚威而已矣。」（第十四段）

(18) 　　　　　主意 (19)

　　或曰當今之勢，事誠無便於尚威者。然孰知夫萬世之間，其政之不變，而必曰威耶？愚應之曰：威者，君之所恃以為君也，一日而無威，是無君也，久而政弊，變其小節，而參之以惠，使不至若秦之甚，可也。舉而棄之，過矣。」（第十五段）

回互 (20)

　　或者又曰：王者「任德不任刑」。任刑，霸者之事，非所

自說破 (21)

宜言。此又非所謂知理者也。夫湯、武皆王也，桓、文皆霸

解 (22)

也。武王乘紂之暴，出民於炮烙斬刖之地，苟又遂多殺人、多刑人以為治，則民之心去矣。故其治一出於禮義。彼湯則不然，桀之德固無以異紂，然其刑不若紂暴之甚也，而天下之民化其風，淫惰不事法度，《書》曰：「有眾率怠弗協。」而又諸侯昆吾氏首為亂，於是誅鋤其強梗、怠惰、不法之人，以定紛亂。故《記》曰：商人「先罰而後賞」。至於桓文之事，則又非皆任刑也。桓公用管仲，仲之書好言刑，故桓公之治常任刑。文公長者，其佐狐、趙、先、魏皆不說以刑法，其治亦未嘗以刑為本，而號亦為霸。而謂湯非王而文非霸也得乎？故用刑不必霸，而用德不必王，各觀其勢之何所宜用而已。」（第

正結勢字 (23)

十六段）

　　然則今之勢，何為不可用刑？用刑何為不曰王道？彼不先審天下之勢，而欲應天下之務，難矣！（第十七段）

## 1. 評論符號

（1）∟：呂氏用此符號將本文分作十七段。按：呂氏之分段
大體上合乎邏輯，但是也有可商榷處：一是第四段宜往前包
括「今也……惑也」一節，因為前面泛論所尚，而從「今
也」開始，則是具論，因此宜將「今也……惑也」一節劃歸
第四段；二是第七段涵蓋了總說周、秦的部份（「昔者……為
強」一節），和分說周的部份（「然方……於弱」一節），但是
第八段卻單單就分說秦的部份（「秦自……於強」一節）劃分
一段，顯得標準不一致，但是若就總說周秦、分說周的部份
又都劃分段落，又顯得太過零碎，因此建議第七、八段可合
併為一段；三是第十七段仍是根據前面的刑、德之辨而來，
並順勢作結，劃分段落顯得零碎，因此建議可以跟第十六段
合併為一段[34]。

（2）｜：在開頭兩字標上「｜」，乃是與「∟」搭配，標
誌出分段。全句、數句或段落標上「｜」，乃是標誌
出重要首句、結句、句子與段落。

（3）、：全篇中的「勢」字旁，皆標註「、」，表示出重
要性。按：本文題目為「審勢」，而文中主要論述如何審勢
以定所尚，所以「勢」為關鍵詞。

總結：「∟」標誌著文章的分段，但本文之分段尚有可商
榷處；「｜」之作用有二：標誌出分段，以及標誌出重要首
句、結句、句子與段落；「、」則標誌著關鍵詞。

## 2. 旁批

### （1）文法類

語新（8）：指出此語新穎。按：呂氏若是就「字」來探究，通

---

34 可參見附錄一「結構表及說明」。

常批為「下字」、「下字好」，而本旁批為「語新」，應是指整句新穎。

（2）章法類

應（2）：指出呼應處。按：應指呼應篇首「治天下者定所尚」。

就喻結一段（7）：根據此喻結本段。按：呂氏所謂之「喻」，實為舉例。本段一開始即稱「譬之一人之身」，即為舉例說明，此後根據此例發展成一段。

反說（6）：指出此段從反面寫。按：第四段論述用威與用惠為裁節天下強弱之勢的手段，本段則論述不能善用威與惠之後果，因此前段為正說，後段為反說，本旁批指出了正反法的運用。

統結二段（9）：統合前面針對周、秦的討論（第七段、第八段）作結。按：第七段涵蓋了總說周、秦的部份（「昔者……為強」一節），和分說周的部份（「然方……於弱」一節），第八段卻則只分說秦（「秦自……於強」一節）。

轉（10）：指出此處為一轉。按：此處從「強勢」轉到「弱實」。

鋪敘（12）：指出針對「弱實」加以陳說。

轉好（13）：指出此處為一轉。按：從前面針對「弱實」的探討，轉到針對「弱政」的探討。

又轉（14）：指出此處又一轉。按：從前面針對「弱政」的探討，轉到針對「弱政不難治」的探討。

文勢（17）：指文章體勢。

應前（18）：指出呼應前面。

解（22）：指出此處解前面之責難。按：前面藉著「或曰」，提出「任刑，霸者之事」的看法，此處則針對此看法提出解說。

正結勢字（23）：指出此處明就「勢」字來結。按：「審勢」為本文之重要意旨，呂氏此旁批特別指出結尾回應「審勢」。

（3）主題類

立一篇大意起（1）：指出一開始就立一篇大意。按：本文

主旨為「弱政則用威」，因此關於「所尚」、「審勢」、「威惠」之論述，都是與主旨密切相關者。呂氏其後之旁批：「主意」（3）、「綱目」（4）（11）、「一篇筋骨在此數行」（5），都指出此點。

主意（3）：指出此為本篇主意。

綱目（4）：指此為文章展開的主要線索。

一篇筋骨在此數行（5）：「筋骨」指根據文章展開的主要線索而立下的架構，因此本旁批指此數行立下一篇架構，與「綱目」（4）配合。按：「綱目」（4）指出「威」與「惠」之重要，而此數行根據「威」與「惠」，進行更深入的論述，而且其後又承此發展，因此稱「一篇筋骨在此數行」。

綱目（11）：指此為文章展開的主要線索。

回互（15）：指表意曲折婉轉。

主意（16）：指出此為主旨。按：「若夫弱政，則用威而已矣」為真正之主旨。呂氏其後之旁批：「主意」（19），也指出此點。

主意（19）：指出此為主旨。

回互（20）：指表意曲折婉轉。

自說破（21）：指自行說破引用「任德不任刑」說法之用意。

總結：旁批涵蓋了「文法」、「章法」、「主題」。在「文法」類中，注意到用語新穎。在「章法」類中，注意到應、轉、結，並且特別針對各種不同的結法，加以批註，此外，還注意到「反說」。在「主題」類中，相當注意本文所表出之重要意旨，不過並未細緻地區分出主旨，以及與主旨密切相關的意旨。

## 3. 題下批

本文無題下批。

## （五）上富丞相書

此篇須看曲折抑揚開合反覆節奏好

往年天子震怒，出逐宰相，選用舊臣堪付屬以天下者，使
一句重一句 (1)　　　　　自此皆一枝一節 (2)

在相府，與天下更始，而閣下之位實在第三。方是之時，天下
　　　　　　責望重處 (3)

咸喜相慶，以為閣下惟不為宰相也，故默默在此。方今困而後
起，起而復為宰相，而又適值乎此時也，不為而何為？且吾君
　　　　　　間架鋪敘處 (4)

之意，待之如此其厚也，不為而何以副吾望？故咸曰：後有下
　　　　　間架 (5)

令而異於他日者，必吾富公也。朝夕而待之，跂首而望之，望
望然而不獲見也，戚戚然而疑。嗚呼！其弗獲聞也，必其遠
　　　　此處難了又解，解了又難 (6)

也，進而及於京師，亦無聞焉。不敢以疑，猶曰天下之人如此
　難 (7)　　　　　　　解 (8)

其眾也，數十年之間如此其不變也，皆曰賢人焉。<u>或者彼其中</u>
　　　　　　　　　　難 (9)　　　　解 (10) 此

<u>則有說也，而天下之人則未始見也，然而不能無憂。」</u>
應後 (11)　　　　　　　如砥柱立中流 (12)

（第一段）

　　<u>蓋古之君子，愛其人也，則憂其無成</u>。且嘗聞之，古之君
　　再生意 (13)　　　　　一篇意 (14)

子，相是君也，與是人也，皆立於朝，則使吾皆知其為人皆善
者也，而後無憂。且一人之身而欲擅天下之事，雖見信於當
世，而同列之人一言而疑之，則事不可以成。今夫政出於他人

而不懼，事不出於己而不忌，是二者，惟善人為能，然猶欲得

見難處十分 (15)

其心焉。若夫眾人，政出於他人而懼其害己，事不出於己而忌
其成功，是以有不平之心生。夫或居於吾前，或立於吾後，而

鎖上面 (16)

皆有不平之心焉，則身危。<u>故君子之出處於其間也，不使之不
平於我也。</u>」（第二段）

結上意 (17)

　　<u>周公立於明堂以聽天下，而召公惑，何者？</u>天下固惑乎大

回互兩全處

者也，召公猶未能信乎吾之此心也。周公定天下，誅管、蔡，
　(18)　　與精神 (19)

告召公以其志，以安其身，以及於成王。故凡安其身者，以安

意好

乎周也。召公之於周公，管、蔡之於周公，是二者亦皆有不平
(20)

之心焉，以為周之天下，周公將遂取之也。周公誅其不平而不

見理未到語病 (21)

可告語者，告其可以告語者而和其不平之心。<u>然則，非其必不</u>

警策 (22)

<u>可以告語者，則君子未始不欲和其心。</u>」（第三段）

　　最要人看 (23)　精神 (24)

　　天下之人，從士而至於卿大夫，宰相集處其上，將有所
為，何慮而不成？不能忍其區區之小忿，以成其不平之釁，則
害其大事。<u>是以君子忍其小忿以容其小過，而杜其不平之心，
然後當大事而聽命焉。且吾之小忿，不足以易吾之大事也，故
甯小容焉，使無芥蒂於其間。</u>」（第四段）

結得好 (25)

　　古之君子與賢者並居而同樂，故其責之也詳，不幸而與不
肖者偶，不圖其大而治其細，則闊遠於事情，而無益於當世。

　　　　　　　　　　　　下句好深責富公 (26)

故天下無事而後可與爭此，不然則否。」（第五段）

　　　　　　　　繳結淨潔 (27)

　　昔者諸呂用事，陳平憂懼，計無所出。陸賈入見說之，使
交歡周勃。陳平用其策，卒得絳侯北軍之助以滅諸呂。夫絳
侯，木強之人也，非陳平致之而誰也。故賢者致其不賢者，非
夫不賢者之能致賢者也。」（第六段）

　　曩者，今上即位之初，寇萊公為相，惟其側有小人不能
誅，又不能與之無忿，故終以斥去。及範文正公在相府，又欲
以歲月盡治天下事，失於急與不忍小忿，故群小人亦急逐之，
一去遂不復用，以歿其身。」（第七段）

　　伏惟閣下以不世出之才，立于天子之下，百官之上，此其
深謀遠慮必有所處，而天下之人猶未獲見。洵，西蜀之人也，

　　　　　　　首尾相應 (28)

竊有志於今世，願一見於堂上。伏惟閣下深思之，無忽。（第

　　　　　　　　含不盡意 (29)

八段）


## 1. 評論符號

　（1）└：呂氏用此符號將本文分作八段。按：呂氏之分段頗
　　　　為精準，不過尚有可商榷者：最後「洵西……無忽」一節，
　　　　乃蘇洵自薦之語，與前面針對富弼表出勸勉之意不同，因此
　　　　宜劃分開來，獨立成一段。

　（2）｜：在開頭兩字標上「｜」，乃是與「└」搭配，標
　　　　誌出分段。全句、數句標上「｜」，乃是標誌出重要
　　　　首句、結句、句子。

（3）、：本文未出現此符號。

總結：「∟」標誌著文章的分段，但本文之分段尚有可商
權處；「｜」之作用有二：標誌出分段，以及標誌出重要首
句、結句、句子。

## 2. 旁批

### （1）修辭類

一句重一句（1）：指出句意一句重於一句。按：此旁批指出
了層遞格之特色[35]。

### （2）文法類

語精神（19）：指出用語有精神。按：呂氏若是就「字」來探
究，通常批為「下字」、「下字好」，而本旁批為「語」，應是指整句。

### （3）章法類

自此皆一枝一節（2）：應指其下一句一意，一一承接開
展，對應於主幹而言。

間架鋪敘處（4）：「間架」指布局之呼應。本旁批指出此
為呼應、鋪敘處。

間架（5）：指布局之呼應。

此處難了又解，解了又難（6）：指出此處難、解呼應相
生。與其後旁批「難」（7）（9）、「解」（8）（10）配合。

難（7）：指此為駁難。與「解」（8）配合。

解（8）：指此為開解。與「難」（7）配合。

難（9）：指此為駁難。與「解」（10）配合。

解（10）：指此為開解。與「難」（9）配合。

---

35 黃慶萱《修辭學》：「凡要說的有三件或三件以上的事物，這些事物又有大小輕重等比
例，於是說話行文時，依序層層遞進的，叫『層遞』。」，頁 669。張春榮《一把文學
的梯子》認為層遞格：「就比較關係而言，最常見的形式是『A 不如 B，B 不如 C』，
以 B 為中間轉關，提出 C 的重要。」，頁 273。

此應後（11）：指出後文加以呼應。

再生意（13）：再生出一意。**按：本旁批指出開展之意。**

鎖上面（16）：指出此處扣緊對「不平之心」的討論而收束。

結上意（17）：此處根據上意作結。

結得好（25）：指此結得好。

繳結淨潔（27）：「繳」為小範圍之收束，此指收前意並作結，而且乾淨俐落。

首尾相應（28）：指出首尾呼應處。**按：當指呼應第一段結尾之「或者彼其中則有說也，而天下之人則未始見也」，並與評論符號「｜」配合。**

（4）**主題類**

責望重處（3）：指出此處之用意。

如砥柱立中流（12）：指出此句之關鍵。

一篇意（14）：指出此為重要意旨。

見難處十分（15）：指出此處之用意。

回互兩全處（18）：「回互」指表意曲折婉轉。指出此處之用意乃委婉地保全周公、召公。

意好（20）：指出此意好。

見理未到語病（21）：指出此處之缺失。

警策（22）：指此為本文重要意旨。

最要人看（23）：與「警策」（22）配合，可見出此當指須留心句意。

精神（24）：為意脈貫穿之效果。

下句好，深責富公（26）： 指此句好，並指出此句之深意。

含不盡意（29）：指此意在言外。**按：本文最後以補敘自薦之意作結。**

　　總結：旁批涵蓋了「修辭」、「文法」、「章法」、「主題」。在「修辭」類中，注意到層遞之現象。在「文法」類中，注意到用語。在「章法」類中，特別注意到呼應，譬如首尾相應、難解相應、間架等。在「主題」類中，注意到句（節）之深意，並特別指出結尾的深意。

### 3. 題下批

　　所謂「曲折」，大體上是指文意之開展、轉折，而「抑揚開合反覆」則是指文意在開展、轉折的過程中，所造成的層層呼應的文勢。而且因為此呼彼應，文章就會顯得有波瀾、很緊湊，因此呂氏批為「節奏好」。

## （六）上田樞密書

　　<u>天之所以與我者，夫豈偶然哉</u>。堯不得以與丹朱，舜不得
　　　　　　　　　　　　　　　　　與字是眼目 (1)
以與商均，而瞽瞍不得奪諸舜。發於其心，出於其言，見於其
　　　　　　　　　與生奪 (2)
事，確乎其不可易也。聖人不得以與人，父不得奪諸其子，<u>於
此見天之所以與我者不偶然也</u>。」（第一段）
　　　　　　一篇綱目 (3)
　　<u>夫其所以與我者，必有以用我也</u>。我知之不得行之，不以
　　過接好 (4)　　　　　　　　見意 (5)
告人，天固用之，我實置之，其名曰<u>棄天</u>；自卑以求幸其言，
　　　　　　　　　　　　　　　　鋪敘間架 (6)
自小以求用其道，天之所以與我者何如，而我如此也，其名曰
<u>褻天</u>。棄天，我之罪也；褻天，亦我之罪也；不棄不褻，而人
不我用，不我用之罪也，其名曰<u>逆天</u>。」（第二段）

　　然則棄天、褻天者，其責在我，逆天者，其責在人。在我
　　　　鎖 (7)
者，吾將盡吾力之所能為者，以塞夫天之所以與我之意，而求
　　　　　　　下字 (8)
免乎天下後世之譏。在人者，吾何知焉？吾求免夫一身之責之
　　　　如人說反話 (9)　　　　　　　雄健 (10)
不暇，而暇為人憂乎哉？」（第三段）

　　孔子、孟軻之不遇，老於道途而不倦不慍、不怍不沮者，
夫固知夫責之所在也。衛靈、魯哀、齊宣、梁惠之徒之不足相
與以有為也，我亦知之矣，抑將盡吾心焉耳。吾心之不盡，吾
恐天下後世無以責夫衛靈、魯哀、齊宣、梁惠之徒，而彼亦將
有以辭其責也，然則孔子、孟軻之目將不瞑於地下矣。夫聖
人、賢人之用心也固如此。如此而生，如此而死，如此而貧
　　　　　　　　　　　　　　壯 (11)
賤，如此而富貴，升而為天，沉而為淵，流而為川，止而為
山，彼不預吾事，吾事畢矣。」（第四段）

　　竊怪夫後之賢者之不能自處其身也，饑寒窮困之不勝而號
於人。嗚呼！使吾誠死於饑寒窮困邪，則天下後世之責，將必
有在彼，其身之責不自任以為憂，而我取而加之吾身，不已過
　　　亦用反語繳 (12)　　　　　　作文妙處 (13)
乎。」（第五段）

　　今洵之不肖，何敢以自列於聖賢，然其心亦有所不甚自輕
者。何則？天下之學者，孰不欲一蹴而造聖人之域，然及其不
成也，求一言之幾乎道而不可得也。千金之子，可以貧人，可
以富人，非天之所與，雖以貧人富人之權，求一言之幾乎道，
　　　　　　　應前 (14)
不可得也。天子之宰相，可以生人，可以殺人。非天之所與，
雖以生人殺人之權，求一言之幾乎道，不可得也。今洵用力於

聖人、賢人之術亦久矣。其言語、其文章,雖不識其果可以有
用於今而傳於後與否,獨怪其得之之不勞。方其致思於心也,
若或起之;得之心而書之紙也,若或相之。<u>夫豈無一言之幾乎
道?千金之子,天子之宰相,求而不得者,一旦在己,故其心
得以自負,或者天其亦有以與我也。</u>」(第六段)

　　<u>曩者</u>見執事於益州,當時之文,淺狹可笑,饑寒窮困亂其
心,而聲律記問又從而破壞其體,不足觀也已。數年來退居山
野,自分永棄,與世俗日疏闊,<u>得以大肆其力於文章</u>。詩人之
優柔,騷人之精深,孟、韓之溫淳,遷、固之雄剛,孫、吳之
簡切,<u>投之所向,無不如意</u>。常以為董生得聖人之經,其失也
流而為迂;晁錯得聖人之權,其失也流而為詐;<u>有二子之材而
不流者,其惟賈生乎</u>!惜乎今之世,愚未見其人也。作策二

自比 (15)

道,曰《審勢》、《審敵》,作書十篇,曰《權書》。洵有山田一
頃,非凶歲可以無饑,力耕而節用,亦足以自老。<u>不肖之身不</u>

句法健 (16)

<u>足惜,而天之所與者不忍棄,且不敢褻也。</u>」(第七段)

首尾相應 (17)　有收拾有關鎖 (18)

　　<u>執事</u>之名滿天下,天下之士用與不用在執事。故敢以所謂
《策》二道、《權書》十篇者為獻。平生之文,遠不可多致,有
《洪範論》、《史論》七篇,近以獻內翰歐陽公。度執事與之朝
夕相從而議天下之事,則斯文也其亦庶乎得陳於前矣。<u>若夫其
言之可用與其身之可貴與否者,執事事也,執事責也,於洵何</u>

結健 (19)

<u>有哉</u>!」(第八段)

## 1. 評論符號

　　(1)　└:呂氏用此符號將本文分作八段。按:呂氏之分段兼

顧意義之轉折以及字數之均衡，相當精準、理想。

（2）│：在開頭兩字標上「│」，乃是與「└」搭配，標
誌出分段。全句、數句或段落標上「│」，乃是標誌
出重要首句、結句、句子與段落。按：本文唯一全部標
上「│」之段落為第三段，此段論述「棄天」、「褻天」、「逆
天」三種情況之歸責，且前一段將「棄天」、「褻天」、「逆
天」都個別標出，最後兩段則將與「棄天」、「褻天」、「逆
天」相關的文句亦標誌出來，可見呂氏對此之重視。

（3）、：全篇中的「與」與「奪」字旁，皆標註「、」，
表示出重要性。按：「與」為最關鍵之字眼，因為「與」生
「奪」（第二個旁批亦指出此點），並因此產生的「棄天」、「褻
天」、「逆天」三種情況，前面提及「棄天」、「褻天」、「逆
天」相關文句主要用「│」加以標誌，至於「與」與「奪」
兩個字眼，則用「、」加以標誌。

總結：「└」標誌著文章的分段，但本文之分段十分精
準、理想；「│」之作用有二：標誌出分段，以及標誌出重要
首句、結句、句子與段落；「、」則標誌著關鍵詞。

## 2. 旁批

### （1）詞彙類

下字（8）：指出下字好。按：呂氏並未明言何字下得好，但是
推斷應為「塞」字。

### （2）修辭類

如人說反話（9）：指出此處表面為正說，但真意為反面。
按：此為倒反格。

亦用反語繳（12）：「反語」與「說反話」（9）同，「繳」
為小範圍之收結，此為以反語收之意。按：此為倒反格。

（3）**文法類**

雄健（10）：指句子風格雄健。

壯（11）：指句子風格雄壯。

句法健（16）：指遣詞造句雄健有力。

（4）**章法類**

過接好（4）：指承接而過渡至下文，十分好。

鋪敘間架（6）：「間架」指布局之呼應。本旁批指出呼應、鋪敘處。

鎖（7）：扣緊前文。

應前（14）：指出呼應前面。按：應是呼應篇首「天之所以與我者，豈偶然哉」。

首尾相應（17）：指出首尾呼應處。按：應是呼應篇首「天之所以與我者，豈偶然哉」。

有收拾有關鎖（18）：「關鎖」指與前文相關而收結，本旁批指出此處收拾、關鎖前文。按：指呼應前面之「棄天」、「褻天」。

結健（19）：指此結雄健。按：本文結尾不露乞憐之意，因此稱「健」。

（5）**主題類**

「與」字是眼目（1）：「眼目」指關鍵處或與此相關之重要字眼。本旁批指出「與」字為關鍵詞。按：「與」為最關鍵之字眼，因為「與」生「奪」，並因此產生的「棄天」、「褻天」、「逆天」三種情況。

「與」生「奪」（2）：指出「奪」字從「與」字生出。按：作者為彰顯天「與」之，所以特別強調旁人無法「奪」。

一篇綱目（3）：「綱目」為文章展開的主要線索，「一篇綱目」為一篇之主要線索。按：因為「於此見天之所以與我者，不偶然也」，所以才會產生其後的「棄天」、「褻天」、「逆天」三種情況，因此稱為「一篇綱目」。

見意（5）：指出此見出本篇重要意旨。

自比（15）：指出此處之深意。按：作者先談董生、鼂錯之得與失，接著讚美賈生有其才而無其失，之所以如此凸顯賈生，當如呂氏所云，乃作者「自比」。

（6）指導作文類

作文妙處（13）：當配合「亦用反語繳」（12）而來，指出此為作文妙處。

總結：旁批涵蓋了「詞彙」、「修辭」、「文法」、「章法」、「主題」、「指導作文」。在「詞彙」類中，注意到下字的問題。「修辭」類中，注意到倒反格之現象。在「文法」類中，注意到雄健的造句法與風格。在「章法」類中，注意到過接、鎖、間架等呼應上的特點。在「主題」類中，注意到主要線索與節段之深意。在「指導作文」類中，注意到作文如何方能盡其妙。

### 3. 題下批

本文無題下批。

# 第柒章

# 《古文關鍵》單篇文本評點中之文章論（三）

　　本章所探討者為東坡文十六篇[1]、潁濱文六篇、南豐文四篇、宛丘文兩篇，共計二十八篇。探討之方式與前章相同。

## 一、東坡文

### （一）子思論

　　<u>昔者夫子之文章，非有意於為文，是以未嘗立論也</u>。所可

綱目 (1)

得而言者，唯其歸於至當，斯以為聖人而已矣。夫子之道，可由而不可言，可知而不可議。此其不爭為區區之論，以開是非之端，是以獨得不廢，以與天下後世為仁義禮樂之主。」（第一段）

　　<u>夫子</u>既沒，諸子之欲為書以傳於後世者，其意皆存乎為文，汲汲乎惟恐其汩沒而莫吾知也，<u>是故皆喜立論。論立而爭</u>

立一篇意

<u>起</u>。」（第二段）

(2)

---

1　東坡文之排序，就「冠山堂版」和「廣文書局」印行本而言，在目錄中，皆以〈荀卿論〉置前、〈子思論〉置後，但在「卷下」則皆相反，以〈子思論〉置前、置後〈荀卿論〉。今從「卷下」之排序。

自孟子之後，至於荀卿、楊雄，皆務為相攻之說，其余不過接快 (3)

足數者紛紜於天下。嗟夫！夫子之道，不幸而有老聃、莊周、楊朱、墨翟、田駢、慎到、申不害、韓非之徒，各持其私說以攻乎其外，天下方將惑之，而未知其所適從。奈何其弟子門人，又內自相攻而不決。千載之後，學者愈眾，而夫子之道益晦而不明者，由此之故歟？」（第三段）

昔三子之爭，起於孟子。孟子曰：「人之性善。」是以荀子曰：「人之性惡。」而揚子又曰：「人之性，善惡混。」孟子既已據其善，是故荀子不得不出於惡。人之性有善惡而已，二下字 (4)

子既已據之，是以揚子亦不得不出於善惡混也。為論不求其精，而務以為異於人，則紛紛之說，未可以知其所止。」（第四段）

且夫夫子未嘗言性也，蓋亦嘗言之矣，而未有必然之論也。孟子之所謂性善者，皆出於其師子思之書。子思之書，皆聖人之微言篤論，孟子得之而不善用之，能言其道而不知其所以為言之名。舉天下之大，而必之以性善之論，昭昭乎自以為的於天下，使天下之過者，莫不欲援弓射之。故夫二子之為異論者，皆孟子之過也。」（第五段）

若夫子思之論則不然，曰：「夫婦之愚，可以與知焉。及其至也，雖聖人亦有所不知焉。夫婦之不肖，可以能行焉。及其至也，雖聖人亦有所不能焉。」聖人之道，造端乎夫婦之所能行，而極乎聖人之所不能知。造端乎夫婦之所能行，是以天下無不可學。而極乎聖人之所不能知，是以學者不知其所窮。夫如是，則惻隱足以為仁，而仁不止於惻隱。羞惡足以為義，而義不止於羞惡。此不亦孟子之所以為性善之論歟！」（第六段）

　子思論聖人之道出於天下之所能行，而孟子論天下之人皆可以行聖人之道。此無以異者。而子思取必於聖人之道，孟子取必於天下之人。故夫後世之異議皆出於孟子。而子思之論，天下同是而莫或非焉。然後知子思之善為論也。（第七段）

## 1. 評論符號

（1）﹂：呂氏用此符號將本文分作七段。按：呂氏之分段大體上可兼顧意義的轉折以及字數的均衡，唯一可商榷處，是第三段中，「夫子……天下」一節主要是敘說，而「嗟夫……故歟」一節主要是論述，兩者差別頗大，所以或可將「夫子……天下」一節合併至第二段，「嗟夫……故歟」一節獨立成第三段[2]。

（2）｜：在開頭兩字標上「｜」，乃是與「﹂」搭配，標誌出分段。全句、數句標上「｜」，乃是標誌出重要首句、結句、句子。

（3）、：在第五、七段的「必」字旁，皆標註「、」，表示出重要性。按：作者在第五段寫道夫子：「而未有必然之論也」，子思近之，但是孟子則反是，因此「必」就成為判別子思、孟子優劣的關鍵詞。

　總結：「﹂」標誌著文章的分段，本文之分段尚有可商榷處；「｜」之作用有二：標誌出分段，以及標誌出重要首句、結句、句子；「、」則標誌著關鍵詞。

## 2. 旁批

### （1）詞彙類

　下字（4）：指出下字好。按：呂氏雖未明言何字下得好，但推斷當為「據」字。

---

2　可參見附錄一「結構表及說明」。

### （2）章法類

過接快（3）：指此指承接而過渡至下文，十分快捷。按：此處承「論立而爭起」，但是前為泛論，此為具論，此處為由泛論轉具論處。

### （3）主題類

綱目（1）：指此為文章展開的主要線索。按：本文主旨為讚揚子思善為論，因此作者以孔子未嘗立論為「正面」，襯出孟子、荀卿、揚雄務為相攻（此為「反面」），以凸顯出學說紛紜天下，然後才論到子思。因此「是以未嘗立論也」一句，開展其後的文脈，所以呂氏批云：「綱目」。

立一篇意（2）：指出此立一篇主意。按：本文作者讚揚子思善為論的重要論點，就是「子思取必於聖人之道……而子思之論，天下同是而莫或非焉。」因此孟子、荀卿、揚雄諸人「喜立論」、「論立而爭起」，就成了反面的重要意脈，可用來凸顯子思之高。

總結：旁批涵蓋了「詞彙」、「章法」、「主題」。在「詞彙」類中，注意到下字好。在「章法」類中，注意到過接處。在「主題」類中，注意到與主旨密切相關的重要意旨。

## 3. 題下批

本文無題下批。

## （二）荀卿論

此篇前罵後略取綱目在不敢放言上面平說來雖是平說如有規矩一句亦有句法

嘗讀《孔子世家》，觀其言語文章，循循莫不有規矩，不敢放言高論，言必稱先王，然後知聖人憂天下之深也。茫乎不一篇綱目(1)

知其畔岸，而非遠也；浩乎不知其津涯，而非深也。其所言

下得句語好 (2)

者，匹夫匹婦之所共知；而所行者，聖人有所不能盡也。嗚

鎖

呼！是亦足矣。使後世有能盡吾說者，雖為聖人無難，而不能

好 (3)

者，不失為寡過而已矣。」（第一段）

　　子路之勇，子貢之辯，冉有之智，此三者，皆天下之所謂

過接好不費力 (4)

難能而可貴者也。然三子者，每不為夫子之所說。顏淵默然不

見其所能，若無以異於眾人者，而夫子亟稱之。且夫學聖人

者，豈必其言之云哉？亦觀其意之所向而已。夫子以為後世必

應不敢言 (5)

有不能行其說者矣，必有竊其說而為不義者矣。是故其言平易

正直，而不敢為非常可喜之論，要在於不可易也。」（第二段）

便是前不敢放言高論意此言夫子不言異論 (6)

　　昔者常怪李斯事荀卿，既而焚滅其書，大變古先聖王之

欲說荀卿不好使李斯引入來 (7)

法，於其師之道，不啻若寇讎。及今觀荀卿之書，然後知李斯

開 (8)

之所以事秦者皆出於荀卿，而不足怪也。」（第三段）

合 (9)

　　荀卿者，喜為異說而不讓，敢為高論而不顧者也。其言愚

主意 (10)

人之所驚，小人之所喜也。子思、孟軻，世之所謂賢人君子

也。荀卿獨曰：「亂天下者，子思、孟軻也。」天下之人，如

此其眾也；仁人義士，如此其多也。荀卿獨曰：「人性惡。桀、

世與獨兩字下得極妙見荀卿

紂，性也。堯、舜，偽也。」<u>由是觀之，意其為人必也剛復不</u>
　　　　　　　　精神為異說處 (11)
<u>遜，而自許太過。彼李斯者，又特甚者耳</u>。」（第四段）
　　　　　　　　結精神 (12)

　　今夫小人之為不善，猶必有所顧忌，是以夏、商之亡，
桀、紂之殘暴，而先王之法度、禮樂、刑政，猶未至於絕滅而
不可考者，是桀、紂猶有所存而不敢盡廢也。彼李斯者，獨能
　　　　　　　　　警策 (13)　　　　　　　　　　　　　　　應前
奮而不顧，焚燒夫子之六經，烹滅三代之諸侯，破壞周公之井
獨字 (14)　　　　此說夫子三代周公見得他罪大處 (15)
田，此亦必有所恃者矣。<u>彼見其師歷詆天下之賢人，以自是其</u>
<u>愚，以為古先聖王皆無足法者。不知荀卿特以快一時之論，而</u>
<u>荀卿亦不知其禍之至於此也</u>。」（第五段）

　　其父殺人報讎，其子必且行劫。荀卿明王道，述禮樂，而
李斯以其學亂天下，<u>其高談異論有以激之也</u>。」（第六段）

　　<u>孔、孟之論，未嘗異也，而天下卒無有及者。苟天下果無</u>
<u>有及者，則尚安以求異為哉</u>！（第七段）


## 1. 評論符號

（1）└：呂氏用此符號將本文分作七段。按：呂氏之分段能
　　　精確掌握意義的延展、轉折，眼光十分敏銳[3]。

（2）｜：在開頭兩字標上「｜」，乃是與「└」搭配，標
　　　誌出分段。全句、數句或段落標上「｜」，乃是標誌
　　　出重要首句、結句與段落。按：呂氏環繞著「不敢放言高
　　　論」，將相關文句均予標誌，可見呂氏認為「不敢放言高論」
　　　為本文最重要之論點，並因此形成意脈。

---

3　可參見附錄一「結構表及說明」。

（3）、：本文未出現此符號。

總結：「└」標誌著文章的分段，本文之分段十分精準；「｜」之作用有二：標誌出分段，以及標誌出重要首句、結句與段落。

## 2. 旁批

### （1）文法類

下得句語好（2）：指此句好。

### （2）章法類

鎖好（3）：「鎖」有扣緊前文之意，此指扣得好。

過接好，不費力（4）：指承接而過渡至下文，且十分自然。按：本文先從作為陪襯的孔子入手，並且一開始就定調為「不敢放言高論」，且用「先泛寫、後具寫」的邏輯，鋪陳此一論點。此處即由泛寫轉為具寫的轉折點。

應「不敢言」（5）：指出呼應前面之「不敢言」，與「一篇綱目」（1）配合。

欲說荀卿不好，使李斯引入來（7）：指出此處寫法之妙。按：本文欲探究荀卿，先探討荀卿的學生——李斯，然後再歸因到荀卿身上。並因此形成了「由果溯因」結構。

開（8）：與「合」（9）配合，指出此處先言李斯之行背離其師，接著又言李斯之行出於其師，前者為「開」，後者為「合」。按：此種作法乃「縱收」法中之「先縱後收」。

合（9）：與「開」（8）配合，說明見前。

結精神（12）：指出此結相當有精神。

應前「獨」字（14）：指出呼應前文處，與「『世』……為異說處」（11）配合。

### （3）主題類

一篇綱目（1）：指此為文章展開的主要線索。其後「便

是……不言異論」（6）、「主意」（10）、「『世』……為異說處」（11）皆指出此點。按：本文先言孔子「不敢放言高論」，來反襯荀卿，更襯出荀卿是「敢為高論而不顧者也」。由此可見「不敢放言高論」是本文展開的主要線索。

便是前「不敢放言高論」意，此言夫子不言異論（6）：指出此處針對「不敢放言高論」又再加以強調。

主意（10）：指出此為本篇主意。按：孔子「不敢放言高論」，是用來反襯荀卿，荀卿之「敢為高論而不顧者也」方是主旨。亦可參見第1個批語之說明。

「世」與「獨」兩字下得極妙，見荀卿精神為異說處（11）：除繼續指出「不敢放言高論」之意脈外，還指出「世」與「獨」所造成之對比。

警策（13）：指此為本文重要意旨。按：此句雖不直接闡發「不敢放言高論」，但也是論述「不敢放言高論」之結果。

此說夫子三代周公，見得他罪大處（15）：指出此處之用意。

總結：旁批涵蓋了「文法」、「章法」、「主題」。在「文法」類中，注意到句子好。在「章法」類中，注意到鎖、過接、應，以及「縱收」（呂氏稱為「開合」）之運用，還有由李斯帶出荀卿之作法。在「主題」類中，注意到本文最重要之論點，並針對呼應處一路批註。

## 3. 題下批

（1）此篇前罵後略：本文前、後都以孔子（孔孟）反襯荀卿，未直接寫到荀卿，因此呂氏批云：「前罵後略」[4]。

按：本文前、後都以孔子（孔孟）反襯荀卿，形成了「賓、

---

4　八股文寫作中，所謂「破題」就是文章起首必須用二句話，把經文原來的「題字」、「題意」破解開。如果不破，則稱之為「罵題」。

主、賓」結構，但是前者詳、後者略，彼此互見。

（2）取綱目在「不敢放言」上面，平說來，雖是平說，如有規矩。一句，亦有句法：「綱目」乃文章展開的主要線索，呂氏指出「綱目」在「不敢放言」上，並指此後「平說」，所謂「平說」可能指其後一路承繼此論點，並且認為「有規矩」，當指有法度、不亂。而所謂「一句，亦有句法」則指造句亦講究，有可觀處[5]。

　　總結：本題下批涉及了「主題」、「章法」、「文法」，頗有卓見，並與旁批、評論符號「｜」配合。

## （三）韓非論

　　聖人之所為，惡夫異端，盡力而排之者，<u>非異端之能亂天下，而天下之亂所由出也</u>。」（第一段）

　　　　立意(1)

　　<u>昔周之衰</u>，有老聃、莊周、列禦寇之徒，更為虛無淡泊之言，而治其猖狂浮遊之說，紛紜顛倒，而卒歸於無有。由其道

　　　　　　　　　　　　　　　　綱目(2)

者，蕩然莫得其當，是以忘乎富貴之樂，而齊乎死生之分，此不得志於天下，高世遠舉之人，所以放心而無憂。<u>雖非聖人之道，而其用意，固亦無惡於天下</u>。」（第二段）

　　　　　　　開之於遠(3)

　　<u>自老聃之死百餘年</u>，有商鞅、韓非著書，言治天下無若刑名之賢，及秦用之，終於勝、廣之亂，教化不足，而法有餘，秦以不祀，而天下被其毒。<u>後世之學者，知申、韓之罪，而不</u>

　　　　　　　　　　　　　　　　　　合之

---

5　張秋娥《宋元評點修辭研究》：「宋元評點中的『句法』總體上是指有修辭特色的語言。」，頁40。

知老聃、莊周之使然。」（第三段）

於近 (4)

何者？仁義之道，起於夫婦、父子、兄弟相愛之間；而禮法刑政之原，出於君臣上下相忌之際。相愛則有所不忍，相忌

有礙理處 (5)

則有所不敢。不敢與不忍之心合，而後聖人之道得存乎其

關鎖好 (6)

中。」（第四段）

今老聃、莊周論君臣、父子之間，汎汎乎若萍浮於江湖而

警策 (7)

適相值也。夫是以父不足愛，而君不足忌。不忌其君，不愛其父，則仁不足以懷，義不足以勸，禮樂不足以化。此四者皆不足用，而欲置天下於無有。夫無有，豈誠足以治天下哉！商鞅、韓非求為其說而不得，得其所以輕天下而齊萬物之術，是

斡 (8)

以敢為殘忍而無疑。」（第五段）

今夫不忍殺人而不足以為仁，而仁亦不足以治民；則是殺人不足以為不仁，而不仁亦不足以亂天下。如此，則舉天下唯吾之所為，刀鋸斧鉞，何施而不可？」（第六段）

昔者夫子未嘗一日敢易其言。雖天下之小物，亦莫不有所

道理 (9)

畏。今其視天下眇然若不足為者，此其所以輕殺人歟！」（第七段）

太史遷曰：「申子卑卑，施於名實。韓子引繩墨，切事情，明是非，其極慘覈少恩，皆原於道德之意。」嘗讀而思之，事固有不相謀而相感者，莊、老之後，其禍為申、韓。由

段中一柱又綱目 (10)

三代之衰至於今，凡所以亂聖人之道者，其弊固已多矣，而未

知其所終，奈何其不為之所也。（第八段）

結不盡意 (11)

## 1. 評論符號

（1）「└」：呂氏用此符號將本文分作八段。按：呂氏之分段精
準掌握意義的轉折或延展，唯一可商榷處，就是分段稍多、
略顯零碎，可適當整併，譬如第六、七段的文意轉折不大，
可合併為一段[6]。

（2）「｜」：在開頭兩字標上「｜」，乃是與「└」搭配，標
誌出分段。數句標上「｜」，乃是標誌出重要結句、
句子與段落。

（3）「、」：本文未出現此符號。

總結：「└」標誌著文章的分段，本文之分段十分精確；
「｜」之作用有二：標誌出分段，以及標誌出重要結句、句子
與段落。

## 2. 旁批

（1）章法類

開之於遠（3）：「遠」指老莊學說與申韓之罪相距遠，因
此言「開」。

合之於近（4）：「近」指老莊學說乃申韓之罪的源頭，因
此言「合」。按：所謂「開合」近於「縱收」法中之「先縱後收」。

關鎖好（6）：指與前文相關而收結，且收得好。按：此處
明顯地呼應、收結前文：「相愛則有所不忍」、「相忌則有所不敢」。

幹（8）：此為「轉」之意。按：指出此處從老莊學說轉為商
鞅、韓非之罪。

---

6　可參見附錄一「結構表及說明」。

（2）**主題類**

立意（1）：指此立一篇意。

綱目（2）：指此為文章展開的主要線索。

有礙理處（5）：指出本文此處不當於理。**按：此為罕見之指瑕。**

警策（7）：指此為本文重要意旨。

道理（9）：指出此句乃正理。

段中一柱又綱目（10）：「綱目」指此為文章展開的主要線索。本旁批指此段中又出一柱，而且此乃關鍵。

結不盡意（11）：指以不盡之意作結。

總結：旁批涵蓋了「章法」、「主題」。在「章法」類中，注意到「關鎖」、「幹」、「結」，並注意到特殊寫法──「開合」。在「主題」類中，注意到主旨與重要意旨，並會對本文義理得當與否提出看法，有指瑕之語。

## 3. 題下批

本文無題下批。

## （四）孫武論[7]

先說用智之難智一用則三患皆至惟出於三患之外方可用即聖人之事可見而或者之言不足信

古之善言兵者，無出於孫子矣。利害之相權，奇正之相生，戰守攻圍之法，蓋以百數，雖欲加之而不知所以加之矣。然其所短者，<u>智有餘而未知其所以有智</u>，<u>此豈非其所大闕歟</u>？」（**第一段**）

---

7 目錄中題為〈孫武論〉，但是文本之前題為〈孫吳論〉。

夫兵無常形，而逆為之形，勝無常處，而多為之地。是以其說屢變而不同，縱橫委曲，期於避害而就利，雜然舉之，而聽用者之自擇也。是故不難於用，而難於擇。」（第二段）

擇之為難者，何也？銳於西而忘於東，見其利而不見其所窮，得其一說，而不知其又有一說也。此豈非用智之難歟？」（第三段）

夫智本非所以教人，以智而教人者，是君子之急於有功也。變詐汨其外，而無守於其中，則是五尺童子皆欲為之，使人勇而不自知，貪而不顧，以陷於難，則有之矣。深山大澤，有天地之寶，無意於寶者得之。操舟於河，舟之逆順，與水之曲折，忘于水者見之。是故惟天下之至廉為能貪，惟天下之至靜為能勇，惟天下之至信為能詐。何者？不役於利也。夫不役於利，則其見之也明。見之也明，則其發之也果。」（第四段）

古之善用兵者，見其害而後見其利，見其敗而後見其成。其心閑而無事，是以若此明也。不然，兵未交而先志於得，則將臨事而惑，雖有大利，尚安得而見之！」（第五段）

若夫聖人則不然。居天下于貪，而自居于廉，故天下之貪者，皆可得而用。居天下于勇，而自居於靜，故天下之勇者，皆可得而役。居天下于詐，而自居於信，故天下之詐者，皆可得而使。天下之人欲有功於此，而即以此自居，則功不可得而成。是故君子居晦以御明，則明者畢見；居陰以御陽，則陽者畢赴。夫然後孫子之智，可得而用也。」（第六段）

《易》曰：「介於石，不終日。貞吉。」君子方其未發也，介然如石之堅，若將終身焉者；及其發也，不終日而作。故曰：不役於利，則其見之也明。見之也明，則其發之也果。」（第七段）

今夫世俗之論則不然，曰：「兵者，詭道也。非貪無以取，非勇無以得，非詐無以成。廉靜而信者，無用於兵者

也。」嗟夫，世俗之說行，則天下紛紛乎如鳥獸之相搏，嬰兒之相擊，強者傷，弱者廢，而天下之亂何從而已乎！（第八段）

### 1. 評論符號

（1）∟：呂氏用此符號將本文分作八段。按：呂氏之分段能掌握意義的轉折或延展，十分精準[8]。

（2）｜：在開頭兩字標上「｜」，乃是與「∟」搭配，標誌出分段。全句、數句標上「｜」，乃是標誌出重要首句、結句、句子。

（3）、：本文三次並舉「貪」、「勇」、「詐」，呂氏皆予以標註，以彰顯其重要性。按：前兩次並舉出現在從正面論「不役於利」，第三次並舉出現在從反面論「不役於利」，因此作者並舉此三者的用心，乃在凸顯「不役於利」這個論點，而呂氏特別標註此，可見呂氏對此的重視[9]。

總結：「∟」標誌著文章的分段，本文之分段十分精準；「｜」之作用有二：標誌出分段，以及標誌出重要首句、結句、句子；「、」則標誌著凸顯論點之重要詞彙。

### 2. 旁批

本文無旁批。

### 3. 題下批

（1）先說用智之難，智一用則三患皆至，惟出於三患之外方可用：呂氏指出本文一開始之論點為「用智之難」，而所謂「智一用則三患皆至」之「三患」，當指

---

8 可參見附錄一「結構表及說明」。

9 可參見附錄一「結構表及說明」。

「貪」、「勇」、「詐」，而要「惟出於三患之外方可用」，指的是本文最著意的論點：「不役於利」。按：雖然「貪」、「勇」、「詐」是「三患」，但是本文在並舉的三次中，有兩次是從正面論，一次是從反面論。[10]

（2）即聖人之事可見，而或者之言不足信：「聖人之事」當指第六段敘聖人因能「廉」、「靜」、「信」，方能「貪」、「勇」、「詐」；而「或者之言」當指第八段之「世俗之論」。按：第六段是從正面論，第八段是從反面收，正、反對照，更可凸顯出「不役於利」之論點。

總結：本題下批主要涉及「主題」和「章法」，而且與評論符號「、」相輔相成。

## （五）留侯論

格製好○先說忍與不忍之規模方說子房受書之書其意在不忍此老人所以深惜命以僕妾之役使之忍小恥就大謀故其後輔佐高祖亦使忍之有成[11]

古之所謂豪傑之士，必有過人之節。<u>人情有所不能忍者，</u>
一篇綱目在忍字(1)
匹夫見辱，拔劍而起，挺身而鬪，此不足為勇也。<u>天下有大勇</u>
一篇意
<u>者，卒然臨之而不驚，無故加之而不怒。此其所挾持者甚大，</u>
在此數句(2)
<u>而其志甚遠也。</u>」（第一段）
夫子房受書於圯上之老人也，其事甚怪；然亦安知其非秦

---

10 可參見前面關於評論符號「、」的討論。
11 因為「四庫全書」本缺此篇，因此無法對照題下批。今據冠山堂版。

之世，有隱君子者出而試之。<u>觀其所以微見其意者，皆聖賢相</u>

意思全說得有力 (3)

<u>與警戒之義</u>；而世不察，以為鬼神，亦已過矣。」（第二段）

應怪字 (4)　說上事出 (5)

　<u>且其意不在書</u>。當韓之亡，秦之方盛也，以刀鋸鼎鑊待天

立一句斡旋 (6)

下之士。其平居無罪夷滅者，不可勝數。雖有賁、育，無所復

施。<u>夫持法太急者，其鋒不可犯，而其勢未可乘。</u>子房不忍忿

警策 (7)

忿之心，以匹夫之力而逞於一擊之間；當此之時，子房之不死

者，其間不能容髮，蓋亦已危矣。千金之子，不死於盜賊，何

句新不陳滯 (8)

者？其身之可愛，而盜賊之不足以死也。<u>子房以蓋世之才，不</u>

好 (9)

<u>為伊尹、太公之謀，而特出於荊軻、聶政之計，以僥倖於不</u>

好 (10)

<u>死，此圯上老人所為深惜者也。</u>是故倨傲鮮腆而深折之。<u>彼其</u>

的 (11)　　　　　　　　　　　　　輕說過 (12)

<u>能有所忍也，然後可以就大事</u>，故曰「孺子可教」也。」（第

三段）

　　<u>楚莊王伐鄭</u>，鄭伯肉袒牽羊以逆。莊王曰：「其君能下

人，必能信用其民矣。」遂捨之。句踐之困於會稽而歸，臣妾

於吳者，三年而不倦。<u>且夫有報人之志，而不能下人者，是匹</u>

一句生二新意 (13)

<u>夫之剛也。</u>夫老人者，<u>以為子房才有餘，而憂其度量之不足，</u>

<u>故深折其少年剛銳之氣，使之忍不忿而就大謀。</u>何則？非有平

文勢如

生之素，卒然相遇於草野之間，而命以僕妾之役，油然而不怪

一波一浪 (14)

者，此固秦皇之所不能驚，而項籍之所不能怒也。」（第四

段）

　　觀夫高祖之所以勝，而項籍之所以敗者，在能忍與不能忍

餘意 (15)

之間而已矣。項籍唯不能忍，是以百戰百勝，而輕用其鋒；高

祖忍之，養其全鋒，以待其弊，此子房教之也。當淮陰破齊而

歸結好 (16)

欲自王，高祖發怒，見於詞色。由此觀之，猶有剛強不忍之

氣，非子房其誰全之？太史公疑子房以為魁梧奇偉，而其狀貌

歸得好 (17)

乃如婦人女子，不稱其志氣。嗚呼！此其所以為子房歟！（第

繳結得極好 (18)

五段）


## 1. 評論符號

（1）└：呂氏用此符號將本文分作五段。按：呂氏之分段大
　　　體上可兼顧意義的轉折以及字數的均衡，唯一可商榷處，是
　　　最後「太史……房歟」一節，乃是就張良之狀貌來寫，跟第
　　　二至四段，以及第五段之「觀夫……全之」一節，俱就張良
　　　之為人來寫，因此，「太史……房歟」一節似宜獨立成一段[12]。
　　　此外，本篇篇幅不短，但呂氏所劃分的段落數較少，與他篇
　　　不同，這是比較特別的地方。

（2）｜：在開頭兩字標上「｜」，乃是與「└」搭配，標
　　　誌出分段。全句、數句標上「｜」，乃是標誌出重要

---

12 可參見附錄一「結構表及說明」。

首句、結句、句子。

（3）、：在第三段的「倨傲鮮腆」四個字旁，標註「、」，表示出重要性。按：本文旨在讚美張良能「忍小忿而就大謀」，因此作者覷定黃石老人授書之事加以翻案，而黃石老人「倨傲鮮腆而深折之」，是使得張良從「不忍」轉而能「忍」的關鍵，所以呂氏特別加以標註出來。

總結：「∟」標誌著文章的分段，但本文之分段尚有可商榷處；「｜」之作用有二：標誌出分段，以及標誌出重要首句、結句、句子；「、」則標誌著重要詞彙。

## 2. 旁批

### （1）文法類

句新不陳滯（8）：指出此句之好，好在「新」、「不陳滯」。

### （2）章法類

應「怪」字（4）：指出本段前呼後應處。按：此「怪」字當出自本段（第二段）之首：「其事甚怪」。

立一句斡旋（6）：「斡旋」指承接，多特就其聯句之作用而言。而本旁批所指為「且其意不在書」，作者立此一句，其作用在由第二段轉第三段。按：此為由總說轉到分說處[13]。

文勢如一波一浪（14）：「文勢」指文章體勢。本旁批指此處文句緊密遞接而下，十分緊湊，氣勢如波浪疊湧。

歸結好（16）：指出此處就高祖、項籍加以比較之一節，收在張良，收得很好。

歸得好（17）：指出此處就高祖發怒一節，收在張良，收得很好。

---

13 可參見附錄一「結構表及說明」。

繳結得極好（18）：指出此處就太史懷疑一節，收在張
良，收得很好。

（3）主題類

一篇綱目在「忍」字（1）：「綱目」為文章展開的主要線
索。本旁批指出「忍」字為全篇展開的主要線索。按：本文旨在
讚美張良能「忍小忿而就大謀」，因此作者在開篇的總括之處，即提出
「忍」字。

一篇意在此數句（2）：指出此數句意為一篇重要義旨[14]。
按：此數句針對「忍」加以鋪陳，因為「忍」為主旨，所以此數句也因
此相當重要。

意思全，說得有力（3）：指此處意思好、十分有力。按：
本文就黃石老人授書之事加以翻案，因此「觀其所以微見其意者，皆聖
賢相與警戒之義」就十分重要，所以呂氏下此旁批。

說上事出（5）：指出此句之用意。按：本句乃是針對黃石老
人授書之事，提出作者的論斷。

警策（7）：指此為本文重要意旨。

好（9）：指出此句好。按：呂氏未明言好在何處，但推斷應是
指意思好，因此歸在主題類。

好（10）：指出此句好。按語之說明見前。

的（11）：指出此句意思明確。

輕說過（12）：指此處輕輕說過。按：呂氏在「倨傲鮮腆」四
個字旁，標註「、」，表示出重要性，但此處卻說「輕說過」，旁批與評
論符號似乎出現矛盾。而《古文關鍵》之註也強調此句之重要，並認
為：「此為失評矣」[15]。

---

14 羅瑩〈《古文關鍵》：經典的確立與文章學上的意義〉，《瀋陽師範大學學報（社會科學
版）》：「呂祖謙在《古文關鍵》中對『意』的強調，其實就是對文章主題的強調，有
時指『意脈』，但是意脈也離不開主題。」，頁87。

15 見廣文書局印行之《古文關鍵》，頁221。

一句生二新意（13）：指出此處有二新意。按：當指「報人之志」、「不能下人為匹夫之剛」二意。

餘意（15）：指本題主意外，尚有未盡之意，則延伸於此。按：此處延伸至高祖、項籍加以比較，再扣上張良，因此呂氏批云：「餘意」。

總結：旁批涵蓋了「文法」、「章法」、「主題」。在「文法」類中，注意到句子之新穎。在「章法」類中，注意到轉、結，以及前呼後應。在「主題」類中，注意到句（節）意以及主旨、關鍵等，但是第 12 個旁批與評論符號「、」似有矛盾，值得注意。

## 3. 題下批

（1）格製好：根據後文來看，「格製好」應指本文結構好[16]。

（2）先說忍與不忍之規模，方說子房受書之書，其意在不忍，此老人所以深惜，命以僕妾之役，使之忍小恥就大謀，故其後輔佐高祖，亦使忍之有成：「規模」是指文章結構的規制、格局，而「先說忍與不忍之規模」意指先用「忍」與「不忍」立下全篇格局。本題下批主要就本文之意脈如何發展來評論，並因此帶出本文之布局方式。

總結：本題下批主要關注「章法」，頗有卓見。

## （六）鼂錯論

此篇前面引入事說景帝時雖名為治平有七國之變○此篇體製好大槩作文要漸漸引入來

---

16 可參見附錄一「結構表及說明」。

天下之患，最不可為者，名為治平無事，而其實有不測之

<small>有一篇起頭有一段起頭 (1)　起頭言語 (2)　說景帝時 (3)　此說七國</small>

憂。」（第一段）

<small>必反意 (4)</small>

　　坐觀其變而不為之所，則恐至於不可救。起而強為之，則

<small>　　與起頭對說 (5)　此一段是削之不削二句意 (6)</small>

天下狃於治平之安而不吾信。」（第二段）

<small>　　此兩段分說 (7)</small>

　　惟仁人君子豪傑之士，為能出身為天下犯大難，以求成大

<small>　　轉換結上兩段意 (8)</small>

功。此固非勉強朞月之間，而苟以求名者之所能也。」（第三

<small>　　暗說錯 (9)　　　　　　　　　　此段便見錯小了 (10)</small>

段）

　　天下治平，無故而發大難之端；吾發之，吾能收之，然後

<small>　　起好 (11)　　　是一段起頭 (12)　一篇主意警策綱目在此 (13)</small>

有辭於天下。事至而循循焉欲去之，使他人任其責。則天下之

<small>　　難無窮 (14)　　　　　　　　　　立柱 (15)</small>

禍，必集於我。」（第四段）

<small>壯 (16)</small>

　　昔者鼂錯盡忠為漢，謀弱山東之諸侯，山東諸侯並起，以

<small>　　入事 (17)　須看省文法前概說景帝時事到此輕舉過去 (18)</small>

誅錯為名。而天子不之察，以錯為說。天下悲錯之以忠而受

禍，不知錯有以取之也。」（第五段）

　　古之立大事者，不惟有超世之才，亦必有堅忍不拔之志。

<small>　　　　　　　　　　　　　　　　　與前相應血脈 (19)</small>

昔禹之治水，鑿龍門，決大河，而放之海。方其功之未成也，

<small>前後有意來用此事 (20)</small>

蓋亦有潰冒衝突可畏之患。惟能前知其當然，事至不懼，而徐

前數句骨子先得此意有此意方

為之圖，是以得至於成功。」（第六段）

便禹來 (21)

　　夫以七國之強，而驟削之，其為變豈足怪哉？錯不於此時

不粘綴脫洒略說七國 (22)　　　　與當然相應 (23)

捐其身，為天下當大難之衝，而制吳、楚之命，乃為自全之

筋骨 (24)　　　　句壯 (25)　　　　　　　　與後相應 (26)

計，欲使天子自將，而己居守。且夫發七國之難者，誰乎？己

跳 (27)　　　　難 (28) 此數句起

欲求其名，安所逃其患？以自將之至危，與居守至安。己為難

得好如平波淺瀨中忽跳起一浪 (29)　　　利害明白 (30)

首，擇其至安，而遺天子以其至危，此忠臣義士所以憤惋而不

平者也。」（第七段）

　　當此之時，雖無袁盎，錯亦未免於禍。何者？己欲居守，

此方言無盎亦死 (31)　　　　此以下文氣長 (32)

而使人主自將。以情而言，天子固已難之矣，而重違其議。是

以袁盎之說，得行於其閒。使吳、楚反，錯以身任其危，日夜

與錯措置 (33)　　　　綱目關鍵 (34)

淬礪，東向而待之，使不至於累其君，則天子將恃之以為無

下語警策處好 (35)　　　教錯畫策 (36)　　　　至此文字最有力 (37)

恐，雖有百袁盎，可得而閒哉？」（第八段）

壯 (38)

　　嗟夫！世之君子，欲求非常之功，則無務為自全之計。使

餘意 (39)　　　　　　　把自全結意好 (40)

錯自將而討吳、楚，未必無功，惟其欲自固其身，而天子不

與前相應 (41)　　　　　嗟夫以下一段近乎緩惟前有日夜

悅，奸臣得以乘其隙。<u>錯之所以自全者，乃其所以自禍歟</u>！

淬礪幾句有力雖緩亦前後相應作文字要知此處 (42)

（第九段）

## 1. 評論符號

（1）└：呂氏用此符號將本文分作九段。按：呂氏之分段大
體上可兼顧意義的轉折以及字數的均衡，不過尚有可商榷
處：其一為第八段中「使吳……間哉」一節為假設，其性質
為「虛」，與第七段以及第八段中「當此……其間」一節之性
質為「實」，有明顯之差別，宜加以劃分；其二為本文篇首劃
分為三段，雖然可以精準地配合寫作邏輯之轉折，但是太過
精細，有瑣碎之弊，且與他段相見較，顯得精粗標準不一
（譬如第四段亦可根據正面、反面立論而劃分成兩段），所以
或可考慮將首三段整併為一段[17]。

（2）｜：在開頭兩字標上「｜」，乃是與「└」搭配，標
誌出分段。數句或段落標上「｜」，乃是標誌出重要
結句與段落。

（3）、：本文未出現此符號。

總結：「└」標誌著文章的分段，但本文之分段尚有可商
榷處；「｜」之作用有二：標誌出分段，以及標誌出重要結句
與段落。

## 2. 旁批

（1）文法類

壯（16）：指此句風格雄壯。

句壯（25）：指此句風格雄壯。

---

17 可參見附錄一「結構表及說明」。

壯（38）：指此句風格雄壯。

## （2）章法類

有一篇起頭有一段起頭（1）：指出起頭有兩種。按：根據題下批以及旁批「是一段起頭」（12），呂氏應是認為此為「一篇起頭」。

起頭言語（2）：與「有一篇起頭有一段起頭」（1）配合。

與起頭對說（5）：指出此段與起頭第一段「對說」。按：第二段承接第一段而來，與第一段形成了「由淺而深」的延伸[18]，因此，呂氏所謂之「對說」，應是「相對而說」之意。

此兩段分說（7）：此指第一段、第二段分成兩層來說。

轉換，結上兩段意（8）：「轉換」指轉而生出新段，「結上兩段意」指此新段乃結上兩段意。

起好（11）：指此起頭好。

是一段起頭（12）：指此起一段意。可與「有一篇起頭有一段起頭」（1）參看。

入事（17）：指此入實事。按：前面就全局立論，此處開始就疊錯來寫。

須看省文法，前概說景帝時事，到此輕舉過去（18）：「省文」為詳略之「略」[19]，「前概說景帝時事」指第一段（可與「說景帝時」（3）配合而觀），因此此處不再重複，「到此輕舉過去」，此即「省文法」。

與前相應，血脉（19）：「血脉」指作品所呈現的整體性貫通之象，本旁批應指與第三段相呼應，而且此呼彼應，形成文章「血脉」。

後有意來用此事（20）：此指根據前面之立論，因此用大

---

18 可參見附錄一「結構表及說明」。

19 仇小屏《篇章結構類型論》（增修版）：「詳略法就是將詳寫、略寫的筆法在文章中交互為用，以凸出主旨的章法。」，頁308。

禹之事。

前數句骨子先得此意，有此意方便禹來（21）：與「前後
有意來用此事」（20）意思類似。說明見前。

與「當然」相應（23）：「當然」指第六段之「惟能前知其
當然，事至不懼，而徐為之圖，是以得至於成功」，此指出前
呼後應。

與後相應（26）：指出前呼後應，與「與前相應」（41）配
合。按：此「後」應為第九段之「使錯自將而討吳、楚」。

跳（27）：與「此數句……忽跳起一浪」（29）配合，意思
類似。

此數句起得好，如平波淺瀨中忽跳起一浪（29）：此數句
以責難起頭，因此陡起一段，呂氏以波浪之譬來形容。

把「自全」結意好（40）：指出此結前面「自全」意，與
「與前相應」（41）配合。

與前相應（41）：指出前呼後應，與「與後相應」（26）配
合。按：此「前」應為第七段之「乃為自全之計」。

**（3）主題類**

說景帝時（3）：指出此處之用意。

此說七國必反意（4）：指出此段之深意。

此一段是削之、不削二句意（6）：應指這一段乃發明「削
之、不削」兩面意。按：「坐觀……可救」一節乃發明「不削」之不
可，「起而……吾信」一節乃發明「削之」之難為。

暗說錯（9）：指出此處之用意。

此段便見錯小了（10）：指出此處之用意。

一篇主意警策綱目在此（13）：「主意」為主要意旨，「警
策」指此為本文重要意旨，「綱目」為文章展開的主要線索。
呂氏連用此三個術語來指稱此處，並冠以「一篇」，目的當是
強調此為一篇之主旨。

難無窮（14）：指出此責難畾錯。

立柱（15）：指此立一重要意脈。

不粘綴脫洒，略說七國（22）：「不粘綴脫洒」指此處之寫作風格，「略說七國」指此處之用意。

筋骨（24）：指根據文章展開的主要線索而立下的架構。

難（28）：指出此責難畾錯。

利害明白（30）：指出此處陳說利害十分明白。

此方言無益亦死（31）：指出此處之用意。

與錯措置（33）：指出此處之用意。按：第八段中「使吳……間哉」一節為假設，其性質為「虛」，與第七段以及第八段中「當此……其間」一節之性質為「實」，有明顯之差別，形成了「實虛對照」，凸顯出畾錯作法之失當。

綱目關鍵（34）：「綱目」為文章展開的主要線索，「關鍵」即指與文章展開的主要線索相關的重要節段、句字。

下語警策處好（35）：「警策」指此為本文重要意旨。本旁批指出此句之重要，以及下語之好。

教錯畫策（36）：指出此處之用意，與「與錯措置」（33）配合。

餘意（39）：指出此意承前而來，又出一意。

**（4）風格類**

此以下文氣長（32）：指出第八段之風格。

至此文字最有力（37）：指出第八段之風格。

「嗟夫」以下一段近乎緩，惟前有「日夜淬礪」幾句有力，雖緩亦前後相應，作文字要知此處（42）：所謂「『嗟夫』以下一段」即第九段，「緩」為此段之風格。而「日夜淬礪」指第八段「日夜淬礪，東向而待之，使不至於累其君，則天子將恃之以為無恐，雖有百袁盎，可得而閒哉」數句，「有力」亦指其風格。「前後相應」指出此為前呼後應，與「與後相應」

（26）、「與前相應」（41）配合。而「作文字要知此處」則可看出呂氏指導作文之用心。按：此與評論符號「｜」配合。

總結：旁批涵蓋了「文法」、「章法」、「主題」、「風格」。在「文法」類中，注意到句子的風格。在「章法」類中，注意到起、結、轉，其中特別著意於起，此外，相當重視前呼後應，並提出省文法，其實也是前呼後應中的一類。在「主題」類中，注意到句（節）之用意、深意，以及主旨和相關之重要意旨。在「風格」類中，注意到第八、九段的風格，此為其他篇之旁批所少見的。而且，呂氏還在第 42 個旁批中特別指導學者作文，充分顯現出呂氏之用心。

### 3. 題下批

（1）此篇前面引入事，說景帝時，雖名為治平，有七國之變：第 17 個旁批指明第五段「入事」，但是首段就已經埋好入事之伏脈，第 3 個旁批即指明第一段乃「說景帝時」，此段所埋之深意即為景帝時「雖名為治平，有七國之變」。

（2）此篇體製好，大槩作文要漸漸引入來：「體製好」應為結構好，此種結構之好在「漸漸引入來」，並指出學者作文應仿此。按：本文先就全局立論，立下一篇之根基，接著，從此論點轉而落實到鼂錯身上來探究。

總結：本題下批主要注意到「章法」，並與指導作文結合起來，而且與旁批相輔相成。

## （七）王者不治夷狄論

體統好前面閒說長後面正說甚短讀之全不覺長短蓋後面一句轉一句故也大凡罵題先說他好然後罵中間出人意外說戎乃筆力高人處

夷狄不可以中國之治治也。譬若禽獸然，求其大治，必至
　　　說大意起頭有力 (1)　　　　　　　　　　句有力 (2)

於大亂。先王知其然，是故以不治治之。治之以不治者，乃所
以深治之也。」（第 一 段）
鎖處有力亦使得體 (3)

　　《春秋》書「公會戎於潛」。何休曰：「王者不治夷狄。錄
戎來者不拒，去者不追也。」」（第 二 段）

　　夫天下之至嚴，而用法之至詳者，莫過於《春秋》。凡
《春秋》之書公、書侯，書字、書名，其君得為諸侯，其臣得
為大夫者，舉皆齊、晉也。不然，則齊、晉之與國也。其書
　　　　　　　　　　　間架 (4)

州、書國、書氏、書人，其君不得為諸侯，其臣不得為大夫
者，舉皆秦、楚也。不然，則秦、楚之與國也。」（第 三 段）

　　　　　　　立二段若無此結便不成文字亦本原毀散說若不如
　　　　　　　此散說都無氣此等皆是放散錯綜處 (5)

　　夫齊、晉之君所以治其國家擁衛天子而愛養百姓者，豈能
　　　　　　　　　　　　　　　　　　　　　難 (6)

盡如古法哉，蓋亦出於詐力，而參之以仁義，是齊晉亦未能純
　　　　　　此是段中有力處 (7)　　　　此二段證得中國所以不與

為中國也。秦、楚者，亦非獨貪冒無恥肆行而不顧也，蓋亦有
夷狄處 (8)　　　　　　　　　　　　　　　　　　　　　有力

秉道行義之君焉。是秦、楚亦未至於純為夷狄也。」（第 四 段）
處 (9)　　　　　　　　　　意在後 (10)

　　齊、晉之君不能純為中國，而《春秋》之所與者常在焉，
　　　　再整頓說起解前意 (11)

有善則汲汲而書之，惟恐其不得聞於後世；有過則多方而開赦
　　下字好 (12)

之，惟恐其不得為君子。秦、楚之君，未至於純為夷狄，而

《春秋》之所不與者常在焉，有善則累而後進，有惡則略而不

見所以不治 (13)

錄，以為不足錄也。」（第五段）

是非獨私於齊、晉，而偏疾於秦、楚也。以見中國之不可

統鎖有力 (14)

以一日背，夷狄之不可以一日向也。其不純者，不足以寄其褒

斡前後意此句最得體好 (15)

貶，則其純者可知矣。故曰：天下之至嚴，而用法之至詳者，

斡下意 (16)　　　　　　　　　說盡了他又生意 (17)

莫如《春秋》。」（第六段）

夫戎者，豈特如秦、楚之流入於戎狄而已哉！然而《春

意外一篇好處在此說正了自此以下一句轉一句 (18)

秋》書之曰「公會戎於潛」，公無所貶而戎為可會，是獨何

歟？夫戎之不能以會禮會公亦明矣，此學者之所以深疑而求其

看上說戎狄全無分解處人皆以為如是重深絕不治處今乃出人意外而說戎

說也。故曰：王者不治夷狄，錄戎來者不拒，去者不追也。」

如此乃見其筆力高人處(19)　　　　此輕說過便見後不治繳結有力(20)結前後

（第七段）

意(21)

夫以戎之不可以化誨懷服也，彼其不悍然執兵，以與我從

事於邊鄙，固亦幸矣，又況知有所謂會者，而欲行之，是豈不

彼自中國說入夷狄此自夷狄說入

足以深嘉其意乎？不然，將深責其禮，彼將有所不堪，而發其

中國來 (22)　　　　　　　　見不治治之本意

暴怒，則其禍大矣。仲尼深憂之，故因其來而書之以「會」，

(23)

曰，若是足矣。是將以不治深治之也。由是觀之，《春秋》之

結得盡處 (24)　　過好 (25)　　　　　　　　　關鎖上面無

<u>疾戎狄者，非疾純戎狄者，疾夫以中國而流入於戎狄者也。</u>

此則散漫 (26)                      結有力 (27)

（第八段）

## 1. 評論符號

（1）└：呂氏用此符號將本文分作八段。按：呂氏之分段可
精準掌握意義的轉折，唯一可商榷處，是分段稍多、略顯零
碎，譬如第三和四段、第五和六段可合併，如此一來，更可
看出此二者之間「由果溯因」的轉折[20]。

（2）｜：在開頭兩字標上「｜」，乃是與「└」搭配，標
誌出分段。全句、數句或段落標上「｜」，乃是標誌
出重要首句、結句、句子 。

（3）、：本文未出現此符號。

總結：「└」標誌著文章的分段，本文之分段十分精準；
「｜」之作用有二：標誌出分段，以及標誌出重要首句、結
句、句子。

## 2. 旁批

（1）詞彙類

下字好（12）：指出下字好。按：呂氏並未明言何字下得好，
推斷當指「汲汲」二字。

（2）文法類

句有力（2）：指出此句有力。

（3）章法類

說大意，起頭有力（1）：指出此句為本文重要義旨，以此
起頭，十分有力。

---

20 可參見附錄一「結構表及說明」。

鎖處有力，亦使得體（3）：「鎖」有扣緊前文之意，本旁批指出此扣緊前文有力，而「得體」當指此合乎文章之體勢。

間架（4）：「間架」指布局之呼應。按：此處之「齊晉」呼應其後之「齊晉」。

立二段，若無此結便不成文字，亦本〈原毀〉，散說若不如此，散說都無氣，此等皆是放散錯綜處（5）：所謂「立二段」當指第三、四段，「此結」指「不然，則秦楚之與國也」，「此結」收束第三段、開啟第四段，因此呂氏認為：「散說若不如此，散說都無氣」，並指出「此等皆是放散錯綜處」，其中「放散」為散說，「錯綜」指彼此互相映射（即「齊晉」、「秦楚」相映照），此外，呂氏還指出此種作法本於韓愈〈原毀〉。按：《古文關鍵》並未選錄韓愈〈原毀〉。而呂氏之所以稱本文「亦本〈原毀〉」，當是〈原毀〉以「古之君子，其責己也重以周，其待人也輕以約」、「今之君子，其責人也詳，其待己也廉」對舉互射，類似於本文以「齊晉」、「秦楚」相映照。

意在後（10）：指出此意在後呼應，與「再整頓說起，解前意」（11）配合。

再整頓說起，解前意（11）：與「意在後」（10）配合，指出此另起一意說起，並與前意呼應，「解」有回應之意。

統鎖有力（14）：「鎖」有扣緊之意，本旁批指此段統鎖前文，十分有力。按：此段（第六段）統收前面三段關於「齊晉」、「秦楚」的討論。

幹前後意，此句最得體好（15）：「幹」指承接，多特就其聯句之作用而言，「此句」為「其不純者，不足以寄其褒貶」，所謂「幹前後意」，乃指此處言「不純者」，承前面「是齊晉亦未能純為中國也」、「是秦、楚亦未至於純為夷狄也」而來，而且開啟其後「則其純者可知矣」，因此是「幹前後意」。呂氏並認為「此句最得體好」，當指其合乎文章之體勢。

幹下意（16）：「幹」指承接，多特就其聯句之作用而言，指承接而出下意。

說盡了他又生意（17）：指出此處說盡（第六段），而後開出一意（第七段）。按：當與「說正義了，自此以下一句轉一句」（18）配合而觀。

意外一篇好處在此，說正義了，自此以下一句轉一句（18）：指出此為一篇中特別好處，「說正義了」當指第三至六段，「自此以下一句轉一句」當指本段（第七段）開始，意思轉換極快。

看上說戎狄全無分解處，人皆以為如是重深絕不治處，今乃出人意外而說戎如此，乃見其筆力高人處（19）：「看上……不治處」乃指本段開頭至此，均言戎狄之不可治、不可會。而「今乃……高人處」乃指此處開一頭地，更深入《春秋》之意。

此輕說過便見後不治，繳結有力（20）：「後不治」當指第八段言「是將以不治深治之也」，因此「此輕說過便見後不治」指出留下下文開展之伏脈。並且指出以此收節本段，十分有力。

結前後意（21）：說明見前。

彼自中國說入夷狄，此自夷狄說入中國來（22）：「彼自中國說入夷狄」是指第三至六段言「齊晉」、「秦楚」，並因此開展出第七段言夷狄。而「此自夷狄說入中國來」，則指本段（第八段）就戎開頭，此處寫入中國。按：本旁批注意到文章之聯絡呼應。

結得盡處（24）：指此結盡前意。按：指結盡前面「戎來書會」之意。

過好（25）：指出此過接好。按：「是將以不治深治之也」為一篇本意（可參考第 23 個旁批「見不治治之本意」），但是此處著眼在引

出結尾，因此呂氏批云：「過好」(25)。

關鎖上面，無此則散漫（26）：「關鎖」指與前文相關而收結。本旁批應指「由是觀之」之下數語的作用。

結有力（27）：指出此結有力。按：作者論「王者不治夷狄」，因此先就「不治」來論，最後探究其因，乃是「疾夫以中國而流入于戎狄者也」，因此主意在結尾道出。

**（4）主題類**

難（6）：指此為責難之意。

此是段中有力處（7）：指出此為段中關鍵處，與「有力處」（9）配合。

此二段證得中國所以不與夷狄處（8）：指出此二段（第三、四段）之用意與作用。與「立二段，若無此結便不成文字」（5）配合。

有力處（9）：指出此為關鍵處，與「此是段中有力處」（7）配合。

見所以不治（13）：指出此處之用意。按：此與篇首「夷狄不可以中國之治治也」呼應，呂氏對此開頭批云：「說大意，起頭有力」（1）。

見不治治之本意（23）：「不治治之」乃其後之「是將以不治深治之也」，此為本意，而於此處見之。

總結：旁批涵蓋了「詞彙」、「文法」、「章法」、「主題」。在「詞彙」類中，注意到下字好。在「文法」類中，注意到句子有力。在「章法」類中，注意到起、鎖、結，特別是「結」（可參見第 5、20 個旁批），除此之外，相當注意特殊之前呼後應，譬如第四個旁批「間架」，以及第 11、19、22 個旁批。在「主題」類中，注意到關鍵有力處，以及重要意旨，和節（段）之深意。

### 3. 題下批

(1) 體統好，前面閑說長，後面正說甚短，讀之全不覺長短，蓋後面一句轉一句故也：「體統好」指結構好，並可與第 3、15 個旁批配合。「前面閑說長，後面正說甚短」乃指作者論「王者不治夷狄」，先就「不治」來論，最後探究其因，乃是「疾夫以中國而流入于戎狄者也」，而論「不治」者篇幅長，後面篇幅短。但是，「讀之全不覺長短」，因為「蓋後面一句轉一句故也」，此可與第 18 個旁批合觀。

(2) 大凡罵題先說他好，然後罵，中間出人意外說戎，乃筆力高人處：「罵題」謂批斥題旨，從反面立論。所謂「先說他好」當指本文先出「王者不治夷狄」的觀點，而「然後罵」則是後面才加以探討，「中間出人意外」當是指以齊晉秦楚等「他國」為「賓」，用來陪襯「戎（主）」，呂氏認為此種寫法「乃筆力高人處」。

總結：本題下批主要針對「章法」，頗有卓見，而且與旁批相輔相成。

## （八）孔子墮三都志林

志林○此篇須看他使事相形

魯定公十三年，孔子言於公曰：「臣無藏甲，大夫無百雉之城。」使仲由為季氏宰，將墮三都。於是叔孫氏先墮郈。季氏將墮費，公山不狃、叔孫輒率費人襲公。公與三子入於季氏之宮，孔子命申句須、樂頎下伐之，費人北，二子奔齊，遂墮費。將墮成，公斂處父以成叛，公圍成，弗克。」（第一段）

或曰：「殆哉，孔子之為政也，亦危而難成矣！」孔融

曰：「古者王畿千里，寰內不封建諸侯。」曹操疑其論建漸
廣，遂殺融。融特言之耳，安能為哉？操以為天子有千里之
畿，將不利己，故殺之不旋踵。季氏親逐昭公，公死於外，從
公者皆不敢入，雖子家羈亦亡。季氏之忌刻忮害如此，雖地勢
不及曹氏，然君臣相猜，蓋不減操也，孔子安能以是時墮其名
都而出其藏甲也哉！考於《春秋》，方是時三桓雖若不悅，然

藏互孔子處 (1)

莫能違孔子也。以為孔子用事於魯，得政與民，三桓畏之歟？
則季桓子之受女樂也，孔子能卻之矣。彼婦之口可以出走，是
孔子畏季氏，季氏不畏孔子也。孔子蓋始修其政刑，以俟三桓
之隙也哉？」（第二段）

　　蘇子曰：此孔子之所以聖也。蓋田氏、六卿不服，則齊、
晉無不亡之道；三桓不臣，則魯無可治之理。孔子之用於世，
其政無急於此者矣。彼晏嬰者亦知之，曰：「田氏之僭，惟禮
可以已之。在禮，家施不及國，大夫不收公利。」齊景公曰：
「善哉，吾今而後知禮之可以為國也！」嬰能知之而不能為
之，嬰非不賢也，其浩然之氣，以直養而無害，塞乎天地之間
者，不及孔、孟也。孔子以羈旅之臣得政朞月，而能舉治世之
禮，以律亡國之臣，墮名都，出藏甲，而三桓不疑其害己，此
必有不言而信，不怒而威者矣。孔子之聖見於行事，至此為無
疑也。嬰之用於齊也，久於孔子，景公之信其臣也，愈於定
公，而田氏之禍不少衰，吾是以知孔子之難也。」（第三段）

　　孔子以哀公十六年卒，十四年，陳恒弒其君，孔子沐浴而
朝，告於哀公曰：「請討之！」我是以知孔子之欲治列國之君
臣，使如《春秋》之法者，至於老且死而不忘也。」（第四段）

應前十六十四年 (2)

　　或曰：「孔子知哀公與三子之必不從，而以禮告也歟？」
曰：否，孔子實欲伐齊。孔子既告哀公，公曰：「魯為齊弱久

矣，子之伐之，將若之何？」對曰：「陳恒弒其君，民之不予
者半。以魯之眾，加齊之半，可克也。」<u>此豈禮告而已哉？</u>」
（第五段）

　　<u>哀公</u>患三桓之偪，嘗欲以越伐魯而去之。夫以蠻夷伐國，
民不予也，皐如、出公之事，斷可見矣，豈若從孔子而伐齊
乎？<u>若從孔子而伐齊，則凡所以勝齊之道，孔子任之有餘矣。
既克田氏，則魯之公室自張，三桓不治而自服也，此孔子之志
也。</u>（第六段）

## 1. 評論符號

　　（1）└：呂氏用此符號將本文分作六段。按：呂氏之分段大
　　　　體上顧及到意義的轉折或延展，唯一可商榷處，是第五段中
　　　　「或曰……也歟」一節乃是「立」一案，其後「曰否……已
　　　　哉」一節，以及第六段，都是針對此來「破」，因此「或
　　　　曰……也歟」一節或可獨立成一段，以彰顯其重要性[21]。

　　（2）｜：在開頭兩字標上「｜」，乃是與「└」搭配，標
　　　　誌出分段。數句標上「｜」，乃是標誌出重要首句、
　　　　結句、句子。

　　（3）、：本文未出現此符號。

　　總結：「└」標誌著文章的分段；「｜」之作用有二：標誌
出分段，以及標誌出重要首句、結句、句子。

## 2. 旁批

### （1）章法類

　　應前十六十四年（2）：指出此處呼應前面「孔子以哀公十
六年卒，十四年」等數句。

---

### （2）主題類

藏互孔子處（1）：指出此處之用意，乃回互孔子。此屬於
「主題類」，並與評論符號「｜」配合。按：「藏互」或與「回
互」、「回護」相近，指表意曲折婉轉。

總結：旁批涵蓋了「章法」、「主題」。在「章法」類中，
注意到前呼後應。在「主題」類中，注意到節（段）之用意。

## 3. 題下批

（1）志林：指出本文出處乃蘇軾《志林》。

（2）此篇須看他使事相形：所謂「使事相形」，當指第三
段中晏嬰之事，作者以晏嬰陪襯孔子，更見得孔子之
能、之難。按：以晏嬰陪襯孔子，乃是以賓襯主，運用了
「賓主」法。

總結：本題下批指出文本出處，並涉及了「章法」。

## （九）秦始皇扶蘇志林

志林〇不特文勢雄健議論亦至當

秦始皇帝時，趙高有罪，蒙毅案之，當死，始皇赦而用
之。長子扶蘇好直諫，上怒，使北監蒙恬兵於上郡。始皇東遊
會稽，並海走瑯琊，少子胡亥、李斯、蒙毅、趙高從。道病，
使蒙毅還禱山川，未及還，上崩。李斯、趙高矯詔立胡亥，殺
扶蘇、蒙恬、蒙毅，卒以亡秦。」（第一段）

蘇子曰：始皇制天下輕重之勢，使內外相形以禁姦備亂
設一句意(1)
者，可謂密矣。蒙恬將三十萬人，威振北方，扶蘇監其軍，而
外(2)

蒙毅侍帷帳為謀臣，雖有大奸賊，敢睥睨其間哉？不幸道病，

內 (3)　　　　　　　幹 (4)　　　　繳有力 (5)

禱祠山川尚有人也，而遣蒙毅，故高、斯得成其謀。始皇之遣

轉幹好 (6)　　　此轉最高便見得無內外相形 (7)　　　　關

毅，毅見始皇病，太子未立而去左右，皆不可以言智。」（第

紐有力 (8)

**二段**）

雖然天之亡人國，其禍敗必出於智所不及。聖人為天下，

此一番若斷而續盡而生上既說智下又說不在智是警策 (9)

不恃智以防亂，恃吾無致亂之道耳。」（第三段）

警策 (10)　　　　　　　說破 (11)

始皇致亂之道，在用趙高。夫閹尹之禍，如毒藥猛獸，未

有不裂肝碎首也。自有書契以來，惟東漢呂強、後唐張承業此

指出好底說 (12)　　　　　　　說

二人號稱善良，豈可望一二於千萬，以取必亡之禍哉？然世主

闍寺不好了又將二箇好人來說破又說豈可望一二於千萬依舊不失上意最

皆甘心而不悔，如漢桓、靈，唐肅、代，猶不足深怪，始皇、

有開闔 (13)

漢宣皆英主，亦湛於趙高、恭、顯之禍。彼自以為聰明人傑

精神骨髓處 (14)

也，奴僕熏腐之餘何能為，及其亡國亂朝，乃與庸主不異。吾

輕過了 (15)　　　欺他過了 (16)　　　說二君與肅代一般 (17)

故表而出之，以戒後世人主如始皇、漢宣者。」（第四段）

或曰：「李斯佐始皇定天下，不可謂不智。扶蘇親始皇

再生難起 (18)

子，秦人戴之久矣，陳勝假其名猶足以亂天下，而蒙恬持重兵

真偽相形處 (19)

在外，使二人不即受誅而復請之，則斯、高無遺類矣。以斯之
難得好 (20) 轉 (21) 應

智而不慮此，何哉？」（第五段）

後 (22)　意盡方說起 (23)

　　蘇子曰：嗚呼，秦之失道，有自來矣，豈獨斯高之罪？自
嗚呼起得好 (24)

商鞅變法，以殊死為輕典，以參夷為常法，人臣狼顧脅息，以
句法 (25)　　　　　下得好 (26)　　　　見得法酷如是 (27)

得死為幸，何暇復請！方其法之行也，求無不獲，禁無不止，
鞅自以為軼堯、舜而駕湯、武矣。及其出亡而無所舍，然後知
繳好

為法之弊。夫豈獨鞅悔之，秦亦悔之矣。荊軻之變，持兵者熟
(28)　　　　　　　　　　繳好有力 (29)

視始皇環柱而走，莫之救者，以秦法重故也。李斯之立胡亥，
不復忌二人者，知威令之素行，而臣子不敢復請也。二人之不
言有自來 (30)

敢請，亦知始皇之鷙悍而不可回也，豈料其偽也哉？」（第六
應前 (31)　　　　　　　　　　此一句斷盡 (32)

段）

　　周公曰：「平易近民，民必歸之。」孔子曰：「有一言而終
又生新意 (33) 反復論極正當 (34)

身行之，其『恕』矣乎？」夫以忠恕為心而以平易為政，則上
理正 (35)

易知而下易達，雖有賣國之奸，無所投其隙，倉卒之變，無自
眼目 (36)　　警策 (37)　辭理俱到 (38)　　　　　就

發焉。然其令行禁止，蓋有不及商鞅者矣，而聖人終不以此易
意幹 (39)　　　　　　轉佳 (40)　　　　結有力 (41)

彼。」（第七段）

軼立信於徙木，立威於棄灰，刑其親戚師傅，積威信之
極。以至始皇，秦人視其君如雷電鬼神，不可測也。古者公族

見得非平易忠恕 (42)

有罪，三宥而後制刑。今至使人矯殺其太子而不忌，太子亦不

繳上

敢請，則威信之過也故。夫以法毒天下者，未有不反中其身及

意 (43)　　　　　　　　　此轉就用法中生意說起 (44)

其子孫者也。」（第八段）

漢武與始皇，皆果於殺者也，故其子如扶蘇之仁，則寧死
而不請，如戾太子之悍，則寧反而不訴，知訴之必不察也。戾
太子豈欲反者哉？計出於無聊也。故為二君之子者，有死與反
而已。李斯之智，蓋足以知扶蘇之必不反也。吾又表而出之，

起一句在此方說 (45)　　　此一句說破 (46)

以戒後世人主之果於殺者。（第九段）


## 1. 評論符號

（1）「└」：呂氏用此符號將本文分作九段。按：呂氏之分段可
　　掌握意義的轉折，十分精準。唯一可商榷處是分段稍多、略
　　顯零碎，如要作調整，則第三、四段可合併為一段，第六、
　　七、八段或亦可合併為一段[22]。

（2）「│」：在開頭兩字標上「│」，乃是與「└」搭配，標
　　誌出分段。數句或段落標上「│」，乃是標誌出重要
　　首句、結句與段落。

（3）、：本文未出現此符號。

　　總結：「└」標誌著文章的分段，本文之分段十分精準，
但稍嫌零碎；「│」之作用有二：標誌出分段，以及標誌出重

---

22 可參見附錄一「結構表及說明」。

要首句、結句與段落。


## 2. 旁批

### （1）詞彙類

下得好（26）：應指下字好。

### （2）修辭類

句法（25）：本旁批當涵蓋「以殊死為輕典，以參夷為常法」兩句，指出上下兩句形式對應整齊的句子[23]。

### （3）章法類

設一句意（1）：指出此一句立下意，其下呼應。與「外」（2）、「內」（3）配合。按：此句為「內外相形」，其後據此分說。

外（2）：指出此處言「外」，並與「設一句意」（1）配合。

內（3）：指出此處言「內」，並與「設一句意」（1）配合。

幹（4）：「幹」指承接，多特就其聯句之作用而言。

繳有力（5）：「繳」為小範圍之收束，此指收束得好。

轉幹好（6）：此為「承接而轉」之意，此指轉得好。

此轉最高，便見得無內外相形（7）：指出此處一轉，而且之前始皇「內外相形」之佈置，全被破解。與「設一句意」（1）、「外」（2）、「內」（3）配合。按：第 4、6、7 個旁批彼此配合，見出始皇之佈置逐步被破解。

關紐有力（8）：與前相關，而又出一意，十分有力。

此一番若斷而續，盡而生，上既說智，下又說不在智，是警策（9）：第二段為「上既說智」，此段為「下又說不在智」，此種寫法的效果是「若斷而續，盡而生」。而且此段為「警

---

23 張秋娥認為「練句」指上下兩句形式對應整齊的句子，而此處之「句法」涵義與此相當。見〈論呂祖謙《古文關鍵》評點的修辭接受思想〉，《修辭學習》，頁58。

策」，亦即重要意旨。按：第二段為「上既說智」，第三段為「下又說不在智」，此種寫法為「先縱後收」[24]。

說破（11）：指出此說破始皇致亂之因。與「又將二箇好人來說破」（13）配合。

指出好底說（12）：此處舉出兩個好人。與「又將二箇好人來說破」（13）配合。

說閹寺不好了，又將二箇好人來說破，又說「豈可望一二於千萬」，依舊不失上意，最有開闔（13）：所謂「開」，指「又將二箇好人來說破」，所謂「闔」，指「又說『豈可望一二於千萬』」，又歸結在本意「說閹寺不好了」上，因此呂氏批云：「最有開闔」。

再生難起（18）：指出此再生一「難」，作為一段之「起」。按：第五段和第六至九段，是以一問一答成文。此處之「難起」，就是屬於「一問」的部份。

真偽相形處（19）：「真」指扶蘇，「偽」指陳勝，以此「相形」。按：蘇軾以「陳勝假其名」為例，以見扶蘇受秦人愛戴之一斑，呂氏認為此為「真偽相形」。

轉（21）：指出此文意一轉。

應後（22）：指出前呼後應處，與「應前」（31）配合。按：以李斯和扶蘇、蒙恬之思慮前呼後應。

意盡方說起（23）：指此意盡，但是又開啟其後。按：前面論述佈置安排之周詳，但是用「何哉」一語，開啟下文。

「嗚呼」起得好（24）：指以「嗚呼」起頭，起得好。

繳好（28）：「繳」為小範圍之收束，此指收得好。

繳好有力（29）：「繳」為小範圍之收束，此指收得有力。

應前（31）：指出前呼後應處，與「應後」（22）配合。

---

24 可參見附錄一「結構表及說明」。

按：以李斯和扶蘇、蒙恬之思慮前呼後應。

此一句斷盡（32）：指出此句以判斷的方式收盡前意。按：前面「二人……回也」一節，揣測扶蘇、蒙恬二人不復請之心理，但是「豈料其偽也哉」一句，道出事實出於此二人之揣想之外，因此呂氏批云：「此一句斷盡」。

又生新意（33）：指此處又生出新意。按：第六至八段中，第六、八段探究「秦失」，為「正」，第七段引用周孔之言，是從反面襯托，此為「反」。關於「正面」、「反面」的判斷，須根據主旨。合於主旨的材料就是「正面」，從對面托出主旨的材料就是「反面」。

反復論，極正當（34）：指此反覆論述，立論正當。按：所謂之「反復論」，事實上是從正面、反面論述。可參見「又生新意」（33）之按語。

就意幹（39）：指就此意轉。按：有些旁批會指出「轉」，譬如「轉幹好」(6)，此即指轉出新意，但「就意幹」則是指根據原意延展，並未轉出他意。

轉佳（40）：指此轉佳。按：前面言仁政之利，此處言仁政不及處，因此為「轉」。

結有力（41）：指此結有力。

繳上意（43）：「繳」為小範圍之收束，此指收前意。

此轉就用法中生意說起（44）：指出此為「轉」，而且指出乃是「就用法中生意說起」，強調又生一意。

起一句，在此方說（45）：指此句作用為「起」，「在此方說」則指言李斯之用心，當在第六段就已經道出，但是至此處方說出。

（4）主題類

警策（10）：指此為本文重要意旨。按：與評論符號「｜」配合。

精神骨髓處（14）：指此說出秦始皇內心深處的想法。

輕過了（15）：指出始皇、漢宣對閹宦之輕視。

欺他過了（16）：與「輕過了」（15）意思接近。

說二君與肅、代一般（17）：「二君」指秦始皇、漢宣帝，「肅、代」指唐肅宗、唐代宗，指出此句之意。

難得好（20）：指出此責難得好。

見得法酷如是（27）：指出此處之用意。

言有自來（30）：指出此處之用意。

理正（35）：指此理平正。

眼目（36）：指關鍵處或與此相關之重要字眼。

警策（37）：指此為本文重要意旨。

辭理俱到（38）：指出文、理配合得很好。

見得非平易忠恕（42）：指出此處之用意。

此一句說破（46）：指出此句說破李斯之用心。

總結：旁批涵蓋了「詞彙」、「文法」、「章法」、「主題」。在「詞彙」類中，注意到下字好。在「修辭」類中，注意到形式對應整齊的句子。在「章法」類中，注意到起、轉（幹）、繳，並特別注意前呼後應（譬如「內外相形」），以及一些特殊作法，如「開闔」、「反復論」、「難」等。在「主題」類中，注意到關鍵句，以及句（節）之深意，還有理論之平正。

## 3. 題下批

（1）志林：指出此文出自蘇軾《志林》。

（2）不特文勢雄健，議論亦至當：指出此文氣勢雄健，而且議論平正合理。按：「議論亦至當」與旁批「理正」（35）配合。

總結：本題下批指出文本出處，並涉及了「主題」、「風格」，而且與旁批、評論符號相輔相成。

## （十）范增志林

這一篇要看抑揚處吾嘗論一段前平平說來忽換起放開說見得語新意相屬又見一伏一起處漸次引入難一段之曲折若無陳涉之得民一段便接羽殺卿子冠軍一段去則文字直了無且義帝之立一段又直了惟有此二段然後見曲折處[25]

漢用陳平計，間疏楚君臣。項羽疑范增與漢有私，稍奪其
　　敘范增去時事 (1)

權。增大怒曰：「天下事大定矣，君王自為之，愿賜骸骨歸卒
伍！」歸未至彭城，疽發背死。」（第一段）

　　蘇子曰：增之去，善矣，不去，羽必殺增，獨恨其不早
　委曲 (2)　　揚 (3)　　　　　　　　　抑 (4)　主意

耳。」（第二段）
(5)

　　然則當以何事去？增勸羽殺沛公，羽不聽，終以此失天
　先難起 (6)　　　　　自此漸次難入 (7)

下，當於是去耶？曰：否。增之欲殺沛公，人臣之分也，羽之
　　　　　　　　　　兩全增羽 (8)　　　　　　　　句法

不殺，猶有君人之度也，增曷為以此去哉？《易》曰：「知幾
失之直有此二段然後見曲折 (9)　不倒 (10)　曲折下得好 (11)　　　應

---

25 本文之題下批，和「四庫全書版」文句次序不同，因「四庫全書版」文理較順，因此本論文據「四庫全書版」。而「冠山堂版」如下：「這一篇要看抑揚處。漸次引入，難一段之曲折，若無『陳涉之得民』一段，便接『羽殺卿子冠軍』一段去，則文字直了，無『且義帝之立』一段，又直了，惟有此二段，然後見曲折處。吾嘗論一段前平平說來，忽換起放開說，見得語新意相屬，又見一伏一起處。」「冠山堂版」與「四庫全書版」之不同，主要在於「吾嘗論一段前平平說來，忽換起放開說，見得語新意相屬，又見一伏一起處。」一節，「冠山堂版」置於「惟有此二段，然後見曲折處。」之後，而「四庫全書版」置於「這一篇要看抑揚處。」之後。

其神乎。」《詩》曰：「相彼雨雪，先集維霰。」<u>增之去，當於</u>

<u>上不旱意</u>(12)

<u>羽殺卿子冠軍時也。」</u>（第三段）

至此方微露正意(13)

　　陳涉之得民也，以項燕、扶蘇；項氏之興也，以立楚懷王

鋪敘(14)　　　　立三事(15)　　　　綱目(16)　　要說義帝先說陳項(17)

孫心。而諸侯叛之也，以弒義帝也。」（第四段）

　　<u>且義帝之立，增為謀主矣，義帝之存亡，豈獨為楚之盛</u>

起佳(18)　事切(19)　轉好(20)　　斡轉好是關鍵警策精髓處(21)

衰，亦增之所與同禍福也，未有義帝亡而增獨能久存者也。羽

　　　　　　　　　　　關鎖切而當(22)

之殺卿子冠軍也，是弒義帝之兆也。其弒義帝，則疑增之本心

　　　　　　　　　　　　　　　　兩句眼目(23)　說

也，豈必待陳平哉！物必先腐也而後蟲生之，人必先疑也而後

得骨髓出(24)　　　好轉筆力(25)　　解陳平處(26)　精髓(27)

讒入之，陳平雖智，安能間無疑之主哉？」（第五段）

出脫陳平(28)

　　<u>吾嘗論義帝</u>，天下之賢主也。獨遣沛公入關不遣項羽，識

開(29)　　　　　綱目(30)　　　文字出沒(31)　　　　　自

卿子冠軍於稠人之中，而擢以為上將，不賢而能如是乎？羽既

此解殺冠軍殺義帝(32)

矯殺卿子冠軍，義帝必不能堪，<u>非羽弒帝，則帝殺羽</u>，不待智

　此二句是羽殺冠軍殺義帝之自(33)　　最道得好(34)

者而後知也。」（第六段）

　　增始勸項梁立義帝，諸侯以此服從，中道而弒之，非增之

綱目(35)　　　　　　　　　大抵文字要用無作有說須漸

意也。夫豈獨非其意，將必力爭而不聽也。不用其言，而殺其

引入(36)轉無為有(37)　　　　　　　　此是證羽殺義帝疑增之本

所立，項羽之疑增必自是始矣。」

(38)　　　　　　　　　筆力高 (39)

　方羽殺卿子冠軍，增與羽比肩而事義帝，君臣之分未定

此下總說 (40)　　　　放增一頭地 (41)

也。為增計者，力能誅羽則誅之，不能則去之，豈不毅然大丈

　　　　　語壯 (42)　　　　　　　　　　　　壯 (43)

夫也哉？」（第七段）

過得好 (44)

　增年已七十，合則留，不合則去，不以此時明去就之分，

警策 (45)　抑 (46)　　　　　關鍵 (47)

而欲依羽以成功，陋矣。」（第八段）

　　　　　抑 (48)

　雖然，增，高帝之所畏也，增不去，項羽不亡。嗚呼，增

操縱 (49)　　　　揚 (50)　　　　擒縱 (51)

亦人傑也哉！（第九段）

揚 (52)

## 1. 評論符號

（1）└：呂氏用此符號將本文分作九段。按：呂氏之分段可
掌握意義的轉折，十分精準。唯一可商榷處是分段稍多、略
顯零碎，如要作調整，則第二、三段可合併為一段，第七、
八段或亦可合併為一段[26]。

（2）｜：在開頭兩字標上「｜」，乃是與「└」搭配，標
誌出分段。全句、數句或段落標上「｜」，乃是標誌
出重要首句、結句、句子與段落。

（3）、：本文未出現此符號。

---

26 可參見附錄一「結構表及說明」。

總結:「└」標誌著文章的分段,本文之分段十分精準,但稍嫌零碎;「│」之作用有二:標誌出分段,以及標誌出重要首句、結句、句子與段落。

## 2. 旁批

### (1) 文法類

筆力高(39):當指此句論斷有力。

語壯(42):指此句風格雄壯。

壯(43):指此句風格雄壯。

文字出沒(31):當指遣詞造句靈活。

### (2) 章法類

敘范增去時事(1):指出此為敘事。按:本文先敘范增被疏而歸之事,接著就此針對范增之去留發出議論,因此形成了「先敘後論」之邏輯。

揚(3):指出此處為褒揚。與「抑」(4)配合。

抑(4):指出此處為貶抑。與「揚」(3)配合。

先難起(6):指出此處以責難起頭。

自此漸次難入(7):此指此處以下回應前面之責難,文意越來越深入。

句法失之直,有此二段然後見曲折(9):「句法失之直」指出句子之缺失。「有此二段然後見曲折」則指出第二、三段之作用。按:第二、三段論述「去之時」,第二段先言「不蚤」,縱一筆,第三段後言「當以羽殺卿子冠軍時也」,收前文,縱收之間,頗有波瀾,因此呂氏批云「有此二段然後見曲折」。

不倒(10):指此文勢不弱。

曲折,下得好(11):「曲折」與「有此二段然後見曲折」(9)配合。「下得好」則指此處下得好。

應上「不早」意(12):指出前呼後應處。

鋪敘（14）：指出此為鋪敘。

立三事（15）：指立下「陳涉得民」、「項氏之興」、「諸侯叛之」三事。

要說義帝，先說陳項（17）：與「立三事」（15）配合，指出為何要先出「陳涉得民」、「項氏之興」兩事，乃是為了引出「諸侯叛之」一事。

起佳（18）：指此起得好。

事切（19）：當指論此事十分切當。

轉好（20）：指此轉好。按：此轉以「且」字帶入，有遞深之意。

關鎖切而當（22）：「關鎖」指與前文相關而收結，本旁批且稱其十分切當。

好轉筆力（25）：指出此轉十分具有筆力。

解陳平處（26）：「解」有與前呼應、解釋前文之意，此指呼應篇首「漢用陳平計」一事。與「出脫陳平」（28）配合。

開（29）：指此又開展一意。

自此解殺冠軍殺義帝（32）：「解」有與前呼應、解釋前文之意，此指呼應「增之去，當以羽殺卿子冠軍時也」、「諸侯叛之野，以弒義帝」。

大抵文字要用無作有說，須漸引入（36）：所謂「用無作有」為「夫豈獨非其意，將必力爭而不聽也」二句，因為此為揣測之言，所以是「無」，但是要能作到令人信服，就是「用無作有」，呂氏指出秘訣在於「須漸引入」。按：呂氏之意為前有「增始勸項梁立義帝，諸侯以此服從，中道而弒之，非增之意也」，則後文就順理成章地被帶出。

轉無為有（37）：說明見前。

此是證羽殺義帝疑增之本（38）：前面「夫豈……聽也」一節之內容大要為「羽殺義帝疑增」，而此處為證其根本之

語。

此下總說（40）：指此下總結前面的討論，而作總說。按：
第四至六段論述離去時機的三層原因，至此則論述范增之可為，因此為
「總說」[27]。

過得好（44）：指過接到此好。按：蘇軾為范增計，到此有一
處置，因此呂氏批云：「過得好」。

抑（46）：指出此處為貶抑。與「揚」（50、52）配合。

抑（48）：說明見前。

操縱（49）：指收與放，引申為開合、縱收等文章之變
化。按：前面第四至八段為「正論」，論述離去時機的三層原因，以及
范增之可為；最後，出以「增亦人傑也哉」之「餘論」收結全文[28]。而
「雖然」正是由「正論」轉「餘論」之樞紐。

揚（50）：指出此處為褒揚。與「抑」（46、48）配合。

擒縱（51）：指出「增不去」、「項羽不亡」兩句之間有擒
縱關係[29]。

揚（52）：與「揚」（50）配合。

（3）**主題類**

委曲（2）：當為表意委婉。[30]

主意（5）：指出此為重要義旨。

兩全增、羽（8）：指出此處之用意為讓范增、項羽得以兩
全。

至此方微露正意（13）：指出正意在此初初顯露。按：呂氏

---

27 「總說」與「分說」對稱，前者為總結、後者為分述。

28 可參見附錄一「結構表及說明」。

29 「擒縱」乃「縱收」之異稱。譬如李騰芳《山居雜著》中列有「文字法三十五則」，
   第十九則是「曰擒曰縱」，見《古文辭通義》卷十二，頁 32。次如許恂儒《作文百
   法》有「擒縱題理法」，見卷二、頁 26。周振甫《文章例話‧寫作編（一）》亦稱
   「擒縱」，並闡釋道：「縱是放開一步，擒是抓住。」，頁99。

30 參考鄭頤壽主編，林大礎副主編，《詞章學辭典》：「意甚委曲：含意十分委婉曲
   折。」，頁573。

之批語的言下之意，乃是此正意在其後會更被彰顯。

綱目（16）：指此為文章展開的主要線索。

幹轉好，是關鍵警策精髓處（21）：「幹轉好」與「轉好」（20）配合。「是關鍵警策精髓處」乃著力強調此為重要義旨。**按**：「是關鍵警策精髓處」與「至此方微露正意」（13）、「要說義帝，先說陳項」（17）配合而觀，可見出意脈一貫。

兩句眼目（23）：「眼目」指關鍵處或與此相關之重要字眼，本旁批指「其弒義帝，則疑增之本也」為關鍵。

說得骨髓出（24）：指此說出項羽內心深處的想法。

精髓（27）：指此說出事情之深邃處。

出脫陳平（28）：指出此處之用意，與「解陳平處」（26）配合。

綱目（30）：指此為文章展開的主要線索。

此二句是羽殺冠軍殺義帝之自（33）：指出此二句之用意，與「自此解殺冠軍殺義帝」（32）配合。

最道得好（34）：指此二句道理說得好。**按**：本旁批與評論符號「｜」配合。

綱目（35）：指此為文章展開的主要線索。

放增一頭地（41）：指出此處之用意為讓范增有更大空間。

警策（45）：指此為本文重要意旨。

關鍵（47）：即指與文章展開的主要線索相關的重要節段、句字。

總結：旁批涵蓋了「文法」、「章法」、「主題」。在「文法」類中，注意到句子的風格。在「章法」類中，注意到轉、關鎖等，以及特殊作法（譬如「抑」、「揚」），但是最注意的是前呼後應，並會針對其中較為特別者詳細說明，譬如「立三事」、「須漸引入」、「解」、「轉無作有」等。在「主題」類中，注意到重要義旨、關鍵詞句，以及句（節）意。

### 3. 題下批

(1) 這一篇要看抑揚處：此與第 3、4、46、48 個旁批配合，可看出本文之「抑揚處」。

(2) 吾嘗論一段前平平說來，忽換起放開說，見得語新意相屬，又見一伏一起處：所謂「一段前平平說來，忽換起放開說」，是指又出新意，造成文意的轉折、過換，此與旁批之「轉」（20、21、25）、「開」（29）可相互配合而觀，也因為如此，所以會「語新意相屬」，並造成「一伏一起」的文勢。

(3) 漸次引入，難一段之曲折，若無「陳涉之得民」一段，便接「羽殺卿子冠軍」一段去，則文字直了，無「且義帝之立」一段，又直了，惟有此二段，然後見曲折處：呂氏相當注意「漸次引入，難一段之曲折」，可與第 7、11、36 個旁批配合而觀。而且呂氏以第三至五段的承接、轉折為例，說明何謂「曲折」，而第 15、17 個旁批也是針對此點而批註。

總結：本題下批主要關注「章法」，頗有卓見，而且與旁批相輔相成。

## （十一）厲法禁

此篇段段警策

昔者聖人制為刑賞，知天下之樂乎賞而畏乎刑也，是故<u>施其所樂者，自下而上</u>。民有一介之善，不終朝而賞隨之，是以

精神 (1)

下之為善者，足以知其無有不賞也。<u>施其所畏者，自上而下</u>。

精神 (2)

公卿大臣有毫髮之罪，不終朝而罰隨之，是以上之為不善者，
亦足以知其無有不罰也。《詩》曰：「剛亦不吐，柔亦不茹。」
夫天下之所謂權豪貴顯而難令者，此乃聖人之所借以徇天下
　　　　　　　　　　　　　　　　　　　　　下字 (3)
也。」（第一段）

舜誅四凶而天下服，何也？此四族者，天下之大族也。夫
　　　　　　　　　　　　　　　　　　　　警
惟聖人為能擊天下之大族，以服小民之心，故其刑罰至於措而
策 (4)
不用。」（第二段）

周之衰也，商鞅、韓非峻刑酷法，以督責天下。然其所以
　　　　商韓人皆不取今反取見得文字好處 (5)
為得者，用法始於貴戚大臣，而後及於疏賤，故能以其國霸。
由此觀之，商鞅、韓非之刑法，非舜之刑，而所以用刑者，舜
　　　　雖取申韓但止取其術 (6)　　　　　　新 (7)　　　　關
之術也。後之庸人，不深原其本末，而猥以舜之用刑之術，與
鍵 (8)
商鞅、韓非同類而棄之。法禁之不行，奸宄之不止，由此其故
也。」（第三段）

今夫州縣之吏，受賕而鬻獄，其罪至於除名，而其官不足
以贖，則至於嬰木索，受笞箠，此亦天下之至辱也。而士大夫
或冒行之。何者？其心有所不服也。今夫大吏之為不善，非特
　　下得好 (9)　　　　　　　　　　　　　　揣摩大吏事
簿書米鹽出入之間也，其位愈尊，則其所害愈大；其權愈重，
情好 (10)
則其下愈不敢言。幸而有不畏強禦之士，出力而排之，又幸而
　　　　　　　　　　　　　　下字 (11)
不為上下之所抑，以遂成其罪，則其官之所減者，至於罰金，

蓋無幾矣。夫過惡暴著於天下，而罰不傷其毫毛；鹵莽於公卿

精神眼目處 (12)

之間，而纖悉於州縣之小吏。用法如此，宜其天下之不心服也。用法而不服其心，雖刀鋸斧鍼，猶將有所不避，而況于木索、笞、箠哉！」（第四段）

　方今法令至繁，觀其所以堤防之具，一舉足且入其中，而

句工 (13)

大吏犯之，不至於可畏，其故何也？天下之議者曰：古者之制，「刑不上大夫，」大臣不可以法加也。嗟夫！「刑不上大夫」者，豈曰大夫以上有罪而不刑歟？古之人君，責其公卿大臣至重，而待其士庶人至輕也。責之至重，故其所以約束之者

好 (14)

愈寬；待之至輕，故其所堤防之者甚密。夫所貴乎大臣者，惟不待約束，而後免於罪戾也。是故約束愈寬，而大臣益以畏法。何者？其心以為人君之不我疑而不忍欺也。苟幸其不疑而輕犯法，則固已不容於誅矣。故夫大夫以上有罪，不從於訊鞫論報，如士庶人之法。斯以為『刑不上大夫』而已矣。」（第五段）

　天下之吏，自一命以上，其涖官臨民苟有罪，皆書於其所謂曆者，而至於館閣之臣出為郡縣者，則遂罷去。此真聖人之意，欲有以重責之也。奈何其與士庶人較罪之輕重，而又以其爵減耶？」（第六段）

　夫律，有罪而得以首免者，所以開盜賊小人自新之途。而

轉好 (15)

今之卿大夫有罪亦得以首免，是以盜賊小人待之歟？（第七段）

　天下惟其無罪也，是以罰不可得而加。如知其有罪而特免其罰，則何以令天下？今夫大臣有不法，或者既已舉之，而詔

曰勿推，此何為者也？聖人為天下，豈容有此曖昧而不決？<u>故曰：厲法禁自大臣始，則小臣不犯矣</u>。（第八段）

　　　結有力 (16)

## 1. 評論符號

（1）∟：呂氏用此符號將本文分作八段。按：呂氏之分段大體上可掌握意義的轉折或延展，但是第八段中之「天下……勿推」一節乃是針對時事作討論，而「此何……犯矣」一節則是總收前文、提出結論，兩者之間差別頗大，因此宜加以劃分；相對地，為避免分段太多、顯得零碎，第六、七段和第八段之「天下……勿推」一節可合併為一段，而第二、三段亦可考慮合併為一段，如此一來，或可兼顧文意之清晰以及字數之均衡[31]。

（2）｜：在開頭兩字標上「｜」，乃是與「∟」搭配，標誌出分段。全句、數句標上「｜」，乃是標誌出重要結句、句子與段落。

（3）、：本文未出現此符號。

　　總結：「∟」標誌著文章的分段，但本文之分段未盡合理；「｜」之作用有二：標誌出分段，以及標誌出重要結句、句子與段落。

## 2. 旁批

（1）詞彙類

　　下字（3）：指出下字好。按：呂氏未明言何字下得好，但根據推斷，當是「狗」字。

　　下字（11）：指出下字好。按：根據推斷，當是「幸」字。

---

31 可參見附錄一「結構表及說明」。

（2）修辭類

「商」、「韓」人皆不取，今反取，見得文字好處（5）：指出他人皆不以商鞅、韓非為正面例證，但是本文卻以此為正面例證，呂氏認為：「見得文字好處」。按：以「商韓人」為例，而且特別提到翻轉其褒貶色彩，此為「易色」[32]。

（3）文法類

下得好（9）：指此句下得好。

句工（13）：指此句工巧。

（4）章法類

轉好（15）：指此處轉得好。按：此處乃是從「爵減」轉到「首免」。

結有力（16）：指此結有力。按：本文之主旨在此表出。

（5）主題類

精神（1）：為意脈貫穿之效果。按：配合評論符號「｜」，則可發現本旁批所標註者為「施其所樂者，自下而上」，而第2個旁批所標註者為「施其所畏者，自上而下」，兩相對照，則此兩處文字除了為重要句之外，還十分簡潔有力。

精神（2）：說明見前。

警策（4）：指此為本文重要意旨。

雖取申韓，但止取其術（6）：指出此處之意。可與「商韓人……文字好處」（5）配合而觀。

新（7）：指此意新。可與「雖取申韓，但止取其術」（6）配合而觀。

關鍵（8）：指與文章展開的主要線索相關的重要節段、句字。可與第5、6、7個旁批配合而觀。

---

32 向宏業、唐仲揚、成偉鈞《修辭通鑒》：「易色即根據表達的需要，臨時改變詞語的感情色彩，化貶為褒或化褒為貶。」，頁530。「易色」適用的範圍可從「詞彙」擴及到「事件」、「例證」等。

揣摩大吏事情好（10）：指出此處之用意。

精神眼目處（12）：「精神」為意脈貫穿之效果，「眼目」指關鍵處，兩者並列，意指此為讓意脈貫穿之關鍵處。按：此處將大臣惡之重與罰之輕兩相比較，十分鮮明。

好（14）：指此意好。按：本文之主要論點即為對大臣應「責重」。

總結：旁批涵蓋了「詞彙」、「修辭」、「文法」、「章法」、「主題」。在「詞彙」類中，注意到下字之好。在「修辭」類中，注意到「易色」之現象。在「文法」類中，注意到句子之好。在「章法」類中，注意到轉、結。在「主題」類中，注意到立意之新穎、有力，以及重要義旨、句（節）意。

### 3. 題下批

「警策」指此為本文重要意旨。本文分為八段，每段意思均不重複，聯繫成一個整體，因此是「段段警策」。

## （十二）倡勇敢

> 戰以勇為主，以氣為決。天子無皆勇之將，而將軍無皆勇
> 　　　　　　　　　　　　　　綱目 (1)
> 之士，是故致勇有術。致勇莫先乎倡，倡莫善乎私。此二者，
> 　　　　　　　　　　　相應 (2)
> 兵之微權，英雄豪傑之士，所以陰用而不言於人，而人亦莫之
> 識也。臣請得以備言之。」（第一段）

　　夫倡者，何也？氣之先也。有人人之勇怯，有三軍之勇怯。人人而較之，則勇怯之相去，若莛與楹。至於三軍之勇怯，則一也。出於反覆之間，而差於豪厘之際，故其權在將與君。」（第二段）

　　人固有暴猛獸而不操兵，出入于白刃之中而色不變者。有

見虺蜴而卻走，聞鐘鼓之聲而戰慄者。是勇怯之不齊，至於如此。然閭閻之小民，爭鬥戲笑，卒然之間，而或至於殺人。當其發也，其心翻然，其色勃然，若不可以已者，雖天下之勇夫，無以過之。及其退而思其身，顧其妻子，未始不惻然悔也。此非必勇者也。<u>氣之所乘，則奪其性而忘其故。故古之善用兵者，用其翻然勃然於未悔之間。而其不善者，沮其翻然勃然之心，而開其自悔之意。則是不戰而先自敗也。故曰致勇有術。</u>」（第三段）

致勇莫先乎倡。均是人也，皆食其食，皆任其事，天下有急，而有一人焉奮而爭先而致其死，則翻然者眾矣。弓矢相及，劍盾相搏，勝負之勢，未有所決，而三軍之士，屬目於一夫之先登，則勃然者相繼矣。<u>天下之大，可以名劫也。三軍之

警策 (3)

眾，可以氣使也。</u>諺曰：「一人善射，百夫決拾。」<u>苟有以發之，及其翻然勃然之間而用其鋒，是之謂倡。</u>」（第四段）

倡莫善乎私。天下之人，怯者居其百，勇者居其一，是勇者難得也。捐其妻子，棄其身以蹈白刃，是勇者難能也。以難得之人，行難能之事，此必有難報之恩者矣。<u>天子必有所私之將，將軍必有所私之士，視其勇者而陰厚之。人之有異材者，

作文妙處 (4)

雖未有功，而其心莫不自異。自異而上不異之，則緩急不可以望其為倡。故凡緩急而肯為倡者，必其上之所異也。</u>」（第五段）

昔<u>漢</u>武帝欲觀兵於四夷，以逞其無厭之求，不愛通侯之賞，以招勇士，風告天下，以求奮擊之人，然卒無有應者。於是嚴刑峻法，致之死地，而聽其以深入贖罪，使勉強不得已之人，馳驟於萬死之地，是故其將降，其兵破敗，而天下幾至於不測。何者？<u>先無所異之人，而望其為倡，不已難乎！</u>」（第

六段）

　　<u>私者，天下之所惡也。然而為已而私之，則私不可用。</u>為

作文妙 (5)

<u>其賢於人而私之，則非私無以濟。蓋有無功而可賞，有罪而可
赦者，凡所以愧其心而責其為倡也。</u>」（第七段）

　　<u>天下之禍，莫大於上作而下不應。上作而下不應，則上亦
將窮而自止。</u>」（第八段）

　　<u>方</u>西戎之叛也，天子非不欲赫然誅之，而將帥之臣，謹守
封略，收視內顧，莫有一人先奮而致命，而士卒亦循循焉莫肯
盡力，不得已而出，爭先而歸，故西戎得以肆其猖狂，而吾無
以應，則其勢不得不重賂而求和。<u>其患起于天子無同憂患之
臣，而將軍無心腹之士。</u>」（第九段）

　　西師之休，十有餘年矣，用法益密，而進人益艱，賢者不
見異，勇者不見私，天下務為奉法循令，要以如式而止，臣不
知其緩急將誰為之倡哉？（第十段）

## 1. 評論符號

（1）└：呂氏用此符號將本文分作十段。按：本文篇幅較
　　　長，而呂氏之分段能掌握意義的轉折或延展，頗為理想。唯
　　　一可商榷處，是第七、八段的文意轉折，因為轉折並不大，
　　　而且在整體上並分居於十分重要的地位，似無必要用分段的
　　　手段加以凸顯，因此或可考慮合併為一段[33]。

（2）｜：在開頭兩字標上「｜」，乃是與「└」搭配，標
　　　誌出分段。全句、數句或段落標上「｜」，乃是標誌
　　　出重要首句、結句、句子與段落。

（3）、：本文未出現此符號。

---

33 可參見附錄一「結構表及說明」。

總結：「∟」標誌著文章的分段，但本文之分段尚有可調整處；「｜」之作用有二：標誌出分段，以及標誌出重要首句、結句、句子與段落。

## 2. 旁批

### （1）主題類

綱目（1）：指此為文章展開的主要線索。按：與評論符號「｜」配合。

相應（2）：應指「致勇有術，致勇莫先乎倡，倡莫善乎私」，與篇首「戰以勇為主，以氣為決」呼應。按：此數句為一篇總綱，開展其下「倡」與「私」兩軌[34]。

警策（3）：指此為本文重要意旨。按：此數句強調出「一人」的作用。

### （2）作文指導類

作文妙處（4）：指此為作文妙處。按：此處出現修辭中之「層遞」格，呂氏或是指此而言。

作文妙（5）：指此為作文妙處。按：此段將「私」從「天下之所惡」，反轉為「則非私無以濟」，十分巧妙。呂氏或指此而言。

總結：旁批涵蓋了「主題」、「指導作文」。在「主題」類中，注意到關鍵、重要意思。在「指導作文」類中，注意到作文妙處之指出。

## 3. 題下批

本文無題下批。

---

34 可參見附錄一「結構表及說明」。

## （十三）錢塘勤上人詩集敘

郎曰名惠勤餘杭人歐陽公有非此之樂三章為勤作也

　　昔翟公罷廷尉，賓客無一人至者。其後復用，賓客欲往。翟公大書其門曰：「一死一生，乃知交情。一貧一富，乃知交態。一貴一賤，交情乃見。」世以為口實。<u>然余嘗薄其為人，</u>
下字 (1)
<u>以為客則陋矣，而公之所以待客者獨不為小哉。</u>」（第一段）
承接得上句 (2)

　　<u>故太子少師歐陽公好士</u>，為天下第一。士有一言中於道，不遠千里而求之，甚於士之求公。以故盡致天下豪俊，自庸眾
眼目 (3)
人以顯於世者固多矣。然士之負公者，亦時有之。蓋嘗慨然太
轉換 (4)
息，以人之難知，為好士者之戒。意公之於士，自是少倦。而
起伏 (5)　　下字 (6)
其退老於潁水之上，予往見之，則猶論士之賢者，唯恐其不聞
下字 (7)
於世也，至於負己者，則曰是罪在我，非其過。<u>翟公之客負公</u>
結前二段 (8)
<u>於死生貴賤之間，而公之士叛公於瞬息俄頃之際。翟公罪客，</u>
此數句
<u>而公罪己，與士益厚，賢於古人遠矣。</u>」（第二段）
關鎖上二段又警策 (9)

　　<u>公不喜佛老</u>，其徒有治詩書學仁義之說者，必引而進之。佛者惠勤，從公遊三十餘年，公常稱之為聰明才智有學問者。尤長於詩。公薨於汝陰，余哭之於其室。其後見之，語及於

公，未嘗不涕泣也。勤固無求於世，而公又非有德於勤者，其

關鎖上一段 (10)

所以涕泣不忘，豈為利也哉。<u>予然後益知勤之賢。使其得列於</u>
<u>士大夫之間，而從事於功名，其不負公也審矣</u>。」（第三段）

一篇都總在此一句 (11)

熙寧七年，余自錢塘將赴高密，勤出其詩若干篇，求余文
以傳於世。余以為詩非待文而傳者也，若其為人之大略，則非
斯文莫之傳也。（第四段）

## 1. 評論符號

（1）┗：呂氏用此符號將本文分作四段。按：呂氏之分段兼
　　　顧意義之轉折以及字數之均衡，相當精準、理想。

（2）｜：在開頭兩字標上「｜」，乃是與「┗」搭配，標
　　　誌出分段。全句、數句或段落標上「｜」，乃是標誌
　　　出重要結句。

（3）、：呂氏在第二段「意」、「猶」字旁，皆標註
　　　「、」，表示出下字之巧，並與第 6、7 個旁批配合。
　　　按：「意公……少倦」一節，到「而其……非其過」一節，從
　　　蘇軾揣想歐陽修必然介意，轉到歐陽修胸襟之開闊，其中
　　　「意」、「猶」下得十分巧妙，將此翻轉輕鬆帶出。因此，與其
　　　說用「、」標誌出此二字之重要性，還不如說是用來標誌出
　　　其下字之巧。

總結：「┗」標誌著文章的分段，本文之分段十分理想；
「｜」之作用有二：標誌出分段，以及標誌出重要結句；「、」
則標誌出下字之巧，並與旁批配合。

## 2. 旁批

（1）詞彙類

下字（1）：指出下字之妙。按：呂氏雖未明言何字下得妙，但推斷當是「薄」字。

下字（6）：指出下字之妙。按：第 6、7 個旁批下字之妙，說明見評論符號「、」。

下字（7）：說明見前。

**（2）章法類**

承接得上句（2）：指此承接上句而來。按：前面言客「陋矣」，此處寫翟公待客亦「小」，承前而來。

轉換（4）：指此為一轉。按：前面言歐陽修之好士，此處言士人之涼薄，因此是「一轉」。

起伏（5）：應指文勢起伏。按：從歐陽修「好士」，至「求士」，至「士之負公」，至「為好士者之戒」，文章起伏跌宕。

結前二段（8）：指出此結第一、二段，並與評論符號「｜」配合。按：首段提出翟公待客器量窄小，陪襯出歐陽修不以士人之負恩為意（第二段「故太……其過」一節），而此「翟公……之際」一節則將翟公、歐陽修作一比較作收，因此呂氏云：「結前二段」。

此數句關鎖上二段，又警策（10）：「關鎖」指與前文相關而收結，「警策」指此為本文重要意旨，並與評論符號「｜」配合。按：「關鎖」可參考前面說法，但是指出此為「警策」，乃是因為與「翟公……之際」一節相較，此「翟公……遠矣」一節直接比較出歐陽修比翟公心胸仁厚寬大，更為貼近主旨。

**（3）主題類**

眼目（3）：指關鍵處或與此相關之重要字眼。按：「甚於士之求公」顯出歐陽修好士之勤，與本段段旨緊密結合。

一篇都總在此一句（11）：指出從首段鋪敘翟公、歐陽修，最後歸結在勤上人上，而對於勤上人之評價，就在此句上。此句表現出對勤上人之讚美，可說是本文主旨。並與評論符號「｜」配合。按：勤上人本文歐陽修之友，後來與蘇軾結識，成

為文字之交，因此蘇軾為勤上人寫詩集敍，即從歐陽修著眼，但是也不從歐陽修開始寫，而是尋出一位翟公做陪襯，因此本文布局特殊之處在於「賓主」法之運用。

　　總結：旁批涵蓋了「詞彙」、「章法」、「主題」。在「詞彙」類中，注意到下字之妙。在「章法」類中，注意到承、轉、結。在「主題」類中，注意到關鍵句與主旨。

## 3. 題下批

　　本題下批乃提供本文之背景資料。

## （十四）六一居士集敍

　　敍此篇曲折最多破頭說大故下面應亦言大今人文字上面言大下面未必言大上面言遠下面未必言遠如以文章配天孔孟配禹果然大而非夸

　　夫言有大而非誇，達者信之，眾人疑焉。」（第一段）
　　　大說 (1)　　　　　　　下兩句承得好 (2)
　　孔子曰：「天之將喪斯文也。後死者不得與於斯文也。」孟子曰：「禹抑洪水，孔子作《春秋》，而予距楊、墨。」蓋以是配禹也。文章之得喪，何與於天，而禹之功與天地並，孔
　　　　　　　　　　　　　　　　　　　　　　　　　　小
子、孟子以空言配之，不已誇乎。」（第二段）
說 (3)

　　自《春秋》作而亂臣賊子懼。孟子之言行而楊、墨之道廢。天下以是為固然而不知其功。孟子既沒，有申、商、韓非之學，違道而趨利，殘民以厚主，其說至陋也，而士以是罔其上。上之人僥倖一切之功，靡然從之。而世無大人先生如孔子、孟子者，推其本末，權其禍福之輕重，以救其惑，故其學

遂行。秦以是喪天下，陵夷至於勝、廣、劉、項之禍，死者十

　　　　　　　　警策 (4)

八九，<u>天下蕭然。洪水之害，蓋不至此也</u>。方秦之未得志也，

　　　　說可以配禹 (5)

<u>使復有一孟子，則申、韓為空言</u>，作於其心，害於其事，作於

其事，害於其政者，必不至若是烈也。<u>使楊、墨得志於天下，

其禍豈滅於申、韓哉！由此言之，雖以孟子配禹可也。</u>」（第

三段）

　　太史公曰：「<u>蓋公言黃、老，賈誼、鼂錯明申、韓。</u>」錯

不足道也，而誼亦為之，<u>予以是知邪說之移人，雖豪傑之士有

不免者，況眾人乎！</u>」（第四段）

　　<u>自漢以來</u>，道術不出於孔氏，而亂天下者多矣。晉以老莊

亡，梁以佛亡，莫或正之，<u>五百餘年而後得韓愈，學者以愈配

　　　　　　　　　　　　　　　　　　　　　　　　　　輕

孟子，蓋庶幾焉。愈之後三百有餘年而後得歐陽子，其學推韓

重 (6)

愈、孟子以達於孔氏</u>，著禮樂仁義之實，以合於大道。其言簡

　　　貫前 (7)

而明，信而通，引物連類，折之於至理，以服人心，故天下翕

然師尊之。自歐陽子之存，世之不說者，譁而攻之，能折困其

身，而不能屈其言。士無賢不肖不謀而同曰：「<u>歐陽子，今之

韓愈也。</u>」（第五段）

　　<u>宋興</u>七十餘年，民不知兵，富而教之，至天聖、景祐極

矣，而斯文終有愧於古。士亦因陋守舊，論卑氣弱。自歐陽子

　　　回互 (8)

出，天下爭自濯磨，以通經學古為高，以救時行道為賢，以犯

顏納說為忠。長育成就，至嘉祐末，號稱多士。<u>歐陽子之功為</u>

多。嗚呼，<u>此豈人力也哉？非天其孰能使之</u>！」（<i>第六段</i>）

喚起 (9)

歐陽子沒十有餘年，士始為新學，以佛老之似，亂周孔之真，識者憂之。賴天子明聖，詔修取士法，風厲學者專治孔氏，黜異端，然後風俗一變。考論師友淵源所自，<u>復知誦習歐陽子之書</u>。予得其詩文七百六十六篇於其子棐，乃次而論之曰：「歐陽子論大道似韓愈，論事似陸贄，記事似司馬遷，詩

豐贍不窮 (10)

賦似李白。<u>此非予言也，天下之言也</u>。」」（<i>第七段</i>）

歐陽子諱修，字永叔。既老，自謂六一居士云。（<i>第八段</i>）

## 1. 評論符號

（1）∟：呂氏用此符號將本文分作八段。按：呂氏之分段能掌握意義的轉折或延展，十分精準[35]。

（2）｜：在開頭兩字標上「｜」，乃是與「∟」搭配，標誌出分段。全句、數句或段落標上「｜」，乃是標誌出重要結句、句子與段落。

（3）、：本文在第七段之四個「似」字旁，皆標註「、」，表示出重要性。按：四個「似」字所屬的四個句子相屬而下，可說是注意到「類字」，但是因為此也形成「排比」修辭格，所以或者呂氏也注意到排比句常出現同樣的字眼。而此四個句子評價了歐陽修的文學成就，乃本文之主旨，十分重要，因此加以標註。而第 10 個旁批云：「豐贍不窮」，當是就「排比」格所造成的效果而言。

總結：「∟」標誌著文章的分段，本文之分段十分精準；「｜」之作用有二：標誌出分段，以及標誌出重要結句、句子

---

35 可參見附錄一「結構表及說明」。

與段落。

## 2. 旁批

### （1）修辭類

喚起（9）：因為「此豈人力也哉」乃第六段倒數第二句，所以此「起」當非起承轉合之「起」。當是呂氏注意到「此豈人力也哉」疑問句，有帶起其下回應的效果，所以批云：「喚起」。按：此屬於修辭「設問」格中之「有疑而問」，呂氏可能並未清楚意識到此為「設問」格，但是感受到其效果。

豐贍不窮（10）：因為此處四個「似」字所屬的四個句子相屬而下，乃是運用了「類字」或「排比」修辭格，因此本旁批當是就「類字」或「排比」格所造成的效果而言。並與評論符號「、」配合。

### （2）章法類

大說（1）：應指從大處說起，並與「小說」（3）配合。按：本文之作意為推崇歐陽修的詩文成就，一開始先從「夫言有大而非夸」寫起，乃佔大地步，預為後來開展作張本。

下兩句承得好（2）：指出「達者信之，眾人疑焉」承接「夫言有大而非夸」而開展，十分好。

小說（3）：指此認為孔孟不宜與大禹配，是看小孔孟。此與「大說」（1）配合。

### （3）主題類

警策（4）：指此為本文重要意旨。

說可以配禹（5）：指出此處之用意。按：可與「小說」（3）配合而觀，而且前面的質疑是「立」，此處反駁此質疑，是「破」[36]。

輕重（6）：「輕重」蓋取「重」意，指出此處以孟子配韓

---

36 可參見附錄一「結構表及說明」。

愈，乃是推重韓愈之意。

　　貫前（7）：指出此處之用意，乃是用往上直貫到韓愈、孟子、孔子的方式，來推崇歐陽修。

　　回互（8）：指表意曲折婉轉。

　　總結：旁批涵蓋了「修辭」、「章法」、「主題」。在「修辭」類中，注意到「設問」格、「類字／排比」格之效果。在「章法」類中，注意到「承」，以及前呼後應。在「主題」類中，注意到句（節）之用意。

## 3. 題下批

（1）敘此篇曲折最多，破頭說大，故下面應亦言大：「曲折最多」當指本文轉折多，而「破頭說大，故下面應亦言大」當指「配禹」、「配天」之意脈延展。

（2）今人文字上面言大，下面未必言大，上面言遠，下面未必言遠：指出今人作文前後呼應不當之缺失，此為作文指導。

（3）如以文章配天，孔、孟配禹，果然大而非夸：本文先提出「配禹」、「配天」的質疑，其後針對此兩點質疑來「破」，而且因為成功「破」此兩點質疑，所以「配禹」、「配天」因此得以成立，因此是「果然大而非夸」。

## （十五）潮州韓文公廟碑

匹夫而為百世師，一言而為天下法。是皆有以參天地之
　　此是二句起頭(1)
化，關盛衰之運。其生也，有自來；其逝也，有所為。故申、呂自嶽降，傳說為列星，古今所傳，不可誣也。」（第一段）

孟子曰：「我善養吾浩然之氣。是氣也，寓於尋常之中，

而塞乎天地之閒。」卒然遇之，王公失其貴，晉、楚失其富，

五箇失字如破竹之勢 (2)

良、平失其智，賁、育失其勇，儀、秦失其辯，是孰使之然

只一句鎖 (3)

哉？其必有不依形而立，不恃力而行，不待生而存，不隨死而

此四不字亦有方 (4)

亡者矣。故在天為星辰，在地為河嶽。幽則為鬼神，而明則復

為人。此理之常，無足怪者。」（第二段）

　　自東漢以來，道喪文弊，異端並起，歷唐貞觀、開元之

盛，輔以房、杜、姚、宋而不能救。獨韓文公起布衣，談笑而

麾之，天下靡然從公，復歸於正，蓋三百年於此矣。文起八代

之衰，道濟天下之溺，忠犯人主之怒，勇奪三軍之帥。此豈非

參天地，關盛衰，浩然而獨存者乎？」（第三段）

　　蓋嘗論天人之辨，以謂人無所不至，惟天不容偽。智可以

欺王公，不可以欺豚魚。力可以得天下，不可以得匹夫匹婦之

心。故公之精誠，能開衡山之雲，而不能回憲宗之惑。能馴鱷

此段縝密精神 (5)

魚之暴，而不能弭皇甫鎛、李逢吉之謗。能信於南海之民，廟

應後 (6)

食百世，而不能使其身一日安之於朝廷之上。蓋公之所能者，

天也。所不能者，人也。」（第四段）

　　始潮人未知學，公命進士趙德為之師。自是潮之士，皆篤

於文行，延及齊民，至於今，號稱易治。信乎孔子之言：「君

子學道則愛人，而小人學道則易使也。」潮人之事公也，飲食

必祭，水旱疾疫，凡有求，必禱焉。而廟在刺史公堂之後，民

以出入為艱。前守欲請諸朝，作新廟，不果。元祐五年，朝散

郎王君滌來守是邦，凡所以養士治民者，一以公為師。民既悅

服，則出令曰：「願新公廟者聽。」民歡趨之。卜地於州城之

南七里，期年而廟成。」（第五段）

或曰：「公去國萬里，而謫於潮，不能一歲而歸。沒而有
　　　　　　　　　　　　　　　　　　　　　　　餘意 (7)
知，其不眷戀於潮也審矣。」軾曰：「不然。公之神在天下
者，如水之在地中，無所往而不在也。而潮人獨信之深，思之
至，燾蒿悽愴，若或見之。譬如鑿井得泉，而曰水專在是，豈
　　　　　　　　　　餘意精神警策 (8)
理也哉！」」（第六段）

元豐元年，詔封公昌黎伯，故榜曰：昌黎伯韓文公之廟。
潮人請書其事於石，因為作詩以遺之，使歌以祀公。」（第七
段）

其辭曰：公昔騎龍白雲鄉，手抉雲漢分天章；天孫為織雲
錦裳，飄然乘風來帝旁。下與濁世掃粃糠，西遊咸池略扶桑。
草木衣被昭回光，追逐李、杜參翱翔；汗流籍、湜走且僵，滅
沒倒景不可望。作書詆佛譏君王，要觀南海窺衡、湘，歷舜九
嶷弔英皇，祝融先驅海若藏，約束蛟鱷如驅羊。鈞天無人帝悲
傷，謳吟下招遣巫陽。犦牲雞卜羞我觴，於粲荔丹與蕉黃。公
不少留我涕滂，翩然被髮下大荒。（第八段）


## 1. 評論符號

（1）└：呂氏用此符號將本文分作八段。按：呂氏之分段兼
　　　顧意義之轉折以及字數之均衡，相當精準、理想[37]。

（2）｜：在開頭兩字標上「｜」，乃是與「└」搭配，標
　　　誌出分段。全句、數句或段落標上「｜」，乃是標誌
　　　出重要首句、結句、句子。

（3）、：第二段中的「失」、「不」字，以及第四段中的

---

37 可參見附錄一「結構表及說明」。

「可」、「可以」、「能」、「不能」字旁，皆標註「、」，
表示出重要性。並與第 2、4 個旁批配合。按：第二段
中的五個「失」字、四個「不」字，分別出現在連貫而下的
五句、四句中，此數句皆為「排比」與「類字」之兼格[38]，而
呂氏所標誌出的「失」字、「不」字，乃是「類字」（屬於
「類疊」格），但是這些「類字」之所以特別顯眼，與跟「排
比」格兼用有很大關係。而第四段中的「可」、「可以」、
「能」、「不能」，也出現在連貫而下的數句中，乃是「排比」
兼「映襯」格中的「對襯」[39]，因此除了有排比而下的氣勢
外，還有相對照的鮮明效果。

　　總結：「└」標誌著文章的分段，本文之分段十分理想；
「｜」之作用有二：標誌出分段，以及標誌出重要首句、結
句、句子；「、」則標誌著特殊修辭現象中的代表字眼。

## 2. 旁批

### （1）修辭類

　　五箇「失」字如破竹之勢（2）：指出連續出現五個「失」
字，造成有如「破竹」之凌厲文勢。與評論符號「、」配合。
按：此五個「失」字出現在五句中，而此五句連貫而下，乃是「用典」、
「排比」與「類疊」之兼格，呂氏所特指之「失」字，乃是「類字」（屬
於「類疊」格），但是所謂「破竹之勢」，多是來自「排比」所造成之效
果。呂氏或許並未意識到此為修辭現象，但是已經注意到其效果。

　　此四「不」字亦有方（4）：指出連續出現五個「不」字，

---

38 蔡宗陽《應用修辭學》：「所謂兼格的修辭，是指在語文中，含有兩種或兩種以上的修
　　辭格的一種修辭技巧。」，頁 13。

39 黃慶萱《修辭學》：「在語文中，把兩種不同的，特別是相反的觀念或事實，貫串或對
　　列起來，兩相比較，互為襯托，從而使語氣增強，使意義明顯的修辭方法，叫作『映
　　襯』。」，頁 409。「把兩種或兩組不同的人、事、物，放在一起，加以對比、烘托、
　　形容、描寫的，叫作『對襯』。」，頁 412。

而此種作法為「有方」。與評論符號「、」配合。按：此四個「不」字出現在四句中，而此五句連貫而下，乃是「排比」與「類疊」之兼格，呂氏所特指之「不」字，乃是「類字」（屬於「類疊」格）。呂氏或許並未意識到此為修辭現象，但是已經注意到其效果。

### （2）章法類

此是二句起頭（1）：指出此二句為起頭。

只一句鎖（3）：「鎖」有扣緊之意，本旁批指出現五個「失」字的五句，用此一句收。

應後（6）：指出前呼後應處。按：此應指呼應其後第五至七段敘述潮州韓文公廟處。

### （3）主題類

餘意（7）：指此意承前而來、又出一意。

餘意精神警策（8）：「精神」為意脈貫穿之效果，「警策」指此為本文重要意旨，本旁批指此重要意脈貫注到此。並與「餘意」（7）呼應。

### （4）風格類

此段縝密精神（5）：配合評論符號「｜」，因此可推知「此段」應指「故公……人也」，而「縝密」為細密、綿密，「精神」為意脈貫穿之效果，所以較為接近風格。

總結：旁批涵蓋了「修辭」、「章法」、「主題」、「風格」。在「修辭」類中，注意到「類字」現象，另外，雖未意識到「排比」現象，但已經注意到「排比」的效果。在「章法」類中，注意到起、鎖、應等問題。在「主題」類中，注意到「餘意」，以及關鍵處。在「風格」類中，注意到段之風格。

## 3.題下批

本文無題下批。

## （十六）王仲義真贊敘

《孟子》曰：「所謂故國者，非謂有喬木之謂也，有世臣之謂也。」又曰：「為政不難，不得罪於巨室。巨室之所慕，一

立兩段起 (1)

國慕之。一國之所慕，天下慕之。」」（第一段）

夫所謂世臣者，豈特世祿之人，而巨室者，豈特侈富之家

結前二段 (2)

也哉？蓋功烈已著于時，德望已信於人，譬之喬木，封殖愛

有力 (3)

養，自拱把以至於合抱者，非一日之故也。平居無事，商功利，課殿最，誠不如新進之士。至於緩急之際，決大策，安大

警策 (4)

眾，呼這則來，揮之則散者，惟世臣、巨室為能。」（第二段）

餘嘉祐中，始識懿敏王公于成都，其後從事於岐，而公自許州移鎮平涼。方是時，虜大舉犯邊，轉運使攝帥事，與副總管議不合，軍無紀律，邊人大恐，聲搖三輔。及聞公來，吏士踴躍傳呼，旗旆精明，鼓角歡亮，虜即日解去。公至，燕勞將

見得寬

佐而已。余然後知老臣宿將，其功用蓋如此。使新進之士當

緩不迫處 (5)          應前 (6)

之，雖有韓、白之勇，良、平之奇，豈能坐勝默成如此之捷乎？」（第三段）

熙甯四年秋，余將往錢塘，見公於私第佚老堂，飲酒至暮。論及當世事，曰：「吾老矣，恐不復見，子厚自愛，無忘吾言。」既去二年而公薨。又六年，乃作公之真贊，以遺其子

鞏。詞曰：堂堂魏公，配命召祖。顯允懿敏，維周之虎。魏公在朝，百度維正。懿敏在外，有聞無聲。高明廣大，宜公宜相。如木百圍，宜宮宜堂。天既厚之，又貴富之。如山如河，維安有之。彼奰人子，既陋且寒。終勞永憂，莫知其賢。曷不觀此，佩玉劍履。晉公之孫，魏公之子。（第四段）

## 1. 評論符號

（1）└：呂氏用此符號將本文分作四段。按：呂氏之分段大體上可兼顧意義的轉折以及字數的均衡，唯一可商榷處，是前面為文、後面為詩，但呂氏將詩歌部份合併至第四段，此舉似乎不妥，因此「詞曰……之子」一節仍宜獨立為一段。

（2）｜：在開頭兩字標上「｜」，乃是與「└」搭配，標誌出分段。數句或段落標上「｜」，乃是標誌出重要首句、結句、句子。

（3）、：本文未出現此符號。

總結：「└」標誌著文章的分段；「｜」之作用有二：標誌出分段，以及標誌出重要首句、結句、句子。

## 2. 旁批

### （1）章法類

立兩段起（1）：此兩段應指「孟子……謂也」、「為政……慕之」兩節，此兩節分別揚「世臣」、「巨室」，呂氏指出以此為起頭。

結前二段（2）：指出「世臣……之人」、「巨室……之家」兩節，分別針對「世臣」、「巨室」，結前面兩段。

應前（6）：指出前呼後應處。按：此應指呼應第二段之「平居無事，商功利、課殿最，誠不如新進之士」。

### （2）主題類

有力（3）：指出此意有力。

警策（4）：指此為本文重要意旨。按：與評論符號「｜」配合。

見得寬緩不迫處（5）：指出此處之用意乃是見出王公之「寬緩不迫」。

總結：旁批涵蓋了「章法」、「主題」。在「章法」類中，注意到前呼後應，特別是段與段之間的呼應。在「主題」類中，注意到關鍵處，以及「節」之用意。

## 3. 題下批

本文無題下批。

# 二、潁濱文

## （一）三國論

此篇要看開闔抑揚法

天下皆怯而獨勇，則勇者勝；皆闇而獨智，則智者勝。勇
　　　　　　　　句法好不枯 (1)
而遇勇，則勇者不足恃也；智而遇智，則智者不足用也。惟智
勇之不足以定天下，是以天下之難，蜂起而難平。」（第一段）

蓋嘗聞之，<u>古者英雄之君，其遇智勇也，以不智不勇，而</u>
　　　　　　　　　　　　　　　　主意綱目 (2)
<u>後真智大勇乃可得而見也。</u>」（第二段）

<u>悲夫</u>！世之英雄，其處於世，亦有幸不幸耶。漢高祖、唐
　　　　　　　　轉得佳 (3)
太宗，<u>是以智勇獨過天下而得之者也</u>；　曹公、孫、劉<u>是以智</u>

勇相遇而失之者也。以智攻智，以勇擊勇，此譬如兩虎相捽，齒牙氣力，無以相勝，其勢足以相擾，而不足以相斃。當此之

筆力到 (4)

時，惜乎無有以漢高帝之事制之者也。」（第三段）

昔者項籍乘百戰百勝之威，而執諸侯之柄，咄嗟叱吒，奮

說項籍大處 (5)　　　　　　　　　　　　說真智真勇 (6)

其暴怒，西向以逆高祖，其勢飄忽震蕩如風雨之至。天下之

文勢勝 (7)

人，以為遂無漢矣。然高帝以其不智不勇之身，橫塞其衝，徘

警策 (8)有力 (9)

徊而不進，其頑鈍椎魯，足以為笑於天下，而卒能摧折項氏而待其死，此其故何也？」（第四段）

夫人之勇力，用而不已，則必有所耗竭；而其智慮久而無成，則亦必有所倦怠而不舉。彼欲用其所長以制我於一時，而我閉門而拒之，使之失其所求，逡巡求去而不能去，而項籍固已憊矣。」（第五段）

今夫曹公、孫權、劉備，此三人者，皆知以其才相取，而未知以不才取人也。世之言者曰：孫不如曹，而劉不如孫。劉

應不智不勇 (10)

備惟智短而勇不足，故有所不若於二人者，而不知因其所不足

抑 (11)　　　　　　　　　　　　警策 (12)

以求勝，則亦已惑矣。」（第六段）

蓋劉備之才，近似於高祖，而不知所以用之之術。昔高祖之所以自用其才，其道有三焉耳：先據勢勝之地，以示天下之形；廣收信、越出奇之將，以自輔其所不逮；有果銳剛猛之氣而不用，以深折項籍猖狂之勢。此三事者，三國之君，其才皆無有能行之者。獨有一劉備近之而未至，其中猶有翹然自喜之

揚 (13)　　　　　　　　　　　　抑 (14)

心，欲為椎魯而不能純，欲為果銳而不能達，<u>二者交戰於中，</u>
<u>而未有所定。是故所為而不成，所欲而不遂</u>。棄天下而入巴

切

蜀，<u>則非地也</u>；用諸葛孔明治國之才，而當紛紜征伐之衝，<u>則</u>
(15)　　錯綜 (16)

<u>非將也</u>；不忍忿忿之心，犯其所短，而自將以攻人，<u>則是其氣</u>

應前三段

<u>不足尚也</u>。」（第七段）
極好 (17)

　　嗟夫！方其奔走於二袁之間，困於呂布而狼狽於荊州，百

抑 (18)

敗而其志不折，<u>不可謂無高祖之風矣，而終不知所以自用之</u>

揚 (19)　　　　　　　　　抑 (20)

<u>方。夫古之英雄，惟漢高帝為不可及也夫</u>。（第八段）

## 1. 評論符號

（1）└：呂氏用此符號將本文分作八段。按：呂氏之分段可
　　　掌握意義的轉折或延展，十分精確，但有時分段過細、稍嫌
　　　瑣碎，譬如就全文來說，第一、二段之文意轉折並非居於關鍵
　　　地位，因此並不見得要用分段來凸顯，或可考慮併為一段[40]。

（2）｜：在開頭兩字標上「｜」，乃是與「└」搭配，標
　　　誌出分段。全句、數句標上「｜」，乃是標誌出重要
　　　首句、結句、句子。按：呂氏將第六至八段中，劉備與漢
　　　高相比較的重要句子皆予以標註，可見其重視。

（3）、：本文未出現此符號。

　　總結：「└」標誌著文章的分段；「｜」之作用有二：標誌

---

40 可參見附錄一「結構表及說明」。

出分段，以及標誌出重要首句、結句、句子。

## 2. 旁批

### （1）修辭類

句法好，不枯（1）：「句法」指有修辭特色的文句，本旁批指此種句法好、不枯澀。按：此為「排比」句之運用。

錯綜（15）：當指「則非地也」、「則非將也」形成之交錯對照[41]。按：此為「類句」[42]之運用。

### （2）文法類

有力（9）：指此句有力。

### （3）章法類

轉得佳（3）：指出此處轉得好。按：此處從篇首之泛論，轉而具體地論述世之英雄。

文勢勝（7）：「文勢」指文章體勢，此處文勢勝出。

應「不智不勇」（10）：指出前呼後應處。按：此處呼應第四段「然高帝以其不智不勇之身，橫塞其沖，徘徊而不進」。

抑（11）：指此處為貶抑。

揚（13）：指此處為褒揚。與「抑」（14）配合。

抑（14）：指此處為貶抑。與「揚」（13）配合。

應前三段極好（17）：指出此呼應第四至六段。

抑（18）：指此處為貶抑。與「揚」（19）、「抑」（20）配合。

揚（19）：指此處為褒揚。與「抑」（18、20）配合。

抑（20）：指此處為貶抑。與「抑」（18）、「揚」（19）配

---

41 鄭頤壽主編，林大礎副主編，《詞章學辭典》：「錯綜：藝法之一種，講究縱橫交叉富有變化。」，頁83。

42 「類句」為「類疊」格中之一類。黃慶萱《修辭學》：「類句：語句隔離的類疊。」，頁533。

合。

### （4）主題類

主意綱目（2）：「主意」為重要意旨，「綱目」為文章展開的主要線索，「主意綱目」乃指出此為一篇主旨。

說項籍大處（5）：指出此處之用意。與「說真智真勇」（6）配合。

說真智真勇（6）：指出此處之用意。與「說項籍大處」（5）配合。

警策（8）：指此為本文重要意旨。

警策（12）：說明見前。

切（15）：指此論切當。

### （5）風格類

筆力到（4）：指此處筆力遒勁。

總結：旁批涵蓋了「修辭」、「文法」、「章法」、「主題」、「風格」。在「修辭」類中，注意到排比、類句。在「文法」類中，注意到句子有力。在「章法」類中，注意到前呼後應，以及「抑揚」法的運用。在「主題」類中，注意到主旨、重要義旨，以及一節之意。在「文法」類中，注意到筆力。

## 3. 題下批

所謂「開闔抑揚法」，其中「抑揚」易於理解，因為本篇論領導人之智勇，因此出現多次「抑揚」法的運用，呂氏即有五個旁批針對此作評點。而「開闔」並未在旁批中出現，但應指兩兩呼應而形成的跌宕文勢[43]。所以「開闔抑揚法」應是特別標舉出本文善用抑揚法形成跌宕文勢。

---

43 關於「開闔」或「開合」，自來有許多說法，可參見仇小屏《文章章法論》，頁 372-375。

## （二）君術[44]

臣聞<u>將求御天下之術，必先明於天下之情</u>。不先明於天下之情，則與無術何異？夫天下之術，臣固已略言之矣，而又將竊言其情。今使天子皆得賢人而任之，雖可以無憂乎其為奸，<u>然猶有情焉</u>，而不可以不知。」（第一段）

蓋臣聞之：人有好為名高者，臨財推之，以讓其親；見位去之，以讓其下。進而天子禮焉，則以為歡；進而不禮焉，則雖逼之，而不食其祿，方為廉恥之節，以高天下。若是而天子不知焉，而豢之以厚利，則其心赧然有所不平於其中。」（第二段）

人有好為厚利者，見祿而就之，以優其身，見利而取之，以豐其家。良田大屋，惟其與之，則可以致其才。如是而天子不知焉，而強之以名高，則其心缺然，有所不悅於其中。」（第三段）

人惟其好自勝也，好自勝而不少柔之，則忿鬥而不和；人惟無所相惡也，有所相惡而不為少避之，則奮其私怒而不求成功。素剛則無折之也，素畏則無強之也。強之則將不勝，而折之則將不振也。」（第四段）

<u>凡此數者，皆所以求用其才，而不傷其心也。然猶非所以馭天下之姦雄</u>。」（第五段）

蓋臣聞之：天下之姦雄，其為心也甚深，其為跡也甚微。將營其東，而形之於西；將取其右，而擊之於左。古之人，有欲得其君之權者，不求之其君也，優遊翱翔而聽其君之所欲為，使之得其所欲而油然自放，以釋天下之權。天下之權既去，其君而無所歸，然後徐起而收之，故能取其權，而其君不

---

44 本文在目錄中題為〈君術〉，但在「卷下」文本之前題為〈君術二〉。

之知。古之人有為之者，李林甫是也。」（第六段）

夫人既獲此權也，則思專而有之。專而有之，則常恐天下之人從而傾之。夫人惟能自固其身，而後可以謀人。自固之不暇，而欲謀人也實難。故古之權臣，常合天下之爭。天下且相

妙 (1)

與爭而不解，則其勢無暇及我，是故可以久居而不去。古之人有為之者，亦李林甫是也。」（第七段）

世之人君，苟無好善之心。幸而有好善之心，則天下之小人，皆將賣之以為奸。何者？有好善之名，而不察為善之實。

疑 (2)

天下之善，固有可以謂之惡，而天下之惡，固有可以謂之善

解 (3)

者。彼知吾之欲為善也，則或先之以善，而終之以惡。或有指天下之惡，而飾之以善。古之人有為之者，石顯是也。」（第八段）

人之將欲為此舉也，將欲建此事也，必先得於其君。欲成事，而君有所不悅，則事不可以成。故古之姦雄，劫之以其所

妙 (4)

必不能，其所必不能者，不可為也，則將反而從吾之所欲為。古之人有為之者，驪姬之說獻公，使之老而避禍是也。」（第九段）

此數者，天下之至情。故聖人見其初而求其終，聞其聲而推其形。蓋惟能察人於無故之中，故天下莫能欺。何者？無故

結妙 (5)

者必有其故也。」（第十段）

古者明王在上，天下之小人伏而不見。夫小人者，豈其能無意於天下也？舉而見其情，發而中其病，是以愧恥退縮而不敢進。」（第十一段）

　　臣欲天子明知君子之情，以養當世之賢公名卿，而深察小
人之病，以絕其自進之漸，此亦天下之至明也。（第十二段）

## 1.評論符號

（1）└：呂氏用此符號將本文分作十二段。按：呂氏之分段
　　　可掌握意義的轉折或延展，頗為精準，但是第六段之「蓋
　　　臣……於左」一節，乃是「得權」、「專有」、「賣奸」、「得
　　　君」諸分說之「總起」，因此宜獨立成一段，以與第十、十一
　　　段（此為「總收」）呼應。此外，因為分段過多，略顯零碎，
　　　因此第二至五段、第十和十一段或可合併[45]。

（2）│：在開頭兩字標上「│」，乃是與「└」搭配，標
　　　誌出分段。數句或段落標上「│」，乃是標誌出重要
　　　首句、結句與段落。按：呂氏將具有總收作用的第五、十
　　　段，全部予以標註，並將分述「奸雄」的第六至九段之結句
　　　也予以標註，可見呂氏相當注意此分述、總收的部份。

（3）、：本文未出現此符號。

　　總結：「└」標誌著文章的分段，但本文之分段還可商
榷；「│」之作用有二：標誌出分段，以及標誌出重要首句、
結句與段落。

## 2.旁批

### （1）章法類

　　疑（2）：指出此處設疑。與「解」（3）配合。按：此處為以
一問一答呼應成文。

　　解（3）：指出此處為解。與「疑」（2）配合。

　　結妙（5）：指出第十段之結尾巧妙。按：呂氏之所以會認為

---

此段之結尾妙，可能是因為看到「無故者必有其故也」一句下得妙。

（2）**主題類**

妙（1）：當指此句設意妙。按：呂氏並為明言何者佳妙，但是合觀第 1、4、5 個旁批，推斷此「妙」當指設意之妙。

妙（4）：當指此句設意妙。

總結：旁批涵蓋了「章法」、「主題」。在「章法」類中，注意到「結」，以及「疑」與「解」的呼應。在「主題」類中，注意到設意之妙。

### 3. 題下批

本文無題下批。

# 三、南豐文

## （一）唐論

此篇大意專說太宗精神處

成、康歿，而民生不見先王之治，日入於亂，以至於秦，
文勢說起只歸在莫盛於太宗一句上 (1)
盡除前聖數千載之法。天下既攻秦而亡之，以歸於漢。漢之為漢，更二十四君，東西再有天下，垂四百年。然大抵多用秦
都包漢盡此是句法 (2)
法，其改更秦事，亦多附己意，<u>非放先王之法，而有天下之志也。有天下之志者，文帝而已。然而天下之材不足</u>，故仁聞雖美矣，而當世之法度，亦不能放於三代。漢之亡，而強者遂分天下之地。晉與隋雖能合天下於然而合之未久而已亡，其為不足議也。」（第一段）

代隋者唐，更十八君，垂三百年，而其治莫盛於太宗。」

又過接 (3)　　　　　　　　　　　　　　　自前說入太宗 (4)

（第二段）

太宗之為君也。詘己從諫，仁心愛人，<u>可謂有天下之</u>

立三段間架 (5)

<u>志</u>。」（第三段）

以租庸任民，以府衛任兵，以職事任官，以材能任職，以
興義任俗，以尊本任眾，賦役有定製，兵農有定業，官無虛

以字變作有字，有字變作無字，是句法 (6)

名，職無廢事，人習於善行，離於末作，使之操於上者，要而
不煩，取於下者，寡而易供，民有農之實，而兵之備存，有兵
之名，而農之利在，事之分有歸，而祿之出不浮，材之品不

句好 (7)

遺，而治之體相承，其廉恥日以篤，其田野日以辟，以其法修
則安且治，廢則危且亂，<u>可謂有天下之材</u>。」（第四段）

此幾句是間架說太宗處 (8)

行之數歲，粟米之賤，斗至數錢，居者有餘蓄，行者有餘
資，人人自厚，幾致刑措，<u>可謂有治天下之效</u>。」（第五段）

此三句是間架說太宗得處 (9)

<u>夫有天下之志，有天下之材，又有治天下之效，然而不得</u>

結 (10)　　　　　　　　　　　　　　　鎖處以先王

<u>與先王並者</u>，法度之行，<u>擬之先王未備也</u>；禮樂之具，田疇之

說則提綱起好 (11)　　　　　綱目 (12)　　　　自此以下放開說 (13)

制，庠序之教，<u>擬之先王未備也</u>；躬親行陣之間，戰必勝，攻

抑 (14)　　　　　　　　　揚 (15)

必克，天下莫不以為武，<u>而非先王之所尚也</u>；四夷萬里，古所

此二段說得失看莫不二字 (16)　　抑 (17)　　　　　揚 (18)

未及以政者，莫不服從，天下莫不以為盛，<u>而非先王之所務</u>

抑 (19)

<u>也：太宗之為政於天下者，得失如此。</u>」（**第六段**）

說入太宗 (20)　　　　　得失二字兼二段 (21)

　<u>由唐</u>、虞之治五百餘年而有湯之治，由湯之治五百餘年而

再總說自古難得如太宗意 (22)

有文、武之治，由文、武之治千有餘年而始有太宗之為君。有

天下之志，有天下之材，又有治天下之效，然而又以其未備

也，不得與先王並而稱極治之時。<u>是則人生於文、武之前者，</u>

一篇警策眼目都在此 (23)

<u>率五百餘年而一遇一治世；生於文、武之後者，千有餘年而未</u>

<u>遇極治之時也。</u>非獨民之生於是時者之不幸也，士之生於文、

就民字下生士字 (24)

武之前者，如舜、禹之於唐，八元、八凱之於舜，伊尹之於

湯，太公之於文、武，率五百餘年而一遇。生於文、武之後千

下語好 (25)

有餘年，雖孔子之聖，孟軻之賢，而不遇；<u>雖太宗之為君，而</u>

回互好 (26)

<u>未可以必得志於其時也：是亦士民之生於是時者之不幸也。</u>」

（**第七段**）

　　<u>故述其是非得失之跡</u>，非獨為人君者可以考焉，士之有志

於道而欲仕於上者，可以鑒矣。（**第八段**）


## 1. 評論符號

（1）└：呂氏用此符號將本文分作八段。按：呂氏之分段有

可商榷處，譬如第三至五段，乃根據唐太宗施政之「得」加

以分段，因此「可謂有天下之志」、「可謂有天下之材」、「可

謂有治天下之效」，都分為一段；但是，其後論述唐太宗施政

之「失」的部份，有四種：「擬之先王未備也」、「擬之先王未備也」、「非先王之所尚也」、「非先王之所務也」，卻總為一段。從結構上看來，「得」與「失」的地位是相同的[46]，似乎不宜有此不一致的標準，但呂氏或許是考慮到字數的問題，因為「擬之先王未備也」、「擬之先王未備也」、「非先王之所尚也」、「非先王之所務也」如果都分為一段，段落會顯得太小、太零碎。

（2）｜：在開頭兩字標上「｜」，乃是與「└」搭配，標誌出分段。全句、數句或段落標上「｜」，乃是標誌出重要首句、結句、句子與段落。按：呂氏在本文論唐太宗施政之「得」：「可謂有天下之志」、「可謂有天下之材」、「可謂有治天下之效」，以及其「失」：「擬之先王未備也」、「擬之先王未備也」、「非先王之所尚也」、「非先王之所務也」，都予以標註，並將聯繫「得」與「失」的「夫有天下之志，有天下之材，又有治天下之效，然而不得與先王並者」數句，也予以標註，可見出其重視。

（3）、：在第四段中之「以」、「有」、「無」，以及第六段之「莫不」、「而非」旁，皆標註「、」，表示出重要性。按：呂氏所標誌出的是「字」，因此可解釋為呂氏注意到「類字」的現象，但是因為其中又多牽涉到「排比」，因此呂氏也有可能注意到排比多用相同字造成。並與第 6、16 個旁批配合。

總結：「└」標誌著文章的分段；「｜」之作用有二：標誌出分段，以及標誌出重要首句、尾句；「、」則標誌著「類字」或「排比」之運用。

---

46 可參見附錄一「結構表及說明」。

## 2. 旁批

### （1）修辭類

「以」字變作「有」字，「有」字變作「無」字，是句法
（6）：指出具有修辭特色的詞的轉變[47]。按：呂氏所標誌出的是
「字」，因此可解釋為呂氏注意到「類字」的現象，但是因為其中又多牽
涉到「排比」，因此呂氏也有可能注意到排比多用相同字造成。並與評論
符號「、」配合。

### （2）文法類

句好（7）：指句子好。

下語好（25）：接近於造句好。

### （3）章法類

文勢說起，只歸在「莫盛於太宗」一句上（1）：「文勢」
指文章體勢，此指從「歷代」說起，但是只為了凸顯出唐太
宗，因此說「只歸在『莫盛於太宗』一句上」。並與「自前說
入太宗」（4）配合。按：本文先從數說歷代開始（成康、秦、漢、
晉、隋），此為「賓」，作用是陪襯出其後出現的唐太宗（此為「主」）。

都包漢盡，此是句法（2）：指此四句就君王更迭、領土、
國祚寫來，包羅漢朝之重點。按：「句法」術語內涵豐富而不定，
在此應屬於章法類。

又過接（3）：指出此處由第一段過接至第二段。

自前說入太宗（4）：說明見第1個旁批。

立三段間架（5）：「間架」指布局之呼應，所謂「立三段
間架」指其下埋下第三至五段之伏脈。按：作者在論述唐太宗
時，先就其「得」一面來寫：「可謂有天下之志」、「可謂有天下之材」、
「可謂有治天下之效」，以此分為三段。

此幾句是間架，說太宗處（8）：呼應第5個旁批，說明見

---

47 參考張秋娥《宋元評點修辭研究》「宋元評點中的『句法』總體上是指有修辭特色的
語言。」其中之一為「有修辭特色的字」，頁40。

前。

此三句是間架，說太宗得處（9）：呼應第 5、8 個旁批，說明見前。不過，值得注意的是，此處特別指出「得」。

結（10）：指此結前面「說太宗得處」（9）。

鎖處以「先王」說，則提綱起好（11）：「鎖」有扣緊之意，此處以「先王」說，乃提起主要線索，為「起」一段。按：「綱目」指文章展開的主要線索，因此「提綱」當指提起此主要線索。

自此以下放開說（13）：應指以下就「擬之先王未備也」、「非先王之所尚也」、「非先王之所務也」，一一陳說。

抑（14）：指此抑一筆。與第 15 個旁批配合。

揚（15）：指此揚一筆。與第 14 個旁批配合。

此二段說「得」、「失」，看「莫不」二字（16）：指「莫不」二字所標誌出的皆為「得」。按：「莫不」二字所標誌出的皆為「得」，但是皆為「而非先王所尚（務）」扭轉。

抑（17）：指此抑一筆。與第 18 個旁批配合。

揚（18）：指此揚一筆。與第 17 個旁批配合。

抑（19）：指此抑一筆。與第 18 個旁批配合。

說入太宗（20）：指此說到總結太宗處。與第 21 個旁批配合。

「得」、「失」二字兼二段（21）：指此段出現之「得」、「失」二字，兼該本段前面分論「得」、「失」之段落，亦即第 14、15、17、18、19 個旁批，所標註出的「抑」與「揚」。按：如就全篇而論，第三至五段，就其「得」一面來寫，然後，第六段大部份，乃就其「失」一面來寫，最後並以「太宗之為政於天下者，得失如此」數句，收結此「得」、「失」兩軌[48]。但呂氏之「得」、「失」乃

---

48 可參見附錄一「結構表及說明」。

就第六段論而已。

就「民」字下生「士」字（24）：指出文句之承前生後。

**（4）主題類**

綱目（12）：文章展開的主要線索。按：此指「先王」。

再總說自古難得如太宗意（22）：指出此處之用意。

一篇警策眼目都在此（23）：「警策」指此為本文重要意旨，「眼目」指關鍵處，本旁批指此為本文重要意旨。

回互好（26）：指表意曲折婉轉。

總結：旁批涵蓋了「修辭」、「文法」、「章法」、「主題」。在「修辭」類中，注意到類字（或排比）的現象。在「文法」類中，注意到句子好。在「章法」類中，注意到過接、結，以及「抑」與「揚」之呼應，還有布局上的呼應、賓主法的現象。在「主題」類中，注意到主要線索、關鍵處，「節」之用意。

### 3. 題下批

本題下批指出了本文之意旨。按：本題下批也暗示了「太宗」為「主」，此與第 1、4 個旁批配合，而且，如此一來，則「歷代」為陪襯，此為賓主法之運用。

## （二）救災議

此一篇後面應得好說利害體

河北地震、水災，隳城郭，壞廬舍，百姓暴露乏食。主上憂憫，下緩刑之令，遣持循之使，恩甚厚也。」（**第一段**）

然百姓患於暴露，<u>非錢不可以立屋廬</u>；患於乏食，<u>非粟不</u>
　轉 (1)　　　　　　　兩句綱目 (2)

可以飽，二者不易之理也。非得此二者，雖主上憂勞於上，使

　　　　　此一段文字有操縱 (3)　　　　　抑揚 (4)　　　　　結 (5)　關

者旁午於下，無以救其患、塞其求也。」（第二段）

鎖破前說 (6)

　　有司建言，請發倉廩與之粟，壯者人日二升，幼者人日一

升，主上不旋日而許之，賜之可謂大矣。然有司之所言，特常

行之法，非審計終始，見於眾人之所未見也。」（第三段）

結前說 (7)　　　　　　　關鎖破前說 (8)

　　今河北地震、水災所毀敗者甚眾，可謂非常之變也。遭非

　　　　　　　　　　　　　　　　　　　　　　　應 (9)

常之變者，亦必有非常之恩，然後可以振之。今百姓暴露乏

食，已廢其業矣，使之相率日待二升之廩於上，則其勢必不暇

　　　　　　　　　　　　　　　　　　作文好 (10)

乎他為，是農不復得修其畎畝，商不復得治其貨賄，工不復得

　　　　　　　　　　　　　　　　　　　　　　散說

利其器用，閒民不復得轉移執事，一切棄百事，而專意於待升

文暢 (11)　　　　　　　　　　　　　警策 (12)

合之食以偷為性命之計，是直以餓殍之養養之而已，非深思遠

慮為百姓長計也。」（第四段）

　　以中戶計之，戶為十人，壯者六人，月當受粟三石六斗，

幼者四人，月當受粟一石二斗，率一戶，月當受粟五石，難可

　　　　　　　　　下得好 (13)

以久行也。不久行，則百姓何以贍其後？久行之，則被水之

地，既無秋成之望，非至來歲麥熟，賑之未可以罷。自今至於

　　　　　　　　　　　　　　　　　　　算得

來歲麥熟，凡十月，一戶當受粟五十石。今被災者十餘州，州

分明 (14)

以二萬戶計之，中戶以上及非災害所被、不仰食縣官者去其

半，則仰食縣官者為十萬戶，食之不遍，則為施不均，而民猶有無告者也；<u>食之遍，則當用粟五百萬石而足</u>，何以辦此？<u>又非深思遠慮為公家長計也。</u>」（第五段）

至於給授之際，有淹速，有均否，有真偽，有會集之擾，有辨察之煩，厝置一差，皆足致弊。又群而處之，氣久蒸薄，必生疾癘，<u>此皆必至之害也。</u>」（第六段）

<u>且此</u>不過能使之得旦暮之食耳，其於屋廬構築之費將安取

轉 (15)

哉？屋廬構築之費既無所取，而就食於州縣，必相率而去其故居，雖有頹牆壞屋之尚可完者，故材舊瓦之尚可因者，什器眾

警策 (16)

物之尚可賴者，必棄之而不暇顧。甚則殺牛馬而去者有之，伐桑棗而去者有之，<u>其害又可謂甚也。</u>」（第七段）

<u>今秋</u>氣已半，霜露方始，而民露處，不知所蔽，蓋流亡者亦已眾矣。如是不可止，則將空近塞之地。空近塞之地，失戰鬥之民，<u>此眾士大夫之所慮而不可謂無患者也。</u>空近塞之地，失耕桑之民，<u>此眾士大夫之所未慮而患之尤甚者也。</u>何則？失

結 (17)　　生下意 (18)　　結前生後 (19)

戰鬥之民，異時有警，邊戍不可以不增爾；失耕桑之民，異時無事，邊糴不可以不貴矣。二者皆可不深念歟？」（第八段）

<u>萬一</u>或出於無聊之計，有窺倉庫，盜一囊之粟、一束之帛

不重說盜賊文字有回互 (20)

者，彼知已負有司之禁，則必鳥駭鼠竄，竊弄鋤梃於草茅之中，以扞游徼之吏，強者既囂而動，則弱者必隨而聚矣。不幸或連一二城之地，有枹鼓之警，<u>國家胡能晏然而已乎？</u>況夫外

回互 (21)

有夷狄之可慮，內有郊社之將行，<u>安得不防之於未然，銷之於未萌也！</u>」（第九段）

　　然則為今之策，下方紙之詔，賜之以錢五十萬貫，貸之以

　　　前說害自此以下說利 (22)

粟二百萬石，而事足矣。何則？今被災之州為十萬戶。如一戶

　　　　　　　說利破有司說 (23)　　　獻策

得粟十石，得錢五千，下戶常產之貲，平日未有及此者也。彼

(24)　　　　　　　　　　　　　　　　　　　　　　　　應

得錢以完其居，得粟以給其食，則農得修其畎畝，商得治其貨

(25)

賄，工得利其器用，閒民得轉移執事，一切得復其業，而不失

其常生之計，與專意以待二升之廩於上，而勢不暇乎他為，豈

不遠哉？此可謂深思遠慮，為百姓長計者也。」（第十段）

　　由有司之說，則用十月之費，為粟五百萬石；由今之說，

　　　說利害分明 (26)

則用兩月之費，為粟一百萬石。況貸之於今而收之於後，足以

賑其艱乏，而終無損于儲峙之實，所實費者，錢五鉅萬貫而

已。此可謂深思遠慮，為公家長計者也。」（第十一段）

　　　與前相應得劉向文字體 (27)

　　又無給授之弊、疾癘之憂，民不必去其故居，苟有頹牆壞

屋之尚可完者，故材舊瓦之尚可因者，什器眾物之尚可賴者，

皆得而不失。況於全牛馬，保桑棗，其利又可謂甚也。」（第

十二段）

　　雖寒氣方始，而無暴露之患；民安居足食，則有樂生自重

之心；各復其業，則勢不暇乎他為，雖驅之不去，誘之不為盜

矣。」（第十三段）

　　夫饑歲聚餓殍之民，而與之升合之食，無益於救災補敗之

數，此常行之弊法也。今破去常行之弊法，以錢與粟一舉而賑

之，足以救其患，復其業。河北之民，聞詔令之出，必皆喜上

之足賴，而自安於畎畝之中，負錢與粟而歸，與其父母妻子脫

於流轉死亡之禍，則戴上之施，而懷欲報之心，豈有已哉？天
下之民，聞國家厝置如此恩澤之厚，其孰不震動感激，悅主上
之義於無窮乎？如是而人和不可致、天意不可悅者，未之有
也。人和洽於下，天意悅於上，然後玉輅徐動，就陽而郊；荒

文字 (28)

夷殊陬，奉幣來享；疆內安輯，里無囂聲，<u>豈不適變於可為之
時，消患於無形之內乎？此所謂審計終始，見於眾人之所未見</u>

結 (29)

<u>也</u>。不早出此，或至於一有枹鼓之警，則雖欲為之，將不及
矣。」（第十四段）

　　<u>或謂方今錢粟恐不足以辦此</u>。夫王者之富，藏之于民，有
餘則取，不足則與，此理之不易者也。故曰：「百姓足，君孰
與不足？百姓不足，君孰與足？」蓋百姓富實而國獨貧，與百
姓餓殍而上獨能保其富者，<u>自古及今，未之有也</u>。故又曰「不
患貧而患不安」，<u>此古今之至戒也</u>。是故古者二十七年耕，有
九年之畜，足以備水旱之災，然後謂之王政之成。唐水湯旱而
民無捐瘠者，以是故也。」（第十五段）

　　今國家倉庫之積，固不獨為公家之費而已，凡以為民也。
雖倉無餘粟，庫無餘財，至於救災補敗，尚不可以已，<u>況今倉
庫之積，尚可以用，獨安可以過憂將來之不足，而立視夫民之
死乎</u>？古人有言曰：「剪爪宜及膚，割髮宜及體。」先王之於
救災，髮膚尚無所愛，況外物乎？」（第十六段）

　　<u>且今</u>河北州軍凡三十七，災害所被十餘州軍而已。他州之
田，秋稼足望，令有司於糴粟常價斗增一二十錢，非獨足以利
農，其於增糴一百萬石易矣。斗增一二十錢，吾權一時之事，

應 (30)

有以為之耳：以實錢給其常價，以茶荈香藥之類佐其虛估，不
過捐茶荈香藥之類，為錢數鉅萬貫，而其費已足。茶荈香藥之

類，與百姓之命孰為可惜，不待議而可知者也。」（第十七段）

夫費錢五鉅萬貫，又捐茶荈香藥之類，為錢數鉅萬貫，而 <u>總</u>(31) 足以救一時之患，為天下之計，利害輕重，又非難明者也。顧吾之有司能越拘攣之見，破常行之法，與否而已，此時事之急也，故述斯議焉。（第十八段）

## 1. 評論符號

（1）﹁：呂氏用此符號將本文分作十八段。按：本文篇幅頗長，呂氏對文意之轉折掌握得頗為精準，唯一可商榷處，是第四段中，「今河……振之」一節，其中提出「必有非常之恩，然後可以振之」，與第三段「司之所言，特常行之法」形成對照，因此，宜獨立成一節，或與第三段合併，以凸顯出其統貫後文的地位[49]。

（2）｜：在開頭兩字標上「｜」，乃是與「﹁」搭配，標誌出分段。全句、數句或段落標上「｜」，乃是標誌出重要首句、結句、句子。按：在言「慮患」、「興利」的第四至八段與第十至十三段，皆對其末句予以標註，更凸顯出此五（四）層之層次感，而且可指出此兩者針鋒相對之處。

（3）、：在第三、四段「常」、「非常」字旁，以及第十四、十八段的「常行」字旁，皆標註「、」；此外，在第七、十二段的「尚可」字旁，皆標註「、」。這些都是為了表示出重要性。按：「常」與「非常」之辨，貫串全文[50]，因此「常」、「非常」、「常行」皆為本文之綱領。

49 可參見附錄一「結構表及說明」。
50 可參見附錄一「結構表及說明」。

而「尚可」則為類字，同時也牽涉到排比的運用，而且這兩個出現「尚可」字的小節，文字幾乎相同，也顯示出文章的前呼後應。

總結：「」標誌著文章的分段，但本文之分段有可商榷之處；「｜」之作用有二：標誌出分段，以及標誌出重要首句、結句、句子；「、」則標誌著綱領與類字。

## 2. 旁批

### （1）文法類

下得好（13）：應指此句好。按：此術語內容較為寬泛，只能確定是指效果，但不能確定是何種因素所造成之效果。

文字（28）：應指具有特殊效果的文句。按：「文字」應該相當於「句法」，內容皆較為寬泛，指運用修辭技巧，造成特殊效果的文句。

### （2）章法類

轉（1）：指出此處一轉。按：此轉用到轉折詞「然」。

此一段文字有操縱（3）：「操縱」當指指收與放，引申為開合、縱收等文章之變化，本旁批指出此段文字有文勢上的變化。與第 4 個旁批配合

抑揚（4）：指控馭自如。按：與第 3 個旁批配合。且此「抑揚」並非章法，也不是指褒貶，而較接近於文勢。

結（5）：指出此處結此段。

關鎖破前說（6）：「關鎖」指與前文相關而收結，而「關鎖破前說」指此收結破前說。

結前說（7）：指出此處結前說。

關鎖破前說（8）：參見第 6 個旁批之說明。

應（9）：指出前呼後應處。按：此處應是呼應第三段之「特常行之法」數句，造成「常」與「非常」的對照。

作文好（10）：指此處寫作方法好。與第 11 個旁批配合。

散說文暢（11）：指此段散說，十分暢達。按：其中已經有「散句」之觀念。

轉（15）：指出此處一轉。按：此轉用到連詞「且」。

結（17）：此出此處為一結。按：此結結「今秋⋯⋯者也」一節。

生下意（18）：指出此處衍生出下文之意。與第 19 個旁批配合。

結前生後（19）：指出此處收結前文、衍生下文。與第 17、18 個旁批配合。

前說害，自此以下說利（22）：指出前面為「慮患」，後面為「興利」。按：作者分從「慮患」（第四至九段）與「興利」（第十至十四段）兩面著筆，層層寫來，而且「慮患」是為了「興利」，因此前者為「旁敲」、後者為「正擊」[51]。

說利破有司說（23）：「有司說」指第三段「有司建言」，而此部份言「興利」，破除「有司說」。按：「有司說」誠如曾鞏所言：「司之所言，特常行之法，非審計終始，見於眾人之所未見也」，所以，此部份言「興利」，正所以破除「有司說」。此為以「非常」破「常」。

應（25）：指出前呼後應處。按：應是呼應第二段「非錢不可以立屋廬」、「非粟不可以飽」，並與第 2 個旁批配合。

與前相應，得劉向文字體（27）：「與前相應」應指與第五段「此又非深思遠慮，為公家長計也」呼應。至於「得劉向文字體」當指劉向也多運用此種前後呼應之方式。按：此與評論符號「｜」配合。而且此種前呼後應，有「前難後解」之意，比較特殊。

---

51 陳滿銘認為：以用力之方向而言，「擊」可指正（前後）面，也可指側面，而「敲」卻僅可指側面。依據此異同，移用於章法，用「敲」專指側寫，用「擊」專指正寫。參見〈論幾種特殊的章法〉，《章法學論粹》，頁 95-96。

結（29）：此出此處為一結。**按**：此結乃收束「夫饑……嚚
聲」一節。

應（30）：指出前呼後應處。

總（31）：指出此處總收前文。**按**：「費錢五鉅萬貫」呼應第十
段，「又捐茶葑香藥之類」呼應第十七段。

**（3）主題類**

兩句綱目（2）：「綱目」為文章展開的主要線索，而配合
評論符號「　」，則可推知「兩句」當指「非錢不可以立屋
廬」、「非粟不可以飽」。因此本旁批之意為「非錢不可以立屋
廬」、「非粟不可以飽」為文章展開的主要線索。

警策（11）：指此為本文重要意旨。

算得分明（14）：指出此處之用意。

警策（16）：指此為本文重要意旨。

不重說盜賊，文字有回互（20）：「不重說盜賊」指出此處
之用意，「回互」指表意曲折婉轉。

回互（21）：指表意曲折婉轉。

獻策（24）：指出此處之用意。

說利害分明（26）：指出此處之用意。

總結：旁批涵蓋了「文法」、「章法」、「主題」。在「文
法」類中，注意到具有特色的文句。在「章法」類中，注意到
轉、應、結、關鎖、總等問題，還注意到特殊的呼應，如結前
生後，以及布局等。在「主題」類中，注意到文章展開的主要
線索、重要意旨，以及節（段）之用意。

### 3. 題下批

本題下批指出本文後面呼應前面，且全篇陳說利害。**按**：
此與旁批呼應。第 25、30 個旁批指出「應」。第 22、23 個旁批指出「說
利害」。

## (三)戰國策目錄序

此篇節奏從容和緩且有條理又藏鋒不露初讀若太羹元酒當子細味之若他練字好過換處不覺其間又有深意存

劉向所定戰國策三十三篇,崇文總目稱十一篇者闕。臣訪之士大夫家,始得盡其書,正其誤謬,而疑其不可考者,然後戰國策三十三篇複完。」(第一段)

敘曰: 向敘此書,言周之先,明教化,修法度,所以大
　　　　　平說(1)
治;及其後,謀詐用,而仁義之路塞,所以大亂,其說既美
矣。<u>卒以謂此書戰國之謀士,度時君之所能行,不得不然;則</u>
　　　　　　　　　　破向說(2)
<u>可謂惑於流俗,而不篤於自信者也。</u>」(第二段)
　　　　　下字(3)
<u>夫孔</u>、孟之時,去周之初已數百歲,其舊法已亡,舊俗已
　　　　　　　　　　　　　　　　要說難
熄久矣;二子乃獨明先王之道,以謂不可改者,<u>豈將強天下之</u>
(4)　　　　　　　愈難(5)　　　　　　不是孔孟強天下
<u>主以後世之不可為哉?亦將因其所遇之時,所遭之變,而為當</u>
以太古難行之事最有力警策處(6)　　　　說孔孟活法(7)
<u>世之法,使不失乎先王之意而已。</u>」(第三段)
　　　　最有力警策處(8)
<u>二帝三王之治,其變固殊,其法固異,而其為國家天下之</u>
轉換得好接自然處(9)　　　　　　　　　應上(10)
意,本末先後,未嘗不同也。二子之道如是而已。<u>蓋法者,所</u>
　　　　　　說破有力(11)　　　　　此數句蓋一子

以適變也，不必盡同；道者，所以立本也，不可不一。此理之

篇骨綱目 (12)

不易者也。故二子者守此，豈好為異論哉？能勿苟而已矣。可

　　　　　　　　　　　文字相承好不費力

謂不惑乎流俗而篤於自信者也。」（第四段）

(13) 有上三句無下二句文字弱 (14)

　　戰國之游士則不然。不知道之可信，而樂於說之易合。其

　　　　　　　　　　　說出骨髓 (15)

設心注意，偷為一切之計而已。故論詐之便而諱其敗，言戰之

　　　　　　　　　說戰國策士破骨髓 (16)　　其害猶

善而蔽其患。其相率而為之者，莫不有利焉，而不勝其害也；

可掩 (17)　　轉佳警策 (18)

有得焉，而不勝其失也。卒至蘇秦、商鞅、孫臏、吳起、李斯

　　　　　　　　　　害掩不得 (19)

之徒，以亡其身；而諸侯及秦用之者，亦滅其國。其為世之大

禍明矣，而俗猶莫之寤也。惟先王之道，因時適變，為法不

結佳 (20) 接住 (21)　　　　　過換好 (22)　　　　應前 (23)

同，而考之無疵，用之無弊。故古之聖賢，未有以此而易彼

　　　　　　　　　　　結有利 (24)

也。」（第五段）

　　或曰：「邪說之害正也，宜放而絕之。則此書之不泯，其

　　　　　　　　餘意 (25)

可乎？」對曰：「君子之禁邪說也，固將明其說於天下，使當

　　　　　　　　　　　　　　　　關鎖

世之人皆知其說之不可從，然後以禁則齊；使後世之人皆知其

好 (26)

說之不可為，然後以戒則明，豈必滅其籍哉？放而絕之，莫善

於是。」（第六段）

結有力 (27)

　　是以孟子之書，有為神農之言者，有為墨子之言者，皆著

雖平易中有千鈞之力量至此一段甚有力勢 (28)　　　　　　　　至此

而非之。至於此書之作，則上繼春秋，下至楚漢之起，二百四

前之意思都一明 (29)

十五年之間，載其行事，固不可得而廢也。」」（第七段）

有許多事不可廢 (30)

　　此書有高誘注者二十一篇，或曰二十二篇，崇文總目存者

八篇，今存者十篇云。（第八段）


## 1. 評論符號

　　（1）└：呂氏用此符號將本文分作八段。按：呂氏之分段大
　　　　體合理。不過，有兩處需要商榷：其一為第五段中，「戰
　　　　國……寢也」一節乃是言「戰國詐術」，「惟先……彼也」一
　　　　節乃是言「先王之道」，此節並回應第三、四段，所以，此段
　　　　中之兩節文意差異頗大，而且，呂氏在此二節之後，都批云
　　　　「結」（見第 20、24 個旁批），亦在第二節開始，用第 22 個旁
　　　　批云：「過換好」，可見得呂氏或亦認為此分為兩段，但是並
　　　　未用「└」標誌，此是因為呂氏之疏漏，或是符號之脫漏，
　　　　無法斷定。其二為第六段中，以「對曰」、「或曰」領起一
　　　　問、一答，宜加以斷開，反而是「或曰」領起之答可合併
　　　　（即第七段併入第六段）[52]。

　　（2）｜：在開頭兩字標上「｜」，乃是與「└」搭配，標
　　　　誌出分段。全句、數句或段落標上「｜」，乃是標誌
　　　　出重要結句、句子。

---

52 可參見附錄一「結構表及說明」。

（3）、：本文未出現此符號。

總結：「∟」標誌著文章的分段，但本文之分段還有可商榷之處；「│」之作用有二：標誌出分段，以及標誌出重要結句、句子。

## 2. 旁批

### （1）詞彙類

下字（3）：指出下字值得注意。按：呂氏未明言何字值得注意，但是推斷當為「篤」字。

### （2）章法類

平說（1）：指此處平平說來。

轉換好，接得自然處（9）：「轉換好」指此由「孔孟之時」轉為「二帝三王之治」，但是文意又承接，因此稱「接得自然處」。

應上（10）：指出此為前呼後應。按：此處呼應第三段之「亦將因其所遇之時，所遭之變，而為當世之法，使不失乎先王之意而已」。

文字相承好不費力（13）：指出此處文句前後相成，十分自然流暢。

有上三句、無下二句，文字弱（14）：「上三句」指「二子者守此，豈好為異論哉？能勿茍而已矣。」「下二句」指「可謂不惑乎流俗，而篤於自信者也」，本旁批指出此處承接前文，若無此二句，則筆力弱。

結佳（20）：指此處結「戰國之游士」，佳。

接佳（21）：指出此處接前句而發展，佳。

過換好（22）：此出此處之作用為「過換」，且效果好。按：第五段中，「戰國……竊也」一節乃是言「戰國詐術」，「惟先……彼也」一節乃是言「先王之道」，此節並回應第三、四段，所以，此段中之兩節文意差異頗大，因此有明顯之「過換」。

應前（23）：指出此為前呼後應。按：此處呼應第四段「蓋法者，所以適變也，不必盡同；道者，所以立本也，不可不一」。

結有力（24）：指出此結第五段有力。

關鎖好（26）：指與前文相關而收結得好。

結有力（27）：指出此結第六段有力。

**（3）主題類**

破向說（2）：指出此處之用意。按：此與「立破」法之「破」不同。

要說難（4）：指出此處之用意乃說明孔孟之難為。

愈難（5）：參見前說。

不是孔孟強天下以太古難行之事，最有力警策處（6）：「不是……之事」指出此處之用意，「最有力警策處」指此為本文重要意旨。按：本文主張「法變道不變」的思想，因此闡述「道」的部份，與主旨緊密相關，皆為「警策」。

說孔孟活法（7）：指出此處之用意。

最有力警策處（8）：參考第6個旁批之說明與按語。

說破，有力（11）：指出此處之用意，並讚美「有力」。按：此與「立破」法之「破」不同。

此數句蓋一篇骨子綱目（12）：「綱目」即指與文章展開的主要線索相關的重要節段、句字。「骨子」意義與「綱目」相近。此旁批乃強調此數句之重要性。

說出骨髓（15）：指出此處之深意。與第16個旁批配合。

說戰國策士破骨髓（16）：指出此處之深意。與第15個旁批配合。

其害猶可掩（17）：指出此處之用意。與第19個旁批配合。

轉佳，警策（18）：指出此處一轉，佳，且為為本文重要意旨。

害掩不得（19）：指出此處之用意。與第 17 個旁批配合。

餘意（25）：指出此處文意尚未完結，又出一「餘意」。按：作者用「或曰」提出疑問，其下加以回答，以此闡述不「放而絕之」的原因，在於「使當世之人皆知其說之不可從，然後以禁則齊；使後世之人皆知其說之不可為，然後以戒則明」。

至此前之意思都一明（29）：指出此處之用意。

有許多事不可廢（30）：指出此處之用意。

### （4）風格類

雖平易中有千鈞之力量，至此一段甚有力勢（28）：指出此處之作用。接近於「段」之風格的闡述。按：「雖平易中有千鈞之力量」乃用譬喻形容其氣勢，而「至此一段甚有力勢」則用分析語言再加以闡述。

總結：旁批涵蓋了「詞彙」、「章法」、「主題」、「風格」。在「詞彙」類中，注意到下字。在「章法」類中，注意到轉、應、關鎖、承、結、過換，以及前後文句搭配問題（第 13 個旁批）。在「主題」類中，注意到句（節）之用意、深意，以及關鍵處，還有餘意。在「風格」類中，注意到「節」氣勢之雄暢。

## 3. 題下批

（1）此篇節奏從容和緩，且有條理，又藏鋒不露，初讀若太羹元酒，當子細味之：前為分析性語言，闡明本篇之特色為論述有條理，且節奏從容不迫，後為擬象式批語，乃用一譬喻形象化地形容品味本文之感。

（2）若他練字好，過換處不覺，其間又有深意存：「練字好」指本文遣詞佳。「過換處不覺」指過換處十分自然，「其間又有深意存」則指本文處處有深意埋藏。按：「練字好」與第 3 個旁批配合。「過換處不覺」與

> 第 9、22 個旁批配合。「其間又有深意存」與第 2、
> 4、7、11、15、16、17、19、29、30 個旁批配合。

總結：本題下批涉及了「主題」、「章法」、「詞彙」，頗有卓見，而且與旁批相輔相成。

## （四）送趙宏序

句雖少意極多文勢曲折極有味峻潔有力

　　荊民與蠻合為寇，潭旁數州被其害。天子、宰相以潭重
　　　　　　　　　　　敘事說 (1)
鎮，守臣不勝任，為改用人。又不勝，復改之。<u>守至，上書乞</u>
　　　　　　　　　　　句清 (2)
<u>益兵</u>。詔與撫兵三百，殿直天水趙君希道實護以往。希道雅與
余接，間過余道潭之事。」（第一段）

　　余曰：潭山川甲兵如何，食幾何，賊衆寡強弱如何，余不
　　　　　　　　　　　句佳 (3)
能知。<u>能知書，書之載，若潭事多矣</u>。或合數道之兵以數萬，
　　轉佳 (4)
絕山谷而進，其勢非不衆且健也，然而卒殲焉者多矣。或單車
　　　　　　　　　　　下句好 (5)
獨行，然而以克者相踵焉。<u>顧其義信如何耳</u>。致吾義信，雖單
　　　　　　　　　　　下句好 (6)
車獨行，寇可以為無事，龔遂、張綱、祝良之類是也。義信不
　　　　　　　　　　　應前 (7)
足以致之，雖合數道之兵以數萬，卒殲焉，適重寇耳，況致平
　　　　　　　　　　　下句好 (8)
邪？陽旻、裴行立之類是也。<u>則兵不能致平，致平者，在太守</u>
　　　　　　　結此一段有反覆 (9)

身耳明也。前之守者果能此,天子、宰相烏用易之?必易之,

> 有力 (10)

為前之守者不能此也。今往者復曰「乞益兵。」何其與書之云

> 反覆 (11)

者異邪?予憂潭民之重困也,寇之益張也。」(第二段)

　　往時潭吏與旁近郡斸力勝賊者,暴骸者、戮降者有之。今之往者將特不為是而已邪?抑猶不免乎為是也?天子、宰相任

> 此二句意欲不用兵 (12)

之之意其然邪?」(第三段)

　　潭守近侍臣,使撫覘潭者,郎吏、御史、博士相望為我諗其賢者曰:今之言古書往往曰迂,然書之事乃已試者也。師已

> 換好 (13)

試而施諸治,與時人之自用,孰為得失耶?愚言倘可以平潭之患,今雖細,然大中、咸通之間,南方之憂常劇矣,夫豈階於

> 結好 (14)

大哉?為近臣、郎吏、御史、博士者,獨得而不思也?」(第四段)

　　希道固喜事者,因其行,遂次第其諾以送之。慶曆六年五月日,曾鞏序。(第五段)

## 1. 評論符號

　　(1)　└:呂氏用此符號將本文分作五段。按:本文分段不多,但能掌握住全文最重要的幾處文意之轉折[53]。不過,因為第 9 個旁批為「結此一段有反覆」,但是在此數句(「則兵不能致平,致平者,在太守身耳明也」)後,並未分一段。然而,揆諸文意,在此分段亦屬合理,因此懷疑此處可能脫漏

---

53　可參見附錄一「結構表及說明」。

　　　一個「└」符號。

（2）｜：在開頭兩字標上「｜」，乃是與「└」搭配，標
　　　誌出分段。全句、數句標上「｜」，乃是標誌出重要
　　　結句、句子。

（3）、：本文未出現此符號。

　　總結：「└」標誌著文章的分段，本文之分段頗為合理；
「｜」之作用有二：標誌出分段，以及標誌出重要結句、句
子。


## 2. 旁批

### （1）文法類

　　句清（2）：指出句子風格清新。

　　句佳（3）：指出句子佳妙。

　　下句好（5）：指出此句下得好。

　　下句好（6）：指出此句下得好。

　　下句好（8）：指出此句下得好。

　　有力（10）：指此句有力。

### （2）章法類

　　敘事說（1）：指出此處為敘事。按：本文先就事件原由寫起。

　　轉佳（4）：指出此處一轉，佳。按：此處從「余不能知」，轉
為「能知書」。

　　應前（7）：指出此處呼應前文。按：此處呼應前面「單車獨
行」之事。

　　結此一段，有反覆（9）：指出「則兵不能致平，致平者，
在太守身耳明也」數句，乃結此段，而且文意反覆有致。按：
參看評論符號「└」之按語。

　　換好（13）：「換」與「過」接近，當指此處過得好。

　　結好（14）：指出此結好。按：作者深入論述「遠禍」之可

憂，以此作結，十分深遠。

（3）**主題類**

反覆（11）：指再三申明鎮壓之不宜。可與第 9 個旁批參看。

**此二句意欲不用兵**（12）：指出此處之用意。

總結：旁批涵蓋了「文法」、「章法」、「主題」。在「文法」類中，注意到句子的風格，與好的句子，但是並未詳細說明好在何處。在「章法」類中，注意到轉、結、應，還有敘事。在「主題」類中，注意到「節」之用意。

### 3. 題下批

（1）**句雖少，意極多**：指出本文篇幅不大，但是文意豐富。

（2）**文勢曲折極有味**：指出本文勢往復曲折，十分有味。

按：本文主旨乃是主張「安撫」，但是用「鎮壓」一軌陪襯，而且針對「鎮壓」之不宜反覆論述，因此「曲折」、「有味」。

（3）**峻潔有力**：指出本文之風格。

總結：本題下批涉及了「主題」、「章法」、「風格」，極能概括本文之特色。

# 四、宛丘文

## （一）景帝論

景帝稱竇嬰：沾沾自喜多易，不足以任宰相持重，乃相衛綰。夫自喜多易，固不足以持重是也。而求持重者，必如綰則
<br>　　　　　　繳 (1)　　　　　　　結 (2)
已。甚矣。」（**第一段**）

古之知人者。不觀其形，而察其情，得其妙而遺其似。」

　　立一篇綱目 (3)

（第二段）

　　夫天下之善惡，其似者，固未必是；而其真者，或不可以

形求也。」（第三段）

　　縎車戲之賤士也，其椎魯庸鈍，偶似。夫敦厚長者之形

耳。」（第四段）

　　夫敦厚之士，其用之也，必有蒙其利者矣。豈謂其無是

非，可否如偶人者哉？苟以是為長者，而用之，則世之可以持

　　　　　　　　　　　關鍵 (4)

重者多矣。」（第五段）

　　夫惡馬之奔踶也，求其無奔踶，可也。得偶馬而愛之，可

　　　　　　　切 (5)

乎？景帝之相縎也，是愛偶馬之類也。」（第六段）

　　帝之惡周亞夫也，曰：此鞅鞅者，非少主臣也，卒殺

之。」（第七段）

　　夫天下之情，其未見於利害之際者，舉不可知而要之。易

　　委蛇曲折處 (6)　　　　　　　此周旋和緩處若便以亞夫不納文帝

劫以勢者，易動以利，不輕許人之私者，不輕行其私。」（第

一段接則文勢迫 (7)

八段）

　　亞夫之不納文帝於細柳，與夫不肯侯王信，可謂不易以

勢，劫而無私意矣。伏節死義，與夫見利而心不動，非輕勢而

滅私者，莫能可以相。少主共危難者，意非亞夫不可，而帝乃

反之，是徒以其剛勁不苟，其形若難制而嫚上者，故殺之而不

疑。嗚呼！景帝者，求人於形似，而失之者也。」（第九段）

　　蓋昔者，高祖求傅如意者，而不可得。得一周昌能強項面

　　首尾救護處 (8)

折，而高祖遂以趙委之。夫昌之不能脫如意於死，其勢蓋有所

　　　　　　　此救文字手段轉不好事作好使高祖周昌得

迫，而所以任昌者，固相危弱之道也。」（**第十段**）

兩全(9)　　　　　　　回互(10)

嗟夫！周昌以此見取，而亞夫乃用是不免。則景帝之與高

祖，其觀人也亦異矣。（**第十一段**）


## 1. 評論符號

（1）└：呂氏用此符號將本文分作十一段。按：呂氏之分段
　　　可精準掌握意義的轉折或延展[54]。而其第二、三段之分段頗值
　　　得注意，因為此二段為本文提出論點之處，而且此二段間有
　　　著「起」與「承」之關聯，所以字數雖少，但是區分為二
　　　段，應是有意強調此點。並且與評論符號「｜」配合。

（2）｜：在開頭兩字標上「｜」，乃是與「└」搭配，標
　　　誌出分段。數句或段落標上「｜」，乃是標誌出重要
　　　結句、句子與段落。按：值得注意的是，第二、三段全部
　　　加以標註，與「└」相配合，以彰顯出此二段之重要性。

（3）、：本文在第二至四段，以及第九段中的「似」、
　　　「形」、「形似」，皆標註「、」，表示出重要性。按：本
　　　文論景帝用人未能「察其情」、「得其妙」，反而是「觀其
　　　形」、「遺其似」，而第、三段是提出論點的部份，第四、九段
　　　乃是舉出例證的部份，因此密切相關之「似」、「形」、「形
　　　似」等字眼，皆予以標註。

總結：「└」標誌著文章的分段，本文之分段十分精準；
「｜」之作用有二：標誌出分段，以及標誌出重要結句、句子
與段落；「、」則標誌著與主旨相關之重要詞彙。

---

54 可參見附錄一「結構表及說明」。

## 2. 旁批

### (1) 章法類

繳（1）：指此為小範圍之收束。按：此收束「夫自喜多易」。

結（2）：指此為大範圍之收束。按：此收束第一段。

切（5）：應指此例證切當。

委蛇曲折處（6）：指此處曲折說來。

此周旋和緩處。若便以「亞夫不納文帝」一段接，則文勢迫（7）：指此處乃加以說明，插在第九段之前，使得文勢不迫促。與「委蛇曲折處」（6）配合。按：此處乃承接第七段，說明周亞夫性格之優點。

首尾救護處（8）：指此處呼應首、尾。按：此段之「周昌」乃陪襯「亞夫」，而且第十一段中，以「周昌以此見取」收之「賓」（周昌），以「亞夫乃用是不免」收之「主」（亞夫），顯得景帝不如高祖，更見出本文之主旨[55]。因此此段呼應第七至九段，以及第十一段，因此稱「首尾救護處」。

### (2) 主題類

立一篇綱目（3）：「綱目」為文章展開的主要線索，此指本段立下一篇開展之線索。

關鍵（4）：指與文章展開的主要線索相關的重要節段、句字。按：本文論景帝用人未能「察其情」、「得其妙」，反而是「觀其形」、「遺其似」，此處即為「觀其形」者。且與評論符號「｜」配合。

此救文字手段，轉不好事作好，使高祖周昌得兩全（9）：說明此節之用意。按：周昌不能保如意，為此例證之大漏洞，張耒用「其勢蓋有所迫」一語救之，呂氏指出此點。

回互（10）：指表意曲折婉轉。按：參看前按語。

總結：旁批涵蓋了「章法」、「主題」。在「章法」類中，

---

55 可參見附錄一「結構表及說明」。

注意到繳、結、呼應等問題，也注意到運用例證之效果。在「主題」類中，注意到文章展開的主要線索，以及與此相關的重要節段、句字，還有節（段）之深意。

### 3. 題下批

本文無題下批。

## （二）用大論

能用大，而後能治天下，則用大為最難。夫惟有所不治，

綱目 (1)

而後能用大矣。」（第一段）

何則？治大者，莫若立法。有所不治，而後法立矣。」

承上好 (2)

（第二段）

履人之為履也，非量國人之足，而為之度，其中而為之。

譬切 (3)

夫一國之眾，雖不能盡合於吾，履而中者居多，故雖不知國人之足，而不失鬻履之利，夫必將人人而較之。則吾之為工，不亦甚勞，而長短大小之殊要以，不可盡得。嗚呼！使吾之為履，足以半國人之足矣。雖有所遺，而何害吾之大利哉？通此說者，其知用大乎？」（第三段）

夫立法以治天下者，吾之法果，足以盡天下之理，包羅籠絡，使天下之智巧不足以用其奸乎。吾知其不能也，夏后氏之為忠也，使禹不知後世之將野，則禹為不智也。知而為之是，禹亦無如之，何也？商之質、周之文，亦猶是也。夫以聖人之智，猶有所屈。於事物之變，則立法以求盡天下之理。吾知聖

下字 (4)

人有所不能，故立法於此，足以通天下之情。至於聰明之所不

及，思慮之所難測，出於人情之外者，吾有所不治也。而吾之

應綱目

法立矣。」（第四段）

(5)

　　且吾法果何為而起歟。無乃出於天下之大情，萬物之常理

喝起 (6)

耶。嗜膾炙者，百人而惡之者，一人膾炙之美，未害也，使吾
之法足以當國人之十九，則吾之利多矣。其所不及焉，吾可以
無卹矣。非不欲卹也，勢不可也。」（第五段）

　　嗚呼！自堯舜三代以來，更數聖人，其講天下之法亦詳
矣，然後世可考者，如井田封建車徒之制，亦不過設為大法而
已。世之惑者，徒見其為法之略以。謂不可以施於事，而不知
聖人示之大法，不以臆度之區區，而預盡天下之委曲。苟有不

下得好 (7)　　警策 (8)

合，亦付之而已。一絲之不齊，無害其為裘。一粒之不精，無
害其為食。故曰：有所不治，而後法立矣。《傳》曰：「小有所
治者，大有所失；近有所遺者，遠有所包。」此達於治體之論
也。」（第六段）

　　或曰：量國人之足而為，屢不畏勞者能之。盡天下之情以

餘意 (9)

立法，不厭詳者能之，吾未見其不可也。應之曰：非勞與詳
之，避也。國人之足可以盡量，天下之情可以盡得。雖費終身
之力，而為之何憚焉？吾知決不可為也，吾不若從其逸，而不
失為利者為之也。」（第七段）

　　嗚呼！何至屑屑然，語治天下之勞哉？知所以立法，而後
知用大。知用大，而後能不出戶而天下無遺慮矣。（第八段）

## 1. 評論符號

（1）└：呂氏用此符號將本文分作八段。按：呂氏之分段能
掌握到意義的轉折或延展，十分精準[56]。並且從中可窺知呂氏
對文章結構之想法，譬如第一、二段字數不多，之所以分為
兩段，當是因為第一段提出論點，第二段加以申說，乃是
「起」與「承」之關係。此種觀點對於科舉文體寫作，有著相
當大的影響。

（2）｜：在開頭兩字標上「｜」，乃是與「└」搭配，標
誌出分段。全句、數句或段落標上「｜」，乃是標誌
出重要結句、句子與段落。按：值得注意的是，第一、二
段幾乎全部加以標註，與「└」相配合，以彰顯出此二段之
重要性。

（3）、：本文未出現此符號。

總結：「└」標誌著文章的分段，且分段十分精準；「｜」
之作用有二：標誌出分段，以及標誌出重要結句、句子與段落。

## 2. 旁批

（1）詞彙類

下字（4）：指出下字值得注意。按：呂氏未明言何字值得注
意，但推斷當為「屈」字。

（2）修辭類

喝起（6）：因為此並非文章開頭，所以此「起」當非起承
轉合之「起」。應是呂氏注意到此段以疑問句起頭，「喝」或指
此疑問句之功效。按：此屬於修辭「設問」格中之「有疑而問」，呂
氏可能並未清楚意識到此為「設問」格，但是感受到其效果。

（3）文法類

下得好（7）：應指下句好。

---

56 可參見附錄一「結構表及說明」。

（4）章法類

承上好（2）：指出此段承接前文。按：第一段提出論點，第二段加以申說，因此此段乃是承接前文。

譬切（3）：指出此處以「為屨」來輔助說明，十分得當。按：本段以「為屨」來陪襯「為政」，形成了「先賓後主」結構，「為屨」為「賓」、「為政」為「主」，所以呂氏應是見出此為「陪襯法」之運用，但未指出此為「賓主法」，而且概念與現代「譬喻法」亦不同。

應綱目（5）：指出此處呼應文章開展之主要線索。按：本旁批呼應「綱目」（1），即呼應「為政當用大」。

（5）主題類

綱目（1）：文章展開的主要線索。按：此處乃先就「為政當用大」加以立論，其後據此開展。

警策（8）：指此為本文重要意旨。按：此處亦表出「為政當用大」之意。

餘意（9）：指此意承前而來、又出一意。按：本文先就「為政當用大」立論（第一至六段），接著以「或曰」、「應之曰」相應答的方式，補充說明「盡天下之情以立法」之不可行（第七段），以更見出「為政當用大」，因此兩者形成了「先正後餘」的邏輯。因此此段為「餘論」。

總結：旁批涵蓋了「詞彙」、「修辭」、「文法」「章法」、「主題」。在「詞彙」類中，注意到下字的問題。在「修辭類」中，注意到疑問句的效果。在「文法」類中，注意到下句的問題。在「章法」類中，注意到承、起、應的問題，並注意到「賓主法」中的「賓」（呂氏稱之為「譬」）。在「主題」類中，注意到文章展開的主要線索、重要意旨，以及餘意。

## 3. 題下批

本文無題下批。

# 第捌章

## 《古文關鍵》評點中文章論之綜合探討

　　本論文第肆章探究「看古文要法」中之文章論，第伍至柒章針對六十二篇選文，鉅細靡遺地探究其「評論符號」、「旁批」、「題下批」中所蘊藏的文章論，而針對此四章之探究所得，本論文擬在本章作一綜合探討。

　　本章內容安排如下：首先，因為評點的三種形式要素——用作總論之「看古文要法」以及「題下批」，以及用作分論之「評論符號」、「旁批」，彼此之間是相互配合、印證的，所以第一節即探究「形式要素之呼應」。其次，第肆章「看古文要法」中之文章論，以及第伍至柒章之探究所得，尚未作一綜合整理，因此本章第二節即探究「看古文要法」、「題下批」、「評論符號」、「旁批」之重要內容。最後，在第三節中，整體地觀照「看古文要法」、「題下批」、「評論符號」、「旁批」，進一步地抉發出其中共同體現出的重要觀點，並予以提綱挈領地論述。此外，還有兩點需要說明：其一，本章大量引用第肆至柒章之研究成果，因此也引用許多「題下批」、「旁批」，為了醒目起見，所以這些被引用的「題下批」、「旁批」，皆以引號括出，並且改用不同字體。其二，關於專有名詞、觀念的說明，雖然前面已有註腳，但是為了避免反覆翻閱之煩擾，有些重要或罕見者，仍以註腳方式，在此再一次予以註明。

# 一、形式要素之呼應

本論文第參章第二節中提到：「評點的形式要素有三：用作總論之『總評或序跋』以及『評論文字』；用作分論之『評論符號』；用作分論之『評論文字』。」而此三種形式要素是相互配合、印證的，而且此種相互之配合、印證，使得各自的說服力都更為增進，並且讓《古文關鍵》成為一緊湊、紮實的有機體。所以，處理《古文關鍵》的三種形式要素的呼應，可大幅度地抉發出「評點」這種文批形式之特色與優勢。

而因為用作總論之「總評或序跋」以及「評論文字」，是屬於「宏觀」層面；用作分論之「評論符號」、「評論文字」，是屬於「微觀」層面。因此，本論文即就「微觀與微觀之呼應」、「微觀與宏觀之呼應」、「宏觀與宏觀之呼應」三個方面切入，試圖清理出《古文關鍵》形式三要素之間此呼彼應的密切關聯。

## (一) 微觀與微觀之呼應

因為用作分論之「評論文字」，在《古文關鍵》中只有「旁批」。因此其下的三個分析方向，就是「評論符號與評論符號之呼應」、「旁批與旁批之呼應」、「評論符號與旁批之呼應」。

### 1.「評論符號」與「評論符號」之呼應

《古文關鍵》所用到的評論符號有三種：「└」（字下右折短直線）、「│」（字旁長直線）、「、」（字旁小斜點）。彼此之間的配合，以「└」與「│」最為常見。

因為「└」的作用為標誌段落之劃分，而「│」出現在段

落開頭兩字之旁時，其作用是凸顯出分段因此，「└」與「｜」（標誌段首兩字）常常是相伴出現的。不過，此種配合的程度並非百分之百，因為第一段的首二字即為篇首二字，毋需標誌即可知為段落開始，此外，也時時可見「└」劃分了段落，但是段首兩字並未標上「｜」的情形。其下茲舉二例以為證明。

譬如韓愈〈雜說一〉，因為本文篇幅甚短，所以只用了一個「└」，分為兩段，第一段因為是篇首兩字，所以不用「｜」標註，第二段首二字「雲龍」就予以標註。次如歐陽修〈朋黨論〉用了八個「└」，共分為九段，但是只有第二、三、四、六、八段的首二字，用「｜」予以標註，其他四段，除了第一段首二字原就不標註外，第五段全段、第九段絕大部份皆標註「｜」，因此無法凸顯首二字標註，但是第七段全段沒有標註「｜」，也並未標註首二字。

## 2.「旁批」與「旁批」之呼應

「旁批」與「旁批」之呼應，主要表現為相互之補充，例證極多，一一見於第伍至柒章單篇文本評點之分析中。本節茲舉三例為證。

譬如歐陽修〈本論上〉，第 2 個旁批為「下字」，此注意到用字的問題，但是呂氏並未明言為何字。不過，若配合第 1 個旁批「練句」，因為「練句」指上下兩句形式對應整齊的句子[1]，即「攻之暫破而愈堅，撲之未滅而愈熾」兩句，則「下字」當指兩句中之「破」、「堅」、「滅」、「熾」四字。

次如蘇軾〈潮州韓文公廟碑〉，第 7 個旁批為「餘意」，此指此意承前而來、又出一意。而第 8 個旁批為「餘意精神警策」，其中「精神」為意脈貫穿之效果，「警策」指此為本文重

---

[1] 參考張秋娥〈論呂祖謙《古文關鍵》評點的修辭接受思想〉，《修辭學習》，頁 58。

要意旨，所以第 8 個旁批強調的是，此「餘意」所新出之意脈
十分重要，且貫注到此。

又如曾鞏〈唐論〉，第 21 個旁批為「『得』、『失』二字兼
二段」，指此段出現之「得」、「失」二字，關鎖本段前面分論
「得」、「失」之部份。而這些分論「得」、「失」的部份，都用
第 14、15、17、18、19 個旁批，所標註出的「抑」與「揚」
予以指出。因此第 14、15、17、18、19 個旁批可看作分別評
論，第 21 個旁批則予以統整，得出總論。

### 3.「評論符號」與「旁批」之呼應

「評論符號」與「旁批」之呼應，也是屢見不鮮。其下亦
舉三例為證。

譬如歐陽修〈朋黨論〉，在文本的三個「能」字和五個
「莫如」旁，皆標誌「、」，以表示出重要性。而第 17 個旁批
為「此點字處皆提起說，如人反說話」，「點字處」即指用評論
符號「、」標誌出來的字眼，此應指三個「能」字，而此三個
「能」字具有提振文勢的作用，而且因為這些敘述皆為負面例
證，所以還加以提振，就有如「人反說話」一般。其次，第
18 個旁批為「五用『莫如』，錯落可誦」，此五個「莫如」錯
落出現，實為「類字」的現象，呂祖謙雖未用術語指稱，但不
僅用旁批批註，且用「、」予以標誌，應該已經意識到此種手
法造成很好的誦讀效果。

次如蘇軾〈潮州韓文公廟碑〉，也是在文本連續出現五個
「失」字和四個「不」字旁，皆標上「、」。而第 2 個旁批為
「五箇『失』字如破竹之勢」，指出連續出現五個「失」字，造
成有如「破竹」之凌屬文勢。此外，第 4 個旁批為「此四
『不』字亦有方」，指出連續出現四個「不」字，而此種作法為
「有方」。

又如曾鞏〈救災議〉，第 2 個旁批為「兩句綱目」，「綱目」為文章展開的主要線索，但是此旁批並未明確指出是哪兩句。不過，配合評論符號「｜」，則可推知「兩句」當指「非錢不可以立屋廬」、「非粟不可以飽」。因此可以得知：第 2 個旁批之意為「非錢不可以立屋廬」、「非粟不可以飽」為文章展開的主要線索。

不過，亦偶有不呼應處，茲舉二例以為印證。譬如曾鞏〈戰國策目錄序〉，呂氏用「└」將本文分作八段。但是，在第五段中，「戰國……瘠也」一節乃是言「戰國詐術」，「惟先……彼也」一節乃是言「先王之道」，此節並回應第三、四段，所以，此段中之兩節文意差異頗大，而且，呂氏在此二節之後，都批云「結」（見第 20、24 個旁批），亦在第二節開始，用第 22 個旁批云：「過換好」，可見得呂氏在旁批中是認為此分為兩處，但是，這兩處卻並未用「└」加以劃分。而為什麼旁批與評論符號會出現這種矛盾？是因為呂氏之疏漏呢？還是流傳過程中，評論符號之脫漏所造成的？目前無法斷定。

次如韓愈〈雜說四〉，本篇篇幅甚短，第 1、2 個旁批都是「有力」，但是旁批為「有力」的句子：「不以千里稱也」、「不知其能千里而食也」，並未標上「｜」，反而是未加上旁批的句子：「安求其能千里也」，標上「｜」。此是因為旁批與評論符號各有重點嗎？似乎並非如此，或是此為旁批與評論符號呼應不佳處？尚須進一步研討。

## （二）微觀與宏觀之呼應

因為《古文關鍵》中用作總論者有二：「題下批」和「看古文要法」。因此其下即分成兩個方面加以論述：「評論符號、旁批與題下批之呼應」、「評論符號、旁批與看古文要法之呼應」。

## 1.「評論符號」、「旁批」與「題下批」之呼應

「評論符號」、「旁批」與「題下批」之呼應，具有籠罩全篇的效果。茲舉以下三例為證：

譬如柳宗元〈桐葉封弟辯〉，題下批為「此篇文字，一段好如一段，大抵作文字，須留好意思在後，令人讀一段好一段。」此篇文章文意層出，因此呂氏稱「一段好如一段」，而且與評論符號「∟」所分之段落，以及配合分段之旁批（「難（2）」、「又難（4）」、「警策（9）」）相呼應。而本文最後又立一案作結，此即呂氏題下批所云：「須留好意思在後」，此也與第10個旁批：「結束委蛇曲折有不盡意」（10）配合。

次如歐陽修〈縱囚論〉的題下批中，出現「驚人險語，精神聚處，詞盡意未盡」，而第 19 個旁批即為「驚人險語」，並且在此「夫意……者哉」一節，皆標上「｜」，以顯示出其重要性。從中可見，此處之「｜」、旁批與題下批，是呼應得相當好的。

又如蘇軾〈范增志林〉，題下批有「這一篇要看抑揚處」，此與批上「抑」、「揚」的第 3、4、46、48 個旁批，可配合而觀，因此可準確掌握本文之「抑揚處」。此外，其後的題下批為「吾嘗論一段前平平說來，忽換起放開說，見得語新意相屬，又見一伏一起處」，所謂「一段前平平說來，忽換起放開說」，是指又出新意，造成文意的轉折、過換，此與旁批之「轉」（20、21、25）、「開」（29）可相互配合而觀，也因為如此，所以會「語新意相屬」，並造成「一伏一起」的文勢。

## 2.「評論符號」、「旁批」與「看古文要法」之呼應

「評論符號」、「旁批」與「看古文要法」之呼應，使得全書從整體到局部，聯繫緊密。關於此點，可以就「對舉詞」的運用，以及重要觀念的貫串來探究。

　　首先，呂祖謙在「看古文要法」中，屢屢提到兩兩對待的元素，表現出來，即為多組的「對舉詞」。譬如：「筆健而不麄　意深而不晦　　句新而不怪　　語新而不狂　　常中有變　正中有奇　　題常則意新　　意常則語新　　辭源浩渺而不失之冗　　意思新轉處多則不緩」，接著又說「結前生後　　曲折幹旋　　轉換有力　　反覆操縱」，也就是說，妥善地處理前述這些兩兩對待的元素，會使得文章聯繫緊密又充滿變化。又次，聯繫前面的看法，呂祖謙又提出更多文章中兩兩對待的元素：「上下　　離合　　聚散　　前後　　遲速　　左右　　遠近　　彼我　一二　　次第　　本末」。因此張秋娥指出：「呂氏在這裡明確提出作文時要正確處理這類看似矛盾實是統一的現象。」[2]而「旁批」中也出現頗多兩兩對待的對舉詞，譬如「抑、揚」、「開、合」、「大、小」、「難、解」、「輕、重」……等，而「結前生後」、「應前」、「應後」之類的批語，更是時時出現在旁批中。由此可見，「旁批」中也體現著與「看古文要法」一樣的觀點。

　　其次，在「看古文要法」中，有「有形者綱目，無形者血脈」兩句，這兩句相當重要，在旁批中也體現得很多，最明顯的例證，就是「綱目」、「血脈」之類的旁批屢屢出現。譬如歐陽修〈本論下〉，第 4 個旁批「血脈相應」，此指本篇重要脈絡前後呼應，而且與「主意」(3)配合而觀，則「血脈相應」應指「漸」之主張相應；此外，第 11 個旁批「綱目相應」為主要線索前呼後應，此當指第二段出現之「患深勢盛難與敵，非馴致而為之莫能也」，後來在此處又出現，兩句遙相呼應。又如歐陽修〈春秋論中〉，第 2、6 個旁批分別是「名分、情實、是非、善惡是綱目處」、「綱目相應」，這兩個旁批聯合指出

---

2　張秋娥《宋元評點修辭研究》，頁 72。

「名分、情實、是非、善惡」是重要線索；而第 7 個旁批為「血脈」，指作品所呈現的整體性貫通之象，此旁批與第 2、6 個旁批搭配，指出「是非、善惡」為重要脈絡。

而且，值得一提的是，呂氏在旁批指出為「綱目」的文句，常常也用評論符號「｜」加以標註，譬如韓愈〈師說〉、韓愈〈諫臣論〉、韓愈〈原道〉……等，皆出現此種情形。張秀惠說道：「所謂看『大概主張』，即看全篇主旨，東萊將文中之主意要語以『抹』標示出來，即助人了解主旨，能把握主旨，則全篇反覆議論便能了然於胸。」[3] 其中即蘊藏了「看古文要法」與評論符號的呼應。

## （三）宏觀與宏觀之呼應

「看古文要法」與「題下批」一為全書之總論、一為全篇之總論，兩者之間在關注的問題、術語的使用上，都有許多共通點。

首先，「看古文要法」與「題下批」都注意到的問題，首推「文體」。譬如「看古文要法」中有「先見文字體式」的說法，而「題下批」中有許多標舉「某某體」的批語，吳承學即說：「至於評『文字體式』，呂祖謙在有些文章的總評就明確指出該篇是某某體。如《諫臣論》的總評：『此篇是箴規攻擊體，是反題難文字之祖。』《捕蛇者說》的總評：『感慨譏諷體。』《與韓愈論史官書》的總評：『亦是攻擊辨詰體。』」[4] 吳氏所謂的「總評」就是「題下批」。而此種「某某體」的評語罕見於「旁批」中，更可見出同為宏觀的「看古文要法」與「題下批」，所處理的問題有其一致性。

其次，在術語的使用上，「看古文要法」與「題下批」也

---

3 見張秀惠碩士論文《南宋古文評點研究》，頁 29。
4 見吳承學〈現存評點第一書〉，《中國文學評點研究論集》，頁 223-224。

有一些共通處，而之所以會使用相同或相似的術語，則表示不僅所關注的問題是相同的，而且因為「題下批」結合文本，所以往往會更為精確明白。譬如「看古文要法」中的「如何是抑揚開合處」，出現了「抑揚開合」術語；在「題下批」中，有多種與此相關的術語，出現「抑揚開合」者，有韓愈〈獲麟解〉，出現「抑揚」者，有柳宗元〈梓人傳〉、蘇軾〈范增論〉，出現「錯綜抑揚」者，有歐陽修〈上范司諫書〉，出現「抑揚反覆」者，有蘇洵〈管仲論〉、〈高祖論〉，出現「開闔抑揚」者，有曾鞏〈三國論〉，出現「開合」者，有韓愈〈與孟簡尚書書〉。次如「看古文要法」中，有「第三看綱目關鍵」；在「題下批」中，蘇軾〈荀卿論〉出現「取綱目在不敢放言上面」的評語。又如「看古文要法」中，有「無形者血脈也」的說法；在「題下批」中，歐陽修〈縱囚論〉出現「此篇反覆有血脈」的評語。

　　除此之外，「題下批」與「題下批」之間也會互相呼應。譬如歐陽修〈為君難論下〉之題下批：「子由君術論，正是此意」，《古文關鍵》也選了蘇轍〈君術〉，而蘇轍〈君術〉的作意是「臣欲天子明知君子之情，以養當世之賢公名卿，而深察小人之病，以絕其自進之漸」，至於歐陽修〈為君難論下〉則是因為歐陽修憂於當時王安石等新進之臣將興，所以寫作本文，所以歐陽修〈為君難論下〉與蘇轍〈君術〉可謂同一用心，因此呂氏評道：「正是此意」。次如歐陽修〈春秋論中〉之題下批：「此一篇是反題格，與韓文諫臣論相類」，「反題格」意指針對此題駁難，本文圍繞著「隱公非攝」問題展開論述，駁斥了「隱公攝政」的說法，而此種作法與韓愈〈諫臣論〉相似，至於〈諫臣論〉之題下批則為「意勝反題格」，此是因為全文是論陽城未盡諫臣之責，所以為「反題」，而且，因為如此，因此立論超出平常，此為「意勝」。

## 二、重要內容

「評點」與其他文批形式的關注重點是不同的，而此正為其特色，既然如此，則作為第一本評點著作之《古文關鍵》，其所得出之成果為何？就十分令人期待了。而關於此點，許多學者已經進行過探究。譬如張秀惠認為「總評」與「旁批」之內容不外三方面：「評論文章特色」、「說明文章作法」、「提示文章讀法」[5]。張秋娥認為：「從呂祖謙的總評及隨文評點來看，他注意篇章、詞語（即字）方面的修辭最多，句子修辭次之，辭格、風格、段落修辭三方面注意得最少。」[6]呂軒瑜認為《古文關鍵》中的文學思想，有以下幾點：「首重立意」、「講究個人風格」、「注重文章法度」、「細批警策句法」[7]。羅瑩認為「總論」與「評論文字」展現出呂祖謙的散文理論，具體表現在如下幾個方面：「強調立意」、「講究謀篇布局（首尾呼應、鋪敘次第、抑揚開合）」、「注重句法」、「雄健風格的追求」、「注重散文的實用性」、「注重文章的體式」[8]。從前引資料中，可見出諸家所歸納出來的重要內容，都屬於「內律」[9]。

不過，前引諸家大體上乃針對「評論文字」而發（有些還未包括「看古文要法」），尚未及於「評論符號」；再者，基於評點之「多向性」與「細微性」，這些類別以及類別之下的內

---

5 見張秀惠碩士論文《南宋古文評點研究》，頁 28。另外於頁 30 列出常見批語。

6 張秋娥〈修辭接受與修辭表達──從《古文關鍵》評點看呂祖謙的修辭思想〉，《河南師範大學學報（哲學社會科學版）》，頁 74。

7 見呂軒瑜博士論文《通代古文評點選本研究》，頁 124-129。

8 見羅瑩〈《古文關鍵》：經典的確立與文章學上的意義〉，《瀋陽師範大學學報（社會科學版）》，頁 86-89。

9 「內律」指的是著眼於文本分析的學科領域，內涵大約為意象學（狹義）、詞彙學、修辭學、文法學、章法學、主題學、文體學、風格學。詳見第參章第四節。

容，都有再豐富、深化的空間。因此，本論文擬在第肆至柒章的研究基礎上，分別針對「看古文要法」、「題下批」、「評論符號」、「旁批」，更進一步總結出《古文關鍵》「評點」中之重要內涵，而且因為「看古文要法」、「題下批」、「旁批」這三個部份，與「批評語言」的運用關聯甚深，所以之前先置一節，探究「『批評語言』的運用」。

## （一）批評語言的運用

在研究《古文關鍵》評點之內涵時，「批評語言」是相當重要的一環。誠如王水照、慈波所言：「宋代文章學形成了一套具有適應於文章特點的批評話語。儘管對詩學理論多有借鑑，但宋人所運用的批評術語如用意、認題、關鍵、綱目、文勢、格、法、章法、句法、體勢等，多與文章特徵相關聯，更多具有文章學的範疇特徵，並且也多為後世所沿用。」[10]而處於評點風潮之先的呂祖謙，為了表達自身的古文鑑賞、創作思想，因此或繼承或改造或創造了一群批評語言，而他所繼承或改造或創造的批評語言，又為後代所襲用。因此，「批評語言」不僅成為標誌《古文關鍵》成就的指標之一，也成為古代文章學的重要寶藏。

如前所言：呂祖謙所用之批評語言，是前有所承的。關於此點，祝尚書就指出呂祖謙繼承江西詩派：「黃庭堅將他倡導的『詩法』移植為文章作法，首次揭出了文章『脈絡』、『關鍵』、『開闔』等概念，認為作文章也有『斧斤』即方法。這些都是評點家常用的詞彙，特別是『關鍵』一語，雖並不起源於山谷，但用以評文，卻以他為早，後來呂祖謙著《古文關

---

10 見王水照、慈波〈宋代：中國文章學的成立〉，《復旦學報》（社會科學版），頁 27。
   王水照、慈波對此一再致意，譬如同文又稱：「另外，宋代文章學形成了一套具有適
   應於文章特點的批評話語。」，頁 27。

鍵》，蓋即受此啟發。」[11]此外，祝尚書又指出另一個源頭：「場屋詩賦格法……為古文評點者提供了現成的術語群，如『認題』、『破題』、『立意』、『布置』、『造語』、『用字』等等。」[12]

在前有所承的情況下，《古文關鍵》發展出大量的批評語言，在運用時產生了一些足堪注意的特點。因此，其下即分為「擬象式批語與分析性批語」、「口語式批語」、「批語之涵義」加以探究。

## 1. 擬象式批語與分析性批語

《古文關鍵》之批評語言，包括「擬象式批語」與「分析性批語」。在此二者中，分析性批語直陳事理，具有清晰、準確的特點，正適合於「評點」重視細部份析之特質；但是擬象式批語之作用甚至存廢，就頗值得討論了。

陳國球認為：「我國古代很多批評家都愛用形象化的語言去品評作家和作品。」[13]古文批評家也是如此，祝尚書針對古文批評，說道：「縱觀南宋以前的文章學……長期停留在『象喻』階段（如蘇軾的『行雲流水』之喻），較之詩學、賦學甚至四六學來，文章學可謂嚴重滯後。」[14]所謂「象喻」，應如龔鵬程所言：「所謂擬象式批評，猶劉勰所云：『窺意象而運斤』，是藉物象之譬況而構成的批評方式。」[15]至於祝氏的言下

---

11 見祝尚書〈南宋古文評點緣起發覆——兼論古文評點的文章學意義〉，《四川大學學報（哲學社會科學版）》第四期，頁 79。

12 見祝尚書《宋代科舉與文學考論》，頁 292。

13 見陳國球〈論論詩史上一個常見的象喻：「鏡花水月」〉，羅宗強編《古代文學理論研究》，頁 611。郭紹虞《中國文學批評史》梳理了此種批評語言的緣起及發展，見頁 152-154。

14 見祝尚書〈南宋古文評點緣起發覆——兼論古文評點的文章學意義〉，《四川大學學報（哲學社會科學版）》第四期，頁 81。

15 見龔鵬程《文學批評的視野》，頁 415。

之意，當謂南宋以後就大致擺脫此種「象喻法論文」的方式，而多出之以系統性、分析性的科學語言。

在此，有兩個問題需要釐清：一是「擬象式批語」有何弊病，二是南宋之後的文章學是否果真不再以象喻法論文。

關於前者，祝尚書作了說明：「以象喻法論文，概念不夠確切，往往只能意會，甚至具有多義或歧義性。要之，沒有系統性，缺乏確定性，是南宋以前文章學的主要不足。」[16]劉若愚也指出研究中國文學批評的困難：「來自有些中國批評家，習慣上使用極為詩意的語言所表現的，不是知性的概念而是直覺的感性；這種直覺的感性，在本質上無法明確定義。」[17]但是，誠如章學誠《文史通義・古文十弊》所言：「法度難以空言，則往往取譬以示蒙學。」[18]龔鵬程更具體地說：「可能是由於分析句字章段之間的關係，頗為機械枯燥，且難以說明，故往往須假借於譬況。」[19]而且，不僅如此，龔鵬程又指出：「不論是以人體之肌理筋節喻況文章，還是以自然界的山水形擬譬文章，似乎都把文章看成是個複雜而活動的有機物；且究之難窮，不可一覽而盡。所以他們所用做說明的喻詞，不只談大的統一性敘事結構，更著眼於較細的組織結構。」[20]果真如此，則面對「擬象式批語」，就不宜只看它「不夠準確」的一面，也應該承認其取譬生動的一面，而且，更重要的是，其中蘊含著文章為有機體的思想[21]。

16 見祝尚書〈論宋元時期的文章學〉，《四川大學學報》（哲學社會科學版），頁106。

17 見劉若愚著，杜國清譯，《中國文學理論》，頁8。

18 見章學誠《文史通義・古文十弊》卷五，《四部備要》三百二十五冊，頁21-22。

19 見龔鵬程《文學批評的視野》，頁416。黃維樑也說：「形象語的批評，就是隱喻的批評。」見〈詩話詞話和印象式批評〉，《中國詩學縱橫論》，頁11。

20 見龔鵬程《文學批評的視野》，頁417。

21 黃維樑〈詩話詞話和印象式批評〉認為：「詩話詞話的印象式批評，對印象的表達，可分為兩個層次：一為初步印象，一為繼起印象。」又認為詩話詞話表達繼起印象，還有一方式：「形象語的運用。」分見《中國詩學縱橫論》，頁4、9。此語雖針對

　　至於南宋之後的文章學是否果真不再以象喻法論文？張伯偉有不同的看法：「評點家講文法，也往往用形象語為之，一如唐五代詩格中的『勢』名。」[22]顯然與祝尚書的看法是不同的。

　　而揆諸《古文關鍵》全書，則「擬象式批語」、「分析性批語」雜然並陳。譬如蘇軾〈留侯論〉的旁批中，有擬象式的，譬如「文勢如一波一浪」（14），「文勢」指文章體勢，本旁批指此處文句緊密遞接而下，十分緊湊，氣勢如波浪疊湧；但是有更多分析性的，譬如「一篇意在此數句」（2）、「立一句斡旋」（6）、「句新不陳滯」（8）……等，都是直陳事理，有著準確清晰的特色。次如曾鞏〈戰國策目錄序〉之題下批：「此篇節奏從容和緩，且有條理，又藏鋒不露，初讀若太羹元酒，當子細味之。若他練字好，過換處不覺，其間又有深意存。」前、後為分析性語言，首先闡明本篇之特色為論述有條理，且節奏從容不迫，最後則指出練字、過換處的佳妙，並指出含有深意，而中間則為擬象式批語，用一譬喻形象化地形容品味本文之感受。

　　縱觀《古文關鍵》全書，「分析性批語」固然佔的份量較重，但是「擬象式批語」的重要性也不可忽視，而且也起了很好的作用，甚至許多重要術語，諸如「眼目」、「骨髓」、「筋骨」、「間架」等，其本質即為擬象式批語。因此，同等重視「擬象式批語」和「分析性批語」，並抉發出各自的特色與貢獻，應該才是最重要的。

## 2. 口語式批語

　　《古文關鍵》的批評語言還有一個特色，就是「只期切

---

詩話詞話而發，但也可作為古文評點之參考。

22　見張伯偉《中國古代文學批評方法研究》，頁558。

當，無嫌俗語」[23]，王水照、慈波引用此語，並認為：「其語言
具有口語化特徵。」[24]

《古文關鍵》之批語確實具有此種特色，例證屢見不鮮。
譬如柳宗元〈桐葉封弟辨〉第 5 個旁批：「自『設有不幸』止
『何若』難得倒處，大抵難文字須難得倒，譬如爭訟須爭得
倒，前既難倒，須說正理」，此旁批指出「設有不幸……何
若」一段，乃是「破」小弱弟封唐事，而且「破」得淋漓盡
致，接著又提出後面「須說正理」，乃是注意到承接的問題。
次如歐陽修〈朋黨論〉第 22 個旁批：「上幾句說有力，若無一
句承得有力，亦徒然，譬之千鈞一秒木，承之則腰折了，下一
句須有力」，「上幾句說有力」應指「更相稱美推讓而不自
疑……而稱舜為聰明之聖者」一節，「下一句須有力」應指
「以能辨君子與小人也。」而「千鈞一秒木」之譬，則是指出
若開展好，但是承接得不好，則是徒然。

前引兩則批語，皆出於口語，淺白而明暢。而《古文關
鍵》的批評語言之所以會口語化，當與其用力於寫作教學的基
本立場有密切關係，因為既然目的在教學，「明白曉喻」就是
最重要的；而且「評點」此一文批形式，正如張伯偉所言，並
非「大判斷」，而是「小結裏」[25]，如此一來，就更不求語言之
典雅深奧了。因此，《古文關鍵》的批評語言具有口語化的特
徵，淺白明暢，便於曉喻與流傳。

23 見廣文書局印行《古文關鍵・凡例》，頁6。
24 見王水照、慈波〈宋代：中國文章學的成立〉，《復旦學報》（社會科學版），頁26。
25 針對評點與其他文批形式的不同，張伯偉說道：「人們聽慣了『載道』、『言志』、『美
　刺』、『褒貶』的『大判斷』，再來看這些純粹以作品優劣為重心的『小結裏』，也未嘗
　沒有親切實在乃至耳目一新之感。」見張伯偉《中國古代文學批評方法研究》，頁
　543。張伯偉並註云「小結裏」一詞出自方回《瀛奎律髓》卷十姚合〈遊春〉評語。

### 3. 批語之涵義

　　劉若愚指出研究中國文學批評的困難:「在中文的批評著作中,同一個詞,即使由同一作者所用,經常表示不同的概念;而不同的詞,可能事實上表示同一概念。」[26]這種困難也出現在《古文關鍵》的研究中,張秋娥即認為《古文關鍵》的缺點之一是:「所用術語無明確界定:古文文論不像今人對所用術語的內涵、外延有明確界定,而是讓人在具體語境中推測,意會。」[27]不過,研究《古文關鍵》批語之涵義,不只需注意「批語涵義不確定」這一點,還需注意「與現代術語涵義不同」、「批語所指不明確」兩點。因此其下即分就此三點加以說明。

　　其一是批語涵義不確定。關於此點,可以舉《古文關鍵》中常見的批語「句法」為例。

　　最早提出「句法」者為黃庭堅,張伯偉認為:「黃庭堅及其江西詩派瓣香杜甫,實以『句法』為中心。黃庭堅在其詩文中多次使用『句法』一詞。……從此以後,『句法』成為宋代詩學的中心觀念之一。……從理論本身的發展看,『句法』是沿著唐五代詩格中所討論的問題演變而來。」[28]「句法」一詞之內涵相當豐富,龔鵬程曾針對此術語加以闡釋:黃庭堅認為句法不是一個單純語言表現形式的概念,而是具有連貫了文體文氣的風格論意涵,之所以如此,乃是因為語文形式即作者全幅人格、整體生命的朗現,而每個人的性情體氣不同,句法即

---

26 見劉若愚著,杜國清譯,《中國文學理論》,頁 8。

27 見張秋娥《宋元評點修辭研究》,頁 74。

28 見張伯偉《中國古代文學批評方法研究》,頁 556-557。汪涌豪《中國文學批評範疇及體系》也言及此點,參見頁 238。張伯偉《全唐五代詩格彙考》論「句法」則與「勢」的探討聯繫在一起:「晚唐五代詩格中『勢』論的基本含義乃是『力』。……這些名目眾多的『勢』講的實際上是詩歌創作中的句法問題。這裡講的句法,指的是由上下兩句在內容上或表現手法上的互補、相反或對立所形成的『張力』。」又說:「古人所說的『句法』,往往是包含內容與表現兩方面的考慮在內的。」分見頁 31、32。

呈現出各自殊異的面貌；不過，雖說如此，但可考見的，畢竟只在文字，故後人論句法時，關於涵養省悟的問題，均很少著墨，而僅針對語言構造形式立論了[29]。而呂祖謙之伯祖呂本中也重視「句法」，因此呂祖謙或也得自家學淵源[30]。

呂祖謙在旁批中屢屢使用「句法」術語。譬如蘇軾〈秦始皇扶蘇志林〉，第 25 個旁批：「句法」，此旁批當涵蓋「以殊死為輕典，以參夷為常法」兩句，所以是指出上下兩句形式對應整齊的句子。次如曾鞏〈唐論〉第 2 個旁批：「都包漢盡，此是句法」，指此四句就君王更迭、領土、國祚寫來，包羅漢朝之重點，所以「句法」在此應指布局手法，屬於章法類。同文還有第 6 個旁批：「『以』字變作『有』字，『有』字變作『無』字，是句法」，在此所指出的是具有修辭特色的詞的轉變，因為呂氏所標誌出的是「字」，因此可解釋為呂氏注意到「類字」的現象，但是因為其中又多牽涉到「排比」，因此呂氏也有可能注意到排比多用相同字造成。又如蘇洵〈春秋論〉第 34 個旁批：「句法」，所批註的應是「而以天子之權與之」，而配合評論符號「、」所標誌出的重要詞彙——「與」字，或可推斷此旁批所指為遣詞造句有法。又如蘇洵〈高祖論〉第 21 個旁批：「句法」，當指「而豪奴悍婢不敢與弱子抗」一句，並有第 22 個旁批：「有筆力處」，與之相輔相成，因此推斷當是指此句遣詞造句有法。第 33 個旁批又出現「句法」，當指「則漢之為漢，未可知也」一句，應亦指此句遣詞造句有法。又如韓愈〈原道〉第 15 個旁批：「好句法」，當指「奈之何民不窮且盜也」，應亦指此句遣詞造句有法。又如歐陽修〈泰誓論〉第 6 個旁批：「句法」，所批註的是「果重事歟」，應亦指此句遣詞造句有法。又如蘇轍〈三國論〉第 1 個旁批：「句法好不

29 參見龔鵬程《文學批評的視野》，頁 459-461。

30 參見劉昭仁《呂東萊之文學與史學》，頁 136。

枯」，所批註的應該是「天下皆怯而獨勇，則勇者勝；皆闇而
獨智，則智者勝」數句，此數句為排比句，因此「句法」當指
具有修辭特色的句子。

　　綜合前面所述的例證，《古文關鍵》中「句法」的涵義有
以下幾種：一是指上下兩句形式對應整齊的句子；二是指布局
手法；三是指具有修辭特色的詞的轉變；四是指遣詞造句有
法；五是指具有修辭特色的句子。可見其涵義不只一種[31]，甚
至分屬於「章法」、「修辭」、「文法」等不同領域。張秋娥指
出：「至南宋……使用『句法』的人多了起來……但因使用者
皆未作出明確的內涵闡釋、規定，所以『句法』一詞的涵義模
糊不清。」「在南宋評點中，呂祖謙第一次使用『句法』隨文
評點，這種作法使人們結合具體的文本能稍微明白其『句法』
的指向。」[32]此為呂祖謙對此之貢獻。

　　其二是與現代術語涵義不同。舉例來說，「譬喻」現已為
現代修辭學中修辭格的專名，專指以喻體比方、說明本體的修
辭手法。而《古文關鍵》中亦出現「譬喻」、「譬」、「喻」等批
語，但是內涵與現代譬喻格有所不同。

　　譬如張耒〈用大論〉有「譬切」（3），因為本段乃是以
「為屨」來陪襯「為政」，因而形成了「先賓後主」結構，其中
「為屨」是「賓」、「為政」是「主」，所以呂氏應是見出此為

---

31 關於「句法」涵義，以下兩家之說可資參考。首如吳承學〈現存評點第一書〉，《中國
　文學評點研究論集》：「『句法』是指遣詞造句、起結、剪裁、轉折等文字功夫。」，頁
　225。次如張秋娥《宋元評點修辭研究》：「宋元評點中的『句法』總體上是指有修辭
　特色的語言。……具體指以下幾個方面：1. 句子的字數多少；2. 句子的組織結構；3.
　用修辭格的句子；4. 有修辭特色的字；5. 語言風格或習慣；6. 泛指作詩方法。」，頁
　40。

32 見張秋娥〈南宋謝枋得評點中的句法〉，《湖北師範學院學報》，頁 62。張秋娥亦說：
　「『句法』是常見的文論詩評術語。據不完全統計，黃庭堅在他的集子中談到時，『句
　法』一詞至少出現了 20 次。《彥周詩話》認為，詩話的主要任務之一就是『辨句
　法』。嚴羽在《滄浪詩話》中也將『句法』看成是學詩的關鍵環節之一。」見張秋娥
　《宋元評點修辭研究》，頁 40。

「陪襯法」之運用，但未指出此為「賓主法」，不過，很明顯地，此術語之概念與現代「譬喻法」不同。次如歐陽修〈本論上〉有「就譬喻立綱目」（3），「綱目」為文章展開的主要線索，本旁批指用「譬喻」的方式提出主要線索，呂氏所指出者實為「舉例」，但是呂氏稱此種作法為「譬喻」。又如蘇洵〈春秋論〉有「此譬的此一段略說都未破，自此處看一似夫子理已窮」（21），所謂「此譬」指的是舉例，而「自此處看一似夫子理已窮」則指出此例證之效果，因此旁批所稱之「此譬」，亦為舉例。又如蘇洵〈審勢〉有「就喻結一段」（7），意為根據此喻結本段，而本段一開始即稱「譬之一人之身」，即為舉例說明，此後根據此例發展成一段，因此呂氏所謂之「喻」，實為舉例。又如韓愈〈師說〉有「就鄙淺處，說喻得切」（23），也是指舉淺近切當的事件為例證。

綜合前面所述的例證，《古文關鍵》中「譬喻」、「譬」、「喻」的涵義有二：一是指陪襯，二是指舉例，此二義皆與現代譬喻格中，以喻體比方、說明本體之涵義有所不同。

其三是批語所指不明確。《古文關鍵》中有些批語常令人不明所指，譬如歐陽修〈朋黨論〉有旁批「下得好」（9、11、20），呂氏之批語稍嫌籠統，並未劃分範圍，是指字、句還是節？但根據推測，應指此句很有效果。次如蘇軾〈王仲義真贊敘〉有「有力」（3）、蘇轍〈三國論〉亦有「有力」（8），也是十分籠統，是指文字表現有力？還是指文意深入有力？實在無法確定。又如韓愈〈原人〉有「極好」（1），是指意思好還是句法好？也難以確定。因此，碰到批語所指不明確的情況時，往往只好用推測的方式，得出「應指……」、「當指……」的結果[33]。

---

33 黃維樑《中國詩學縱橫論》認為：「詩話詞話的印象式批評，可分為兩個層次：一為初步印象，一為繼起印象。」，頁4，其後並舉歐陽修《六一詩話》為「初步印象」

　　呂祖謙所繼承或創立之批評語言，在當代以及後代一直為學者所襲用。譬如吳承學就指出：「《古文關鍵》的批評術語也多為南宋古文評點選本所用，如《文章軌範》中就多用『關鍵』、『主意』、『關鎖』、『字法』、『句法』等術語。」[34]其後又舉出多部引用《古文關鍵》評語之古文評點選本。張秋娥也指出：「呂氏在書中所講的『有形者綱目，無形者血脈』、『題常則意新，意常則語新』之語至今還被人引用。」[35]可見影響之大。

　　此外，順帶可以討論一個問題：古文評點是否借鑑自八股文評點。因為古文評點與八股文評點有許多共通的術語，因此向來有學者持此觀點：古文評點借鑑自八股文評點。但是，吳承學根據古文評點的產生年代先於八股文評點這個事實，說道：「八股文評點常有文中『立柱』、『破題』、『罵題』等，這些術語在《古文關鍵》中也已出現了……有些學者談到明清評點文學時多言及受到八股文評點的影響，最初的事實也許恰好相反。」[36]龔鵬程則說明了為何出現大量的共通術語：「評點之學，既用以教學者為文，則論八股文者自然也用了這一套類似的方法來教士子撰寫制義，並不能說是評點受了八股文的影響。」[37]因此，事實上是八股文評點借鑑自古文評點，而之所以如此，乃是導源於古文評點這一批評形式的誕生，原本就與科舉考試的關聯非常密切。

---

之例，認為「誠佳句也」之類的評語，只知道作品「佳」，卻佳在何處，卻不加析論，其他常用之評語為「妙」、「工」、「警絕」、「合於古」等，參見頁 4。《古文關鍵》中此類所指不明確的批語，或許也是表達「初步印象」。

34 見吳承學〈現存評點第一書〉，《中國文學評點研究論集》，頁 229。

35 見張秋娥《宋元評點修辭研究》，頁 76。

36 見吳承學〈現存評點第一書〉，《中國文學評點研究論集》，頁 226。

37 見龔鵬程《文學批評的視野》，頁 394。

## （二）「看古文要法」之重要內容

「看古文要法」乃提挈《古文關鍵》之總論，杜海軍即指出：「它概括了《古文關鍵》評點中論到的所有問題，是宏觀的指導，是閱讀《古文關鍵》的一個總綱。」[38]關於「看古文要法」之重要內容，可以分從兩個方向加以掌握：一是讀寫互動的主張，二是與文章學的匯通。

### 1. 讀寫互動的主張

「看古文要法」中包含兩個部份：「總論看文字法」、「總論作文法」，此種安排非常充分地體現了呂祖謙由讀入手、讀寫結合的觀點，杜海軍即指出：「總評涉及到了練習作文從閱讀入手到學步成文的全過程。」[39]而因為「總論看文字法」、「總論作文法」兩者是互動的，因此林明昌提到：「看文法與作文法雖目的不同，但講求文章法則則一也，以致二者界限並不明確。因此如《古文關鍵》中〈看韓文法〉則曰：『學韓簡古，不可不學他法度，徒簡古而乏法度，則朴而不文。』〈看柳文法〉則曰：『當學他好處，當戒他雄辯。議論文字亦反覆。』等等，雖名為看文法，卻是討論如何學習韓、柳的作文法。」[40]張秋娥也說：「僅從『論作文法』、『論文字病』及其評點看，呂祖謙的修辭表達思想好像很片面、簡略，沒有其修辭接受思想詳細、全面。……看呂氏的修辭表達思想，應把其修辭接受思想即『看文字法』等內容與『論作文法』、『論文字病』結合起來才能比較完整地把握其修辭表達思想。」[41]所

---

38 見杜海軍《呂祖謙文學研究》，頁 159。

39 見杜海軍《呂祖謙文學研究》，頁 159。

40 見林明昌博士論文《古文細部批評研究》，頁 8。

41 張秋娥〈修辭接受與修辭表達──從《古文關鍵》評點看呂祖謙的修辭思想〉，《河南師範大學學報（哲學社會科學版）》，頁 73。

以，前面「總論看文字法」主要談文章的接受問題，聯繫上談表達問題的「總論作文法」，就讓讀與寫兩者達成了良性的互動，呂祖謙的文章教學觀到此才算完備。

## 2. 與文章學的匯通

「總論看文字法」乃呂祖謙針對文章分析而發的重要主張，如羅瑩所言：「呂祖謙在《總論》當中論及散文鑑賞、寫作所關聯到的所有因素，包括取法的對象、文章的立意、結構的安排、語言的運用等多個方面，是學習古文的一個宏觀綱要，是我們掌握《古文關鍵》的一個總綱。」[42]「總論看文字法」之內涵，與現代學者對文章學內涵的看法[43]，有諸多匯通之處，其下即一一加以處理。

其中，特別值得注意者為「四看」。此「四看」之內涵相當豐富，而且安排上先內容後形式、先整體後局部[44]，極富邏輯性：

首先，第一看「大槩主張」指文章的主題思想，也就是命意之所在，此屬於文章學之「主題學」範疇。

其次，第二看「文勢規模」，「文勢」指文章體勢，「規模」指布局，兩者之間是配合的，此屬於文章學之「文體

---

42 見羅瑩〈《古文關鍵》：經典的確立與文章學上的意義〉，《瀋陽師範大學學報（社會科學版）》，頁 86。此外，朱世英、方遒、劉國華針對評點中具有總結性質、離開原作的評（亦即「總評或序跋」），概括其內容，得出八種：「談作家特色」、「評作家影響」、「評文化背景影響」、「評文氣」、「談承與變的關係」、「評斷續文法」、「評疏密章法」、「評筆法」，此說亦可參考。見朱世英、方遒、劉國華《中國散文學通論》，頁 997-999。

43 文章學內涵大分為「外律」和「內律」，「外律」指的是文本分析之外的相關學科領域，「內律」指的是著眼於文本分析的學科領域。關於「外律」，其內涵大約為文道論、文氣論、品評論、文運論；至於「內律」，其內涵大約為意象學（狹義）、詞彙學、修辭學、文法學、章法學、主題學、文體學、風格學。現代學者對文章學內涵的看法，詳見第參章第四節。

44 「先內容後形式」、「先整體後局部」之相關闡述，詳見第捌章第三節。

學」、「章法學」範疇。

又次，第三看「綱目關鍵」，「綱目」即指文章展開的主要線索，而「關鍵」即指與此相關的重要節段、句字；而且呂祖謙本身即為「綱目關鍵」下了註腳：「如何是主意首尾相應，如何是一篇鋪敘次第，如何是抑揚開合處。」結合前面的討論，可作如是觀：「綱目」即指出「如何主意首尾相應？如何一篇鋪敘次第？如何抑揚開合？」而「關鍵」即指出「主意首尾相應處，一篇鋪敘次第處，抑揚開合處處。」其中，「首尾相應」、「抑揚開合」所關注者為文章局部與局部之間的呼應，「鋪敘次第」所關注者為文章的鋪陳延展，此皆屬於文章學之「章法學」範疇。

又次，第四看「警策句法」指在全篇精神所注的重要處，所表現出的遣詞造句、起結、剪裁、轉折等文字功夫；而野呂祖謙本身即為「警策句法」下了註腳：「如何是一篇警策，如何是下句下字有力處，如何是起頭換頭佳處，如何是繳結有力處，如何是融化屈折、翦截有力處，如何是實體貼題目處。」一開始即提出的「如何是一篇警策」，此為總冒，其後所言之「下句下字有力處」、「起頭換頭佳處」、「繳結有力處」、「融化屈折、翦截有力處」、「實體貼題目處」，此即「句法」佳處。而「下句下字有力處」屬於文章學之「文法學」、「詞彙學」範疇，「起頭換頭佳處」、「繳結有力處」屬於文章學之「章法學」範疇，「實體貼題目處」多就「立意」而言，因此多屬於文章學之「主題學」範疇，而「融化屈折、翦截有力處」較不容易掌握，可能指鍾鍊文句，屬於「修辭學」、「文法學」範疇。

在「四看」之外，篇首所提出之：「先見文字體式，然後徧考古人用意下句處」，「體式」當為法式、格式之意，因此此段話之意為先看文章整體的命意布局，然後看局部的語句表

意。關於前者,當屬於文章學之「章法學」範疇,關於後者,則可能牽涉到文章學之「主題學」(「意」之表出屬於「主題學」)、「文法學」、「修辭學」範疇。還有,「論各家體格源流」中,相當注意作家的風格,此屬於「外律」之「品評論」;並且考察其源流,此牽涉到作家之學養、寫作準備,屬於「外律」之「文氣論」。

綜上所述,「四看」所關注者為「內律」,涉及了文章學中「主題學」、「文體學」、「章法學」、「文法學」、「詞彙學」、「修辭學」;「四看」之外,則涉及了「內律」中之「章法學」、「主題學」、「文法學」、「修辭學」,以及「外律」之「品評論」、「文氣論」。因此,整體說來,呂祖謙在「外律」中,只注意到「品評論」、「文氣論」,未提及「文道論」、「文境論」、「文運論」;而在「內律」中,「章法學」特別受到注意,「意象學」則未被提及。由此可見,呂祖謙所關注的主要是文本分析,並且涵蓋面已經相當廣大。

### (三)「題下批」之重要內容

「題下批」是針對個別文本的總評,具有提挈全文的功能。而其內容可歸納為以下幾個類別,每類中並各舉一、二例以為佐證:

1. 詞彙:譬如曾鞏〈戰國策目錄序〉:「若他練字好」,指本文遣詞佳。

2. 意象:譬如蘇洵〈高祖論〉:「將無作有,以虛為實」,當指作者將「無」、「虛」的揣測,當作「有」、「實」的事材來運用[45]。

3. 修辭:譬如歐陽修〈送王陶序〉:「凡文字用易象,多失

---

45 可與旁批「一篇意至此方艷,以虛為實」(41)配合而觀。

之陳。此篇使得疏通不陳，窒塞處能疏通。」前面指出
一般文章使用易經語典，容易造成堆疊的弊病，後面則
指出本篇活用易經語典，文意疏通不塞。此題下批所論
主要是「引用格」之用「語典」。

4. 文法：譬如蘇軾〈荀卿論〉：「一句，亦有句法」，則指
造句亦講究，有可觀處。

5. 章法：譬如蘇洵〈上富丞相書〉：「此篇須看曲折抑揚開
合反覆，節奏好」，所謂「曲折」，大體上是指文意之開
展、轉折，而「抑揚開合反覆」則是指文意在開展、轉
折的過程中，所造成的呼應現象。而且因為此呼彼應，
文章就會顯得有波瀾、很緊湊，因此呂氏批為「節奏
好」。又如蘇洵〈高祖論〉：「此篇須看抑揚反覆過接
處」，「抑揚」當指篇首對高祖先抑後揚，而「反覆」當
指針對一個論點反覆發出議論，「過接」則指另換新意
時之承轉問題。

6. 主題：譬如蘇洵〈管仲論〉：「此篇義理的當，抑揚反覆
及警策處多」，指出本文論述得當，而「抑揚反覆及警
策處多」則是指反覆闡述、內蘊褒貶、十分精闢。又如
蘇洵〈春秋論〉：「一起六句，應接得緊切，自此振發，
『公』、『私』二字是一篇本意」，指出本文起六句定下本
文大綱，此後根據此發展，而其中提出的「公」、「私」
二字乃是本文本意。

7. 文體：譬如歐陽修〈春秋論中〉：「此一篇是反題格，與
韓文諫臣論相類」，「反題格」意指針對此題駁難，本文
圍繞著「隱公非攝」問題展開論述，駁斥了「隱公攝
政」的說法。而此種作法與韓愈〈諫臣論〉相似[46]。又

---

46 〈諫臣論〉之題下批為「意勝反題格」，因為全文是論陽城未盡諫臣之責，此為「反
題」，而且，因為如此，所以立論超出平常，此為「意勝」。

如柳宗元〈與韓愈書論史事〉:「亦是攻擊辯詰體,頗似退之諍臣論」,本文論韓愈不為史官之非,其中出現頗多辯駁韓愈想法之處,因此呂氏認為此為「攻擊辯詰體」,而且也指出「頗似退之諍臣論」[47]。

8. 背景:譬如歐陽修〈朋黨論〉:「在諫院進」,指出歐陽修作此文之背景。又如蘇軾〈錢塘勤上人詩集敘〉:「郎曰,名惠勤,餘杭人,歐陽公有非此之樂三章為勤作也」,本題下批乃提供本文之背景資料。

9. 指導作文。譬如歐陽修〈朋黨論〉:「議論出人意表,大凡作文妙處,須出意外」,呂氏其後有旁批云:「一篇大意」(7),此指「故為人君者,但當退小人之偽朋,用君子之真朋,則天下治矣!」此即為「出人意表」之議論,而且呂氏強調「大凡作文妙處,須出意外」,指出了此種立論方式的效果。又如蘇軾〈鼂錯論〉:「此篇體製好,大槩作文要漸漸引入來」,「體製好」應為結構好,此種結構之好在「漸漸引入來」,並指出學者作文應仿此。

其中,份量最重的是「章法」,其次是「主題」,又次是「文體」。其他諸如「詞彙」、「意象」、「修辭」、「文法」、「背景」、「指導作文」等類別,則較少被提及。[48]

---

47 本文運用了「立破法」,而韓愈〈諫臣論〉也是論辯陽城任諫官之非,並且運用了頗多次「立破法」,而且呂氏也在題下批處云:「此篇是箴規攻擊體」。

48 張秀惠認為「總評」(即「題下批」)之內容不外三方面:「評論文章特色」、「說明文章作法」、「提示文章讀法」,並說:「以上雖將總評析分為三類,其實評論的焦點主要皆在作法上。」見張秀惠碩士論文《南宋古文評點研究》,頁 28。朱世英、方道、劉國華:「首批、尾批、眉批都是針對整篇文章而發的。」對批語進行歸類分析,共得十五項:「指示文眼」、「分析關鍵」、「分析文意」、「分析文勢」、「分析文情」、「分析文心」、「分析文法」、「指示筆法」、「分析章法」、「分析文體」、「分析風格」、「分析人物語言」、「分析內容」、「介紹相關軼事」、「點明繼承關係」,分見朱世英、方道、劉國華《中國散文學通論》,頁 990、991-993,其所謂之「首批」即為「題下批」。兩家之說可供參考。

## （四）「評論符號」之重要內容

吳承學指出：「圈點與評語不同，評語所論，十分顯豁，而諸家的圈點方式『義例』各不相同，帶有『密傳』性質，更需人去揣摩，弄通各種符號的象徵意義及彼此之間的微妙區別。」[49]而「揣摩」之訣竅，即在「與文本結合」。針對《古文關鍵》之「評論符號」，探究其意義者，首推俞樾，他認為《古文關鍵》：「論文極細，凡文中精神命脈，悉用筆抹出。其用字得力處，則以點識之。而段落所在，則勾乙其旁，以醒讀者之目。」[50]俞氏所指的「悉用筆抹出」應該是「｜」（字右旁長直線），「以點識之」應該是「、」（字右旁小斜點），「勾乙其旁」應該是「┕」（字下右折短直線）。本論文在此基礎上力求深入，歸納出以下成果，並且在每類之下均舉二例以為印證：

1. ┕：本符號之作用即為劃分段落，而分段之依據，最重要的是文意之延展或轉折，其次是字數之多寡。譬如韓愈〈諫臣論〉，本文用四問四答連貫而成，每一組問答都形成了「先立後破」的邏輯，且各有重點（駁有道、駁訕上、駁深責、駁傷德），若是根據此四問四答來分

---

49 見吳承學〈評點之興──文學評點的形成和南宋的詩文評點〉，《文學評論》，頁 31。朱世英、方道、劉國華：以謝枋得《文章軌範》為例，歸納評論符號的用途：「以圈點標示文眼」、「以圈點標示類別」、「以圈點標示轉折斷續處」、「以圈點標示精妙處」、「以圈點標示字法」、「以圈點標示句法」、「以圈點標示章法」、「以圈點標示文法」，見朱世英、方道、劉國華《中國散文學通論》，頁 988-990。此說可供參考。

50 見廣文書局印行之俞樾《古文關鍵・跋》，頁 318。其他學者說法大體上不出於此範圍，譬如張秀惠認為：「『抹』用以標示主意要語。」「『界畫』用以標明段落。」「『點』用以提醒字眼所在，亦即文中之綱領或警要之字。」見張秀惠碩士論文《南宋古文評點研究》，頁 27。其他吳承學、杜海軍、呂軒瑜諸位學者之說法，分見於吳承學〈現存評點第一書〉，《中國文學評點研究論集》，頁 222、杜海軍《呂祖謙文學研究》，頁 160、呂軒瑜博士論文《通代古文評點選本研究》，頁 76，與前說大致相同。

段，應該分為八段，但是因為第一答因為篇幅較長，所以又析為四段，因此加起來成為十一段，因此，據此推估呂氏分段之依據有二：一為此四問四答；二為字數之多寡。次如蘇軾〈范增志林〉，呂氏用此符號將本文分作九段，可掌握意義的轉折，十分精準，唯一可商榷處是分段稍多、略顯零碎，如要作調整，則第二、三段可合併為一段，第七、八段或亦可合併為一段，但是，從呂氏分段寧可細、不可粗的傾向看來，呂氏應是認為掌握文意邏輯才是最重要的。

2. ｜：本符號具有兩種功能：其一，在開頭兩字標上「｜」[51]，乃是與「∟」搭配，以標誌出分段[52]；其二，在句（節、段）旁標上「｜」，以標誌出特殊性。[53]關於前者，在《古文關鍵》中隨處可見，茲不舉例。關於後者，則尚可細分為以下諸類：

其一為標誌出重要的句子。這是最為常見的，譬如歐陽修〈朋黨論〉，第一至五段論述君子真朋、小人偽朋的道理，因此其中的關鍵句：「惟幸人君辨其君子小人而已」、「然臣謂小人無朋，惟君子則有之。其故何哉」、「故臣謂小人無朋，其暫為朋者，偽也」、「此君子之朋也」、「故為人君者，但當退小人之偽朋，用君子之真朋，則天下治矣」，皆予以標誌，可見呂氏對此之重視。次如歐陽修〈縱囚論〉，在論述之警句、揣測心理之深刻處，諸如「信義行於君子，而刑戮施於小人」、「曰太

---

51 極少數情況會標誌出三個字，譬如柳宗元〈封建論〉第八、十二、十三段標誌出開頭三字，作用仍是劃分段落。

52 關於在開頭兩字標上「｜」的功能，有其先天不足處：因為另一功能是在全句、數句或段落標上「｜」，當後者是從段落開始處加以標誌時，此兩者就會重疊，在這種情況下，「在開頭兩字標上『∟』」之作法就無法顯示出來。

53 張秋娥認為「｜」的修辭指向為：「篇章修辭」、「精神命脈」，見張秋娥《宋元評點修辭研究》，頁 63-64。此說可供參考。

宗之為此,所以求此名也」、「夫意其必來而縱之,是上賊下之
情也;意其必免而復來,是下賊上之心也。吾見上下交相賊,
以成此名也,烏有所謂施恩德,與夫知信義者哉」、「是以堯舜
三王之治,必本於人情;不立異以為高,不逆情以干譽」,皆
予以標註,以見出重要性。

其二為標誌出重複出現的類似的句子。譬如韓愈〈原道〉
有兩組重複出現的句子,首先是第三段結尾:「後之人其欲聞
仁義道德之說,孰從而聽之」,和第四段結尾:「後之人雖欲聞
仁義道德之說,其孰從而求之」;其次是第一段開頭:「博愛之
謂仁,行而宜之之謂義;由是而之焉之謂道,足乎己無待於外
之謂德」,和第十一段開頭:「夫所謂先王之教者,何也?博愛
之謂仁,行而宜之之謂義,由是而之焉之謂道,足乎己無待於
外之謂德」,都是重複出現的類似的句子,呂氏悉予標註。又
如柳宗元〈封建論〉亦有三組重複出現的類似的句子,首先是
第五段之「時則有叛人而無叛吏」,第六段之「時則有叛國而
無叛郡」,第七段之「時則有叛將而無叛州」,其次是第八段之
「失在於制,不在於政,周事然也」,第九段之「失在於政,不
在於制。秦事然也」,第十段之「漢事然也」,又次是第十三段
之「是不得已也」、「夫不得已」,呂氏也是悉予標註。

其三為標誌出意義上彼此關聯甚深的句子。譬如韓愈〈原
人〉,對於論述夷狄禽獸與人的關係的句子,呂氏都標註出
來,即「命於其兩間,夷狄禽獸皆人也」、「人道亂,而夷狄禽
獸不得其情」、「人者,夷狄禽獸之主也」、「是故聖人一視而同
仁,篤近而舉遠」諸句。又如韓愈〈與孟簡尚書書〉,呂氏在
第四、五段中,特別將指出楊墨、孟子、韓愈關聯的重要句
子,悉加標註,即「其禍出於楊墨肆行而莫之禁故也」、「然向
無孟氏,則皆服左衽而言侏離矣。故愈嘗推尊孟氏,以為功不
在禹下者,為此也」、「釋老之害,過於楊墨;韓愈之賢,不及

孟子。孟子不能救之於未亡之前，而韓愈乃欲全之於已壞之後」、「又安得因一摧折，自毀其道，以從於邪也」諸句。

其四為標誌出蘊含特殊章法的句子。譬如韓愈〈原道〉，呂氏即標誌出「古、今」（正、反）對照中，「今」（反）的部份，即「今其言曰」（第六段）、「今其法曰」（第七段）、「今其言曰：曷不為太古之無事」（第八段）、「今也」（第九段）、「今也舉夷狄之法，而加之先王之教之上，幾何其不胥而為夷也」（第十段）。又如柳宗元〈梓人傳〉，呂氏特別注意「梓人」與「相」的呼應處，所以一一加以標誌，首先，「是足為佐天子相天下法矣，物莫近乎此也」一語，將「梓人」與「相」聯繫起來，其次，標誌出從正面描寫的呼應點：「猶眾工之各有執伎以食力也」、「猶梓人之有規、矩、繩、墨以定制也」、「猶梓人之畫宮於堵，而績於成也」、「猶梓人之善運眾工而不伐藝也」、「猶梓人自名其功，而執用者不列也」，又其次，標誌出從反面描寫的呼應點：「猶梓人而不知繩墨之曲直，規矩之方圓，尋引之短長，姑奪眾工之斧斤刀鋸以佐其藝，又不能備其工，以至敗績用而無所成也」，最後，還標誌出「余謂梓人之道類於相」一語，點出「梓人」與「相」兩者之間的關聯。

3.、：本符號用來標誌重要詞彙[54]。具體應用情況有四：

其一是標誌出綱領或關鍵詞。譬如韓愈〈獲麟解〉，全篇中的「知」與「祥」字旁，皆標註「、」，此是因為「祥」為本文綱領，而麟之「祥」或「不祥」，乃繫於人之「知」或「不知」，因此，「知」也是關鍵詞，所以，「、」在此是用來標誌著綱領與關鍵詞。又如蘇軾〈留侯論〉，在第三段的「倨傲鮮腆」四個字旁，皆標註「、」，這是因為本文旨在讚美張良能「忍小忿而就大謀」，因此作者覷定黃石老人授書之事加以

---

54 張秋娥認為「、」的修辭指向為：「排比句中的提示語」、「對比句中用字」、「文中關鍵之字」。見張秋娥《宋元評點修辭研究》，頁 61-62。此說可供參考。

翻案，而黃石老人「倨傲鮮腆而深折之」，是使得張良從「不忍」轉而能「忍」的關鍵，所以呂氏特別加以標註出來。

其二是標誌出相對照的詞彙。譬如歐陽修〈縱囚論〉本文在兩個「尤」、「安知」、「不意」旁皆標誌上「、」，標誌出兩個「尤」字，應該是用來凸顯「小人尤甚」、「君子尤難」兩個相對反的事理，而標誌出兩個「安知」、「不意」，應該是用來凸顯太宗與死囚相互臆測的心理。又如歐陽修〈春秋論下〉，在「果有」、「果無」字旁標註「、」，主要是藉此凸顯出認為三子說不「公」。

其三是標誌出蘊含特殊修辭之詞彙。譬如韓愈〈原道〉，本文在「為之」、「其」、「以之」旁，皆標誌「、」，這些都可視為「類字」。又如蘇軾〈六一居士集序〉，本文在第七段之四個「似」字旁，皆標註「、」，而此四個「似」字所屬的四個句子相屬而下，可說是運用了「類字」修辭格，但是因為其中又多牽涉到「排比」，因此呂氏也有可能注意到排比多用相同字造成。

其四是標誌出蘊含特殊章法之詞彙。譬如柳宗元〈與韓愈書論史事〉，在第四段之「如」、「不然」旁邊，皆標註「、」，此段文意多有轉折，「凡言……之耶」就反面寫，「如退……明也」就正面寫，而「不然……守耶」又是就反面寫，呂氏用「、」，將轉折處標註出來，使得此段文意更為顯豁。又如韓愈〈原道〉，本文在「幸」、「不幸」旁，標誌「、」，其作用為彰顯出對舉的兩個面。

綜合三種評論符號：「凵」、「｜」、「、」之重要內容，可得出評論符號之主要功能，首先是標誌文章作法，其次才是標誌表出重要意念的文句。其中「凵」標誌分段的作用特別值得標舉，因為從中可見出呂祖謙之分段多頗為精準，並且主要依據文意之延展或轉折，充分顯示出其文章層次的觀念已經十分

成熟[55]，此為相當重要的成果。

## （五）「旁批」之重要內容

《古文關鍵》所選六十二篇文章中，只有蘇軾〈孫武論〉無旁批，其他均有旁批，少至蘇軾〈孔子墮三都〉的兩個旁批，多至蘇洵〈春秋論〉的六十二個旁批，蘇軾〈范增志林〉的五十二個旁批，歐陽修〈上范司諫書〉的四十九個，其他則多在二十至三十個之間。

數量如此龐大的旁批，所體現的內容是相當豐富的，其下即分類加以說明，而且為了不讓篇幅過於巨大，因此儘量在各種情況下，只舉一個例證。

### 1. 詞彙

注意到詞彙的運用，常用「下字」、「下字好」之類的旁批。譬如蘇洵〈上田樞密書〉有「下字」（8），注意到下字的問題，但是呂氏並未明言注意到什麼，但是推斷應是認為「以塞夫天」中之「塞」字下得好。又如蘇軾〈王者不治夷狄論〉有「下字好」（12），指出下字好，但是呂氏並未明言何字下得好，推斷當指「汲汲」二字。

### 2. 意象

與此相關之旁批甚少。只有蘇洵〈高祖論〉有「一篇意至此方艷，以虛為實」（41），此旁批可配合題下批之「將無作有，以虛為實」而觀，可見出此當指作者將「虛」（「無」）的揣測，當作「實」（「有」）的事材來運用。

---

55 關於古代「文章層次」觀念之發展，詳見第參章第四節。

### 3. 修辭

　　呂氏注意到許多修辭現象，有些會用專門術語予以指
稱[56]。不過，因為呂氏所用之術語可能跟現代術語的詞面一
樣，可是內涵不同[57]，因此探究呂氏在修辭方面之發現時，需
特別注意此點。

　　（1）用語典：譬如歐陽修〈送王陶序〉有「引證」（13），
　　　　　指出此引用《易》之彖辭為證。此為引用格[58]中之
　　　　　「用語典」。

　　（2）用事典：譬如柳宗元〈晉文問守原議〉有「引事證」
　　　　　（20），此指引用齊桓公之事為證，為引用格之用「事
　　　　　典」[59]。

　　（3）重複出現之詞彙：譬如曾鞏〈唐論〉有「『以』字變
　　　　　作『有』字，『有』字變作『無』字，是句法」（6），

---

56 張秋娥《宋元評點修辭研究》：「綜觀宋元評點，他們拈出的修辭格有：引用、比喻、
　　警策、對偶、錯綜、頂真、雙關、仿擬、反覆、反語、襯托、借代、通感、互文、擬
　　人等辭格。」頁44。可供參考。

57 可參見第捌章第二節第一小節中，對《古文關鍵》「譬喻」、「譬」、「喻」術語之探討。

58 黃慶萱《修辭學》：「語文中引用別人的話或詩詞、成語、俗語等等，來印證、補充、
　　對照作者的本意，藉以增強文章或話語的說服力和感染力的，叫作『引用』。」，頁
　　125。劉勰《文心雕龍・事類》：「明理引乎成辭，徵義舉乎人事。」前者指「語典」、
　　後者指「事典」，而因為呂祖謙在各類修辭中，特重引用格，因此本論文遂將引用格
　　分為「語典」、「事典」兩類予以呈現。

59 關於用「語典」、「事典」，在文章學中具有特殊的意義。祝尚書說道：「宋代科舉特重
　　『記問』，窮知典故是士子進取必備的條件，此風與傳統攪合在一起，遂將用事推向
　　的極端。」「在現存宋元文章學論著中，由於所論主要為科舉時文（或可資時文取法
　　的古文），用事被視為程式中不可或缺的關節，故學者們的批判意識相當薄弱，幾乎
　　見不到對用事繁密之弊應持有的警惕。」「宋元文章學將詩賦用事的研究延伸、推進
　　到對古文用事的探討，雖是科舉考試刺激的結果，當時的目的也主要是運用於時文，
　　但其意義是重大的：前此長期被忽略的包括古文在內的文章用事問題，從此進入學者
　　們的研究視野。這無疑對各體文的寫作具有指導意義。」均見於祝尚書，〈論宋元文
　　章學的「用事」〉，《四川師範大學學報》（社會科學版），頁 108。而張春榮則特別提
　　出「用典」在議論文中的重要性：「擷取名言佳句及古今中外事例（亦即『用典』），
　　以為行文時佐證，為強化議論最直接的本領。」見〈理性的呼聲──議論常見的修辭
　　技巧〉，《修辭新思維》，頁 165。

指出具有修辭特色的詞的轉變[60]，因為呂氏所標誌出
的是「字」，因此可解釋為呂氏注意到「類字」[61]的
現象，但是因為其中又多牽涉到「排比」[62]，因此呂
氏也有可能注意到排比多用相同字造成。

（4）長短配合：譬如韓愈〈原道〉有「句長短有法度」
（7），應指「周道……之間」數句，長短間雜，頗有
法度，注意到了長短句的搭配，此為現代修辭格中之
「錯綜」修辭[63]。

（5）設問：譬如歐陽修〈縱囚論〉有「疑詞設問」（10），
指以疑詞設一問，而此例為設問格中之「激問」[64]。

（6）反話：譬如蘇洵〈上田樞密書〉有「如人說反話」
（9）、「亦用反語繳」（12），指出此處表面為正說，但
真意為反面，此皆為「倒反」格[65]。

---

60 參考張秋娥《宋元評點修辭研究》「宋元評點中的『句法』總體上是指有修辭特色的
語言。」其中之一為「有修辭特色的字」，頁40。

61 黃慶萱《修辭學》：「同一個字、詞、語、句，或連接，或隔離，重複地使用著，以加
強語氣，使講話行文具有節奏感的修辭法，叫作『類疊』。」「類字：字詞隔離的類
疊。」，頁531、533。

62 黃慶萱《修辭學》：「用三個或三個以上結構相似、語氣一致、字數大致相等的語句，
表達同一範圍同性質的意象，叫做『排比』。」，頁651。張春榮指出：議論文常見的
技巧之一為「排比」，因為能於繁複中見統一。參見〈理性的呼聲──議論常見的修
辭技巧〉，《修辭新思維》，頁167。

63 黃慶萱《修辭學》說道：「凡把形式整齊的辭格，如類疊、對偶、排比、層遞等，故
意抽換詞彙、交蹉語次、伸縮文句、變化句式，使其形式參差，詞彙別異，叫作『錯
綜』。」，頁753。本例屬於「伸縮文句」，黃慶萱《修辭學》說道：「把原本型態相
同、字數相等的句子，故意伸縮變化字數，使長短不齊，叫作伸縮文身。」，頁
763。值得注意的是：《古文關鍵》旁批中亦有「錯綜」術語，但是指的是相互映照的
句子。譬如蘇軾〈王者不治夷狄論〉有「立二段，若無此結便不成文字，亦本〈原
毀〉散說，若不如此散說都無氣，此等皆是放散錯綜處」（5），即指「齊晉」、「秦
楚」相映照。

64 黃慶萱《修辭學》：「講話行文，不採通常直述方式，而刻意用詢問的語氣，藉以凸顯
論點，引起注意，甚或啟發思考，而使話語、文章激起波瀾的修辭法，叫作『設
問』。」，頁47。其中有一類為「激問」：「為激發本意而發問，叫作激問。」，頁50。

65 黃慶萱《修辭學》：「『倒反』主要指的是言辭表面的意義和作者內心真意相反的修辭

（7）婉曲：韓愈〈與孟簡尚書書〉有「*此生一段難孟子，然其中乃意語辭不語*」（21），意思是此段表面駁難孟子，但是實際上是肯定孟子，而其中「*意語辭不語*」接近「婉曲」之概念[66]。

（8）層遞：譬如蘇洵〈上富丞相書〉有「*一句重一句*」（1），指出句意一句重於一句，此為層遞格[67]之特色。

（9）頂真：譬如韓愈〈原道〉有「*流暢*」（33），指出此處流暢，而其流暢之因，是因為此段文句運用了「頂真」[68]格，呂氏雖未明言此修辭格，但應該已經注意到其效果。

（10）易色：譬如蘇軾〈厲法禁〉有「『*商*』、『*韓*』*人皆不取，今反取，見得文字好處*」（5），指出他人皆不以商鞅、韓非為正面例證，但是本文卻以此為正面例證，呂氏認為：「*見得文字好處*」，以「商韓人」為例，而且特別提到翻轉其褒貶色彩，此為「易色」[69]。

## 4. 文法

呂祖謙所關注到的問題有如下數端：

---

法。表面讚賞，其實責罵；表面責罵，其實讚賞。」，頁 455。

66 「婉曲」格又可分為三類，本例屬於「曲折」類，即「使用轉折、因果、假設、選擇、比較、擒縱等句法，曲折地說明或暗示心中的意思。」見黃慶萱《修辭學》，頁 271。

67 黃慶萱《修辭學》：「凡要說的有三件或三件以上的事物，這些事物又有大小輕重等比例，於是說話行文時，依序層層遞進的，叫『層遞』。」，頁 669。張春榮《一把文學的梯子》認為層遞格：「就比較關係而言，最常見的形式是『A 不如 B，B 不如 C』，以 B 為中間轉關，提出 C 的重要。」，頁 273。

68 黃慶萱《修辭學》：「用上一句結尾的辭彙，作下一句的起頭，使鄰接的句子頭尾藉同一辭彙的蟬聯而有上遞下接趣味的修辭法，稱為『頂真』。」，頁 689。

69 向宏業、唐仲揚、成偉鈞《修辭通鑑》：「易色即根據表達的需要，臨時改變詞語的感情色彩，化貶為褒或化褒為貶。」，頁 530。「易色」適用的範圍可從「詞彙」擴及到「事件」、「例證」等。

(1)句子風格雄壯或簡潔或清新：譬如蘇洵〈上田樞密書〉有「雄健」(10)、「壯」(11)、「句法健」(16)，皆指句子風格雄壯[70]。又如歐陽修〈送王陶序〉有「簡文法」(18)，意指此句簡潔。又如曾鞏〈送趙宏序〉有「句清」(2)：指出句子風格清新。

(2)句佳或句工：譬如歐陽修〈送徐無黨南歸序〉有「句佳」(9)、(14)，指出句子好。又如蘇軾〈厲法禁〉有「句工」(13)，指此句工巧。

(3)下句好：譬如歐陽修〈送徐無黨南歸序〉有「下得好」(13)，指此句下得好。

(4)語工：譬如歐陽修〈送徐無黨南歸序〉有「造語工」(8)，呂氏若是就「字」來探究，通常批為「下字」、「下字好」，而本旁批為「語」，所以應是指整句之工巧。

(5)語新：譬如蘇洵〈審勢〉有「語新」(8)，呂氏若是就「字」來探究，通常批為「下字」、「下字好」，所以本旁批為「語新」，應是指整句新穎。

(6)練句：譬如柳宗元〈種樹郭橐駝傳〉有「練句」(9)，指此句精練，且呂氏雖未明言，但是當指上下兩句形式對應整齊的句子[71]。

(7)散句：譬如韓愈〈原道〉有「散起」(1)，指出以散句開始，可見呂祖謙已經注意到駢句、散句中的「散句」[72]。

---

70 見張智華《南宋的詩文選本研究》：「南宋古文家推崇雄強剛健的筆力。」，頁118。

71 參考張秋娥〈論呂祖謙《古文關鍵》評點的修辭接受思想〉，《修辭學習》，頁58。

72 王本華《實用現代漢語修辭》：「單個句子無所謂整散，許多句子組織在一起才有整散問題。整句就是把結構相同或相似的一組句子整齊地排列在一起；相反，散句就是把結構不一致的各種各樣的句子交錯地排列在一起。」，頁79。

(8) 省文[73]：譬如歐陽修〈上范司諫書〉有「省文」
（24），應指「及命下果然」一句，原應為「及命下果
然為諫官」，今省略「為諫官」，所以為省略詞語。[74]

## 5. 章法

此類的內容最是豐富，因此又根據內容分作「起、承、
轉、結」、「布局呼應」、「兩相對待之元素」、「與『意』之聯
繫」四類，並且以「術語」為核心，將相關之術語歸類，如此
一來，不僅將術語分類，而且也充實了各類的內容。

### (1) 起、承、轉、結

起：指開啟全文或開啟一段。譬如蘇軾〈鼂錯論〉有「有
一篇起頭有一段起頭」（1），指出起頭有兩種，而根據題下批
以及旁批「是一段起頭」（12），呂氏應是認為此處為「一篇起
頭」。

承：指承前發展。譬如張耒〈用大論〉有「承上好」
（2），因為第一段提出論點，第二段加以申說，因此此段乃是
承接前文。

承接：指承接前文而來。譬如韓愈〈師說〉有「承接緊，
有精神」（5），指承前緊密，而且，「起」、「承」為一組相呼應
的術語，因此此「承接」應是呼應一開始之「大意說兩句起」
（1）。

斡旋：指承接，多特就其聯句之作用而言。譬如蘇洵〈高

---

73 鄭頤壽主編，林大礎副主編，《詞章學辭典》：「省略詞語」，見頁 380。范曉主編《漢
語的句子類型》指出：「省略指的是句法結構上必不可少的成分在一定的語境中沒有
出現。」「省略了的句法成分在語義結構中所擔當的角色是明確的，即使不把省略了
的句法成分添補出來，聽者和讀者仍能正確理解句子的語義結構關係及其所表達的信
息。」「省略現象……在大多數場合下，它是由語言的經濟原則決定的。」分見頁
276、278、278。呂冀平《漢語語法基礎》則稱為「簡略句」，頁 64。
74 歐陽修〈送王陶序〉第 18 個旁批「簡文法」與此意思相近，可參看。

祖論〉有「斡旋極好」（13），本旁批所指為「方是時，劉氏安矣」一句，此為「聯句」[75]，與「要說知有呂氏之禍，故先斡此一句，就劉氏上斡」（14）合觀，可知此指由引用高祖之語，開展至下文，深究高祖之深意。

轉：指出文意一轉。譬如蘇洵〈審勢〉有「轉好」（13），指出從前面針對「弱實」的探討，轉到針對「弱政」來探討。

轉換：指出文意轉換處。譬如曾鞏〈戰國策目錄序〉有「轉換好，接得自然處」（9），「轉換好」指此由「孔孟之時」轉為「二帝三王之治」，但是文意又承接，因此稱「接得自然處」。

過接：指承接而過渡至下文。譬如蘇洵〈上田樞密書〉有「過接好」（4），即指承接第一段而過渡至第二段。

關鎖：指與前文相關而收結。譬如蘇洵〈上田樞密書〉有「有收拾有關鎖」（18），指出此處結前面之「棄天」、「褻天」。

鎖：指扣緊前文而收束。譬如蘇洵〈上富丞相書〉有「鎖上面」（16），指出此處扣緊前面對「不平之心」的討論而收束。

歸：歸結之意。蘇洵〈春秋論〉有「歸」（41），乃指前面言周公事，在此處歸到魯。

收歸：指出為收束，並作歸結。譬如韓愈〈原道〉有「收歸」（29），因為前面就「古」（正）論，此處就「今」（反）論，直接關佛老，因此呂氏批云：「收歸」。

繳：此為小範圍之收束。譬如張耒〈景帝論〉有「繳」（1），即為小範圍之收束，此收束「夫自喜多易」。

結：此為大範圍之收束。譬如蘇洵〈上田樞密書〉有「結健」（19），指此結全文，而因為本文結尾不露乞憐之意，因此

---

75 陳滿銘在「基本的聯絡」下，有一類：「用關聯句子做上下文之接榫」，見〈談詞章連絡照應的幾種技巧〉，《國文教學論叢》，頁420。

稱「健」。

繳結：此為收結之意。譬如蘇洵〈上富丞相書〉有「繳結淨潔」（27），指收前意並作結，而且乾淨俐落。

正結：就正面收結。譬如蘇洵〈審勢〉有「正結勢字」（23），「審勢」為本文之重要意旨，呂氏此旁批特別指出結尾回應「審勢」，乃是強調此處明就「勢」字來結。

**（2）布局呼應**

應：指出呼應處。譬如蘇洵〈審勢〉有「應」（2），應指呼應篇首「治天下者定所尚」。

相應：指出呼應處。譬如柳宗元〈晉文問守原議〉有「與媟近相應」（17），指出與「不宜謀及媟近」一句相應，此為前呼後應。

應前：指出呼應前文。譬如蘇洵〈上田樞密書〉有「應前」（14），應是呼應篇首「天之所以與我者，豈偶然哉」。

應後：指出呼應後文。譬如歐陽修〈送王陶序〉有「應後」（6），指出此處埋下其後「然則君子之用其剛也，審其力，視其時，知陰險小人之必可去，然後以壯而決之」一節之伏脈。

應上：指出呼應前文。譬如曾鞏〈戰國策目錄序〉有「應上」（10），指出此處呼應第三段之「亦將因其所遇之時，所遭之變，而為當世之法，使不失乎先王之意而已」。

繳應：收束、呼應前文。譬如歐陽修〈送王陶序〉有「繳應好」（14），「繳應好」指出此處收、應前意之妙。

應結：指出以呼應前文作結。譬如韓愈〈諫臣論〉有「應結」（38），乃是以「善人」一詞回應前面，作為收結。

結前生後：指出此處收結前文、衍生下文。譬如曾鞏〈救災議〉有「結前生後」（19），此指「何則」一語的作用。

勾上生下：指此扣緊上文，並開啟後文。譬如歐陽修〈本

論上〉有「結得有力，勾上生下」（13），指出此結十分有力，而原因乃在於「勾上生下」，「上」指前面分述「堯、舜、三代」之政十分完備，「下」指後面承前論述「堯、舜、三代」之政的優異效果。

勾鎖：指串上生下。譬如歐陽修〈上范司諫書〉有「勾鎖上」（27），與「生下段」（28）搭配，意指此處串上生下。

首尾相應：指出篇首和篇尾的呼應。譬如蘇洵〈上田樞密書〉有「首尾相應」（17），指出倒數第二段呼應篇首「天之所以與我者，豈偶然哉」。

首尾救護：指出前和後的呼應。譬如張耒〈景帝論〉有「首尾救護處」（8），此旁批出現在第十段，此段之「周昌」乃陪襯「亞夫」，而且第十一段中，以「周昌以此見取」收之「賓」（周昌），以「亞夫乃用是不免」收之「主」（亞夫），顯得景帝不如高祖，更見出本文之主旨，因此此段呼應第七至九段，以及第十一段，因此稱「首尾救護處」。

總上：指總結前文。譬如歐陽修〈上范司諫書〉有「總上」（26），指「豈洛之士大夫，能料於前，而不能料於後也」，總結前面洛之士大夫對范仲淹的期待。

趁上說：指接續上文，再生新說。譬如柳宗元〈晉文公問守原議〉有「趁上說」（29），此指前面說用寺人，此處開始論述其不良影響，因此為「趁上說」。

自旁說來：指就周邊說起。譬如歐陽修〈上范司諫書〉有「自旁說來」（4），「旁」指「九卿、百執事、一郡縣吏」，所謂「自旁說來」，是指就周邊的「九卿、百執事、一郡縣吏」說起，而本旁批的言下之意，是指其後會寫到重心——司諫。

雙關：指出前後兩處文意相關涉。譬如柳宗元〈晉文公問守原議〉有「承上說，雙關」（10），此與「文勢見意已著寺人」（7）配合，因為第 7 個旁批指出已經埋下議論「寺人」之

伏筆，而第 10 個旁批則指出與前面文意相關涉。

統關鎖束法：指一一應前收束。譬如歐陽修〈上范司諫書〉有「統關鎖束法」（21），指「懼百世之譏」呼應第五段「垂之百世而不泯」，而所謂「統關鎖束」當指此處一一應前收束。

間架：指布局之呼應。譬如曾鞏〈唐論〉有「立三段間架」（5），所謂「立三段間架」指其下埋下第三至五段之伏脈，因為作者在論述唐太宗時，先就其「得」一面來寫：「可謂有天下之志」、「可謂有天下之材」、「可謂有治天下之效」，以此分為三段。其後又有兩個相配合的旁批：「此幾句是間架說太宗處」（8）、「此三句是間架說太宗得處」（9）。

文勢：指文章體勢。譬如蘇轍〈三國論〉有「文勢勝」（7），指此處文勢勝出。

### （3）兩相對待之元素

抑揚：指按下與上舉，引申為褒、貶或控馭自如，而若就章法而言，所取者為前意[76]。譬如歐陽修〈送徐無黨南歸序〉有「先抑」（5）、「後揚」（6），指對顏子之敘述乃先貶抑、後褒揚。

開合：指縱收之間所形成的文勢[77]。譬如蘇軾〈韓非論〉有「開之於遠」（3），「遠」指老莊學說與申韓之罪相距遠，因此言「開」；以及「合之於近」（4），「近」指老莊學說乃申韓之罪的源頭，因此言「合」，此處之「開」、「合」近於「縱收」法中之「先縱後收」[78]。

---

76 仇小屏《篇章結構類型論》（增修版）：「『抑』就是貶抑，『揚』就是頌揚。當我們針對一個人物或一件事情，有所貶抑或頌揚時，就是運用了抑揚法。」，頁 382。

77 仇小屏《篇章結構類型論》（增修版）：「縱收法是將『縱離主軸』、『拍回主軸』的手段交錯為用的一種章法。」，頁 396。王基倫《唐宋古文論集》探究「開闔」與疑辭、決辭之關聯，亦可參看，見頁 144-152。

78 「先縱後收」就是先「縱離主軸」，接著再「拍回主軸」的作法。

難解：指責難、開解互為呼應。譬如蘇洵〈上富丞相書〉有「此處難了又解，解了又難」(6)，指出此處難、解呼應相生，並與其後旁批「難」(7)(9)、「解」(8)(10)配合。

疑解：指出先設疑、後開解，兩相呼應。譬如蘇轍〈君術〉有「疑」(2)，指出此處設疑，又有「解」(3)，指出此處為解，與「疑」(2)配合。

大小：乃就大處、小處而言。譬如蘇軾〈六一居士集敘〉有「大說」(1)，應指從大處說起，因為本文之作意為推崇歐陽修的詩文成就，一開始先從「夫言有大而非夸」寫起，乃佔大地步，預為後來開展作張本。又有「小說」(3)，指此認為孔孟不宜與大禹配，是看小孔孟，此與「大說」(1)配合。

操縱：指收與放，引申為開合、縱收等文章之變化。譬如蘇軾〈范增志林〉有「操縱」(49)，乃因前面第四至八段為「正論」，論述離去時機的三層原因，以及范增之可為；最後，出以「增亦人傑也哉」之「餘論」收結全文，其中「雖然」一詞正是由「正論」轉「餘論」之樞紐。

擒縱：指收與縱的呼應。譬如蘇軾〈范增〉有「擒縱」(51)，指出「增不去」、「項羽不亡」兩句之間有擒縱關係[79]。

內外：指朝廷內、朝廷外。譬如蘇軾〈秦始皇扶蘇〉有「外」(2)、「內」(3)，此與「設一句意」(1)配合，因為此旁批所批註的原文為「內外相形以禁姦備亂者」，所以其後並據此分說「外」、「內」。

有無：「無」為揣測，「有」指揣測能令人信服，彷如真「有」。譬如蘇軾〈范增論〉有「大抵文字要用無作有說，須漸引入」(36)、「轉無為有」(37)，第36個旁批中所謂「用無作有」，所指為「夫豈獨非其意，將必力爭而不聽也」二句，因

---

79 亦即「先縱後收」。

為此為揣測之言，所以是「無」，但是要能作到令人信服，就是「用無作有」，呂氏指出秘訣在於「須漸引入」。而第 37 個旁批所指的就是這種作法達成了效果。

真偽：指真、假。譬如蘇軾〈秦始皇扶蘇〉有「真偽相形處」(19)，因為蘇軾以「陳勝假其名」為例，以見扶蘇受秦人愛戴之一斑，所以「真」指扶蘇，「偽」指陳勝，以此「相形」。

輕重：指地位之高、下或遭遇之好、壞。前者如韓愈〈重答張籍書〉有「即重明輕」(6)，指用「盛德者」（重）來比擬、說明「韓愈」（輕），因為「此盛德者之所辭讓，況於愈者哉」兩句，形成了「先縱後收」的關係。但是之所以能縱一筆，是因為用「盛德者」（重）來比擬，之所以能收回來，那是因為落回到「韓愈」（輕）上。因此舉出「輕」、「重」是很有意義的。後者如柳宗元〈捕蛇者說〉有「此段輕重相形」(1)，「重」指鄉鄰遭遇悲慘，「輕」指自身安然獨存，兩者相比較，從中凸顯出賦斂之毒。

彼此：指彼方與此方之呼應。譬如韓愈〈送王含秀才序〉有「即彼形此，隱然有不足於醉鄉意」(2)，「彼」應指「王績」（醉鄉），「此」應指「顏曾」，並指出這種比較，隱然透出不滿「王績」（醉鄉）之意。

長短：指段落長短配合。譬如韓愈〈答陳生書〉有：「大抵作文三段短作以一段長者承，主意多在末一段」(5)，指出前三段短（第四至六段），此一段長（第七段），而此段為主意所在。呂氏相當重視此「病乎在己」、「順乎在天」、「待己以信」、「事親以誠」四段，並注意到字數之多寡，且判斷第七段為主要段。而第七段提到的事親之道不在得到名位，確實最為貼近本文主旨，這也顯示出呂氏的眼力。

善惡：指德行好、壞。譬如韓愈〈送文暢序〉有「善惡相

形」(18)，此「善」應指聖人教化，此「惡」應指人本禽獸，「相形」指此二者相比較。可與「先說不好事，然後形容聖人好處」(20)參看。

起伏：應指文勢一起一伏。譬如蘇軾〈錢塘勤上人詩集敘〉有「起伏」(5)，本文從歐陽修「好士」，至「求士」，至「士之負公」，至「為好士者之戒」，文章起伏跌宕。

上下：應指文意前、後之開展。譬如歐陽修〈送徐無黨南歸序〉有「自下說上」(3)、「自上說下」(7)，前者指從草木鳥獸、眾人開始，至此說到聖賢；後者指前面承接聖賢，此開始落到三代秦漢以來的文章。

反救：「反」指文章本意的反面，「救」指回到文章本意。譬如蘇洵〈春秋論〉有「有力，兩句說不當，先反後救」(23)、「方入本意救轉」(24)，前者指出此兩句乃是「說不當」，而且相當有力，但是此為「先反後救」之「先反」；後者指出此處入本文主意，因此「救轉」。

反說：指出此段從反面寫，雖然在字面上未出現「對舉」的現象，但是其中其實已經蘊藏了正反對照的觀點[80]。譬如蘇洵〈審勢〉有「反說」(6)，乃因前面第四段論述用威與用惠為裁節天下強弱之勢的手段，本段則論述不能善用威與惠之後果，因此前段為正說，後段為反說，此指出了正反法的運用。

對說：指相對而說。譬如蘇軾〈鼂錯論〉有「與起頭對說」(5)，指出此段與起頭第一段「對說」，因為第二段承接第一段而來，與第一段形成了「由淺而深」的延伸，因此，呂氏

---

80 陳滿銘認為：「一般說來，作者尋覓材料加以運用，既可全著眼於『正』的一面，也可專著眼於『反』的一面。……除此之外，作者當然也可以部份用『正』、部份用『反』，使一正一反，兩兩對照，以便充分的將詞章的義旨顯現出來。」見〈談運用詞章材料的幾種基本手段〉，《國文教學論叢》，頁 372-373。仇小屏《篇章結構類型論》(增修版)：「所謂的正反法，就是將極度不同的兩種材料並列起來，作成強烈的對比，藉反面的材料襯托出正面的意思，以增強主旨的說服力與感染力。」，頁 349。

所謂之「對說」，應是「相對而說」之意。

分說：指分層來說。譬如蘇軾〈鼂錯論〉有「此兩段分說」（7），此指第一段、第二段分成兩層來說。

平說：指平平說來，但是其中已經蘊含著與「奇」相對待的意味。譬如韓愈〈師說〉有「平說」（6）、「無此說不精神」（7），前指平平說來，後指此說醒目，因此兩者接近「平」與「奇」的關係。

兩段：指相對照的兩種意思。譬如韓愈〈送文暢序〉有「頭兩段起」（1），應是指本文一開始就用「墨行」、「儒行」兩軌加以鋪陳。

兩端：指出兩相對照的元素。譬如韓愈〈與孟簡尚書書〉有「設兩端」（10），指用「君子」、「小人」開兩個發端，並且其後數句皆根據「君子」、「小人」的特質加以開展。

兩意：指鋪陳兩層意思。譬如韓愈〈與孟簡尚書書〉有「平鋪兩意」（13），呂祖謙未言明此兩意為何，但根據文本，應為「孟闢楊墨」、「韓闢佛老」兩意。

錯綜：指彼此互相映射，此為兩種元素互動之作用[81]。譬如蘇軾〈王者不治夷狄論〉有「立二段，若無此結便不成文字，亦本〈原毀〉散說，若不如此散說都無氣，此等皆是放散錯綜處」（5），即指「齊晉」、「秦楚」相映照，此外，呂氏還指出此種作法本於韓愈〈原毀〉，《古文關鍵》並未選錄韓愈〈原毀〉，呂氏之所以稱本文「亦本〈原毀〉」，當是〈原毀〉以「古之君子，其責己也重以周，其待人也輕以約」、「今之君子，其責人也詳，其待己也廉」對舉互射，類似於本文以「齊晉」、「秦楚」相映照。

---

81 周振甫《文章例話・修辭編》：「錯綜就夾雜著寫，比方寫三方面的事，寫了甲方，又寫乙方，又寫丙方，又寫甲方，又寫乙方、丙方，三方面交錯著寫，頭緒紛繁。」，頁155。周氏此說可以參看，不過他將錯綜的範圍擴至多方的映照，則是不同之處。

　　譬切：指陪襯法的運用，此為兩種元素之相對待。譬如張
耒〈用大論〉有「譬切」（3），指出此處以「為屨」來輔助說
明，十分得當，因本段以「為屨」來陪襯「為政」，形成了
「先賓後主」結構，「為屨」是「賓」、「為政」是「主」[82]。呂
氏見出此為「陪襯法」之運用，並以「譬」來指稱。

　　旁影：指陪襯法的運用，此為兩種元素之相對待。譬如韓
愈〈重答張籍書〉有「旁影甚佳」（45）：指以孔子為「旁
影」，陪襯韓愈自己，作用是引孔子為「賓」，襯托自己，顯得
自己並非好勝。

　　（4）與「意」之聯繫

　　意在後：指出此意在後呼應。譬如蘇軾〈王者不治夷狄
論〉有「意在後」（10），此指「是秦、楚亦未至於純為夷狄
也」，此意又於後有所發揮。

　　解上意：指出此處呼應前意。譬如韓愈〈與孟簡尚書書〉
有「解上意」（4），此與「承上警策」（2）、「立兩句」（3）配
合，因為後兩個旁批乃針對「君子行己立身，自有法度」兩句
而發，而「解上意」（4）所指之「聖賢事業，具在方冊，可效
可師」，則是根據「君子行己立身，自有法度」兩句而來，並
更為發展，因此稱「解上意」。

　　幹前後意：譬如蘇軾〈王者不治夷狄論〉有「幹前後意，
此句最得體好」（15），所謂「幹前後意」，乃指此處言「不純
者」，承前面「是齊晉亦未能純為中國也」、「是秦、楚亦未至
於純為夷狄也」而來，而且開啟其後「則其純者可知矣」，因
此是「幹前後意」。呂氏並認為「此句最得體好」，當指其合乎

---

82　陳滿銘認為：「作者想要具體的表出詞章的義旨，除了要直接運用主要材料之外，往
　　往也需要間接的藉著輔助的材料來使義旨凸顯，以增強它的感染或說服力量。直接運
　　用主要材料的，即所謂『主』，而間接運用輔助材料的，則是『賓』。」見〈談運用詞
　　章材料的幾種基本手段〉，《國文教學論叢》，頁352。

文章之體勢。

結上意：指出此處根據上意作結。譬如蘇洵〈上富丞相書〉有「結上意」（17），此指「故君子之處於其間也，不使之不平於我也」，收結前面對於「不平之心」的探討。

結不盡意：指以不盡之意作結。譬如蘇軾〈韓非論〉有「結不盡意」（11），此指「奈何其不為之所也」，含不盡感慨之意。

入正意：指出引入本文正意。譬如柳宗元〈梓人傳〉有「入正意」（15），指出此處引入為相之道，是本篇正意。

餘意：指此意承前而來、又出一意[83]。譬如張耒〈用大論〉有「餘意」（9），本文先就「為政當用大」立論（第一至六段），接著以「或曰」、「應之曰」相應答的方式，補充說明「盡天下之情以立法」之不可行（第七段），以更見出「為政當用大」，因此兩者形成了「先正後餘」的邏輯，所以此段為「餘論」。

埋意：埋下意脈。譬如蘇洵〈管仲論〉「埋意」（31），應指埋下其後引用史鰌、蕭何二人的伏線，重點在於此二人身後皆有安排。

生意：指出此處衍生出下文之意。譬如柳宗元〈為君難論下〉有「生意」（17），指此又生一意，因為此探索「用新進」之原因，因有新意，所以又生新句。

生下意：指蘊藏了下文的開展。韓愈〈重答張籍書〉有「生下意」（32），因為第二至五段為「縱」，第六段「收」，而此句即在此轉折點上，所以蘊藏了下文的開展。

---

83 祝尚書《宋代科舉與文學考論》引用曹泾之語：「所謂餘意，乃是本題主意外，尚有未盡之意，則於此發之。須是意新又不背主意，仍於主意有情乃可。這個有數樣：本意所輕者，於此卻微與提起；本題頭緒多者，此處與貫而一之；本意作兩並不相關者，此處與發明之；本意有至本至效者，此又翻轉來言之。若只是本題意，又來說作一片，全無些斡運，則徒勞耳。」，頁226-227。

意盡方說起：指此意盡，但是又開啟後文。譬如蘇軾〈秦始皇扶蘇〉有「意盡方說起」（23），即前面論述佈置安排之周詳，但是用「何哉」一語，開啟下文。

又生新意：指此處又生出新意。譬如蘇軾〈秦始皇扶蘇〉有「又生新意」（33），因為第六至八段中，第六、八段探究「秦失」，為「正」，第七段引用周孔之言，是從反面襯托，此為「反」，因此有「新意」生出。

承上警策：指此重要意旨乃承前而來。譬如韓愈〈與孟簡尚書書〉有：「承上警策」（2），其前句為：「孔子曰：『丘之禱久矣』。」因此此處「凡君子行己立身，自有法度。」為本文重要意旨，乃承前而來。

轉換警策：指轉換處，出現重要意旨。譬如蘇洵〈管仲論〉有：「轉換警策」（17），「轉換」指此為轉換處，「警策」指此為本文重要意旨，此即指轉換處出現重要意旨。

承接眼目：指前承重要字眼。譬如蘇洵〈管仲論〉有「承接眼目處」（19），「眼目」指關鍵處或與此相關之重要字眼，此處應指小人，本旁批指出此處承接前面，再言小人。

血脈相應：指出本篇重要脈絡前後呼應。譬如歐陽修〈本論下〉有「血脈相應」（4），與「主意」（3）配合而觀，則「血脈相應」應指「漸」之主張相應。

綱目相應：指文章展開的主要線索前呼後應。譬如歐陽修〈本論下〉有「綱目相應」（11），此當指第二段已出現之「患深勢盛難與敵，非馴致而為之莫能也」，此處又再次出現，兩句遙相呼應。

應綱目：指出此處與文章展開的主要線索呼應。譬如張耒〈用大論〉有「應綱目」（5），前面已經出現「綱目」（1），指的是文章開展之主要線索——「為政當用大」，本旁批指出此處呼應前面之「綱目」（1）。

## 6. 主題

主題也是呂祖謙相當重視的部份，茲分為三類：「重要意旨」、「節（段）之深意」、「意脈」，以進行探討。

### （1）重要意旨

**主意**：指出此為主旨。譬如蘇洵〈審勢〉有「主意」（16），即文中「若夫弱政，則用威而已矣」為真正之主旨。而呂氏其後之旁批：「主意」（19），也指出此點。

**本意**：指出此為作者之作意。譬如蘇軾〈王者不治夷狄論〉有「見不治治之本意」（23），「不治治之」乃其後之「是將以不治深治之也」，此為本意，而於此處見之。

**大意**：指此為重要意旨。譬如蘇洵〈審勢〉有「立一篇大意起」（1），因為本文主旨為「弱政則用威」，因此關於「所尚」、「審勢」、「威惠」之論述，都是與主旨密切相關者，呂氏其後之旁批：「主意」（3）、「綱目」（4）（11）、「一篇筋骨在此數行」（5），都指出此點，所以本旁批指出一開始就立一篇意旨。

**立意**：指此立一篇之意。譬如柳宗元〈晉文公問守原議〉有「立意」（3），乃指「余謂守原，政之大者也，所以承天子，樹霸功，致命諸侯，不宜謀及媟近，以忝王命」數句，此為一篇主旨。

**一篇意**：指出此為重要意旨。譬如蘇軾〈留侯論〉有「一篇意在此數句」（2），指出此數句意為一篇重要義旨，因為此數句針對「忍」加以敷衍，而「忍」為主旨，所以此數句也因此相當重要。

**一篇之意**：指出此為本篇之主意。譬如韓愈〈原道〉有「一篇之意」（5），指的是「其小之也則宜」一句，其中的「之」指「老子」，可見此處回應本文「原道」之主旨。

**說大意**：指此說出本文重要意旨。譬如蘇軾〈王者不治夷

狄論〉有「說大意，起頭有力」（1），指出此句為本文重要義旨，以此起頭，十分有力。

大體：指此為本文之重要意念。譬如歐陽修〈送王陶序〉有「大體」（2），乃指「剛柔之大用也」一句，而「剛」、「柔」為本文開展之重要線索。

警策：指此為本文重要意旨。譬如張未〈用大論〉有「警策」（8），此處表出「為政當用大」之意，此為本文重要意旨。

警策精神：乃指此處為表出重要意旨、氣脈貫穿之處。譬如歐陽修〈為君難論下〉有「警策精神」（19），指出「聽勇銳之語則易合，聞持重之言則難入也」一節之重要性及作用。

根本：指此為重要意思。譬如蘇洵〈春秋論〉有「一篇根本在下面」（30），與「此是先得之意」（29）配合，指出先埋一意，而此意十分重要，在後文才明說。

意高：表示此意比前又高一層。譬如韓愈〈獲麟解〉有「意高」（11），乃指前面轉至「祥」，原本是可以結束的，但是又再開一意，聯繫上「德」，更高，而且畢竟是「不祥」，更顯出韓愈之無奈與牢騷。其後之批語「百尺竿頭進一步」（12）亦指出此點。

意新：指文意新穎。譬如韓愈〈諫臣論〉有「意新」（28），乃指「自古聖人賢士，皆非有心求於聞用也」一節，文意翻新出奇、超出常論。

意不窮：指此又出一意。歐陽修〈春秋論中〉有「意不窮」（13），乃是用「難者又曰」提出新意。

眼目：指關鍵處或與此相關之重要字眼。譬如蘇洵〈上田樞密書〉有「『與』字是眼目」（1），「與」為最關鍵之字眼，因為「與」生「奪」，並因此產生的「棄天」、「褻天」、「逆天」三種情況。

先得之意：指出先埋一意，而此意在後文才明說。譬如蘇洵〈春秋論〉有「此是先得之意」（29），以及「大抵古人作文自有先得之意，上面甚有力，若不如此承接，如何稱得上面」（31），「先得之意」指先前所埋之意，須與下文合看，而此二批語之「先得之意」，當指前面言及《春秋》之事，而後文承接上文而來，上文有力，而此處承接亦有力。

### （2）節（段）之深意

藏意：指出此句藏有深意。譬如韓愈〈答陳商書〉有「藏意」（1），其後之旁批為「揚中之抑」（2），這兩個批語兩兩配合。第 2 個批語指出此句為「揚中之抑」，乃是因為陳商書信中用詞晦澀，為韓愈所不喜，因此韓愈稱「語高而旨深」、「三四讀尚不能通曉」，表面上是讚揚，其實是貶抑（此與章法之抑揚不同）。所以，其「藏意」為貶抑之意。

含蓄下意：指此蘊藏下文之意。譬如韓愈〈諫臣論〉有「含蓄下意」（9），此處所言者，下言更詳，因此呂批為「含蓄下意」（9）。

含不盡意：此指意在言外。譬如蘇洵〈上富丞相書〉有「含不盡意」（29），因本文最後以補敘自薦之意作結。

意外意：指出此處有言外之意，或是前意之外、再生新意。前者譬如韓愈〈原道〉有「意外意」（26），指出此處表面言「幸而出於三代之後」，但是實指此處之深意為呼應昌黎本意──闢佛老。後者譬如蘇洵〈春秋論〉有「再難，亦是意外意，筆力勁健有餘味」（49），指此處又出一責難，乃是意外又生意，筆力老練。

意外生意：前意之外，再生新意。譬如蘇洵〈春秋論〉有「此意外生意」（45），指出前面言孔子尊周，但此處又出新意。

骨髓：指深藏在其中之意念。譬如曾鞏〈戰國策目錄序〉

有「說出骨髓」（15）、「說戰國策士破骨髓」（16），皆指出此處之深意。

回互：指表意曲折婉轉。譬如蘇洵〈審勢〉有「回互」（15）（20），乃指「雖然，政之弱，非若勢弱之難治也」、「使不至若秦之甚，可也」兩處，此二處之意皆將態勢講得不太嚴重，委婉表意。

抑揚：指有褒貶深意。譬如蘇洵〈春秋論〉有「語工抑揚」（33），「抑揚」指按下與上舉，引申為褒貶，本旁批指文意有褒貶深意。特別值得注意的是，此與章法之「抑揚」不同。

難：指含有責難之意。譬如韓愈〈與孟簡尚書書〉有「反難孟子」（14），此乃因韓愈前引揚子雲之語來讚美孔子，但此處以下卻說楊墨盛行，所以呂氏稱此為「反難孟子」。因此，本旁批之「難」，也不同於章法中「難」、「解」對舉之「難」。

（3）意脈

綱目：指此為文章展開的主要線索。譬如蘇洵〈上田樞密書〉有「一篇綱目」（3），為一篇之主要線索，因為「於此見天之所以與我者，不偶然也」，所以才會產生其後的「棄天」、「褻天」、「逆天」三種情況，因此稱為「一篇綱目」。

關鍵：指與文章展開的主要線索相關的重要節段、句字。譬如張耒〈景帝論〉有「關鍵」（4），本文論景帝用人未能「察其情」、「得其妙」，反而是「觀其形」、「遺其似」，此處即為「觀其形」者，此為文章展開的主要線索相關的重要節段、句字。

筋骨：根據文章展開的主要線索而立下的架構。譬如蘇洵〈審勢〉有「一篇筋骨在此數行」（5），指出此數行立下一篇架構，並與「綱目」（4）配合，因為「綱目」（4）指出「威」與「惠」之重要，而此數行根據「威」與「惠」，進行更深入的論

述，而且其後又承此發展，因此稱「一篇筋骨在此數行」。

立柱：指此立一重要意脈。蘇洵〈春秋論〉「立柱」（14），指「賞罰人者，天子諸侯事也」，此意脈衍生下文。

精神：為意脈貫穿之效果。譬如韓愈〈原道〉有「承上幾句有力，一篇精神在此」，此處之意脈為道之傳承，本旁批指出此句承前意脈，而且灌注到此。

血脈：指作品所呈現的整體性貫通之象[84]。譬如蘇軾〈鼂錯論〉有「與前相應，血脉」（19），應指與第三段相呼應，而且此呼彼應，形成文章「血脉」。

## 7. 風格

「句」之風格歸入文法類，因此此處所言者為「段」或「篇」之風格，而且多無固定術語。其下茲舉四例以為印證。

譬如歐陽修〈本論下〉，有「婉」（2），指出此處之風格委婉。次如曾鞏〈戰國策目錄序〉有「雖平易中有千鈞之力量，至此一段甚有力勢」（28），「雖平易中有千鈞之力量」乃用譬喻形容其氣勢，而「至此一段甚有力勢」則用分析語言再加以闡述，接近於「段」之風格的描述。又如蘇軾〈潮州韓文公廟碑〉有「此段縝密精神」（5），配合評論符號「｜」而觀，可知本旁批之「此段」應指「故公……人也」，而「縝密」為細密、綿密，「精神」為意脈貫穿之效果，所以較為接近風格。又如蘇軾〈王者不治夷狄論〉有「此以下文氣長」（32）、「至此文字最有力」（37），皆指出第八段之風格。

---

84 汪涌豪《中國文學批評範疇及體系》說道：「『脈』本指血管……後衍指事物如血管連貫有條理者……具體地說，這『脈』分『語脈』和『意脈』。未發之前，上下連貫之旨為『意脈』；已發之後，前後統屬之詞為『語脈』。由於語詞是用來傳達意旨的，故這兩者在宋人實際論述過程中並未被分為兩橛。……『血脈』同『氣脈』都是語脈和意脈貫通後作品所呈現的整體性貫通之象。」，頁 260-261。

## 8. 指導作文

出現此類內容的旁批甚少。譬如蘇洵〈上田樞密書〉有「作文妙處」(13)，當配合「亦用反語繳」(12)而來，指出此種反面作文法為作文妙處。又如蘇軾〈倡勇敢〉有「作文妙處」(4)，因為此處出現修辭中之「層遞」格，呂氏或是指此而言。又有「作文妙」(5)，此段將「私」從「天下之所惡」，反轉為「則非私無以濟」，十分巧妙，呂氏或指此而言。

綜合前面的討論，旁批中內容最豐富者，首推「章法」，其次為「主題」，再次為「修辭」，又再其次為「詞彙」、「文法」、「風格」、「指導作文」，數量最少者為「意象」。而且，《古文關鍵》之旁批幾乎沒有涉及文道論、文氣論、品評論、文境論、文運論者，可見得呂祖謙的旁批所關注者幾全為「內律」，而少部份關涉到「指導作文」者，乃是為了回應《古文關鍵》指導作文之基本立場[85]。

# 三、重要觀點

本章第二節處理形式要素之重要內容，得出以下成果：其一，「看古文要法」中，提出讀寫互動之主張，並且，在「外

---

85 張秀惠認為：「《古文關鍵》之旁批，其主要內容即在於解析『綱目關鍵』與『警策句法』。」並又分為七類：「綱目」、「鋪敘次第、首尾相應」、「抑揚開合」、「警策」、「下字下句有力」、「起頭換頭佳處」、「繳結有力處」，分見張秀惠碩士論文《南宋古文評點研究》，頁 30、30-32。張氏所列出之七類，可分別歸入「章法」和「主題」中。朱世英、方道、劉國華認為：「旁批、夾批的內容是針對具體章節文字的，分析當時結合原作進行。」並以《古文關鍵》為例進行初步總結：「批『主意』處」、「批『眼目』處」、「批『綱目』處」、「批『關鍵』處」、「批『關鎖』處」、「批『轉』處」、「批『應』處」、「批『繳』處」、「批『結』處」、「批『過』處」、「批『接』處」、「批『警策』處」、「批『開合』處」、「批『抑揚』處」、「批『文勢』處」、「批『狀物之妙』處」分見朱世英、方道、劉國華《中國散文學通論》，頁 993、頁 993-997。這些類別也是一樣可分別歸入「章法」與「主題」中。因此兩家之說法某程度上呼應了本節的探究成果。

律」中，注意到「品評論」、「文氣論」，未提及「文道論」、「文境論」、「文運論」，在「內律」中，「章法學」特別受到注意，「意象學」則未被提及。其二，「題下批」中，份量最重的是「章法」，其次是「主題」，又次是「文體」，其他諸如「詞彙」、「意象」、「修辭」、「文法」、「背景」、「指導作文」等類別，則較少被提及。其三，「評論符號」中，綜合三種評論符號：「ㄥ」、「｜」、「、」，可得出運用評論符號之主要目的，首先是標誌文章作法，其次才是標誌著表出重要意念的文句。其四，在「旁批」中，內容最豐富者，首推「章法」，其次為「主題」，再次為「修辭」，又再其次為「詞彙」、「文法」、「風格」、「指導作文」，數量最少者為「意象」。

因此，總結前面所述：「外律」所受到的關注不多，其中較為特別者為對作文指導的重視。而在「內律」的各個範疇中，「章法」幾乎都是最受重視的，其次是「主題」，最不受關注的是「意象」。因此，《四庫全書總目提要》認為《古文關鍵》：「各標舉其命意布局之處，示學者以門徑，故謂之『關鍵』。」[86]張伯偉也說：「評點所最為傾心的是文本本身的優劣，它努力挖掘的是文學的美究竟何在以及何以美，它注重對文本的結構、意象、遣詞造句等屬於文學形式方面的分析，同時也不廢義理和內容的考察，儘管這在評點是次要的。」[87]兩家的看法大體上是正確的。

在前面之總結的基礎上，可進一步探究蘊藏在其中的重要觀點。其中，與「指導作文」緊密聯繫的，是「讀寫結合」的主張；而貫穿在文本分析中的，是「圓形結構觀」、「先內容後形式」、「先整體後局部」的觀點；至於《古文關鍵》最為重要的兩部份內容：「意」和「法」，其中皆有深意存焉。因此，本

---

86 見清·紀昀總纂《四庫全書總目提要》卷一百八十七集部四十，頁5116。
87 見張伯偉《中國古代文學批評方法研究》，頁591。

節即就《古文關鍵》之六個重要觀點：「讀寫結合」、「圓形結構觀」、「先內容後形式」、「先整體後局部」、「重視『意』」、「重視『法』」，進行深入的探討。而這些觀點隱而不顯，貫穿、支配全書，讓《古文關鍵》呈現出迥異他書的高度。

## (一) 讀寫結合

《古文關鍵》的核心理念為「讀寫結合」。張雲章指出：「觀其標抹評釋，亦偶以是教學者……且後卷論策為多，又取便於科舉。」[88]可見《古文關鍵》用意在指導時文寫作，但時文畢竟是一種藉以獲取利祿的工具，可能有趨時跟風、陳辭濫調的問題，要提升時文寫作水準，就必須有更好的範本才行，因此即以唐宋古文為仿效對象。所以，《古文關鍵》的實際作法是由閱讀入手，企圖藉此引導寫作，而之所以認為此種作法可以成功，其核心理念即為「讀寫結合」。

此種「讀寫結合」之理念，在「看古文要法」中即已體現。杜海軍即指出：「總評涉及到了練習作文從閱讀入手到學步成文的全過程……是閱讀《古文關鍵》的一個總綱。」[89]「總評」即指「看古文要法」，「從閱讀入手」指的是第一部份「總論看文字法」，「學步成文」指的是第二部份「論作文法」，此種安排非常充分地體現了呂祖謙由讀入手、讀寫結合的觀點。

而且，這種理念也具體地落實在其後單篇文本的精細品評中。從第二節的探討結果中，即可得知《古文關鍵》所最重者為「章法」、「立意」等，這些都是有益於鑑賞，並可進而指導寫作者，而且在「題下批」與「旁批」中，均有特別針對「指導作文」而發之批語，前者如歐陽修〈朋黨論〉：「議論出人意

---

88 見廣文書局印行之張雲章《古文關鍵‧序》，頁1-2。
89 見杜海軍《呂祖謙文學研究》，頁159。

表，大凡作文妙處，須出意外」、蘇軾〈鼂錯論〉：「此篇體製
好，大槩作文要漸漸引入來」；後者如蘇洵〈上田樞密書〉有
「作文妙處」（13）、蘇軾〈倡勇敢〉有「作文妙處」（4）、「作
文妙」（5）。所以，顧易生、蔣凡、劉明今談到呂祖謙《古文
關鍵》，即說道：「他認為文章之法是可以講明的，不同類型的
文章有不同的格局體勢，每篇文章亦有其特定的篇章字句之
法，讀者必須通過閱讀認真學習，並在作文時有意識地加以運
用。」[90]而之所以會發展出這樣的文章觀，與考試文體「程式
化之需求」，以及「文章結構層次」的發現[91]，有著非常密切的
關聯。

所以，張秋娥認為：「呂祖謙的《古文關鍵》就起到了溝
通讀者（後學者）、解決作者與讀者之間的『隔閡』等作
用。」[92]此即「讀寫結合」理念徹底實踐所得之成果。

## （二）圓形結構觀

在本論文第參章第四節曾提及：在文章萌芽與發展的過程
中，有一點非常值得提出來討論，那就是對於文章結構、層次
的發現與分析。此種觀點上承《周易》，表現為句讀的使用，
並為漢代章句之學繼承、發展，進而對文章之學有所啟發，其
成果在劉勰《文心雕龍》有總結的體現，吳承學、何詩海特別
標舉出劉勰《文心雕龍》的成就：「漢人發現文章的結構層
次，劉勰的創造性是在此基礎上，明確提出文章結構是一個有
生命的有機整體。」[93]而且，吳承學、何詩海認為劉勰關於文
章結構層次理論，是其文章學的主要內容，對後世影響深遠，

90 顧易生、蔣凡、劉明今《宋金元文學批評史》，頁791。
91 關於考試文體「程式化之需求」，以及「文章結構層次」的發現，詳見第參章第一節
　與第四節。
92 張秋娥《宋元評點修辭研究》，頁71。
93 見吳承學、何詩海〈從章句之學到文章之學〉，《文學評論》，頁29。

其中包括了宋代的古文評點、明清批評家[94]。

關於評點家視文章為一有機體，龔鵬程提出了相當深入的看法。龔鵬程談到「細部批評」時，認為這些批評者似乎都把文章看成是個複雜而活動的有機物；且究之難窮，不可一覽而盡。即使單以「起、承、轉、合」來說，它所顯示的圓形結構觀，渾包流轉、合而非合（因為若是為到原點的合，轉就沒有意義），與西方「起、中、結」的直線時間觀、統一結構觀，實在是非常強烈的對比[95]。龔氏並解釋何謂「圓形結構觀」：「這即是要求文章內部須構成一往復回環的關係……整個文勢，藉著轉的力道，形成波瀾。但轉而復合，合而已轉，這就有了頓挫。整體的結構，要有往復回環之波瀾頓挫，局部的文理亦然。」[96]並且指出：「假如我們說細部批評的主要工作，就在解析作品內部這種各式各樣的往復頓挫關係；或者說，細部批評主要是運用這一觀念來進行實際批評，恐怕並不太錯。」[97]呂祖謙即秉持此種「圓形結構觀」進行文本的細部批評，而且，不只如此，他還運用此觀念進行作文之指導。也因為呂祖謙用此理念貫通「讀」與「寫」兩者，所以，「讀寫結合」的理念才得以落實。

而此種「圓形結構觀」在《古文關鍵》中的體現，最具體的就是多種多樣的「對舉詞」。首先，就閱讀而言，在「旁批」的重要內容中，有一項是「兩相對待之元素」，其中就列出了多種以「對舉詞」構成的術語，譬如「抑揚」、「開合」、「難解」、「疑解」、「大小」、「操縱」、「擒縱」、「內外」、「真偽」、「輕重」、「彼此」、「長短」、「善惡」等，這些術語都具體

---

94 參見吳承學、何詩海〈從章句之學到文章之學〉，《文學評論》，頁29。

95 參見龔鵬程《文學批評的視野》，頁417、418。

96 見龔鵬程《文學批評的視野》，頁418。

97 見龔鵬程《文學批評的視野》，頁418-419。

地運用在文本的分析上。

其次，就寫作而言，在「論作文法」中，就有多處提到文章創作時，須好好處理兩相對待的元素，譬如「須有數行齊整處，須有數行不齊整處」、「或緩或急，或顯或晦，緩急顯晦相間，使人不知其為緩急顯晦」、「筆健而不麄　意深而不晦　句新而不怪　語新而不狂　常中有變　正中有奇　題常則意新　意常則語新」，不只如此，呂祖謙又接著提出更多文章中兩兩對待的元素：「上下　離合　聚散　前後　遲速　左右　遠近　彼我　一二　次第　本末」。

龔鵬程認為：「這些對舉詞，似乎最能說明中國人或這些批評家們心目中的文章內部關係。」[98]並且更深入地闡述道：「順逆，亦是往復，是對待之義，是雖兩端而非對立。它們跟西方哲學中不斷強調的二元對立思考迥然不同。……細部批評特別喜好用這些對偶詞來解說文章內部交錯複雜的關聯，顯然意味著他們基本上是認為文章各部門均有其作用，而整篇文章又互攝互補、平衡對舉地構成一以功能為綱的有機整體（organically functional whole），如一活物。」[99]所以，秉持「圓形結構觀」來觀照文章的閱讀與創作，充分地彰顯出其中的生機，並使兩者之間得以匯通，活潑而充滿生氣[100]。

---

98　見龔鵬程《文學批評的視野》，頁 420。

99　見龔鵬程《文學批評的視野》，頁 421。張伯偉《中國古代文學批評方法研究》對唐五代詩格中「勢」論的看法，也可與此參看：「這些名目眾多的『勢』講的實際上是詩歌創作中的句法問題。這裡講的句法，指的是由上下兩句在內容上或表現手法上的互補、相反或對立所形成的『張力』。這種『張力』存在於詩句的節奏律動和構句模式之間，因而就能形成一種『勢』，並且由於『張力』的正、反、順、逆的種種不同，遂因之而出現種種名目的『勢』。」，頁 374。

100　值得一提的是，有眾多學者乃是用「辯證思想」來闡述這種文章觀。譬如張智華《南宋的詩文選本研究》針對從「上下」以迄於「本末」的相對關係，說道：「這十一組範疇，每組之間有一正一反的關係，相反相成，涵蓋了文章藝術構思的各種情況。由此可見，他具有樸素的藝術辯證思想。」，頁 125。潘富恩並且以此種觀點，來梳理呂祖謙的思想根源，指出：「樸素辨證法思想，則是其核心和基石。……呂祖

## （三）先內容後形式

《古文關鍵》強調「先內容後形式」，而此種觀點鮮明地表現在「總論看文字法」的「四看」中。

「四看」中，第一看「大槩主張」指文章的主題思想，也就是命意之所在；第二看「文勢規模」，「文勢」指文章體勢，「規模」指布局，兩者之間是配合的；第三看「綱目關鍵」，「綱目」即指文章展開的主要線索，而「關鍵」即指與此相關的重要節段、句字；第四看「警策句法」指在全篇精神所注的重要處，所表現出的遣詞造句、起結、剪裁、轉折等文字功夫。張智華指出：「這四個方面的核心是大概主張，文勢規模、綱目關鍵、警策句法皆是圍繞這一核心的。」[101]由此可見，呂祖謙安排此四看，不僅是從「內容」（第一看）貫通至「形式」（第二至四看），並且以「內容」（第一看）為核心，然後「形式」（第二至四看）才據此開展。

而此種觀念也落實在實際批評中。《古文關鍵》中有許多針對內容而發的批評，分別散布在具有總挈功能的「題下批」，以及精批細評的「旁批」中。譬如韓愈〈獲麟解〉之題下批為「字少意多」，其後之旁批有「序前意盡」（8）、「意高」（11）、「百尺竿頭進一步」（12），皆是就「主題」而言。次如韓愈〈師說〉之題下批為「中間三段，自有三意說起，然

---

謙辨證法思想的形成，基於這樣兩方面的原因：一、他長期研究《周易》，受古代辨證思維影響不小……二、呂祖謙是位思想敏銳的學者，平時頗留意複雜而矛盾的自然現象和社會現象。」但是，潘氏解釋「辨證法」時，即特別指出：「事物是對立統一、矛盾地存在著的觀點是辨證法的基本觀點。」此二段引文均見〈論呂祖謙樸素辯證法思想的歷史貢獻〉，《中共寧波市委黨校學報》，頁 105。《古文關鍵》中的對舉現象，卻往往並非是對立統一的，而是互攝互補、平衡對舉的。因此，以「辯證思想」來闡述《古文關鍵》的文章觀，似乎不確，因此本論文不採此說。

101 見張智華《南宋的詩文選本研究》，頁 118。

大槩意思相承，都不失本意。」其後之旁批有「人不可無師」
（2）、「本意」（9）、「綱目」（11）、「說得最好，又應前『吾師
道』處意，綱目不亂」（28）等，對文章主題作深入的闡發。
其他例證尚多，茲不一一列舉。

## （四）先整體後局部

　　前面探討呂祖謙「先內容後形式」的觀點，而在「形式」
部份，呂氏則主張「先整體後局部」，此亦即宗廷虎、李金苓
所指出的：《古文關鍵》是「從宏觀到微觀的解讀文章語言
法」[102]。

　　在「總論看文字法」中，首段即提出「先見文字體式，然
後徧考古人用意下句處」的觀點，張秋娥認為：「『先見文字體
式』，即先看文章整體的命意布局；『然後徧考古人用意下句
處』，即後看局部的語句表意方面。這裡已首先表現出了他的
先整體後局部的接受思想。」[103]吳承學並說道：「前者在於獲
得篇章整體印象的讀法，後者則是『細讀法』，兩者之間是相
輔相承、互為循環的。」[104]兩家說法都指出了「先整體後局
部」的觀點。

　　此外，前此談到「總論看文字法」的「四看」，其第二至
三看為「文勢規模」、「綱目關鍵」、「警策句法」。針對此第二
至四看的安排，張秋娥又指出：「呂祖謙的『文勢規模』、『綱
目關鍵』皆指的是文章的整體篇章，『警策句法』則是文章的
局部方面，即字句。……呂氏主張先宏觀再微觀，把文章當作
由首尾、鋪敘次第、警策、字法、句法、章法等組成的一個有

---

102 見宗廷虎、李金苓《中國修辭學通史——隋唐五代宋金元卷》，頁409。
103 見張秋娥《宋元評點修辭研究》，頁67。
104 見吳承學〈現存評點第一書〉，《中國文學評點研究論集》，頁223。

機整體。」[105]張氏所指出的「先宏觀再微觀」，亦即「先整體後局部」，此為呂祖謙相當重要的觀點。

而且，這種抽象的觀點具體地落實在《古文關鍵》的評點中。《古文關鍵》許多則「題下批」，就反映了此種觀點，譬如韓愈〈與孟簡上書書〉：「一篇須看大開合。」韓愈〈送文暢序〉：「體格好，就他身上說，極好處。」蘇軾〈鼂錯論〉：「此篇體製好，大槩作文要漸漸引入來。」蘇軾〈王者不治夷狄論〉：「體統好，前面閒說長，後面正說甚短，讀之全不覺長短，蓋後面一句轉一句故也。」都體現出先看「大開合」或是「體格/體製/體統」，再及於其他作法的觀點。

## （五）重視「意」

重視「意」，是《古文關鍵》中相當重要的觀點，而且此點不僅是很大的貢獻，也有效地反駁了「評點」只重視技法的看法。關於《古文關鍵》重「意」，已有多位學者指出，譬如呂軒瑜認為《古文關鍵》中的文學思想「首重立意」[106]，又如羅瑩認為「總論」與「評論文字」展現出呂祖謙的散文理論，其中之一是「強調立意」[107]。不過，《古文關鍵》之重視「意」，與考試文體之特質、當代文學思潮均有著密切關係，因而有其曲折而值得深究之處，所以可分成四個層次來加以論述：即「考試文體內容之限制」、「認題立意」、「《古文關鍵》

---

105 見張秋娥《宋元評點修辭研究》，頁67。

106 呂軒瑜認為《古文關鍵》中的文學思想，有以下幾點：「首重立意」、「講究個人風格」、「注重文章法度」、「細批警策句法」，見呂軒瑜博士論文《通代古文評點選本研究》，頁124-129。

107 羅瑩認為「總論」與「評論文字」展現出呂祖謙的散文理論，具體表現在如下幾個方面：「強調立意」、「講究謀篇布局（首尾呼應、鋪敘次第、抑揚開合）」、「注重句法」、「雄健風格的追求」、「注重散文的實用性」、「注重文章的體式」，見羅瑩〈《古文關鍵》：經典的確立與文章學上的意義〉，《瀋陽師範大學學報（社會科學版）》，頁86-89。

對『意』之發現」、「顯示出『文』的獨立地位」。

## 1. 考試文體內容之限制

考試文體的內容有著很大的限制，這是肇因於考試文體有著有很強的寫作目的性[108]，祝尚書對此有相當精闢的闡述：「因為科場時文是高度功利化了的文體，內容必須絕對符合官方意識形態，這是社會不容置疑的價值和法律基準。」[109]關於「內容必須絕對符合官方意識形態」這一點，學者有兩種看法：

鄺健行指出：時文的作意，要求代聖賢立言，發揮聖賢的義理，內容本質是高古嚴肅的[110]。鄺氏又指出：「時文是各種文體中最直接論道的一種，儘管由於是考試工具而引發不少毛病，但是內容可取，足以對個人修養和社會教化起積極作用，所以始終受諸家重視。」[111]鄺氏所謂之時文雖然指的是八股文，但是道理也很可相通於宋代的策論的寫作。

不過，龔鵬程則指出：「古文運動雖然以明道自期，其實只是伊川所謂的『倒學』：以學文有得，遂自居為已明道。宋朝以後的經義及科舉八股，正是此一性質的必然發展。主考官與朝廷根據文章之美來選取『能明聖道，能濟貞榦』的大臣，考生以揣摩文章筆法，自居為代聖立言。彷彿能說得出得道之

---

108 鄺健行指出，考試文體具有以下特點：「第一是有很強的寫作目的性。……第二是寫作時要遵循較多的規律和限制。……第三是文體類別繁多。」見《科舉考試文體論稿：律賦與八股文》「前言」，頁1。

109 見祝尚書〈論宋代時文的「以古文為法」〉，《四川大學學報》，頁24。

110 參見鄺健行《科舉考試文體論稿：律賦與八股文》，頁236-237。

111 見鄺健行《科舉考試文體論稿：律賦與八股文》，頁208。鄺健行並補充說明道：時文注重股對排比、聲調抑揚，而一般重文字聲音形式的文體，容易流入滑易輕靡一途；但是時文的作意，要求代聖賢立言，發揮聖賢的義理，內容本質卻是高古嚴肅的。這在形式和內容之間便出現了矛盾，要求形式配合內容，這是明代以來直至方苞等人主張以古文為時文的主要動機。見同書，頁236-237。

言，且說得漂亮，其人便確已得道一般。這就是為什麼道只為
門面，真正的底子或裏子畢竟在文、在法的緣故。」[112]龔氏之
言，很透徹地說明考試文體雖然重「意」、重「內容」，但是
「道只為門面」、「真正的底子或裏子畢竟在文、在法」。也因為
如此，自來對於《古文關鍵》只重「法」的批評，也就不是空
穴來風了[113]。

　　然而，考試文體的內容畢竟是仍需考究的，而因為這內容
必須配合應考之目的，所以一般指導時文寫作者，並非不重內
容，而是所重視之內容乃「認題立意」之「意」，就如祝尚書
所言：「南宋古文評點家也講『立意』，但他們的『立意』是指
如何體貼時文題目的題意。」[114]然而，《古文關鍵》置身於此
種風潮之下，果真是只講「認題立意」，而不及於其他嗎？要
比較妥善地回答這個問題，就必須先處理「認題立意」的內
涵，接著再嚴謹地考核《古文關鍵》在這方面的表現。

## 2. 認題立意

　　時文寫作相當重視「認題立意」，甚至可以說，一般指導
時文寫作者，對於「意」的認識，是集中在「認題立意」之
「意」上。

　　祝尚書認為：宋代最早系統總結作「論」程式的，是陳傅
良（1137-1203）早年所著《止齋論祖》的所謂《論訣》，陳傅
良《論訣》立「認題」、「立意」、「造語」與「破題」、「原
題」、「講題」、「使證」、「結尾」八項，前三項（「認題」、「立

---

112 見龔鵬程《文學批評的視野》，頁 410。
113 譬如《四庫全書總目提要》即稱：「祖謙此書實為論文而作，不關講學。」見清·紀
　　昀總纂《四庫全書總目提要》卷一百八十七集部四十，頁 5117。吳承學也說：「呂
　　祖謙是理學家，但其評點不但毫無理學味，也不甚關心文章的內容，其關注重點是
　　文章的技法。」見〈現存評點第一書〉，《中國文學評點研究論集》，頁 226。
114 見祝尚書〈論宋代時文的「以古文為法」〉，《四川大學學報》，頁 24。

意」、「造語」）是做題時的準備，包括對題目含義的辨析，以及全文的總體構思及語言修養方面的要求，後五項則是程式。[115]祝尚書又指出：「認題即常說的『審題』，任務是明白題意，找準構思的方向。」[116]「立意即確立中心思想。所立之『意』，宋人又叫『主意』，他是文章的靈魂。」[117]「『認題』尚在寫作活動的準備階段，它是為『立意』服務的。故就思維順序言，立意在認題之次，但實際上立意處於中心位置。」[118]由此可見出宋代文章論對「立意」的重視。然而，祝尚書並且更深入地剖析宋元文章學的認題立意理論的不足：過於繁瑣、過於重題、太拘題目，特別是後二者，使得時文品格降至最低，寫作者的思想如折翅之鳥，甚至成為扭曲事物真相的哈哈鏡[119]。因此，祝尚書認為宋元文章學的「認題立意」，有不涉「意」之是非、高下的缺點。[120]

所以，儘管劉熙載說道：「文以識為主。認題立意，非識之高卓精審，無以中要。才、學、識三長，識尤為重，豈獨作史然耶？」[121]此論雖然極有道理，但是可惜一般指導時文寫作者（包括一些評點家）並未提升至此。可是，儘管如此，宋元文章學的「認題立意」論仍是有其貢獻的，祝尚書評價道：「總之，就題立意，選好切入點，各隨所宜，雖然有不涉『意』之是非、高下的缺點，但就純技術面而言，實在是相當通達的理論。」[122]此論甚是。

---

115 參見祝尚書《宋代科舉與文學考論》，頁 220。

116 見祝尚書《宋代科舉與文學》，頁 294。

117 見祝尚書《宋代科舉與文學》，頁 295。

118 見祝尚書〈論宋元文章學的「認題」與「立意」〉，《文學遺產》，頁 84。

119 參見祝尚書〈論宋元文章學的「認題」與「立意」〉，《文學遺產》，頁 85。

120 參見祝尚書〈論宋元文章學的「認題」與「立意」〉，《文學遺產》，頁 82。

121 見清・劉熙載《藝概・文概》，頁 38。

122 見祝尚書〈論宋元文章學的「認題」與「立意」〉，《文學遺產》，頁 82。

### 3. 《古文關鍵》對「意」之發現

《古文關鍵》的作意是指導寫作，所以也須回應考試文體「認題立意」的要求，但是，《古文關鍵》對於「意」之講求，有其不為俗所拘、且深有所得的一面。

首先，「總論看文字法」中關於「意」的主張，大致如下：「徧考古人用意下句處」、「第一看大檃主張」、「第四看警策句法……如何是實體貼題目處」、「意深而不晦」、「題常則意新，意常則語新」。其中，可看出針對「認題立意」而發者，有「第四看警策句法……如何是實體貼題目處」、「題常則意新」，但是其他則不侷限於此。而且，其中還有兩點值得提出：一是注重學習古人如何用文句表出意旨，譬如「徧考古人用意下句處」、「第四看警策句法……如何是實體貼題目處」、「意常則語新」；二是注重新意、深意，譬如「題常則意新」、「意深而不晦」。在這兩點中，特別是後者，已經跳出了一般「認題立意」論不涉「意」之是非、高下的框架。

其次，至於「題下批」，與「認題立意」密切相關者，譬如韓愈〈諫臣論〉：「意勝反題格，○此篇是箴規攻擊體，是反題難文字之祖。」又如柳宗元〈捕蛇者說〉：「感慨譏諷體。」又如柳宗元〈與韓愈書論史事〉：「亦是攻擊辯詰體。頗似退之諍臣論。」又如曾鞏〈救災議〉：「此一篇，後面應得好，說利害體。」從這些例證中看來，呂祖謙對題目的認識，表現為「某某格」或「某某體」，其中兼含題意與作法，與陳傅良的看法是一脈相承的。此外，題下批對於「意」的發現，尚有三點值得提出：一是注重「意」之高下，譬如柳宗元〈桐葉封弟辯〉：「大抵作文字，須留好意思在後，令人讀一段好一段」，次如歐陽修〈朋黨論〉：「議論出人意表，大凡作文妙處，須出意外」，又如蘇軾〈秦始皇扶蘇〉：「議論亦至當」；二是注意「意」之表出，譬如韓愈〈師說〉：「中間三段，自有三意說

起，然大槩意思相承，都不失本意」，次如歐陽修〈縱囚論〉：
「精神聚處，詞盡意未盡」；三是留意與「意」密切關聯之「血
脈」、「綱目」等，譬如歐陽修〈縱囚論〉：「此篇反覆有血
脈」，次如蘇軾〈荀卿論〉：「取綱目在『不敢放言』上面」。

又次，「旁批」的內容更為豐富，與「意」有關者，就可
分為四類：「與『意』聯繫之章法」、「重要意旨」、「節（段）
之深意」、「意脈」，並統攝起五十多個相關術語，以及數百個
旁批，可見《古文關鍵》對「意」的掌握十分多元且深入。其
中，關於「與『意』聯繫之章法」，置於下個小節來討論；而
在「重要意旨」類中，最值得注意的是術語的繁多以及出現的
頻仍，此顯示受重視的程度，而且其中還注意到「意」之高、
新等；在「節（段）之深意」類中，則可見出呂祖謙對文中處
處所藏深意的深入探究；在「意脈」類中，則可見出呂祖謙重
視意之貫串，更可見出呂祖謙對主題的掌握已經相當成熟，所
以可以區分出「重要意旨」和「意脈」。

最後，不能忽視評論符號的貢獻，特別是「｜」和
「、」，因為前者的兩個功能：「標誌出重要的句子」、「標誌出
意義上彼此關聯甚深的句子」，和後者的兩個功能：「標誌出綱
領或關鍵詞」、「標誌出相對照的詞彙」，都與「意」的表出密
切相關。

由前述可見，呂祖謙對「意」的看法並不狹隘，甚至是相
當深入、多元的[123]。之所以能如此，可能正是因為《古文關
鍵》致力於寫作指導，所以不僅重視「認題立意」之「意」，
而且善用「評點」的「與文本結合」，以及「多向性」、「細微

---

123 譬如羅瑩〈《古文關鍵》：經典的確立與文章學上的意義〉也指出：「呂祖謙認為
『意』對於文章的好壞有決定作用……呂祖謙在評點的時候，反覆強調立意要
新……呂祖謙在《論作文法》中還提出『意深而不晦』，這是對立意的另一個要求，
其實也是告誡學子在求新的同時，不要只為了追求新，而使文意晦暗，不明就裡，
這就失去了求新的意義。」見《瀋陽師範大學學報（社會科學版）》，頁87。

性」的優勢,具體地探究文章之「意」的內涵及其表出,於是
得出與其他文章學學者不同之成果。並且,更重要的是,《古
文關鍵》有別於其他評點諸書的關鍵,在於《古文關鍵》乃為
論文而作,邱江寧比較「《古文關鍵》」以及「《古文關鍵》之
後的古文選本」,認為:「從四庫館臣的評價可以看出二書的差
別。對於前者,四庫館臣們認為『此書實為論文而作』,對於
後者,則認為『為舉業而設』。為論文而作,重的是文章創作
本身;而為舉業而設,重的是科舉之試。」[124]這點差別,相當
大地影響及決定了《古文關鍵》的關注重點以及所得成果。

### 4. 顯示出「文」的獨立地位

關於對「意」的探究與發現,祝尚書說道:「『意』是詩文
的靈魂。如果說唐人已相當重視對詩歌立意法的探討的話,那
麼宋代(特別是南宋以後)對文章立意的重要性和規律性的認
識與研究已趨成熟。」[125]而這一點是非常有意義的,特別是可
顯示出「文」的獨立地位。

《古文關鍵》重視「意」,這顯示出「文」不再依附於
「道」,「文」取得一定的獨立地位。杜海軍針對《古文關鍵》
說道:「意的提出,跳出了多少年來人們論文只講道的藩籬。
文與道綁在一起,特別是理學家言文與道的關係,程頤說作文
害道,朱熹講文從道中流出。言文必言道,舍道不論文。嚴重
地束縛了人們文學創作的思想,這是古文運動在南宋沒能繼續
發展的重要原因之一。呂祖謙提出了意字,在文學表現什麼的
問題上走出了重要的一步。」[126]此種想法落實到文章的欣賞與

---

124 見邱江寧〈呂祖謙與《古文關鍵》〉,《浙江社會科學》,頁 146。
125 見祝尚書〈論宋元文章學的「認題」與「立意」〉,《文學遺產》,頁 84。
126 見杜海軍《呂祖謙文學研究》,頁 179-180。杜海軍又說:「進入宋代以後……道的
　　內容範圍變為天理,文亦日益走向道的附庸,甚至喪失了存在的獨立性。」,頁
　　178-179。何寄澎《唐宋古文新探》從唐宋古文運動「文統」、「道統」之分合切入,

創作上，就如張智華引用總論「題常則意新　　意常則語新」，並說：「這裡的『意』指文章的命意，並不限於闡明聖賢之道，故而不像理學家所說的『道』那麼狹隘。呂氏注重論述命意與語句的關係而不再斤斤於文道關係。他強調立意要高、要新、要好，要有不盡意。」[127]又說：「呂祖謙等人或者跳出道與文的圈子，而談論命意與語句的關係。」[128]汪涌豪並將宋人與唐人相比，嘗試探究其中之原由，因而指出：「宋人更重視以己為主，由創作主體的相關問題切入，分析所有這一切的成因和構成要素。所以它尚『意』，並用以為文學構成的重要因素。」[129]這或許也提供探求呂祖謙之所以重「意」的另一個角度。

## (六) 重視「法」

「法」最早出現在文化哲學領域，是古人對社會等級秩序、行為所制定的規範和準則，因此「法」具有嚴格的規定性和權威性，而這對於散文理論中的「法」有著深刻的影響。最早將「法」用於文章批評領域的是揚雄，後代持續發展，從中可歸納出「法」的三種意義形態：第一種是仿效意義，稱為師法，第二種是模範意義，稱為法度，第三種為技巧意義，稱為技法。關於「法」的這三種內涵，從邏輯上講，先有古人對自然的模仿，才有了模仿對象的確立和規則的制定，所以師法之「法」是基礎；而技法之「法」是法度的內容，它以篇章句式

---

認為：「宋代古文運動至北宋末期，已漸因洛蜀之爭而使理學家與古文家之對立日形尖銳。至南宋諸子，以二程繼孔、孟為道統，全黜韓、歐，影響後世，則古文家中原本文統、道統為一的情形，遂生分裂，終於道歸程、朱，文歸韓、歐──桐城派即為著例。」，頁283。

127 見張智華《南宋的詩文選本研究》，頁117。

128 見張智華《南宋的詩文選本研究》，頁116。引文中提到的真德秀，被歸類為持理學家文論者。

129 見汪涌豪《中國文學批評範疇及體系》，頁243。

等技巧方法具體解釋了法度的內涵;法度之「法」則是散文理論中「法」範疇的核心意義,由師法之「法」衍生而來,在技法之「法」上得到體現,三者有機結合,共同組成了散文理論中意義豐富、影響重大的「法」範疇[130]。

而《古文關鍵》向來被公認是散文技法理論的肇始之作[131],其所致力探究之「法」,涵攝了前述的三種意義:首先,呂祖謙取唐宋經典古文作為模範,此為「法度」;其次,呂祖謙發抉唐宋經典古文之創作技巧,此為「技法」;又次,呂祖謙之用意為讀寫結合、指導寫作,因此其中即有「師法」之意。不過,因為《古文關鍵》與其他評點著作,其重「法」之傾向與科舉關聯極密[132],而科舉雖然有力地推動了對「法」的探求,但是,因為許多指導時文寫作者毫不節制地回應科舉的需求,使得「法」幾乎走入了死胡同,因此其下即分就「『死法』與『活法』」、「重『法』之貢獻」,來探究此一問題;此外,因為呂祖謙對「法」的探究中,特別值得重視的是「對文章層次的發現」、「『意』與『法』之聯繫」,因此也將之獨立出來加以探究,以期凸顯出呂祖謙在「法」方面的重要發現。

## 1.「死法」與「活法」

前節引用龔鵬程之說法,闡述考試文體雖然重「意」、重「內容」,但是「道只為門面」、「真正的底子或裏子畢竟在文、在法」[133]。由此而推衍,龔氏又說道:「蓋整個細部批評……

---

130 參見樊宇敏碩士論文《中國古代散文理論中的「法」》,頁 1-3。

131 樊宇敏碩士論文《中國古代散文理論中的「法」》:「中國古代的文學批評多是形而上的……散文技法理論真正的興盛期是南宋,南宋的散文評點著作,由呂祖謙的《古文關鍵》肇始,針對古文和科舉應試文章的評點類著作較之前代大量出現,對於文章技法的關注也隨之增加。」,頁 24。

132 《古文關鍵》「題下批」即有與時文作法密切相關者,譬如蘇軾〈荀卿論〉:「此篇前罵後略」,次如蘇軾〈王者不治夷狄論〉:「大凡罵題先說他好,然後罵」。

133 參見龔鵬程《文學批評的視野》,頁 410。

名為義法，實只是法，因為言有序即是言有物，由法見義，因文明道，所以法不可不講。」[134] 所謂「細部批評」，是包含「評點」在內的。王水照、慈波也說道：「宋代卻興起了以文章作法為中心的文話著作。」[135] 指的也是「評點」。祝尚書也提到：「南宋以後，文章學研究以古文文法論著為多，……尤其喜歡用古文評點的形式，評點即研究文法，文法即見於評點。」[136] 此處所謂之「文法」，指的是「文章作法」。綜合前面諸家說法，大致可以得到共通的結論：評點「重法」[137]。

然而，「評點」重「法」的特色卻往往是被人攻擊的重點。祝尚書認為：「由於南宋古文評點是科舉考試程式化的產物，必須迎合考官口味，故不少流於繁瑣，太過講究形式。……故評點派的文章學，又有很大的侷限和流弊。」[138]「它們把文章法度變成了一成不變的『定格』——程式，法必此法，文必此文，師長以此訓子弟，考官以此定去留，於是千篇一律，活法成了死法，故南宋的詩賦和經義程式，演變為明、清制藝的八股，大為後世所詬病。」[139] 因此，祝尚書總結地說道：「場屋時文的程式化，從某種意義上說，揭示了詩文自身的結構特徵和寫作規律，有它一定的合理性和必然性，甚至在將文章寫作置於理論指導之下方面，不無積極意義。但將程式變為固定模式，而且又用以取士，則不僅扼殺了文體自身

---

134 見龔鵬程《文學批評的視野》，頁 412-413。

135 見王水照、慈波〈宋代：中國文章學的成立〉，《復旦學報》（社會科學版），頁 27。

136 此二段引文均見祝尚書〈論宋元時期的文章學〉，《四川大學學報》（哲學社會科學版），頁 100、100-101。

137 朱世英、方道、劉國華《中國散文學通論》說：「表現在古人作品中的『法』有兩種形式：一是直接談法，以文論形式出現；一是通篇是法，卻無一句明白提及，讓讀者自己去體察搜求。」，頁 716。「評點」屬於前者。

138 見祝尚書〈南宋古文評點緣起發覆——兼論古文評點的文章學意義〉，《四川大學學報（哲學社會科學版）》第四期，頁 81。

139 見祝尚書〈論宋元時期的文章學〉，《四川大學學報》（哲學社會科學版），頁 108。

的活躍因素,更扼殺了無數學子的思想和青春。」[140]因此,科
舉的影響是雙向的:它促進了「法」的講求,可是,也因為對
於「法」的過於講求,讓「法」成了「死法」。

然而,正如祝氏所言:「場屋時文的程式化……揭示了詩
文自身的結構特徵和寫作規律,有它一定的合理性和必然
性」,所以,若是撤除了科舉的因素,那麼「將程式變為固定
模式……扼殺了文體自身的活躍因素,更扼殺了無數學子的思
想和青春。」是否必為一不可避免的結果呢?而且,前此曾引
用龔鵬程之「圓形結構觀」,認為細部批評所顯示出來的:「這
即是要求文章內部須構成一往復回環的關係。」[141]在此觀點
下,文章宛如活物。因此,評點所致力抉發之「法」,有無可
能成為「活法」呢?

關於此點,可以分成兩個層次來探究。首先,正如龔鵬程
所言:「細部批評雖然把文章看成是個活物……可是它既已運
用了這些批評框架,它便不太可能仍保持文章的活潑性,其中
必有某種程度的割裂,損傷了文章一體渾圓的完整性。」[142]
「其次,用細部批評法批閱文章,指出其中各種為文法則、建
立各種條例,使細部批評有很濃的規範性和指導性意味。但
是,法的規範性往往蘊含著法對人之創造性的桎梏。」[143]所
以,掌握「法」的努力,卻也造成了文章一體性的割裂,以及
對於人之創造性的桎梏[144]。因此,龔鵬程更進一步指出:「正

---

140 見祝尚書《宋代科舉與文學考論》,頁232。

141 見龔鵬程《文學批評的視野》,頁418。

142 見龔鵬程《文學批評的視野》,頁421-422。

143 見龔鵬程《文學批評的視野》,頁422。龔鵬程《文學批評的視野》又說道:「細部
批評本來就是講法的……所以論法即不免鄭重、不免嚴格。鄭重,是因為法必須尊
重,是因為這些法透露了文章的奧秘……嚴格,是因為法必須遵守,不嚴格怎能稱
之為法?」,頁423。

144 林明昌歸納前人對「法」的侷限的探討有三:「一是說明最高明的文章是難以常法框
套其上。」「其次是法亦有難到之處。」「再者認為文法規矩的最大功效在於為初學

因為法具有這種規範性，且能具體說明文章之奧妙，所以解說文法的細部批評才每每具有指導性，如張實齋所云『為初學示法』。換句話說，細部批評並非因起源於蒙學塾課，故有指導後學之意味；而是由於法的規範性使得它具有開示指引後學的性質，遂在型態上接近蒙學塾課，而為高明者所攻擊罷了。」[145]龔氏指出：法的指導性的另一面就是規範性，而對法的規範常成為引發攻擊的原因。

其次，還需看到此種攻擊並非無謂的。因為正如龔鵬程所指出的：「文無定法，文學創作本來就常衝破法的規範。」所以，細部批評的攻擊者：「都是肯定其論法之指導性規範性，具有一定的價值；但希望能超越這一層，而解消其法的限制、注意法的割裂與框套，由定法走向活法。」[146]所以，龔鵬程又說：「法是辯證的，法的規範性本身，其實往往就蘊含了對於嚴格性的解消。……這即是在『義由法出』的同時，又注意到『法隨義變』。所以他們固然努力地仔細地剖示文法，也一再表示這個法乃是高妙的，是變化不測的。」[147]所以，攻擊的目的其實是為了超越法的規範性。

因此，蔣寅總結性地提出：「反對機械地拘泥於法，強調用法、駕馭法的能動性和靈活性，即由有法至於無法，後來成為中國文學理論中關於技巧的基本觀念。」[148]關於此點，可以引用劉若愚針對「技巧概念」的說法，來輔助理解：這種技巧

---

示法，但學者亦不能自陷於文法之中，當自有法走向無法。」見林明昌博士論文《古文細部批評研究》，頁 196-197。此說亦可參看。

145 見龔鵬程《文學批評的視野》，頁 424。

146 此二段引文均見龔鵬程《文學批評的視野》，頁 422。

147 見龔鵬程《文學批評的視野》，頁 424-425。

148 見蔣寅〈至法無法：中國詩學的技巧觀〉，羅宗強編《古代文學理論研究》頁 564。李保初《創作技巧學》：「所謂技巧，就是創造性地運用寫作規律和方法，將所要表達的思想內容恰切地、充分地傳達出來，使讀者樂於接受並獲得審美感受的獨特的能力和手段。」，頁 4。此說可供參考。

概念認為寫作過程，不是自然表現的過程，而是精心構成的過程[149]。所以，簡單地說，文章是需要精心構成的，其中蘊藏著法度，但是必須靈活地加以運用，亦即「法須活法」。

## 2. 重「法」之貢獻

　　朱世英、方遒、劉國華指出：「古人論文，常常只提出要求，很少具體討論實現要求的手段，如『辭達而已矣』，究竟什麼樣的『辭』才算得上『達』，孔子並未明說。……總之，討論古代散文，於內容，於所謂『道』，雖也有歧見，但公然無視內容，以致棄道悖道的，極為罕見。……中國古代的所謂文章，絕大部份都是實用文字，而講求實效，就不得不設法提高文字的表達效果，也就是說不得不研討和提高寫作技巧。……但是，思想解放始終步履維艱。幾乎在歷史的所有階段，重道輕文都是主力派。」[150]可見「重法」之罕見。

　　但是，「法」的重要性又幾乎是公認的，張志公說道：「文（辭章）與質（實）相對待，用現在的話來說，前者是語言形式，後者是思想內容，二者是對立統一的，兩千多年來一直是這樣看法。」[151]又說：「從孔子起直到清末，歷代重要學者和

---

149 劉若愚將中國傳統批評分為六種：形上論、決定論、表現論、技巧論、審美論、實用論。並針對其中的「技巧」理論說道：「根據文學的技巧概念，文學是一種技藝……這種技巧概念與表現概念類似的地方，在於兩者主要著重在藝術過程的第二階段，而與表現概念不同的地方是，它認為寫作過程，不是自然表現的過程，而是精心構成的過程。」見劉若愚著，杜國清譯，《中國文學理論》，頁 19、頁 185。雖然劉氏在其後的論述中，並未談到評點，但是在研究評點時，這種觀點是相當有啟發性的。

150 見朱世英、方遒、劉國華《中國散文學通論》，頁 714。

151 見張志公〈漢語辭章學與漢語語法〉，《漢語辭章學論集》，頁 22。張志公前面說明何謂「質（實）」：「文，辭，章，文辭，文章，辭章，可以統稱為文，或者，用比較後起的概念，統稱為辭章。和文或辭章相對待的，歷來有三組概念。一組是『道、德、義、理』等，可總稱為『道』；一組是『意、志、才、情』等，可總稱為『情』；一組是『學，學問，考證』等，可總稱為『學』。這三組合起來可統稱為

作家大致有一個出入不大的看法，那就是：『道』或『義理』
是根本的，主要的，然而『道』或『義理』必須借『文』或
『辭章』表達出來，因此，『文』和『道』不可分割，『文』或
『辭章』十分重要，不容忽視。這種看法，我們認為是正確
的。」[152]張志公指出了「文（辭章）」的重要性，而「文（辭
章）」指的是語言形式，偏向於「法」。

　　《古文關鍵》以及其他的評點專著，幾乎都重視「法」，而
此種傾向是有其貢獻的。杜海軍即認為《古文關鍵》：「提倡意
和法突破了文與道爭論的束縛。」「《古文關鍵》講文章作法，
是建立在承認文是一種技巧，它有自己的規則，文是獨立於道
的基礎上的，這是對朱熹文從道中流出觀點的有力反動。若依
朱熹看來，文既然是從道中流出，道盛則文盛，是根本用不到
講法的。」[153]所以，重「法」實即肯定「文」之獨立性的一種
反映。而且，張志公的一個觀點相當值得重視：「漢語的語言
藝術敏銳而深刻地反映著漢語各方面的特點，為我們研究漢語
的若干重要問題提供了線索。」[154]準此而觀，則因為重「法」
而發現各種「法」，實在是大有功於語言藝術之發揚。

　　而且，還要講到重「法」、對「法」的發現，非常有利於
寫作指導。蔣祖怡即指出：「近代有人頗主張廢去一切的文法
修辭及文章法則，以為這些都有害於性靈的，應該以『拈花微
笑』的妙悟方式出之。當然，斤斤於法則上的檢討，在天才者
看來，是不甚愜意的事；但是人有幾個能夠在『拈花微笑』時

『實』或『質』。」

152 見張志公〈談「辭章之學」〉，《漢語辭章學論集》，頁 13。張志公〈談「辭章之
　　學」〉又說：古人大都用「文」、「辭」、「文辭」、「文章」、「辭章」這些字眼指作品的
　　語言和語言的運用，也就是指作品的形式方面，而用「道」、「理」、「義理」、「情」、
　　「志」等等指作品的內容方面，並且常常把這兩個方面互相對待著講，探討形式與
　　內容的相互關係。《漢語辭章學論集》，頁12。
153 分見杜海軍《呂祖謙文學研究》，頁 178、179。
154 見張志公〈漢語辭章學與漢語語法〉，《漢語辭章學論集》，頁23。

立刻妙悟呢？所以文章有法則，但也不是一成不變的。」[155]因此，呂祖謙及其他評點者實實在在地面對寫作指導這個問題，著力於發現作文之法，回應了這個問題。

關於《古文關鍵》重「法」，學者也提出了許多看法，譬如吳承學即說：「《古文關鍵》書名即標明其旨趣在於『關鍵』。所謂『關鍵』大致只關乎章法與結構等藝術形式因素。《四庫全書總目》該書提要謂：『祖謙此書實為論文而作，不關講學。』所論甚是，呂祖謙是理學家，但其評點不但毫無理學味，也不甚關心文章的內容，其關注重點是文章的技法。」[156]張秋娥也說：「呂祖謙大體上是從『起、承、轉、合、結、應』等篇章修辭出發來接受前人文章，以引導後學者注意的。」[157]而本章第二節的探究成果，也印證了前述各家之看法：「章法」幾乎都是最受重視的，份量遠超乎其他類別，其次才是「主題」（此已置於前一小節進行探究），再其次就是對「修辭」、「詞彙」、「文法」的講求，而「章法」、「修辭」、「詞彙」、「文法」，一般是被歸入技法類的。

而《古文關鍵》致力於「法」的苦心，實不宜被抹煞。祝尚書認為《古文關鍵》：「這實際上也是研究『論』體程式，只是範文不取於場屋，而取之古文大家。」[158]也就是說，呂祖謙所致力研究的，是議論文之結構特徵和寫作規律，而其成果可應用於時文寫作，但是絕不應該只用「有補於時文」的角度來看待，而更應該將之置於「發現文章寫作規律」的高度上來審視，並給出合理的評價。

---

155 見蔣祖怡《文章學纂要》，頁9。
156 見吳承學〈現存評點第一書〉，《中國文學評點研究論集》，頁226。
157 張秋娥《宋元評點修辭研究》，頁68-69。
158 見祝尚書《宋代科舉與文學考論》，頁288。

### 3. 對文章層次的發現

如前所言，《古文關鍵》致力於發現「章法」、「修辭」、「詞彙」、「文法」各領域中的規律。其中特別值得重視的是「對文章層次的發現」和「『意』與『法』之聯繫」，而此兩點主要隸屬於「章法」領域，因此也可以說，《古文關鍵》在古文章法研究方面有著卓越的建樹。

關於對文章層次的發現，乃是上承《周易》，吳承學、何詩海認為：「古人關於語言文字表達需要技巧與法度的觀念可謂由來已久。《周易》謂『言有物』、『言有序』。『言有序』可視為中國文章學潛在的觀念，它正是中國文章形式理論的中心。『序』指條理、次序。『言有序』的前提就是言語本身是有層次結構的。」[159]而在先秦時已表現為句讀的使用：「先秦已有比較明確的篇章、段落、句讀等文章層次意識，並用各種符號越來越細緻地表達這種意識。」[160]並為漢代章句之學繼承、發展，進而對文章之學有啟發作用，其成果在劉勰《文心雕龍》有總結的體現[161]，而且宋代的古文評點大幅度地發展了這個觀點。

呂祖謙對於文章層次有著非常精準的掌握，表現在《古文關鍵》中，最可注意的是評論符號「└」的運用[162]。「└」的作用是劃分段落，其分段之依據，最重要的是文意之延展或轉折，其次是字數之多寡，因此分段最重要的意義是：顯著地標誌出文章的層次。而且，因為評論符號「不足以完整表達繁複意見」[163]，所以「└」的運用也往往搭配著題下批、旁批的說明。

---

159 見吳承學、何詩海〈從章句之學到文章之學〉，《文學評論》，頁21。

160 見吳承學、何詩海〈從章句之學到文章之學〉，《文學評論》，頁22。

161 關於文章層次觀的發展，詳見第參章第四節。

162 在《古文關鍵》中，只有韓愈〈雜說四〉未用到此符號。

163 見林明昌博士論文《古文細部批評研究》，頁71。

　　譬如韓愈〈答陳生書〉，呂氏用「└」符號將本文分作八段，首先值得注意的是，呂氏將君子「病乎在己」、「順乎在天」、「待己以信」、「事親以誠」的總說與分說都予以分段（即第三至七段），可見出對此的重視，而且，題下批、旁批也都提及此點，題下批為「中間四段鋪敘齊整極好」（即第四至七段），相關之旁批為「立間架」（3）、「分作四段」（4），前者之「間架」指布局之呼應，此旁批指出第三段提出君子所行者四，立下其後呼應之布局，而後者指出其後承前分為四段（即第四至七段）。除此之外，還可注意到前面「愈白……對焉」是說明韓愈不應回答，「雖然……所聞」則是說明韓愈「誦其所聞」，因此中間的轉折頗大，理應在此分段，但是呂氏可能考慮到字數的均衡，所以選擇在「愈白……者也」和「愈之……所聞」之間分段[164]。因此，據此兩者推估，呂氏分段之考慮為意義之邏輯與字數之均衡。

　　文章層次的發現與掌握，對於抉發創作之理、指導寫作來說，都是非常重要的，呂祖謙對此有卓越之看法，且創造出優良的表現方式，其貢獻是非常巨大的。

## 4.「意」與「法」的聯繫

　　在《古文關鍵》發現「法」的努力中，其中有一類非常值得注意，那就是探究「『意』與『法』的聯繫」者，其中的旁批例子，就是呂祖謙著意於此的明顯例證。此類旁批如「意在後」、「解前意」、「斡前後意」、「生意」、「結上意」、「結不盡意」、「入正意」、「意盡方說起」、「又生新意」、「血脈相應」、「綱目相應」、「應綱目」等，從中可見出：呂祖謙重視「意」、「血脈」、「綱目」的前呼後應，以及順應「意」的變化而調整

---

164 可參見附錄一「結構表及說明」。

布局、因「意」而「結」等。

　　其中,「餘意」此一術語相當值得探究。此術語之意義,正如祝尚書引用曹泠之語,所指出的:「所謂餘意,乃是本題主意外,尚有未盡之意,則於此發之。須是意新又不背主意,仍於主意有情乃可。」而且,值得注意的是,其中還提到了作法:「這個有數樣:本意所輕者,於此卻微與提起;本題頭緒多者,此處與貫而一之;本意作兩並不相關者,此處與發明之;本意有至本至效者,此又翻轉來言之。若只是本題意,又來說作一片,全無些斡運,則徒勞耳。」[165]而揆諸實際分析,譬如蘇軾〈留侯論〉第 15 個旁批:「餘意」,此處乃延伸至高祖、項籍加以比較,再扣上張良。次如韓愈〈重答張籍書〉第 41 個旁批:「此是餘意」,本文針對籍信中的指教一一回應,即「著書」、「好勝」、「駁雜」三點,而因為回應「著書」費了最多筆墨,因此是重心所在,而其他相較起來,是餘意,所以旁批指出此句開始是餘意。又如曾鞏〈戰國策目錄序〉第 25 個旁批「餘意」,乃是作者用「或曰」提出疑問,其下加以回答,以此闡述不「放而絕之」的原因,在於「使當世之人皆知其說之不可從,然後以禁則齊;使後世之人皆知其說之不可為,然後以戒則明」。又如張耒〈用大論〉第 9 個旁批:「餘意」,本文先就「為政當用大」立論(第一至六段),接著以「或曰」、「應之曰」相應答的方式,補充說明「盡天下之情以立法」之不可行(第七段),以更見出「為政當用大」,因此兩者形成了「先正後餘」的邏輯,因此此段為「餘論」。又如柳宗元〈晉文公問守原議〉:「此一段餘意精神」(31),本文形成

---

165 此二段引文均見祝尚書《宋代科舉與文學考論》,頁 226-227。「餘意」另有一說,即字面之外的深遠的含義。宋‧姜夔《白石詩說》:「若句中無餘字,篇中無長語,非善之善者也;句中有餘味,篇中有餘意,善之善者也。」參見鄭頤壽主編,林大礎副主編,《詞章學辭典》,頁 598。但是此意與《古文關鍵》不合,因此不取。

了「立、破、立」結構[166]，此部份為最後又「立」新意處，而「精神」為意脈貫穿之效果，所以本旁批指出大段論述結束後，又出餘意，讓全文意脈貫串到此。又如歐陽修〈上范司諫書〉第 40 個旁批：「餘意」，乃是在第二至四段闡明「思天子所以見用之意」，第五段闡明「懼君子百世之譏」，第六、七段闡明「解洛士大夫之惑」之後，針對「一陳昌言，以塞眾望」加以述說。又如韓愈〈送文暢序〉有「餘意」(30)，指本可結束，此另起一意，此為先正論、後餘論之邏輯。

從前面的例子中，可以得出這樣的結論：「餘意」與前面的論述相較起來，前面的論述為正論，「餘意」往往為「餘論」，用來補充說明未盡之處，使得立論更為周延、嚴密，而因此所形成的邏輯為「先正後餘」。

從這些實際批評的例證中看來，呂祖謙對於「意」與「法」的聯繫有獨特的認識，等於是對「內容」與「形式」的互動，提出了深刻的看法。

---

166 可參見附錄一「結構表及說明」。

# 第玖章

# 《古文關鍵》的地位及其影響

　　《古文關鍵》在文學史上的地位，主要可從「融合『選本』與『評點』」和「對『文章學』的貢獻」，來加以掌握[1]。而關於《古文關鍵》在文學史上的影響，則專列一節「《古文關鍵》的影響」，來加以論述。以下即一一說明。

## 一、融合「選本」與「評點」

　　鄒雲湖指出：選本不但自己單獨履行批評職能，而且也與其他批評方式相融合，大大豐富了中國古典文學批評的內涵[2]。《古文關鍵》即融合了「選本」與「評點」，因此欲全面探討《古文關鍵》之批評功能，就必須分別顧及「選本」與「評點」的批評功能，再進而探究兩者相輔相成之後的更大功效。

　　《古文關鍵》是一本「選本」。作為一種選本，在「時代及文類」上，鎖定的是「唐宋古文」，在「作家及文章篇數上」，選取的是八位作家的六十二篇作品，在「文體」上，主要選結

---

1　杜海軍《呂祖謙文學研究》認為《古文關鍵》在文學史上的地位，主要體現在：「創建了文學批評中的評點法」、「提倡意和法，突破了文與道爭論的束縛」、「唐宋古文運動的總結」，參見頁 174-181。孫琴安《中國評點文學史》認為《古文關鍵》在文學史上的地位，主要體現在：「第一次從文學的角度來評點散文」、「第一次對文學作品本身來進行評議」、「以一種全面的評議方式出現於文壇」，參見頁 32-34。兩位學者的說法可供參考。

2　參見鄒雲湖《中國選本批評》，頁 3。

構嚴謹有法度的議論文，在「選文標準」上，標舉出兩個：「內容必須載道」、「技巧須有助於時文」。凡此種種，顯示出呂祖謙肯定唐宋古文運動的獨到眼光，以及正面看待時文寫作的立場，影響所及，奠定了「唐宋八大家」確立的基礎，《古文關鍵》也成為影響非常大的作文範本。

《古文關鍵》也是一本「評點」專著，而且是具有創始地位的評點專著。作為一種評點專著，《古文關鍵》善於運用作為總論之「看古文要法」、「題下批」，以及用作分論之「評論符號」與「旁批」，彼此之間相呼相應、相輔相成，因此充分展現了評點的批評功能：「全面性」、「多向性」、「細微性」。因此，不僅體現出一系列重要觀點：「讀寫結合」、「圓形結構觀」、「先內容後形式」、「先整體後局部」、「重視『意』」、「重視『法』」，並且將這些觀點落實成為實際批評，其中，對「意」的重視、「法」的發明更是最為重要的工作重點，並因而創造出成群的、彼此聯繫的術語，對古代文章學、寫作學貢獻良多。

而《古文關鍵》自由、創新地融合了「選本」與「評點」，並因其傑出的表現，使得這種新樣式成為後世文學批評的主流之一，體現了文學批評的文體自由，其貢獻是非常值得標舉的。而此種創新的形式，之所以能成為後世文學批評的主流之一，當有其特殊之處，具體來說，《古文關鍵》作為「選本」與「評點」的融合形式，其「選本」與「評點」之想法是相互印證、相互增強的。譬如《古文關鍵》在「總論看文字法」中，寫道：「學文須熟看韓、柳、歐、蘇」，反映在選文上，韓文共選十三篇，柳文共選八篇，歐文共選十一篇，蘇文共選十六篇，總共四十八篇，佔了全部選文的近七成。次如，「看韓文法」中，認為韓文「簡古」，而所選之韓文也剔除奇詭

類，選擇嚴謹有法度者[3]。又如「看蘇文法」中，認為：「當學他好處，當戒他不純處」，所選之蘇文亦為較有法度可循者[4]。又如，在「論作文法」中，寫道：「有用之文，議論文字是也」，同樣地，反映在選文上，論辯類就佔了全書近三分之二。

不過，《古文關鍵》在「選本」與「評點」上，亦有呼應不良的情況。最明顯的例子，是《古文關鍵》選了韓愈、柳宗元、歐陽修、蘇洵、蘇軾、蘇轍、曾鞏、張耒八家文，但是，在「論各家體格源流」中，則是先提出「韓愈、柳宗元、歐陽修、蘇軾」四家，接著又提出「曾鞏、蘇轍、王安石、李廌、秦觀、張耒、晁補之」七家，總共十一家。因此，「選本」的名單與「評點」的名單顯然是有出入的，而且這種出入特別反映在「選本」不選、但是「評點」之總論讚美的王安石文上，以及「選本」已選、但是「評點」之總論不論的蘇洵上。

儘管如此，《古文關鍵》作為第一部融合「選本」與「評點」的專著，其貢獻不可抹滅。而因為「選本」是最古老的文學批評方式，因此，可從「選本」與「評點選本」的差別上予以考察。吳承學說道：「在此之前，文集、選本首要功能是鑑賞，是文人提高藝術修養的必要手段，故往往只注釋字句，標明典故，疏通文意，從來不詳論文章的作法。而《古文關鍵》則實用性很強，使讀者通過『四看』，既領會名著的精華，也學習了實際的寫作技巧；指導寫作，成為最直接的目的。這可

---

3　熊禮匯說道：「他講韓文文風特點及其由來，用『簡古（簡約、質樸）』概括其文風，而不顧及其奇詭的一面，與選篇一樣，都反映出他接受韓文風格取向方面的特點，即以簡約、質樸為美。」見熊禮匯〈從選本看南宋古文家接受韓文的期待視野——兼論南宋古文選本評點內容的理論意義〉，《周口師範學院學報》，頁 4。又見張秀惠碩士論文《南宋古文評點研究》：「《古文關鍵》所選韓文大抵以鋪敘嚴謹見長。」，頁22。

4　張秀惠碩士論文《南宋古文評點研究》：「《古文關鍵》選東坡文十六篇，為諸家之冠，其中十四篇為論辯，蓋因作論較有法度可尋也。……東萊評此數篇……大抵皆屬章法布局，此則《古文關鍵》對東坡文之著眼處。」，頁 24-25。

以說是一種創舉，也是文學批評向實用目的、功利目的發展的一個重要轉折。」[5]不只如此，評點者善用「評點」的特性，發展出不同的探究文章的角度，因此得出不同於以往的成果。總之，「選本」融合了「評點」，讓「鑑賞」的功能更深化，而且「指導寫作」的功能也大為強化。

也因此，《古文關鍵》雖然被後人尊崇為「現存評點第一書」，但是《古文關鍵》在文學批評上的價值，不只顯現在「評點」上，還顯現在「選本」上，必須合觀此二者，才能比較準確地評價《古文關鍵》一書的價值[6]。

# 二、對文章學的貢獻

《古文關鍵》對於文章學有著相當大的貢獻。關於此點，也可以分從「選本」與「評點」來探討。

首先，就「選本」來說，《古文關鍵》選擇了唐宋古文運動八位名家，其中，有七家得到後世肯定，成為「唐宋八大家」的成員，其後退張耒、進王安石，「唐宋八大家」於焉確立。而「唐宋八大家」的名稱一經提出，就為人們所接受，並經得起時間的考驗，這乃是因為它以極其簡鍊的五個字概括了唐宋時期八位互有聯繫而又獨樹一幟的著名散文作家，基本上反映了我國散文史上一個重要時期的面貌，而且，這其中還含藏著對唐宋古文運動的總結與評價。而《古文關鍵》發其端倪，其看法為後代繼承、修正、發揚光大，這對於唐宋古文運動，具有非常巨大的發現與闡揚之功。

---

5　見吳承學〈評點之興——文學評點的形成和南宋的詩文評點〉，《文學評論》，頁 27。

6　王曉靖評價《古文關鍵》在「選本」與「評點」上的價值：「注重藝術構思的散文創作論」、「追求藝術風格的散文鑑賞論」、「講求實用事功的散文批評論」，見王曉靖〈呂祖謙《古文關鍵》中散文理論探析〉，《連雲港師範高等專科學校學報》，頁 32-34。此說可供參考。

　　與此相聯繫的，是《古文關鍵》所選文章，也廣為後世所肯定。《古文關鍵》選了六十二篇文章，其中大多為論體文，這些篇目大幅度地為當代乃至後代所繼承[7]。因此，呂祖謙以其精到之眼光，選擇出唐宋古文的代表性文章，不僅很大程度反映出唐宋古文的成就，而且也有便於讀者欣賞、學習，此為《古文關鍵》對文章學的貢獻之一。

　　不只如此，《古文關鍵》蘊含在所選作家、所選文章中的，是選文標準：「內容必須載道」、「技巧須有助於時文」，因此其肯定唐宋古文運動、並正面看待時文寫作的立場，可說是表露無遺。而因為《古文關鍵》流傳非常廣遠，讀者群非常龐大，顯示出這些接受者接受《古文關鍵》的選擇傾向，或者說，《古文關鍵》符合了這些接受者的潛在需要[8]。不管如何，《古文關鍵》在肯定唐宋古文運動、正面看待時文寫作上，佔著領先、領導的位置，其識見與影響，應當獲得很大的肯定。

　　張宏生認為：「選本是古代文學理論批評的一種習見的表現形式，因此一個選本的顯晦，往往是與特定歷史時期的文學觀念相聯繫的。」[9]根據此觀點，更可見出《古文關鍵》之重

---

7　吳承學〈現存評點第一書〉，《中國文學評點研究論集》：「從選文方面看，《古文關鍵》所選的許多文章也被《崇古文訣》、《文章軌範》、《古文集成》等文集選入，而且所佔比例相當大。」，頁 228。吳氏接著還詳細說明：「《崇古文訣》與《古文關鍵》相同 15 篇，重複率佔《古文關鍵》原選總數的百分之二十四，《文章軌範》29 篇，重複率佔《古文關鍵》原選總數的百分之四十六，《古文集成》25 篇，重複率佔《古文關鍵》原選總數的百分之四十。」，頁 228。張智華《南宋的詩文選本研究》也說：「南宋人所編古文選本對明、清乃至近代古文選本的編纂產生了很大的影響，如茅坤《唐宋八大家文鈔》、吳楚材等《古文觀止》、禦選《唐宋文醇》、姚鼐《古文辭類纂》、高步瀛《唐宋文舉要》等，可以說是與南宋古文選本一脈相承的。」，頁5。

8　就接受美學來說，祝尚書認為：「科舉時文的完全程式化誘發了社會的廣泛需求，並引起學者們的重視和熱心參與，而書商則敏銳地覺察到其中的商機，──這是『評點』興起和『評點本』大量刊行的根本原因。」見〈南宋古文評點緣起發覆──兼論古文評點的文章學意義〉，《四川大學學報（哲學社會科學版）》第四期，頁76。

9　見張宏生《清代詞學的建構》，頁227。

要性。因為呂祖謙透過編選《古文關鍵》，來闡發其散文理論，而且其朋友與弟子也在影響下編出許多古文選本，眾志成城之下，力量就更大了[10]。因此，張智華又針對這些古文選本，說道：「他們以選本的形式對古文進行傳播，同時也對唐宋古文運動從理論上加以總結，從而在南宋文論中形成一種特殊的型態。」[11]而《古文關鍵》在其中佔著非常重要的地位。

其次，就「評點」來說，呂祖謙善用作為總論之「看古文要法」、「題下批」，提出一系列重要觀點：「讀寫結合」、「圓形結構觀」、「先內容後形式」、「先整體後局部」，這些看法都相當精闢，且對後代起了很大的影響。除此之外，呂祖謙在「論各家體格源流」中，對十一位古文家提出評價，並且其中論各家風格部份，可與「論作文法」論作文風格的內容結合，可見出呂祖謙對風格的重視，而這些作家論、風格論，也經常為後世所引用。

不過，《古文關鍵》最為人所重視的，還是在用作分論之「評論符號」與「旁批」中，所充分展現的評點的「多向性」、「細微性」的批評功能。而其中，對「意」的重視、「法」的發明尤其受到肯定，而因此所創造出的成群的、彼此聯繫的術語，成為古代文章學、寫作學的重要成果。祝尚書即給予很大的讚美：「古文評點家揭示了許多文章學規律，其中的精華部份，就是在今天也不過時。」[12]祝尚書還針對重視「法」這一點，特別加以肯定，他將宋元時期文章學的成就，歸納為三點：「一是總結出了一整套文章寫作技法。」「二是對文章法則

---

10 就如同張宏生所言：「在文學史上，一種學說流行和發生影響，往往需要借助於群體的力量，其中，師友間的講習和師徒間的授受尤其值得重視。」見《清代詞學的建構》，頁229。

11 見張智華《南宋的詩文選本研究》，頁115-116。

12 見祝尚書，〈南宋古文評點緣起發覆──兼論古文評點的文章學意義〉，《四川大學學報（哲學社會科學版）》，頁81。

的辨析細緻入微。」「三是重實例。」[13]祝氏雖非只針對《古文關鍵》而言，但是《古文關鍵》作為創始且傑出的評點專著，確實是有著相當優秀的成果。

而蔣祖怡綜觀文學理論相關專著，指出：劉勰《文心雕龍》、陳騤《文則》、李耆卿《文章精義》、王構《修詞論衡》、陳繹曾《文說》、方以智《文章薪火》、劉熙載《文概》等，它們的缺點是空洞的理論，或是缺乏系統，而盧以緯《助語辭》、王濟師《虛字啟蒙》、王引《經傳釋詞》、馬建忠《馬氏文通》又嫌太專。近年以來，文法、修辭均已成為獨立的一種學問，其他論文章作法之書，也是「汗牛充棟」，有的等於文體論，有的專論作文中的一個問題，有的也只是抽象的議論[14]。蔣氏認為六朝迄於近代的研究，不是空洞、缺乏系統，就是不夠全面（即蔣氏所謂之「太專」）。準此而觀，《古文關鍵》既有宏觀之「看古文要法」、「題下批」，又有微觀之「評論符號」與「旁批」，且不僅有理論，還有大量的實際批評，而所關注者非常廣泛，幾乎涵蓋了所有研究文章的「內律」。此種表現置於整個文章學史上來評價，堪稱卓越。

並且還需認識到：呂祖謙也因著力於發現作文之法，成功地達成了寫作指導的目的。祝尚書特別強調南宋評點家致力於時文的寫作指導，因此而促進了文章學的發展：「相當詳細而精確地討論了於古文、時文都適用的寫作法則，既有理論高度又有可操作性，從此不僅將時文、也將古文的創作置於理論指導之下，具有極重要的文章學意義。」[15]王水照、慈波也指出：「從根本上來說，這種對文字的細緻推求有利於深化創作

---

13 見祝尚書〈論宋元時期的文章學〉，《四川大學學報》（哲學社會科學版），頁107。

14 參見蔣祖怡《文章學纂要》，頁9。

15 見祝尚書〈南宋古文評點緣起發覆——兼論古文評點的文章學意義〉，《四川大學學報（哲學社會科學版）》第四期，頁81。

技巧，推動文章的發展。」[16]可見《古文關鍵》對「法」的發現，不只利於鑑賞，且能指導創作。

　　前面探究《古文關鍵》在「選本」與「評點」上的表現，結合此兩方面，方可評價《古文關鍵》對於文章學的貢獻。總而言之，《古文關鍵》藉由「所選作家」、「所選文本」、「選文標準」，肯定了唐宋古文運動，推進了「唐宋古文八大家」的確立，並正面看待時文寫作；並且，《古文關鍵》善用宏觀之「看古文要法」、「題下批」，以及微觀之「評論符號」與「旁批」，結合大量的實際批評，提出許多看法，而且所關注者非常廣泛，對於「意」和「法」的發現，尤受肯定，而這些成果也成為寫作指導的重要憑藉[17]。總之，祝尚書評價道：「南宋以降，直至清代桐城派，研究時文、古文文法成為潮流，範圍和意義也由科舉而後超越科舉，文章學於是與詩學、詞學鼎足而三。」[18]《古文關鍵》在其中佔著舉足輕重的地位。

# 三、《古文關鍵》的影響

　　關於《古文關鍵》的影響，可以分從三個方面來談：「對於其他評點專著的影響」、「對於寫作學的影響」、「對於八股文的影響」。以下即一一加以論述。

---

16 見王水照、慈波〈宋代：中國文章學的成立〉，《復旦學報》（社會科學版），頁29。

17 吳承學論及《古文關鍵》之影響，指出：首先是編選的影響，《古文關鍵》所選的許多文章也被《崇古文訣》、《文章軌範》、《古文集成》等文集選入，而且所佔比例相當大。其次，《古文關鍵》的許多評語，也被南宋古文評點選本所用。又其次，《古文關鍵》影響唐宋八大家的形成及唐宋古文經典化的進程。參見吳承學〈現存評點第一書〉，《中國文學評點研究論集》，頁228-232。吳氏所言涵蓋面頗大，第一、二點乃就「選本」而言，第二點主要就「評點」而言，與本論文之看法亦可呼應，唯吳氏並未論及「寫作教學」，是不同的地方。

18 見祝尚書〈南宋古文評點緣起發覆——兼論古文評點的文章學意義〉，《四川大學學報（哲學社會科學版）》第四期，頁81。

## （一）對於其他評點專著的影響

《古文關鍵》一出，就對當代及後世造成很大的影響，杜海軍指出其背景因素：「孝宗隆興元年，呂祖謙參加禮部春試，進士及第，又中博學宏辭，連魁兩科，一時譽滿天下。」「由於他曾經連中兩科，世所罕見，所以，士子們對他奉若神明，從四方雲集到明招、金華求學。……選評了《古文關鍵》，闡述作文方法和文學思想。」[19]張秋娥則說道：「評點者自身的高超的文學水平、評點水平是評點得以傳播的重要因素。」[20]而劉昭仁具體地指出：「《文章正宗》、《文章軌範》、《崇古文訣》三書……皆東萊開其宗者，而元明以後，批註古書風氣大盛，遍及群經子史，蓋亦受東萊之影響也。」[21]可見《古文關鍵》引領了古文評點的風潮，而且凡是古文評點，幾乎都是「評點選本」，更可見出《古文關鍵》所創制的文批形式，已經為後代所廣泛接受。

不只如此，《古文關鍵》還影響了其他文類的評點，林崗即說道：「純從外在形式看，評點的體制已經大備於宋代古文評點。……所以，批點不獨可以用於古文、小說，舉凡其他一切文體，詩歌、雜劇、傳奇、八股，無不可以運用。」具體來說：「小說評點的形式基本上是從古文批點借用過來的。」[22]朱萬曙也指出：明中葉之後，戲曲贏得文人士大夫的高度注目和參與，戲曲評點也應運而生[23]，從時間點上看來，戲曲評點也

---

19 見杜海軍《呂祖謙文學研究》，頁 38、40。
20 張秋娥《宋元評點修辭研究》，頁 25。
21 見劉昭仁《呂東萊之文學與史學》，頁 218。
22 此二節引言皆見林崗《明清之際小說評點學之研究》，頁 61。張秋娥也指出：「呂祖謙的評點修辭對清代金聖嘆的小說評點修辭有很大影響。」見張秋娥《宋元評點修辭研究》，頁 74-75。
23 參見朱萬曙《明代戲曲評點研究》，頁 11。

是在古文評點的影響之下產生的。所以，如同祝尚書所言：
「南宋的古文評點開創了一種嶄新的文學研究和批評方法，下
啟明清的八股文評點，又發展為小說、戲曲評點，形成所謂的
『評點派』。」[24]可見影響之大。

## (二) 對於寫作學的影響

《古文關鍵》的作意即是指導寫作，杜海軍即說道：「科舉
教育促使呂祖謙加強了對文學的研究，選評了《古文關鍵》，
闡述作文方法和文學思想。」[25]而《古文關鍵》是「評點選
本」，其作用就如同本章第一節所言：「選本」融合了「評
點」，讓「鑑賞」的功能更深化，而且「指導寫作」的功能也
大為強化，也因此，《古文關鍵》具有極大的影響力，杜海軍
指出：「《古文關鍵》……普及了作文方法，是古代影響最大最
持久的作文指導書之一。」[26]

針對「選本」在寫作指導上的功用，鄒雲湖指出：「中國
古典文論又十分強調選本對創作的示範作用，選本既是選者以
之為自己的文學理論確立經典，其必然就有著提供創作範本的
意味。中國古代大量的文學選本都把指導初學者作為一個重要
的編選目的。」[27]而「評點」在寫作指導上的功用，特別表現
在讀、寫互動上，如同林崗所認為的：宋代古文評點的特徵有
二：「一是文本解讀、品評的精細化，精細到甚至瑣碎的程
度。……二是文本精細分析的根本用意在於揣摩古人作文之
法。」[28]從中就可見出讀、寫的互動，而吳承學針對評點精批

---

24 見祝尚書〈南宋古文評點緣起發覆——兼論古文評點的文章學意義〉，《四川大學學報
　　（哲學社會科學版）》第四期，頁74。
25 見杜海軍《呂祖謙文學研究》，頁40。
26 杜海軍《呂祖謙文學研究》，頁5-6。
27 見鄒雲湖《中國選本批評》，頁8。
28 見林崗《明清之際小說評點學之研究》，頁56。

細評的特色，評價道：「它對於古代修辭學、寫作學等的發展都起了很大的作用。」²⁹直接指出了對於寫作學的影響。

所以，《古文關鍵》作為「評點選本」，其「選本」與「評點」的功能相輔相成，對寫作學的影響十分深遠，而其價值正如杜海軍所言：「從對其後發揮的影響、所選文章的作者、範圍及其批評方法、體現的思想看，它不僅是作文指導書，又確實是一種非常有價值的文學評論著作。」³⁰

## （三）對於八股文理論的影響

在第捌章中第二節中，探討「批評話語的運用」時，順帶討論了一個問題：古文評點是否借鑑自八股文評點。但是吳承學根據古文評點的產生年代先於八股文評點這個事實，認為：「最初的事實也許恰好相反。」³¹因此，事實上是八股文評點借鑑自古文評點。

不過，更深入地來說，還應注意到古文評點與科舉文體的關聯原本就極為密切。因為，《古文關鍵》之作意原本就是指導時文寫作³²，而其源頭之一，就是借鑑唐人詩賦格法，而唐人詩賦格法其實也是為了「取便於科舉」而產生的，所以，《古文關鍵》影響到後代的八股文寫作，可說是順理成章的。祝尚書引用錢鍾書、《四庫全書總目提要・論學繩尺》的說法，總結地說：「這就明晰地勾畫出了由唐人賦格到宋代程式論、再到八股文開篇的遞變路徑。」³³若就《古文關鍵》而

29 見吳承學〈評點之興——文學評點的形成和南宋的詩文評點〉，《文學評論》，頁32。
30 杜海軍《呂祖謙文學研究》，頁156。
31 見吳承學〈現存評點第一書〉，《中國文學評點研究論集》，頁226。
32 杜海軍《呂祖謙文學研究》：「科舉教育促使呂祖謙加強了對文學的研究，選評了《古文關鍵》，闡述作文方法和文學思想。」，頁40。
33 見祝尚書〈南宋古文評點緣起發覆——兼論古文評點的文章學意義〉，《四川大學學報（哲學社會科學版）》第四期，頁77。

言，即唐代詩賦格法影響《古文關鍵》，《古文關鍵》又影響八
股文。

在南宋到明代的考試文體的演變上，特別值得關注的是
「技巧」的繼承與發展。啟功就八股文的文章技巧，說道：「八
股文是陸續積累古代各種文體中的局部技法，拼湊而成的一種
文體。」[34]孔慶茂則針對南宋到明代的考試文體的演變，說
道：「南宋的經義文，實際上就是八股文的雛型……之所以明
代能夠以八股取士，正是有了這些文章體式的積累與借鑑，到
明初時很自然地固定下來，成為一種考試用的文體。」[35]兩家
之言不僅可以說明「技巧」的繼承與發展，也間接說明了古文
評點與八股文評點，為何會出現大量的共通術語。而這些共通
術語的核心是「起承轉合」。

蔣寅闡明「起承轉合」之說，認為：「此說發自元代范德
機，傳與礪《詩法正論》述其言作詩成法有起承轉合，起處要
平直，承處要舂容，李杜歌行皆然。楊載《詩法家數》則云律
詩要法為起承轉合，並將其與律詩的四聯相對應起來，以破
題、頷聯、頸聯、結句說之。……可後來卻被八股文理論所吸
取（參看劉熙載《藝概·經義概》）。」[36]這段話指出了「起承
轉合」說的由來，也指出了八股文理論運用「起承轉合」說。
但是，在八股文理論之前，「起承轉合」說就已經被古文評點
所用了，張秋娥即說道：「呂祖謙大體上是從『起、承、轉、
合、結、應』等篇章修辭出發來接受前人文章，以引導後學者
注意的。」[37]揆諸《古文關鍵》的實際批評，確乎是如此的[38]。

---

34 見啟功《說八股·餘論》，《說八股》，頁48。

35 見孔慶茂《八股文史》，頁52。

36 見蔣寅〈至法無法：中國詩學的技巧觀〉，《古代文學理論研究》，頁 566。此外，楊
　松年《中國文學批評論集》特列一章「起承轉合——中國詩論者論詩法」，亦頗值得
　參看，見頁133-166。

37 張秋娥《宋元評點修辭研究》，頁68-69。

　　所以，應該如此說：《古文關鍵》以下的古文評點家藉
「起承轉合」，來闡明文章寫作之理，而「起承轉合」說確實揭
舉了文章寫作的重要規律，所以，後代之八股文予以繼承，成
為八股文的核心理論。由此亦可見出，《古文關鍵》對於八股
文的影響。

# 第壹拾章

# 結　論

　　本論文所欲探討者為呂祖謙《古文關鍵》中之文章論，全文共分為十章，此十個章節之安排，具有內在的邏輯性。

　　第壹章「緒論」建立了本論文共通的理論基礎。由於《古文關鍵》最重要之特色乃是融合「選本」與「評點」，因此其下之章節安排，即據此而規劃：在第貳章處理關於「選本」的問題；第參至捌章處理關於「評點」的問題；第玖章統合「選本」與「評點」，並論述《古文關鍵》的地位及影響；最後，第拾章「結論」總收前面九章的探究成果，以凸顯其貢獻。而其中，因為「評點」所可論述者甚多，所以用第參至捌章、共六個章節加以容納：先處理有總綱作用的「看古文要法」（第肆章），再處理包含題下批、評論符號、旁批之個別文本分析（第伍至柒章），而此四章之內容，又在第捌章中作綜合處理與進一步的探究。此十章之內容撮要如下：

　　第壹章為「緒論」。因為《古文關鍵》為「評點選本」，所以本章先對「古文」之義界作一探討；其後針對文學批評的形式來考察，指出《古文關鍵》乃融合「選本」與「評點」的一種創新的文學批評的方式；而且，因為「選本」、「評點」分別是「選本中心」、「文本中心」的批評方式，與本論文所採用的「論點中心」的論文形式，是頗有差異、各有特色的，因此須加以說明；並且，用論文形式來闡發《古文關鍵》的文章論，希望可以凸顯出《古文關鍵》對「意」與「法」的注重，以及

其在文章學理論上的突破；還有，因為以往對於「評點」這一批評形式，有著貶多於褒的看法，所以本論文即梳理這些看法，試圖追索出原因，並回饋至評點特質上；接著，說明評點學研究現況，並導出《古文關鍵》評點之研究價值；最後，總結出本論文之研究工作重點。

　　第貳章為「呂祖謙其人與《古文關鍵》選本相關問題之探討」。本章所欲處理的，是關於呂祖謙和《古文關鍵》的一些基礎的問題，以及《古文關鍵》作為一種「選本」的批評方式，其特色與所產生的影響，並從這些影響中見出其重要性。因此本章先介紹呂祖謙，其次說明《古文關鍵》之卷數、版本與選評，接著就「時代及文類」、「作家及文章篇數」、「文體」、「選文標準」，來闡明《古文關鍵》的選文特色，最後說明《古文關鍵》在「選本」中的重要性，在於它是「第一本古文評點選本」、「寫作教學的重要選本」、「影響唐宋八大家的確立」、「編者選文理念的體現與傳播」。

　　第參章為「評點、古文評點與文章學」。本章主要處理與「評點」、「古文評點」、「文章學」等相關重要問題，因此其下即分成四節進行論述：「南宋古文評點產生的核心因素」、「評點的定義與形式要素之特色」、「古文評點之批評重點與侷限」、「文章學與古文評點之呼應」。在「南宋古文評點產生的核心因素」中，得出核心因素有三：「因應科舉考試的需求」、「借鑑詩賦格法與江西詩派的成果」、「仿效唐宋古文的作法」。在「評點的定義與形式要素之特色」中，分就「定義」、「形式要素之特色」、「評論符號與評論文字」加以論述。在「古文評點之批評重點與侷限」中，則探究「古文評點」與其他文學批評形式的比較、「古文評點」的形式特色與「意」、「法」之講求，以及「古文評點」的侷限。最後，在「文章學與古文評點之呼應」中，則論述「文章學」的萌芽與發展、成立與探討重

心，以及「文章學」與「現代文章學」、「辭章學」的比較，和「文章學」應具備之內涵。

　　第肆章為「《古文關鍵》『看古文要法』中之文章論」。《古文關鍵》在篇首即有「看古文要法」，此為《古文關鍵》之一大創舉、一大特色。在《古文關鍵》中，「看古文要法」以及「題下批」，皆屬於總論，但是「題下批」多是針對單篇文本作總體性評論，只有「看古文要法」才是觀照全書、進行評論，因此「看古文要法」具有提挈全書之不可取代之地位。而《古文關鍵》之「看古文要法」，依據呂祖謙的原本分類方式，可分成兩部份：「總論看文字法」、「總論作文法」，前者又可細分為「總論」、「論各家體格源流」，後者又可細分為「論作文法」、「論文字病」，本章即依序分別加以論述。

　　第伍至柒章為「《古文關鍵》單篇文本評點中之文章論」。《古文關鍵》中，根據單篇文本而產生的評點，包括三大部份：「題下批」、「旁批」、「評論符號」。「旁批」幾乎每篇都有[1]，「題下批」共有四十五則，「評論符號」則有三種，即字右旁長直線「｜」、字右旁小斜點「、」、字下右折短直線「∟」，其中「｜」、「∟」幾乎每篇都有[2]，而「、」則出現在二十二篇中。而因為「題下批」屬於全面照應的、宏觀的「總論」，「評論符號」、「旁批」屬於細部分析的、微觀的「分論」，所以，此部份的研究工作，就先處理「評論符號」、「旁批」，最後在此探討的基礎上，再進一步研究「題下批」，並時時注意「評論符號」、「旁批」、「題下批」之間的呼應。

　　因為《古文關鍵》評點的文本有六十二篇，分屬八位作者，數量頗為龐大，因此分為三章加以討論：第伍章探究韓文

---

[1] 在《古文關鍵》所評點的六十二篇文章中，只有蘇軾〈孫武論〉無旁批，蘇軾〈孔子墮三都〉只有兩個旁批，其他篇章均有多個旁批。
[2] 在《古文關鍵》所評點的六十二篇文章中，只有韓愈〈雜說四〉未出現「∟」。

與柳文，共二十一篇文本；第陸章探究歐文與老蘇文，共十七篇文本；第柒章探究東坡文、穎濱文、南豐文、宛丘文，共二十四篇文本。而且，因為本論文乃在文章學相關研究成果的基礎上，探究呂氏之文章論，所以在此過程中，務必避免強作解人，最重要的原則就是「據呂論呂」。希望這樣的處理方式，一方面可以還原呂氏文章論，一方面又能以現代文章學研究成果為背景，觀察、評價呂氏之文章論。

第捌章為「《古文關鍵》評點中文章論之綜合探討」。本章在第肆章以及第伍至柒章的基礎上，更進一步地針對其中所蘊藏的文章論，作一綜合探討。本章內容安排如下：首先，因為評點的三種形式要素——用作總論之「看古文要法」以及「題下批」，以及用作分論之「評論符號」、「旁批」，彼此之間是相互配合、印證的，所以第一節即探究「形式要素之呼應」。其次，第肆章「看古文要法」中之文章論，以及第伍至柒章之探究所得，尚未作一綜合整理，因此第二節即探究「看古文要法」、「題下批」、「評論符號」、「旁批」之重要內容，而且，因為其中牽涉到「批評語言」的運用，因此前置一節特加探討。最後，整體地觀照「看古文要法」、「題下批」、「評論符號」、「旁批」，抉發出其中共同體現出的重要觀點：「讀寫結合」、「圓形結構觀」、「先內容後形式」、「先整體後局部」、「重視『意』」、「重視『法』」，並予以深入地闡述。

第玖章為「《古文關鍵》的地位及其影響」。《古文關鍵》在文學史上的地位，主要可從「融合『選本』與『評點』」和「對『文章學』的貢獻」，來加以掌握。而關於《古文關鍵》在文學史上的影響，則專列一節加以論述，其中包含了三個重點：「對於其他評點專著的影響」、「對於寫作學的影響」、「對於八股文理論的影響」。

最後，還有兩個附錄。「附錄一」是六十二篇文本之「結

構表及說明」，研究者運用現代章法學知識，分析《古文關
鍵》所評點的六十二篇文本，並將分析所得繪成「結構表」，
其後綴以扼要之說明（儘量控制在三百字以內）。此「結構表
及說明」主要運用在第伍至柒章，進行單篇文本評點分析時，
作為對照之用，期望藉此更能掌握呂祖謙對於章法之看法，其
中，又特別與評論符號「　」的運用作對照，以見出呂祖謙在
文章層次上面的掌握與發現。「附錄二」則是「重要參考書
目」，以便讀者檢索。

　　如此逐章探討，本論文的重要研究成果，可總結如下：

一、**肯定《古文關鍵》創立文學批評的新形式**。「選本」
　　是由來已久的文批形式，「評點」則是呂祖謙首創之
　　文批形式，而《古文關鍵》結合「選本」與「評
　　點」，成為「評點選本」，使得此兩種文批形式的優點
　　融合在一起。此種新的文批形式為後代所繼承、發
　　展，運用在各種文類的鑑賞中，起了很大的影響。

二、**肯定《古文關鍵》「讀寫結合」的理念**。「選本」所選
　　文本原本即對寫作者具有示範作用，而呂祖謙的「看
　　古文要法」即已蘊含著「讀寫結合」的觀念，且「評
　　點」精批細評的特色，對於抉發文章寫作之法來說十
　　分有利，讓學習者可以由讀入手、學習寫作。因此
　　《古文關鍵》可以說是從理論到實踐，對「讀寫結
　　合」體現得十分徹底。

三、**肯定《古文關鍵》對唐宋古文運動的發現與闡揚之
　　功**。《古文關鍵》的選文只限於唐宋古文運動中產出
　　的古文，而從這種獨特的斷代選文的現象，可見出編
　　選者唐宋古文運動的肯定。而且《古文關鍵》所選的
　　八家中，有七家得到後世肯定，成為「唐宋八大家」
　　的成員（後來退張耒、進王安石，「唐宋八大家」的

名單就此確立）。所以，《古文關鍵》堪稱是在選本上，最早對唐宋古文藝術價值作出總結和肯定者。

四、**標舉出《古文關鍵》形式要素之呼應。**「評點」之形式要素有三：用作總論之「總評或序跋」以及「評論文字」；用作分論之「評論符號」；用作分論之「評論文字」。就《古文關鍵》來說，用作「總論」者為「看古文要法」和「題下批」，用作「分論」者為「評論符號」（即「ㄥ」、「｜」、「、」）和「旁批」。本論文探究「看古文要法」，並逐篇分析文本中的評點，著意處理這些形式要素之間的呼應，讓相輔相成之功得以凸顯。

五、**標舉出《古文關鍵》「圓形結構觀」、「先內容後形式」、「先整體後局部」的重要觀點。**從《古文關鍵》的「看古文要法」和「評論符號」、「評論文字」中，得出《古文關鍵》具有「圓形結構觀」、「先內容後形式」、「先整體後局部」的重要觀點，這些觀點極具卓識，而且又落實在實際批評中，使得《古文關鍵》呈現出迥異他書的高度、深度與廣度。

六、**標舉出《古文關鍵》重視「意」的成果。**《古文關鍵》致力於寫作指導，所以重視「認題立意」之「意」；不只如此，《古文關鍵》乃「為論文而作」，因此善用「評點」的「與文本結合」，以及「多向性」、「細微性」的優勢，具體地探究文章之「意」的內涵及其表出，於是得出與其他文章學學者不同之成果；而且，對於「意」的重視，更使得「文」顯示出獨立的地位。

七、**標舉出《古文關鍵》重視「法」的成果。**《古文關鍵》致力於發現「章法」、「修辭」、「詞彙」、「文法」

各領域中的規律，此種發現大有功於語言藝術之發揚，並有利於寫作指導，而且補強了古典文論對此長期的忽視。在其中有兩點特別值得重視：「對文章層次的發現」、「『意』與『法』之聯繫」，前者之成果對於抉發創作之理、指導寫作來說，是非常重要的，後者等於是對「內容」與「形式」的互動，提出了十分有益的深刻看法，而且，因為此兩點主要隸屬於「章法」領域，因此也可以說，《古文關鍵》在古文章法研究方面有著卓越的建樹。

八、**歸納出《古文關鍵》「評論符號」之功能**。在評點研究中，「評論符號」是重要但是又較被忽視的一塊領域。《古文關鍵》之「評論符號」為「ㄥ」、「｜」、「、」，本論文逐篇、逐個加以分析，並在此基礎上，具體地歸納出此三種評論符號之功能，讓《古文關鍵》「評論符號」之功能與價值得以彰顯。

從以上八點中，可以具體地見出本論文在探究《古文關鍵》之文章論上，所得出的結果。期望本論文的努力，可以使得《古文關鍵》在體製、理念、觀點、具體成果等各方面的價值，可以被抉發出來，得到應有之認識、肯定與推重。

# 附錄一

## 結構表及說明

本附錄需要說明者如下：

其一，本附錄之結構表，乃是以現代「章法學」之研究成果，運用於文章之邏輯類型及層次之分析，並根據分析結果繪製而成。

其二，為了讓結構表不至於太過繁瑣，因此本附錄結構表之層次，最多只分析至五層。

其三，因為結構表之層次至多五層，所以無法表出文本中所有句子的邏輯關係，也因此，無法一一對應所有的評論文字、符號。

其四，為了便於理解起見，本附錄之結構表，將內容撮要置於前，章法類型置於後（用括號標出）。

其五，「說明」的部份力求簡明扼要，第一次出現之章法類型，將以附註的方式闡明。而每種章法都可能形成四種結構，譬如「因果」法，可能形成「先因後果」、「先果後因」、「果、因、果」、「因、果、因」四種結構，其他依此類推，不一一詳述。

其六，「說明」的部份若引用原文文句，皆以引號括出，字體並改用標楷體。

# ■韓文

## 一、獲麟解

```
┌麟之祥災（敲）┬祥（縱）┬靈獸（因）：「麟之……之書」
│              │        └祥瑞（果）：「雖婦……祥也」
│              └不祥（收）┬不知（正）：「然麟……麟也」
│                          ├知（反）：「角者……麋鹿」
│                          └不知（正）：「惟麟……亦宜」
└麟與聖人（擊）┬祥（縱）┬聖人知麟（因）：「雖然……知麟」
               │        └麟祥（果）：「麟之……祥也」
               └不祥（收）┬麟德（實）：「又曰……以形」
                           └不待聖人（虛）：「若麟……亦宜」
```

　　說明：本文環繞著「祥」與「不祥」來寫，因此可分成四大段，但是前一組「祥」與「不祥」是從外圍寫來，後一組「祥」與「不祥」才扣緊麟與聖人的關係（聖人暗指在上位者），因此兩組之間的關聯是「先旁敲、後正擊」[1]。而且此兩組的「祥」都是「縱」、「不祥」都是「收」[2]，等於「祥」是手段、「不祥」是目的，如此一來，不僅文勢翻騰，而且充分表現出韓愈的滿腹牢騷委屈。

---

1　陳滿銘認為：以用力之方向而言，「擊」可指正（前後）面，也可指側面，而「敲」卻僅可指側面。依據此異同，移用於章法，用「敲」專指側寫，用「擊」專指正寫。參見〈論幾種特殊的章法〉，《章法學論粹》，頁 95-96。

2　仇小屏《篇章結構類型論》（增修版）：「縱收法是將『縱離主軸』、『拍回主軸』的手段交錯為用的一種章法。」，頁 396。所以「先縱後收」就是先「縱離主軸」，接著再「拍回主軸」的作法。

## 二、師說

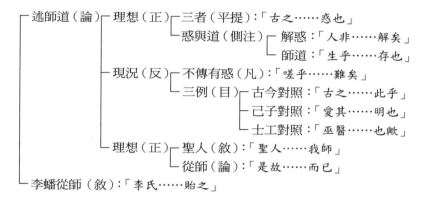

　　說明：本文作意為痛斥時弊，極力挽救師道，因此先論述師道，運用的是「理想」與「現況」對照的正反法[3]，形成了「正、反、正」結構，其中作為反面的「古今對照」、「己子對照」、「士工對照」，共佔了三段，可見出韓氏的撻伐之意。最後補敘李蟠從師之事，以說明作此說之緣由。

---

3　陳滿銘認為：「一般說來，作者尋覓材料加以運用，既可全著眼於『正』的一面，也可專著眼於『反』的一面。……除此之外，作者當然也可以部份用『正』、部份用『反』，使一正一反，兩兩對照，以便充分的將詞章的義旨顯現出來。」見〈談運用詞章材料的幾種基本手段〉，《國文教學論叢》，頁 372-373。仇小屏《篇章結構類型論》（增修版）：「所謂的正反法，就是將極度不同的兩種材料並列起來，作成強烈的對比，藉反面的材料襯托出正面的意思，以增強主旨的說服力與感染力。」，頁 349。

## 三、諫臣論

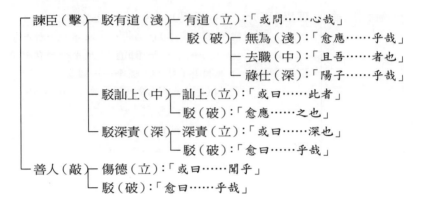

　　說明：本文旨在批評陽城未盡到諫官之職責。全文用四問
四答連貫而成，每一組問答都形成了「先立後破」[4]的邏輯，
且各有重點（駁有道、駁訕上、駁深責、駁傷德），而且前三
組問答是「擊」，正面批評陽城未盡職責，最後一個問答則是
「敲」，側寫陽城得為善人，以回應主旨。

---

4　「立」是「立案」，「破」是「駁此案」，因此「立破」法是文章中有「立」的部份，
　　也有「破」的部份，「立」與「破」之間在論點上針鋒相對，使得所欲探討的主題更
　　加是非分明。參見仇小屏《篇章結構類型論》（增修版），頁 368。

## 四、原道

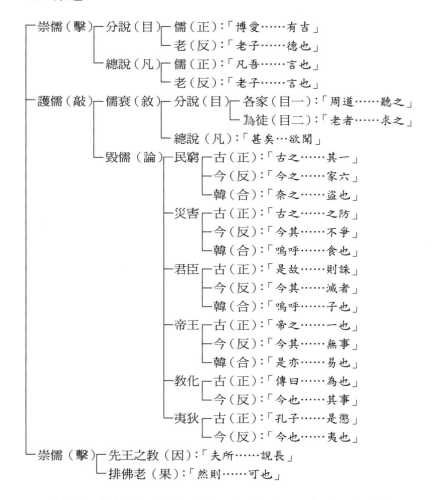

說明：本文題目為「原道」，但是從正面來闡明聖人之道的，只有首、尾部份，中間絕大部份篇幅，皆是闢佛老之說，因此，形成了「擊、敲、擊」的結構。一開始，「崇儒」（擊）的部份以「兩軌」（「儒」與「老」）進行鋪陳，並且形成了「正」與「反」的呼應。接著，是「護儒」（敲）的部份，先用

敍述的方式，藉由兩種情況（「各家蜂起」和「孔子為徒」），來表出儒教的衰微；其後以議論的筆法，針對「民窮」、「災害」、「君臣」、「帝王」、「教化」、「夷狄」六端，為儒教辯護，特別值得注意的是，此六者皆運用了「古」（正）與「今」（反）對照的手法，而且前四者最後還統合正反兩面，表出韓愈的見解（合），而此種手法也與一開始的正、反對照相通。最後，仍落回「崇儒」（擊）的主旨，先敍「先王之教」（因），後敍「排佛老」（果）作結。

## 五、原人

```
┌ 皆人（因）┬ 天地人（平）：「形於……人也」
│          └ 人（側）┬ 禽獸為人（破）：「曰然……可乎」
│                    └ 人與禽獸（立）：「曰非……不可」
└ 一視同仁（果）┬ 天地人（平）┬ 亂（果）：「天道……其情」
               │             └ 主（因）：「天者……道矣」
               └ 人（側）：「是故……舉遠」
```

說明：本文發揮了〈原道〉中「博愛之謂仁」的觀點，所以，在全篇布局上，韓愈先闡述「夷狄禽獸皆人也」（因），接著據此論述聖人「一視同仁」（果）[5]的道理。值得注意的是，韓愈在敍寫「因」、「果」時，都採用了「平提、側注」[6]的手法，也就是先平提「天、地、人」，然後再側注到「人」上，此種作法一方面可藉由「平提」發揮其普遍性，一方面可藉由「側注」凸顯出重點，效果很好。

---

5　仇小屏《篇章結構類型論》（增修版）：「『因為……所以……』的構句方式是十分常見的；相反地，由『所以』至『因為』的情形也有；甚至『因為』與『所以』多次交互出現的情況也屢見不鮮。因此，這樣的思維方式，其應用範圍擴大到篇章時，那就形成一種章法──因果法了。」，頁 168。

6　仇小屏《篇章結構類型論》（增修版）：「所謂的平側法，就是必須有平提數項的部份，也必有側注其中一、二項的部份，兩者結合起來，便形成了平側法。」，頁 289。「平側法」即「平提側注」法。

## 六、辯諱

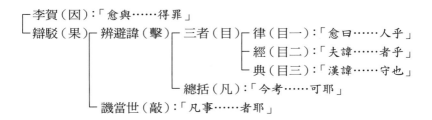

說明：本文為論辯體。韓愈先說明李賀之事（因），接著為李賀進行辯護（果）。在進行辯護時，其中真正在「辨避諱」者，是正「擊」，此為全文重心，採用了「演繹」（即「先目後凡」）[7]的推論法，先分就「律」、「經」、「典」來論述，然後總收。而最後「譏當世」者，則是旁「敲」，讓全文更添姿態。

## 七、雜說

〈雜說一〉

說明：此篇短文論述「龍」與「雲」的關係，文評家大多認為是在比喻君臣的遇合。文章雖短，但是圍繞著「龍靈」、

---

7　「凡目」法為陳滿銘所提出，「凡」是指「總括」，「目」是指「條分」。仇小屏《篇章結構類型論》（增修版）據此說道：「凡目法是在敘述同一類事、景、情、理時，運用了『總括』與『條分』來組織篇章的一種方式。」，頁 274。因為「凡目」法即「總分」法，而「總分」法之名稱較為常見，因此本論文有時亦用「總分」法之名稱來加以指稱。

「雲靈」一再轉換，極為緊湊、靈活，而其轉換的邏輯是：因為主旨是「龍靈」，所以敘「龍靈」者為「收」，敘「雲靈」者為「縱」，第一組「收、縱」和第二組「收、縱」之間，形成了「由淺入深」的關係，而且這些都是旁「敲」一筆，最後敘「龍靈」者，才是正「擊」重心。

〈雜說四〉

```
┌ 天下無馬（敘）┬ 埋沒名馬（泛）┬ 無伯樂（因）：「世有……常有」
│                │                └ 名馬駢死（果）：「故雖……稱也」
│                └ 埋沒名馬（具）┬ 食（側）：「馬之……里也」
│                                 └ 策、食、鳴（平）：「策之……無馬」
└ 不知馬（論）：「嗚呼……馬也」
```

　　說明：此篇發揮千里馬與伯樂之間的關係，旨在闡述在上位者應該識拔人才。前面敘述的部份運用了「先泛後具」邏輯[8]，先泛寫千里馬被埋沒的情況，後面接著具體、詳細地描寫，而且為了節省篇幅，先側重在「食」上敘寫，後面才平提「策、食、鳴」三者，表示皆不得其道。最後發出議論，道出「不知馬」的論斷。

## 八、重答張籍書

```
┌ 重答（主體）┬ 籍信（因）：「吾子……遂已」
│              └ 回應（果）┬ 著書（一）┬ 不著（縱）：「昔者……敢也」
│                          │            └ 自信（收）：「然觀……為哉」
│                          ├ 好勝（二）：「前書……有矣」
│                          └ 駁雜（三）：「駁雜……思乎」
└ 孟郊（補敘）：「孟君……再拜」
```

---

8　「泛寫」指泛泛地、概略地敘寫，「具寫」為具體地、詳細地描寫，「先泛寫後具寫」就是「先泛後具」邏輯。參見陳滿銘〈談詞章的兩種作法──泛寫與具寫〉，《國文教學論叢續編》，頁 445，以及仇小屏《篇章結構類型論》（增修版），頁 227-228。

說明：本文回應張籍之指教，因此首先略敘張籍信之讚美，並用「有宜復者」一語開啟後文（因），接著針對籍信中的指教一一回應，即「著書」、「好勝」、「駁雜」三點（果），其中「著書」部份花了最多筆墨，採用了「先縱後收」的筆法，從「不著」的考慮，轉到捨我其誰的「自信」，頗有波瀾。最後補敘[9]孟郊之事作結。

## 九、與孟簡尚書書

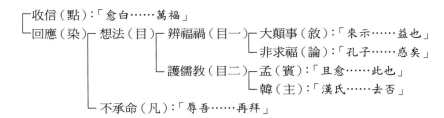

說明：此信作於韓愈因排佛貶官後，孟簡篤信佛教，去信韓愈，韓愈回了這封宣揚自己決心的信件。文章一開始先就收信一事「點」一筆，其後的回應都是「染」[10]，而回應主要包括兩個重要內容：「辨福禍」、「護儒教」，關於前者，先就大顛事作個說明（敘），接著闡述不受威嚇、不求福利的想法（論）[11]，兩者相輔相成；關於後者，則先就「孟闢楊墨」來論述，後就「韓闢佛老」來論述，而且「孟闢楊墨」是「賓」，「韓闢佛老」才是「主」。最後，再強調自己「不能承命」，總

---

9　陳滿銘：「所謂補敘，是對前文所漏敘或語焉不詳者加以補充敘述的意思。」見〈談補敘法在詞章裡的運用〉，《國文教學論叢・續編》，頁 289。仇小屏《篇章結構類型論》（增修版）：「補敘法就是在篇章之末，對前文作補充敘述的章法。」，頁 432。

10　陳滿銘認為：「其中『點』，指時、空的一個落足點，僅僅用作敘事、寫景、抒情或說理的引子、橋樑或收尾；而『染』，則指真正用來敘事、寫景、抒情或說理的主體。也就是說，『點』只是一個切入或固定點，而『染』則是各種內容本身。」見〈論幾種特殊的章法〉，《章法學論粹》，頁 75-76。

11　仇小屏《篇章結構類型論》（增修版）：「論敘法就是將抽象的道理（虛）和具體的事件（實）結合起來，使之相輔相成的一種章法。」，頁 214。

收前文。

## 十、答陳生書

```
┌─請求(因)─┬─不答(縱)─┬─不得其人(淺):「愈白……者也」
│          │          └─古道言辭(深):「愈之……對焉」
│          └─答(收):「雖然……所聞」
└─回應(果)─┬─君子所行(擊)─┬─總說(凡):「蓋君……以誠」
           │               └─分說(目)─┬─病己(目一):「所謂……眾人」
           │                           ├─順天(目二):「所謂……其初」
           │                           ├─待己(目三):「所謂……已矣」
           │                           └─事親(目四):「所謂……而已」
           └─太學所教(敲):「古之……愈白」
```

　　說明：此文作意為韓愈回應陳生所求，因此，一開始先就陳生之請來寫，而且先言自己不應回應，最後又說「誦其所聞」，表示予以回應，此為「先縱後收」的手法。而到此為止是「因」，接著寫韓愈的回應，此是「果」。在「果」的部份，韓愈用了頗多篇幅說明君子所行：「病乎在己」、「順乎在天」、「待己以信」、「事親以誠」，並用先總說、後分說的方式來鋪陳，此為正「擊」；最後一段就太學所教來說，則為旁「敲」一筆，並以此作結。

## 十一、答陳商書

```
┌─請求(因):「愈白……須也」
└─回應(果)─┬─論求(因)─┬─求齊(賓):「齊王……齊也」
           │           └─求祿(主):「今舉……不也」
           └─盡言(果):「故區……愈白」
```

　　說明：本文為韓愈答陳商之書信，因此開篇即說明陳商來信之內容與請求，接著才加以回應，所以，全文形成了「先因後果」的邏輯。而在「回應(果)」的部份，先論述鼓瑟者求

齊之事，接著論述陳商為文求祿之事，而且前者為「賓」、後者為「主」[12]，以賓襯主，讓文意更為鮮明、觀點更具說服力，最後以「盡言」之誠意作結。

## 十二、送王含秀才序

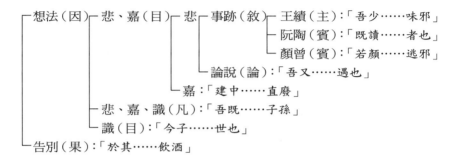

說明：王含落第遠行，韓愈寫此序贈給他。此序在謀篇上的特別之處，在於中間一段「吾既悲醉鄉之文辭，而又嘉良臣之烈，思識其子孫」領起全篇（此為「凡」），前、後均根據此加以開展（此為「目」）。前面先發展「悲醉鄉之文辭」、「嘉良臣之烈」兩脈，在「悲」脈中，運用了賓主法，以王含之祖先——「王績」為主，「阮陶」、「顏曾」為「賓」（「阮陶」從正面襯，「顏曾」從反面襯），最後以議論收束，用意是告誡王含不要因仕途失意而頹喪；接著發展「嘉」脈，尋出王含之長輩為說，用意是安慰王含，儘管在天子聖明時，也會有不遇的情況發生。至於最後所發展的「思識其子孫」一脈，則真正落到王含身上，同時說明無力為之揄揚。最後以飲酒告別作結。

---

12 陳滿銘認為：「作者想要具體的表出詞章的義旨，除了要直接運用主要材料之外，往往也需要間接的藉著輔助的材料來使義旨凸顯，以增強它的感染或說服力量。直接運用主要材料的，即所謂『主』，而間接運用輔助材料的，則是『賓』。」〈談運用詞章材料的幾種基本手段〉，《國文教學論叢》，頁352。

## 十三、送文暢序

```
┌準則（因）┬分說（目）┬墨行：「人固……遊乎」
│          │          └儒行：「如有……遊乎」
│          └總說（凡）：「揚子……法焉」
├作法（果）┬送文暢（果）┬文暢事（敘）：「浮屠……贈焉」
│          │            └告儒教（論）┬慕儒（因）：「夫文……之也」
│          │                        └儒教（果）：「民之……自邪」
│          └想法（因）┬分說（目）┬浮屠：「夫不……弱也」
│                    │          └儒者：「知而……信也」
│                    └總說（凡）：「余既……乎言」
```

　　說明：本文藉著送文暢，闡明排佛揚儒的理念。首段先就自己的行為準則寫起，此為「因」，其後都說明自己的作法，此為「果」。在「果」的部份，先寫「送文暢」，此為文章主體，所以就文暢之事加以敘述，並論述文暢心慕儒教以及儒教之內容，然後才寫出心中的想法作結。值得注意的是，首、尾兩段出現的「兩軌」鋪陳的作法（首段為「墨行」、「儒行」，尾段為「浮屠」、「儒者」），頗為特別，呂氏之旁批對此也相當重視，因此此二段雖然短小，但是本結構表予以較為詳盡的分析，並發現此二段都運用了「先分說、後總說」的手法，而且都在「分說」的部份出現「兩目」，也因此形成了「兩軌」。

# ■柳文

## 一、晉文問守原議

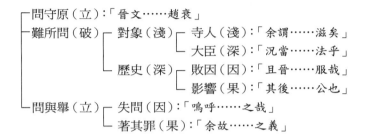

　　說明：柳宗元有感於唐代的宦官之禍，因此重議此歷史事件。本文先「立」一案，略述守原事。接著「破」此案，在此部份，分就「對象」與「歷史」兩端，詰問此事之非，文意層層遞深，形成了「由淺而深」的邏輯[13]。最後，又「立」一案，表明自己的看法。因此，本文形成了「立、破、立」結構。

## 二、桐葉封弟辯

┌ 封唐（立）：「古之……於唐」
├ 不當（破）┬ 成戲（淺）：「吾意……聖乎」
│　　　　　├ 改易（中）：「且周……過也」
│　　　　　└ 輔佐（深）：「吾意……可信」
└ 史佚（立）：「或曰……成之」

　　說明：本文為**翻案**文章，一開始先以小弱弟封唐事「立案」，其後即環繞著「當」與「不當」來「破」此案。在「破」的部份，分成三個層次：首先，以「當封」、「不當封」

---

13 仇小屏《篇章結構類型論》（增修版）：「淺深法就是因文意（境）有淺有深，而在文章中形成層次的章法。」，頁 196。

為核心，來論辯周公不應「成其不中之戲」；接著以「要於其當」、「未得其當」為核心，來論辯重點在「行之何若」；最後，以「宜以道」為核心，來論辯輔佐之道。如此層層批駁，淋漓盡致。最後，引述《史記》之說法，又「立」一案作結，可謂「能破能立」，精采非常。

## 三、封建論

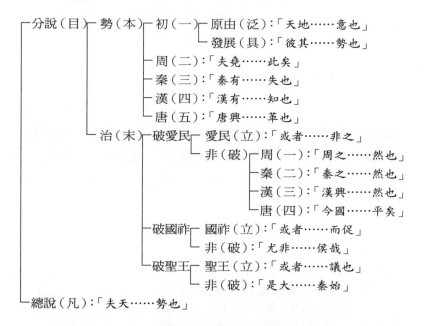

說明：本文論封建制的弊病。首先可以分成兩大部份：前面論封建制之肇始乃時勢使然，非聖人之意，此就「本」來論述；後面分就封建制治理上的一些問題，更進一步來破解，此就「末」來論述[14]。在「本」的部份，作者依照時間先後，敘

---

14 仇小屏《篇章結構類型論》（增修版）：「凡將一個事理的始末原原本本、按照次序地敘出，就是『由本而末』；反之，即是『由末而本』；有時也會運用變化的方式來敘述，那就是『本末本』或『末本末』。用這四種結構來組織篇章的，便屬於本末法。」，頁182。

述「初」、「周」、「秦」、「漢」、「唐」封建制的發展與狀況，以此闡明封建制之弊、郡縣制之利；在「末」的部份，作者運用了「立破」法，分別針對「愛民」、「國祚」、「聖王」來破解。而這些從「本」、「末」來論述的部份都是「分說」，最後，總收前意，再次闡明封建制的弊病作結（此為「總說」）。

## 四、種樹郭橐駝傳

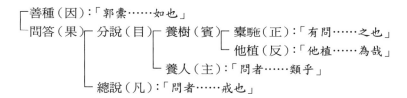

說明：本文為寓言。先就郭橐駝善種寫起，此為「因」，引發其後的問答。問答的部份可分為兩組，一是針對「養樹」來問，一是針對「養人術」來問，最後以「吾問養樹，得養人術」，分別回應前文作收。其中特別值得注意的是「賓主」法、「正反」法的運用：首先，作者用「養樹」陪襯「養人」，因此，前者為「賓」、後者為「主」；其次，作者為了凸顯「養樹」（賓），因此運用了「正反」法，亦即用「他植」來反襯「橐駝」，前者為「反」、後者為「正」。賓主、正反法的烘托作用，讓本文的主題愈發鮮明。

## 五、梓人傳

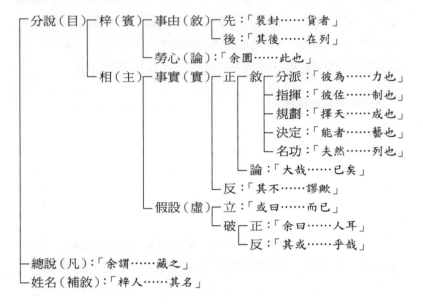

```
┌ 分說（目）┬ 梓（賓）┬ 事由（敘）┬ 先：「裴封……貨者」
│          │        │          └ 後：「其後……在列」
│          │        └ 勞心（論）：「余圜……此也」
│          └ 相（主）┬ 事實（實）┬ 正┬ 敘┬ 分派：「彼為……力也」
│                   │          │   │   ├ 指揮：「彼佐……制也」
│                   │          │   │   ├ 規劃：「擇天……成也」
│                   │          │   │   ├ 決定：「能者……藝也」
│                   │          │   │   └ 名功：「夫然……列也」
│                   │          │   └ 論：「大哉……已矣」
│                   │          └ 反：「其不……謬歟」
│                   └ 假設（虛）┬ 立：「或曰……而已」
│                              └ 破┬ 正：「余曰……人耳」
│                                  └ 反：「其或……乎哉」
├ 總說（凡）：「余謂……藏之」
└ 姓名（補敘）：「梓人……其名」
```

　　說明：本文為寓言，與〈種樹郭橐駝傳〉之作法有相通之處。本文先就「梓人」寫起，並且運用「先敘後論」的手法，描寫並論述梓人的言行以及自己的看法。但是「梓人」只是「賓」而已，作者所真正要論述的是「為相之道」，此為「主」，因此，作者即用「是足為佐天子相天下法矣，物莫近乎此也」一語，過渡到後文。接著，作者描寫為相「知體要」者的作法，並分就「分派」、「指揮」、「規劃」、「決定」、「名功」五個方面，來描寫與「梓人之道」的相通處，最後並做一論述；而與此相對的是，作者又描寫為相「不知體要」者的作法，以作一反面的映襯，形成了「正、反」對照。而前此都是就「實」來寫，接著用「或曰」一語提出假設，並在其後回應，形成了「先立後破」的結構，此是就「虛」[15]來寫。最

---

15 仇小屏《篇章結構類型論》（增修版）認為「假設與事實」是屬於「虛實」法中的一

後，作者以「余謂梓人之道類於相」一語，收結前面的「梓」
（賓）與「相」（主）；其後並補敘梓人之工作與姓名，讓全文
更為完備。

## 六、捕蛇者說

```
┌ 捕蛇者（敘）┬ 異蛇（因）：「永州……走焉」
│            └ 對答（果）┬ 悲悽（敲）：「有蔣……甚也」
│                       └ 比較（擊）：「嚮吾……毒耶」
└ 賦斂毒（論）：「余聞……得焉」
```

　　說明：本文藉著「捕蛇者」的故事，闡發出「苛政猛於
虎」的道理，因此全文形成了「先敘後論」的結構。在「敘
述」的部份，作者先寫捕捉永州異蛇可以「當其租入」，因此
帶出其後捕蛇者蔣氏與作者的一番對答，所以前文是「因」、
後文是「果」。而「對答（果）」的部份，先寫蔣氏之悲悽，但
是其目的是在帶出後面蔣氏與鄉鄰的比較，所以蔣氏之悲悽為
「旁敲」，兩者之比較為「正擊」，並因此而凸顯出賦斂之毒，
以呼應後面的論述。最後，引用孔子之語，以感嘆警戒作結。

## 七、與韓愈書論史事

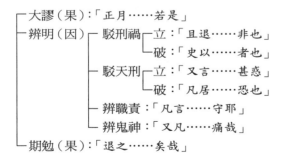

```
┌ 大謬（果）：「正月……若是」
├ 辨明（因）┬ 駁刑禍┬ 立：「且退……非也」
│          │       └ 破：「史以……者也」
│          ├ 駁天刑┬ 立：「又言……甚惑」
│          │       └ 破：「凡居……恐也」
│          ├ 辨職責：「凡言……守耶」
│          └ 辨鬼神：「又凡……痛哉」
└ 期勉（果）：「退之……矣哉」
```

---

　　種，並說道：「『虛』指的是跳脫現實的假設，『實』指的是現實世界中已發生的一
切，兩兩對映之下，會產生鮮明的效果。」，頁252。

說明：韓愈作史官時，曾寫信給柳宗元，表示了史官難為，本文為柳宗元寫給韓愈的回信。柳宗元開宗明義便說道韓愈此種想法是錯誤的，其下即分就「刑禍」、「天刑」、「職責」、「鬼神」四個方面，闡明韓愈應該堅持下去的道理，最後並以期勉之意作結。以行文之邏輯來看，中間闡明道理的部份是「因」，前、後的部份是因此而產生的「果」，所以整體說來，全文形成了「果、因、果」的結構。

## 八、送薛存義之任序

```
┌─分說（目）┬─賞以酒肉：「河東……食之」
│           └─重之以辭┬─官民（全）：「且告……畏乎」
│                     └─存義（偏）：「存義……審矣」
└─總說（凡）：「吾賤……以辭」
```

說明：本文為贈序。一開篇就寫送行，此為「賞以酒肉」。接著，開展出「重之以辭」，在此部份，先全面地論述官與民的關係，並指出「勢不同而理同」，其次落到薛存義身上，並加以讚美，而從「全面」轉而落到「個人」，其間的轉折是「由全而偏」的[16]。最後，又載明自己送行時，「賞以酒肉」、「重之以辭」之意，全面收束前文作結。

---

16 陳滿銘認為：「這裡所謂的『偏』，是指局部或特例；而『全』，是指整體或通則。作者在創作詩文時，往往會用『局部』與『整體』、『特例』與『通則』的相應條理來組合情意材料。」見〈論幾種特殊的章法〉，《章法學論粹》，頁69。

# ▓歐文

## 一、朋黨論

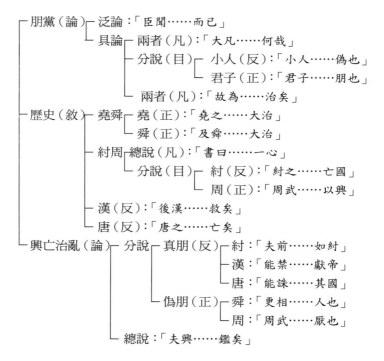

說明：本文的作意是駁斥呂夷簡的朋黨之說，替富弼、韓琦等名臣辨誣，最終並使得仁宗為之感悟。本文以議論開始，中間舉歷史事件為證，最後再以議論收束，因此形成了「論、敘、論」的結構。一開始的議論，作者是用「先泛論、後具論」的方式來寫，「具論」的部份較為複雜，是先總說君子、小人，接著加以分說，最後又作總說，這樣的論證，讓君子真朋、小人偽朋的道理被剖析得十分明晰。接著，舉歷史事件印證上述的道理，即「堯舜」、「紂周」、「漢」、「唐」之時的情況，其中「正面」與「反面」例證均有。最後，分就「真朋

（反）」、「偽朋（正）」兩方面，回應並收束這些歷史事件，並
以「夫興……鑑矣」兩句，發出感慨作收，其中「興亡治亂」
四字，也都分別回應前面的正面、反面。綜觀全文，以「君子
真朋」（正）、「小人偽朋」（反）兩軌貫串，對照效果極為鮮
明。

## 二、縱囚論

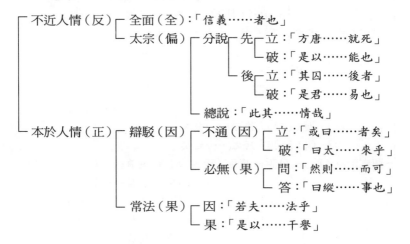

　　說明：本文為翻案文章，作者揭露太宗犧牲國家法制、博
取個人美名的虛矯心態，以警惕為人君者，為政必「本於人
情」。而為了深入闡述「本於人情」，作者先從太宗縱囚「不近
人情」寫起，因此全文形成了「由反而正」的邏輯。在「不近
人情」部份，先就「全面」（全）論述君子、小人的對比，接
著落實到太宗縱囚這個個別事件（此為「偏」），此為「由全而
偏」的寫法，而且在「太宗（偏）」的部份仍以君子、小人的
對比，來「破」太宗約期、死囚自歸的虛矯，並因此得出「不
近人情」的結論。其後，作者翻回到「本於人情」部份，先用
「或曰」的方式，提出「恩德感人」的看法，並且予以破解，

認為此為「不通之論」；接著，又用一問一答的方式，認為「縱之而又來」是「必無之事」。在這些辯駁的基礎上，作者提出他的看法：本於人情者方可為常法。

### 三、為君難論下

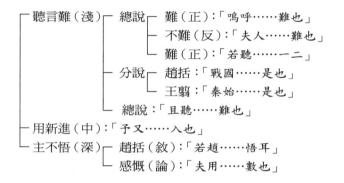

說明：歐陽修憂於當時王安石等新進之臣將興，因此寫作本文。本文的重點有三：「聽言難」、「用新進」、「主不悟」，此三者關聯密切、蟬聯而下，形成了「淺、中、深」的邏輯。在「聽言難」中，作者先作總說，並提出兩軌「若聽其言則可用，然用之有輒敗人之事者」、「聽其言若不可用，然非如其言不能以成功者」，並在分說的部份，用趙括（敗事）、王翦（成事）兩件事材來印證、回應此兩軌，最後再以此兩軌總收。接著，在「用新進」中，作者同樣運用趙括、王翦兩件事材，得出「亦繇樂用新進，忽棄老成，此其所以敗也」的看法。最後，在「主不悟」中，專就趙括事作更為細密的敘述，並從中得出論點：「夫用人之失，天下之人皆知其不可，而獨其主不知者，莫大之患也。」以此作結。

## 四、本論上

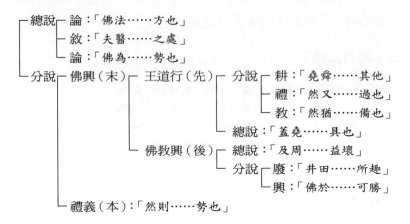

說明：本文作意為修禮義以闢佛，因此論述「佛興」者為「末」，倡明「禮義」者為「本」。本文先作一總說，闡明修禮義以闢佛之理，其中先論述、後舉例、再論述，因此形成了「論、敘、論」的邏輯。接著，其下以兩大部份承此分說，即「佛興」（末）、「禮義」（本）。在「佛興」的部份，依據時代先後，先論述「王道行」，接著論述「佛教興」；在「禮義」的部份，則提出「然則禮義者，勝佛之本也」作結。

## 五、本論下

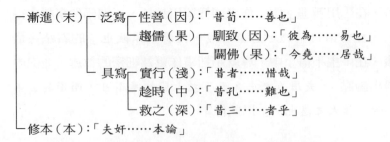

說明：作者認為須以漸進的方式，修禮義以闢佛，所以

「漸進」是「末」、「修本」是「本」。在具體作法上，作者先闡述漸進之理，接著論述「修其本以勝之」的道理，形成了「由末而本」的邏輯。而在佔了大部份篇幅的「漸進」（末）的部份，則採用「先泛寫、後具寫」的邏輯，即作者先泛寫漸進之理，接著引述事證，具體地就「實行」、「趁時」、「救之」三個情況加以論述（此為「具寫」）。

## 六、春秋論中

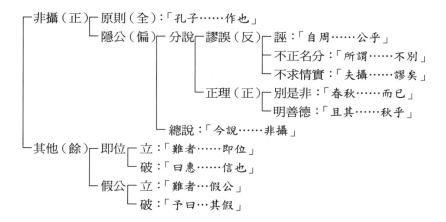

說明：本文圍繞著「隱公非攝」問題展開論述。作者先就孔子修《春秋》的原則寫起，其下落到「隱公非攝」上來論述，因此兩者之間形成了「由全面而個別」（亦即「由全而偏」）的邏輯。在論述「隱公」時，先從認為隱公攝政的謬誤談起，分就「誣」、「不正名分」、「不求情實」三個角度切入，此為「反」；接著翻回「正」面，分就「別是非」、「明善德」兩個角度切入，論述孔子絕非認為隱公攝政；最後，統攝前面「正」、「反」面的論述，提出看法：「孔子書曰公，則隱決非攝」。而且，前此為「正論」，其後就兩點（即「即位」、「假

公」)再做申說，此為「餘論」，「正論」與「餘論」[17]相輔相成，使得本文的論述更為周密深入。

## 七、春秋論下

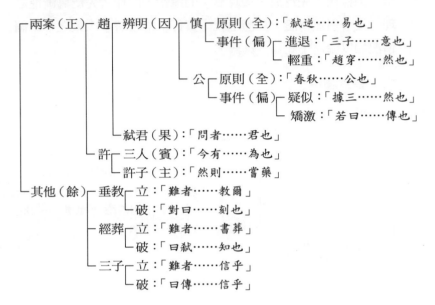

說明：本文闡明趙盾、許世子止實為弒君者，駁斥了三傳代人受惡與「不嘗藥」之說。作者先辨明趙盾事、後辨明許世子止事，兩者以同等地位並列呈現。在「趙盾」部份，作者根據《春秋》「慎」的原則，針對此事「進退」、「輕重」的不合理提出討論，接著，又根據《春秋》「公」的原則，針對此事「疑似」、「矯激」的不合理提出討論，而且，前此的辨明為「因」，並因此得出論斷：「趙盾弒其君也」（果）。在「許世子止」部份，則敘述「不嘗藥」、「不進藥」、「弒父」三人，用來

---

17 祝尚書引用曹涇之語，指出：「所謂餘意，乃是本題主意外，尚有未盡之意，則於此發之。須是意新又不背主意，仍於主意有情乃可。」見祝尚書《宋代科舉與文學考論》，頁 226。因此前面之「本題主意」為「正論」，其他為後出之「餘論」，兩者結合，即為先正論、後餘論。

陪襯「許世子止」，此為「以賓襯主」的寫法。最後，又針對「垂教」、「經葬」、「三子」三件事，運用「立破」法進行討論，以補充前面的未盡之處，因此，與前面的部份形成了「先正論、後餘論」的邏輯，使得本文更為完整。

## 八、泰誓論

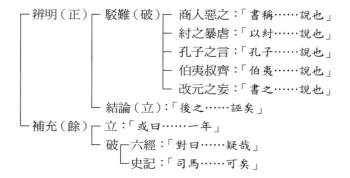

說明：本文的論旨為〈泰誓〉篇首句：「惟十有一年」，應為武王十一年。因此本文一開始就「破」，用了五大段，論述「商人惡之」、「紂之暴虐」、「孔子之言」、「伯夷叔齊」、「改元之妄」，以此五大理由，駁難文中所指出的「西伯受命稱王十年者」、「謂西伯受命之年為元年者」，並且因此在後面「立」一新案：「西伯生不稱王，而中間不再改元」。前此為「正論」，接著，又用「或曰」、「對曰」的方式，又形成一組「立、破」的邏輯，作補充說明，讓本文更形完整，而此新一組「立、破」即為「餘論」。

## 九、上范司諫書

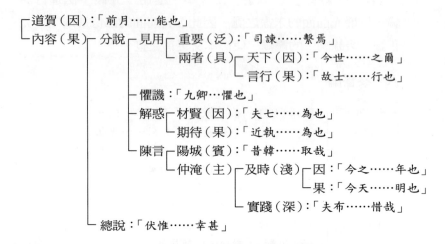

說明：本文寫給擔任司諫的范仲淹，表明規勸、期待之意。一開始，先寫明道賀之意，此為「因」，其後即為道賀的具體內容，此為「果」。「果」的部份佔了絕大多數的篇幅，並用「先分說、後總說」的方式鋪陳，「後總說」是「思天子所以見用之意，懼君子百世之譏，一陳昌言，以塞眾望，且解洛士大夫之惑」數句，前幅對此均有所開展：第二至四段闡明「思天子所以見用之意」，第五段闡明「懼君子百世之譏」，第六、七段闡明「解洛士大夫之惑」，第八至十一段闡明「一陳昌言，以塞眾望」，對應得有條不紊，最後再出「總說」加以收束，以此作收。

## 十、送徐無黨南歸序

```
┌泯滅（果）┬言（全）┬聖賢（泛）：「草木……存也」
│          │         └三者（具）┬並列（淺）：「其所……能也」
│          │                    └獨尊（深）：「施於……言乎」
│          └文人（偏）：「予讀……悲也」
└摧其盛氣（因）：「東陽……警焉」
```

　　說明：本文為贈序。先泛寫聖賢不朽，接著具體地寫聖賢之所以不朽的三個原因：「修之於身」、「施之於事」、「見之於言」，並且最後歸結到聖賢不朽不待於言，形成了「由淺而深」的層次。前此為鋪墊，接著落至三代秦漢以來的文章來寫，而這些文章皆歸於泯滅，因此結出「言不可恃」之語，而且，前此之鋪墊乃就全面來寫，後面落至三代秦漢以來的文章，乃是就局部來寫，所以形成了「先全後偏」之邏輯。最後，寫出作此文之因：「予欲摧其盛氣而勉其思也」，以及「然予固亦喜為文辭者，亦因以自警焉」。

## 十一、送王陶序

```
┌用剛（果）┬易理（泛）：「六經……生焉」
│          └大用（具）┬剛柔（平）：「蓋剛……時也」
│                     └剛（側）┬時機（淺）：「夫剛……決之」
│                              └原則（深）：「夫勇……方也」
├贈言（因）：「太原……贈之」
└慎初（果）：「大壯……其初」
```

　　說明：本文為贈序，贈序之因在中間「太原……贈之」一段中表出，此為「因」，前、後文為「果」，全文形成了「果、因、果」結構。在本文一開始，作者先泛論易理，其後針對「剛柔之用」來作具體的論述，在「具論」的部份，作者運用了「先平提、後側注」的手法，先平提「剛柔」兩者，接著側

注到「剛」上，而且以「夫剛……決之」一段，論用剛之時機，以「夫勇……方也」一段，論用剛之原則，形成了「由淺而深」的邏輯。而此大篇幅之論述為「果」，接著歸結到贈言之「因」，並又開展出後一個「果」，即延續「用剛」之論述，以君子「尤宜慎乎其初」來勉勵王陶。

# 卷下

## ■老蘇文

### 一、春秋論

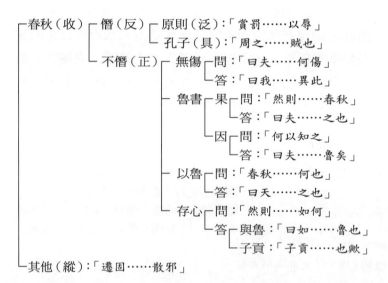

說明：本文論述《春秋》筆法的正當性，並從中揭示出《春秋》筆法成立的根本理由。本文一開始扣緊「公之賞罰」、「私之是非」的分別，並因此提出孔子僭越的質疑，此為「反面」，其後大篇幅地論證孔子並非僭越，以翻回「正面」。在「正面」中，孔子藉由數個一問一答以推深論述的層次，由

「無傷」到「春秋為魯書」，再到「以天子之權與魯」，再到「法周公之心」，論證了孔子作《春秋》的用心與正當性。最後一段，再推向其他效法《春秋》春秋的史書，發出「亂」、「僭」、「散」的感慨作結。而且，前幅的論述與最後一段的感慨，形成了「先收後縱」的結構，既扣緊題旨，又有著宕開一筆的瀟灑。

## 二、管仲論

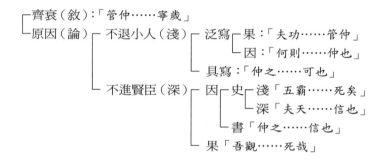

說明：本文為翻案文章。首段先敘管仲相桓公，生前功業與死後禍生之事，其後即根據此進行論述，因此形成了「先敘後論」的結構。接著，在「論」的部份，作者先寫管仲「不退小人」，用先泛寫、後具寫的方式來鋪陳，其次，作者又寫管仲「不進賢臣」，並用「由因及果」的方式來推論，最後結出「彼管仲者，何以死哉」。由此可見，作者揫定兩點：「不退小人」（淺）、「不進賢臣」（深）來定管仲之罪，可謂推陳出新、一新耳目。

## 三、高祖論

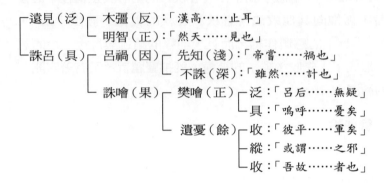

說明：本文從高祖為後世子孫謀劃著眼，論高祖之成功。首段提出論點——「後世子孫之計」，並用「先反後正」的寫法，強調出高祖之智：「明於大而暗於小，至於此而後見也」。前此為「泛寫」，接著，根據此論點具體地進行論述，而此具體論述之邏輯為「先因後果」，亦即預知呂氏為禍為「因」，誅除樊噲為「果」。在「因」的部份，預知呂禍尚為「淺」，就「不誅呂后」這點提出看法，才是「深」。接著過渡到「果」的部份，先就樊噲之有功而斬進行論述，其中運用了「先泛後具」的寫法；但是，平、勃其實未斬樊噲，所以作者最後以「彼平勃者，遺其憂者也」來處理這一點，讓本文立論更為完備，而此部份（論「遺憂」）與前面正論（論「樊噲」），形成了「先正後餘」邏輯。

## 四、審勢

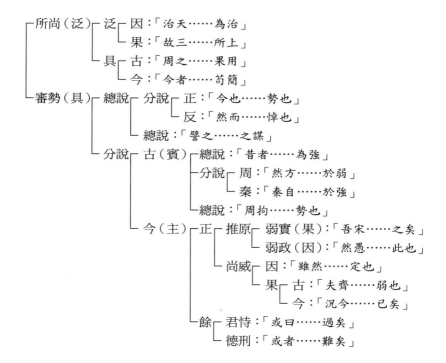

說明：本文論審知天下大勢，以確定國家的大政方針。本文先泛論「治天下者定所尚」之理，接著具論如何審勢以定所尚，因此全文是以「先泛後具」的邏輯布局。在「泛論所尚」的部份，也是先泛論道理、後落實到各個朝代具體論述，因此又形成了一個「先泛後具」結構；而在「具論審勢」的部份，則先作總說、後作分說，「總說」的部份在詳細辨明用威與用惠為裁節天下強弱之勢的手段，而且要審查勢之強弱以制宜；「分說」的部份則以「古」為「賓」、以「今」為「主」，承前再加以發展，而此部份佔了多數的篇幅，其中特別需要強調的是最後面「今（主）」的部份。在「今（主）」的部份中，先出「正論」，用先推原、後得出尚威結論的方式，論述宋朝須尚

威，而後面則針對可能的質疑（「君恃」、「德刑」）――辨明，
所以此部份是「餘論」，讓全文立論更為完備。

## 五、上富丞相書

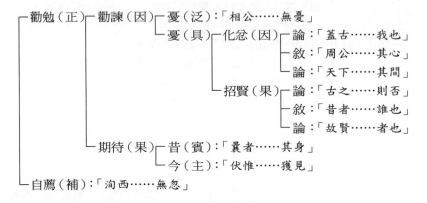

說明：作者上書富弼，表示勸勉之外，並且自薦，因此前
面表示勸勉之意為「正論」，後面自薦處為「補敘」。而「正
論」又可分成兩個部份：「勸諫」和「期待」，兩者之間形成了
「由因及果」邏輯，先就「勸諫」來說，此部份根據「憂」
字，開展成「先泛寫、後具寫」的結構，而「具寫」部份是本
文之重心，可分為兩個重點：「化忿」、「招賢」，「由因及果」
地順勢開展；次就「期待」來說，此處以「昔」為「賓」、以
「今」為「主」，更襯出殷切的期勉之意。最後，則以補敘自薦
之意作結。

## 六、上田樞密書

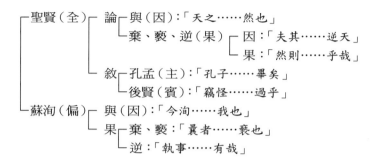

說明：本文為寫給田況的自薦信。作者先從聖賢講起，論述天之「與」，以及因此產生的「棄天」、「褻天」、「逆天」三種情況，兩者之間形成了「由因及果」之邏輯，接著並舉孔孟、後賢為例，以為印證，而論述與例證的結合，成為「先論後敘」結構。接著，從聖賢落實到作者自身，形成了「由全局到局部」的轉折，在「局部（偏）」這部份，也是運用「與」跟「棄天」、「褻天」、「逆天」之間的關聯來開展，作者先論自身受天之「與」（此為「因」），接著談及自身之努力，以見並未「棄天」、「褻天」，最後則論述任賢為田況之職責，此乃呼應「逆天」作結（此為「果」）。

# ■東坡文

## 一、子思論

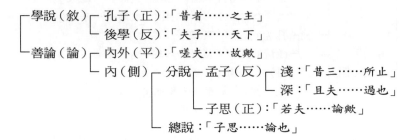

說明：本文讚揚子思善為論。作者先從學說紛紜天下寫起，而且為了凸顯這一點，運用了「正反」法，亦即以孔子未嘗立論為「正面」，襯出孟子、荀卿、揚雄務為相攻，此為「反面」。接著由此展開議論，其中運用了「平提側注」法，亦即先平提「各持其私說以攻乎其外」、「其弟子門人，又內自相攻而不決」兩者，接著側注到「弟子門人」詳加論述。在「側注」的部份，又運用了一次「正反」法，以孟子立性善之論為「反面」、子思不立性善之論為「正面」，以反襯正，並在最後加以總說，得出「知子思之善為論也」的結論。

## 二、荀卿論

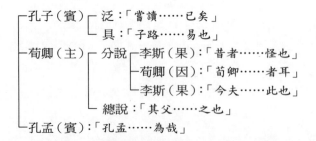

說明：本文論荀卿之失。先從作為陪襯的孔子入手，並且

一開始就定調為「不敢放言高論」,且用「先泛寫、後具寫」的邏輯,鋪陳此一論點。接著,才落到主角——荀卿上,但是也不忙著探究荀卿,而是先探討荀卿的學生——李斯,然後歸因到荀卿身上,認為其「喜為異說而不讓,敢為高論而不顧者也」,最後又落到李斯上,以見為禍之烈,此部份形成了「果、因、果」結構,並在其後合荀卿、李斯兩人總收。最後,又歸結在「孔孟」(賓)上,回應篇首作結。

## 三、韓非論

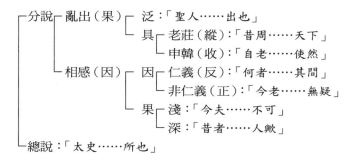

說明:本文論韓非,但是推源至老莊,其原由在篇末道出:「事固有不相謀而相感者」,而為了推出這樣的結論,作者在前面先就「亂出(果)」、「相感(因)」作「分說」。在「亂出(果)」的部份,先泛論「天下之亂所由出」的道理,其次就老莊、申韓之事加以具論。接著就過渡到原因之追溯即(「相感(因)」)的,而在此部份,則是用「由因及果」的方式來推論,而且追究原因時,用了「正反」相襯的手法[18],在論

---

18 關於「正面」、「反面」的判斷,須根據主旨。合於主旨的材料就是「正面」,從對面托出主旨的材料就是「反面」。此與一般認為積極性的材料是「正面」,消極性的材料是「反面」的看法不同。參見陳滿銘,〈談運用詞章材料的幾種基本手段〉,《國文教學論叢》,頁373,以及仇小屏《篇章結構類型論》(增修版),頁348-349。而本文乃論韓非之失,因此論商鞅、韓非「非仁義」之過者為「正面」,而論聖人行「仁義」者為「反面」。

述結果時，則用了「先淺後深」的邏輯。前面分說無餘之後，結尾引用太史遷語：「其極慘礉少恩，皆原於道德之意」，再推出「事固有不相謀而相感者」之意，總收前文作結。

## 四、孫武論

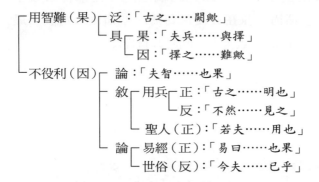

說明：本文前幅論孫武「智有餘而未知所以用智」，後幅探究其原因在於必須「不役於利」，因此全篇形成了「先果後因」的逆溯邏輯。在「用智難（果）」中，作者先泛論用智之難，接著具體地論述其難在於「擇」。接著，過渡到「不役利（因）」中，作者探究此點，乃是先議論、後舉例、再議論，因此形成了「論、敘、論」結構，並且，值得一提的是，在「敘」和第二個「論」中，都運用了「正」、「反」對襯的手法，以更凸顯出「不役於利」的論點，而最後落在「世俗之論」（反）上收結，警世之意更為顯然。

## 五、留侯論

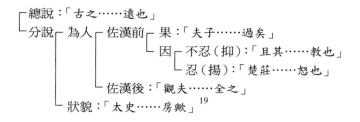

說明：這是一篇史論文章，旨在讚美張良能「忍小忿而就大謀」，因此作者在開篇的總括之處，即提出「忍」字，其後條分的部份，先就其「為人」來寫，而且眼明手快地戲定黃石老人授書之事，加以翻案，並以之前之「不忍」（抑），更顯出之後的「忍」（揚）[20]的可貴，除此之外，還以此「佐漢前」之事，和「佐漢後」的表現作一對照，更見得子房的成長。最後，並從子房的「狀貌」來寫，以「此其所以為子房歟」回應主旨，淡語作收。

---

19 本結構表參見陳滿銘《文章結構分析》，頁229。

20 仇小屏《篇章結構類型論》（增修版）：「『抑』就是貶抑，『揚』就是頌揚。當我們針對一個人物或一件事情，有所貶抑或頌揚時，就是運用了抑揚法。」，頁382。

## 六、鼂錯論

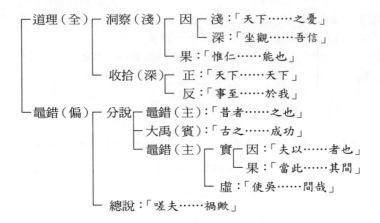

　　說明：本文以鼂錯不能「吾發之，吾能收之，然後有以辭於天下」一意貫串全文。本文先就全局立論，從「洞察防患」（淺）推至「能發能收」（深），立下一篇之根基。接著，從此論點轉而落實到鼂錯身上來探究，形成了「由全而偏」的邏輯。在「鼂錯（偏）」的部份，以「大禹」陪襯「鼂錯」，形成了「主、賓、主」結構，在第二次出現的「鼂錯（主）」的部份，以「實」、「虛」對照的手法，凸顯出鼂錯作法之失當，並在最後以「錯之所以自全者，乃其所以自禍歟」總收全文。

## 七、王者不治夷狄論

```
┌不治（果）┬泛：「夷狄……之也」
│          └具┬戎（主）：「春秋……追也」
│            ├他國（賓）┬果┬果：「夫天……國也」
│            │          │  └因：「夫齊……狄也」
│            │          └因┬果：「齊晉……錄也」
│            │            └因：「是非……春秋」
│            └戎（主）：「夫戎……追也」
└流入（因）：「夫以……者也」
```

說明：作者論「王者不治夷狄」，因此先就「不治」來論，最後探究其因，乃是「疾夫以中國而流入于戎狄者也」，因此形成了「由果溯因」的布局。而在論「不治」時，先作一泛論，提出「治之以不治者，乃所以深治之也」的論點，接著更具體地加以論述，並且在此運用了「賓主」法，即以「戎」為「主」、齊晉秦楚等「他國」為「賓」，在論述「他國（賓）」時，得出「中國不可以一日背，夷狄之不可以一日向」的論點，以陪襯出「戎（主）」之「不（被）治」。接著，承襲前面的探討，更深入地探究原因，乃是因為「疾夫以中國而流入于戎狄者也」，並以此收結全文。

## 八、孔子墮三都志林

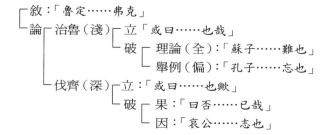

```
┌敘：「魯定……弗克」
└論┬治魯（淺）┬立「或曰……也哉」
   │          └破┬理論（全）：「蘇子……難也」
   │             └舉例（偏）：「孔子……忘也」
   └伐齊（深）┬立：「或曰……也歟」
             └破┬果：「曰否……已哉」
                └因：「哀公……志也」
```

說明：作者先敘述「孔子墮三都」事，並探究孔子之用心，乃是欲魯大治（即「三桓不臣，則魯無可治之理」）；而更推深一層，則孔子實欲伐齊，因為若是伐齊成功，則「魯之公室自張，三桓不治而自服也，此孔子之志也」。因此，本文先敘事、後議論，形成了「先論後議」邏輯，而且，在議論的部份，「治魯」是「淺」、「伐齊」是「深」，又形成了「由淺而深」的邏輯。特別值得一提的是：在論述「治魯」、「伐齊」時，都運用了「立破」法，即先立一案、再加以攻破，此種針鋒相對的作法，淋漓盡致地凸顯出作者的論點。

## 九、秦始皇扶蘇志林

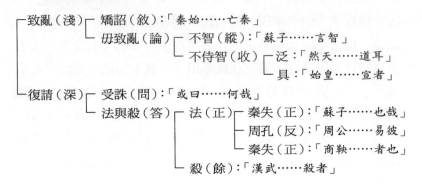

說明：本文先探究始皇歿而亂作之因，接著又針對扶蘇、蒙恬不復請而提出看法，層層深入，全篇形成了「由淺而深」的邏輯。首先，在「致亂（淺）」的部份，先敘「矯詔」之事，次以「不智」先縱一筆，接著以「不待智」來收束，此種「先縱後收」的筆法，深入地論述了「毋致亂」的觀點，而且，聯結前面的敘述，形成了「先敘後論」的邏輯。其次，在「復請（深）」的部份，則以一問一答成文，在「答」的部份，則探究「以法毒天下」的部份，是「正論」，告誡「後世人主之果於殺者」是「餘論」，特別值得一提的是，在「正論」的部份運用了「正反」法，亦即探究「秦失」者為「正」，引用周孔之言者，是從反面襯托，此為「反」[21]。如此層層深入，深刻地剖析了秦亂亡之因。

---

21 因為本文探究秦衰亂之因，所以探究「秦失」者合於主旨，為「正」，引用周孔之言者，是從主旨的反面襯托，因此為「反」。

## 十、范增志林

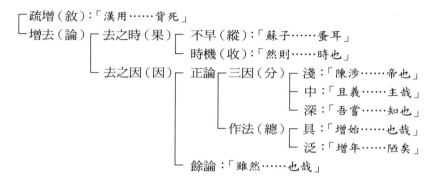

說明：本文先敘范增被疏而歸之事，接著就此針對范增之去留發出議論，因此形成了「先敘後論」之邏輯。議論的部份佔了絕大篇幅，其中又可大分為兩部份：「去之時」、「去之因」，而且前者為「果」、後者為「因」，所以是以「逆溯原因」方式行文。在「去之時（果）」的部份，先言「不蚤」，縱一筆，後言「當以羽殺卿子冠軍時也」，收盡前文，縱收之間，頗有波瀾。而在「去之因（因）」的部份，先出「正論」，論述離去時機的三層原因，以及范增之可為；最後，以「增亦人傑也哉」之「餘論」收結全文。

## 十一、厲法禁

```
┌刑賞（平）：「昔者……下也」
└刑（側）┬昔（賓）┬舜：「舜誅……不用」
        │        └商韓：「周之……故也」
        └今（主）┬分說┬不服（反）：「今夫……筐哉」
                │    └責重（正）┬全：「方今……已矣」
                │              └偏┬爵減：「天下……減耶」
                │                 ├首免：「夫律……之歟」
                │                 └勿推：「天下……勿推」
                └總說：「此何……犯矣」
```

　　說明：本文倡言「屬法禁」，首段先從刑、賞並重寫起（此為「平提」），但本段結在「刑」上，開啟其後七段對「刑」之探究（此為「側注」），兩者之間形成了「先平提、後側注」的邏輯。「側注」的部份佔了絕大部份的篇幅，其中運用了「賓主」法，亦即以重刑罰之舜與商韓為「賓」，來陪襯出對「今之大臣」（主）亦應如是。而在「主」的部份，先從反面、正面分說，最後總收，得出結論：「屬法禁自大臣始，則小臣不犯矣」。而在「分說」中又有特別值得探究者，那就是從正面寫的「責重」處，此部份先出理論（全），接著針對三個特別事例──「爵減」、「首免」、「勿推」（偏）加以討論，更能收到針砭時事的效果。

## 十二、倡勇敢

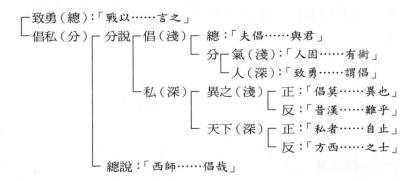

　　說明：本文首段為總說，提出：「致勇有術，致勇莫先乎倡，倡莫善乎私」的論點，並在其後加以分說。因此，接著就「分說」之一──「倡」來探究，先總說「倡」，其次分就「氣」、「人」來論述，前者提出「氣之所乘，則奪其性而忘其故」的論點，後者承此更為深入，提出奮勇「一人」的作用。其次，承接前面「一人」的意脈，就「分說」之二──「私」來探究，先就「異之」的作用來寫，並用「正反翻映」的手

法，凸顯此論點；接著，深入到為「天下」而私來寫，也同樣運用了「正反翻映」的手法。最後，統合前面「倡（淺）」、「私（深）」兩軌，作一總說，提出針砭之意作結。

## 十三、錢塘勤上人詩集敘

```
┌嘉勉（果）┬翟公（賓）：「昔翟……小哉」
│          └歐陽（主）┬士人（賓）：「故太……遠矣」
│                      └上人（主）：「公不……審矣」
└弔序（因）：「熙寧……傳也」
```

說明：勤上人本文歐陽修之友，後來與蘇軾結識，成為文字之交，因此蘇軾為勤上人寫詩集敘，即從歐陽修著眼，但是也不從歐陽修開始寫，而是尋出一位翟公做陪襯，因此本文布局特殊之處在於「賓主」法之運用。首段提出翟公待客器量窄小，陪襯出歐陽修不以士人之負恩為意，因此「翟公」為「賓」、「歐陽修」為「主」；但是，巧妙的是，從歐陽修所待之士人之負恩，又陪襯出勤上人之厚道，因此「士人」為「賓」、「勤上人」為「主」（若就全篇而觀，則「士人」為「主中賓」、「勤上人」為「主中主」）。最後，以敘出作序之因作結。

## 十四、六一居士集敘

```
┌推崇（全）┬泛：「夫言……疑焉」
│          └具┬立：「孔子……夸乎」
│              └破┬配禹（賓）：「自春……可也」
│                  └配天（主）┬誼錯（反）：「太史……人乎」
│                              └歐陽（正）┬泛：「自漢……愈也」
│                                          └具：「宋興……使之」
├詩文（偏）：「歐陽……言也」
└姓字（補敘）：「歐陽……士云」
```

　　說明：本文乃歐陽修《六一居士集》之序。作者先就全面來推崇歐陽修之成就，其次才順勢落到詩文上，因此形成了「先全後偏」的結構，並於最後補敘歐陽修姓字作結。「推崇（全）」的部份佔了大多數的篇幅，先從「夫言有大而非夸，達者信之，眾人疑焉」的泛論寫起，接著具體地進行論述，並且在此運用了「先立後破」的手法，即先提出「配禹」、「配天」的質疑，其後針對此兩點質疑來「破」，而且因為成功「破」此兩點質疑，所以「配禹」、「配天」因此得以成立，且「配禹」主要就孟子而言，此為「賓」，「配天」才落實到歐陽修身上予以推崇，此為「主」。接著，承此自然過渡到「詩文（偏）」的部份，方才扣緊本文作意，表出對歐陽詩文的推崇，頗有峰迴路轉之感。

## 十五、潮州韓文公廟碑

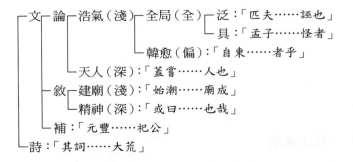

　　說明：本文為新建韓公廟作廟碑，前文後詩，因為《古文關鍵》只評點「文」的部份，所以本附錄亦只分析「文」。本文首段先作泛論，認為「匹夫而為百世師，一言而為天下法」，而且可以「參天地之化，關盛衰之運」，接著第二段引用孟子「吾善養吾浩然之氣」之語，加以申說，目的在為首段做說明，因此形成了「先泛後具」結構，而且，到此為止是就全局（此為「全」）來寫，接著就落實到韓愈（此為「偏」）身上

來論述，並評價道：「豈非參天地，關盛衰，浩然而獨存者乎」，分別回應第一、二段。而且，此「由全而偏」地論述「浩氣」，尚是「淺」，接著又從「天人之辨」著眼，更深入地剖析出韓愈之精神，並藉著其中「能信於南海之民，廟食百世」一語，過渡到其後敘述的部份。在敘述的部份中，敘建廟之過程是「淺」，藉著問答稱頌韓愈之精神是「深」。最後，補敘寫廟碑之緣由作結。

## 十六、王仲義真贊敘

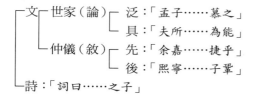

說明：本文為王仲儀的畫像寫敘，前文後詩，因為《古文關鍵》只評點「文」的部份，所以本附錄亦只分析「文」。本文先起議論，第一段就「世臣」、「巨室」泛論，第二段承此兩軌，再作具體之論述，並與「新進之士」作比較，得出「緩急之際，決大策，安大眾，呼之而來，揮之而散者，惟世臣巨室為能」的論點。接著，承此論點，落實到王仲儀上來敘述，先言兩人之相識、王公之功績，後言王公至老仍關心國是，及公薨後作真贊事，並以此作結。整體而言，本文形成了「先敘後論」結構，「敘」與「論」的呼應相當嚴密。

# ■潁濱文

## 一、三國論

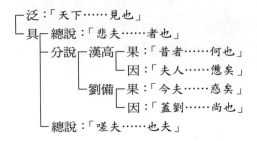

```
┌泛:「天下……見也」
└具┬總說:「悲夫……者也」
   ├分說┬漢高┬果:「昔者……何也」
   │    │    └因:「夫人……德矣」
   │    └劉備┬果:「今夫……惑矣」
   │         └因:「蓋劉……尚也」
   └總說:「嗟夫……也夫」
```

　　說明:本文先從「泛論」寫起,提出「古者英雄之君,其遇智勇也,以不智不勇,而後真智大勇乃可得而見也」的論點,接著進行「具論」,其中運用了「總、分、總」的手法,先在「總說」處並提漢高祖、唐太宗,以及曹公、孫、劉,並藉著「惜乎無有以漢高帝之事制之者也」一語,過渡到「分說」的「漢高」處。而作者論述漢高祖時,採用了「先果後因」邏輯,以凸顯出漢高祖制勝之因;接著,聯繫到「曹公、孫權、劉備」,並且因為「劉備之才,近似於高祖」,所以特別指出劉備不知何以求勝,此處也是形成了「先果後因」邏輯。最後,以並論劉備、漢高作一「總說」作收。

## 二、君術

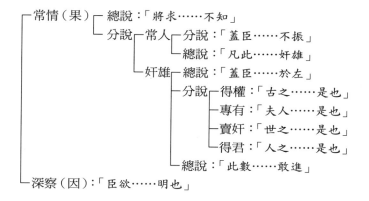

說明：本文運用「先果後因」的逆溯邏輯。在一開始「常情（果）」的部份，起筆就說：「將求御天下之術，必先明於天下之情」，此為「總說」，其下就大分為「常人」和「奸雄」兩種，一一細述，此為「分說」。在「分說」之一——「常人」部份，則是運用「先分說、後總說」的手法，先就「好名」、「好利」、「好勝」、「相惡」、「素剛」、「素畏」來細述，並以「凡此……奸雄」一段總收，並藉著「然猶非所以馭天下之姦雄」一句，過渡至「奸雄」部份。而在「分說」之二——「奸雄」部份，則是運用了「先總說、再分說、後總說」的手法，針對「得權」、「專有」、「賣奸」、「得君」作有系統的論述。最後，才表明作本文之音，其中以「臣欲天子明知君子之情，以養當世之賢公名卿」一節，回應「常人」一軌，以「深察小人之病，以絕其自進之漸」一節，回應「奸雄」一軌，如此總結全文作收。

# ■南豐文

## 一、唐論

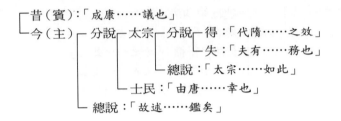

```
┌昔(賓):「成康……議也」
└今(主)┬分說┬太宗┬分說┬得:「代隋……之效」
        │     │     │     └失:「夫有……務也」
        │     │     └總說:「太宗……如此」
        │     └士民:「由唐……幸也」
        └總說:「故述……鑑矣」
```

　　說明：本文為史論，實則以唐太宗暗喻本朝人君。本文先從數說歷代開始（成康、秦、漢、晉、隋），此為「賓」，作用是陪襯出其後出現的唐太宗（此為「主」）。在論述唐太宗時，先就其「得」一面來寫：「可謂有天下之志」、「可謂有天下之材」、「可謂有治天下之效」，然後轉就其「失」一面來寫：「擬之先王未備也」、「擬之先王未備也」、「非先王之所尚也」、「非先王之所務也」，雖然並論「得」與「失」，但是「得」之篇幅大過「失」，從中或可窺知作者之微意，然後並以「太宗之為政於天下者，得失如此」數句，收結此「得」、「失」兩軌。接著，焦點轉為「士」與「民」，論述其幸與不幸。而前面「太宗」與「士民」皆為「分說」，最後用「故述其是非得失之跡」一段加以總收，並且以「非獨為人君者可以考焉」回應「太宗」一軌，以「士之有志於道而欲仕於上者可以鑑矣」回應「士民」一軌，收束得非常嚴密。

## 二、救灾議

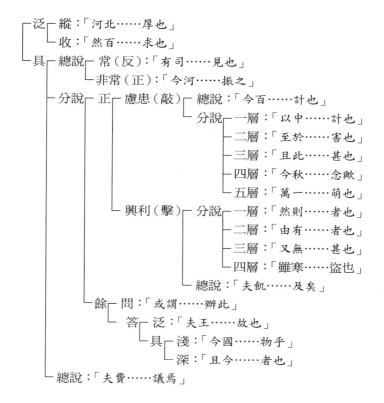

說明：本文是一篇具有實用價值的探討如何救災的文章。作者先從泛寫河北大災，但救災不足，其下則具體地敘寫作者對救災的看法，因此全文形成的是「先泛寫、後具寫」的結構。在「具寫」的部份，作者先作一總說，並提出「常」與「非常」的對照，其意為此時須有「非常之恩」；接著，分從「慮患」與「興利」兩面著筆，層層寫來，而且「慮患」是為了「興利」，因此前者為「旁敲」、後者為「正擊」。而「慮患」與「興利」是「正論」，針對錢粟不足的疑慮，又以「餘論」補充闡述，讓全文立論更是周密。最後，再針對「正

論」、「餘論」作一總收，並以「破常行之法」，回應前面的「常」與「非常」之辨。

## 三、戰國策目錄序

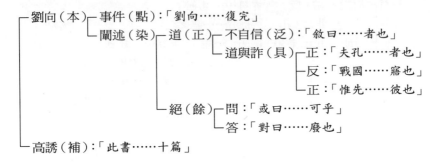

　　說明：本文為《戰國策》之目錄序，主張「法變道不變」的思想。作者先敘述《戰國策》編纂始末，此為「點」一筆，其下則據此闡述，此為「染」。而「染」的部份，先「泛寫」一筆，回應首段，舉出劉向之言，並聚焦在「此書戰國之謀士，度時君之所能行，不得不然」上，認為此乃「惑於流俗，而不篤於自信者也」，其後才是「具寫」，據此進行深入闡述，「正」（道）、「反」（詐）翻論，並結在「正」（道）上。不過，文意尚未完結，作者用「或曰」提出疑問，其下加以回答，以此闡述不「放而絕之」的原因，在於「使當世之人皆知其說之不可從，然後以禁則齊；使後世之人皆知其說之不可為，然後以戒則明」，此部份為「餘論」。最後，補敘高誘注之篇數問題，與前面敷演劉向之言的部份結合起來，形成了「先本體、後補敘」的結構。

## 四、送趙宏序

```
┌ 贈言（正）┬ 事件（點）：「荊民……之事」
│          └ 處理（染）┬ 近憂（淺）┬ 兵撫（平）：「余曰……張也」
│                      │           └ 兵（側）：「往時……然耶」
│                      └ 遠慮（深）：「潭守……思也」
└ 贈因（補）：「希道……送之」
```

　　說明：本文為贈序，當時「潭旁數州」人民反叛，趙宏率兵前往鎮壓，作者寫此序，表明希望用安撫的方式，而不要用武力鎮壓的手段。本文先就事件原由寫起，接著才闡述應有的處理方式，此二者間形成了「點」與「染」的關係。而在「染」的部份，作者先就「鎮壓」與「安撫」兩種方式比較論說，並明白寫出自己的看法：鎮壓不能成事，安撫才是良方；接著，又就「鎮壓」一軌，再次申明其不妥之疑慮，因此，前面並論「鎮壓」與「安撫」者為「平提」，後面單論「鎮壓」者為「側注」。然後，作者承「側注」之文意，又深入論述「鎮壓」之不妥，以及「遠禍」之可憂，而此「近憂」與「遠慮」之間，形成了「先淺後深」之關係。最後，補敘作序之因作結。

## ■宛丘文

### 一、景帝論

```
┌ 敘（持重）：「景帝……甚矣」
├ 論：「古之……求也」
└ 敘┬ 持重：「縮車……類也」
    └ 難制┬ 分說┬ 亞夫（主）：「帝之……者也」
          │     └ 周昌（賓）：「蓋昔……道也」
          └ 總說：「嗟夫……異矣」
```

說明：本文論景帝用人未能「察其情」、「得其妙」，反而是「觀其形」、「遺其似」。本文之論點在「古之……其似」一段中提出，接著，「夫天……求也」一段加以申說，並且伏下全文開展的意脈，亦即「其似者固未必是」，暗指貌似持重之衛綰，「其真者或不可以形求也」暗指貌似難制之周亞夫，而此二者皆是景帝「失人」之例證。因此之架構如下：先就「持重」（衛綰）者敘一筆，作為開始，接著提出全文之論點，其後再承接此論點，就兩個例證──「持重」（衛綰）和「難制」（亞夫）加以鋪陳，整體而言，形成了「敘、論、敘」結構。而在「難制」（亞夫）一軌中，採用了「先分說、後總說」之手法，「分說」可分為兩部份，即「主」──亞夫，以及用作陪襯之「賓」──周昌，而且在「總說」中，以「周昌以此見取」收分說之「賓」（周昌），以「亞夫乃用是不免」收分說之「主」（亞夫），顯得景帝不如高祖，更見出本文之主旨。

## 二、用大論

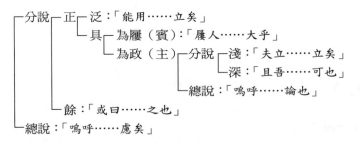

說明：本文論為政當用大。作者先就「為政當用大」立論，接著以「或曰」、「應之曰」相問答的方式，補出餘論，說明「盡天下之情以立法」之不可行，以更見出「為政當用大」，因此兩者形成了「先正後餘」的邏輯。而且「正」與「餘」是「分說」，最後「嗚呼……慮矣」是總說，其中並以

「何至……勞哉」一節呼應「正論」，以「知所……慮矣」一節
呼應「餘論」，收結得十分完密。而特別值得提出加以說明
的，是「正論」的部份，此部份占了全文大多數的篇幅，乃是
先用「泛論」起，其後加以「具論」，而「具論」的部份以
「為屨」來陪襯「為政」，形成了「先賓後主」結構，此種寫法
深入淺出、具有說服力。

# 附錄二

# 重要參考書目

## 一、古籍

漢‧司馬遷著，張元——濟校，《百衲本二十四史校勘記‧史記校勘記》，台北市：台灣商務印書館，1981。

漢‧王充《論衡》，《四部叢刊本》，台北：台灣商務印書館，1967。

漢‧許慎，《說文解字》（現代版）卷九，北京：社會科學文獻出版社，2005。

西晉‧陸機，《中國歷代文論選‧文賦》，台北市：木鐸出版社，1981。

唐‧《二十五史》，台北：藝文印書館，1962。

唐‧張籍《張司業集》，景印文淵閣四庫全書本，台北：台灣商務印書館，1983。

唐‧韓愈，《韓昌黎集》，台北：河洛圖書出版社，1975。

唐‧白居易，《白居易集》卷二，《四部刊要》，台北：漢京出版社，2004。

唐‧柳宗元，《河東先生集》，《四庫叢刊本》，台北：台灣商務印書館，1967。

唐‧柳宗元，《柳宗元集》，北京：中華書局，1979。

唐‧權德輿，《權載之文集》（二），《四部叢刊本》，台北：台灣商務印書館，1967。

唐・于頔，《皎然集》，《四部叢刊本》，台北：台灣商務印書館，1967。

梁・劉勰，《元刊本文心雕龍》，上海：古籍出版社，1993。

梁・劉勰著、范文瀾注，《文心雕龍》卷九，香港：商務印書館，1995。

梁・蕭繹，《金樓子》，台北，黎明文化出版社，1996。

宋・《文苑英華》，台北：大化書局，1985。

宋・歐陽修，《六一題跋》，北京：中華書局，1985。

宋・蘇軾，《蘇軾全集》，上海：古籍出版社，2005。

宋・唐庚，《眉山唐先生文集》，上海：上海書店，1987。

宋・陸游，《老學庵筆記》，北京：中華書局，1985。

宋・呂祖謙，《古文關鍵》，台北：廣文書局有限公司，1970。

宋・呂祖謙，《足本東萊左氏博議》，台北：廣文書局，1981。

宋・呂祖謙，《足本東萊左氏博議》，台北：廣文書局，1981。

宋・陳振孫，《直齋書錄解題二十二卷》，《中華漢語工具書庫》書目部第八十三冊，合肥：安徽教育出版，2002。

宋・謝枋得，《文章軌範》，台北：台灣商務印書館，1981。

宋・馬端臨《文獻通考・經籍考》，台北：新興書局，1958。

宋・樓昉，《崇古文訣》，上海：古籍出版社，1993。

宋・劉將孫，《養吾齋集》，文淵閣四庫全書本，北京：商務印書館，2005。

明・高儒，《百川書志》，台北：成文書局，1978（影印本）。

明・張萱，《內閣藏書目錄》，台北，廣文書局，1995再版。

明・唐順之，《荊川先生文集》，《四部叢刊正編》，台北：商務印書館，1979。

清・錢謙益，《絳雲樓書目》，北京：中華，1985。

清・季振宜《季滄葦書目》，杭州：浙江古籍出版社，2008。

清・清聖祖編輯，《全唐詩》，台北：明倫出版社，1971。

清‧全祖望《宋元學案》,《續修四庫全書》史部傳記類,上海:古籍出版社,2002。

清‧《四庫全書》,台北:台灣商務印書館,1971。

清‧紀昀總纂《四庫全書總目提要》,石家莊市:河北人民出版社,2000。

清‧《欽定四庫全書總目‧東萊集提要》卷一五九,北京:中華書局,1987。

清‧《欽定四庫全書總目‧髫藻集提要》卷一六九,北京:中華書局,1997。

清‧包式臣《包世臣全集‧藝舟雙楫》,安徽:古籍出版社,1994。

清‧瞿鏞,《鐵琴銅劍樓藏書目錄》,台北:廣文,1967(影印本)。

清‧曾國藩,《曾文正公全集》,台北:世界書局,1952。

清‧莫友芝,《邵亭知見傳本書目》,台北,成文書局,1978(影印本)。

清‧莫友芝撰、傅增湘訂補、傅熹年整理《藏園訂補邵亭知見傳本書目》卷十六上集部八,北京:中華書局,2009。

清‧劉熙載,《藝概》,台北:華正書局有限公司,1988。

清‧陸心源,《皕宋樓藏書志》,上海:上海古籍出版社,2002(影印本)。

清‧丁仁,《八千卷樓書目》,北京:商務印書館出版,2005。

清‧王先謙輯、王文濡校注,《續古文辭類纂評注》(一),台灣:中華書局,1970。

清‧傅增湘,《藏園群書經眼錄》,北京:中華書局,1983。

清‧甘鵬雲,《崇雅堂書錄》,台北:成文,1978(影印本)。

清‧姚永樸,《文學研究法》,台北:新文豐出版公司,1979。

清‧陳揆,《稽瑞樓書目》,北京,中華書局,1985。

清・《宋史藝文志廣編》，台北：世界書局，1975。

《直講李先生文集》（二），《四庫叢刊本》，台北市：台灣商務印
　　書館，1967。北京圖書館編，《北京圖書館古籍善本書目》，
　　北京：書目文獻出版社，1987。

## 二、專書

### （一）評點學

胡適，《中國章回小說考證》，台北：雲風書局，1976。

康來新，《晚清小說理論研究》，台北：大安出版社，1986。

朱世英、方遒、劉國華，《中國散文學通論》，合肥：安徽教育
　　出版社，1995。

龔鵬程，《文學批評的視野》，台北：大安出版社，1998。

孫琴安，《中國評點文學史》，上海：上海社會科學出版社，
　　1999。

林崗，《明清之際小說評點學之研究》，北京：北京大學出版
　　社，1999。

章培恆、王靖宇主編，《中國文學評點研究論集》，上海：上海
　　古籍出版社，2002。

朱萬曙，《明代戲曲評點研究》，合肥：安徽教育出版社，
　　2002。

管錫華，《中國古代標點符號發展史》，成都：巴蜀書局，
　　2002。

張秋娥，《宋元評點修辭研究》，北京：中國文史出版社，
　　2005。

謝旻琪，《明代評點詞集研究》，台北：花木蘭文化，2007。

侯美珍，《晚明「詩經」評點之學研究》，台北：花木蘭文化，
　　2009。

### （二）選本學

張宏生，《清代詞學的建構》，南京：江蘇古籍出版社，1998。

張伯偉，《中國古代文學批評方法研究》，北京：中華書局，
　　2002。

張智華，《南宋的詩文選本研究》，北京：北京師範大學出版
　　社，2002。

鄒雲湖，《中國選本批評》，上海：上海三聯書店，2002。

魯迅《集外集・選本》，《魯迅全集》第七卷，北京：人民文學
　　出版社，2005。

顧農，《文選論叢》，揚州：廣陵書社，2007。

鍾志偉，《明清「唐宋八大家」選本研究》，台北：文津出版
　　社，2008。

劉昭仁，《呂東萊之文學與史學》，台北：文史哲出版社，
　　1986。

潘富恩、徐餘慶，《呂祖謙評傳》，南京：南京大學出版社，
　　1992。

杜海軍，《呂祖謙文學研究》，北京：學苑出版社，2003。

杜海軍，《呂祖謙年譜》，北京：中華書局，2007。

浙江師範大學浙江省江南文化中心編，《江南文化研究》（呂祖
　　謙及浙東學術研究專輯）第 3 輯，北京：學苑出版社，
　　2009。

### （三）文章學、辭章學

王葆心，《古文辭通義》，台北市：中華書局印行，1965。

許恂儒，《作文百法》，台北市：廣文書局，1985。

陳必祥，《古代散文文體概論》，台北：文史哲出版社，1987。

張壽康，《文章學導論》，台北：新學識文教出版中心，1990。

褚斌杰，《中國古代文體學》，台北：台灣學生書局，1991。

陳滿銘，《國文教學論叢》，台北：萬卷樓圖書有限公司，
　　1991。

張春榮，《一把文學的梯子》，台北：萬卷樓圖書有限公司，
　　1993。

王水照、吳鴻春編，吳鴻春譯，高克勤校點，《日本學者中國
　　文章學論著選》，上海：上海古籍出版社，1994。

周振甫，《文章例話‧寫作編（一）》，台北：五南圖書有限公
　　司，1994。

周振甫，《文章例話‧修辭編》，台北：五南圖書有限公司，
　　1994。

張會恩、曾祥芹主編，《文章學教程》，上海：上海教育出版
　　社，1995。

張志公，《漢語辭章學論集》，北京：人民教育出版社，1996。

仇小屏，《文章章法論》，台北：萬卷樓圖書有限公司，1998。

陳滿銘，《國文教學論叢‧續編》，台北：萬卷樓圖書有限公
　　司，1998。

黃永武，《字句鍛鍊法》，台北：洪範書店有限公司，1986 初
　　版，1998 十印。

向宏業、唐仲揚、成偉鈞，《修辭通鑒》，北京：中國青年出版
　　社，1991.6 一版，1998.5 二刷。

黃麗貞，《實用修辭學》，台北：國家出版社，1999.3。

仇小屏，《篇章結構類型論》（增修版），台北：萬卷樓圖書有
　　限公司，2000 一版，2005 再版。

鄭頤壽主編，《辭章學辭典》，西安：三秦出版社，2000。

范曉主編，《漢語的句子類型》，太原：書海出版社，1998 一
　　版，2000 二刷。

王德明，《中國古代詩歌句法理論的發展》，桂林：廣西師範大

學出版社，2000。

陳滿銘，《章法學新裁》，台北：萬卷樓圖書有限公司，2001。

張春榮，《修辭新思維》，台北：萬卷樓圖書有限公司，2001。

劉蘭英、吳家珍、楊秀珍，《漢語表達》，南寧：廣西教育出版社，2001。

陳滿銘，《章法學論粹》，台北：萬卷樓圖書有限公司，2002。

呂叔湘《呂叔湘全集第七卷‧呂叔湘語文論集》，瀋陽：遼寧教育出版，2002。

王本華，《實用現代漢語修辭》，北京：知識出版社，2002。

黃慶萱，《修辭學》，台北：三民書局股份有限公司，1975.1 初版一刷，2002.10 增訂三版一刷

黎運漢，《漢語風格學》，廣州：廣東教育出版社，2002。

呂叔湘，《呂叔湘全集》第七卷 ── 《呂叔湘語文論集》，瀋陽：遼寧教育出版社，2002。

蔡宗陽，《應用修辭學》，台北：萬卷樓圖書有限公司，2001 初版，2002 二刷。

陳良運主編，《中國歷代文章學論著選》，南昌：百花洲文藝出版社，2003。

呂冀平，《漢語語法基礎》，北京：商務印書館，2000 一版，2003 二刷。

陳滿銘，《章法學綜論》，台北：萬卷樓圖書有限公司，2003。

鄭頤壽，《辭章學導論》，台北：萬卷樓圖書有限公司，2003。

陳滿銘，《篇章結構學》，台北：萬卷樓圖書有限公司，2005。

陳滿銘，《意象學廣論》，台北：萬卷樓圖書有限公司，2006。

鄭頤壽主編，《大學辭章學》，福州：福建人民出版社，2004。

鄭頤壽，《辭章學新論》，台北：萬卷樓圖書有限公司，2004。

私立玄奘大學中國語文學系、中國修辭學會主編，《第六屆中國修辭學國際學術研討論文集 ── 修辭論叢》（第六輯），

2004。

鄭頤壽，《辭章學發凡》，福州：海峽文藝出版社，2005。

陳滿銘，《辭章學十論》，台北：里仁書局，2006。

仇小屏、陳佳君、蒲基維、謝奇懿、顏智英、黃淑貞編，《陳
　　滿銘與辭章章法學──陳滿銘辭章章法學術思想論集》，台
　　北：文津出版社，2007。

### （四）古文

汪馥泉，《文章概論》，上海：正中書局，1942 渝初版，1946
　　滬一版。

蔣祖怡，《文章學纂要》，台北：正中書局，1972 台五版。

高步瀛，《唐宋文舉要》，台北：藝文印書館，1972。

林紓，《韓柳文研究法》，台北：廣文書局有限公司，1980 三
　　版。

張高評，《左傳之文學價值》，台北市：文史哲，1982。

何寄澎，《唐宋古文新探》，台北：大安出版社，1990。

葉百豐編著，《韓昌黎文彙評》，台北：正中書局，1990。

胡楚生編著，《韓文選析》，台北：華正書局有限公司，1991
　　二版。

陳雄勳，《三蘇及其散文之研究》，台北：文史哲出版社，
　　1991。

胡楚生編著，《柳文選析》，台北：華正書局有限公司，1994
　　三版。

周明，《中國古代散文藝術》，南京：江蘇教育出版社，1994。

朱世英、方遒、劉國華，《中國散文學通論》，合肥：安徽教育
　　出版社，1995。

王基倫，《韓柳古文新論》，台北：里仁書局，1996。

李道英，《唐宋古文研究》，北京：北京師範大學出版社，

1997。

吳小林，《唐宋八大家》，台北：里仁書局，1999。

曹順慶等，《中國古代文論話語》，成都：巴蜀書社，2001。

王基倫，《唐宋古文論集》，台北：里仁書局，2001。

楊慶存，《宋代文學研究》，北京：北京出版社，2001。

楊慶存，《宋代散文研究》，北京：人民文學出版社，2002。

湛芬，《張耒學術文化思想與創作》，四川：巴蜀書社，2004。

林美君，《張耒及其詩文研究》，台北：花木蘭文化出版社，
　2007。

## （五）文學批評、文學理論、修辭學史

鄭子瑜《中國修辭學史稿》，上海：上海教育出版社，1984。

劉若愚著，杜國清譯，《中國文學理論》，台北：聯經出版事業
　公司，1981。

方孝岳，《中國文學批評》，台北：莊嚴出版社，1981。

黃維樑，《中國詩學縱橫論》，台北：洪範書店有限公司，1977
　初版，1982 三版。

易蒲、李金苓等《漢語修辭學史綱》，吉林：吉林教育出版
　社，1989。

楊松年，《中國文學批評論集》，台北：文史哲出版社，1989。

徐復觀，《中國文學論集》（增補六版），台北：台灣學生書
　局，1990 五版二刷。

褚斌杰，《中國古代文體學》，台北：學生書局，1991。

郭紹虞，《中國文學批評史》，上海，上海古籍出版社，1979
　一版，1992 七刷。

李保初，《創作技巧學》，內蒙古：內蒙古教育出版社，1993。

周振甫《中國修辭學史》，台北：洪葉文化事業有限公司，
　1995。

顧易生、蔣凡、劉明今,《宋金元文學批評史》,上海:上海古籍出版社,1996。

劉師培,《中古文學論集・論文雜記》,北京:中國社會科學出版,1997。

詹福瑞,《中古文學理論範疇》,保定:河北大學出版社,1997。

鄭振鐸《插圖本中國文學史》(二),《鄭振鐸全集》(九),石家莊市:花山文藝出版,1998。

鄭子瑜、宗廷虎主編《中國修辭學通史》,吉林:吉林教育出版社,1998。

劉玉學主編,《寫作學教程》,北京:中國政法大學出版社,1999。

尚學鋒、過常寶、郭英德,《中國古典文學接受史》,濟南:山東教育出版社,2000。

張毅主編,《宋代文學研究》(上、下),北京:北京出版社,2001。

許總主編,《理學文藝史綱》,南京:江蘇教育出版社,2001。

羅宗強編,《古代文學理論研究》,武漢:湖北教育出版社,2002。

張伯偉,《全唐五代詩格彙考》,南京:鳳凰出版社,2002 一版,2005 二刷。

汪涌豪,《中國文學批評範疇及體系》,上海:復旦大學出版社,2007。

## (六) 科舉與八股文

傅璇琮,《唐代科舉與文學》,台北:文史哲出版社,1994。

李新達,《中國科舉制度史》,台北:文津出版社,1995。

鄺健行,《科舉考試文體論稿:律賦與八股文》,台北:台灣書

局，1999。

祝尚書，《宋代科舉與文學考論》，鄭州：大象出版社，2006。

啟功、張中行、金克木，《說八股》，北京：中華書局，2000。

孔慶茂，《八股文史》，南京：鳳凰出版社，2008。

祝尚書，《宋代科舉與文學》，北京：中華書局，2008。

## 三、論文

### （一）學位論文

張秀惠，《南宋古文評點研究》，國立政治大學中國文學研究所，碩士論文，1987。

鄭光熙，《兩種水滸評點及其小說理論研究之一：以袁無涯本與容堂為中心》，國立政治大學中國文學研究所，碩士論文，1991。

林明昌，《古文細部批評研究》，私立淡江大學中文研究所，博士論文，2003。

賴靜玫，《劉辰翁詩歌評點析論：以唐代詩歌為研究中心》，私立淡江大學中文研究所，碩士論文，2003。

樊宇敏，《中國古代散文理論中的「法」》，河南大學，碩士論文，2006。

呂軒瑜，《通代古文評點選本研究》，私立輔仁大學中文研究所，博士論文，2007。

李慧芳，《謝枋得之散文及《文章軌範》研究》，國立中央大學，碩士論文，2009。

### （二）期刊論文

徐克文，〈試談中國傳統的文學批評形式〉，《遼寧大學學報》，1983年第3期（總第61期）。

林永銳,〈呂祖謙的《東萊博議》評說〉,《海南大學學報》(社會科學版),1993 年第 3 期。

張伯偉,〈古代文論中的詩格論〉,《文藝理論研究》,1994.4。

吳承學,〈評點之興——文學評點的形成和南宋的詩文評點〉,《文學評論》第 1 期,1995。

秦玉清、張彬,〈呂祖謙與麗澤書院〉,《杭州師範學院學報》,1999 年第 2 期。

張智華,〈南宋所編詩文選本在中國學術史上的地位〉,《北京師範大學學報》(人文社會科學版),2000 年第 5 期(總第161 期)。

鄭韶風〈漢語辭章學四十年述評〉,《國文天地》17 卷 2 期,2001。

張秋娥,〈修辭接受與修辭表達——從《古文關鍵》評點看呂祖謙的修辭思想〉,《河南師範大學學報(哲學社會科學版)》,第 29 卷第 5 期,2002。

高洪岩,〈論唐宋八大家散文選本經典化與文論的演進〉,《瀋陽師範大學學報(社會科學版)》第 27 卷第 2 期,2003。

張秋娥,〈謝枋得評點中的修辭思想〉,《國文學報》第 33 期,2003。

張秋娥,〈謝枋得評點中的「章法」觀〉,《國文天地》第 217 期,2003。

張秋娥,〈論呂祖謙《古文關鍵》評點的修辭接受思想〉,《修辭學習》,2004 第 2 期。

江枰,〈呂祖謙編選《古文關鍵》質疑〉,《貴州文史叢刊》,2004 第 4 期。

侯美珍,〈明清士人對「評點」的批評〉,《中國文哲研究通訊》第 55 期,2004。

祝尚書,〈南宋古文評點緣起發覆——兼論古文評點的文章學

意義〉,《四川大學學報(哲學社會科學版)》第四期,
2005。

祝尚書,〈論宋代科舉時文的程式化〉,《廈門大學學報》(哲學
社會科學版),2005 年第 5 期(總第 171 期)。

張秋娥,〈樓昉評點中的圈點符號及其修辭指向〉,《安陽師範
學院學報》第 1 期,2005。

張秋娥,〈評點修辭的興起——南宋評點修辭思想綜論〉,《修
辭學習》第 2 期,2005。

鄭娟榕、林大礎,〈先秦辭章論〉,《福建財會管理幹部學院學
報》,2005 年第 2 期。

王水照,〈文話:古代文學批評的重要學術資源〉,《四川大學
學報》(哲學社會科學版),2005 年第 4 期(總第 139 期)。

邱江寧,〈呂祖謙與《古文關鍵》〉,《浙江社會科學》,2005 年
第 5 期。

高洪岩、王金城,〈論元代古文批評的價值取向〉,《瀋陽師範
大學學報》第 30 卷(總第 136 期),2006。

張秋娥,〈南宋謝枋得評點中的句法〉,《湖北師範學院學報》
第 26 卷第 1 期,2006。

杜海軍,〈呂祖謙與唐宋八大家〉,《廣西師範大學學報:哲學
社會科學版》第 42 卷第 1 期,2006.1。

祝尚書,〈論宋元時期的文章學〉,《四川大學學報》(哲學社會
科學版),2006 年第 2 期(總第 143 期)。

胡建次,〈古代文學評點體例與方式的承傳〉,《咸陽師範學院
學報》,2006 年 2 月第 21 卷第 1 期。

熊禮匯,〈從選本看南宋古文家接受韓文的期待視野——兼論
南宋古文選本評點內容的理論意義〉,《周口師範學院學報》
第 24 卷第 4 期,2007.7。

祝尚書,〈論宋代時文的「以古文為法」〉,《四川大學學報》

（哲學社會科學版），2007 年第 4 期（總第 151 期）。

祝尚書，〈論宋元文章學的「用事」〉，《四川師範大學學報》
（社會科學版），第 35 卷第 5 期，2008。

潘富恩，〈論呂祖謙樸素辯證法思想的歷史貢獻〉，《中共寧波
市委黨校學報》，2008 年第 3 期。（亦見於《江南文化研究》
（呂祖謙及浙東學術研究專輯），2009 年第 3 輯）

杜海軍，〈論呂祖謙研究中的偏見〉，《浙江師範大學學報（社
會科學版）》，2008 年第 4 期第 33 卷（總第 157 期）。

馬東瑤，〈呂祖謙的文學教育〉，《河南教育學院學報》（哲學社
會科學版）第 27 卷，2008 年第 6 期。

吳承學、何詩海，〈從章句之學到文章之學〉，《文學評論》，
2008 年第 5 期。

王曉靖，〈呂祖謙《古文關鍵》中散文理論探析〉，《連雲港師
範高等專科學校學報》，2008.12 第四期。

陳滿銘，〈楚望樓詩文篇章意象探析──紀念成惕軒先生百歲
誕辰〉，《國文天地》25 卷 3 期，2009。

祝尚書，〈論宋元文章學的「認題」與「立意」〉，《文學遺
產》，2009 年第一期。

李建中，〈漢語批評的文體自由〉，《江漢論壇》，2009 卷 8
期。

王水照、慈波，〈宋代：中國文章學的成立〉，《復旦學報》（社
會科學版），2009 年第二期。

司春艷，〈論中國古代文體的規定性及符號學特徵〉，《遼寧工
程技術大學學報（社會科學版）》，第 11 卷第 3 期，2009。

羅瑩，〈《古文關鍵》：經典的確立與文章學上的意義〉，《瀋陽
師範大學學報（社會科學版）》，2009 年第 4 期第 33 卷（總
第 154 期）。

蔡方鹿，〈呂祖謙學術之特點及其歷史地位〉，《江南文化研

究》（呂祖謙及浙東學術研究專輯），2009 年第 3 輯。

孫琴安，〈呂祖謙的散文評點及其地位〉，《江南文化研究》（呂
祖謙及浙東學術研究專輯），2009 年第 3 輯。

周積明，〈《四庫全書總目》論呂祖謙〉，《江南文化研究》（呂
祖謙及浙東學術研究專輯），2009 年第 3 輯。

杜海軍，〈論呂祖謙中原文獻之傳——以踐履為實廣大為心〉，
《江南文化研究》（呂祖謙及浙東學術研究專輯），2009 年第
3 輯。

何忠禮，〈略論『朱唐交惡』及其對後人的啟示〉，《江南文化
研究》（呂祖謙及浙東學術研究專輯），2009 年第 3 輯。

國家圖書館出版品預行編目資料

呂祖謙『古文關鍵』文章論研究／仇小屏著. --
初版. -- 臺北市：萬卷樓, 2010.06
面；　　公分
參考書目：面
ISBN 978－957－739－681－5 (平裝)
1.散文 2.文章學 3.文學評論

825　　　　　　　　　　　　99009481

# 呂祖謙《古文關鍵》文章論研究

著　　　者：仇小屏
發 行 人：陳滿銘
出 版 者：萬卷樓圖書股份有限公司
　　　　　　臺北市羅斯福路二段 41 號 6 樓之 3
　　　　　　電話(02)23216565・23952992
　　　　　　傳真(02)23944113
　　　　　　劃撥帳號 15624015
出版登記證：新聞局局版臺業字第 5655 號
網　　　址：http://www.wanjuan.com.tw
E － mail：wanjuan@seed.net.tw
承 印 廠 商：中茂分色製版印刷事業股份有限公司
定　　　價：660 元
出 版 日 期：2010 年 6 月初版

ISBN 978－957－739－681－5